KB074923

위도우즈

W I D O W S

위도우즈

린다 라 플란테 지음
권상미 옮김

문학수첩

돌리 롤린스였으며, 언제나 돌리 롤린스로 남을
앤 미첼에게

프롤로그

1984년, 런던

계획의 청사진은 완벽했다. 해리 롤린스는 완벽하지 않으면 실행에 옮기지 않는 사람이니까. 그는 고가의 미술품과 은제품, 보석을 전문적으로 취급하는 부유한 골동품 거래상이었고, 아내 돌리와는 근사한 커플이었다. 그러나 해리 롤린스에게는 다른 얼굴이 있었다. 범죄와 돈세탁에 탁월한 그는 부하들에게서는 깊은 존경과 충성심을 자아내는 반면, 적으로 만나면 냉혹하고 계산적이며 치명적이었다. 경찰은 그가 범죄에 깊이 발 담그고 있다고 의심했지만 해리 롤린스는 단 하루도 철창신세를 진 적이 없었다.

계획은 단순했고, 해리 롤린스가 주도하는 모든 일이 그랬듯 세부 사항들을 감안해 예행연습을 거듭했다. 스키 마스크를 쓴 4인조가 2차선 도로인 스트랜드 터널의 사전 지정 지점에서 현금 수송 보안 차량을 저지한다. 일당 중 한 사람이 모는 빵 트럭이 현금 수송 차량 앞에서 급제동을 건다. 현금 수송 차량이 멈추는 즉시 포드 에스코트 승합차를 탄 세 명이 제 위치를 잡는다. 한 사람이 총을 겨누며 뒤에서 오는 차량들을 저지하는 동안, 나머지 두 명이 기폭 장치를 매단 폭발 젤라틴으로 현금 차량의 뒷문을 폭파시켜 개방한다. 빵 트럭 운전자가 합류해 다른 멤버들의 배낭을 돈주머니로 채우면, 무장한 세 명이 도주 차량을 대기시켜놓은 터널 출구까지 50미터 거리를 뛰어간다. 마지막 멤버는 이들의 탈출을

엄호하면서 미리 정해놓은 은신처로 빵 트럭을 몰고 간다.

빵 트럭과 현금 수송 보안 차량, 포드 에스코트 승합차가 스트랜드 지하 터널에 진입할 때는 모든 것이 계획대로 흘러가는 듯했다. 멤버들은 모두 노련한 범죄자였고, 다음 단계도 준비되어 있었다. 그런데 느닷없이 예기치 못한 일이 벌어졌다. 그들 뒤 멀지 않은 곳에서 경찰 차량이 나타나 터널 속으로 진입하며 젊은 폭주족 둘을 쫓았다.

사이렌이 왱왱 울리자 포드 에스코트 운전자는 당황해 뒤를 돌아보았다. 그리고 그 짧은 순간 강도 계획을 이행 중이던 빵 트럭 운전자가 급제동을 걸었고, 현금 수송 차량도 브레이크를 밟았다. 포드 에스코트 운전자가 차를 돌렸을 때는 이미 늦은 후였다. 포드 에스코트는 보안 차량의 뒤를 박았고, 폭주족들은 포드 에스코트를 박았다.

거의 동시에 발생한 연쇄 충격으로 앞 좌석의 멤버가 고꾸라졌다. 그의 손에 들려 있던 젤라틴 폭약이 날아가 대시보드에 맞으며 폭발, 불덩이로 변하면서 차량 내부의 모든 것이 불길에 휩싸였다.

무장한 세 멤버는 차량 속에 갇혀버렸고, 불길과 연기 탓에 아무도 운전석 문을 강제로 열 수 없었다. 누구도 그들에게 다가가거나 도울 수 없었고, 연료 탱크가 결국 폭발하면서 밴의 나머지를 폭파시키던 순간의 비명만이 처절하게 들렸다.

무시무시한 혼돈이 이어지는 동안 아무도 빵 트럭의 운전자를 눈여겨보지 않았다. 그는 자신의 눈을 의심하며 몇 초 동안 지켜본 다음 빵 트럭으로 도로 달려가 터널을 빠져나왔다.

포드 에스코트에서 검게 그을린 시신 세 구가 수습돼 웨스트민스터 영안실로 이송되었다. 이틀 뒤 검사를 마친 감식반원들은 시신의 신원을 해리 롤린스, 조 파이렐리, 테리 밀러로 확인했다.

포드 에스코트 승합차의 운전자였던 해리 롤린스는 젤라틴 폭약 폭발의 충격을 온전히 떠안았다. 상체는 글자 그대로 산산조각이 나고, 두개골은 복구할 수 없을 정도로 심하게 파손되었으며, 두 다리는 뼈까지 검게 타버렸다. 하지만 불에 탄 왼쪽 손목에 채워진 롤렉스 금시계에는, 이제는 희미해진 "해리에게. 사랑을 담아, 돌리. 62/12/2"라는 문구가 새겨져 있었다.

경찰은 첫 시신 덕에 두 번째 시신이 조 파이렐리인 것으로 추정했으나 얼굴이 너무 심하게 타버려 100퍼센트 확신하지 못했다. 그에게는 전과가 있었지만 성하게 발견된 손이 없어 지문을 채취해 확인할 수 없었다. 결국 법의학 치과 전문의를 불러 합리적인 의문의 여지를 남긴 채로 치과 기록을 기준으로 신원을 파악했다.

전과 3범인 테리 밀러는 불에 탄 왼손에 남은 엄지 일부와 검지의 지문으로 신원을 파악했다.

셋은 모두 기혼이었고, 세 아내는 이제 모두 미망인이 되었다.

1

돌리 롤린스는 주방에 서서 해리가 좋아하는 식으로 공들여 풀 먹인 셔츠의 깃과 소매를 다리는 중이었다. 곁에 놓인 세탁 바구니에는 다린 셔츠와 베갯잇이 잔뜩 쌓여 있었다. 해리가 데려온 흰 푸들 울프가 그녀의 발치에 늘어져 앉아 있었다. 돌리가 남자아기를 사산하면서 가족을 이루려던 꿈이 물거품이 되었을 때 데려온 녀석으로, 늘 경계심이 많아 돌리가 움직일 때마다 가만히 뒤를 따라다녔다.

돌리는 경찰서에서 돌아온 뒤로 줄곧 빨래하고, 다리고, 먼지를 닦았다. 지금은 오후 1시가 넘었다. 때로 그녀는 손을 놓고 허공을 멍하니 바라봤지만, 그러노라면 아픔이 솟구쳐서 다시 일을 붙잡았다. 마음속 아픔을 멈출 수만 있다면 뭐라도, 무엇이라도 해야 했다. 경찰은 해리의 시신이 너무 심하게 손상되었다며 보여주지 않았고, 돌리는 마음 한구석에서 경찰의 말을 받아들이기를 거부했다. '놈들이 거짓말을 하는 거야.' 그녀는 확신했다. 언제라도 해리가 집 안으로 걸어 들어올 것만 같았다.

린다 파이렐리는 차가운 시신 안치소에서 그대로 얼어붙었다. 짙은 색 긴 머리가 사색이 된 그녀의 얼굴을 감쌌다. 누가 곁에 있었으면 하는 바람이 절실했다. 그 외에도 수많은 걸 바랄 수 있겠지만, 지금은 제발 이것이 악몽이기만을 소원했다. 금방이라도 깨어날 꿈이기를.

"파이렐리 부인, 치과 기록에 따르면 남편이십니다. 하지만 치아를 모두 발견한 게 아니어서 부인께서도 봐주시면 좋겠습니다." 검시관이 말했다. "얼굴 한쪽은 비교적 심하게 타지 않아서 지금서 계신 그 지점에서 보면 괜찮을 겁니다. 준비되셨습니까?" 린다가 미처 대답할 겨를도 없이 검시관이 흰 시트를 젖혔다.

린다는 숨을 몰아쉬며 한 손으로 입을 막고 말을 잇지 못했다. 다리 안쪽으로 따스한 무언가가 흘러내리는 것이 느껴졌다.

"화장실, 화장실에 가야겠네……." 린다가 나지막이 웅얼거렸다.

"부인의 남편 조셉 파이렐리가 맞습니까?" 동행한 여자 경찰이 물었다.

"맞아요. 이제 날 좀 여기서 내보내줘요." 린다가 애원했다.

여자 경찰이 린다의 팔을 붙잡고 안치소에서 복도의 화장실까지 조심스레 안내했다.

셜리 밀러의 모친 오드리는 지치고 넌덜머리가 났다. 오드리는 볼품없는 낡은 모직 원피스와 맨다리와 앵클부츠를 역겨운 듯 내려다보았다. 부엌 창문에 비친 자기 모습을 얼핏 보니, 염색한 오렌지색 머리칼 사이로 희끗한 뿌리가 올라와 있었다. 다시 인간다워지려면 염색이 필요했다. 유리에 비친 초췌한 모습을 말끄러미 바라보는데, 위층에서 딸의 가슴 찢어지는 흐느낌이 들려왔다.

셜리는 울어서 눈가가 벌게진 채로 침대에 누워 있었다. 눈가를 훔쳐낼 때마다 다시 흐느끼면서 그의 이름을 반복해 불렀다.

"테리…… 테리…… 테리……." 셜리는 남편의 사진이 든 액자를 와락 품에 끌어안고 목 놓아 울었다.

오드리가 서둘러 따끈한 우유와 버터 바른 토스트를 쟁반에 받쳐 들고 갔지만, 셜리는 손도 대지 않았다. 하는 수 없이 대신 먹어치우면서 오드리는 셜리가 손에 꽉 쥔 작은 은테 액자에 담긴 테리의 사진을 건너다보았다.

오드리는 침대맡에 앉아 삶의 보람인 아름다운 딸에 대해 생각했다. 셜리는 곱슬곱슬한 천연 금발을 어깨 아래로 길게 늘어뜨리고 볼륨 있는 몸매를 뽐내는 눈부신 여자였다. 상냥하고, 사람을 잘 믿으며, 테리 밀러와 결혼하겠다고 단 한 번 엄마를 거역한 적이 있었을 뿐인 착한 딸이었다. '잊겠지, 곧 정신 차리겠지.' 오드리는 속으로 생각했다. 하지만 지금으로서는 울도록 놔두는 게 최선이었다.

오후 2시, 억지로 몸을 추스른 돌리는 포터스 바 지역의 완벽한 그녀의 집에서 다린 옷가지를 들고 간신히 계단을 올라갔다. 잠에 겨운 울프가 뒤따랐다. 울프는 평소에는 화려하게 장식된 거실 벽난로 앞의 두꺼운 페르시아 러그에서 잠을 잤다. 벽난로 선반에는 돌리와 해리가 평생 찍은 사진들이 놓여 있었다. 돌리가 샤넬 정장을 입고 작은 흰 장미 부케를 들고서 첼시 등기소에서 찍은 결혼사진, 파리에서 보낸 신혼여행, 그 후의 매 기념일과 크리스마스와 자선 연회. 울프는 겨울이면 작은 몸을 따뜻하게 감싸는 통나무 장작불을, 여름이면 열어둔 새시 창문에서 들어오는 시원한 공기를 즐겼다. 그러나 해리가 출장 중일 때면 늘 돌리 곁에, 붉은 플러시 벨벳 소재에 금색 술이 달린 소파에 몸을 말고 앉았다.

돌리는 침실 문을 열었다. 침대 협탁에 놓인 스탠드가 티끌 하나 없는 방 안을 따스하고 은은한 불빛으로 채웠다. 소파와 한 세트인 드레이프 커튼과 침구, 장식용 쿠션은 모두 깔끔하고 단정했다. 어울리지 않는 건 없었다. 다림질한 세탁물을 치운 다음, 돌리는 앞치마 주머니에 손을 넣고 그날의 백 번째 담배 개비에 불을 붙였다. 연기를 내뿜으며 그녀는 몸속에서 힘겹게 들썩이는 심장을 느꼈다.

다시 아래층으로 내려와서 오디오 장의 마호가니 문을 열고 전축을 켠 다음, 이미 턴테이블에 놓여 있는 레코드판에 바늘을 올렸다. 경찰서에서 돌아온 뒤로 그 판을 틀고 또 틀었다. 〈죽음 없는 삶(Life Without Death)〉을 부르는 캐슬린 페리어의 깊고 진한 목소리가 위안이 되는 듯했다.

돌리는 거실에 앉아, 몸을 웅크린 울프를 옆에 끼고 담배를 피웠다. 그 자리에 밤새 앉아 있었다. 울지 않았다. 울지 못했다. 마치 누가 안으로부터 감정을 훑어가버린 것처럼. 해리가 작별 키스를 하던 이틀 전 아침을 다시 떠올렸다. 그는 골동품 구매 출장을 떠나며 이틀이면 될 거라고 말했다. 매 순간 그가 그리웠다. 어젯밤 초인종이 울렸을 때는 그가 돌아오면 먹을 라자냐를 준비하고 있었다. 해리는 파스타 위에 올린 치즈를 바삭하게 구운 라자냐를 좋아했다.

울프가 왈왈거리며 스터드가 박힌 마호가니 현관문을 향해 총총 뛰어나갔을 때, 돌리는 손을 행주에 닦고 울프를 따라 복도를 걷다가 멈칫했다. 스테인드글라스 패널에 검은 두 형체의 실루엣이 잡혔다. 초인종이 다시 울렸다.

두 형사가 신분증을 보여주고는 남편이 집에 있는지 물었다. 전에도 경찰이 문을 두드린 적이 몇 번 있어, 돌리는 즉각 경계하며 두루뭉술하게 출장 중이라고만 말했다. 그러자 그들은 외투를 입고 서까지 따라가서 남편 것으로 보이는 물건을 확인해달라고 요청했다. 순찰차를 타고 가는 동안 그들은 질문에 답도 안 해주는 등 도움이 안 되었다. 돌리는 겁이 났다. 해리가 체포됐으면 어쩌지? 그녀는 무언가를 더 알기 전에는 말하지도, 묻지도 않겠다고 마음먹었다.

경찰서에 도착하자 돌리는 포마이카 탁자 하나와 딱딱한 의자 네 개뿐인 추운 방으로 안내됐다. 제복 차림의 경관이 그녀의 곁에 섰고, 한 형사가 문자반에 다이아몬드가 박힌 골드 롤렉스 시계를 담은 비닐 봉투를 건넸다. 돌리가 봉투를 열려 하자 형사가 낚아챘다.

"만지지 말아요!" 형사가 발끈했다. 그는 검사용 흰 고무장갑을 끼고 시계를 꺼내 희미해진 안쪽의 새김 문자를 보여주었다.

"해리에게. 사랑을 담아, 돌리. 62/12/2". 돌리가 나지막이 뇌까렸다. 그녀는 간신히 침착한 태도를 유지했다. "남편 거예요." 그녀가 말했다. "해리 거예요." 그렇게 그녀의 세상이 무너졌다.

"시신의 손목에서 수거했습니다." 형사는 그녀의 반응을 가늠하려 잠시 기다렸다. "그을린 남자 시신이었습니다."

돌리는 시계를 들고 멀리 있는 벽에 부딪힐 때까지 형사에게서 뒷걸음질 쳤다. 여자 경관이 따라와 손을 내밀었다.

"그건 증거물이에요! 이리 주세요!"

돌리는 온 힘을 다해 시계를 잡고 놓지 않았다. 충격으로 거리낌이 없었다. "거짓말!" 그녀가 외마디 소리를 질렀다. "그이는 죽지 않았어. 죽지 않았다고!" 돌리는 해리의 소중한 시계를 손에서 빼앗기자 악을 썼다. "그이를 보게 해줘요. 봐야겠어!"

여자 경관의 인내심이 바닥났다. "볼 만큼 남은 게 없어요." 경관이 냉정하게 말했다.

경찰차를 타고 집에 오는 내내, 돌리는 해리일 리가 없다고 스스로에게 되뇌었다. 하지만 머릿속의 목소리가 끊임없이 속삭였다. 그 시계는 결혼 10주년 기념일 선물이었다. 그는 돌리에게 키스하며 절대 시계를 풀지 않겠다고 말했다. 돌리는 그가 시계를 힐끗 보는 모습이 좋았다. 그는 팔을 쭉 펴서 손목을 뒤집어 다이아몬드가 반짝 빛나는 모습을 지켜보았다. 그는 늘 롤렉스를 찼고, 심지어 잘 때도 끼고 잤다. 다음 기념일에는 그의 이니셜을 새긴 골드 던힐 라이터를 선물했다. 그는 웃었고, 시계처럼 그것도 늘 지니고 다니겠다고 말했다.

그럼에도, 그가 집에 돌아오지 않으리라는 사실을 받아들일 수 없었다.

오드리는 테리의 장례식을 준비했다. 조용히 가족끼리 치르는 장례여서 집에서 술이나 한잔하는 정도로, 특별한 건 없었다. 셜리는 아직도 간신히 옷이나 갈아입을 수 있는 상태였다.

셜리의 날라리 동생 그레그가 나름 최선을 다해 도왔지만, 아직 너무 어려서 누나의 북받치는 감정을 감당하지 못했다. 셜리가 관 위로 뛰어들려고 하자 그레그는 너무 창피한 나머지 그 자리를 박차고 나가 완전히 다른, 훨씬 품위 있는 조문객 무리에 합류했다.

오드리는 돈을 달라고 하기가 싫어서 아직 비석을 주문하지 않았다. 셜리가 정신을 추스르는 대로 뭐라도 알아볼 참이었다. 그녀는 셜리가 다시 미인 대회 일정으로 돌아가길 바랐다. 그 정도 미모라면 미스 잉글랜드 지역 예선까지 나갈 수 있으리라고 큰 기대를 품고 있었다. 실은 미스 패딩턴에도 이미 지원서를 내두었지만…… 설리가 눈물로 나날을 보내지 않게 되면 그때 다시 언급하리라.

린다는 파이렐리 가족이 모인 혼잡한 아파트의 거실에 있었다. 조의 친지 모두가 장례식과 밤샘 조문에 참석했다. 그들은 머리부터 발끝까지 검은색으로 차려입고 통곡하며 이탈리아인 특유의 열변을 토했다. 그녀의 시어머니 마마 파이렐리 부인은 며칠째 연회라도 하듯 계속해서 음식을 장만했다. 파스타, 피자, 살라미 등 식탁에는 없는 게 없었다. 고아인 린다는 부를 친정 가족이 없었다. 친구로 말할 거 같으면 린다가 일하는 사격장의 젊은 애들은 조를 잘 알지 못했다. 그녀는 혼자 마신 술에 제법 취해갔다. 손님들이 그녀의 붉은 드레스에 고개를 가로젓는 시선이 느껴졌다. 상관없었다.

눈물이 글썽글썽한 얼굴들을 돌아보던 린다는 문득 건너편에 있는 한 여자를 발견했다. 몇 주 전에 조와 같이 있는 걸 본 적 있는 금발 계집이었다. 분노가 솟구쳐 울고 있는 여자를 향해 손님들을 헤치며 나아갔다.

"대체 언 놈이 불렀어?" 린다가 꽥 소리를 질렀다. 그를 기억할 추억거리를 만들어주지! 그녀는 들고 있던 와인을 여자에게 뿌렸고, 조의 남동생 지노가 제때 말리지 않았더라면 덤벼들 참이었다. 흐느끼는 린다를 꼭 안은 지노가 그녀의 귀에 부드러운 위안의 말을 속삭이고는 취한 손을 그녀의 오른쪽 가슴에 슬그머니 갖다 댔다.

돌리 롤린스는 슬픔에 겨워 거의 아무것도 먹지 못했다. 밤과 낮의 경계가 흐려진 듯했지만, 망연한 중에 기계적으로 남편을 묻는 데 동의했다. 그녀는 단정한 검은색 정장과 작은 베일이 달린 검은 모자 차림으로 거실에 앉아 있었다. 새끼 염소 가죽 소재의 장갑을 몇 번이고 쓸어내리며, 부드러운 가죽 아래 느껴지는 결혼반지와 약혼반지를 만지작거렸다. 곁에 앉은 울프가 따스한 작은 몸을 골반에 기대왔다.

오늘 같은 날에도 돌리는 놀랍도록 침착했다. 옅은 갈색 머리는 나무랄 데 없었고, 화장도 튀지 않았으며, 사무적인 태도를 유지했다. 그녀는 매우 사적이고 내밀한 슬픔을 누구에게도 드러내지 않겠노라 마음먹은 여자였다. 사람들은 어차피 이해할 수 없을 테고, 설사 누군가가 이해한다 해도 그녀가 원치 않았다.

돌리와 해리의 파트너십은 매우 특별한 것이었다. 둘은 그녀가 페티코트 레인에서 작고한 아버지의 골동품 고물상을 운영할 때 만났다. 돌리를 해리에게 이끈 것은 번쩍이는 E타입 재규어 자동차도, 잘생긴 얼굴이나 매력도 아니었다. 물론 그런 점들이 눈에 띄긴 했지만 그들의 교감은 그보다 훨씬 깊은 것이었다.

해리가 알이 커다란 솔리테르 다이아몬드 반지를 내밀며 청혼했을 때 돌리는 숨이 멎을 듯했다. 해리의 어머니 아이리스도 마찬가지로 깜짝 놀랐지만 그 이유는 사뭇 달랐다. 그녀는 아들이 돈 밝히는 헤픈 계집으로 보이는 평범해빠진 여자와 결혼하려 한다는 사실을 믿을 수 없었다. 아이리스는 무장 강도 혐의로 수감된 남편이 출감 후 곧 암으로 죽고부터 혼자 외동아들을 길렀다.

그녀는 매우 성공적인, 또한 겉보기에 매우 합법적인 골동품 사업을 일구었고, 해리에게 훌륭한 교육을 시켰으며, 오래된 미술품과 은과 보석에 관한 지식을 넓히도록 아들을 널리 여행 보냈다. 해리가 사업을 물려받았을 때, 아이리스는 이미 관절염과 극심한 편두통으로 고생하던 터라 기꺼이 은퇴할 준비가 되어 있었다. 외동 아들에 대한 마지막 욕심은 그가 집안 좋고 연줄 있는 부잣집 아가씨와 결혼하는 것이었다. 해리가 어머니를 거역하기는 처음이었다.

돌리는 효자 아들 해리가 아이리스에게 사 준 세인트 존스 우드 지역의 고급 아파트를 방문했던 일을 그에게 말하지 않았다. 당시 돌리는 썩 세련되지는 않았지만, 아이리스가 상상했던 것처럼 천박한 금발 여자는 아니었다. 아름다웠고, 여자치고는 어깨가 넓고 손도 고된 일을 해본 티가 났지만 얌전하고 여성스러웠으며, 말투도 차분했다. 아이리스는 정신을 가다듬고 차를 권했다.

"괜찮습니다, 롤린스 부인." 돌리가 대답했다. 아이리스는 여자의 이스트엔드(빈곤과 사회 문제로 악명 높은 런던 지역—옮긴이) 억양에 표정이 일그러졌다. "저는 해리를 사랑하고, 부인이 좋아하시든 아니든 저희가 결혼할 거라는 점만 아셨으면 합니다. 부인이 계속 반대하고 위협하셔봐야 저희는 더 가까워질 뿐입니다. 그 사람은 절 사랑하고 필요로 하니까요."

돌리는 잠시 아이리스의 반응을 기다렸다. 혹시라도 말이 통한다면 사과할 생각이었다. 아이리스는 대신 돌리를 위아래로 훑어보며 평범한 옷가지와 따분한 플랫 슈즈를 비웃었다.

돌리는 어깨를 으쓱하고 말을 이었다. "저희 아버지도 골동품 사업을 하셔서 부인의 남편을 알았으니 가식은 그만 거두시죠. 그분이 장물을 취급했고, 강도죄로 펜턴빌에서 10년을 복역했다는 건 다들 아니까요. 복역 중에 부인이 그 돈으로 사업을 운영했다는 사실도 다들 압니다. 그리고 솔직히, 부인이 무사했던 것도 운이 좋아서였잖아요?"

누구도 아이리스를 이렇게 대한 적은 없었다. "너, 임신했냐?" 허를 찔린 아이리스가 물었다.

돌리는 입고 있는 펜슬 스커트를 쓸어내렸다. "아뇨, 롤린스 부인. 전 임신하지 않았습니다. 아이를 갖고 싶은 건 맞지만요. 부인이 저희 가족의 일원이 되고 싶으시다면 입 다무시는 게 좋을 거예요. 해리와 저는 부인이 허락하시든 않든 결혼할 거고, 사업에서 손 떼게 하겠다고 협박하셔봐야 얼굴이 맘에 안 든다고 코를 잘라버리는 일이나 진배없어요." 돌리는 떠나려고 돌아섰다. "나가는 길은 알고 있습니다."

"돈을 원하는 거라면 지금 당장 수표를 써 주마. 액수만 불러." 아이리스가 말했다.

돌리는 솔리테르 다이아몬드 약혼반지를 낀 왼손을 내밀어 보였다.

"이 반지에 어울리는 금반지를 원해요. 절 떼어낼 만한 돈은 부인한테 없으니까요. 제가 원하는 건 그이뿐이고, 전 그이를 행복하게 해줄 거예요. 말씀 드렸듯이 저희와 인연을 끊지 않고 사실지 여부는 부인에게 달렸습니다."

돌리는 다시 문으로 향했다. 아이리스의 말이 그녀를 다시 멈춰 세웠다.

"해리와 골동품 사업을 운영할 생각이라면 그 싸구려 이스트엔드 억양부터 고치는 게 좋을걸."

"안 그래도 그럴 생각입니다, 부인." 돌리는 어깨 너머로 아이리스의 눈을 똑바로 마주 보았다. "부인께서도 고치셨는데 저라고 못 하겠어요."

돌리가 늘 못마땅해하는 사촌 에디 롤린스가 추위에 얼굴이 상기되어 들어오며 그녀의 상념을 끊었다. 외모는 닮았지만, 강인하고 근육질인 해리와 비교하면 에디는 연약했다.

그는 두 손을 비비며 창밖의 장례 행렬을 몸짓으로 가리켰다. 에디가 환히 웃으며 말했다. "모두 모였어. 엄청 왔네. 피셔 형제도 오고, 저 아래 짭새들이 차에서 지켜보는 건 말할 것도 없고 말이야. 줄 끝이 안 보여. 차가 50대는 온 거 같은데!"

돌리는 입술을 깨물었다. 이런 식으로 하고 싶지 않았지만 아이리스가 고집을 부렸다. 해리는 성대하게 묻어줘야 하는 중요한 남자라는 것이다. 돌리는 아이리스도 얼마나 마음이 아플지 알았으므로 원하는 대로 해주었다. 고맙다는 말은 못 듣겠지만, 길게 보면 그렇게 해주는 편이 돌리의 삶에 스트레스를 덜 줄 터였다.

검정 가죽 핸드백을 집어 든 돌리는 일어서서 스커트의 매무새를 가다듬고, 나가는 길에 복도의 거울에 모습을 비춰 보았다. 현관문에 다다랐을 때 에디가 그녀를 멈춰 세우더니 주머니에서 작은 갈색 봉투를 꺼내 건넸다. 에디는 몸을 숙이며 주변에 아무도 없는데도 숨죽여 말했다.

"받아. 지금이 썩 적절한 때는 아니지만, 짭새들이 우리 집 주변을 캐고 다녀서 말이야. 해리가 자기한테 무슨 일이 생기면 주라고 했어."

돌리는 봉투를 물끄러미 바라봤다. 에디가 무게중심을 옮겨 가까이 다가오며 말했다.

"해리의 창고 열쇠 같아."

돌리는 물건을 핸드백에 집어넣고 에디를 따라 밖으로 나왔다. 곧 해리를 묻는다는 사실이 믿기지 않았다. 그냥 그 자리에서 쓰러져 죽고 싶었다. 지금 돌리가 목숨을 부지하는 유일한 삶의 이유는 그녀의 조그만 개였다.

돌리는 앞마당의 작은 길을 따라 내려갔다. 이웃들이 자기 집 진입로에 나와 있었다. 모두가 지켜보는 눈길이 느껴졌다. 꼬리에 꼬리를 물고 도열한 차량들이 화환과 꽃다발에 짓눌린 영구차를 따르려 참을성 있게 기다리고 있었다. 돌리는 그토록 많은 하트와 십자가를 본 적이 없었다. 형형한 색깔들이 늘어선 검은 차량들과 대조되어 두드러졌다.

에디가 창문을 짙게 선팅한 검정 벤츠 차량 뒷좌석으로 돌리를 안내했다. 돌리는 차 안으로 들어가려 머리를 숙이며, 뒤에 있는 롤스로이스에 앉은 시어머니를 보았다. 아이리스가 입 모양으로 말했다. "잡것 같으니." 돌리는 결혼 생활 내내 그랬듯 그녀를 무시했다.

자리를 잡고 앉은 돌리는 에디에게 천천히 움직이는 운구차를 따라가라고 고개를 끄덕였다. 에디는 운전석 창문을 통해 돌리의 잿빛 얼굴에 흐르는 눈물을 보았다. 그녀는 경직된 목소리로 말하는 중에도 눈물을 닦으려 애쓰지 않았다.

"내가 장례식 뒤에 집에 가서 아무것도 할 생각이 없다고 모두에게 말했지? 아무것도 안 할 거야. 빨리 끝날수록 좋아."

"했지." 에디가 조심스레 대답했다. "하지만 아이리스가 몇 명을 다시 집으로 불렀어. 나더러 자기가 돈을 다 냈다고 가서 말하래." 돌리는 눈을 감고 고개를 저었다. 아이리스는 은퇴 후에 금전적으로 독립하지 않았다. "돈을 다 냈다"는 말은 사실 해리가 돈을 낸다는 뜻이었다. 아니, 더 정확히 말하자면 지금은 돌리가 내는 것이었다.

해리 롤린스는 그의 어머니가 원한 방식대로, 수백 명이 묘지에 모이고 그보다 더 많은 꽃이 무덤을 둘러싼 가운데 묻혔다. 장례식 내내 돌리는 혼자였고, 무감했다. 돌리가 누구보다 먼저 장지(葬地)를 떠나자 참견하기 좋아하는 무례한 조문객들이 고개를 들어 그녀를 지켜보았다.

아니 피셔는 군청색 캐시미어 코트에 맞춤 정장과 셔츠를 빼입고 조문객 무리에 끼어 있었다. 돌리의 차가 떠나자마자, 그는 인파 뒤쪽에 서 있던 거대한 곰 같은 사내에게 고갯짓을 했다. 복서 데이비스가 인파를 밀치며 앞으로 나왔다. 남루하고 낡은 복서의 정장은 셔츠마저 때가 묻고 얼룩져 있었다. 복서의 크고 맹한 얼굴은 장례식으로 감정이 복받친 듯했다. 복서는 추위 때문에 납작한 코를 훌쩍이다가 손등으로 훔쳤다. 아니 피셔는 서서히 퇴장하는 돌리의 벤츠를 힐긋 보고는, 따라가라며 복서에게 고갯짓했다. 복서는 다소 민망해하며 마지못해 발걸음을 옮겼다.

"사장님, 제가 적어도 며칠이라도 기다리는 게 낫지 않겠습니까? 여자가 방금 남편을 묻었지 않습니까."

아니는 2초 동안 복서를 빤히 보더니 벤츠를 향해 다시 고갯짓하고는 등을 돌려 가버렸다. 그걸로 끝이었다.

아니의 동생 토니 피셔는 형에게서 몇 발짝 떨어진 곳에 서 있었다. 모두를 내려다볼 만큼 키가 큰 그는 복서마저도 상대적으로 작아 보이게 만들었다. 토니가 주변 사람들과 이야기하며 오른쪽 귀걸이를 만지작거리자 차가운 햇빛이 반사되어 빛났다. 토니가 무슨 재미있는 얘기를 마쳤는지 사람들이 왁자하게 웃었다. 형과는 달리 토니는 잘생긴 남자였다. 아니, 두 사람의 유일한 닮은 점이라면 얼음처럼 차가운 짙푸른 눈빛뿐이었다. 아니는 근시여서 무테안경을 썼지만, 둘의 눈빛에는 공히 감정이 없는 또는 드러나지 않는 무언가가 있었다. 복서는 토니와 아니를 차례로 쳐다보고는 흩어지는 조문객 사이를 뚫고 고분고분 돌리를 따라, 그녀와 해리가 그토록 오랫동안 참으로 행복하게 살았던 텅 빈 저택을 향했다.

풀러 경사는 운집한 조문객들에게서 조금 떨어진 어느 비석에 기대고 서서, 그 자리에 모인 이들을 하나씩 머리에 새겼다. '이런, 이건 뭐 런던 경찰청 지명 수배자 사진 컬렉션이잖아.' 나쁜 놈들은 모두 거기 있었다. 연식이 좀 된 놈들부터 신참들까지. 실세들에게 잘 보이고 싶은 부지런한 젊은 경찰 풀러는 하찮은 일로 보이는 업무에 투입된 것에 부아가 났다. 그의 상관 조지 레스닉 경위는 풀러가 태어나기 전부터 해리 롤린스 검거에 집착해왔다. "뭔가 있을 거야, 풀러." 레스닉은 그날 아침 풀러와 앤드루스 순경에게 단단히 일러두었다. "런던 범죄자 놈들이 죄다 오늘 그 무덤에 모일 거야. 조의를 표하러 오든가 롤린스 놈이 부활 못 하게 만들러 오든가. 그러니 뭔가 있을 거야. 난 그 뭔가가 알고 싶은 거고."

레스닉 경위는 해리 롤린스가 세 건의 현금 수송 차량 무장 강도 사건의 배후일 거라고 늘 믿었다. 이 믿음을 입증하려는 레스닉의 노력은 도를 넘는 집착이 되었고, 롤린스에게는 줄곧 눈엣가시였다. 롤린스는 종국에 행동을 취했다. 레스닉이 범죄자에게서 봉투를 받는 장면이 카메라에 포착되었고, 그 소식이 《뉴스 오브 더 월드》지에 흘러들어가자 그는 비리 혐의로 수사받게 되었다. 무죄를 증명하는 데 몇 달이 걸렸고, 레스닉이 복직했을 때는 이미 낙인이 찍혀 진급을 바랄 수 없게 되었다. 경력에 돌이킬 수 없는 손상을 입자 롤린스에 대한 끈질긴 증오에 불이 붙은 레스닉은, 몇 년이 걸리든 언젠가 해리 롤린스를 철창에 처넣겠다고 맹세했다. 죽음이 레스닉을 선수 치긴 했지만, 집착은 이제 무덤 너머로 뻗어나간 듯했다.

풀러는 레스닉 따위는 신경 쓰지 않았다. 레스닉도 그를 전혀 신경 쓰지 않을 테니까. 레스닉에게는 망할 해리 롤린스를 잡는 것보다 더 중요한 사람도, 더 중요한 일도 없었다. 하지만 피셔 형제의 행보와 주변 인물에 대해서는 둘 다 신경을 썼으므로 풀러는 그들을 매의 눈으로 지켜보았다. 풀러는 진급 야심이 컸고, 피셔 형제는 그가 갓 순경이 되었을 때부터 모든 경찰의 '수배 최우선' 순위에 있었다. 롤린스가 죽은 지금 그들을 잡는다면 세기의 검거가 될 터였다.

조문객들이 흩어지자 풀러는 비석 사이를 누비며 출구로 다가갔다. 대기 중인 순찰차에 타기 직전 풀러는 비싼 구두에 흙이 묻은 걸 발견하고 신경이 곤두섰다. 흙을 도로변 풀밭에 닦아내는 그를 보며 앤드루스 순경이 운전석에서 씩 웃었다. 풀러는 즐겁지 않았다. 제일 좋아하는 바지의 밑단에도 흙이 묻어 있었다.

풀러는 차 문을 열고 털썩 주저앉았다. 그는 말끔하게 다려 곱게 갠 깨끗한 흰 손수건을 꺼내 침을 퉤 뱉고는 바지 오른쪽에 묻은 흙을 닦아냈다.

"뭐 재밌는 거라도 있던가요?" 앤드루스가 말을 걸었다. 지난

한 시간 동안 풀러가 지루해 죽으려는 걸 지켜본 참이었다.

"멍청이 레스닉이야 원한다면 제 경력을 말아먹든가 말든가. 하지만 내 경력은 말아먹지 않을 테니 두고 봐." 풀러가 발끈했다.

"《뉴스 오브 더 월드》에서 경위님 관련 기사를 읽은 기억이 있어요." 앤드루스는 온갖 가십을 꽉 잡고 있었다. 여자 경관들한테 잘 먹힌다고 생각해서였다. "비리 경찰 수뢰. 뇌물 수수로 정직."

"내가 그걸 알아야 하나?" 풀러가 씩씩댔다. 그는 차 문을 닫고 턱짓으로 앤드루스에게 출발을 지시했다.

"경사 달기도 전에 경찰청장 치하를 두 번이나 받으신 분이에요." 앤드루스가 기어를 넣으며 말했다. "훌륭한 경찰이었죠."

"글쎄, 지금은 아니거든!" 레스닉의 진급 기회가 물 건너갔다는 사실은 모두가 알았다. 아슬아슬하게 경위 계급을 유지하고는 있지만, 진급 얘기가 나올 때마다 누군가가 옛일을 들쑤셔서 늘 밀리곤 했다. 최근에야 손더스 경감이 수사과의 광역 지휘관을 설득해 레스닉에게 다시 현장 업무를 허용해서, 작은 미제 사건 수사팀 운영 책임을 맡고 있을 뿐이었다.

"줄담배 피우는 그 공룡하고 연관된 경찰은 죄다 그 인간처럼 우스운 취급을 당한다고. 난 그 꼴은 못 봐, 앤드루스. 그 정도로만 말해두지."

풀러는 늘 들고 다니는 수첩을 꺼내 장례식에서 적은 이름들을 내려다보았다. "그 인간, 이젠 유령 쫓아다니는 신세가 됐네. 살아 있는 놈들에 관심을 쏟아야 하는데 말이야." 차가 빠져나가는 동안 풀러는 아니 피셔를 찾기 위해 주차장에 모여 있는 인파를 주시했다. 하지만 피셔는 이미 떠난 뒤였다. 풀러는 인상을 쓰며 수첩을 톡톡 두드렸다.

"롤린스가의 파티나 살펴보지. 누가 경야에 와서 놈에게 조의를 표하는지 보자고."

2

　돌리는 플러시 벨벳 의자에 앉아 복서가 조심스레 브랜디를 따라주는 모습을 지켜보았다. 그는 원래 오렌지 주스를 마셨다. 분명 잘 보이려 애쓰고 있었다. 내가 대체 왜 이 멍청한 덩치를 안으로 들였을까? 하고 많은 사람 중에 하필 저 인간을 왜? 하지만 그의 존재는 묘하게 위안이 되었다. 복서는 자신만의 우스운 방식으로 해리의 죽음에 진심으로 감정이 격해진 듯했다. 돌리는 손을 떨어뜨려 늘 그러듯 곁에 가까이 앉은 울프를 쓰다듬었다. 자그마한 개가 가만히 올려다보더니 그녀의 손가락 끝을 핥았다. 그녀는 외로웠다. 끔찍이도, 끔찍이도 외로웠다.

　복서는 아무짝에도 쓸모없는 인간이지만 해리를 높이 샀고, 친구라고 생각했다. 물론 해리는 복서의 친구가 아니었다. 해리는 그저 복서를 돌보고 간혹 돈을 집어주었다. 좋아해서라기보다는 조종하기 쉬워서였다. 복서는 울프가 돌리를 따르듯 해리를 따랐지만, 다만 울프는 상대방 역시 자신을 사랑하고 있음을 알 만큼은 똑똑했다.

　그들은 말없이 술만 마셨다. 계속 서 있던 복서는 그 큰 덩치를 의자에 앉혀야 할지 확신이 안 서는 듯 안절부절못했다. 돌리가 고개를 끄덕이자 그는 자리에 앉아 빈 술잔을 무릎께에 댔다. 돌리는 피곤하고 머리가 아파 복서가 가주길 바랐지만, 그는 그저 앉아 있기만 했다. 결국 복서가 헛기침을 하고 옷깃을 매만지더니 입을 열었다.

"그분들이 해리의 장부를 원합니다." 그가 불쑥 던졌다.

"그분들?" 돌리는 복서를 바라볼 땐 찡그린 표정을 감췄다. 그녀는 무엇도 드러내지 않을 작정이었다.

복서는 일어서서 긴장한 듯 방 안을 오락가락했다. "돌리, 제가 이제 피셔 형제 일을 돕고 있습니다. 그분들이…… 그분들이 해리의 장부를 원합니다."

"무슨 말인지 모르겠어." 돌리가 대답했다.

"값은 톡톡히 치를 겁니다." 복서의 목소리가 가늘게 떨렸다. 그는 진지하되, 요구하는 것처럼 들리지 않게 하려 애썼다.

돌리가 관심을 보이지 않자 복서는 초조해졌다. 그가 초조하면 부주의해진다는 것을 알 만큼 돌리는 복서를 잘 알았다. 그는 곧 자신도 모르게 모든 걸 다 털어놓고 말 것이다.

"해리의 장부요." 복서가 말을 이었다. "해리는 장부로 유명해요. 거기 이름들을 써놨거든요. 해리가 기록을 남겼던 거 아시잖아요. 마주친 전과자 놈들은 죄다, 어떨 땐 아직 만난 적 없지만 만나겠다 싶은 놈들까지도요. 짭새들이 그걸 손에 넣으면 런던 길거리에 멀쩡한 나쁜 놈은 하나도 안 남아날걸요."

"말했지, 모른다고."

복서가 번개처럼 그녀 곁으로 다가와 몸을 숙이고는, 달덩이 같은 큰 얼굴을 돌리의 얼굴에 바짝 갖다 대고 검지로 그녀를 가리켰다. 돌리는 꿈쩍도 하지 않았다. 그는 화가 난 게 아니었다. 겁에 질려 있었다.

"알잖아요, 알면서! 그러니까요, 달, 장부 어디 있어요?"

돌리는 참을 수 없는 분노가 와락 치밀어 벌떡 일어섰다. 복서가 뒤로 물러났다. "날 그렇게 부르지 마, 알아들어? 날 그렇게 부르는 사람은 해리뿐이야! 장부인지 뭔지 전혀 모른다고! 게다가 그게 피셔 형제하고 무슨 상관인데?"

복서는 다시 한 번 절박하게 애원하면서 그녀의 두 팔을 붙들었다. "피셔 형제가 이 구역을 접수했어요. 그들이 절 보냈다고요. 제가 빈손으로 돌아가면 그땐 토니가 당신을 찾아올 거예요. 그러니 자기 몸 챙긴다 생각하고 장부가 어디 있는지 나한테 말해요!"

한 발짝 뒤로 물러선 돌리는 분노로 얼굴을 일그러뜨리며 손톱이 손바닥을 파고들 만큼 주먹을 부르쥐었다. "그이를 갓 땅에 묻었는데!" 해리가 피셔 놈들 같은 양아치들로 그토록 빨리 대체되었다는 생각에 돌리는 일순 깊은 슬픔이 북받쳤다.

복서는 저 자신도 애통했기에 그녀의 슬픔을 즉각 알아보았다. 죄책감이 밀려와 그의 표정이 누그러졌다. "다시 올게요."

"누구도 찾아오지 않았으면 좋겠어! 그 누구도! 나가!"

"알았어요, 돌리. 걱정 마요. 누구든 다른 사람한테 가지만 마세요, 알았죠? 피셔 형제가 안 좋아할 거예요. 내가 다시 올게요."

"나가, 어서. 당장 나가라고!" 돌리가 소리 지르며 술잔을 그에게 집어던졌다. 제때 몸을 피한 덕에 술잔은 문에 맞아 산산조각이 났다. 복서는 항복의 뜻으로 두 손을 공중에 들어 올리고는 총총히 물러났다.

현관문이 쾅 닫히자마자 돌리는 전축 쪽으로 다가갔다. 캐슬린 페리어의 묵직하고 아름다운 목소리가 공간을 채우자 분이 가라앉았다. 그녀는 흘러나오는 노래를 따라 불렀다. "인생이 그대 없이 무엇이랴. 그대가 죽는다면 삶이 무어랴……." 에디가 장례식

전에 준 봉투가 문득 기억났다. 돌리는 핸드백을 집어 내용물을 바닥에 와르르 쏟았다. 무릎을 꿇고 급히 물건들을 뒤지며 열쇠 몇 개를 감싼 종이를 찾아낸 돌리는 해리가 남긴 메시지가 있기만을 바랐다. 얼른 쪽지를 펼치자 그의 단정한 손 글씨가 눈에 들어왔다.

은행 금고 - H. R. 스미스 - 비밀번호 - '헝거포드(HUNGERFORD)'
'H. R. 스미스 부인'으로 입장할 것.

그 아래 뭔가가 더 쓰여 있었다.

사랑하는 딸,
때여 금고 때문에 함께 은행에 갔던 일 기억나?
이제 그거 다 당신 거야. 열쇠는 리버풀 스트리트 근처 창고 거야.
그 안에 뭐가 있을 텐데, 그걸 없애야 해.
해리.

돌리는 울프를 곁에 두고 푹신한 크림색 카펫에 무릎 꿇고 앉아 종이를 가슴에 대고 와락 움켜쥐었다. 그녀는 편지를 읽고 또 읽으며 언제 쓴 걸까 알아보려 애썼다. 날짜도 없고 사랑의 인사도 없이 그저 단순한 지시 사항뿐이었다. 은행 금고에 장부가 있다. 그녀는 확신했다. 해리가 항상 명단을 만들었기에 돌리는 장부의 존재를 늘 알고 있었다. 그의 어머니는 (범죄자든 합법적이든) 연줄이라는 자산 없이는 모든 사업이 실패한다고 그에게 가르쳤다. 아이리스는 장부 사용법, 이름과 날짜, 합법이든 불법이든 구매 내역을 기록하는 법을 알려주고 장부를 안전하게 따로 자물쇠로 채워 보관하도록 고집했다. 장부는 누군가가 배신할 경우 보험으로 작용할 터였다.

돌리는 편지를 외운 다음 태우고 열쇠들을 열쇠고리에 끼웠다. 해리가 잘했다고 할 것이다. 울프와 함께 위층으로 올라가며 그녀는 속으로 비밀번호를 되뇌었다. '헝거포드, 헝거포드.' 그 이름은 기억하기 쉬웠고 은행의 출입 아이디도 간단했다. 해리의 머리글자, 그다음에 "스미스" 그리고 "부인".

잘 채비를 하면서 돌리는 피셔 형제가 이 장부를 손에 넣는 데 얼마를 낼 용의가 있을까 생각해봤다. 그녀는 머리를 빗은 다음 침실 창문으로 다가갔다. 잠복 경찰차 한 대가 현관문으로부터 조금 떨어진 곳에서 대기하며 지켜보고 있었다. "나쁜 놈들." 돌리는 나직이 뇌까리고는 커튼을 쳤다.

$\mathcal{3}$

경찰관 한 무리가 돌리 롤린스의 집 구석구석을 거의 이틀 동안
이 잡듯 뒤졌다. 그들은 심지어 아기방의 작은 침대까지 벗겨놓고
그 작은 매트리스를 주머니칼로 뜯었다. '저래 놓고 우리 보고 짐
승이라지.' 돌리는 눈물을 참으며 속으로 생각했다. 그녀와 해리
가 잃은 어린 사내아이, 그 순정하고 성스러운 기억이 담긴 죽은
아기의 방이 더럽혀지고 짓밟혔다. 아기를 다시 잃는 것 같았지
만, 자신의 기분을 냉담하게 무시하는 태도가 깊은 상처를 주었지
만 돌리는 감정을 드러내지 않았다.

경찰은 집 안 수색을 마치자 밖으로 나갔다. 건드리지 않은 것
이 없었다. 정원을 파헤치고 화분을 비우고 흙도 헤집었지만 아무
것도 나오지 않았다. 드라이클리닝 전표를 포함해 해명되지 않는
것은 없었다.

해리의 책상 서랍이 모조리 거실 바닥에 엎어졌고, 모든 편지와
봉투와 액자가 뜯겼다. 돌리는 놈들이 자신의 아름다운 집을 난자
하는 모습을 지켜보았다. 말없이, 분노로 몸이 뻣뻣이 굳은 채 그
저 지켜볼 뿐이었다. 그녀는 그들이 아무것도 찾지 못하리란 걸
알았다. 짭새놈들이 상대하기에 해리는 너무 똑똑했다. 앤드루스
순경이 뒤집힌 소파에 앉아 벽난로 위에서 집어 온 액자를 뜯으려
하자 돌리는 버럭 화를 냈다.

"그건 놔둬, 나쁜 놈아!" 그녀는 액자를 낚아채려 했다.

앤드루스는 풀러를 올려다봤다. 풀러는 선 채로 돌리의 개인적인 편지를 읽는 중이었다. 돌리가 그를 향해 돌아섰다.

"저건 가져가지 말라고 해요! 우리가 마지막으로 함께 찍은 사진이라고요. 우리 결혼기념일 사진요."

풀러는 읽던 편지를 마저 읽었다. "서로 가지고 가." 그가 돌리는 본 척도 않고 앤드루스에게 말했다. "이번 건과 런던의 다른 미제 강도 사건 피해자들한테 보여줄 해리 롤린스의 최근 사진이 있어야 하거든."

돌리는 더 참을 수 없었다. 그녀는 거실에 널브러진 물건들을 헤집더니 전화기를 찾아들었다.

"이건 다분히 악의적이야!" 그녀가 풀러에게 대들었다. "당신 상관하고 얘기해야겠어. 이름을 대." 답변이 없었다. "가만있지 않겠어! 그리고 우리 남편 시계도 돌려줘. 알겠어? 내가 그이한테 사 준 거니까 돌려받아야겠어. 남편 유품이라곤 그것뿐이라고."

풀러는 계속 돌리를 무시했고, 그것이 분노를 부채질했다. 그녀가 수화기를 집어 들었다. "당신 상관! 누구야? 이름을 대!"

그제야 풀러가 그녀를 건너다봤다. "조지 레스닉 경위." 그가 능글맞게 웃으며 대답했다.

돌리는 손이 불에 데기라도 한 듯이 수화기를 내려놓았다. 조지 레스닉 경위는 해리가 유일하게 성가셔한 사람이었다. 레스닉은 해리의 현금 수송 차량 강도 연루 사실을 입증하겠다는 일념으로 돌리의 집을 찾아와, 그녀가 아무리 거짓말을 늘어놔도 언젠가는 해리 롤린스를 감방에 평생 처넣겠다고 위협했었다.

돌리는 해리에게 레스닉 문제를 해결해야 한다고 경고했다. 그녀는 지나가는 소리로 말했다. "만약 그 인간이 누명을 쓴다면 재미있지 않을까? 다들 그 인간이 뇌물을 받았다고 생각하고, 언론에서 그 장면을 포착하면?"

그다음 일요일, 해리가 《뉴스 오브 더 월드》 한 부를 아침 식탁에 던졌다. 만신창이가 된 레스닉의 경력이 신문 일면을 장식하고 있었다. 해리는 아내에게 빙긋 미소를 지어 보이고는 샴페인 한 병을 땄다. 그들은 레스닉의 최후에 건배를 들었다.

하지만 지금 레스닉이 다시 해리의 사건을 맡은 모양이었다. 해리가 스스로를 방어할 수도 그녀를 보호할 수도 없게 된 지금, 그의 이름을 마음껏 더럽히려는 결의가 대단했다.

"남편은 죽었어." 돌리가 풀러에게 말했다. "그걸로 모자라?"

땅딸막한 조지 레스닉 경위가 경찰서 복도를 쿵쾅거리며 내려왔다. 입에는 예의 담배 한 개비를 물고, 오버코트는 열어젖히고, 낡은 모자를 뒤통수에 걸치고 있었다. 레스닉은 겨드랑이에 두껍고 무거운 서류철을 끼고 수사과 중앙 사무실들을 지나가며, 발걸음도 멈추지 않고 문을 홱 열어젖혀 명령을 꽥꽥 하달했다.

"풀러, 당장 내 사무실로 보고서 갖고 와. 앤드루스, 커피 좀 가져다주고. 앨리스, 감식 보고서 오늘 내로 갖다 줘." 소리 지르는 당사자들은 시야에 보이지도 않았지만 레스닉은 그들이 그곳 어딘가에 있으며, 원하는 걸 얻을 수 있다는 걸 알았다. 자기 사무실에 도착하자 레스닉은 열쇠를 꺼내 문을 열고 들어가서 발로 걷어차 닫았다. 그 버릇 덕에 이미 금이 가버린 유리가 떨렸다.

앨리스는 요청받은 감식 보고서를 끌어안고 사무실에서 뛰어나갔고, 앤드루스는 복도에서 풀러와 마주쳤다.

"커피 메이커 고장 났어요!" 앨리스가 알려주었다.

앤드루스의 얼굴에서 핏기가 가셨다. 레스닉이 안 좋아할 텐데. 그는 다른 커피 메이커를 찾아 복도 저편으로 잽싸게 사라졌다.

벌써 9시 반이었다. 9시부터 명령을 기다리고 있던 풀러는 짜증이 스멀스멀 올라와, 이미 똑바른 타이를 다시 한 번 가다듬고는 레스닉의 사무실 문을 두드렸다.

"들어와!" 레스닉이 호령했다.

사무실은 평소처럼 혼돈의 도가니였다. 표면이란 표면은 모조리 커피 잔, 서류철, 꽁초가 수북한 재떨이에 점령당했고 바닥에도 파일 더미들이 줄줄이 늘어서 있었다. 캐비닛 서랍들은 꽉 찬 서류들 때문에 닫히지 않았다. 레스닉은 그 혼돈의 한가운데서 그날의 열 번째 담배를 피워 물고 폐부에서 솟아나는 기침을 콜록대며 서류를 읽고 있었다.

앨리스가 그의 책상을 정돈하기 시작했다. 그녀는 재빨리 담배꽁초와 재를 휴지통에 비우고 사무실 안에 널린 파지들을 집었다. 앨리스는 레스닉의 어지럽혀진 삶에 질서를 회복해주도록, 그래서 그가 나무와 숲을 모두 볼 수 있도록 존재했다. 앨리스가 없다면 그는 그저 파일 더미와 담뱃재 속에서 허우적대면서, 지금보다도 더 모두를 들들 볶을 터였다. 앨리스는 레스닉과 오랫동안 일해왔고, 그가 겪은 고통을 알았다. 그가 수사하는 모든 순간마다 곁을 지켰고, 밤늦은 시각에 말없이 힘든 순간을 겪는 그를 보았다. 앨리스는 롤린스가 레스닉을 함정에 빠뜨리고 신문사에 제보했을 때 그가 무엇을 잃었는지 정확히 이해했다. 레스닉은 무엇보다도 경찰로서의 위엄과 평판을 잃었다. 아무리 노력해도 되찾기 불가능한 것이었다. 서의 사람들 대부분은 매일같이 레스닉의 변덕과 지저분한 습관을 참아내는 앨리스가 천사라고 생각했지만, 앨리스는 그를 위해 일하는 게 좋았다. 눈 깜짝할 새에 롤 모델에서 망신살로 전락했으며, 모두가 레스닉의 빛나는 초창기 경찰 경력을 잊은 듯했지만 그녀는 결코 잊지 않을 터였다. 앨리스는 끝까지 충직할 터였다. 또한 그가 "부탁해"라든가 "고마워"라고 말하는 유일한 사람도 그녀였다.

"풀러, 내 쓰레기는 앨리스가 소각장에 갖고 간다." 레스닉이 말했다. "청소부들은 여기 못 들어와. 물건이 없어질 수도 있고, 봐서는 안 될 사람이 보거나 엉뚱한 손에 들어갈 수 있으니까." 풀러는 레스닉이 어떤 다른 뜻으로 말하는 걸까 생각하다가 얼굴이 빨개졌다.

앨리스가 책상 위에 전화기 놓을 공간을 만들자마자 전화벨이 울렸다.

"뭐요?" 레스닉이 버럭 소리를 질렀다. 가만히 듣던 그는 낯빛을 점점 붉히더니 쾅 하고 수화기를 내려놨다. "범죄 기록 관리과 놈들," 그가 내뱉듯 말했다. "난리가 났다. 내가 적정 양식을 작성하지 않고 허가 없이 파일을 가져갔다고." 레스닉은 구긴 종이 한 장을 집어 풀러에게 던졌다. "그놈의 것 작성해서 그 새끼들한테 보내! 그리고 나머지 애들 다 집합시켜!"

풀러가 레스닉 휘하의 경관들을 집합시키러 사무실에서 나가자, 앤드루스가 커피를 가지고 들어왔다. 레스닉은 한 잔 집어 들고는 새 담배에 불을 붙이고, 갓 비우고 닦은 재떨이를 채우는 일과를 새로 시작했다. 몇 초 만에 풀러가 호크스, 리치먼드 형사와 함께 돌아왔다. 모두 자리를 잡자 풀러는 날짜가 지난 범죄 기록 요청서를 작성해 앨리스에게 넘겨주었다. 그녀가 직접 해당 부서에 내려가서 일을 매끄럽게 처리할 터이다. 이번에도.

레스닉은 의자를 당겨 "애들" 앞에 털썩 주저앉은 뒤, 새로 치운 깔끔한 책상 위에 파일의 내용물을 펼쳐놓았다. 그러고는 감식반에서 받은 봉투를 열어 강도 사건 사체들의 대형 컬러 사진을 잔뜩 꺼냈다. 끔찍하게 팔다리가 없어지고, 얼굴이 타고, 일그러져 있었다. 그중 가장 심한 사체는 시계를 찬 부분을 제외하고는 인간의 몸이라고 알아볼 수 없을 만큼 검게 타버린 해리 롤린스의 유해였다.

"그 여자, 화장시킬 필요 없었겠네. 안 그래?" 레스닉이 사진 여러 장을 책상에 늘어놓으며 빈정거렸다. 의자에 깊숙이 기대고 앉은 그는 앤드루스의 충격받은 표정을 알아보았다. 풀러는 평소처럼 동요하지 않은 오만한 표정이었다. 풀러는 훌륭한 경찰이었지만 어딘가 레스닉의 심기를 거스르는 부분이 있었다. 지금 이 순간도 레스닉은 똥 씹은 듯 그가 못마땅했다. 반면에 의자가 모자라서 책상 한쪽에 걸터앉은 앤드루스는 머저리였다. 호크스와 리치먼드는 옛날부터 알았다. 둘은 열심히 일하는 성실한 경찰이지만 흥미롭지 않았다. 정직되었다가 돌아온 뒤로 고위 간부들이 부하 경관 선정 요청을 그다지 고려해주지 않아서 그는 그저 주는 대로 받아야 했다.

레스닉은 의자를 앞으로 당긴 다음 전날 밤의 보고서들을 열어 일별했다. 그는 새 담배에 불을 붙이고 깊이 연기를 들이마신 다음 풀러를 향해 내뿜고는, 보고서를 톡톡 두드리며 롤린스의 팔뚝과 손목시계를 확대한 사진을 집어 들었다. "풀러, 우리가 롤린스 건에 시간을 너무 할애한다고 쓰여 있네. 맞나? 그렇게 생각하나?"

풀러는 발끈한 듯, 지원을 요청하는 눈길로 앤드루스를 건너봤다. 레스닉이 순식간에 그를 공격했다.

"어이, 풀러. 내가 지금 너한테 말하고 있잖아, 쟤 말고." 레스닉이 일어서며 말했다. "풀러, 내가 네 시간을 허비한다고 생각하나? 이렇게 말하지, 이 옹졸해빠진……." 레스닉은 하려던 욕을 참고 분노를 잠재우려 주먹을 움켜쥐고는 책상을 지그시 눌렀다. "우린 지금 세기의 사건을 맡았는데, 그걸 못 알아본다면 넌 내 생각보다 더 멍청한 놈이야." 풀러가 눈알을 굴리자 레스닉이 격분했다. "너 지금 '또 시작이군!' 이러고 있지? 너희 전부 서에 들어오자마자 들었지? '저 자식이야. 누명 쓴 바로 그 한심한 새끼라고!' 그래, 난 거세된 거나 다름없어. 그런데 누가 나한테 그 짓을 했지, 엉?"

풀러는 레스닉의 화풀이 대상이 되고 싶지 않았다. "해리 롤린스 조직원 놈 중 하나로 보입니다." 그가 앙다문 입술로 말했다.

"맞았어. 그리고 해리 롤린스 조직원 중 누구도 놈의 지시가 없으면 방귀도 못 뀌지. 롤린스 놈이 날 엿 먹인 거라고! 이젠 내가 놈을 쥐고 흔들어 싹 쓸어버릴 차례야!"

풀러는 레스닉의 이글거리는 눈을 똑바로 마주 보았다. "놈이 죽어서 그건 좀 어려울 것 같습니다만." 실내의 공기가 싸해지고 레스닉과 풀러 사이의 침묵이 영원히 계속될 듯 이어졌다. 풀러에게 레스닉은 한물간 만신창이였다. 똑똑하고, 진급을 앞두고 있던 풀러는 레스닉 경위 밑으로 가라는 지시를 받고 속은 기분이었다. 이 인간의 모든 것이 짜증 났다. 그의 낡고 더러운 구두, 얼룩진 셔츠, 늘 따라다니는 암내, 담배와 연기에 찌든 손가락……. 풀러는 레스닉에게서 무엇이든 냄새만 맡자며 벼르고 있었다. 어려운 일도 아니었다. 이 뚱보의 역사는 다들 알고 있으니까. '오명은 벗기 어렵거든.' 풀러는 속으로 생각했다.

레스닉은 이 시건방진 부하를 한 대 칠까 봐 참듯 두 손을 주머니 깊숙이 찔러 넣었다. 다시 입을 연 그는 침착하고 조용했다. "롤린스 놈을 말하는 게 아니야. 놈의 시스템 말이지. 놈의 장부…… 풀러, 네가 그 존재도 믿지 않는다는 걸 잘 안다만."

레스닉은 책상 안쪽에서 오락가락하며 빠르게 말을 내뱉으면서, 동시에 담배 연기를 폐부 깊숙이 빨아들였다가 입과 코로 뿜어냈다.

레스닉은 미제 강도 사건의 서류철들을 하나씩 책상에 내려놓았다. "A3 강도, 유스턴 우회로 강도, 블랙월 터널 강도." 그의 뭉툭한 손가락이 책상에 놓이는 각 서류철을 쿡 찔렀다. "풀러, 용의 차량들의 대형을 봐. 똑같지. 그리고 매번 놈들이 달아났어. 우린 아무 단서도 못 잡았지. 단 하나도." 레스닉의 긴 연설은 기침 발작으로 중단되었다. 턱살이 흔들리면서 목부터 위로 얼굴이 시뻘게졌다. "그리고 이 모든 사건이, 모조리 해리 롤린스 짓이었던 게 분명해! 내가 왜 그렇게 생각하는지 알아?" 레스닉은 풀러를 뚫어져라 노려보며 이 오만방자한 놈이 뭔가 똑똑한 소리를 지껄이길 기다렸다. 풀러는 현명하게도 아무 말도 하지 않았다. "풀러, 어디 말 좀 해보시지?" 레스닉이 약을 올렸다. "내가 도와주지. 해리 롤린스가 이 모든 미제 강도 사건의 배후인 게 분명한 이유는, 바로 작업 방식이 놈을 폭파시켜버린 사건과 더럽게도 똑같기 때문이야! 그리고 이 모든 강도 사건이 놈의 장부에 상세히 기록돼 있을 거야." 풀러의 야심찬 눈빛이 책상 위의 서류철에서 레스닉의 땀투성이 붉은 얼굴로 빠르게 옮겨 갔다. 레스닉이 빙긋 웃었다. "그렇지. 수십 건의 범죄가 해결되기만을 기다리고 있는 거지. 그렇게 되면 네 얌전한 이력서가 얼마나 빛이 나겠냐, 엉?"

뒤뚱거리며 큰 종이로 가려놓은 화이트보드 쪽으로 간 레스닉은 고갯짓을 했다. 모두가 착한 학생들처럼 얼른 그를 둘러쌌다.

"하나를 해결하면, 전부가 해결된다." 레스닉은 마술사처럼 종이를 뜯어내며 발표했다. 스트랜드 터널 강도 미수 사건의 상세한 그림과 범행 장소 사진이 드러났다. 레스닉은 붉은 사인펜으로 빵 트럭 사진에 동그라미를 쳤다. "이 트럭이 현금 수송 차량 앞에서 목격되었다." 그다음에 강도들의 포드 에스코트 승합차에 동그라미를 쳤다. "폭발하면서 안에 있던 세 명이 사망한 승합차다." 레스닉은 빵 트럭을 손가락으로 쿡쿡 찌르면서 자신의 가설을 늘어놓고는 책상 위에 흩어진 파일들을 가리켰다. "놈들은 동일한 대형을 쓴다. 4인조고, 그중 한 명이 운전하는 차량이 전방에 서지. 이 운전자가 우리가 원하는 사람이다. 다른 모든 것과 연결되는 고리지."

풀러가 주시하는 눈길을 느끼며, 레스닉은 한 방 먹이고 싶은 욕구가 불끈 일어나는 것을 억제하면서 다른 경관들이 범죄 현장 사진들을 자세히 볼 수 있도록 옆으로 비켜섰다. 앤드루스가 가져온 커피를 마저 들이켜던 레스닉은, 풀러가 수사과의 포켓북에 열심히 메모하는 모습을 지켜보느라 커피가 옷 앞자락에 뚝뚝 떨어지는 것도 눈치채지 못했다.

"풀러, 왜 우리가 운전자를 못 찾았을까? 빵 트럭은? 웨스트엔드에서 저 크기의 배달 차량을 추적하는 일은 어렵지 않은데 말이야." 레스닉이 물었다. 그는 풀러의 입이 분노로 움찔거리는 모습을 보며 즐기고 있었다.

풀러는 레스닉이 약 올리려 한다는 사실을 알았다. 풀러는 불쾌감을 감추느라 애먹으며 대답했다. "애들이 밤낮으로 찾고 있습니다. 그런데 그게, 한 목격자에게서 들은 대략적인 묘사가 전부입니다. 빵 트럭이 아니었을 수도 있습니다. 다른 흰색 대형 배달 차량이었을지도 모릅니다. 그리고 더 중요하게는, 강도와 전혀 상관이 없을 수도 있습니다."

"내가 작업 방식 얘기할 때 안 들었나? 강도 미수 차량의 조서를 샅샅이 읽어봤다면, 다른 차로에서 운전 중이던 목격자가 현금 차량 앞에 있던 대형 흰색 차량이 급정차한 거 같다고 진술한 내용을 봤을 거야. 그렇다면 풀러, 그 차량이 왜 그랬을까?"

"글쎄요. 그 소위 빵 트럭이 급제동을 해서 마찬가지로―"

레스닉이 그의 말을 끊었다. "빵 트럭 운전자가 우리의 열쇠야. 유일한 열쇠. 달아난 그놈이! 풀러, 내 말 기억해둬. 그 운전자는 전체 그림의 일부다. 놈이 현금 차량을 제지하려고 일부러 급제동을 건 거야."

풀러는 따지지 않을 참이었다. "그렇다고 하신다면 그런 거겠죠…… 경위님."

레스닉은 "경위님" 전의 반감을 감지했다. 내버려두긴 했지만 인상은 풀리지 않았다. "내 직감이 그렇다, 풀러. 빵 트럭 운전자는 사건의 전말, 그리고 지원 팀까지 관련자 모두를 알고 있다. 해리 롤린스는 모든 범죄와 관계자를 장부에 상세히 기록해놓는다는 소문이 있다. 그게 사실이라면 트럭을 운전해 달아난 놈이 장부에 대해서 분명 알고 있을 거다. 어쩌면 장부의 소재까지도. 그 장부만 찾으면 우리가 얼마나 많은 강도 사건을 해결하고, 얼마나 많은 놈들을 검거할지 모를 일이야. 롤린스 새끼랑 연락한 적이 있는 놈들은 죄다 심문하기 바란다. 놈의 마누라와 지근거리에 있는 인간들도 싸그리. 롤린스의 과부는 24시간 밀착 감시를 붙인다. 풀러, 당장, 조직해."

"다른 미망인들은요?" 풀러가 물었다.

레스닉은 풀러의 오른쪽 입 끝이 움찔하는 걸 봤지만 무시하기로 했다. "이틀 이상은 따라다닐 가치가 없어. 유용한 정보를 알고 있을 거 같지 않거든."

"롤린스의 골동품 가게는요?"

"거긴 잊어버려! 위장 사업장이야. 강도질에 자금을 대고 돈세탁하는 간판일 뿐이지. 골동품 사업체의 장부는 분명 깨끗할 거다. 내가 원하는 건 범죄 장부야!"

레스닉은 사무실 문 밖으로 나가며 힘껏 방귀를 뀌면서, 저 뻣뻣한 풀러 자식의 얼굴이 일그러지는 모습을 상상했다. 레스닉이 껄껄 웃으며 복도를 성큼성큼 걸어가자 나머지 경관들이 숨을 참으며 부랴부랴 사무실을 빠져나왔다.

수사과 중앙 사무실로 돌아온 풀러는 앤드루스를 찾았다. "롤린스가 생전에 단 하루도 빵에 간 적도, 고소된 적도 없는 거 알지? 우리가 확실히 아는 건 그가 합법 사업체를 운영했다는 것뿐이야. 그가 이 모든 강도 사건의 배후라면 돈은 다 어디 있지? 롤린스 집도 이 잡듯 뒤지고 부부의 개인 은행 계좌도 봤지만 아무것도 없었어. 그를 이 그림에 끼워 맞추는 단서가 전혀 없다고."

앤드루스가 고개를 끄덕였다. "경위님이 빵 트럭 운전자에 대해 잘못 생각했는지도 모르죠. 수많은 빵집과 상점, 슈퍼마켓을 탐문했는데 트럭도 운전자도 발견하지 못한 게 이상하긴 합니다."

"그 인간이 틀렸으니까!" 풀러가 폭발했다. "하지만 우리가 레스닉에게 입증해야 해. 그러니까 호크스에게 그 일을 시키고 넌 리치먼드랑 롤린스의 집을 주시해. 미망인의 행보를 보자고."

4

안방 커튼 안쪽에서, 돌리는 화장대 거울에 자신의 모습을 마지막으로 한 번 더 비춰 보았다. 그녀의 흠잡을 데 없는 외모는 다양한 감정을 숨겼다. 필요한 일을 하려면 모든 감정을 통제해야만 했다. 돌리는 길에 있는 잠복 차량 경찰을 잘 볼 수 있었지만, 경찰에게는 그녀가 그만큼 잘 보이지 않았다. 지금 놈들을 따돌리고 슬론 스트리트로 가야 했다. 해리의 안전 금고가 그녀를 기다리고 있었다. 돌리는 놈들의 끊임없는 사생활 침해와, 그녀가 '취약한 상태'에서 실수를 저질러 해리의 이름과 평판을 망치는 길로 그들을 인도하리라는 독선적인 추측이 싫었다. 아니, 경찰의 존재는 외려 정반대로 작용했다. 속으로 죽어가고 있던 돌리는 해리의 지시로 소생했다. 지시를 따름으로써, 해리가 살아 있는 것처럼 느껴졌다.

돌리는 당당하게 세인트 존스 우드 로드에 있는 마이라의 미용실로, 언제나처럼의 정기 나들이에 나섰다. 나가는 길에 룸미러를 보니 집 밖에 있던 잠복 차량이 따라오고 있었다. 그녀는 미용실 근처에 벤츠를 주차하고 도로를 걸어 올라가면서, 서로 주차 미터기를 먼저 찜했다고 다투는 두 여자 사이에서 옴짝달싹 못하고 긴 앤드루스 순경을 알아보았다.

마이라의 미용실은 부유한 고정 고객이 찾는 부티크 살롱이다.

돌리는 일주일에 두 번 '내 집처럼 편안한' 분위기인 이곳에 와서 호사를 누렸다. 실내는 평범하지만 우아하게 장식되었고, 벽면이 거울로 되어 있어 고개를 돌리지 않아도 대화를 나눌 수 있었다. 마이라는 외모는 다소 야했지만 매우 영리한 사업가였고, 돌리는 돈을 터무니없이 더 주고라도 기꺼이 그녀의 서비스를 이용했다. 마이라는 차와 커피, 비스킷, 간혹 와인 한 잔만 더하면 일개 커트나 드라이가 즐거운 오후 외출로 변한다는 사실을 알았다. 그녀는 손님들의 충성을 얻었고, 손님들도 그 보답으로 그녀의 충성을 얻었다.

돌리는 마이라가 입구에서 인사할 때 바로 본론으로 들어갔다. "부탁 좀 들어줄 수 있어요?" 그녀가 작은 울프를 건넸다. "나 대신 애 좀 한 시간만 봐주세요."

"염색은 안 하세요, 롤린스 부인?" 마이라가 물었다.

돌리가 웃으며 울프의 머리에 입을 맞췄다. "걱정 말아요. 계산은 할게요." 그 말과 함께 그녀는 백에서 스카프를 꺼내 머리에 쓰고는 뒷문으로 빠져나갔다.

돌리는 골목 끝 큰 도로에서 택시를 잡아탔다. 앤드루스 순경은 아직도 마이라의 미용실이 잘 보이는 곳에 주차할 자리를 찾느라 씨름하고 있었다.

안전 금고로 이어지는 복도는 끝없는 듯 보였고, 모두가 돌리를 주시하는 것만 같았다. 긴장되면서도 묘하게 흥분한 돌리는 거들먹거리는 듯한 기분으로 대리석 바닥을 걸었다. 시선은 안쪽 끝에서 그녀를 기다리며 서 있는 세련된 정장을 입은 젊은 남자 직원에게 고정했다. 자기가 이 자물쇠를 채운 비밀 세계의 일원이라고 그를, 그리고 자신을 설득시켜야 했다. 누가 됐든 안전 금고에 보관하는 것은 오직 그뿐이다. 비밀들.

돌리는 이 은행에 해리와 함께 꼭 한 번 온 적이 있었다. 이번 방문은 너무도 긴장한 나머지 예의범절이 엄격한 젊은 직원이 그녀의 정보를 받아 적는 동안 목이 간질간질했다. 돌리는 실수로 진짜 성을 쓸 뻔했다.

"이쪽으로 오세요, 스미스 부인." 직원이 말했다. 다 안다는 듯 '스미스'에 붙은 둔중한 강조를 느낄 수 있었다. 승강기에 다다르자 그는 열쇠를 건네고 지하로 가는 버튼을 눌러주었다.

승강기 문이 열리자 경비원이 그녀를 맞아 네 개의 육중한 문이 이어지는 금고실로 안내했다. 경비원은 각 문을 통과할 때마다 뒤에서 문을 잠갔다. 마지막 문에는 안쪽에서 따로 잠금을 풀도록 된 쇠창살문이 있었다. 바깥쪽 문이 열리고 경비원이 안쪽 창살문을 열 열쇠를 찾자, 돌리는 해리가 언제나 잘도 피했던 감방을 떠올렸다. 그는 너무도 영리했고, 그들이 영위한 생활은 천운이 따른 것이었다. 잠시 깊은 곳에서 슬픔이 올라오며 목이 콱 메고 속이 메슥거렸다. '서둘러야지.' 그녀는 속엣말을 했다. '좀 앉아야겠어.'

그녀를 금고실로 안내한 경비원은 책상 위의 벨을 가리켰다. 그녀가 돌아갈 준비가 되어 벨을 누르면 그가 올 터였다. 돌리는 그가 금고실에서 나가도록 기다렸다가 에디가 준 열쇠를 꺼냈다. 번호가 붙은 벽 금고에 열쇠를 꽂고 돌렸다. 안에는 무거운 철제 상자가 있었다.

10분 뒤, 그녀 앞의 테이블에는 박스의 내용물이 널려 있었다. 셀 시간은 없었지만 엄청난 양의 지폐는 분명 수만 파운드는 됨직했다. 38구경 리볼버는 건드리지 않고 현금 밑에 숨겨두었다. 그녀를 매혹시킨 것은 해리의 장부였다.

장부는 TV에서 본 디킨스 연극에 나올 듯한, 무거운 갈색 가죽으로 장정된 것이었다. 페이지마다 단정한 손 글씨로 날짜와 라벨을 써서 붙여놓았고, 각 항목은 20년에 달하는 결혼 생활 거의 전체에 걸쳐 있었다. 돌리는 페이지를 넘기면서 죽은 것으로 알고 있는 사람들의 이름이 몇몇 기록되어 있음을 깨달았다. 가장 놀라운 부분은 최근의 기록이었다. 페이지마다 명단과 그들에게 지불한 금액은 물론 여기저기 온갖 곳에 숨겨둔 돈이 빼곡히 적혀 있었다. 장부의 뒤에는 마치 유명 영화배우의 비평 스크랩처럼 가지런히 정리해 붙인 신문 기사들이 가득했다. 해리가 자행한 게 분명한 무장 강도에 관한 상세 기사들이었고, 옆에는 각 강도에 연루된 이들을 가리키는 것으로 보이는 이름들이 있었다. 피셔 놈들이 장부를 원하는 이유가 있었어! 이 장부면 그들의 오랜 경쟁자들을 모두 치워버리고 해리의 지난 작업에서 나온 비자금 상당액을 손에 넣을 수 있었다.

돌리의 몸이 바르르 떨렸다. 그녀는 해리가 그토록 많은 중범죄를 조직하고 저질렀다는 건 알지 못했다. 날짜를 보니 대부분의 강도가 그녀의 세 번째 유산 이후에 일어났다. 잠시 멈추었던 강도는 그녀가 아들을 사산한 뒤에 다시 시작되었다. 이는 그녀를 깊이 상처 입혔지만 수긍이 가기도 했다. 깊은 우울증에 빠진 돌리는 그대로 둔 아기방을 성소로 여겼지만, 해리는 그 아름다운 청보라빛 방에 단 한 번도 발을 들이지 않았다. 그가 사생활의 트라우마로부터 빠져나오기 위해 일에 매달렸다는 건 잘 알았다. 하지만 돌리는 그가 골동품 경매에 간 줄로만 알고 있었다. 그는 딱히 거짓말을 하지는 않았지만, 어떤 '일'에 매진하는지는 그녀가 잘못 알고 있도록 내버려두었다.

계속해서 마지막 장부를 훑어보던 돌리는 산산이 부서지는 충격에 얼어붙었다. 거기에는 해리의 단정하고 깔끔한 서체로 그를 죽게 한 강도 계획이 상세히 쓰여 있었다. 돌리는 필요한 총의 개수, 사용될 차량, 조 파이렐리, 테리 밀러, 보안 회사 내부인의 연락처를 보았다. 파이렐리와 밀러는 둘 다 들어보았다. 그들은 각자, 이제는 미망인인 아내들을 대동하고 무슨 행사에 온 적이 있었다. 돌리는 잠시 두 여자는 지금 뭘 하고 있을까 궁금해하며 자신도 모르게 설핏 웃었다. '나 같은 짓은 안 하고 있겠지.'

돌리는 강도를 위한 치밀한 계획과 도면과 지시 사항을 마치 연극 대본처럼 읽었다. 침실 바닥에서 더러운 옷가지도 집어 들기 싫어하는 남자가 무장 보안 차량을 터는 데는 그토록 치밀할 수 있다니 믿을 수 없었다. 하긴 세탁물에는 생사가 걸리지 않았으니까. 문득 돌리의 머릿속에 시커메진 해리의 손목시계가 떠올랐다. 구토할 것만 같아서 그녀는 천천히 장부를 덮었다가 몇 초 만에 다시 펼치고, 이번에는 해리가 그들의 미래를 위해 계획한 것을 보기 위해 빠르게 페이지를 넘겼다. 사랑했던 남자에 관해, 가능한 한 모든 비밀을 필사적으로 알아내고 싶었다.

"세상에." 그녀는 그가 쓴 글을 읽으며 뇌까렸다. "2년 뒤까지 범죄를 계획했구나!" 해리가 짠 계획의 범위를 깨달으면서 돌리는 시계를 보았다. 미용실에서 나온 뒤로 한 시간이 지났으니 돌아갈 때였다.

돌리는 마이라의 미용실로 돌아오는 택시 안에서 작은 구치 다이어리에 실패한 강도에 대해 장부에서 읽은 내용을 깨알같이 메

모했다. 지켜보는 짭새들이 혹시라도 '불심 검문'을 시도할까 봐
그녀만의 속기법으로 남들이 알아볼 수 없게 썼다.

 돌리는 나왔던 길로 다시 미용실에 들어갔다. 살롱 안에서 보
니 형사 한 사람이 입구로 다가오고 있었다. 경찰이 안으로 들어
설 때, 돌리는 얼른 외투를 벗고 잡지를 집어 들어 드라이 기계 밑
에 가서 앉았다. 경찰은 머쓱해하며 도로 나갔고, 돌리는 그에게
상냥하게 웃어 보이며 다이어리를 꺼내 조금 전에 쓴 메모를 다시
읽었다.

5

아니 피셔는 화가 많이 났다. 어릴 적 벽장에 갇히는 벌을 당했을 때 정도의 분노였다. 매서운 푸른 눈이 분노로 번득였고, 책상 주위를 오락가락하는 그의 얇은 입술 가장자리로 게거품이 고였다. 날렵한 연회색 정장을 빼입은 그는 회색 수제화를 신고, 지금은 뻐딱하게 반쯤 옆으로 틀어놓은 청회색 실크 타이를 매고 있었다. 그는 책상 서랍 하나를 빼서 방 저편으로 던졌다.

아니는 버윅 스트리트의 소호 사무실을 갓 단장한 참이었다. 벨벳 벽지와 푹신한 카펫은 이제 둘 다 당구대 같은 초록색이었다. 새 가구도 주문했다. 육중한 가죽 소파 둘, 갈색 마호가니 책장 하나와 같은 세트인 굽은 다리 커피 테이블이었다. 장작불 느낌을 내는 가스 벽난로는 가스관 연결을 기다리며 제자리에 반쯤만 들어가 있었다. 아직 설치하지 않은 샹들리에는 커피 테이블 가장자리에 위태롭게 놓여 있고, 그 옆 바닥에는 녹색 벽에 걸리길 기다리는 운동 경기 사진이 있었다. 고상한 취향을 더하려다가 외려 흉측하고 음울한 방을 만들고 말았다. 딸린 욕실마저 진녹색 욕조에 녹색 세면대와 금색 수도꼭지였다. 비데도 설치하고 싶었지만 공간이 부족해서 포기해야 했다. 아니는 이 세계에서 수직 상승하고 있었다. 새 사무실에 새 구역. 롤린스의 장부만 손에 넣으면 그를 막을 것이 없었다.

욕실에서 물을 내리는 소리와 함께 동생 토니가 지퍼를 올리면서 고환을 주물럭대며 나왔다. 손은 씻는 법이 없었다.

"이거, 누구 시켜서 한 거냐?" 아니가 책상을 가리키며 물었다.

"하다니, 뭘?"

아니가 책상을 손으로 내리쳤다. "프렌치 폴리시로 바르랬잖아! 염병, 이거 골동품이라고! 어떤 멍청한 새끼가 싸구려 니스를 칠해놨어!"

입에서 침이 튀자 아니는 구겨진 실크 손수건으로 입가를 톡톡 두드렸다. 그는 계속 책상을 탕탕 치며 노기를 뿜었다. 그러더니 주머니에서 볼펜을 꺼내 칼처럼 쥐고 책상 표면을 가로질러 깊은 스크래치를 냈다.

토니는 아니의 분노를 개의치 않고 어깨를 으쓱했다. "단장하는 데 돈깨나 들였는데 고마운 줄 알라고!"

아니가 서랍 하나를 빼서 방 저쪽으로 던져 토니의 머리를 맞힐 뻔했으나, 토니는 아랑곳하지 않았다. 아니가 이렇게 성질을 부릴 때마다 그는 걱정하는 법이 없었다. 늘 그러다가 말았다. 아니를 상대하면서 걱정하거나 조심해야 할 때는 그가 친절을 베풀거나, 얇은 입술을 다물고 기묘하게 굳은 미소를 지을 때뿐이었다. 지금은 당나귀처럼 이를 앙다물고 있다. 복서가 들어서자 토니는 방에서 나갔다.

침착함을 되찾은 아니는 니스칠한 골동품 책상을 손으로 쓸었다. "복서, 이것 좀 봐라. 이 책상은 표면에 조각이 되어 있는데 그 멍청한 자식이……." 아니는 다시 성질을 부리려다가 참았다. "동생이란 놈이 도대체가 교양이 없다. 고급스러운 눈이 없어." 복서는 물론 토니만큼이나 무식했지만 유감을 내색할 정도의 예의는 있었다. 아니는 스터드를 박은 가죽 의자에 앉아 머리 뒤로 팔짱을 꼈다.

"그래, 복서. 무슨 소식을 갖고 왔나?" 아니가 물었다.

"별로입니다, 사장님. 사장님께서 해리의 장부에 큰돈을 지불하실 의향이 있다고 전했지만 꿈쩍도 않더군요. 제 생각에 그 여자는 장부가 어디 있는지 모르는 것 같습니다."

"너한테 안 물었어!" 아니가 발끈했다. 토니가 다시 방으로 들어와 무슨 일이 있는지 살폈다.

"시간을 조금만 더 주시면 제가 다시 가보겠습니다. 여자가 아직 충격이 심해서요. 좀 가라앉으면 말하기가 더 좋을 것 같습니다." 토니는 지금 복서의 오른쪽 어깨에 아주 가까이 서서, 그의 나약한 변명을 들으며 복서의 귀를 거의 뚫어져라 내려다보고 있었다. 토니는 이 약해빠진 한심한 자식을 들었다 놓고 싶어서 근질거렸다. 복서는 고개를 조아리고 서서 발로 바닥을 문질러댔다.

"그게 다야?" 토니가 복서에게 더 가까이 다가가며 물었다.

아니가 한 손을 들어 올렸다. 그냥 까딱했을 뿐이지만 토니를 말리기에는 충분했다. 아니가 고갯짓을 했다. 토니는 고집을 피우려다가 아니의 엄격하고 야비한 미소를 보고는 마음을 고쳐먹고 방을 나갔다.

복서는 다른 쪽 다리로 무게중심을 옮겼다. 그는 아니를 두려워했다. 그런 자신이 싫었지만 이 고약한 게이 사내만 보면 똥을 지릴 것만 같았다. 아니는 속내를 알 수가 없었다. 토니는 달랐다. 여자를 밝히는 선수라 사지만 멀쩡하면 뭐든 올라타고 봤으며, 필요하면 언제라도 주먹이 먼저였다. 주먹이 앞서긴 했지만 적어도 토니는 예측 가능했다. 아니가 노려보는 눈길은 훨씬 무시무시했다.

"복서, 내가 말이야, 바로 그 시간이 없거든." 아니가 입을 열었다. "그 장부에 뭐가 적혀 있을지 너도 짐작하지?"

"네, 압니다. 사장님. 그리고 정말 최선을 다하고 있습니다."

"그 최선이 엿 같잖아. 돌리 롤린스하고 이 알맹이 없는 얘기를 한 게 대체 언제야? 내가 널 보낸 지 며칠은 지났잖아."

복서는 또 다른 핑계를 대며 말을 더듬었다. "아무 소득도 없이 돌아오고 싶지 않았습니다, 사장님. 그래서 여자의 협조를 얻어낼 다른 방법을 생각해봤거든요. 그런데 아무 방안이 안 떠올라서 있는 그대로 얘기하는 게 낫겠다 싶었습니다. 하지만 단도직입적으로 경고했습니다. '다른 데는 가지 마라, 그럼 피셔 사장님이 굉장히 화나실 거다.' 그렇게 말했어요. 멍청한 짓은 안 할 겁니다. 정말이지 그런 일은 없을 거예요."

아니가 손가락을 들어 올리자마자 복서는 학대하는 주인을 겁내는 개처럼 조용해졌다.

"일 처리 제대로 하고 있는 거 맞나, 복서? 내가 너무 힘든 일을 시켰어? 일 처리를 못하겠나? 돌리 롤린스 건을 토니한테 넘길까, 엉?"

복서는 토니가 돌리의 입을 열기 위해 무슨 짓을 할지 정확히 알고 있었다. "아뇨, 사장님. 제발 그러지 마십시오. 돌리한테 다시 얘기해볼 테니 허락해주십시오, 부탁드립니다!"

아니는 안경을 벗어 천천히 닦았다. "시간을 좀 더 달라고 했으니 주지. 2주, 2주를 주겠다. 그때까지 장부를 들고 오지 않으면 과부한테 토니를 보내겠어. 토니가 여자를 얼마나 밝히는지는 잘 알고 있지?"

전화벨이 울렸다. 아니가 전화를 받더니 갑자기 교태를 부리며 몸을 비비 꼬았다. "여보세요. 카를로스, 자기구나. 나야 잘 있지. 잠시만. 그럼 가봐, 복서. 그리고 기억해라. 장부에 이름이 적혀 있다면 그중에 분명 네 이름이 있다는 거. 네가 그 자식 일을 봐줬잖아. 이제 나가봐. 토니 시키기 전에."

복서는 얼른 사무실을 가로질러 나가며 느린 머리로 아니가 방금 한 말을 곱씹어봤다. 그 말이 맞다. 장부를 손에 넣는 게 자신을 위해서도 좋다. 그는 두어 강도 사건에서 '어깨'로 일한 적이 있었다. 복서는 돌리가 좋아하든 싫어하든 오늘 밤 다시 찾아가리라 결심했다. 그는 아니의 사무실 문을 조용히 닫고 계단을 내려가 클럽으로 들어갔다. 밤만큼이나 낮에도 어둡고 지저분한 곳이었다. 맥주 냄새와 뒤섞인 퀴퀴한 담배 냄새와 시가 연기가 붉은 벨벳 커튼에 배어 있었다. 지독하고 역겨웠다.

토니 피셔가 계단 밑을 어슬렁거리고 있었다. 그는 불쌍한 늙은 복서와 재미를 좀 볼 참이었다. "〈앤티크 로드쇼〉의 아서 니거스(골동품 전문가 겸 방송인—옮긴이)께서는 좀 진정했어?"

복서가 토니 주변으로 슬슬 피했다. 토니는 복서 앞으로 다가서더니 권투 선수 자세로 두 주먹을 들어 올렸다. "어서, 복서, 들어와봐. 깡다구 좀 보자!"

복서가 마지못해 두 주먹을 들어 올리자 토니가 허리 밑을 한 대 세게 가격했다. 복서는 배를 움켜쥐고 고꾸라지며 숨을 몰아쉬었다.

토니가 위협적으로 몸을 숙였다. "한물가셨네, 이 양반." 그러고는 배꼽이 빠져라 웃으며 계단을 다시 뛰어 올라갔다. 복서는 토할 것만 같았다.

6

　돌리는 어두운 침실의 망사 커튼 뒤에 서서 그녀를 감시하는 짭새를 지켜봤다. 미용실까지 그녀를 따라왔던 잠복 차량이 멀지 않은 길 위쪽에 주차되어 있었다. 돌리는 빙긋 웃으며, 침대에 몸을 말고 앉아 그녀를 지켜보는 울프를 바라보았다. "가로등 밑의 고급 주차장이네." 그녀가 울프를 아기처럼 얼렀다. "저 멍청하고 지루해하는 얼굴이 우린 다 보이는데, 그렇지?" 사복 경찰 중 한 사람은 차에서 나와 어디론가 가버리고, 앤드루스 혼자 조수석에 기대앉아 있었다. 돌리는 미소를 거두고 아래층으로 내려갔다. 울프가 발치에 붙어 따라왔다.

　앤드루스 순경은 돌리가 집을 나서자 그녀에게 집중하려 무던히도 애썼다. 외투만 어깨에 걸치고 핸드백도 없는 걸 보니 개를 산책시키러 나선 게 틀림없다. 앤드루스는 하품했다. 감시는 지치는 일이었다. 눈앞에서 작은 개가 온갖 나무와 벽과 가로등에 다리를 들어 올릴 때마다 돌리가 걸음을 멈추는 모습이 보였다. 모퉁이에 다다르자 시야에서 벗어나는 쪽으로 개가 방향을 틀었다. 돌리는 두 손을 허리에 짚고 앤드루스에게 등을 돌리고 섰다. 돌리가 손뼉을 쳤다. "이리 와, 울프, 이리 와!"

　앤드루스는 혼자 씩 웃었다. 돌리의 목소리는 TV에서 본 개 조련사 바버라 우드하우스처럼 위엄 있지는 않았다. "당신이 범죄

고수의 아내면 나는 원숭이 삼촌이겠다." 그가 혼잣말을 했다.

돌리는 개를 따라 모퉁이를 돌았다. 앤드루스는 잠시 차에서 나가 걸으며 미행할까 생각했지만, 날이 추웠고 그녀는 그냥 개를 데리러 갔을 뿐이었다. 그러다가 1분 넘게 여자가 돌아오지 않자 그는 경계심이 들어 차에서 나와 돌리를 마지막 본 곳으로 뛰어갔다. "젠장!" 앤드루스가 이를 앙다물었다. 돌리와 울프는 아무 데도 보이지 않았다. 그가 다시 차로 뛰어가자 리치먼드 순경이 치즈버거 두 개와 밀크셰이크를 들고 다가왔다.

"여자 봤어?" 앤드루스는 몹시 허둥거렸다.

"누구?" 리치먼드는 묻기가 무섭게 깨닫고는 키득거렸다. "설마 늙은 여자하고 개새끼 한 마리를 놓쳤다는 건 아니겠지?"

"레스닉이 누가 여자를 지키고, 누가 계획에도 없이 햄버거 먹으러 갔는지 알고 싶어할 거 같아?"

리치먼드는 무슨 뜻인지 분명히 깨닫고는 증거가 될 음식과 음료를 제일 가까운 집의 정원에 버리고 차에 올라탔다. "내가 운전할게. 우리가 여잘 찾으면 되지."

돌리와 울프는 바넷 로드 맨 끝에서 여자들 무리에 쏙 들어간 다음, 리버풀 스트리트 역 방향으로 택시를 잡아탔다. 택시가 남쪽으로 내려가자 리치먼드의 잠복 차량이 그들을 지나쳐 반대 방향으로 가더니 그 지역을 뱅뱅 돌았다. 자그마한 울프는 곁에 몸을 말고 앉았고, 돌리는 빙긋 웃었다. 아드레날린이 솟구쳤다. 해리와 가까워진 기분이 좋았다.

택시 운전사는 룸미러를 통해 그녀의 눈이 리치먼드의 차 궤적을 좇는 걸 지켜봤다. 택시에 많은 손님을 태워본 운전사는 돌리가 불법을 저지르고 있거나 연인과 밤을 보낸 뒤 남편이 있는 집으로 돌아가는 길, 둘 중 하나라고 생각했다. 나이로 보아하니 범죄에 손을 대고 있는 것 같았다.

지켜보는 눈을 깨닫지 못한 채 돌리는 혼잣말을 했다. "울프, 우리가 놈에게 보여줬어. 우리 아가, 그렇지? 우리가 해냈어. 본때를 보여줬다고!"

리버풀 스트리트 역 매표소에서 돌리는 액수를 정확히 맞춰서 돈을 냈다. 빠르게 움직이기 위해 코트에 챙겨둔 현금이었다. 지금부터는 준비가 제일 중요하다. 미행이 없는지 확인한 돌리는 울프를 데리고 골목길을 따라 역 뒤의 큰 아치형 건물로 갔다. 거기에는 쇠창살을 친 창고들이 줄줄이 늘어서 있었다. 주로 영국철도에서 창고로 쓰는 곳이지만, 자동차 수리나 정기 차량 검사 용도로 임대를 주기도 했다.

뒷골목은 어둡고 우중충했으며 외부 조명 없이 추웠다. 각 건물이 자연광을 받아 다른 건물에 그늘을 드리우는 곳이었다. 돌리는 아치형 입구들을 지나치며 천천히 앞으로 나아갔다. 서두르지 않았다. 어디에 발을 내디디는지 알 수 없었고, 눈이 어둠에 적응할 시간이 필요했다. 그녀는 15번을 찾고 있었다. 어떤 창고들은 문도 없이 안에서 물이 뚝뚝 떨어졌다. 지하 와인 창고처럼 습하고 퀴퀴한 냄새가 나는 거대한 동굴 같았다. 낡고 형편없이 망가진 녹슨 차들이, 앞 유리는 산산조각 나고 바퀴는 사라지고 문은 열린 채로 말없는 과거의 유령처럼 서 있었다. 우그러진 낡은 범퍼에 돌리의 스타킹 줄이 나갔다. 그녀는 점점 더러움을 묻혀가며 폐차들을 하나씩 지나쳐 갔다. 버려진 작업실에서는 술 취한 주정뱅이 부랑자들이 낡은 쓰레기통으로 만든 모닥불 옆에 누워 있었다. 그들은 돌리가 지나쳐 가는데도 아랑곳하지 않았다.

마침내 그녀는 녹색 미닫이문 옆에서 걸음을 멈췄다. 해리가 남긴 열쇠를 코트 주머니에서 꺼내 그중 하나를 자물쇠에 넣었다. 문이 제 쪽으로 조금 밀리자 돌리는 화들짝 놀라 울프를 떨어뜨릴 뻔했다. 안에서 개 한 마리가 무시무시하게 으르렁대며 날카로운 소리로 짖으면서 문을 들이받았다. 울프가 같이 짖기 시작하자 문 저편의 개가 더욱 흥분해 으르렁댔다. 그녀는 손으로 울프의 입을 틀어막았다. 흥분해서 문에 몸을 던질수록 개를 묶은 체인 소리가 철그렁거렸다. 가만히 위를 올려다보니 13번이었다. 다음 창고로 종종걸음 치면서 돌리는 개가 주의를 끌지 않았기를 바랐다.

창고의 큰 나무 문에 달린 작은 문에 기름때 묻은 희미한 '15'가 새겨져 있었다. 해리의 비밀 아지트였다. 돌리는 열쇠 하나, 그다음에 다른 하나를 밀어 넣었다. 작은 문이 안으로 열렸다.

동굴 같은 거대한 실내는 으스스하도록 조용했다. 위에서 들리는 천둥 같은 기차 소리가 정적을 깼다. 돌리는 등 뒤로 문을 닫고 울프를 내려놓은 다음 작은 손전등을 켰다.

돌리는 가느다란 불빛에 의지해 천천히 앞으로 나아갔다. 울프가 낡은 유령 차량들의 냄새를 킁킁 맡더니 꼬리를 흔들었다. 그녀는 해리의 체취를 확신할 수 있었다. 울프는 주인을 다시 만날 거라는 기대에 들떠 있는 듯했다. 울프가 "그런데 아저씨는 어디 있어요?"라고 묻는 듯이 그녀를 올려다보자, 가슴이 무너지면서 다시금 상실감이 엄습했다.

이곳은 포터스 바 저택의 새것 같은 화려함과는 너무도 거리가 먼 '사내의 집'이었다. 해리가 대화를 이끌어가는 가운데 부하들이 그의 한 마디 한 마디를 경청하는 모습을 상상하자 땀과 고된

노동과 테스토스테론 냄새가 나는 것만 같았다. 돌리는 오랫동안 움직일 수 없었다. 이 창고에는 온 적이 없었다. 깊은 어둠 속에 무엇이 감춰져 있을지 알 수 없어 두려웠다. 언젠가는 해리에 대한 어떤 비밀을 발견하리라는 걸 알았지만 어린 여자일 거라고 생각했다. 그는 너무도 잘생겼고, 아무리 세상 잘난 남자라 해도 칭찬에는 약한 법이니까. 하지만 이 창고에 있는 이것은…… 정말이지 간직하기에는 엄청난 비밀이었다.

더 안쪽의 어두운 구석을 주시하고 앞으로 나아간 돌리는 바닥의 진득하고 끈끈한, 기름이 번들거리는 진흙탕을 보지 못했다. 흙탕물이 발에 스며들자 욕이 나왔다. 그녀는 망가진 구두와 진흙탕 복판에 앉아 꼬리를 흔드는 울프를 내려다보았다. 울프의 작은 발들은 번들거리는 검은색 기름 양말을 신고 있었다.

돌리는 큰 나무 실내문과 작은 중문을 향해 차고 안쪽으로 더들어갔다. 문을 열고 머리 위의 네온 스트립 전등을 켜자 파싯 하며 전등이 살아났다. 그녀는 딸린 방이 창고의 나머지와 달리 상당히 정갈하다는 데 놀랐다. 낡은 폐차 두 대가 벽면에 붙어 있고, 방 중앙에는 중간 사이즈의 밴 차량이 방수포에 덮여 있었다. 방수포를 젖히던 돌리는 손을 헛디며 손톱이 부러지는 바람에 움찔했다. 울프가 얼른 밴 밑으로 들어가 열심히 바닥을 파기 시작했다. 돌리는 울프 옆에 무릎을 꿇다가 다시 스타킹 올이 나갔지만 울프가 파고 있는 곳을 살펴보았다.

느슨해진 콘크리트 밑에 나무판자들이 있고, 그것을 들어 올리자 가로 60센티미터, 세로 30센티미터 정도의 구멍이 나 있었다. 그 안에 갈색 주머니에 싸인 무언가가 있었다. 그 꾸러미를 끌어내 열자 단총신 산탄총 두 자루가 보였다. 돌리는 해리가 안전 금고에 남긴 권총을 봤을 때 그가 총을 썼음을 처음으로 분명히 알았다. 하지만 충격은 없었다. 실은 그가 죽은 뒤에도 스스로를 보호하도록 자신에게 총을 남겼다는 생각에 심장이 뛰었다. 하지만 이 총은, 이 총들은 달랐다. 이런 총은 호신을 위해 쓰이지 않는다. 이 총은 강도를 위한 무기였다. 그 순간 돌리는 해리가 죽은 뒤로 그와 가장 가까워진 듯했다. 그는 이곳의 열쇠를 주었고, 마침내 그녀가 모든 걸 알 수 있게 허용했다. 돌리가 이 모든 정보를 가지고 무얼 할지는 그녀에게, 오롯이 그녀에게 달려 있었다.

돌리는 산탄총을 건드리지 않고 다시 잘 싸서 바닥의 구멍에 도로 넣어두고 천천히 일어섰다. '전부 여기 있어.' 그녀는 주위를 둘러보며 생각했다. 해리가 강도에 쓴 모든 것, 자동차와 밴과 절삭 도구와 장갑과 산탄총 들이 이제 그녀의 것이었다. 돌리는 기름으로 얼룩진 코트 주머니에 손을 넣고 다이어리를 꺼내, 은행을 떠나기 전에 메모했던 페이지를 펼쳤다. 다음 강도를 하는 데 필요한 모든 것이 그 장부에, 그녀의 다이어리와 이 창고에 있었다. 돌리는 볼펜을 누르고 '2 S-O'에 굵게 체크 표시를 그렸다. 산탄총(sawn-off) 두 개. 체크 표시를 내려다보며 그녀는 해리가 미소 짓는 모습이 보이는 듯했다. "역시 내 여자야." 그렇게 말하면서.

돌리는 동굴 같은 눅눅한 창고를 가로질러 걸었다. 거대했다. 그녀는 가장 안쪽의 작은 방으로 향했다. 그 방은 법률 사무소의 오래된 파티션으로 만든 것만 같았다. 한때 반들거렸던 나무는 칠이 심하게 벗겨지고, 금이 간 창문들에는 거미줄이 끼고 먼지가 쌓여 있었다. 더러운 문손잡이를 돌려 안으로 들어갔다. 손을 내려다보자, 자기 것과 정확히 똑같은 문양으로 기름 묻은 지문이 보였다. 해리의 진짜 손가락 끝이 그녀의 손을 잡고 있는 모습이 떠올랐다.

사무실은 삭막했다. 개수대 하나와 작은 가스스토브, 책상 하나, 각양각색의 목재 의자와 벗은 여자 사진 여러 점이 벽에 붙어 있었다. 사용한 머그잔과 곰팡이 핀 먹다 만 비스킷들이 여기가 해리와 그의 팀이 엄청나게 어긋나버린 강도를 계획했던 곳이라고 그녀에게 말해주었다. 돌리는 더러운 머그잔들을 집어 더러운 개수대에 갖다 놓았다. 수도꼭지를 틀자 수압이 오르면서 물이 파이프를 통과하며 꿀렁거리는 소리가 났다. 갑자기 붉은 녹물이 솟구쳐 개수대에 맞은 후 코트로 튀었다. 돌리는 뒤로 펄쩍 뛰었다. 머그잔들이 개수대에 떨어져 두 개가 금이 가고 하나는 손잡이가 떨어졌다. 머그잔 세 개가 다 깨졌다. 해리와 테리와 조의 컵이. 표면 아래로 억제하고 있던 눈물이 차올랐다. 아무도 없는 해리의 사무실이었으므로 돌리는 눈물이 흐르도록 허락했다. 그 안도감이 너무나 커서, 그녀는 머리가 어찔하면서 힘이 빠져 개수대를 붙잡아야 했다. 감정을 이겨내려 했지만 소용없었다. 한번 열린 수문을 닫을 수 없었다. 해리를 잃은 깊은 슬픔에 힘을 빼앗긴 그녀는 차가운 도자기 개수대를 집고 똑바로 서 있기도 힘들었다. 고개 숙여 기름 묻은 진흙투성이 발치에 앉은 울프를 보던 돌리는, 복서가 최악의 상태로 시궁창에서 살던 시절에 해리가 그를 꺼내주었던 일을 불현듯 떠올렸다. "개똥밖에 안 보여요." 복서가 술에 취해 말했다. "어딜 봐도 개똥밖에 안 보인다고요." 해리가 복서의 머리를 들어 올리고는 대꾸했다. "그럼 올려다봐, 복서, 내 오랜 친구. 머리를 숙이고 있으면 개똥밖에 안 보이지. 그러니 위를 보라고." 물론 해리는 복서의 친구가 아니었지만 그는 언제나 상황에 맞게 말할 줄 알았다.

돌리는 마침내 고개를 들었다. 눈물은 그쳤고, 울프가 발치에서 그녀의 다음 행보를 기다리고 있었다. 그녀는 마지막으로 깨진 머그잔 세 개를 쳐다보고는, 작은 개를 들어 올려 기름 묻은 진흙투성이 털도 아랑곳없이 꼭 끌어안았다. "괜찮아, 아가." 그녀가 속삭였다. "엄마는 이제 괜찮아. 이제 다 괜찮아질 거야."

7

10시 정각에 플로럴 스트리트의 생추어리 헬스 스파에 도착한 린다는 돌리의 전화를 받고 특별히 다린 제일 좋은 옷이, 그곳을 사뿐사뿐 돌아다니는 다른 여자들의 근사한 입성 근처에도 못 간다는 사실을 깨달았다. '이 여자들은 살면서 단 하루도 일을 해본 적이 없을 거야.' 오만한 안내 직원이 회원의 손님으로 왔느냐고 물었을 때, 그녀는 이런 생각을 하며 그냥 나가려던 참이었다.

린다가 롤린스 부인을 언급하자 그녀는 즉각 환대받았다. 필수라는 가이드 투어에서 린다는 눈을 어디다 둬야 할지 알 수 없었다. 그토록 많은 반나체 여자들을 본 적도 없을뿐더러, 싫었다. 탈의실이 가장 견디기 힘들었다. 그곳에선 반라도 아니고 실오라기 하나 없이 다 벗은 몸들이 마치 제 집인 양 활보하고 있었다. 아니, 린다는 집에서도 혹여 창문 청소부가 망사 커튼을 통해 들여다보거나 집달관이 노크라도 할까 봐 벌거벗고 다니지 않았다.

터무니없이 비싼 푸드 바의 가격을 본 린다가 건너편 카페에 가서 베이컨 샌드위치와 커피를 사 올까 잠시 생각하는 동안, 직원이 롤린스 부인의 이름만 대면 뭐든 그녀 이름으로 계산된다고 알려주었다. 린다는 어깨를 으쓱했다. 뭐든 공짜엔 익숙하지 않았다.

"그럼 저걸로 주세요." 그녀가 샌드위치를 가리키며 말했다. 치즈 샌드위치면 충분했다.

샌드위치를 손에 든 린다는 다시 무시무시한 탈의실로 안내되어 홀로 남겨졌다. 그녀는 옷을 다 입은 채 바보가 된 기분으로 서서, 숱한 엉덩이들과 뻔뻔히 걸어 다니는 유방들을 보지 않으려 애썼다. 그녀는 오래 견디지 못하고는 고개를 숙이고 얼른 밖으로 나왔다.

린다는 피트니스 구역을 어슬렁거리다가 자전거 기구 쪽을 건너다봤다. 처음에는 너무 살이 빠지고 지쳐 보여서 셜리를 못 알아볼 뻔했지만 그녀가 맞았다. 어슬렁거리며 자전거 구역으로 건너가려던 린다는 운동복을 입지 않으면 들어올 수 없다고 말하는 직원에게 제지되었다.

"어이!" 린다가 셜리에게 외쳤다. "출출하지 않아?"

셜리는 고개를 돌려 린다를 알아보고는 페달을 멈추었다. 린다는 직원을 지나쳐 갔다. 포옹을 해도 괜찮을지 확신할 수 없어서 린다는 포옹 없이 그냥 물었다. "오랜만이네, 그치?"

그들은 마지막으로 만난 때가 2년 전쯤 어딘가의 칵테일파티에서였다고 금세 정리했다. 린다의 기억은 공짜 음식에 정신이 팔려 명확하지 않았지만, 셜리가 공백을 메워주었다. 중요한 것은 그 칵테일파티가 해리 롤린스의 파티였고, 오늘 난데없이 두 사람을 불러 여기서 만나자고 한 사람이 돌리 롤린스라는 점이었다.

셜리도 린다도 왜 오늘 불려 왔는지는 몰랐지만, 둘 다 돈을 좀 받지 않을까 기대하고 있었다. 그게 아닌 다른 이유는 도저히 상상할 수 없었다.

"이유야 뭐가 됐든 난 할 수 있을 때 스파 시설을 즐길래요. 가요!" 셜리가 탈의실로 향하자 린다가 수줍게 뒤따랐다.

셜리는 금세 옷을 벗고 푹신한 흰 타월로 몸을 감쌌다. 편한 척하려 애쓰다가 실패한 린다는 망가진 손톱만 바라보며 누구와도 눈을 마주치지 않으려 했다. "맘 편히 가져요. 다 돌리가 내는 거예요." 셜리가 타월을 건네며 친절하게 일러주었다.

린다는 셜리가 얼마나 예쁜지, 애쓰지 않아도 얼마나 우아하고 여성스러운지 잊고 있었다. 네모난 타월 하나만 걸쳤는데도 셜리는 몸매가 빼어나고 머리와 화장이 완벽했다. 린다는 자신 없는 모습을 보이고 싶지 않아서 농담을 시도했다.

"내 몸을 노출해서 남자들 환장하면 어째, 내가 참아야지."

"여긴 여자들뿐인데요."

린다는 할 수 없이 셜리의 손에서 타월을 낚아챘다. "브라와 팬티는 안 벗을 거야. 누가 훔쳐 가면 어떡해?" 린다는 눈을 피해 칸막이 안으로 들어가며 볼멘소리를 했다. 신발을 벗으려던 린다는 셜리가 앉은 채로 칸막이 안을 들여다보는 모습을 보았다. "이런 염병!" 린다의 자못 감미로운 톤이 탈의실 안에 쩌렁쩌렁 울렸다. "반쯤 내려가다 말 거면 문짝은 뭐 하러 달았대?" 린다가 다시 일어서자 머리와 어깨가 문 위로 불쑥 올라왔다. 셜리는 터져 나오는 웃음을 참을 수 없었다. "이건 뭐 손톱만 한 우표 뒤에 숨어서 옷 갈아입는 거 같잖아? 밖에 나가 있는 거랑 뭐가 달라?" 린다는 문짝 위로 팔을 걸쳤고, 두 여자는 '소식'을 접한 뒤 처음으로 목청 높여 마음껏 웃었다.

11시 30분경에 셜리는 거품이 부글부글 끓는 우윳빛 자쿠지 물속에서 눈을 감고 여유를 즐겼고, 린다는 발을 담그고 가장자리에 앉았다. 붉은 새틴 브래지어가 흰 타월 위로 보이고 치즈 샌드위치에서 빵가루가 떨어졌지만 린다는 개의치 않았다.

"섹스를 제대로 하면 한 시간 운동한 거랑 맞먹는다는 거 알아?

65

게다가 연회비 따위도 안 들지." 린다는 남은 샌드위치를 입안에 욱여넣으며 손을 자쿠지에 헹궜다. "가만히 누워서 받기만 하면 안 되고 좀 움직여야 하는 건 당연하지만."

"할 얘기가 그것뿐이에요?"

"뭐 그 짓 못 하고 있는 건 맞잖아. 나랑 조는 거의 매일 밤 했거든." 린다는 남편을 떠올리자 기분이 축 처졌다. "적응할 게 많다고만 해두지."

셜리가 한 눈을 뜨고 린다를 노려봤다. 남편이 강도 미수로 공중분해됐는데 한 달 동안 독신 생활을 한 게 대수인가?

정오가 되어도 돌리가 나타나지 않자 린다는 짜증이 나기 시작했다. 셜리는 이제 선베드에 알몸으로 누워 있었다. 린다는 그 곁에 앉아 커피를 홀짝이고 초콜릿 바를 먹으면서 돈 타령을 늘어놓기 시작했다.

"그 여자가 바람맞히면 난 오늘 원하지도 않은 음식에만 돈 수억 쓴 셈이네. 나 여기 도착했을 때보다 살찐 거 봐! 썰을 스파 같으니."

"올 테니까 목소리 좀 낮춰요." 셜리가 속삭였다. 린다는 술을 마시지 않을 때도 가끔 망신스럽게 군다는 사실을 잊고 있었다. 아니, 셜리는 린다의 목소리가 점점 커지고 있어 커피에 보드카를 한 방울 넣은 게 아닐까 싶었다. 린다는 거대한 고사리과 식물에 매달린 새장 속 앵무새들에게 비스킷 조각을 두 번이나 먹였다. 직원들이 그러지 말래도 무시했다. 그녀는 또한 그곳 여자들의 외모를 큰 소리로 평하고 웃으며 "비쩍 마른 대벌레"라고 불렀다.

린다는 셜리를 창피하게 할 생각은 아니었지만 결과적으로 그렇게 됐음을 알 수 있었다. 정말이지 린다는 이런 우아한 환경이 감당이 안 됐다. 주변을 둘러보았다. 여자들은 제멋대로에다 콧대 높고 오만한, 돈이 썩어나는 말라깽이들이었다. 돌리가 세트로 된 타월과 머릿수건 차림으로 무심하게 다가올 때 린다는 막 떠나려던 참이었다. 돌리는 고개를 끄덕이며 두어 직원에게 알은체하면서 선베드가 있는 곳으로 계단을 올라왔다. "세상에나, 라나 터너(1995년 사망한 미국의 유명 여배우—옮긴이)가 살아 있었네. 그것도 런던에. 좀 봐." 린다가 코웃음 치며 팔꿈치로 셜리를 쿡 찔렀다.

"안녕, 린다. 안녕, 셜리. 조화 안 보내서 미안해." 돌리는 싱긋 웃으며 말했지만 린다는 입술을 깨물었다. 가르치려는 듯한 목소리와 남편들의 장례식을 허물없이 언급한 점이 바로 거슬렸다. 인사라기에는 매우 부적절했다. "잘 지냈어?"라든가 "오랜만이야"가 나왔을 텐데. 아니면 "우리 남편이 네 남편을 죽게 만들어서 미안해!"라든가.

"사우나에 들어가서 조용히 이야기하지." 돌리는 이렇게 제안하고 앞장섰다. 셜리와 린다는 꼭 울프처럼 순종적으로 돌리를 따라갔다. 그러는 게 더 이득이라는 걸 본능적으로 아는 듯이.

린다는 사우나에 와본 적이 없었다. 그녀는 땀을 엄청나게 흘리면서 붉은 새틴 브래지어의 색깔이 새것 같은 흰 타월에 배지 않을까 걱정했다. 사우나에 익숙한 셜리는 바로 제일 높은 벤치로 올라가 드러누웠다.

"두 사람, 어떻게 지내?" 돌리가 세상에서 가장 사심 없는 질문인 듯 물었다. 그러나 돌리가 하는 어떤 일도 더 이상 사심 없는 것은 없었다. 지금 알고 있는 것들을 아는 이상, 그녀는 자신의 최근 생각을 공유하기 전에 이 미망인들에 대해 좀 더 알고 싶었다. 돌리도 2년 전 칵테일파티를 기억했다. 온 런던의 악당들이 다 모인 자리였다. 솔직히 말하자면 돌리는 셜리가 기억나지 않았고, 그녀가 했던 어떤 말도 떠올릴 수 없었다. 반면에 린다는 또렷이 기억했다.

"테리가 주택 대출금 갚을 돈을 남기고 가지 않아서 다음 주에 미스 패딩턴에서 우승하지 않으면 직장을 얻어야 해요." 셜리는 이 때문에 정말로 스트레스를 받고 있는 것 같았다. 20대 중반인 그녀는 제대로 된 졸업장도, 특별한 기술도 없었다. 늘 돌봐주는 사람이 있었기에 이제 와서 혼자 헤쳐나가려니 막막했다.

"아이고, 내 억장이 다 무너지네." 린다가 놀렸다. "투잡, 아니 쓰리잡을 해보지그래. 조가 지난번 빵에 갔을 때 내가 딱 그랬거든. 그런데 미스 패딩턴은 뭐래?"

"아, 미인 대회예요!" 셜리가 설명하며 환히 웃었다. "엄마가 출전 등록을 해버렸어요. 처음엔 테리를 갓 잃은 뒤라 너무 화가 났지만, 1등은 상금이 1000파운드에 마요르카 휴가 티켓 두 장을 준대요. 우승자는 미스 잉글랜드로 진출하고요."

"그다음엔 미스 월드겠네?" 셜리는 돌리의 질문에 담긴 냉소를 눈치채지 못했다.

"맞아요." 셜리의 눈이 꿈꾸듯 빛났다. "저한테는 큰 기회의 시작일지도 몰라요."

돌리는 린다에게 관심을 돌렸다. "린다는 어때?"

"조 알잖아요. 쉽게 벌고 쉽게 다 써버리죠. 그런데 여기 까무러치게 덥다."

돌리가 석탄에 물을 부어 린다는 더욱 불편해졌다. "아래쪽에 앉아. 높은 데 앉거나 누우면 더 뜨거우니까." 가벼운 얘기는 끝났다. 돌리는 왜 두 사람을 불렀는지로 넘어갔다.

"피셔 형제가 해리의 구역을 접수한 거 알지?"

"소문은 들었어요." 린다가 과열로 헐떡이며 말했다.

"놈들이 귀찮게 한 적 있어?"

"걔들은 아니고, 짜바리들이 집을 뒤집어놓은 적은 있어요. 그리고 진짜 짜증 나는 게 사격장 근처에 죽치고 있다니까요. 계속 그러면 나 잘려요." 린다가 확인해주었다.

돌리는 이번에는 셜리를 향해 눈썹을 치켜올렸다.

"우리 집은 네 번이나 털렸어요." 셜리가 말했다. "피셔는 본 적 없고요."

린다는 이제 돌리의 질문에는 털끝만큼도 관심 없이 녹아버리지 않는 데만 온 신경을 집중했다. "썩을, 여기 펄펄 끓는데. 이게 진짜 몸에 좋대요?"

잘 아는 주제가 별로 없지만 스파는 잘 아는 셜리가 친절히 설명했다. "사우나는 몸속의 불순물을 땀으로 내보내는 거야."

"그보다 좋은 방법이 나한테 있……." 린다가 입을 열자 돌리가 손을 들어 제지했다.

"그럼 이제 들어봐. 두 사람한테 할 말이 있으니까. 피셔 놈들과 짭새가 정보를 캐러 다니고 있어."

린다가 마지막으로 농을 던졌다. "이런, 걔들이 나만 좋아하는 줄 알았더니." 순간 돌리의 얼굴에서 엷은 미소가 번지는 듯하더니 굳게 다문 입술 뒤로 사라져버렸다.

"해리가 일을 어떻게 했는지는 알고 있겠지." 돌리가 말을 이었다. "해리는 자기랑 일했던 모든 사람의 기록을 보관했어. 명단이 있어. 정보원, 총기상, 은행, 들어온 돈, 나간 돈. 모든 게 기록되고 날짜가 적혔지. 해리는 이걸 장부에 기록했어. 누구라도 밀고하거나 속일 때를 대비한 보호 장치로 말이야."

"달, 지금 뭔 얘긴지 난 하나도 모르겠네." 린다가 열기 때문에 어지러움을 느끼며 말했다.

"그럼 잘 들어!" 돌리가 발끈했다. "그리고 날 그렇게 부르지 마, 싫으니까. 피셔 놈들이 해리의 장부를 원해."

"왜요?" 셜리가 물었다.

"자기들 이름이 거기 들었으니 그렇겠지. 수상쩍은 거래도 같이. 그러니까 경찰이 장부를 손에 넣으면 말썽이 생길까 봐 두려운 거야."

"그걸 누가 갖고 있는데요?" 돌리는 그 사우나에서 가장 총명한 축에 들지는 않는 셜리가 그 합당한 질문을 했다는 사실에 놀랐다.

"내가." 돌리가 침착하게 말했다. 설명을 시작하면서 그녀는 천천히, 일부러 단어마다 강조하면서 오해의 소지가 없도록 했다. 견디기 어려운 열기에 아직도 조금 숨이 찬 린다가 고개를 뒤로 젖히고 눈을 감은 채로 조용히 듣는 반면, 셜리는 돌리의 말에 눈에 띄게 열중해 있었다. "해리는 늘 말했어. 자기한테 무슨 일이 생기더라도 내가 잘 지내길 원한다고. 자기 팀이 우리 모두를 맡아서 돌봐줄 거라고. 한번은 농담으로, 자기가 죽어도 자기 팀이 장부를 갖고 있는 한 사업을 운영할 수 있을 거라고 했지. 하지만 조와 테리가 해리와 함께 가버렸으니 이젠 내게 달렸어. 내가 우릴 돌볼 거야. 우리 모두를 내가 돌볼 거라고. 해리가 원했듯이."

돌리는 거의 땀 한 방울 흘리지 않고 셜리의 열중한 얼굴을 바라보았다. 자기가 대체 무슨 말을 하는지 셜리가 알아듣긴 하는지 확신할 수 없었지만, 적어도 듣고는 있는 것 같았다. 그때 린다가 벌떡 일어섰다.

"더워서 더는 못 참겠어. 기절할 것 같아!"

린다를 노려보는 돌리의 얼굴에 분노가 일렁거렸다. 자신은 지금 혼신을 다해 말하고 있는데 린다에게는 경청하는 예의도 없었다. 돌리는 벌떡 일어서서 타월로 몸을 감싼 다음, 린다의 머리를 사우나 연료에 처박는 어리석은 짓을 하기 전에 나가버렸다.

"내가 뭘 잘못했지?" 린다가 셜리에게 물었다. 하지만 셜리의 표정은 돌리의 얼굴만큼이나 단단히 화나 있었다.

"돌리 속상한 거 안 보여요?" 셜리가 말했다. "돌리한테는 끔찍했을 거예요. 우리보다 더. 남편이 공중분해돼서 알아볼 수도 없을 정도였잖아요. 둘은 20년이나 결혼 생활을 했다고요."

린다가 벤치에서 펄쩍 뛰었다. "아, 그럼 난 안 속상하고? 그거야? 내가 표시를 안 낸다고 해서 감정이 없는 줄 알아?"

셜리는 린다를 진정시키려 했지만 좀체 말이 통하지 않았다. 린다는 사우나 안을 오락가락하며 돌리에게 한 소리 하겠다는 협박을 늘어놓았다. 당장 사우나를 박차고 나가 돌리를 쫓아갈 수도 있었으니 셜리는 그냥 허세려니 했다. 그러더니 린다가 느닷없이 말을 멈추고는, 벤치에 풀썩 앉아 무릎을 끌어안고 두 손에 얼굴을 묻었다. 그녀는 소리를 죽이고 말했다.

"오늘 아침에 샤워를 하다가 눈에 비누가 들어갔어. 그래서 문고리에 걸린 수건을 잡으려다가 조의 가운을 집었지 뭐야. 그이 냄새가 났어. 아직 그이 체취를 느낄 수 있었다고. 마치 그이가 아직도 그 자리에 나랑 같이 있는 것 같았는데 그냥 가운뿐이었어……." 린다가 울음을 터뜨리며 흐느꼈다.

셜리도 눈물이 차오르면서 입이 실룩거렸다. 테리가 느껴지는 집의 물건들을 떠올린 셜리는 결국 같이 울음을 터뜨리고 말았다.

돌리가 다시 들어왔을 때 둘은 함께 끌어안고 이미 눈물바다를 이루고 있었다. 돌리는 감정을 다스리려 했지만 역시 울고 말았다. 다른 사람 앞에서 제대로 울어본 것은 처음이지만 상관없었다. 다른 미망인들과 슬픔을 나누는 것은 괜찮아 보였다. 창피하거나 자신을 약하게 볼까 봐 두렵지 않았다. 본능적으로 두 사람에게 믿음이 갔다. 돌리에게 신뢰란 누구를 막론하고 중대한 사건이었다. 신뢰. 바로 지금의 그녀에게 필요한 것이었다.

긴장이 완화되고 돌리가 다시 대화를 이어나갔다.

"처음에 이리로 오라고 했을 땐 내가 어디까지 말을 해야 할지 확실치가 않았어. 하지만 지금은 확실해졌어. 우리에겐 해리의 장부와 관련해서 두 가지 선택지가—"

"우리요?" 린다가 말을 끊었다. 돌리의 가벼운 미소에 그녀는 말을 멈추고 경청하기 시작했다.

"해리는 몇 달씩 여유를 두고 일을 계획했어. 모두 자세히 써뒀지. 그러니 피셔 놈들이 장부를 손에 넣으면 정상을 지킬 수밖에 없어. 해리가 그랬듯이 말이야. 그러니 첫 번째 선택지는 장부를 피셔 놈들에게 파는 거야, 놈들이 번 돈의 일정 비율을 우리에게 주는 조건으로. 두 번째 선택지는 장부를 팔지 않고 우리가……." 돌리가 심호흡을 하자 셜리와 린다가 그녀를 향해 더욱 가까이 몸을 숙였다. "해리가 준비해둔 거사를 우리가 실행에 옮기는 거야."

린다가 미친 듯이 웃기 시작했다. 셜리는 앉은 채로 입을 쩍 벌렸다.

"지금 농, 농담하셔?" 린다가 말을 더듬었다.

"하기 싫으면 안 해도 돼. 그러면 혼자서는 강도를 저지를 수 없으니 난 장부를 팔아야 할 거고, 피셔 놈들은 인색한 배신자 놈들이니 분명 날 묻어버리려고 할 거야."

"우리가 어떻게 무장 강도를 해요, 돌리?" 셜리가 속삭였다.

"할 수 있어. 우리 남자들이 시작한 걸 우리가 끝낼 수 있어. 폭약만 안 썼다면 성공할 계획이었어."

린다와 셜리는 어떻게 대응할지 몰라 서로를 바라보았다. 돌리가 미쳤나? 슬픔에 빠져 드디어 실성했나?

돌리는 천천히, 침착하게 말을 이었다. "두 사람한테 말하지 않고 장부를 팔아서 3등분하지 않을 수도 있었지만, 해리가 언제나 조와 테리를 정당하게 대우했듯이 두 사람에게도 정당하게 하고 싶었어. 그리고 이 일이 바로 그 정당한 대우야." 돌리가 일격을 가했다. "안 하고 싶다고 해도 이해해. 우리가 피셔 놈들한테 각자 2000파운드 정도는 받도록 최선을 다해볼게. 그러면 놈들이 해리가 계획했던 일을 실행에 옮기고 100만 파운드를 손에 넣겠지."

"100만 파운드?" 셜리가 큰 소리로 묻더니 손으로 입을 가렸다.

세상 물정에 밝고 머리가 잘 돌아가는 린다는 의심스러울 만큼 좋은 일이라면 의심스러운 게 맞다는 사실을 알았다. 그녀는 조와의 오랜 결혼 생활을 통해, 100만 파운드짜리 일이라면 위험하다는 것 정도는 알았다. 린다는 웃으며 고개를 저었다. "롤린스 부인, 지금 우리를 뭐로 보시는 거죠? 두 얼간이?"

"전혀. 우린 다르기보다는 비슷한 점이 더 많아, 린다. 지금 어떤 감정인지 알고, 어떻게 해야 나아지는지도 알아. 마지막 거사야. 우리 남편들을 위해서? 맞아. 하지만 그보다는 우리를 위해서야. 사격 연습장 따위에서 제대로 된 임금의 반도 못 받는 힘든 상황에서 네가 빠져나올 수 있는 티켓이라고." 돌리가 말을 이으며 셜리를 바라보았다. "그리고 셜리, 넌 평생 일 안 해도 돼."

당황한 셜리가 입을 열었다. "런던을 떠나고 싶지는 않아요."

"그럴 필요 없어. 우리인지 아무도 모를 거야. 어떻게 하면 되는지 내가 정확히 알고 있어."

돌리는 셜리와 린다가 흔들리는 듯하자 그녀가 원하는 결정에 더 가까워지도록 밀어붙였다. "너의 테리와 너의 조가 아무것도 안 남겼다고 생각해? 그렇지 않아. 두 사람에게 나를 남겼어. 나와 장부와 다음 거사를. 우린 그냥 집에 들어앉은 하찮은 여자들이 아니야. 우린 남편들이 뭘 했는지 알아. 왜 했는지도 알아. 해리는 이유가 있어서 날 장부로 안내했어. 그 이유는 바로 우리야. 해리는 우리가 혼자 남기를 원하지 않았고, 우리가 고생하지 않기를 바랐어. 이건 우리 몫이야." 돌리가 일어섰다. "생각이라도 해봐. 우리가 할 수 없다고 생각했으면 제안도 안 했어. 두 사람이 쓸 비용은 일을 시작하기 전에 전부 내가 현찰로 지급할 거야."

린다와 셜리는 입을 떡 벌리고 말을 잇지 못했다. 두 사람이 선택지를 가늠하느라 머리를 돌리는 소리가 들리는 듯했다.

"이틀 뒤에 연락할게. 나한테 먼저 연락하지 마. 짭새들이 날 감시하고 있고, 내 전화도 도청하고 있을지 몰라. 내가 두 사람과 같은 시간에 오지 않은 것도 그놈들 때문이야. 우리가 함께 있는 거 보이고 싶지 않으니 두 사람도 따로 나가도록 해. 내가 나간 뒤 적어도 20분은 있다가."

그러고는 돌리가 나갔다.

린다와 셜리는 정확히 같은 자세로, 정확히 똑같은 멍한 표정으로 10분쯤 앉아 있었다. 마침내 린다가 입을 열었다.

"저 여자가 정신줄을 놨네."

"누구한테 말을 해야 할까요?"

"아무도 우리 말 안 믿을걸."

8

돌리는 웨스트 런던까지 왔다 갔다 하면서 잠복 차량을 탄 사복 경찰들을 따돌리기 위해 한참을 운전했지만 미행은 여전했다. "젠장!" 그녀는 룸미러로 보면서 소리 질렀다. 아무리 빙빙 돌고 샛길로 빠져도 도무지 따돌릴 수가 없었다. 스파 회동 이틀 뒤에 전화했을 때, 린다와 셜리는 다시 만나 좀 더 들어보겠다고 말했다. 이번에는 세 사람이 계획한 만남이었다. 돌리는 늦고 싶지 않았지만 다른 도리가 없었다. 미행당하고 있지 않다고 100퍼센트 확신이 들지 않는 한, 다른 미망인들을 만나거나 어떤 식으로든 연락하는 위험을 감수할 수 없었다.

언젠가 봤던 영화가 떠오른 돌리는 운이 좋으면 같은 책략이 통하지 않을까 생각하며 가속기를 밟았다. 셰퍼드 부시 로터리를 돌며 속력을 낸 돌리는 노팅힐 게이트를 따라 올라간 다음 마블 아치 방향으로 베이스워터 로드를 탔다. 경찰은 여전히 뒤에 따라붙어 있었다. 그녀는 차량의 흐름 속에 쑥 들어갔다가 나온 다음 하이드 파크 쪽으로 우회전하고는 안쪽 차로를 유지했다. 룸미러를 보니 차량 네 대쯤 뒤에서 경찰이 미행하고 있었다. 돌리는 안쪽에 있는 대형 화물 차량을 추월한 뒤 도체스터 호텔 입구로 방향을 급히 틀었다. 그녀는 눈 깜짝할 새에 울프를 팔에 끼고 차에서 내린 다음 호텔 벨 보이에게 차 열쇠와 10파운드 지폐를 건넸다.

"주차 좀 해줘요. 저녁 먹고 한 시간 뒤에 올 테니." 그리고 돌리
는 도체스터 호텔 안으로 잽싸게 사라졌다.

벨 보이가 벤츠 차량에 다가가 운전석에 앉은 다음 시동을 걸려
는 찰나, 뒤에 선 차량의 방열판에서 번쩍이는 경광등 불빛이 보
였다. 앤드루스 순경이 아직 멈추지도 않은 경찰차에서 펄쩍 뛰어
내려 벤츠로 달려와 차 문을 왈칵 열고는 벨 보이의 멱살을 쥐었
다. "여자는 어디로 갔어? 어느 쪽이야?" 겁에 질린 벨 보이는 그
저 호텔 입구를 가리켰다.

앤드루스는 로비로 뛰어가 미친 듯이 돌리를 찾았지만 어디서
도 그녀를 찾을 수 없었다. 아무도, 안내 데스크 직원조차도 그녀
를 보지 못했다. 지난번 햄버거 사건으로 아직도 분이 가시지 않
은 레스닉이 또다시 잡아 죽이려 들리라.

앤드루스는 다시 차를 타고 문을 쾅 닫은 다음 주차할 자리를
찾았다. 가망은 없었지만 돌리가 그냥 호텔 어딘가에 있기만을 바
라면서 여자의 차 옆에 있기로 했다. 할 수 있는 일은 그뿐이었다.

린다는 리버풀 스트리트의 철도 정비 창고에 15분 일찍 도착했
다. 매섭도록 추운 날씨라 몸이 덜덜 떨렸다. 이 동네가 이렇게 어
두울 줄 모르고 손전등을 가져오지 않은 탓에 15번 창고를 찾기가
어려웠다. 돌리가 전화했을 때 그녀는 놀라지 않았다. 돌리, 셜리
와 다시 만나는 데 동의하는 건 쉬운 결정이었다. 요즘 자신의 심
장을 뛰게 만드는 일이 뭐가 있단 말인가? 조가 죽은 뒤로 린다의
삶은 이루 말할 수 없이 끔찍했다. 반쪽이 빈 침대는 도무지 익숙
해지지 않았고, 사격장을 찾아오는 사람들은 짜증스러웠으며, 경
찰은 그녀를 신발에 묻은 똥처럼 취급했다. 무엇보다도 인생이 죽

도록 지루했다. 린다는 지루한 게 질색이었다. 돌리가 무슨 짓을 하든 기꺼이 따라주고, 셜리와도 간혹 연락하고, 그러면서 돌리에게서 돈 몇 푼 얻어낼 수 있다면 나쁘지 않았다.

그녀는 한 창고에 다가가 커다란 나무 문 사이 틈을 들여다보다가, 문을 향해 몸을 던지며 으르렁대고 짖는 거대한 셰퍼드를 보고 놀라서 자빠질 뻔했다. 얼른 다음 문으로 다가가 노크하려고 주먹을 들어 올렸을 때였다.

"일찍 왔네." 돌리가 뒤에서 말을 걸었다.

"어딘지도 잘 모르고, 늦고 싶지 않았거든요."

돌리는 린다가 추워서 기분이 안 좋다는 걸 바로 감지했다. 다행히 돌리는 앤드루스를 따돌리고 편안히 택시를 타고 와서 기분이 좋았다. 그녀가 린다에게 웃어 보이고는 문을 열었다. "잘했어."

린다가 창고 안에서 발을 동동 구르며 추위를 이기려 애쓰는 동안 돌리는 가만히 담배에 불을 붙였다. 차 한 잔이 간절했지만, 돌리는 나무 궤짝에 걸터앉아 셜리를 기다리는 동안 검정 가죽 다이어리를 꺼내 메모를 훑어볼 뿐이었다. 조용히 부아를 삭이는 데는 젬병인 린다가 결국 구시렁대는 바람에 돌리가 입을 열었다.

"안쪽에 주전자가 있어. 난 설탕 없이 블랙커피로 부탁해. 네 몸도 좀 데우고 말이야."

린다는 입을 삐죽 내밀며 내실로 들어갔다. 안에는 새 머그잔 세 개와 새 주전자, 뜯지 않은 커스터드 크림이 기다리고 있었다. "자, 그럼 계획을 말해줘요." 린다가 채근했다.

"셜리가 오면." 돌리는 시선도 돌리지 않고 말했다. "오늘 밤이 미스 패딩턴 날이라 20분은 더 있어야 올 거야."

"진작 말을 하지!" 린다가 차를 준비하며 외쳤다.

"왜, 달리 할 일이라도 있어?" 그 말은 아팠다. 돌리는 린다에게 흥미로운 일이 없음을 잘 알고 있었다. "우린 한 팀이야, 린다. 셜리를 기다려야지."

엄마와 함께 택시를 탄 셜리는 가짜 속눈썹이 떨어지는 것을 느꼈지만 고칠 힘이 없었다. 눈부시게 반짝이는 예쁜 검정 이브닝드레스와 하이힐 차림에 태닝까지 하고, 배라도 가라앉힐 정도로 헤어스프레이를 잔뜩 뿌린 셜리는 번호가 달린 미스 패딩턴 어깨띠까지 여전히 걸치고 있었다. 그녀는 참으로 아름다웠다. 눈물로 화장이 지워져 얼룩진 것만 빼면.

어색한 침묵이 흘렀다. 결국 오드리가 먼저 입을 열었다.

"네가 몸을 판다는 뜻으로 말한 건 아니란다." 그녀는 운전사에게 들리지 않기를 바라며 속삭였다. "그냥 드레스 살 돈이 어디서 났는지 알고 싶었을 뿐이야." 셜리는 택시 창밖을 내다보며 다시 울지 않으려 애썼다.

그녀는 출전자 중에서 가장 아름다웠고 쉽게 우승할 수 있었는데도 대회 내내 전혀 집중할 수 없었다. 오드리는 너무나 자랑스러웠고 우승이 '따놓은 당상'이라는 걸 알았지만, 셜리가 외투를 벗고 새 드레스를 선보인 순간 딸에게 매춘부냐는 실언을 하고 말았다. 그때부터 일이 꼬이기 시작했다. 오드리는 셜리가 단상에 올라가려고 줄을 설 때 꼭 안아주면서 만회해보려고 했다. "어서 올라가서 우승하려무나. 넌 예쁘고 사랑스럽고 늘 이기는 사람이니까." 그 밤의 두 번째 실수가 그때 터져 나왔다. "테리랑 엄마는 첫 줄 가운데에 앉아 있을게." '그레그'를 말하려던 입에서 '테리'

가 튀어나오고 말았다. 셜리의 눈이 휘둥그레지며 아랫입술이 바르르 떨리자 오드리는 스스로를 쥐어박고 싶었다. 딸에게 사과하려 했지만, 사회자 프레디가 이름을 부르자 연출 매니저가 셜리를 무대로 내몰았다.

스포트라이트 불빛 안으로 들어섰을 때 셜리의 마음은 온통 다른 데로 가 있었다. 취미가 뭐냐고 프레디가 물었을 때 그녀는 채소와 책을 좋아한다는 둥 얼버무렸다.

오드리는 이 날벼락의 책임을 시인했다. 셜리는 아무 말 없었지만, 실은 다른 것들이 셜리의 마음을 어지럽히고 있었다. 택시 기사가 오드리를 내려준 후 리버풀 스트리트 역으로 향하는 동안 셜리는 다시금 정신을 차리고 일주일 전을 돌아보았다.

리젠트 파크의 여자 화장실에서 30분 넘게 기다리고 있을 때, 돌리가 마침내 계단을 내려와 금이 가고 칠이 벗겨진 벽면 거울을 보며 천연덕스럽게 화장을 고치기 시작했다.

"놈들은 따돌린 거죠?" 셜리가 경찰의 끊임없는 호위를 두고 물었다.

"아니." 돌리가 립스틱을 바르려 입술에 힘을 주고 말했다. "앤드루스 순경이 밖에 있어. 울프를 보고 있지."

돌리가 화장품을 치운 다음 두툼한 봉투를 건넸을 때, 셜리는 아직 돌리가 한 말이 장난이 아니었을까 생각 중이었다. "몇 달 동안 대출금 갚고 다른 일을 보기에 충분한 액수가 들어 있어. 그걸 매달 받을 거야. 다음 주 목요일에 미스 패딩턴 대회가 끝나면 우리가 다시 만날 거고, 상세한 건 봉투 속에 들었어."

"돌리, 저는……." 셜리가 입을 열었다. "제가 감당할 수 있을지 자신이 없어요. 총도 쏠 거 아니에요, 그렇죠?"

"괜찮아. 잘 들어. 네가 안 오면 생각 없는 걸로 알게. 알았지?"

셜리가 봉투를 쥐자 돈 뭉치가 느껴졌다.

"그럼 그 돈만 나한테 갚으면 돼. 큰일 아니니 걱정 마. 알았지?" 돌리는 다 안다는 듯이 싱긋 웃으며 말하고는 걸어 나갔다.

셜리가 마침내 여자 화장실 밖으로 고개를 쏙 내밀었을 때, 울프와 함께 반대 방향으로 걸어가는 돌리를 노려보며 제 차로 걸어가는 한 남자가 멀리서 얼핏 보였다. '진짜 강심장이야.' 셜리는 속으로 생각했다. 저 남자는 분명 보고서에 그 말은 안 쓰겠지만!

린다가 차를 한 잔 더 마시고 있는데 차고 문을 두드리는 소리가 들렸다. 스틸레토를 신고 울퉁불퉁한 바닥을 또각거리며 도착한 셜리가 슈트케이스를 질질 끌고 들어오면서 늦은 걸 사과했다.

"이런 염병. 이게 다 뭐래?" 린다가 내뱉었다. "돌리, 얘 좀 봐요. 온통 차려입었네. 속눈썹도 붙였어?"

셜리가 기름이 고인 바닥에 슈트케이스를 철퍼덕 내려놓자 새로 태닝한 다리에 흙탕물이 잔뜩 튀었다. 뒤로 펄쩍 물러서면서 힐 하나가 똑 부러지자, 셜리는 몸을 휘청거리다가 결국 창고에서 제일 더러운 차의 보닛 위에 엉덩방아를 찧고 말았다. 금세 두 눈에 눈물이 그렁그렁해졌다.

"저, 8등 했어요! 무대 위에서 바보짓을 해놓고는 엄마한테 못되게 굴고!"

린다가 이번에는 좀 더 친절하게 다시 입을 열었다. "8등이면 나쁘지 않네, 셜. 전부 몇 명이었는데?"

"열 명요……." 셜리가 기어들어가는 목소리로 대답하자 린다는 터져 나오는 웃음을 숨기려 얼른 고개를 돌렸다.

셜리는 똑바로 서서 몸 뒤쪽을 손으로 쓸어내렸다. 기름 범벅인 손을 보니 황갈색 코트의 뒷모습이 어떨지 상상이 되었다. 부러진 손톱이 결정타였다. 셜리가 눈물을 터뜨리며 말했다. "오늘 안 오려고 했어요."

"누가 널 봤어?" 셜리가 와서 내심 깊이 안도한 돌리가 물었다. 이제 재정비가 필요했다.

"아뇨. 역에서 내렸어요. 지시하신 대로요."

"넌 누구 본 사람 없고?"

"헐, 당연히 봤죠! 퇴근 시간인데요!" 셜리가 발끈하더니 다시 태도를 가다듬었다.

돌리는 셜리를 앉힌 후에 울프에게 하듯 머리를 도닥이고 쓰다듬었다. 그녀는 린다에게 커피를 더 만들어 오라고 지시했다.

"오늘 밤 내내 여기 있으면서 서빙만 하고 앉았네." 린다가 구시렁거리며 부루퉁해져서 가버렸다.

10분 뒤, 세 여자는 차와 커피, 비스킷을 차려놓은 커다란 운송상자 주위에 둘러앉아 돌리가 펼쳐놓은 지도와 도면을 보았다. 린다는 커스터드 크림 비스킷을 씹으며, 셜리는 부러진 손톱을 물어뜯어 그럭저럭 봐줄 만한 모양으로 다듬으면서 돌리의 담배 연기를 얼굴에서 밀어냈다. 돌리는 도면 위로 몸을 숙이고 다이어리에 잔뜩 메모를 했다. 살 것, 할 일, 배울 것.

"우리의 숙제는 지고 가야 하는 무게야, 여기서부터⋯⋯." 돌리가 스트랜드 터널 도면에 단정하게 선을 그었다. "여기까지. 도주 차량이 주차되어 있는 곳이지. 50미터 정도 뛰어야 해."

돌리는 아랫니로 비스킷에서 커스터드를 긁어 먹고 있는 린다를 올려다보며 물었다. "듣고 있어?"

린다는 돌리가 한 말 전부를 자신 있게 요약했다. "전방의 훔친 밴이 터널 안의 현금 수송 차량을 멈추게 한다. 뒤쪽의 훔친 밴은 현금 차량을 봉쇄한다. 총잡이가 차량들을 통제한다. 총잡이가 경비원들에게 차량을 열게 한다. 그리고 돈이 가득 든 배낭."

"아주 무거운 돈이지." 셜리가 정정해주었다.

"맞다, 아주 무거운 돈." 린다가 복창했다. "훔친 도주 차량까지 50미터 뛴다." 린다는 스스로 굉장히 흡족해 보였다.

'반항적인 년.' 돌리는 생각했다. 거사 전에 그녀를 길들여야겠지만 지금은 봐주었다. "우리 중 하나는 전동 사슬톱 사용법을 익혀야 하는데 그것도 굉장히 무거워." 돌리가 계속 설명했다.

"전 팔 힘이 없어요. 다리는 괜찮아서 돈 무게는 걱정 안 하지만요." 셜리의 의견이었다.

"100만 파운드 지폐의 3분의 1을 옮겨봤어?" 돌리가 발끈했다.

셜리는 입을 다물었다. 전혀 감이 안 잡히는 100만 파운드 지폐의 3분의 1에 신경 쓰기에는 너무 피곤해서 말을 돌렸다. "만약 우리 뒤에 있는 차들 중에서 누가 시비를 걸면 어떻게 해요?"

린다가 끼어들었다. "안 듣고 뭐 했어? 내가 말했잖아. 총잡이가 차량들을 통제한다. 그게 나고. 내가 지켜보는 한 정의의 사도는 없어." 린다가 커스터드 크림 비스킷을 새로 집으며 말했다. "폭약은?"

돌리가 린다를 노려보았다. 길고 차가운 눈빛이 모든 걸 말해주었다. 눈빛으로 정말 사람을 죽일 수 있다면 난 지금 바닥에 죽어 있겠다고, 린다는 생각했다.

"미안해요, 돌리." 린다가 상자 위로 따스한 손을 뻗었다.

돌리는 손을 뿌리치며 말을 돌렸다. "현금 수송 차량 연락책과 만날 예정이야. 장부를 보면 보안 차량은 늘 터널을 이용하지만 시간과 정확한 경로는 매번 달라져. 한 달에 한 번, 추가 현금을 운송하는 큰 건이 있어. 넉 달쯤 후에 그 건을 노릴 거야. 연락책이 정확한 날짜를 확인해주고 경로 지도를 줄 거야. 그럼 그때부턴 분초를 다투며 준비해야 해."

돌리가 백을 향해 아래로 손을 뻗치는 동안 린다와 셜리는 서로를 바라보며 눈알을 굴렸다. 두 달이고 넉 달이고 여섯 달이고, 돌리는 정말로 그녀들이 무장 강도를 할 수 있다고 생각하는 걸까?

돌리가 커다란 갈색 봉투 두 개를 손에 들고 허리를 곧추세워 앉았다. "차를 사." 그녀가 봉투를 내밀며 지시했다. "현금으로 사고, 세금도 내고, 등록도 한 다음에 작업이 마무리되면 버려."

린다는 제 봉투를 열어보고 눈을 반짝 빛내며 침을 꿀꺽 삼켰다. 전율이 일었다. 적어도 2000파운드는 들었다! 돌리가 창고 열쇠를 건네며 회의를 마치자 린다의 입이 찢어졌다.

"지금부터 여기가 우리 본부야. 오갈 때 조심해." 돌리는 셜리에게 다른 열쇠 꾸러미를 들어 보였다. "셜리, 지금이 기회야. 같이 할 거야, 말 거야?"

셜리는 현금이 가득한 봉투를 꼭 쥐더니, 열심히 고개를 주억거리는 린다를 바라본 다음 열쇠를 집어 들었다.

모든 일이 순조롭자 돌리는 흡족해하며 일어섰다. "오늘은 이게 다야. 우리 집으로 전화 걸지 말라는 거 기억해둬. 필요하면 내가 연락할 테니까. 봉투 안에 각자 할 일이 들어 있어. 단계별로 해야 해. 제1 단계는 차량 문제를 해결하는 거야. 그리고 셜리는 목록에 있는 복장을 담당하고."

돌리는 답변을 기다리지 않았다. 확인은 필요치 않았다. 그녀들은 열쇠를 가져갔다. 돌리에게 세 사람은 이제 한 팀이었고, 그녀가 책임자였다. 그들은 돌리가 말하는 대로 할 터였다. 조와 테리가 늘 해리의 말에 따른 것처럼. "둘이서 잠그고 나와. 같이 나서지는 말고. 스파에서 했던 것처럼." 돌리가 떠났다. 울프가 종종걸음으로 돌리를 따랐다.

린다와 셜리는 화물 상자 앞에 돈을 놓고 가만히 앉아 있었다. 그들은 창고 밖으로 멀어지는 린다의 발소리에 귀 기울였다. 미친 듯이 짖던 셰퍼드가 이윽고 조용해졌다.

침묵을 깬 것은 셜리였다.

"린다, 겁나?"

"이게 진짜라고 생각했으면 난 아마 똥오줌 다 지렸을걸." 린다는 봉투에서 돈을 꺼내 세며 웃었다.

셜리도 같은 생각이었지만 돌리가 진심으로 걱정되었다. "제정신 아닌 거 맞지?"

"아니다마다! 봐봐, 저 여자가 왜 이러는지는 나도 모르겠어. 하지만 도움이 되는 모양이야. 기분이 나아지나 봐. 그리고 사실 나도 살아 있는 기분이 들긴 해. 온몸에 전율이 일어."

"그래서 그냥 장단만 맞춰주는 거야?"

"자랑할 일은 아니지만 돈이 필요해. 조가 남긴 돈은 없고, 테리도 마찬가지였다는 거 알아. 돌리도 결국 정신을 차리고 우리도 원래대로 돌아가겠지만, 지금으로선 계속 돈을 받을 거야. 돌리는 우리를 친구 삼아 자기가 지어낸 환상 속에 살면 돼." 린다는 돌리에게 맞장구치는 것이 셜리에게는 그리 쉬운 결정이 아님을 알 수 있었다. "셜리, 우리가 오히려 돌리를 도와주는 거야, 삶의 목표를 주는 거지……. 트래펄가 광장에서 벌거벗고 머리에 꽃 달고 설치

85

지 않게." 린다가 운송 박스 위로 팔을 뻗어 셜리의 손을 잡았다.

토닥이는 린다의 손을 내려다보던 셜리는 그녀가 결혼반지를 뺐음을 눈치챘다. 그리고 자신의 길고 가느다란 손가락을 내려다보았다. 떨리는 손에서 금으로 된 결혼반지가 빛났다. 셜리는 들뜨지도, 린다의 말마따나 "온몸에 전율이" 느껴지지도 않았다. 이 모든 것이 정말 돌리가 애도하는 과정의 일부라면, 그녀는 참담하리만치 죄스러웠다. 그리고 만일 이것이 정말로 세 미망인이 모여 죽은 남편들의 무장 강도 계획을 실행하는 일이라면, 무시무시하지 않을 수 없었다. 하지만 지금 손 밑의 돈 봉투는 생명 줄이었다. 그것 없이는 집과 그 안의 모든 것을 잃을 터였다.

"기운 내." 셜리가 일어설 수 있도록 린다가 부축했다. "집에 가자고."

돌리는 도체스터 호텔 쪽으로 걸어가면서 차 밖에 서 있는 앤드루스를 보았다. 그는 예상했던 대로 실권 없는 허수아비였고, 매우 예측 가능했다. 그의 차창 밖을 지나면서 그녀는 살짝 웃어 보이고 싶은 유혹을 이기지 못했다. 돌리는 벤츠를 가지고 돌아온 벨 보이에게 팁을 주고 아주 흡족하게 차를 운전해 빠져나갔다.

집에 도착한 다음에는 밖에서 차고 문을 잠그고, 울프가 앞마당에서 오줌을 누게 한 다음 안으로 들어갔다. 보통은 차고에서 주방으로 연결되는 문을 통해 들어가지만, 집 밖의 평소 자리에 주차해둔 앤드루스를 곯려주고 싶어 안달이 났다. 현관문 열쇠를 꺼내 안으로 들어서며 돌리는 경찰의 미행을 따돌리는 데 익숙해진 것이 흡족해 빙긋 웃었다. 그러나 현관문을 열자 코앞의 아수라장이 서서히 눈에 들어왔다. 미소는 충격으로 급변하고 머리에서 발끝까지 오싹해지면서 분노로 눈이 이글거렸다. 복도 카펫이 들려 있고, 꽃병과 작은 인형들은 넘어져 있었으며, 가구는 천이 찢어지고, 화분은 엎어져 흙이 쏟아져 나와 있었다.

문이 열린 거실에서 빛이 새어 나왔다. 그녀는 천천히 깨진 물건들을 넘어 발끝으로 가만가만 앞으로 나아갔다.

돌리는 레코드판이 턴테이블에 내려오며 내는 달깍 소리에 얼어붙었다. 그녀가 좋아하는 노래가 방 안에 울려 퍼지면서 소름끼치는 정적을 깼다. "인생이 그대 없이 무엇이랴. 그대가 죽는다면 삶이 무어랴." 그녀는 거실 문을 천천히 열고 손으로 입을 가로막았다. 거실이 파괴돼 있었다. 아름다운 소파의 속통이 드러났고, 그림은 부서졌다. 경찰이 와서 집을 뒤집어놓는 바람에 모든 걸 정돈한 지 얼마 안 됐는데 이게 또 뭐란 말인가. 분노가 치밀었다. 그녀가 문을 발로 걷어차 활짝 열어젖히자 뒤에 있는 캐비닛에 문이 쾅 부딪혔다.

복서 데이비스가 화들짝 놀라 손에 들고 있던 해리의 사진 액자를 떨어뜨렸다. 소파 속통의 깃털에 덮인 그의 양복과 머리가 너무나도 우스꽝스럽게 보인 나머지 돌리는 갑자기 두려움이 찾아들었다. 말 한 마디 없이, 그녀는 전축으로 가서 판에서 바늘을 들어 올렸다. 울프는 어쩔 줄 몰라 낑낑대며 실내를 빙글빙글 돌다가 찢어진 쿠션들 속에 갇혀버렸다.

"달, 내가 그런 게 아니에요. 정말이에요." 복서가 벌벌 떨며 징징거렸다.

돌리가 그에게 덤비며 소리 질렀다. "그렇게 부르지 말랬지!"

복서는 제발 자기 말 좀 들어보라며 울다시피 통사정을 했다. "내가 할 수 있는 일이 없었어요. 말릴 수가 없었다고요. 돌리, 당신이 여기 있었다면 당신한테 이렇게 했을 거예요!"

"누가?" 돌리가 이를 악물고 다그쳤다.

"토니요. 토니 피셔. 토니는 해리가 장부를 숨긴 곳을 당신이 안다고 생각해요."

"그걸 가만히 지켜보고 있었어? 내 집을 이렇게 만드는 걸 구경만 했어?"

복서는 일어난 일이 부끄러워, 집을 망가뜨린 건 자기가 아니라는 말만 되풀이하며 그녀의 주변에서 거의 울면서 서성댔다. "도우려는 거예요. 걱정이 돼서요. 그들이 이젠 돈도 안 준대요. 장부만 원한다고요."

돌리가 찢긴 벨벳 의자에 앉자 울프가 그녀의 옆으로 훌쩍 뛰어올랐다. "내가 그랬지, 어디 있는지 모른다고! 너한테도 경찰한테도 말했어."

"하지만 그들은 안 믿어요. 난 믿지만요, 돌리. 모른다는 말을 믿어요. 하지만 장부가 어딘가에는 있지 않겠어요? 그러니까 같이 한번 찾아보면 어때요? 토니 피셔가 다른 미망인들도 찾아갈 거랬어요."

돌리는 가슴이 철렁했다. "망할 인간이 대체 왜 그런대? 내가 모르는데 그 여자들이 알 리가 없잖아, 안 그래?"

"토니는 그렇게 생각 안 해요, 돌리. 필요한 걸 손에 넣을 때까지 아무나 해치려고 한다고요."

돌리는 두 손에 얼굴을 묻고 앉아, 토니가 설마 셜리와 린다를 만난 것에 대해 알까 고민했다. 늘 세심히 주의를 기울였지만 그래도 걱정이 됐다.

복서는 돌리 앞에 쭈그리고 앉아 유인원처럼 그녀의 무릎을 토닥이며 눈을 연신 끔뻑였다. 돌리는 그를 한 대 치고 싶었지만 계획 없이 피셔 놈들을 상대할 수는 없었고, 도움을 요청할 사람이 없었다. 시간이 필요했고, 피셔 놈들을 다른 미망인들에게서 떼어놓아야 했다. 머리가 빙빙 돌았다.

"토니가 내 집에 어떻게 들어왔지?" 그녀가 물었다.

복서가 슬쩍 웃으며 낡은 플라스틱 카드를 웃옷 주머니에서 꺼내 들어 보였다.

돌리는 그를 노려보았다. "경찰이 날 지켜보고 있는 거 알지?"

"신고라도 하실 건 아니죠, 달?" 복서는 눈에 띄게 초조해졌다. 생각이 짧았다. 돌리가 무단 침입으로 신고해서 날 체포당하게 만들까?

"그렇게 부르지 말랬지! 나 때문이 아니어도 넌 이미 문제가 많지 않아? 피셔 놈들하고 일하는 건 위험한 처사야, 복서. 놈들은 똑똑하지 않아. 우리 해리 같지 않다고. 짭새들이 내 집을 뒤져서 장부를 못 찾았는데 토니 피셔가 그들보다 나을 이유가 뭐가 있어, 안 그래?"

복서는 그 자리에 쭈그리고 앉아 조언을 구하듯 돌리를 바라보았다. 그의 가여운 두뇌는 말과 생각을 동시에 처리할 수 없었다.

"지금은 날 내버려둬, 복서. 아침에 다시 와서 치우는 걸 도와주면, 경찰과 토니가 놓쳤을지도 모르는 숨길 만한 장소를 같이 찾아보도록 할게."

복서는 세상에서 가장 큰 아이스크림을 받은 아이처럼 눈이 커지며 얼굴을 활짝 폈다. "올 게요!" 일어서는 그의 얼굴이 환히 빛났다. "9시에 오면 될까요?"

"7시."

"7시가 낫겠네요. 네, 여기 7시까지 올게요. 피셔 형제에게 오늘 저녁에 보고를 해야 하니까, 돌리가 협조하기로 했다고 말할게요. 내일 함께 제대로 찾아보면 다 괜찮아질 거예요."

복서가 얼마나 바보 같은지, 돌리는 그저 기가 찰 뿐이었다. 그녀는 발걸음도 가볍게 현관문 밖으로 총총 빠져나가는 복서를 지켜보았다. 그런 다음 벌떡 일어나 문마다 이중으로 걸어 잠그고 주방을 조금 치웠다. 냉동실의 식품이 모두 바닥에 나와 녹고 있었고, 아름다운 도자기와 식기가 깨진 채로 사방을 뒹굴었다. 오늘 밤은 치울 엄두가 나지 않아, 돌리는 커피 한 잔을 내려 난자당한 거실의 유린당한 소파에 앉았다.

앞으로는 해리처럼 생각해야 한다는 걸 알았지만, 그가 사 준 카포디몬테 도자기 인형 컬렉션이 산산조각 나서 바닥을 뒹구는 모습을 보니 쉽지 않았다. 돌리는 울프를 바라봤다. "해리라면 어떻게 했을까? 아빠라면 어떻게 했을까, 응?"

밖에 있는 경찰차가 떠오른 돌리는 레스닉에게 전화를 걸어, 그의 멍청한 부하 놈들이 토니 피셔와 복서 데이비스가 자신의 아름다운 집을 침입해 파괴하는 걸 막는 대신 도체스터 호텔까지 졸졸 따라왔다고 이야기하고 싶었다. 돌리는 창가로 다가가 두터운 벨벳 커튼의 찢어진 틈으로 밖을 내다보았다. "멍청이들!" 속이 부글부글 끓었다. "복서 데이비스가 내 집에서 나가는 걸 보고도 놈이 애초에 언제, 어떻게 들어왔는지는 짐작도 못하겠지."

돌리는 거실을 살펴보았다. 끔찍한 혼돈 속에서, 복서가 떨어뜨려 깨진 액자 속의 해리가 선명히 눈에 들어왔다. 처음에는 해리의 잘생긴 얼굴이 금 간 유리 밑에서 자신을 보고 웃는 게 서글펐지만, 이내 뭔가 말하려는 듯이 느껴졌다.

"뭐지, 해리? 내가 어떻게 해야 하지?" 돌리는 바닥에 무릎을 꿇고 깨진 액자를 집어 들었다. 그의 얼굴을 뚫어져라 바라보며 온 마음을 다해 속삭였다. "당신을 사랑했어. 너무나 사랑했어. 아니, 해리, 아직도 사랑해. 당신은 피셔 놈들이 우리에게 이런 짓을 하도록 허락하지 않았을 거야."

그러자 돌리는 문득 해리가 갑자기 곁에 서 있는 듯한 위안을 느꼈다. 다가올 몇 달 동안, 강도 일을 완수할 때까지 해리가 인도하리라고 그녀는 확신했다. 어차피 해리를 위해 하는 일 아니던가. 그가 이제 자신을 지켜보고, 아무것도 잘못되지 않게 하리라고 돌리는 진심으로 믿었다.

그날 밤 자그마한 울프가 해리의 베개 위에 몸을 둥글게 말았고, 돌리는 끔찍한 소식을 들은 뒤 처음으로 단잠을 잤다.

9

돌리는 아침 6시부터 일어나 정리하고 청소했다. 처음에는 어디서부터 시작해야 할지 암담했다. 보통은 진공청소기부터 돌리지만, 오늘 아침에는 어젯밤의 잔해에 덮여 카펫이 아예 보이지 않았다.

복서가 진입로를 걸어 올라올 무렵 돌리는 제일 낡은 옷과 앞치마, 머릿수건을 두르고 부서진 추억을 또 한 아름 내다 버리고 있었다. 복서에게 아침 7시는 너무 이른 시각인 게 자명했다. 발을 끌며 그녀 곁에서 움직이는 그는 꼭 좀비 같은 몰골이었지만, 해리의 장부 찾기에는 열의를 보였다.

거리의 또 다른 좀비는 여섯 집쯤 아래쪽에 주차된 차량에 타고 있는 몹시 피곤한 젊은 경관이었다. "넌 전혀 신경도 안 쓰고 있지?" 돌리가 울프를 내려다보았다. "맹한 경찰 같으니라고."

복서는 거실에서 상황을 파악하는 중이었다.

"내가 뭐 먼저 할까요?" 집안일, 특히 이런 난장판 뒤의 집안일은 그가 쉽게 환영할 만한 일이 아니었다.

"맞다. 우선 고쳐 쓸 수 없는 건 뭐든 버려. 하지만 소파 쿠션과 커튼은 주머니에 담아. 수선할 수 있으니까. 그리고 카펫이 보이기 시작하면, 계단 밑 보관함에 진공청소기가 있어."

"지당한 말씀이십니다." 복서가 환히 웃었다. 그는 바보라도 알아들을 수 있는 지시 사항이 주어져야 훨씬 행복했다. "집이 금세 깔끔해질 겁니다!"

돌리는 깨진 카포디몬테 인형들을 주워 담는 복서를 지켜보았다. 피해는 애초 생각한 만큼 심하지 않았고, 뒷마당에서부터 밟고 들어온 흙과 풀 자국은 문질러 없앨 수 있을 터였다. 무엇보다 견디기 힘든 것은 사생활 침해였다. 경찰과 피서 형제는 모두 그녀를 그토록 능멸하고도 아무렇지 않게 빠져나갈 수 있었다.

위층에서는 이미 침구들을 다 벗겨 세탁기를 세 번째 돌리고 있었다. 돌리가 바닥에 널브러진 옷가지를 집어 들 때 복서가 문간에 나타났다.

"뭐 좀 찾았어요?" 그는 평소처럼 멍청한 웃음을 얼굴에 띠우고 물었다. 마치 아무 일도 없었던 듯이, 이 난장판에 책임이 없는 듯이, 절친한 친구인 듯이.

"구제할 수 있는 것부터 먼저 해놓고, 복서. 이래서는 뭐가 뭔지 하나도 모르겠으니까."

"미안해요, 돌리."

"정돈을 좀 해놓고, 같이 구석구석 찾아볼 테니 걱정 마." 그녀는 그에게 안심할 수 있는 미소를 지어 보였고, 복서는 느릿느릿 아래층으로 내려갔다. 복서가 눈에서 사라지자마자 미소도 사라졌다. 돌리는 정돈이며 청소에 복서가 도움이 안 된다는 사실도, 그럼에도 그의 비위를 맞춰줘야 한다는 사실도 잘 알았다. 그녀에게는 계획이 있었고, 복서는 거기서 큰 역을 맡을 터였다.

린다는 경매가 시작되기 훨씬 전에 경매장에 가 있었다. 안내 책자를 넘겨가며, 줄줄이 늘어선 매물용 차량을 따라 걸으며 하나씩 검토했지만 자신이 뭘 원하는지 확신이 없었다. 차에 대해서는 잡다한 걸 알았다. 좋은 엔진의 외관과 소리, 신규 구매 시에는 어떤 안전 검사를 하는지, 키 없이 시동 거는 법 등등. 조는 그녀에게 차의 보닛 밑에서 일어나는 일을 가르쳐주었다. 뒷좌석에서 일어나는 일도.

그녀는 결국 빨간 포드 카프리로 마음을 정하고 딜러에게 들이대기 시작했다. 그는 매우 친절했으며, 린다가 무척 섹시하고 자신에게 꼬리 치고 있는 게 분명하다고 생각했다. 린다는 웃기지도 않은 농담에 웃어댔고, 팔을 둘러 끌어안다시피 해도 저항하지 않았다. 딜러는 엔진을 봐주겠다고 동의했고, 린다는 그의 몸에 밀착하며 생긋 웃었다. 그녀는 카프리의 내막을 알아내느라 바빠서 아니 피셔가 실버 재규어를 타고 도착하는 것을 보지 못했다.

가죽 서류 가방을 든 아니는 차량의 미로를 뚫고 서둘러 경매실로 들어서서, 응찰하려는 롤스로이스의 보닛 위에 몸을 숙인 카를로스를 보고 걸음을 멈췄다. 아니는 실크 넥타이를 가다듬었다. "날렵한데." 그가 속삭이며 윙크했다.

카를로스는 아니의 확실한 애정 표현이 좋았다. 그건 특별하다는 느낌을 주었다. 아니 같은 남자가 살면서 특별하다고 생각하는 사람은 많지 않으니까.

카를로스는 근사한 정장 차림이었다. 녀석, 빨리 배우는군. 아니는 얼음장 같은 푸른 눈으로 그를 가늠하며 생각했다. 아니는 난폭한 파트너를 좋아하지 않았다. 단정하고 말쑥한, 교양도 좀 있는 애들을 좋아했다. 물론 카를로스도 내재된 짐승을 품고 있었지만. 그가 금 목걸이를 너무 주렁주렁 걸고 다니는 게 눈에 띄긴 했다. 그 점은 나중에 둘이 있을 때 짚어주리라.

카를로스는 이제 그가 본 중에 최고로 기름을 많이 잡아먹는 이 롤러(롤스로이스의 애칭—옮긴이)에 대해 열변을 토하기 시작했다. 도 장만 살짝 손보고 엔진 튜닝만 하면 완벽할 거라고 말하며 보닛을 열고 엔진 쪽으로 몸을 숙였다. 아니는 엔진에 대해서는 아무것 도 모르지만 카를로스의 몸에 자기 몸이 닿도록 덩달아 허리를 숙 였다. 카를로스가 손톱을 손질하려는 성의를 보인 게 눈에 들어왔 다. 자식, 진척을 보이는군. 그는 카를로스가 점점 좋아졌다.

아니는 서류 가방을 건네고 카를로스의 뺨을 톡톡 두드렸다. "이 롤러 살 만큼 충분히 넣었어."

"얼마나 높게 부를까요?"

"다 해결해뒀어, 카를로스. 예약가보다 높이 올라가진 않을 거 야. 내가 원하는 걸 알거든. 다른 입찰자는 없을 거야."

아니의 말이 맞았다. 롤러의 경매는 눈 깜짝할 새에 끝났다. 카 를로스는 차를 낙찰받은 후에 현찰로 값을 치렀고, 둘은 30분도 안 돼 맛있는 점심을 먹으러 나섰다.

린다는 육욕에 불타는 딜러의 도움을 받아 카프리를 좋은 가격 에 샀다. 현찰을 세는 린다를 향해 딜러가 추잡한 미소를 띠며 다 가왔다. 그의 팔이 린다의 코트 밑으로 들어왔다. 린다는 얼음장 처럼 그를 쏘아보았다.

"당장 꺼지지 않으면 소리 지르겠어." 린다가 일침을 날렸다.

그는 금세 알아들었다. 차 키를 가지고 새 차로 걸어가는 린다 에게 그가 뇌까렸다. "썩을 년!"

셜리의 남동생 그레그는 모든 것이 합법이며 자신이 결코 차를 훔치지 않았음을 강조했지만, 가격도 좋고 마음에 드는데도 셜리는 여전히 석연치가 않았다. 오드리는 다섯 잔째 차를 마시면서 《익스체인지 앤드 마트》지에 따르면 그레그가 낸 액수의 두 배 가격이니 분명 훔친 차일 거라고 거들었다. 그레그와 오드리가 한창 설전을 벌이고 있을 때 셜리가 현찰 한 뭉치를 주방 식탁에 내려놓았다. 두 사람은 즉각 조용해졌다. 오드리는 숨을 몰아쉬면서 찻잔을 입에 가져가다가 지나쳐서 턱 밑으로 차를 흘렸다. 그레그가 지폐 뭉치를 향해 손을 뻗었지만, 셜리가 먼저 손을 내밀어 그에게 빚진 750파운드를 건넸다. 열쇠와 차량 등록증을 넘겨주면서, 그는 누가 덤빌세라 얼른 달아났다.

셜리는 엄마가 무슨 생각을 하는지 정확히 알았다. "테리의 슈트케이스에 돈이 들어 있었어요." 그녀는 거짓말을 했다. "아니면 내가 일주일도 안 되는 동안 매춘으로 1000파운드를 벌었다고 생각해요?"

"1000파운드?" 오드리가 꽥 소리를 질렀다. 셜리는 타고난 거짓말쟁이가 아니었다. "슈트케이스? 짭새들이 놓쳤다고? 지금 그 말이냐?"

셜리는 주장을 고수했다. "맞아요. 가방의 제봉선 안에 숨겨져 있었는데 나한테 수작 걸다가 눈치를 못 챘어요."

"그래, 그 1000파운드를 정확히 언제 찾은 거냐? 그리고 왜 나한테 말 안 했어?"

"엄마랑 상관없는 일이에요!" 셜리가 발끈했다.

"우린 다들 쪼들리잖니! 네가 나한테 준 세탁기만 해도, 그거 걸어서 우리 집에 오는 거 아니다. 미니밴을 빌려야 했다고. 싼 것도 아니고! 내 말은, 나도 알았으면 좋겠다는 것뿐이야. 누가 뭐래도 네 엄만데!"

셜리는 돈 다발에서 50파운드를 꺼내 오드리에게 건넸다. "제가 드린 세탁기 때문에 돈이 들었다니 죄송하네요, 엄마. 정말로요." 그녀는 비꼬듯 말했다.

오드리가 좀 더 나은 사람이었다면, 엄마가 그리 쉽게 매수되는 사람이 아님을 보여줘서 셜리가 부끄러워하도록 돈을 두고 가버렸을 것이다. 하지만 오드리는 그 대신 50파운드를 집었다.

"네 새 차 타고 펍에나 한번 가보자꾸나. 술은 네가 사라."

왜건형 미니는 한 번 두 번 시도했을 때는 시동이 걸리지 않다가 결국 세 번째에 작동이 되더니, 털털 소리를 내면서 도로에서 움찔거렸다. 브레이크가 좀 뻑뻑한 것 같다고 말하던 셜리는 와이퍼가 툭 떨어지자 욕을 뱉었다.

"그레그, 안 고치기만 해봐." 셜리가 분노하며 말했다.

"네 운전 때문인지도 모르잖니." 오드리의 의견이었다.

"난 테리한테 운전을 배웠고, 단번에 합격했다고요." 셜리가 열이 나서 대꾸했다.

동네를 한 바퀴 돌고 나자, 셜리는 차가 그리 나쁘지는 않다고 판단했다. 그녀는 엄마를 펍에 내려주고 좀 더 긴 거리를 주행해보겠다며 나섰다. 뒤쪽에 강도에 필요한 장비를 숨길 공간이 충분하고, 거사 뒤에도 통행 차량 속에서 튀지 않을 색상이어서 그 차의 구입에 동의했다. 선택의 여지가 있었다면 카나리아 같은 노랑을 골랐겠지만 100만 파운드의 3분의 1만 손에 넣으면 그거야 언제든지 쉽게 할 수 있는 일이다. 셜리는 자신의 생각에 웃음이 났다. 강도를 하겠다고 차를 사다니!

천천히 차를 몰며, 셜리는 옛 모습을 되찾은 기분이 들기 시작했다. 머리를 해야겠다는 쪽으로 생각이 흘렀다. 하이라이트를 좀 넣고, 좀 더 짙은 금발로 해야겠어, 어쩌면 기분 좋은 마사지도 받고…….

린다는 카프리의 가속기를 밟으며 속도계가 빠르게 올라가는 모습을 지켜보았다. 110킬로미터…… 120…… 130……. 짜릿했다. 룸미러를 얼른 본 린다는 뒤에 아무도 보이지 않자 좀 더 밟았다. 135…… 145……. '이 차 잘 샀네'라고 생각하는데 느닷없이 보닛에서 연기가 한 줄기 피어오르더니, 이내 앞 유리 너머 도로가 안 보일 정도로 뭉게뭉게 피어올랐다. 그녀는 갓길에 차를 대고 밖으로 나와 타이어를 걷어차며 욕을 내뱉었다.

린다는 연기가 피어오르는 보닛 위에 걸터앉아 웃지 않을 수 없었다. "이게 뭔 지랄이래?" 그녀는 큰 소리로 말했다. 돌리가 준 목록에 적힌 린다의 임무 중 하나는 기초적인 자동차 정비를 배우는 것이었다. 그런데 그녀는 갓 똥차를 사고는 도로변에서 서성대고 있었다.

차들이 줄줄이 지나갔다. 남자들은 경적만 울리고 멈춰서 도와주지 않았다. 린다는 상관하지 않았다. 그 자리에 앉아 있자니 자신감이 솟았다. 주머니에 돈 있겠다, 새 중고차 있겠다, 돌리가 말한 대로 차를 올바로 고치는 법을 배울 것이다. 지노에게 전화를 걸어 펍에서 사귀었다는 자동차 정비공 친구의 이름을 받아야겠다고 생각했다. 책이 아닌 실습으로 배울 것이다. 금세, 제대로 배울 것이다. 돌리의 뜬구름 잡는 강도를 위해서가 아니라 스스로를 위해. 린다는 자신이 마지막으로 무언가를 이룬 적이 언제였는지 기억이 나지 않았다. 하지만 이젠 모든 것이 바뀌리라.

10

복서는 새로 치운 돌리의 식탁에 앉아 몇 주를 굶은 사람처럼 달걀과 베이컨을 와구와구 입에 집어넣었다. 빵 한 조각으로 접시를 싹 닦은 다음 입에 넣고는 차를 꿀꺽꿀꺽 들이켜고 나서 등받이에 깊숙이 앉아 접시를 밀어냈다.

돌리는 해리가 입던 정장 상의 두어 벌을 주방으로 가지고 왔다. "일어서." 그녀가 명령했다. 복서는 다시 일하라는 줄 알고 벌떡 일어섰다. 돌리가 해리의 재킷을 들고 팔을 끼우라고 잡고 있는 걸 보자, 그는 너무 가슴이 벅차 잠시 목이 메었다.

돌리는 재킷을 그에게 입히고, 늘 하던 대로 어깨를 털고 등판도 똑바로 펴주며 옷을 가다듬었다. 해리에게 천 번쯤 해주었듯이. 복서는 해리와 체형이 거의 비슷했으나 배가 나와서 재킷이 좀 끼는 듯했다. 그런데도 그는 자기가 굉장히 근사해 보인다고 생각했다.

"순모네요. 너무 좋아요. 정말 너무 좋아요." 복서가 손으로 소재를 연신 쓸어내리며 돌리에게 거듭 말했다.

돌리는 죽은 남편의 값비싼 옷을 입은 복서를 무표정하게 바라보았다. "원하면 가져가. 셔츠 두어 벌, 바지 두어 장도 있어." 그녀는 가져가든 말든 상관없다는 듯이 말했다.

복서는 잠시 말을 잇지 못했다. "소중히 간직할게요." 그가 어색하게 말했다.

"해리의 가장 좋은 물건은 줄 수 없어. 미안해, 복서."

해리의 가장 좋은 옷들은 당장은 떠나보낼 수 없었다. 돌리는 해리의 옷들을 갓 빨아 다려둔 채 그의 옷장에 걸어두었다. 심지어 해리의 구두까지 닦아 옷장에 두었다. 마치 그가 그저 출장이라도 간 듯이.

그녀는 감정이 북받치자 나머지 일을 해낼 기운을 되찾으려 주전자를 올리고 차를 한 번 더 끓였다. 복서가 급조한 저녁을 먹어 치우는 동안 돌리는 아기방을 정리했다. 토니 피셔는 아기 옷들을 사방에 흩어놓고 온 방을 흙발로 밟고 다녔다. 아기 침대는 뒤집히고, 자그만 신생아 기저귀는 찢어졌으며, 사진 액자들은 박살이 났다. 대부분의 물건들은 이렇게까지 파괴될 만한 이유가 없었다. 그저 악의 발로일 뿐이었다. 피셔 놈들이 해리의 구역을 접수한다는 생각만으로도 돌리는 피가 끓었다. 아기방에 서서 그녀는 두 가지를 결심했다.

우선 오늘 오후에 아기방의 모든 물건을 수도원에 가져다줘서 부모를 잃은 가난한 아기들이 쓸 수 있게 할 작정이었다. 사산한 뒤로 돌리는 종교에서 큰 위안을 찾았다. 수도원은 그녀에게 언제나 문을 열어두었고, 그녀는 밤이고 낮이고 필요할 때마다 그곳을 찾았다. 매일 찾아간 주도 있었다. 고통이 잦아들면서 방문은 점차 줄었지만, 이미 해리와의 정신없는 생활과 대비되는 그곳의 소박함에 매료된 뒤였다. 그녀는 아이들과 그림을 그리고 색칠하고 게임을 하며 몇 시간이고 보냈다. 아이들은 그녀에게 사랑만을 원했고, 그녀에겐 줄 사랑이 넘쳤다. 아이들도 그녀를 사랑했다. 아기를 잃은 직후 몇 달 동안, 수도원 친구들이 없었다면 돌리는 헤어날 수 없는 우울증에 빠졌을 터였다. 돌리는 그들에게 깊이 빚졌고, 그들은 그녀에게 아무 보상도 원하지 않았다. 그러므로 이제 그녀는 죽은 자를 기리는 대신 산 자를 도우려, 아기방의 짐을 모두 싸서 오늘 오후 주례 방문 때 그들에게 가져다줄 셈이었다. 그러면 마음도 정리가 되고 앞으로 나아갈 수 있으리라. 돌리는 아들 방에서 딱 한 가지, 작은 흰색 푸들 장난감만 간직했다.

돌리가 두 번째로 한 결심은 피셔 놈들을 떨쳐버릴 방법을 이행하는 것이었다.

복서는 새 재킷에 감탄하면서 식탁에 앉아 차를 더 채워주길 기다렸다. 돌리는 찻주전자를 식탁으로 가져와 두 잔을 새로 따랐다. 복서가 설탕 세 스푼을 듬뿍 덜어 머그잔에 넣는 동안, 돌리는 밤새 연습한 말을 이제 그에게 들려줄 때가 됐다고 생각했다.

"복서, 할 말이 있어. 장부에 관해서야. 내가 거짓말을 했어. 장부가 어디 있는지 알아."

복서는 놀라서 말을 잃었다.

"그게 말이지," 돌리는 자기 집 주방의 이 덩치 큰 사내를 진심으로 걱정하는 척했다. "그게…… 해리가 죽기 전에 나한테 말하길, 여러 다른 사람과 함께 네 이름이 장부의 명단에 있다고 했어. 그게 알려지면 넌 곤경에 빠질 거야. 짭새들이 장부를 손에 넣으면 빵에 갈 수도 있어."

복서의 등에 식은땀이 흘렀다. 그는 할 말을 잃고 돌리의 말에 귀 기울이는 수밖에 없었다.

"해리의 강도에 네 명이 있었던 게 분명하다는 걸 알아냈어. 앞에 한 명, 뒤에 세 명. 그래야만 말이 돼. 나도 알고, 경찰도 알아." 돌리는 복서에게 더 자세한 근거를 설명할 필요가 없다는 걸 알았다. "셋은 죽었지만 네 번째 남자는 아직 어딘가에 살아 있어. 그 사람이 장부를 갖고 있든지, 아님 어디 뒀는지 아는 거 같아." 돌리는 잠시 멈추고 천천히 차를 홀짝인 다음 복서의 작은 두뇌가 원하는 질문을 하도록 두었다. 계획한 것처럼 들리지 않도록, 모든 걸 한 번에 다 말하고 싶지 않았다. 복서가 결국 입을 열었다.

"그 네 번째 남자가 누구인 거 같아요, 돌리?"

돌리는 주저하며 뭐라고 말을 해야 할까 고심하는 척했다. "복서, 아무한테도 말하면 안 돼. 내가 너한테 말하면 우리 둘만 알아야 해. 알겠어? 내가 아는 사실을 알면 아주 위험할 수 있어."

"맹세할게요. 믿으셔도 좋아요."

"네 번째 남자는, 강도 현장에서 도망친 남자는…… 우리 해리야."

다시 한 번, 돌리는 복서가 그녀의 말을 인지하도록 기다렸다. 그가 돌리의 말을 반드시 믿어야만 했다. "그이는 죽지 않았어, 복서. 내가 묻은 건 조직의 다른 사람이었어. 난 정말로 해리인 줄 알았어. 지금은 아니라는 걸 알지만."

"어떻게…… 어떻게 알아요?" 복서가 눈에 보이게 몸을 떨며 물었다.

"살아 있는 모습을 내 눈으로 봤거든. 해리는 지금 모두의 눈을 피해서 숨어 있지만 다시 널 고용하고 싶어해, 예전처럼."

복서는 마치 비밀 임무에 선발되었다는 말을 들은 육군 사병처럼 자동적으로 몸을 꼿꼿이 세웠다. 두려움에 떨던 그는 이제 입이 귀에 걸리는 걸 참을 수 없었다. '너무 잘 속네.' 돌리는 생각했다. '잔인할 지경인걸.'

"이제 네가 할 일은 이거야. 그이를 위해 피셔 놈들의 동태를 살펴줘. 하지만 조심해야 해, 복서. 해리는 자기를 위해서 네가 위험까지 감수하기를 바라지는 않아. 네가 그이의 눈과 귀가 되어주는 거야, 그이가 돌아올 준비가 될 때까지. 나한테 보고해주면 내가 해리한테 보고할게. 그이가 살아 있다는 걸 아무도 알아선 안 돼. 복서, 약속할 수 있어?"

복서는 무릎을 탁 치며 껄껄 웃었다. "약속할게요, 돌리! 역시 우리 사장님은 대단하셔. 기어이 빠져나가셨구먼. 묘기를 펼치셨어." 그가 계속 고개를 절레절레 흔들었다. "이런 반전이 있나!"

돌리가 그의 손을 잡자 복서는 그녀를 다시 뚫어져라 바라보았다. "복서, 지금 들은 거 여기서 다 잊어버리고 가. 이 집에서 나가면 입을 다물어야 하니까. 내 편이 돼줘야 해. 해리의 편이."

복서는 돌리가 아파서 소리를 지를 만큼 손을 꽉 되잡는 것으로 화답했다. 그는 그녀를 마주 보면서 온 진심을 담아 말했다. "난 언제나 돌리와 해리의 편인 거 알잖아요. 내 목숨을 걸고 맹세할게요, 돌리. 이 얘긴 누구한테도, 한 마디도 안 한다고."

"재킷 주머니." 돌리가 속삭였다.

복서가 재킷 주머니에 손을 넣더니 봉투 하나를 꺼냈다.

"해리가 주는 200파운드야. 착수금이지."

복서는 봉투를 열지 않았다. 그럴 필요가 없었다. 돌리가 200파운드가 들었다면 200파운드가 든 거다. "다시 일 시작할게요." 그가 소곤거렸다.

돌리는 복서가 진입로 아래를 으스대며 걸어가는 모습을 지켜봤다. 거만하게 새 재킷의 매무새를 가다듬으며 도로변에 차를 대고 있는 형사들에게 고개를 주억거리고 있었다.

이젠 좀 더 정돈되고 깨끗해진 거실로 돌아온 돌리가 찢긴 소파에 털썩 주저앉자 울프도 곧 곁으로 왔다. "안녕, 아가." 돌리가 그녀를 향해 뒤집는 녀석의 배를 쓰다듬으며 말했다. 돌리는 머리를 뒤로 푹 기대고 잠시 되돌아보았다.

돌리는 해리가 살아 있다는 소식을 복서가 누군가에게 발설하는 데 이틀 이상이 걸리지 않으리라 예상했다. 특히 주머니에 두둑한 돈의 유혹으로 동네 단골 술집에서 금주를 깨기라도 하면. 일단 소문이 퍼지면 피셔 놈들도 곧 알게 되리라. 돌리는 그들이 극도로 주의를 기울이느라, 또 보복이 두려워 그녀와 다른 미망인들 주변에 어정거리지 않기를 바랐다.

"아직 할 일이 너무 많구나, 아가." 돌리가 울프에게 말하며 녀석을 쓰다듬은 다음 일어나 책상으로 갔다.

돌리는 다이어리를 꺼내 암호로 메모하기 시작했다. 은행에 가서 장부를 재확인해야 했다. 그녀가 계획 중인 강도를 위해서도 네 번째 멤버가 필요했다. 장부에 그녀가 온전히 신뢰할 만한 누군가의 이름이 있기를 바랐다. 그 제4의 멤버가 남자라면 좀 더 복잡해지리라. 같이 하자고 설득할 뿐 아니라, 자신의 명령을 받도록 설득해야 했다. 목록의 두 번째는 미수로 그친 해리의 강도에서 탈출한 남자를 찾는 일이었다. 피셔 놈들이 그를 먼저 찾으면 해리가 살아 있다는 거짓말이 탄로 날 테고, 그녀를 쫓을 테니까. 그게 누구든 해외로 달아났기를, 돌아올 계획이 없기를 바랐다. 그리고 마지막으로 복서에게 한 말을 셜리와 린다에게 알려야 했다. 정신 바짝 차리고 안전을 유지하려면 그녀들은 돌리의 계획을 속속들이 알아야 했다.

돌리는 소파의 찢어진 틈의 속통 안에 들어가 자리를 잡고 앉은 울프를 보았다. 이곳을 다시 아늑한 집으로 만들려면 아직 갈 길이 멀었지만 더 나빠지진 않을 터였다. 당장 해야 할 일은 감시 중인 형사들이 의심하지 않도록 수도원에 가기로 한 약속을 지키는 것이었다. 미행을 따돌리는 데는 능숙해졌지만 그녀의 생활이 정상적이라는 확신을 주려면 경찰이 따라올 수 있게도 해줘야 했다. 완전히 회복되기는 어려웠지만 이 일의 흥분감이 그녀에게 새로운 활력을 주었다. 그녀는 다시 살아 있는 기분을 느끼려 용기를 내고 있었다. 돌리는 복서가 다시 벽난로 선반에 얹어둔 해리와 찍은 사진들을 돌아보며 빙긋 웃었다. 모두 날짜순으로 정렬돼 있었다. 해리가 지금 함께 있는 것만 같았다. 그를 좀 더 선명히 보려고 눈을 감자, 그녀의 몸이 그를 안고 싶어 아파왔다.

돌리는 강도 이틀 전 밤을 생각했다. 해리가 침실로 들어오자, 그녀는 직감적으로 뭔가 잘못되었다는 걸 알았다. 해리가 거래를 망쳤거나, 더 나쁘게는 큰 위험을 감수하려 할 때면 그녀는 늘 알 수 있었다. 그는 집 안 곳곳에서 안절부절못하며 서성거리고, 이 방 저 방을 들락거리고, 앉았다가 다시 일어나고, 커피를 내렸다가 시계를 보곤 했다. 돌리는 그럴 때면 입을 닫고 묻지 않는 편이 좋다는 걸 알았다. 그렇게 기다리고 있으면 해리는 마음의 준비가 됐을 때만 속마음을 털어놓곤 했다.

해리는 몇 달이고 그녀와 잠자리를 하지 않았지만 그 마지막 밤, 그녀 곁에 누웠을 때는 끈질긴 욕정을 보였다. 거칠 만큼 열정적이었다. 싫지 않았다. 그녀는 그의 손길을, 그의 체취를, 그의 힘을 사랑했다.

사랑을 나눈 뒤 돌리는 아기처럼 그를 품에 안았다. 그러고는 그가 일어나 빈 방으로 갔고, 그녀는 빙그레 웃으며 몇 시간이고

잠들지 않은 채 누워 있었다. 20년이 지났는데도 해리는 그녀를
설레게 했다. 그녀는 그 자신만큼이나 해리의 근육질 체격을 자랑
스러워했다. 그는 군살이라곤 없었다. 해리가 샤워하거나 면도를
할 때 돌리는 몰래 그를, 그의 근육이 긴장했다가 이완되는 광경
을 훔쳐보곤 했다.

이런 공상을 하면서 돌리는 두 사람이 나눈 그 마지막 밤에 감
사했다. 그의 죽음 이후 정신없는 나날들 중에도 소중한 건 그뿐
이었다. 둘은 서로를 너무나 사랑했다. 그가 아끼는 손목시계를
들여다보던 순간들이 기억나면서 고통이 다시 엄습해왔다. 해리
는 다음 날 아침 일찍 일어나 차를 한 잔 가져다주면서 잠든 입술
에 키스해 그녀를 깨웠다.

"갔다 올게, 여보." 그가 말했다. "이따가 보자."

그러나 "이따가"는 없었다. 해리는 돌아오지 않았고 짭새들은
아직도 그가 아끼던 손목시계를 돌려주지 않았다.

린다는 골목길의 정비소 문에 서 있었다. 이탈리아 남자들이라
면 꽤 봐와서 기름때와 오일이 덕지덕지한 더러운 작업복 차림 애
송이가, 지노가 펍에서 만난 친구 카를로스가 아니라는 것쯤은 알
수 있었다. 애송이는 멋지게 보이려고 가슴에 힘을 주었지만, 린
다가 무시하는 눈길을 보내자 넘보기 힘들다는 사실을 바로 알아
차렸다. "카를로스! 여기 아가씨가 찾아왔는데!" 그는 카를로스를
외쳐 부르고는 잘빠진 재규어에 광택을 내는 작업으로 돌아갔다.

카를로스는 작은 이동식 사무실에서 전화 통화로 아니 피셔와
그의 재규어를 찾으러 올 약속을 잡는 중이었다. 그는 창밖을 내
다봤지만 린다를 알아보지 못하고, 손으로 수화기를 가리고는 바

로 나가겠다고 외쳤다.

카를로스가 검은 곱슬머리를 넘겼다가 헝클어뜨리는 모습을 곁눈질로 지켜본 린다는 그가 마음에 들었다. 낡은 갈색 작업복을 거의 허리까지 풀어놓고 통화 중인 카를로스가 뒤돌아봤을 때, 린다는 그를 온전히 살펴볼 수 있었다. 린다는 모든 면면을 머리에 담아두었다. 그는 큰 갈색 눈에 몸이 좋고, 깎지 않은 수염이 까슬하게 자란 잘빠진 사내였으며, 어딘가 거칠고 섹시한 데가 있었다. 그가 말을 걸기도 전에 린다는 그를 갖기로 마음먹었다.

카를로스가 마침내 나왔을 때 린다는 '미스 린다 파이렐리'로 자신을 소개하고는 두드러지게 농염한 몸짓으로 새로 산 카프리를 좀 봐줄 수 있겠느냐고 물었다.

"미안해요." 카를로스가 일축했다. "우린 회사 차량이나 단골들 차량만 보거든요." 카를로스는 그녀를 지나치며, 차량 검사 트롤리에 벌렁 드러누워 공중에 들어 올려놓은 재규어를 마지막으로 둘러보려고 차량 밑으로 미끄러져 들어갔다.

린다는 가까이 다가가 치맛자락을 무릎 위로 올리고 쭈그려 앉았다. 카를로스에게 다리 사이가 보이리라고 생각하며 천천히 벌렸다. "이봐요, 카를로스. 그게 사실은, 스스로 기초 정비를 할 수 있을 만큼 자동차에 대해서 좀 더 배우고 싶어서 그래요. 가르쳐주는 값은 치를게요."

차 밑에서 미끄러져 나오면서 린다의 붉은 팬티를 본 카를로스는 트롤리에 누워 그녀를 올려다보았다. 좀 헤퍼 보이고 막무가내기도 했지만 어딘지 맘에 드는 데가 있었다. 그는 자신도 모르게 시험 주행을 해야 하니 재규어에 타라고 말했다. 카를로스가 램프를 내렸고, 린다는 조수석에 타면서 생긋 웃었다. 그도 맞받아 웃지 않을 수 없었다. 요런 맹랑한 계집을 봤나!

린다는 안전띠를 맸지만, 카를로스는 M4고속도로에서 고속으로 차를 몰 때도 안전띠 따위는 아랑곳하지 않았다. 그녀를 겁먹게 하려는 수작인 건 알았지만 그러려면 시속 200킬로미터쯤은 밟아야 했고, 그는 분명 노련한 운전자였다.

카를로스는 기어를 바꿀 때마다 린다의 허벅지를 스쳤고, 린다는 다리를 치울 생각이 없었다. 키가 190센티미터였던 조에 비하면 그다지 크지 않았지만 잘생기고 친절했다. 그가 뿌린 콜로뉴 냄새도 좋았다. 급하게 커브를 돌며 그녀 쪽으로 몸이 기울 때는 그 향이 더 진동했다. 그래, 이 남자는 한번 밀고 나가보겠어!

정비소로 돌아온 카를로스는 어느새 카프리를 타고 나가 주행 검사를 해본 다음 린다에게 기본 정비법을 가르치고 있었다. 그는 린다에게 잘 산 차라며, 조금만 손보면 되겠다고 말했다. 라디에이터에 있는 구멍은 그 자리에서 바로 수리했다. 그는 또한 뭐가 뭔지 설명하며 린다가 손수 실습하도록 이끌면서 스파크 플러그, 포인트, 에어 필터와 회전 암을 청소했다.

린다는 내내 카를로스의 곁에 꼭 붙어서 오일을 뒤집어쓰며 애썼다. 그녀는 그가 할애하기로 한 한 시간 동안 최대한 배워두겠다며 덤벼들어 그를 웃게 만들었다. 린다는 심지어 카를로스가 탄 트롤리에 같이 타고 차 밑으로 들어가겠다고 고집을 피웠다. 그는 그녀를 이해할 수 없었다. 적극적으로 다가오는 건 분명했지만, 동시에 카프리의 엔진에도 진심으로 흥미가 있는 것 같았다.

네 시간 뒤 그가 엔진에서 고양이가 가릉거리는 듯한 소리가 나면 이상이 없는 거라고 말할 때까지 둘은 그 자리에서 카프리 엔진을 붙들고 있었다. 탈지제로 손을 문지르고 헝겊에 닦는 카를로스의 눈에 여전히 카프리 밑에 들어가 있는 린다의 두 다리가 보였다. 매끈한 다리였다. 스커트가 붉은 새틴 팬티 속에 말려 들어가 있었고, 스타킹은 신지 않았다. 린다가 밖으로 나오자 카를로스가 두 다리를 벌리고 서서 그녀를 내려다보고 있었다. 린다는 그의 인상적인 사타구니를 지나 짙은 갈색 눈을 올려다보았다. "내가 어떻게 갚으면 되죠?" 그녀가 물었다.

"돈 말이에요? 아니면 다른 걸로?" 두 사람은 웃었다. 카를로스는 그녀가 일어서도록 도와주었다.

이번에는 린다가 운전하고 카를로스가 조수석에 탈 차례였다. 카프리가 속력을 내며 고가 횡단도로 위를 달려 화이트시티로 향했다. 카를로스는 라디에이터 온도계를 주시하면서, 린다가 고속 기어를 넣자 가속하라는 고갯짓을 했다. 차는 굉음을 내며 금세 가속했다. 시속 150, 160, 180……. 린다는 얼른 카를로스를 봤다. 그는 이제 속도계보다 그녀의 다리를 뚫어져라 보고 있었다.

린다는 아파트를 좀 치워놓고 나올걸 하며 후회했다. 카를로스가 욕실에 있는 동안 그녀는 침실로 가서 빨래할 옷들을 치우고 침대 위의 이불을 털어 정돈했다. 침실 커튼을 닫은 다음에는 작은 거실로 가서 브랜디 두 잔을 넉넉히 따랐다. 한 잔을 욕실로 가져가 웃통을 벗고 조의 면도기로 면도 중인 카를로스에게 건넸다. 그의 몸은 실루엣이 뚜렷하고 근사했다. 린다는 세면대에 술잔을 내려놓으며 대놓고 그에게 살을 부볐지만 그가 반응을 보이지도, 아무 말도 하지 않자 토라져서 나왔다.

린다는 단숨에 술을 들이켜고 한 잔을 더 따랐다. 가능한 모든 방식으로 유혹했지만 그는 린다의 옷을 벗기고 싶다는 아무 징후도 보이지 않았다. 이젠 어쩐다. 소리가 들려 돌아보니 카를로스가 팬티만 입은 채 브랜디를 들고 거실 문간에 서 있었다. 그는 처음 봤을 때보다 더 잘생겨 보였다. 그가 잔을 들고 브랜디를 마시는데 목욕물을 받는 소리가 들렸다. 세상에 이 남자, 정말로 자기 집인 줄 아나 봐! 그는 말없이 술을 한 잔 더 따르고 욕실로 돌아갔다.

린다는 잠시 카를로스를 기다리게 한 다음 따라 들어갔다. 그는 입욕제를 내려다보며 서 있었다.

"어떤 게 좋아? 이거, 아니면 이거?"

린다는 어깨를 으쓱했다. 입욕제 따위는 사실 전혀 관심 없었다. 그는 자기가 좋아하는 걸로 고른 다음 욕조에 붓고 다가왔다.

"나랑 잘 거야, 말 거야?" 그녀가 뾰로통해서 물었다. 카를로스는 아무 말 없이 그녀의 블라우스 단추를 풀기 시작했다.

드디어! 린다는 남자를 가까이 끌어당기며 몸을 비틀어 스커트에서 빠져나왔다. 아아, 남자를 향한 욕망이 후끈 달아올랐다. 그녀는 뒷걸음질 치며 그를 욕실 밖으로 끌었지만 남자는 따라오지 않았다. 그는 말 한 마디 없이 린다를 번쩍 안아 올리더니 옷을 다 입은 그녀를 욕조에 빠뜨렸다. 그는 웃으며 그녀를 따라 욕조로 들어가 팬티를 벗어 던졌다. 린다는 그가 미니 트렁크 수영복을 입었던 흔적이 분명한 가느다란 하얀 선을 보았다. 그는 완벽했다.

레스닉 경위는 앤드루스, 풀러와 함께 '선샤인 제빵 회사'로 가고 있었다. 단서를 좇는 중이었다. 강도에 사용된 빵 트럭을 드디어 찾은 것인지도 모른다. 의미 있는 실마리를 찾은 지금, 레스닉은 진지하게 집중하고 있었다. 자기방어적인 허세는 사라지고, 풀러는 집착으로 망가진 사내의 표면 아래 숨은 경찰의 면모를 처음으로 보았다. 하지만 아직도 이 고약한 뚱보가 싫었다.

풀러가 시집 안 간 고모가 몰듯 잠복 경찰 차량을 얌전히 운전하자 레스닉의 급한 성질이 폭발했다. "좀 밟아, 이 자식아! 경광등 올리고 사이렌 울리라고! 런던 최대 범죄 조직을 좇고 있단 말이다. 무슨 염병할 소풍 왔는 줄 알아!"

제빵 회사에서는 제복 차림 순경이 용의 차량을 지키고 있었다. 감식반의 윌리 티서링턴이 이미 차량에 들어가 지문을 채취하기 위해 먼지를 털었고, 그의 동료 중 한 명이 섬유를 채취하려고 좌석에 테이프를 붙이고 있었다. 윌리는 레스닉이 다가오자 올려다보며 말했다. "무슨 샘 페킨파(서부 영화로 유명한 미국 영화감독―옮긴이) 영화 찍는 줄 아나 봐."

"아 참!" 레스닉이 선샤인 제빵 회사 관리자를 향해 외쳤다. "조사실로 쓸 사무실이 필요합니다."

관리자는 싫은 기색을 역력히 드러내며 투덜거렸다. "영업에 방해되는데. 얼마나 오래 걸립니까? 그리고 누구를 조사한다는 거죠?"

"운전자, 정비공, 이 사업장을 쓰는 직원과 방문자 모두요. 댁을 포함해서. 그리고 저 트럭과 접촉한 적 있는 사람 전부. 여기 앤드루스 순경이 여러분의 지문을 채취할 겁니다. 용의선상에서 배제하기 위해서요." 레스닉은 성큼성큼 걸어 나갔다.

관리자가 얼굴을 붉히기 시작하자 풀러가 앞으로 나섰다. "선생님, 아주 중요한 사건입니다. 협조에 감사드립니다. 저희가 준비를 빨리 마칠수록 빨리 사라져드릴 수 있습니다."

레스닉은 두 손을 허리에 짚고 여자 탈의실을 둘러보며 담배를 뻑뻑 피웠다. 요청대로 사무실을 제공받지 못했다는 사실을 가볍게 생각하려 애썼다. "운 좋으면 직원들이 퇴근 시간에 작업복 갈아입으러 올 때 우리가 아직 여기 있을 수도 있겠는데. 안 그래, 앤드루스? 여자 구경 처음 하게 될지도 모르겠어."

앤드루스는 말이 없었다. 지문 채취용 검정 잉크가 소매에 온통 묻어 있었다.

"이런 멍청한 놈을 봤나!" 레스닉은 물어뜯을 기세였다. "너 아침에 옷은 어떻게 갈아입냐? 지문 채취하는 법을 알고 있기는 해?"

"네, 경위님." 앤드루스가 기어들어가는 소리로 대답했다.

"푸들 산책시키는 아줌마 하나 미행을 못하니 확인하는 것뿐이야." 레스닉이 가까이 다가서자 앤드루스는 이 뚱보 남자의 암내에 구역질이 올라올 뻔했다. "안내 데스크에 전화가 왔는데, 연금 수령자 노인 한 분이 불량 청소년 둘이 햄버거와 밀크셰이크를 앞마당에 던지고 갔다고 항의하더래다." 앤드루스는 몸을 배배 꼬았다. "한 번만 더 그런 일 저지르면 징 박은 구두 신고 순찰 돌 줄 알아. 알겠어?"

"알겠습니다." 앤드루스가 숨을 참으며 말했다.

레스닉이 자리를 뜨자, 풀러는 앤드루스를 위로하듯 고개를 끄덕였다. 두 사람은 레스닉이 조사 공간으로 여자 탈의실을 받은 분풀이를 제일 쉬운 상대한테 하고 있다는 걸 잘 알았다.

돌리는 타고 온 택시를 바깥에 대기시킨 채로 린다의 지하 아파트로 내려갔다. 초인종을 누르려던 돌리는 앞쪽 침실 커튼이 젖히고 린다가 밖을 내다보는 모습을 보았다.

침실 안의 린다는 돌리를 본 순간 몹시 당황했다. 카를로스의 후끈 달아오른 조각 같은 몸을 보니 마치 엄마에게 들킨 미성년자 같은 기분이 되었다. "조용히 해야 해." 린다는 침대 시트를 낚아채 몸을 감싸며 속삭였다.

돌리는 린다가 문을 완전히 열기도 전에 안으로 들어섰다.

"도대체 왜 전화를 안 받는 거야?" 돌리가 따졌다. "어서 옷 입어. 당장 셜리와 같이 창고에서 급한 회의가 있어."

침실에서 인기척이 들리자 돌리는 그대로 얼어붙어 닫힌 침실 문을 바라보았다. 그녀는 충격과 분노에 휩싸여 린다를 노려보았다. 조가 죽은 지 얼마 지나지도 않아 다른 남자와 있다는 데 충격받았고, 술에 취한 린다가 잠자리에서 멍청하게 그 가벼운 입을 놀려 다가올 강도의 상세 내역을 드러낼 수도 있었기에 분노했다.

"저 안에 누가 있어?" 돌리가 이를 악물고 속삭였다.

린다에게는 선택의 여지가 없었다. "돌리, 아무도 아니에요. 새 차 문제를 도와준 정비사일 뿐이라고요."

돌리는 린다의 손목을 세게 붙잡아 끌어당기고는 귓가에 대고 소곤거렸다. "남자가 날 봤어? 젠장, 남자가 날 봤냐고, 이 걸레 같으니." 돌리는 잡은 손을 비틀어 더 꽉 쥐고, 분노로 떨었다. "5분 주겠어. 택시에서 기다릴게." 돌리는 나가면서 등 뒤로 문을 쾅 닫았다.

린다는 스스로가 추잡하고 수치스럽게 느껴져, 옷을 걸치며 눈물을 흘렸다.

"무슨 일이야?" 카를로스가 린다를 위로하며 물었다. "누구야?" 그가 따졌다. "누가 겁을 줬어? 내가 도와줄게."

"겁먹은 거 아냐!" 린다가 꽥 소리치며 그를 밀쳤다. "그리고 누구인지 당신이 알 바 아냐. 그냥 가줘. 난 가야 돼. 지금 나가야 한다고."

"남자 친구가 있구나." 카를로스는 화가 나서 단정 지었다. "나랑 자서 남친 질투를 유발하려는 거지?" 린다가 상처받은 표정을 짓자 그는 옷을 입으며 사과했지만 역부족이었다.

린다는 눈물을 글썽이며 그에게 50파운드를 건넸다. "차 문제 도와준 거 고마워. 이제 가봐."

"린다, 린다, 제발. 진심이 아니었어. 당신한테 돈 받고 싶지 않아." 카를로스는 린다의 손에 돈을 쥐여주며 그녀를 살며시 안고 다시 사과했다.

린다는 그의 눈을 지그시 바라보면서 열렬히 키스했다. "정말 가봐야 해. 알아서 나가." 린다는 할 말도 다 끝맺지 못하고 문 밖으로 나갔다.

옷을 꿰어 입던 카를로스는 침대 곁 협탁에 엎어져 있는 액자가 눈에 띄어 집어 들었다. 그는 조 파이렐리를 알지 못했지만 린다에게 중요한 남자인 건 분명했다. '남자 친구나 어쩌면 남편이 있는지도 몰라.' 그렇게 생각하니 불안해진 카를로스는 사진을 도로 내려놓고 밖으로 나서다가 발걸음을 멈추고, 복도의 전화기를 내려다보았다. 그는 펜을 하나 집어 전화번호를 손등에 적었다.

지노에게 린다에 대해 더 물어볼 생각이었다.

돌리는 택시 구석에 웅크리고 앉아 창밖을 내다보았다. 창고로 가는 동안 그녀는 린다에게 한 마디도 하지 않았다.

린다는 혼란스러웠다. 자기 잘못을 아는 뾰로통한 아이처럼 온갖 감정이 얼굴에 드러났다. '대체 자기랑 무슨 상관이람? 내가 남자랑 자고 싶으면 자는 거지, 자기가 상관할 일은 아니잖아.' 하지만 동시에 한없는 죄책감이 밀려들었다. 말없이 고민만 하던 린다는 자신이 행복이라고 설명할 수밖에 없는 감정을 느꼈음을 깨달았다. 카를로스가 정말 좋았다. 돌리에게서 떨어져 다리를 꼰 린다는 몸속이 아직 젖어 있는 것을 느꼈다. 곁눈질로 돌리를 훔쳐봤다. '당신은 마지막 오르가슴을 맛본 게 언제였지?' 궁금했다. 분명 최소 20년은 됐을 거다. 해리 롤린스처럼 섹시한 남자가 돌리의 어디가 좋았을까? 그는 때때로 나쁜 놈이기는 했지만 나이든 남자로서는 잘생긴 편이었다. 린다는 그 자리에서 결심했다. 이제부터는 카를로스에 대해, 또는 다른 무엇에 대해서도 모욕적인 말이나 물리적인 실력 행사를 받아들이지 않겠다고. 그녀는 그저 엄청난 죄책감만 느끼지 않았으면 좋겠다고 생각했다.

창고에서 셜리는 팽팽한 긴장감을 감지했다. 린다는 평소와 달리 말없이 머리를 숙이고 발을 까딱거리며 샐쭉한 표정으로 앉아 돌리에게 한 마디도 하지 않았고, 돌리는 분명 린다를 묵살하고 있었다.

셜리는 긴장을 깨기로 했다. 돌리가 강도를 하기 위해 사라고 지시한 점프수트 하나를 입고 있던 그녀는 패션쇼 하듯 모델처럼 걸었다. "세일을 하더라고요." 셜리가 환히 웃으며 말했다. "그리고 우리 셋이 신을 단화를 샀어요. 뛰기에 정말 편해요."

"오, 안 그래도 꼭 그런 걸 찾던 중이었는데." 린다가 말하자 돌리가 코웃음 쳤다.

"참, 지시하셨던 스키 마스크도 세 개 샀어요." 셜리는 쇼핑백을 뒤졌다. "검정 하나, 파랑 하나, 빨강 하나. 어떤 게 누구 건지 알도록요. 린다, 네 거는 빨간색이야. 검은 머리랑 어울려서."

"셜, 고마워. 겨울에 아케이드에서 일할 때 딱이겠어. 부스에 있으면 문 열릴 때 졸라 춥거든."

돌리는 린다와 셜리를 번갈아 바라보았다. 두 사람이 얼마나 멍청한지 어처구니가 없다는 표정이었다. "빨강? 빨간 스키 마스크 쓴 무장 강도 봤어? 게다가 그 작업복은 너무 작잖아!"

"사이즈 딱 좋은데요." 셜리가 검정 마스크를 손에 들고 한 바퀴 돌며, 날씬한 몸매를 드러내는 타이트한 점프수트의 겉감을 쓸어내렸다.

"내가 작업복이랬지! 크고, 헐렁하고, 더러운 작업복! 우린 남장을 해야 한다고. 이 옷은 곡선이 다 드러나잖아. 게다가 망할 발목 좀 보라지."

셜리는 발목이 정말 예쁘다는 말을 많이 들었다. "발목이 어때서요?" 그녀가 발을 내려다보며 칭얼거렸다.

"우선, 보이는 게 문제야!" 돌리가 꽉 맞받아쳤다. "게다가 가슴이 돋보이게 수선까지 했어. 망할 지퍼도 여기저기 달고. 뭐에다 쓸 건데? 립스틱 넣으려고? 내가 말했지. 평범한 검정 작업복. 우리가 부피를 키울 거니까 최소한 서너 사이즈는 큰 걸로. 평소에 입는 옷을 안에 입고 위에 걸친 것을 빨리 벗어버려야 한다고. 이 옷들은 아무짝에도 쓸모가 없어."

셜리는 자신이 잘못했음을 알았다. 린다도 잘못했다는 걸 알았지만, 린다가 반항적으로 입을 삐죽이는 데 반해 셜리는 즉각 시정하려 했다. 그녀는 사 온 큰 검정 스키 마스크를 들어 보이고는 얼굴에 뒤집어썼다. "돌리, 봐요! 이건 어때요? 검은색이고 우리

머리를 다 가릴 만큼 커요."

돌리가 셜리의 머리에서 스키 마스크를 홱 벗겨내자 머리카락이 한 움큼 함께 뽑혀 나왔다. "눈 구멍이 너무 크잖아. 그리고 입에 구멍이 있으면 안 돼. 네 립스틱과 스프레이 태닝이 다 보인다고!"

셜리는 바닥을 내려다보았다. 돌리의 말이 모두 옳다는 건 알았지만 이 물건들을 사느라 이틀이나 온갖 곳을 헤매고 다녔다. 할로, 원저, 심지어 런던 북부까지. 셜리는 점프수트를 벗었다. '25파운드만 갖다 버렸네. 세 개니까 다 해서 75파운드.'

돌리가 일장 연설하는 내내 린다는 주방 문간에 서서 손톱을 물어뜯었다. 셜리의 쇼핑은 분명 시간 낭비였지만 애당초 돌리가 기분 상한 것은 린다 때문이었고, 그녀는 실로 죄책감을 느꼈다. 셜리한테 화풀이하지 말라고 할 정도는 아니었기에 린다는 차를 끓이기로 했다.

셜리가 상처받은 모습을 보이자 돌리는 물러서기로 했다. "입은 완전히, 눈 구멍은 조금만 박으면 괜찮을 거야, 셜리. 다른 스키 마스크를 검정으로 염색하면 우리 의상의 첫 부분은 완성이네. 미안하지만 점프수트는 안 돼. 말했듯이 작업복이 필요해. 제대로 된 걸 사면 라벨을 잘라서 태워버려. 우리가 버린 다음에 추적하지 못하도록."

셜리는 이것이 돌리식의 사과라는 걸 알았다. "단화는요?" 그녀가 물었다.

"검정으로 물들이면 괜찮을 거야." 돌리가 담배에 불을 붙였다. "두 사람, 와서 앉아봐. 내가 점프수트나 단화 얘기하자고 너희를 부른 게 아니야." 돌리가 말을 마치자 주전자가 딸깍 꺼졌다. 린다가 찻주전자에 물을 채우러 갔다. "그냥 둬!" 돌리가 고함쳤다.

린다는 상자 위에 앉은 셜리와 돌리에게로 서둘러 돌아오느라 울프에게 발이 걸려 휘청거렸다. 린다가 울프의 엉덩이를 걷어차 보내버리자, 돌리는 그녀를 노려보고는 울프를 불러 자신의 곁에 앉히고 가방을 열어 노트를 꺼냈다.

"문제들이 있어." 돌리가 입을 열었다. "하나씩 얘기할게. 제일 중요한 건 이거야. 장부의 내용을 계속 생각해봤는데, 해리는 네 명을 계획했어. 셋이 아니라."

"넷이오?" 린다가 재차 확인했다. 그녀와 셜리는 어리둥절했다.

"네 명이 있었는데 하나가 달아난 거야. 조, 테리, 해리를 남겨 두고." 린다와 셜리는 돌리의 말에 사로잡혔다. 돌리가 이야기를 이어갔다. "이 네 번째 남자는 운전 담당으로 외부에서 불러온 게 틀림없어. 분명 선두에서 트럭을 운전했을 거야. 아직 그에 대해서 신문에서는 아무 말이 없어. 전혀. 그건 경찰이 아직 모르거나, 그럴 것 같진 않지만 이미 추적 중이라는 뜻이지."

"그냥 두지 않겠어!" 분노로 얼굴이 벌게진 린다가 벌떡 일어서며 외쳤다. "개새끼!"

"린다." 돌리가 또 한 번 진정시키려 가만히 말했다.

"아니, 나도 말할 권리가 있어요. 그놈이 우리 조가 불타 죽도록 내버려뒀다면, 구할 수 있었는데 안 했다면 내가 놈을 죽여버릴 거예요. 돌리, 정말이에요."

다시 돌리가 린다를 진정시키려 했다. 어차피 린다는 성질이 급해서 자기가 아는 유일한 방식으로 반응할 뿐이었다.

린다는 말을 들으려 하지 않았다. "죽여버리겠어! 돌리 롤린스, 당신은 남편을 안 아끼는지 몰라도 난……."

돌리가 벌떡 일어나 순식간에 달려드는 바람에 린다는 하던 말을 미처 끝맺지 못했다. 세찬 따귀에 린다는 옆으로 쓰러지고 말았다.

"내가 안 아낀다고 다시 한 번만 말해 봐!" 돌리가 이를 악물고 말했다. "네가 얼마나 아끼는지는 오늘 오후에 내가 다 봤으니 신경질 그만 내고 입 닥치고 앉아!"

린다는 따가운 뺨을 부여잡고, 슬프고 아프고 창피해서 터져 나오려는 눈물을 가까스로 참으며 천천히 주저앉았다.

셜리는 그 자리에 얼어붙었다. 세상에, 돌리 성깔 있네! 그녀는 돌리가 이렇게 버럭 화를 내는 모습을 본 적이 없어 믿을 수가 없었다. 그런데 지금 돌리는 담배를 피우며, 마치 아무 일도 없었다는 듯이 편안히 앉아 메모를 검토하고 있었다.

검은 머리칼이 대걸레처럼 헝클어진 린다가 고개를 숙이고 입을 열었다. "난 왜 맨날 잘못된 선택만 하는 걸까요?" 그녀가 떨리는 목소리로 물었다.

돌리는 담배를 깊이 한 모금 빤 다음 대답했다. "넌 스물여섯이고 난 마흔여섯이니까. 그리고 돈을 내는 사람이 나니까." 그녀가 충격을 받아 하얗게 질린 셜리를 바라보았다. "셜, 차를 마저 끓여 주겠어?" 셜리는 말 한 마디 없이 주방으로 갔다.

돌리는 네 손가락 자국이 선명한 린다의 붉은 뺨을 건너다봤다. "미안해. 내가 그러면 안 되는 거였는데." 린다는 모두를 후회하게 만들 말을 하기 전에 일어나 돌리에게서 멀리 떨어졌다. 돌리는 린다의 기분 따위 아랑곳하지 않고, 간단한 사과로 그들의 모든 문제가 해결되었다는 듯이 말을 이었다. "하지만 이게 무슨 뜻인지는 알지? 우리도 한 사람을 영입해야 해."

"남자는 안 돼요." 셜리가 주방에서 거들었다. "남자를 들이면 런던 사는 사람 절반은 우리 계획을 알게 될걸요."

"가급적 남자는 안 되지. 장부에 내가 신뢰할 만큼 잘 아는 사람이 없어서 생각을 좀 해봐야 해. 하지만 적임자인 여자를 찾을 때까지 일을 미뤄야 할 수도 있어."

"말도 안 돼." 린다가 못 참고 입을 열었다. "우리한테 필요한 게 여자 한 사람뿐이면 내가 찾아올게요."

"내가 찾을 거야." 돌리가 따지듯 말했다. 그렇게 중요한 선택을 다른 사람이 할 수는 없었다.

"당신이 보스니까." 린다가 코웃음을 쳤다.

"그게 싫으면 맘대로 해! 그 남창놈하고 다시 침대로 기어들어 가든지. 계속 사귈 만한 놈이겠지. 아니어도 뭐 금방 다른 놈이 생길 테고."

주방에서 나오면서 셜리는 돌리가 무슨 말을 하는지 전혀 이해하지 못했고, 물어볼 엄두도 못 냈다. 린다는 폭발하려는 듯 이글거리는 눈으로 돌리에게 다가섰다. 셜리가 얼른 차를 한 잔 내밀며 린다를 말렸다. 애원하는 셜리의 눈빛을 무시할 수 없어, 린다는 차를 받아들고 다시금 돌리에게서 멀찍이 떨어졌다. 셜리가 중간에 앉았다.

"문제'들'이라고 하셨잖아요. 복수형으로." 셜리가 돌리의 자욱한 담배 연기를 손사래로 밀어내며 말했다.

"피셔 놈들이 심하게 압박하고 있는데, 멈추지 않을 거야. 이미 나한테 시비를 걸기 시작해서 내 집을 찢어발겨놨으니 다음엔 내 얼굴을 겨냥하겠지. 그다음에는 너희 둘한테 갈 거야." 미망인들끼리 서로 티격태격하는 것과 피셔 놈들은 완전히 별개의 문제였다. 이 소식이 모든 걸 바꿔놓았다. 린다로서는 돌리가 너무 골치 아프다면 가버리면 그만이었고, 돌리도 놓아줄 터였다. 하지만 토니 피셔는 배신만으로 상대를 찢어죽일 인간이다. "피셔 놈들은 해리의 장부를 원해. 모른다고 해도 듣질 않아. 이 네 번째 남자가 어디 있는지 몰라도 이 근방에 나타나지는 않을 거야. 몇 주 전에 달아난 거 같아." 돌리는 린다를 물끄러미 바라보았다. 남편 조를 그토록 느리고 고통스럽게 죽도록 내버려둔 비겁자를 향해 이글거리는 린다의 분노를 읽었다. 돌리는 진심을 담아 말했다. "우리가 놈을 잡을 거야, 린다. 그리고 놈은 응당 죗값을 치를 거야. 하지만 지금으로선 아무도 놈을 못 찾는 편이 좋아."

린다는 먼저 눈길을 돌려 눈물이 차오르는 모습을 돌리가 보지 못하도록 더러운 콘크리트 바닥을 내려다보았다.

"우린 강도를 할 거고, 난 우리 중 누구도 다치는 걸 원치 않아." 돌리가 말을 이어갔다. "우린 힘이 세거나 덩치가 크지는 않아. 여자니까. 하지만 이젠 남자들처럼 생각해야 해. 복서 데이비스가 지금 피셔 놈들을 위해 일하는데, 그 인간이 발설한다는 데 돈이라도 걸겠어. 복서의 얘길 듣고 나면 놈들은 몸을 사릴 거야."

돌리의 얼굴에 만족스러운 미소가 떠올랐다. 그녀가 말을 이어가길 기다리면서 셜리는 처음 사우나에서 만나 강도에 대해 처음 듣던 때를 떠올렸다. 돌리가 그다음에 무슨 말을 하든, 셜리는 자신이 깜짝 놀라리란 걸 알았다. 그녀는 옳았다.

"복서에게 네 번째 남자가, 달아난 남자가 해리라고 말했어. 복서는 해리가 살아 있다고 알고 있어. 그게 피셔 놈들 귀에 들어가면 해리가 장부를 갖고 있다고 생각할 거야. 지금으로선 그게 우릴 보호할 수 있는 최선의 방법이야. 해리만이 유일하게 피셔 놈들을 통제할 수 있었어. 놈들에 대해 아는 게 있었으니까. 그래서 우릴 위해 해리가 다시 살아 있어야 해."

"복서가 피셔 놈들한테 말을 할지 어떻게 알아요?" 셜리가 물었다.

"입을 열 거야. 언제나 그랬거든. 특히 한잔 걸치면. 해리의 정장 재킷 한 벌과 200파운드를 줬어. 그러니 취했든 맑은 정신이든 두려울 게 없을 거야." 돌리가 차를 다 마신 다음 셜리에게 머그잔을 건넸다. "또 한 명의 멤버를 확보하면 바로 연락할게." 돌리가 가방을 열어 접은 쪽지를 꺼내 린다에게 건넸다. "너희가 내게 안전하게 연락할 수 있는 전화번호야. 내가 자원봉사하는 수도원인데, 전화번호부에 올라 있지 않아. 언제든 거기에 메시지를 남기면 나한테 연락이 올 거야. 번호를 외우고 태워버려." 돌리는 다른 말 없이 울프를 안아 올리고 떠났다.

린다는 10초 동안 번호를 보고 셜리에게 주었다. "성냥을 다 써 버렸네. 너 그거 먹어야겠다."

셜리가 번호를 보고 쪽지를 입에 넣으려다가 린다의 표정을 읽었다.

"농담이야! 셜, 농담이라구."

셜리는 농담할 기분이 아니었다. 스트레스가 심한 하루였다.

"가끔은 저 여자, 참을 수가 없어." 린다가 소근거렸다.

셜리의 대답은 린다가 기대한 만큼 우호적이지 않았다. "서로 그런 거 같은데."

린다는 셜리를 경멸적인 눈빛으로 쏘아봤다. "우리가 애도 아니고, 저렇게 말할 자격 없어. 난 네가 점프수트 잘 산 거 같은데."

"잘 산 게 아니지, 린다! 완전 잘못 산 거 알면서 그래. 돌리가 화내는 것도 당연해."

"우리를 저렇게 하대하고 귀싸대기 때릴 권리는 없어. 자기가 보스도 아니고."

"보스 맞아." 셜리의 목소리는 조용하고, 침착하고, 죽도록 진지했다. "이게 정말 일어날 일이라면…… 보스 맞아."

이미 잔뜩 취한 린다는 10시경에 웨스트엔드 유흥가의 사격장 부스에 앉아 술이 만땅이 되어 실실 웃고 있었다. 하지만 아무리 취했어도 거스름돈을 잘못 주지는 않았다. 찰리는 입구에 서서 불안한 듯 부스에서 보드카를 병째 들이켜고 있는 린다를 연신 힐끗거렸다. 만일 사장이 지금 왔다가 린다가 취해서 목청껏 노래 부르고 있는 모습을 본다면 그도 같이 잘릴 터였다. 찰리는 한숨을 내쉬더니 씩 웃었다. 이길 수 없으면 손을 잡아야 하는 법. 그는 마시던 커피를 길에 쏟아버리고는 부스로 가서 유리창 너머로 린다를 건너보았다. 린다는 한참 뒤에야 눈에 초점을 되찾고는 찰리에게 활짝 웃어 보였다.

"아이구, 찰리 왔어?" 찰리가 빈 머그잔을 보이며 그녀의 보드카 병에 눈길을 주었다. "꺼져." 린다는 거스름돈을 건네는 구멍에 대고 속삭였다. "다들 달라고 하면 안 되잖아." 그러더니 자지러지듯 웃으며 고개를 앞으로 툭 떨어뜨려 킹킹 콧방귀를 뀌었다. 찰리가 괜찮은지 물어보려고 할 때 린다가 다시 고개를 홱 들었다. 그녀는 이제 매서운 눈빛으로 돌변해 이를 악물고 말했다.

"찰리, 그거 알아? 나 씨발, 여기가 진짜 좋아. 한번 봐봐. 가짜 신분증으로 들어온 미성년 애들한테 동네 변태 새끼들이 껄떡거리지, 술에 떡이 된 새끼가 문간에 자빠져 자지, 약쟁이보다 약장 수 놈들이 더 많지…… 갈보에, 포주에, 그 손님들까지 죄다 지나가다가 들르고 말이야. 손님들 참 죽이지 않냐? 나 진짜 성공했다, 찰리! 건배!" 린다가 남은 보드카를 단번에 비워버렸다.

찰리는 다시 입구로 돌아가면서 벨라 오라일리가 들어오는 모습을 봤다. 린다 말이 맞았다. 오가며 들르는 손님들은 매춘부와 포주와 그들의 고객이었다. 벨라는 둘 다를 데리고 왔다. 그녀는 아름답고 매끈한 검은 피부의 소유자로 외모가 관능적이고, 딱 붙는 노랑 새틴 상의에 블랙 스키니진, 한 벌인 재킷을 어깨에 걸친 차림으로 옷도 죽여주게 입었다. 하이힐을 신어 그렇잖아도 180센티미터나 되는 키가 더 커 보였다. 벨라는 사격장 중간쯤에서 발걸음을 멈추고 주변을 살펴보았다. 그녀의 뒤 멀지 않은 곳에서 따라다니는 포주도 마찬가지였다. '오일 헤드'로 알려진 그는 손에 쥔 검정 페도라를 만지작거리며 두어 중국인 사내들에게 농을 건넸다. 손가락의 금반지가 번쩍이는 사격장 불빛에 빛났다. 찰리는 그가 마약을 거래하고 있다는 걸 알았다. 그가 오일 헤드에게 사격장에 와서 손님을 구해보라고 말했을 때, 이 포주는 웃을 뿐이었다. 코카인을 너무 많이 흡입한 부작용으로 생긴 킹킹거리는 코웃음이었다. 오일 헤드를 대할 때는 그가 웃는지 비웃는지 알 수 없다는 게 문제였다. 그는 굉음을 내며 할리 데이비슨을 타고 다니길 좋아했는데, 성질이 개차반이어서 그가 거느린 여자들은 모두 그만 보면 벌벌 떨었다. 모두가. 그의 비장의 무기인 그녀만 빼고. 그게 벨라 오라일리였다.

벨라는 무대를 테스트하는 노련한 록 뮤지션처럼 사격장 기계들 사이를 건들거리고 다녔다. 시끄럽게 껄떡대는 두 어린 녀석들을 손봐주러 잠시 멈추기도 했다. 뭐라고 했는지는 몰라도 그녀는 원하는 결과를 얻었다. 두 녀석은 겁에 질려 연신 사과하더니 얼른 나가버렸다. 벨라는 부스 안의 린다를 알아보고 반갑게 웃은 뒤 건너왔다. 그녀는 사람들을 지나칠 때 "실례합니다" 따위를 말할 필요가 없었다. 사람들은 알아서 얼른 자리를 피하곤 했다.

"벨라!" 린다가 부스 안에서 꽥 소리를 질렀다. 벨라는 장난스럽게 섹시 댄스 동작을 잠깐 보여주고는 유리창을 사이에 두고 린다를 마주 보았다.

린다와 벨라는 오래전부터 알았다. 벨라는 언제나 독보적인 존재였다. 스스로를 챙길 만큼 몸집도 컸고, 누구도 두려워하지 않았다. 린다는 벨라와 달리 포주와 일한 적도 없고, 온전한 섹스가 아닌 손이나 오럴 서비스만을 제공하면서 혼자 일하는 아마추어였다. 조를 만나기 한참 전의 일이다.

"이 안에서 어떻게 버티고 살아?" 벨라가 물었다.

"방음이 되고, 보드카가 있잖아." 린다가 농을 했다. "벨, 머리 맘에 든다." 벨라는 굉장하던 머리칼을 그레이스 존스처럼 아주 바짝 깎아버렸다. 하고 있는 금색 머리띠는 시장통에서 파는 싸구려였지만, 벨라에게 기막히게 어울려 아프리카 공주처럼 보였다. "요즘 어떻게 지내?" 린다가 물었다.

"맨날 똑같지 뭐. 클럽에서 세 타임 뛰고 그 사이에는 아무거나 닥치는 대로."

"이 동네는 어쩐 일이야?"

"나 알잖아. 잘 지내고 있다가 어떤 또라이 새끼를 못 참고 받아버렸지. 외국 놈이라 말을 한 마디도 못 알아먹었어. 아무 데나 막 만지는데, 돈은 그만큼 안 냈거든. 그래서 나가랬는데 안 나가기에 한 대 쳤지. 유죄를 인정했고, 오일 헤드가 벌금을 내줬어."

"빚을 졌구나."

"엄청 졌지. 일단 돈부터 갚고 뭘 할 건지 두고 봐야지." 벨라는 중국 사내들 중 하나에게 속닥거리며 자신을 가리키는 오일 헤드를 건너다보았다. "곧 손님이 생길 거 같네." 벨라는 표정이 심각해지더니 모퉁이를 돌아 부스 문으로 왔다. 둘이 마주 보고 이야기할 수 있도록 린다가 문을 열었다.

"조 얘기는 들었어. 정말 가슴 아프다. 좋은 사람이었는데. 너희 두 사람 정말 잘 어울렸어. 돈 몇 푼이든 뭐든 내가 필요하면 언제든 연락해. 곧 예전에 살던 데로 이사 갈 거야. 가까우니까 너 보러 자주 갈게. 지금은 인터내셔널에 있어."

"그렇게 말해줘서 고마워, 벨라."

오일 헤드가 벨라에게 휘파람을 불자 그녀가 손을 들어 보였다. 린다는 가만히 벨라의 손목을 잡았다. "센 약은 안 하지?"

벨라는 일순 당황하는 것 같았다. "그게…… 내가 아니라 우리 신랑이었어. 석 달 전에 마지막 오디(마약 과다 복용으로 의식을 잃은 상태—옮긴이)로 그만……. 그래서 나도 네 사정을 잘 알아." 린다는 벨라가 과거에 헤로인을 복용했다는 사실을 알았다. 린다는 벨라가 부인하는 모습을 이제 약을 하지 않는다는 뜻으로 받아들였다. 겉보기에도 깨끗했다. 아니, 그 정도가 아니라 굉장히 좋아 보였다. 벨라는 마지막으로 린다를 꼭 잡아 위로를 전하고 떠났다.

찰리가 린다에게 다가왔다. "저 까만 여자, 한 번 땡기는데." 그가 사타구니를 긁으며 몰래 제 체취를 확인했다. 린다는 찰리의 순진함을 비웃었다.

"뭐, 벨라가 너한테 한 번 해줄 수야 있겠지만 넌 그다음에 일어나지도 못할걸. 네가 쳐다보기만 해도 벨라가 한 대 올려붙일 테니까."

"어차피 나도 저 여자하고 붙어먹고 싶지 않아." 찰리가 방어적으로 말했다. "임질이라도 걸리면 어떡해." 그가 슬금슬금 물러나며 말했다. "게다가 너무 남자처럼 생겨서 말이지."

린다는 중국인 손님과 떠나는 벨라를 바라보았다. 오버코트를 입고 짧은 머리를 한 두 사람은 뒤에서 보니 흡사했다. 린다는 책상 속에서 새 보드카를 한 병 꺼내며 씩 웃었다.

11

아니 피셔는 샴페인 두 잔을 따른 다음 카를로스가 널브러져 잡지를 보고 있는 소파로 들고 갔다. 아니는 바짝 다가앉아 카를로스의 허벅지에 손을 올렸다. 카를로스는 잔을 받고 한 팔을 뻗어 소파 등받이에 걸치며 말없이 아니에게 앉으라고 청했다. 둘은 잔을 부딪고 샴페인을 홀짝였다.

새 크림색 정장을 입은 아니는 말쑥했다. 그는 일어서서 거울에 모습을 비춰 보고는 돌아서서 카를로스를 보고 빙긋 웃었다. "자기도 하나 맞춰줄까? 정말 잘 어울릴 거야." 아니는 자기 의견이 없는 인형이나 개에게 그러하듯 카를로스에게 옷 입히기를 즐겼다. 카를로스는 싫지 않았다. 아니, 그런 호사스러운 대접을 꽤 즐겼다. 그는 유혹하듯 고개를 끄덕이며 술을 마셨다.

글로리아가 버저를 누른 다음, 대답을 기다리지 않고 들어왔다. 한껏 꽃단장한 그녀의 46C컵 사이즈 거대한 가슴이 터질 것 같았다. 글로리아가 문에 기댔다. "복서가 밖에서 기다리는데요. 말씀드릴 게 있답니다. 들여보낼까요?"

아니는 글로리아를 퍽 좋아했다. 이성애자였다면 그녀와 잤을 것이다. 둘은 사이가 좋았고, 그는 글로리아에게 실컷 고함치고 성질을 부렸다. 그래도 그녀는 아랑곳하지 않았다. 글로리아는 착했고, 그와 수년 동안 일해왔다. 아래층에서 일하는 호스티스였던 글로리아는 그 일을 하기에는 나이가 들면서 위층 사무직으로 올라왔다. 타자도 아직 엉망이고 철자도 잘 몰랐지만 어떻게든 일이 돌아가게 만들었고, 바깥 책상에 앉아 있으면 보기도 좋았다.

글로리아는 팔을 뻗어 샴페인을 한 잔 따르고는 아니 곁에 서서 거울 속 제 모습에 감탄했다. 카를로스가 참 잘생겼고, 아니가 건드리는 걸 어떻게 참는지 모르겠다고 생각하던 글로리아는 고르고 말고 할 처지가 아닌 거라고 결론지었다. 뭐 호모들이 다 그렇지. 실크 정장과 좋은 차를 받는다면 그녀도 아니가 저를 주무르게 놔둘 터였다. 그랬다. 카를로스는 아니에게서 많은 걸 얻어냈다. 특히 정비소의 일이 늘어나 사업도 잘됐다. 글로리아는 카를로스가 얼마나 갈까 가늠해보았다. 아니의 남자들은 대개 두 달을 넘기지 못했다. 아니는 변덕스러운 인간이지만 이 녀석은, 카를로스는 이미 그 정도 되었는데도 여전히 뜨거워 보였다. 카를로스가 아니에게 차인다면 그땐 물론 그녀가 곁에서 위로할 터이다.

"전 이제 퇴근해요." 글로리아가 샴페인을 비우며 말했다. "복서를 들일까요, 말까요?"

카를로스가 자리를 비워주려고 일어섰다.

"그냥 있어. 복서 데이비스인데 뭘. 들여보내." 아니가 글로리아에게 말했다.

글로리아가 요염하게 걸어 나가자 복서가 들어왔다. 아니는 복서의 모습에 조금 놀랐다. 머리를 깎아 가르마를 타고 한쪽을 납작하게 만들어 귀가 좀 튀어나와 보였고, 무엇보다도 꽤 고급스러운 정장을 입고 있었다.

"그래서, 뭔데?" 아니가 시가에 불을 붙이며 물었다.

복서는 다 말해버렸다. 롤린스의 집에 갔다가 정보를 물어왔는데, 꽤 비싼 정보이며 은밀한 건이라고. 복서는 카를로스가 나가주길 바라며 그를 물끄러미 보았다.

아니는 카를로스에게 새 샴페인을 한 병 가져오라는 고갯짓을 했다. 그가 나가자 복서는 묻지도 않고 자리에 앉았다. 전에 없던 일이었다. 복서는 피셔 형제들에게 모험을 하지 않았는데, 오늘은 어쩐지 무언가에 대단히 자신이 있었다. 아니는 복서의 결례를 넘어가주기로 했다. 이 미련퉁이가 할 말이 뭔지가 궁금했다.

"피셔 사장님, 해리 롤린스 소식을 가져왔습니다. 돌리한테 가서 다시 신뢰를 회복했더니 저한테 털어놨어요." 복서가 극적인 효과를 위해 잠시 멈추었다가 폭탄선언을 했다. "살아 있어요. 해리 롤린스가 살아 있습니다."

아니의 반응은 복서가 기대한 것이 아니었다. 자기 책상에 앉아서 등을 깊숙이 기댄 아니는 잔을 들고 별안간 높은 톤으로 낄낄 웃기 시작했다. 그러더니 고개를 들고 얼음장 같은 눈빛으로 복서를 노려보며 표정을 일그러뜨렸다. "살아 있다고? 그 여자가 너한테 구라치는 거야."

"정말이에요, 사장님. 제가 같이 일하기를 원하는 걸요. 해리가 저한테 일자리를 제안했다고요. 여자가 해리의 명으로 재킷을 줬어요. 제가 자기를 대신해 점잖게 보이기를 원하는 거예요."

"이런 멍청한 자식. 내가 그 인간의 빌어먹을 장례식에 갔다니까그래. 짭새들하고 같이! 그 여자, 누굴 속이려 들어? 땅에 묻는 걸 내 눈으로 봤는데!"

"해리가 아니었습니다."

아니가 벌떡 일어서자 복서가 움찔했다. "놈이 아니었다? 이 새끼, 지금 실수한 줄 알아. 복서. 끝장인 줄 알라고! 기회를 줬는데 날려버렸어! 정장 나부랭이는 벗어던지고 맥주 박스 청소로 돌아가. 너한텐 그게 딱이니까. 그리고 경고하는데, 조심해. 어디서 제 집처럼 눈 똑바로 뜨고 주둥아리 함부로 놀리고, 허락도 없이 자리에 앉아! 뒤 조심해라. 그년은 내가 처리하지. 해리 롤린스 새끼가 살았는지 두고 보자고. 내가 무덤을 파서라도 확인할 테니까."

복서는 방금 무시당한 데 분통이 터져서 일어섰다. 아니는 복서를 하찮고 쓸모없는 듯이 취급하는 오만한 자식이었다. 복서는 쓸모없지 않았다. 해리만 돌아온다면 그들이 저 게이 새끼 피셔를 쓸어버릴 것이다. "사장님, 한 가지 말씀드리죠." 복서는 차분하고 위협적인 어조이기를 기대하며 입을 열었다. "토니가 자기 집을 뒤집어엎었었고, 해리는 그게 맘에 안 들었습니다. 전혀요." 복서가 아니를 똑바로 쳐다보며 말을 잇는데 카를로스가 새 샴페인을 한 병 들고 들어왔다. "엄청 화가 났다고 하는 게 맞겠네요. 토니가 죽은 아기의 방까지 뒤집어놨으니까요. 해리가 토니에게 아주, 아주 화가 났다고 전해주세요. 뒤를 조심해야 하는 건 내가 아닙니다. 해리가 내 뒤를 봐주고 있으니 난 괜찮습니다."

아니가 이를 악물고 뇌까렸다. "꺼져." 복서는 더 말하지 않고 나갔다.

아니는 두 눈알이 튀어나올 것 같았다. 카를로스는 샴페인 병을 들고 어정쩡하게 서 있다가, 아니가 곧 폭발할 것 같아서 병을 내려놓고 그의 어깨를 한 팔로 감쌌다. 아니가 카를로스를 밀어냈다가 곧바로 정정했다. "자기, 지금은 그럴 기분이 아니라서 그래. 그뿐이야. 나중에."

셜리가 창고에 도착했을 때 린다는 온 얼굴에 화장이 번진 처참

한 몰골로 주황색 박스 위에 앉아 있었다. 셜리가 얼른 뛰어 들어왔다. 혹시 토니 피셔가 그녀에게 무슨 끔찍한 짓이라도?

"난 괜찮아, 괜찮다고." 린다가 손사래를 치며 말했다. "조용히 좀 해줘. 머리가 깨질 것 같으니까."

"그럼 우린 왜 온 거야? 우린 미팅을 소집하면 안 되잖아. 돌리가 부르는 거지. 뭐가 그렇게 중요한 일이 일어났어, 린다?"

벨라가 사무실에서 불쑥 나와 린다에게 커피 한 잔을 건넸다. 셜리는 무슨 말을 할지, 어딜 봐야 할지 몰라 입을 쩍 벌리고 두 사람을 뚫어져라 쳐다보았다. "차 줄까요?" 벨라가 물었다. 셜리는 뭐라고 말해야 할지 아무것도 생각나지 않았다. 이 여자는 누구지? 왜 여기에 있지? 그리고 가장 중요하게는, 린다가 이 여자에게 대체 무슨 말을 했지!

"이쪽은 벨라." 린다가 별일 아니라는 듯 커피를 홀짝이며 소개했다. "우리 네 번째 멤버야."

셜리가 놀란 입을 더 크게 벌리자 린다가 웃음을 터트렸다. "셜, 그러지 마. 벨라는 아주 착하고 터프하니까. 딱 우리한테 필요한 사람이야. 네가 무슨 생각하는지 아는데, 돌리도 벨라를 만나고 나면 좋아할 거야. 안 좋으면 뭐, 엿 먹으라고 해. 벨라가 돌리보다 열 배는 더 값지니까." 린다는 벨라를 쿡 찌르며 동의를 구했다. "아주 진국이라니까. 그러니까, 실은 너보다 만 배 값은 하지."

셜리가 마침내 입을 열었다. "돌리가 아주 뚜껑 열릴 거야, 린다. 알면서!"

"벨라도 우리만큼이나 돌리의 돈을 받을 권리가 있어. 얘도 한 번쯤은 운이 따라줘야지……. 게다가 과부야, 꼭 우리처럼. 그 점은 돌리가 아주 좋아할 거야."

셜리가 역겹다는 듯이 도리질을 하는데 울프가 옆집 셰퍼드를 향해 짖고, 셰퍼드가 맞받아 으르렁대는 소리가 났다. 세 여자는 문 쪽을 바라봤다. 셜리가 얼른 벨라를 끌고 사무실로 달아났다.

"돌리는 알아서 상대해." 셜리가 린다에게 발끈했다. "매를 벌어요."

린다는 두통이 사라지기를 바라며 지끈거리는 머리를 두 손으로 감쌌다.

돌리가 서둘러 창고로 들어와 울프를 내려놓고 린다에게 뛰어왔다. "무슨 일이야?" 돌리가 걱정하며 물었다. "괜찮아? 무슨 일 생겼어?" 린다가 고개를 들자 술 냄새가 코를 찔렀고, 돌리의 염려는 분노로 변했다. "취했잖아!" 돌리가 끓어올랐다. "보드카가 떨어져서 긴급회의를 소집했나, 린다?"

셜리는 딸린 주방 겸 사무실의 문간에서 지켜보았다. 돌리가 이토록 정돈되지 않은 모습은 본 적이 없었다. 민낯에 머리는 떡지고 몹시 지쳐 보였다. 얼굴도 해쓱해서 초췌한 몰골이었다. 셜리는 처음으로 돌리가 나이만큼, 어쩌면 자기 엄마보다도 더 늙어 보인다고 생각했다. 그런데 생각해보니 돌리는 사실 셜리의 엄마 또래였다.

"취하긴. 두어 잔 걸치기야 했지만 취하지는 않았어."

돌리의 들끓는 분노를 의식하지 못하는 걸 보면 린다는 취한 게 틀림없었다. 셜리가 서 있는 곳에서도 돌리의 목에서 정맥이 불끈 튀어오르는 것이 보였다. 누가 다시 입을 열기 전에 벨라가 셜리 뒤에서 걸어 나왔다.

벨라는 키가 크고 당당하며 위엄 있는 인물이었지만 돌리는 그런 것에 꿈쩍하지 않았다. 벨라는 빙긋 웃으며 돌리를 향해 손을 내밀며 다가왔다. 셜리는 그날 일찍 돌리가 린다에게 손찌검을 하는 모습을 보기는 했지만 지금은 달랐다. 아까 따귀를 때렸을 때는 아이를 혼내는 부모 같았다면 지금 돌리는 더 거칠고, 거의 남자 같은 면을 보였다. 이 상황은 뭔가를 더 요구하는 듯했다. 돌리가 마침내 입을 열었을 때, 그것은 포효와 같았다. 그녀는 벨라를, 그다음에는 린다를 쏘아보았다.

"이 여잔 대체 누구야?"

린다가 술의 힘을 빌려 두 사람을 서로에게 소개했다. "이쪽은 벨라."

"왜 여기 있지?" 돌리는 자제력을 발휘하려 안간힘을 썼다.

"같이 하고 싶어해요. 한 명 더 필요하다고 했잖아요, 그래서 내가 말했더니—"

"말을 해? 정확히 뭘 말했는데?"

린다가 휘청휘청 일어서며 대답했다. "전부. 오늘 사격장에 왔을 때 전부 다 말했어요. 얘를 좀 봐요, 돌리. 완벽하잖아."

돌리가 린다의 말을 자르며 문간에 서 있는 셜리에게 꽥 소리를 질렀다. "너도 같이 꾸민 일이야?"

"린다가 전화했을 때 전 자려던 참이었어요. 절 끌고 들어가지 마세요. 저도 당신만큼이나 충격 받았다고요."

"조용히 해, 착한 척하기는. 내 말 안 끝났어!" 린다가 셜리에게 외쳤다.

"넌 완전히 끝났어, 린다." 돌리는 허리에 짚고 있던 손을 들어 린다의 얼굴에 대고 삿대질을 했다. 다시 한 번 린다의 얼굴을 치고 싶어 손이 근질거리는 걸 가까스로 참고 있었다. "네 물건 챙겨서 나가! 저 까만 걸레도 데려가고!"

"내가 설명한다잖아."

"설명? 우리가 하려는 일을 만방에 알리고 다닌 거? 대체 갈보를 몇 명이나 더 여기 데려오려고 그래? 넌 빠져!" 돌리가 린다의 멱살을 잡고는 문으로 밀어내기 시작했다. 이번에는 린다도 술 힘으로 맞섰다.

"돌리, 당신은 허구한 날 날 개똥 취급해! 당신 개보다 더 못하게 대한다고!" 한계에 다다른 린다가 눈물을 흘리며 돌리의 면전에 대고 소리를 질렀다. "우리의 모든 문제를 해결할 답을 갖고 왔는데 눈앞에서 뿌리치다니, 거만한 년!"

벨라가 어디선가 번개처럼 나타나 린다를 돌리로부터 떼어놓으며 세차게 귀싸대기를 날렸다. 이어진 침묵 속에서 돌리와 벨라는 얼굴을 맞대고 서로를 가늠해보았다. 그리고 벨라가 처음으로 입을 열었다.

"둘이 머리끄덩이 잡고 싸우려면 그렇게 하든가. 하지만 나 때문에 싸우진 마셔." 벨라의 굵은 목소리는 침착하고 자제력이 있었으며, 그녀의 두 눈은 조용한 경고로 이글거렸다. "이봐요, 롤린스 부인. 린다가 한 말, 나 다 잊었어요. 나랑 상관없는 일이라고요. 커피 잘 마셨어요." 벨라가 가방을 챙겨 문을 향해 발걸음을 뗐다.

린다가 돌리를 바라보았다.

"잠깐." 돌리의 말에 벨라가 멈춰서 돌아보았다.

"저 말인가요, 롤린스 부인?" 돌리를 바라보는 벨라의 표정에서 자신감이 빛났다. "저도 이름이 있거든요. '걸레'나 '갈보' 말고요. 제 이름은 벨라예요. 그리고 전 밀치고 들어오지 않았어요, 부탁받고 왔지. 이 두 사람은 부인 계획이 미쳤다고 생각하지만 전 아니에요. 부인이 하고 싶은 일이 뭔지 알고, 제가 못할 거라고 생각했으면 여기 안 왔어요." 돌리는 벨라에게서 시선을 떼지 않고 주의 깊게 경청했다. "세상에 이 일을 할 수 있는 여자가 몇 명이나될까요? 아니, 하길 원하는 여자가 몇 명이나 될까요?" 그래도 돌리에게서 아무 말이 없자 벨라는 문으로 나아갔다. "댁들끼리 실컷 하시죠."

"거기 서. 린다가 어디까지 얘기했지?" 돌리가 물었다.

"아무것도요." 이미 뜻을 전한 만큼 벨라의 목소리는 냉소적이었다. "기억력이 영 꽝이어서요. 린다, 같이 갈 거면 내가 집까지데려다줄게."

린다는 싸우는 부모 가운데에 낀 어린아이처럼 돌리와 벨라 사이에 서 있었다. "돌리, 제발. 최선이라고 생각해서 그랬어요. 정말미안해요. 돌리, 나 때문에 취소해선 안 돼요. 벨라를 저렇게 보내지 마요. 벨라 말이 맞아요. 내가 안다니까요."

"그 가벼운 입을 다른 사람한테도 놀렸나, 린다?"

린다는 고개를 저었다. "아뇨. 맹세해요. 안 했어요."

"어떻게 생각해, 셜리?" 돌리가 물었다.

셜리는 의견을 요청받아 놀랐다. 그녀는 벨라를 몰랐고, 린다가두 사람을 배신한 것에 화가 났지만 그래도 린다를 믿었다. "역할에 어울리긴 해요." 셜리가 잠시 생각한 후에 대답했다. "게다가어차피 이제 다 아니까 남아도 좋을 것 같아요."

"결혼했나?" 돌리가 벨라에게 물었다.

벨라는 다시 돌리와 린다, 셜리에게 다가왔다. "딸린 식구 없습니다, 롤린스 부인. 전 그냥 클럽 일 하고 그 외에 아무거나 닥치는 대로 할 뿐이에요."

"총을 쏠 거라는 얘기도 하던가?"

"네."

"운전은 하고?"

"네." 다시 한 번 돌리와 벨라는 서로를 응시했지만, 이번에는 왕좌를 차지하려는 두 알파걸 같지 않았다. 이제 두 사람의 눈에는 존중이 있었다. 벨라가 먼저 분위기를 부드럽게 풀었다.

"그리고 하모니카도 좀 불어요."

돌리는 미소를 억눌러야 했다. 벨라는 누구의 헛수작도 용인하지 않는 강인하고 강렬한 여성이고 머리도 좋았다. 팀에 훌륭한 자산이 될 터였다.

린다와 셜리는 돌리의 결정을 기다리면서 서로를 끌어안았다.

"좋아, 벨라." 돌리가 마침내 입을 열었다. "내 이름은 돌리야."

12

 감식반에서는 레스닉 경위에게 빵 트럭 뒤의 범퍼가 후진해서 현금 수송 차량을 박을 만큼 튼튼한 쇠창살로 개조되었으며, 현금 수송 차량 차체의 도장 흔적이 남아 있다고 확인해주었다. 강도 미수에 사용된 차량이 분명했다.

 경찰은 선샤인 제빵 회사에서 닷새에 걸친 집중 수색을 펼쳤고, 남녀 불문하고 회사 직원 모두의 지문을 채취해 빵 트럭에서 나온 지문과 대조했다. 길고 지루한 절차였지만 레스닉은 단호했다.

 지금까지 채취한 지문 중에서 전과자의 것은 없었고, 밴의 지문은 모두 회사 직원들 것이었다. 그러나 누군가가 롤린스에게 사업장과 밴의 열쇠를 줬을 수밖에 없다. 누군가 뒤가 구린 사람이 있다. 차량 관리자에 따르면 강도가 발생한 그 주에 차량은 수리를 위해 정비소에 맡겨졌다. 레스닉은 두 정비사부터 시작했다. 두 사람은 물론 관련을 전면 부인했고 해리 롤린스, 테리 밀러, 조 파이렐리의 사진도 못 알아보겠다고 주장했다. 레스닉은 둘 중 하나가 거짓말을 하고 있다고 고집했다.

 "풀러, 눈을 보면 알아. 그리고 몸짓. 놈은 대단한 범죄자가 아니야. 돈이 쪼들려서 200파운드쯤 받았다가 강도가 미수로 끝나서 똥줄이 타고 있을 거라고."

 "제가 보기에는요." 레스닉의 '직감'에 지친 풀러가 따졌다. "놈은 그냥 입만 다물고 있으면 되는 거 아닌가요? 롤린스와 수하들이 죄다 죽어서 자기를 엮을 사람이 없잖아요."

"네 번째 멤버가 있잖아. 네 번째 놈이 모두를 엮을 수 있어. 장부가 있으니까 말이야. 분명 정비사 두 놈 중 하나야. 어떤 놈인지 내가 찾아내겠어."

도널드 프랭크스는 레스닉 앞에 앉아 손에 쥔 기름걸레를 만지작거렸다. 분명 뭔가에 잔뜩 긴장하고 있었다. 레스닉이 최적의 시간만큼 프랭크스를 애태우다가 심문을 시작하려는데 전화벨이 울렸다.

"뭐야?" 레스닉이 수화기에 대고 소리치더니 얼른 표정을 누그러뜨리고 목소리를 낮췄다. "알았어, 앨리스. 고마워. 그래, 4시까지 들어가지. 알았어, 앨리스. 알았다고." 레스닉이 전화를 끊고 명령했다. "풀러, 시간을 긴밀히 체크해. 내가 4시까지는 서에 들어가야 하니까."

프랭크스와 인터뷰를 시작하고 몇 분 안에, 레스닉은 그가 롤린스의 내부 협력자여서가 아니라 근무 태만 때문에 긴장했다는 사실을 알아냈다. 그와 다른 정비사는 함께 출근 도장을 찍고는 둘 중 하나가 펍으로 가서 종일 농땡이를 부렸던 것이다. "형사님, 제발 아무한테도 얘기하지 말아주십시오." 프랭크스가 징징댔다. "일은 언제나 다 합니다. 둘이 할 만큼 일이 충분치 않은데, 저희마저 일자리를 잃을 순 없잖습니까."

"'마저'라니?" 중요한 단서를 감지한 레스닉이 눈을 가늘게 떴다.

"원래는 저희가 셋이었거든요. 렌은 석 달 전에 해고됐어요. 저와 밥도 간신히 버티고 있습니다. 제발 아무한테도 이야기하지 말아주세요."

"고만 징징대쇼." 레스닉이 잘라 말했다. "댁하고 밥이 농땡이를 치든 말든 나하고는 상관없으니까. 하지만 렌에 대해 말해주지 않으면 상사에게 다 알릴 테니 그리 알아요."

프랭크스는 레스닉에게 렌 걸리버가 도둑질 혐의를 받았다고 말했다. 프랭크스는 그 말을 믿지 않았다. 누군가를 해고할 가장 빠른 방법이겠거니 했다. 좀 더 캐물은 레스닉은 일이 느슨할 때마다 펍으로 빠져나갈 수 있도록 정비공마다 작업장 열쇠를 하나씩 갖고 있다는 정보를 얻었다. 렌이 작업장 열쇠를 갖고 있다는 사실을 아무도 몰랐다면 그가 아직 열쇠를 갖고 있을 게 분명했다. 롤린스가 빵 트럭을 훔치도록 도운 사람이 그 사람일 확률이 높다는 뜻이다. 레스닉은 렌 걸리버를 찾아 체포하라는 명령을 내렸다. 몇 주 만에 처음으로 일이 진척을 보이는 듯했다. 그는 심지어 기분이 좋아져서 렌 걸리버가 네 번째 사내의 정체를 안다는 데 10파운드를 걸었다.

걸리버의 아내는 그가 더 이상 자신과 살지 않는다고 말했지만, 레스닉은 그녀가 경찰을 집으로 들이기를 꺼려 하자 거짓임을 눈치챘다. 레스닉은 제빵 회사가 렌을 개처럼, 아니 개만도 못하게 취급했다는 이야기를 반복했다.

"그 회사에서 15년을 일했는데 그따위로 사람을 내보내다니. 뭘 훔쳤다고 그 인간들이 말을 지어내던데, 정말 도둑질을 했다고 생각하는 사람한테 왜 200파운드를 쥐여주겠어요? 안 그래요?"

렌 걸리버가 줄행랑을 놓았고, 아내가 그를 보호하려 한다고 의심한 레스닉은 남편이 어디 있냐고 물을 필요도 없다고 생각했다.

걸리버의 집을 떠나려던 레스닉은 부인에게 용의자들의 사진을 보여줬고, 부인이 조 파이렐리를 알아보자 혀를 내둘렀다.

"맞아요, 여기 왔었어요." 그녀가 무심히 말했다. "남편한테 용무가 있었어요. 이 사람은 밖에서 기다렸고요." 부인이 롤린스의 사진을 가리켰다. "주방 창문으로 진회색 벤츠 차량에 앉아 있는 걸 봤어요."

레스닉은 전율했다. 렌 걸리버의 부인은 남편의 범죄 행각에 대해 전혀 모르는 것 같았다. 그는 렌 걸리버를 잡고 싶어 몸이 근질거렸다.

"그런데 남편은 지금 어디 있죠?"

레스닉이 묻자 부인이 울음을 터뜨리며 식탁이 있는 다이닝 룸을 가리켰다.

깜짝 놀란 레스닉은 다이닝 룸으로 건너가 문을 홱 밀어젖혔다.

"체포다, 렌!" 불호령을 하던 레스닉은 경악하며 멈칫했다. 식탁 위에 관이 놓여 있었다.

"식도암이었어요." 걸리버 부인이 뒤에서 설명했다. 눈물이 홍수를 이뤘다. "감사하게도 오래 끌지 않아서 남편이 길게 고통받지는 않았어요."

다시 원점이었다. 밖에 나온 풀러는 참을 수가 없었다. "체포다, 렌!" 풀러가 흉내 냈다. "정말 멋있다, 멋있어."

차에 타자 앨리스가 두 번이나 무전을 쳤다고 앤드루스가 레스닉에게 알렸다. 한 번은 '초록 이빨'이라는 정보원이 전화했다는 말을 전하러, 또 한 번은 손더스 경감이 그를 찾았다고 말하기 위해서였다.

"쌍!" 레스닉이 풀러에게 소리 질렀다. "4시까지 서로 데려다 놓으라고 했잖아!"

"중요한 일인가요?" 풀러가 시동을 걸며 물었다. 레스닉이 이 미팅을 신청했고, 사건을 검토할 뿐 아니라 진급 기회를 논하려 했다는 걸 잘 알고 있었다. 다른 팀원들처럼 풀러도 레스닉의 진급 가능성을 그 어느 때보다 더 낮게 보았다. 약속을 못 지킨 지금은 더 낮아졌으리라. 풀러는 룸미러로 앤드루스에게 윙크했다.

레스닉은 감시팀에 할 말이 있으니 롤린스의 집으로 가자고 풀러에게 지시했다. 풀러는 커튼이 드리워진 채 어둠 속에 들어앉은 돌리의 집을 천천히 차로 지나쳤다. 그가 감시 차량 근처에 차를 세우자 레스닉이 내렸다. 호크스는 레스닉이 차 유리를 두드리자 기절초풍하며 놀랐다. 아무것도 보고할 게 없었다. 가구 트럭이 롤린스의 집에 와서 아기 침대와 침구를 다른 아이 방 물품들과 함께 가지고 나간 것 외에는 전혀 움직임이 없었다. 길 위쪽에서 경관이 트럭을 정지시키고 수색했지만 의심되는 물건은 발견되지 않았다.

"서에 날 내려줘. 너희 쓸모없는 놈들 대신 초록 이빨이 생산적인 것 좀 물어 왔길 바랄 뿐이다." 레스닉이 다시 명령했다.

아니 피셔는 토니와 얼굴을 맞대다시피 가까이 대고 침착하게 입을 열었다. 토니는 그냥 듣는 게 최선이라는 걸 알았다.

"간단한 임무였어. 2만 파운드어치 술을 1만2000파운드 주고 이리 갖고만 오면 되는 거였다고. 거칠게 굴 일도 없고, 거래처 사장 마누라하고 붙어먹을 일도 없단 말이다. 너 대체 머리에 뭐가 들었냐?" 아니가 토니의 관자놀이를 쿡쿡 찌르며 물었다. "왜 늘 멍청한 짓거리를 하느냐고!"

토니는 당황하지 않았다. "젖통 큰 예쁜 금발 여잔데 내가 더듬어도 불평을 안 하더라고." 그의 얼굴에 웃음이 번졌다. "그런데 못생긴 남편 새끼가 불평을 하잖아. 뚱뚱한 북부 새끼 자빠지는 꼴을 봤어야 하는데. 기습 펀치 한 대에 바로 뻗더라고."

"그다음에는?" 아니가 물었다.

토니는 어깨를 으쓱하며 대답했다. "뭐, 내가 주차장을 빠져나오다가 재규어를 박은 건 맞아. 하지만 그 맨체스터 새끼의 BMW를 박았다는 게 좋은 소식이지. 재규어는 카를로스가 쉽게 수리할 거야. 그런데 형, 경찰이 사이렌을 울리고 경광등 번쩍거리고 온갖 난리를 치면서 따라붙었거든. 그런데 내가 따돌렸잖아. 아무도 안 다치고, 술 트럭은 런던에 제대로 돌아왔고, 짭새는 따돌렸고. 걱정할 게 뭐가 있어?"

"맨체스터 애들이 우리랑 다시 거래를 안 하려는 거." 아니가 평정을 잃기 시작했다. "그게 걱정이지. 졸라 좋은 고객이었다고!"

토니가 가죽 회전의자에 털썩 앉았다. "맨체스터 새끼들은 엿이나 먹으라고 해! 북부 잔챙이들 걱정을 왜 하셔. 코앞의 거물 롤린스 문제를 걱정해야지."

"내가 그걸 모르는 것 같으냐?" 아니가 버럭 소리 질렀다. "내가 널 왜 맨체스터에 보낸 것 같아? 토니, 난 네 튀는 짓이 필요한 게 아냐. 난 차분한 게 필요해. 전술과 머리가 필요하다고."

토니가 몸을 숙이며 별안간 진지하게 말했다. "짭새 놈들이 장부만 손에 넣어봐, 형하고 나는 적어도 15년은 살걸. 그 롤린스 새끼랑 큰 장물만 세 건이었으니 우리가 세탁한 금액을 푼돈까지 다

적어놨겠지."

"네가 말 안 해도 알아!" 아니가 버럭 화를 냈다.

"형, '좋게, 좋게'가 안 먹히잖아." 토니가 일어서며 말했다. "내가 복서 대신 맡을게. 내가 과부들한테 가서 우리가 원하는 걸 실토하게 하지."

아니는 그답지 않게 조용했다.

"무슨 문제 있어?" 토니가 물었다.

"복서가 돌리한테서 한 가지는 알아냈어. 해리 롤린스가 아직 살아 있다고 그 여자가 말했대."

토니는 잠시 입을 벌리더니 껄껄 웃었다. "지랄하고 있네. 농담이겠지. 여자가 놈이라고 확인하고 매장까지 했는데 말이야. 구라치지 말라고 해."

아니는 초조해 보였다. 그는 책상 안쪽으로 들어가 의자에 깊숙이 앉더니 안경을 벗었다. "구라인지 아닌지 우린 모르지."

토니가 한숨을 내쉬었다. "다 구라야, 형. 알잖아. 나한테 맡겨. 내가 처리할 테니까. 걱정 붙들어 매. 복서와 돌리 롤린스를 잡아서 실토시킬게."

"심한 짓은 하지 마라." 아니가 초조하게 안경을 닦으며 말했다. "너랑 나랑 사업이 잘돼가고 있잖아. 복서하고 돌리를 만나서 몇 가지 묻기만 해. 누구든 족치는 건 안 되고, 다른 두 과부는 근처에도 가지 마. 파이렐리와 그 다른 과부는 찍 소리도 없으니 내버려두라고."

"셜리. 이름이 셜리야." 토니가 침을 흘리다시피 말했다. "아주 반반하게 생겼지."

"그래, 그 여자. 아무 짓도 하지 마, 알아들어?"

문이 열리고 카를로스가 들어왔다. 토니는 한 치의 망설임도 없이 쏘아붙였다.

"노크를 해야지, 호모 새끼야. 알아들어? 그냥 쳐들어오지 말고 먼저 노크를 하라고."

"재규어 고치러 왔는데……. 또다시 말이야. 토니, 운전 좀 조심해서 해야겠어."

토니가 카를로스를 향해 성큼성큼 다가가자 아니가 호령했다. "그만해!" 토니는 카를로스로부터 몇 발짝 떨어진 곳에서 걸음을 멈췄다. 카를로스는 아니가 자신을 보호해줄 거라는 자신감에 토니의 눈길에 맞서 노려보았다. 하지만 아니의 손가락이 소파를 향해 까딱하자 카를로스는 바로 자기 주제를 파악했다.

아니가 토니에게 다가가 조용히 말했다. "조심해라. 많은 게 달려 있어."

"형, 내가 장담하는데 해리 롤린스는 죽었어. 그 인간이라면 걱정 안 해도 된다고. 걱정할 건 장부뿐이야. 내 식대로 했으면 지금쯤 그걸 손에 넣었을 거라고. 우선 내가 그 사촌 에디 롤린스를 한번 찾아가볼게. 그다음에 롤린스 과부하고 얘기해보고, 복서 새끼를 데려와서 차 한잔하면서 세 가지 이야기를 비교해보자고."

토니는 카를로스에게 냉소적으로 입맞추는 시늉을 하더니 씩씩거리며 방을 박차고 나갔다.

카를로스가 아니를 바라보면서 샴페인 병을 땄다. "문제라도 있어?"

"자기가 걱정할 일은 없어." 아니는 카를로스의 도발적인 엉덩이를 어루만질 수 있도록 뒤로 가서 섰다. 아니는 카를로스보다 키가 조금 작아, 카를로스의 넓은 근육질 어깨에 기대려면 턱을 살짝 들어 올려야 했다. "그냥 몇 가지 마무리할 일이 있을 뿐이야." 아니가 설명했다. "롤린스, 밀러, 파이렐리 건에서 미진한 부분이 있어서."

카를로스는 파이렐리라는 성을 알아들었지만 아무 말 없이 샴페인만 따랐다. 아니는 분위기를 돌리고 화제를 바꾸려, 티슈페이퍼로 곱게 포장한 소파 위의 커다란 상자를 향해 턱짓했다. 안에는 흰 실크 정장이 고이 개여 있었다. 카를로스가 옷을 들고 싱긋 웃었다.

"너무 좋은데." 그가 환히 웃으며 말한 뒤 무심한 듯 덧붙였다. "그런데 파이렐리…… 그 성을 어디선가 들어본 거 같은데?"

아니는 카를로스에게 재킷을 입히느라 손이 분주했다. "질긴 놈 하나 있었어. 마누라가 소호의 사격장 계산대에서 일한다던가. 여자는 걸레지만 조 파이렐리는 센 놈이었지." 아니가 카를로스에게서 물러나 재킷이 잘 맞는지를 보았다.

카를로스는 린다의 침대 곁에 엎어져 있던 사진을 생각하며 이렇게만 말했다. "아니, 이 정장 정말 맘에 든다."

에디 롤린스는 캠버웰의 폐차장 복판에 있는 낡은 판잣집의 더럽고 눅눅한 사무실에서 두 발을 책상에 올리고 앉아 있었다. 차들이 폐차장의 일부 구역에 서너 대씩 겹겹이 쌓여 있었다. 에디는 하루의 대부분을 사무실에서 그 폐차들을 멍하니 바라보면서, 나중에 돈을 충분히 벌고 나면 살 하늘색 롤스로이스를 공상하며 보냈다. 사업 생산성을 올려줄 값비싼 최신형 폐차 압축기를 구매해주겠다고 해리가 수년 전에 약속했지만, 그런 일은 일어나지 않았다.

에디는 엡섬 부근의 마권 판매소 남자와 통화 중이었다. 헤이덕 경마장의 315번에 대한 정보를 듣고 주행당 5파운드를 걸었다. 에디는 도박이라면 조심하는 편이었지만 "핫한 말 번호"를 알려주겠다는 여자들에게는 100파운드씩 쓰곤 했다. 다른 유망한 주자 두엇을 표시하려고 신문을 넘기며 그는 이제까지 만난 여자 대부분이 그가 미는 말들처럼 알고 보니 조랑말이었다고 생각했다.

에디는 통화를 하던 중 차가 들어오는 소리를 들었다. 누구인지 확인한 그는 몸이 얼어붙고 숨이 멎을 것 같았다. 발을 책상에서 내리고 수화기를 내려놓은 다음, 태연하게 행동하려 애쓰면서 책상 서랍을 열어 스카치 한 병을 꺼냈다.

"토니, 왔어요? 낮술이나 한잔하려던 참인데, 같이 할래요?" 에디는 술잔을 꺼내려 파일 캐비닛 쪽으로 부산스럽게 움직이며 먼지 낀 창문 밖을 힐끔 내다보았다. 무시무시한 포드 그라나다가 주차되어 있었다. 토니 피셔가 혼자 온 것이 그나마 다행이었다.

에디의 입에서 쓸데없는 말이 쏟아져 나왔다. "요즘 장사가 잘 안 돼요." 그가 웅얼거렸다. "이 바닥은 다들 죽을 맛이에요, 요즘. 그쪽은 좀 어때요? 형님하고 잘나가는 클럽을 운영하시죠, 토니? 진짜 멋있는 곳이에요." 에디가 토니에게 술을 따르기 시작했다.

"네 사촌 해리의 장부에 대해서 뭘 알지, 에디?" 토니가 기분 좋게 물었다.

에디가 따르던 술이 조준을 잘못해 술잔을 빗나갔다. 토니 피셔는 자기 일에 매우 노련했다. 토니는 에디가 염원하는 모든 걸 갖췄다. 불끈거리는 근육질의 강인한 사내지만, 고급 옷을 입고 귀에는 다이아몬드 스터드 링을 거는 등 사소한 부분까지 세련되게 멋을 낼 줄 알았다. 토니가 에디의 맞은편에 다리를 꼬고 앉아 한 손으로 허벅지를 쓸어내리자 잘 닦은 명품 구두가 눈에 띄었다.
토니에게 고급스러운 옷차림을 가르친 사람은 아니다. 아니는 다
이아몬드 귀걸이를 탐탁지 않아 했지만 토니는 섹시해 보인다고
생각했다. 그 생각에 동의하는 여자들도 있었지만, 그렇지 않은
여자들은 부정직해 보이는 그의 눈빛을 좋아하지 않았다.

토니 피셔는 누구의 눈도 똑바로 보지 않았다. 대신 말을 할 때
사람들의 이마를 보곤 했다. 그는 이 더러운 판잣집을 천천히 둘
러보았다. 그런 행동이 어떤 영향을 미칠지 잘 알았다. 토니는 언
제나 공포감을 불러일으키기를 즐겼다.

"노땅 복서 데이비스 알지?" 토니가 세상에서 가장 자연스러운
질문인 듯 물었다.

"네." 에디는 말을 더듬었다. "데리고 있잖아요. 답답한 인간이
라 사정 봐주고 있는 거 알아요. 장례식 뒤로는 못 봤어요."

"글쎄, 그 새끼가 네 사촌에 대해서 주둥이를 놀리고 다니더라
고. 해리 롤린스가 멀쩡히 살아 있다는 거야. 그게 사실일 수가 없
다는 건 우리 둘 다 잘 알잖아, 안 그래?"

"살아 있다고요?" 에디는 기가 막힌 모양이었다. "해리가 살아
있다니요, 토니. 그게…… 명색이 가족인데, 그렇다면 복서 데이비
스보다는 나한테 먼저 말하지 않았겠어요?"

토니가 안심하라는 표정을 짓자 에디는 눈에 띄게 안도했다. 토
니는 손수건을 꺼내더니 테이블 위로 몸을 숙이며 위스키 잔을 집
으려 팔을 뻗었다. 눈 깜짝할 사이에 그의 손이 술잔에서 방향을
틀어 에디의 머리칼을 움켜쥐었다. 토니는 테이블 너머로 에디를
홱 끌어당기고는 손수건을 그의 입속으로 구겨 넣고 테이블에서
끌어내 벽으로 밀친 다음, 머리로 그의 얼굴을 들이받았다. 몇 초

사이에 일어난 일이었다. 반쯤 의식을 잃은 에디가 벽에서 미끄러지며 엉덩방아를 찧었다. 토니는 쭈그리고 앉아 손수건을 빼낸 후에 에디의 부러진 코에서 흐르는 피를 가만히 닦아주고는, 머리를 가까이 들이대고 위협적으로 속삭였다. "이제 해리 롤린스의 장부에 대해 다시 말해봐."

에디는 눈물을 그렁거리며 토니에게 간청했다. "장부에 대해선 전혀 몰라요. 토니, 하늘에 맹세하는데 모른다고요."

"하지만 넌 가족이잖아." 토니가 에디의 말을 흉내 냈다. "염병할 복서 데이비스보다 너한테 먼저 말했을 거 아냐. 염병할 복서 데이비스가 안다면 너도 아는 게 이치 아니냐."

"난 몰라요! 내 목숨을 걸고 맹세할 수 있어요. 몰라요. 해리는 나한테 뭐든 말해주는 법이 없었어요. 나 혼자 그냥 허세 부린 거예요. 토니, 아시잖아요. 해리가 모든 걸 가졌고 나한테는 이 똥차 폐차장뿐이에요. 해리랑은 가깝지도 않았어요. 해리가 날 좋아하지도 않았고요. 나한테는 아무것도 말 안 해줬어요. 맹세해요."

토니가 자기 이마를 긁으려 손을 들어 올리자 에디는 펄쩍 뛸 만큼 심하게 몸을 움찔거렸다.

"제발 때리지 마세요!" 에디가 비명을 질렀다.

"조용히 해, 호모 새끼야." 토니가 위협을 가할수록 에디는 두 손을 더 높이 올려 얼굴을 보호하며, 고개를 끄덕이거나 가로젓는 것으로 대답을 대신했다.

"해리가 다 가졌다, 그렇지?" 토니가 물었다. "뭐 지금은 내가 다 가졌어, 알아들어? 나랑 우리 형이. 해리가 살아 있건 죽었건 우리한테는 좆도 다를 게 없다고. 그 새낀 이제 아무것도 아냐. 그럼 넌 아무것도 아닌 것보다 훨씬 하수고, 인정하지?" 토니는 에

149

디의 뺨에 한 손을 가볍게 갖다 댔다. "그러니까 레이다 바짝 세우고……" 토니가 에디의 얼굴을 바닥에 세게 내리꽂았다. "……복서 데이비스한테서 무슨 소릴 듣거나 해리의 장부에 대해 알아낸 게 있거든 나한테 바로 알려라." 토니는 에디의 뺨을 두어 번 툭툭 치더니 일어섰다.

에디는 감히 일어서지 못했다. 그는 더러운 바닥에 누워 숨죽여 울며, 얼굴에 날아들 발길에 대비하면서 두 눈을 꼭 감았다. 에디는 토니의 차에 시동이 걸리고 멀어지는 소리가 들린 뒤에야 눈을 떴다. 그리고 수화기를 집어 들었다.

포르토벨로 로드의 누추한 아파트에서 빌 그랜트가 전화를 받았다. 빌은 에디가 바들바들 떨며 높은 톤으로 방금 일어난 일에 대해 쏟아내는 말을 잠자코 들었다. 빌은 결국 더 참지 못했다.

"멍청한 입 좀 다물어, 에디. 그래서 뭐라고 말한 거야?" 빌이 따져 물었다.

"아무 말도 안 했어. 전부 복서 데이비스한테서 나온 말이야." 에디가 말했다.

"그 새끼는 지금 어디 있는데?"

에디는 잠시 말을 멈추고 눈을 지그시 감았다. 그가 지금 하려는 행동으로 복서가 위험에 처할 것을 아는 탓이었다. 빌 그랜트는 천천히든 신속하게든 아랑곳 않고 주문대로 사람을 죽이는 일을 업으로 하는 진짜 개자식이었다. 그의 진짜 기술은 토니보다 훨씬 조용히 일을 처리하는 것이었고, 그래서 짭새들도 대부분 그가 돌아왔다는 사실을 알지 못했다. 빌은 요란하지 않게 숨어 지내며 레이다 망을 피하는 법을 알았다. 그는 볼품없어 보였지만,

맹세코 피해야 할 사람이었다. 그에겐 아무것도, 아무도 없었으므로 잃을 게 없었고 그 때문에 에디가 만나본 사람 중에서 가장 위험한 사내였다. 빌은 12년 형을 살고 갓 출소했지만 바로 현업으로 복귀했다. 빌이 질문을 반복하자 에디는 눈을 떴다.

"복서 데이비스 어디 있어?"

에디는 부끄러움에 고개를 떨어뜨리며, 내 얼굴이 중하지 복서 놈 얼굴이야 어찌 되든 내 알 바 아니라고 중얼거렸다.

13

창고의 세 여자는 모두 분주했다. 셜리는 구석에서 그녀가 산 진청색 작업복 두 벌을 손질하고 있었다. 라벨은 조심스레 잘라 나중에 소각할 수 있도록 통에 따로 담았다. 벨라와 린다는 포드 에스코트 차량을 흰색 스프레이 페인트로 재도장하는 일에 여념 없었다. 스프레이 페인트가 매캐한 냄새를 뿜으며 눈을 충혈시켜 두 여자는 페이스 마스크를 썼다. 두 사람이 입은 진청색 작업복 이 새로 도장 중인 밴처럼 하얘졌다.

"벨라, 넌 어떤지 몰라도 난 녹초가 됐어. 지금으로선 충분히 한 것 같아. 한 번 더 칠하기 전에 우선 마를 때까지 기다리자." 린다 가 말했다.

벨라는 고개를 주억거리며 작업 중이던 부분을 마저 칠한 다음 스프레이 연결부를 해체하고 마스크를 벗었다. "그 여자가 오늘 와서 우리한테 현찰을 좀 줄 것 같아?" 묻고 싶지 않았지만 여기 오기 위해 클럽에서 하는 일을 일부 포기한 벨라는 이 시간이 그 럴 가치가 있는지 알아야 했다.

린다는 어깨를 으쓱했다. "그래야지! 스프레이 페인트도 싸지 않고, 지금 우리가 여기 몇 시간째 있는데. 셜리, 어떨 거 같아?"

"나도 이 장비들 사느라고 돈이 다 떨어져서 제발 그러길 바라 고 있지."

벨라는 주황색 박스 위에 앉아 두꺼운 고무장갑을 벗었다. "알다시피 우리 셋이서 이 얘길 해봐야 돼. 린다, 넌 돌리가 돈을 주니 적당히 장단을 맞추면 된다고 했지만, 더는 그렇게만은 느껴지지 않는데 어때? 그 여자가 지금 슬픔에 반쯤 미쳐서 무슨 짓을 하는지 모를 수도 있고, 아니면 정말로 엄청난 강도질을 계획 중일 수도 있어."

"나도 그런 것 같아. 사실이 아니라면 왜 우리와 장비에 돈을 낭비하겠어?" 셜리가 맞장구쳤다.

"이게 정말이라면 우린 수백만을 벌 거야." 벨라가 말했다. 그녀는 진짜로 흥분한 것 같았다.

"100만이지. 그 4분의 1." 셜리가 정정했다.

벨라가 살짝 비꼬았다. "아, 그럼 다 접고 집에 가든가! 누가 허접하게 100만 파운드의 4분의 1을 벌자고 이 난리를 피운대?" 그들은 잠시 말이 없다가 다 같이 깔깔 웃었다. 벨라가 말을 이었다. "내 말은 그냥 이거야. 돌리는 계획은 다 세워놨으니 우린 실행에 옮기기만 하면 된다고 생각하지. 개인적으로 이 창고에서 우리가 해놓은 걸 돌아보면 사실 흥분돼."

강도를 실제로 실행에 옮겨 각자 25만 파운드를 쥐고 다시는 돈 걱정을 안 하는 미래를 상상한 셜리는 린다를 보고 수줍게 웃었다. 벨라가 지금 문제를 공개적으로 제기하니 훨씬 흥미진진하게 들렸다.

린다는 언제나처럼 실용적인 태도를 견지하는 이성적인 목소리였다. "그 꼰대가 오늘 온다면 우리가 분명하게 물어봐야 해. 사실 그 여자가 여기 며칠째 안 왔잖아. 우린 다들 공상이나 하면서 돈도 다 썼어. 그 여자가 계획을 다 짜서 우리가 부자가 될 수도 있고, 그 여자의 신경쇠약이 끝났는데 우리한테 말을 안 했을 수도 있어. 지금 이 순간 집구석에 앉아서 그 똥개를 끌어안고 위스키나 홀짝대며 몽상에 젖어 있을지 누가 알아."

"린다, 좀 믿어봐." 벨라가 도리질을 하며 말했다. "사람들을 믿으면 의외로 놀라게 될 때가 있다고."

"그래? 글쎄, 난 아주 오랫동안 날 그렇게 놀라게 한 사람이 없었거든. 난 할 만큼 했다. 집에 갈 거야."

린다가 문으로 향하는데, 셜리가 작업복에서 떼어낸 라벨을 태울 통에 성냥개비를 던져 넣었다. 커다란 불길이 위로 치솟으며 별안간 훅 소리가 났다. 불길에 앞머리가 그을리자 셜리는 꺅 소리를 지르며 펄쩍 뒤로 뛰었다.

"세상에, 셜!" 벨라가 고함쳤다. "거기 뭘 뿌린 거야?"

"테레빈유(페인트 희석에 쓰는 용제—옮긴이) 반 병!"

그들은 다시 깔깔댔다. 옆 창고에서 셰퍼드가 짖자 린다가 한 손을 들어 올렸다.

"오시네, 우리 리더가." 벨라가 말했다.

문에서 제일 가까운 린다가 그 자리에서 얼어붙었다. "하이힐을 안 신었고 울프도 없어." 그녀가 속삭였다. 벨라와 셜리는 숨을 곳을 찾아 주위를 둘러봤지만 이미 늦은 뒤였다. 문이 끼익 열리고 방수 코트와 베레모 차림을 한 남자가 들어섰다. 겁이 나서 간이 떨어질 뻔한 셜리가 신음하며 벌떡 일어섰다. 벨라는 쇠지렛대를 집어 들었다. 린다가 소리쳤다. "당신 도대체 누구야?"

돌리가 모자를 벗었다. "남자처럼 보인다니 기쁘군." 돌리는 자기 모습에 만족해하며 말했다. "연락 못 해서 미안해. 망할 순찰차가 집 앞에 죽치고 있어서 말이지. 밤낮으로 날 감시하거든. 린다,

주전자에 물 좀 올려. 목말라 죽겠어. 그래서 요즘 뒷마당 담장을 넘어 다녔는데 해리의 신발로는 쉽지가 않거든. 아주 무거워서 말이야."

세 여자는 돌리가 배낭을 벗어 울프를 바닥에 내려놓는 모습을 지켜보았다. 울프는 갓 페인트칠을 한 밴으로 달려가 바퀴에 오줌을 쌌다. "안 돼!" 세 여자는 동시에 외치고는 다 함께 자지러지게 웃었다.

돌리는 웃음을 못 본 척했다. 다들 굉장히 피곤할 터였다. 돌리는 외투를 벗고 담배에 불을 붙인 다음 여러 주머니에서 여러 개의 노트를 꺼내기 시작했다. 린다는 커피를 내리러, 벨라는 전동 사슬톱을 가지러 갔고, 셜리는 작은 불이 타들어가는 광경을 지켜보았다.

벨라가 부릉거리며 전동 톱을 켜고 높이 치켜들자 침묵이 깨졌다. 전동 톱은 무거운 연장이었다.

"좋다, 벨라." 돌리가 감탄하며 말했다. "보안 요원들에게 그걸 들이대고 다가가면 널 피해 갈 수밖에 없을 거야. 남자가 아닌 줄 아무도 모를 테고. 셜리 작업복도 잘 되어가고 있고. 린다, 밴도 아주 잘 칠했어."

세 여자는 엄마에게 칭찬받은 아이들처럼 생긋 웃었다. 왜 그리 뿌듯한지는 아무도 몰랐지만 어쨌든 기분이 좋았다.

전동 톱의 소음이 차고 문을 두드리는 소리를 지웠다. 작은 울프가 왈왈 짖기 시작하고 옆 창고의 셰퍼드도 다시 짖어대자 벨라가 전동 톱을 껐다. 돌리는 여자들에게 조용히 하라는 신호를 보냈다. 린다가 산탄총을 꺼내려 바닥의 비밀 구멍으로 움직였지만 벨라가 제지했다.

"세상에, 린다. 침착해." 돌리가 속삭였다. "지금 무슨 영화 찍는 줄 알아?"

"밤낮으로 사격하는 애들 상대하는 게 내 일이라 할 줄 안다고요." 린다 역시 속삭이며 응수했다.

"그렇긴 하지만 그건 탄알이 장전된 총이 아니라 펠릿을 발사하는 거잖아."

"둘 다 조용히 해요." 문 두드리는 소리가 다시 쿵쾅거리자 셜리가 쏘아붙였다.

돌리는 만약의 경우 울프를 보호하기 위해 옆구리에 낀 채로 이미 움직이고 있었다. 그녀는 불을 끈 다음 천천히 입구의 작은 문을 빼꼼 열고 문틈으로 밖을 내다보았다.

"난 빌 그랜트요." 바깥의 사내가 말했다. "해리 롤린스의 친구입니다. 나도 저 아래쪽에 창고를 하나 갖고 있어요. 롤린스 부인이시죠?"

"무슨 일이시죠?" 돌리가 신원을 확인해주지 않고 물었다. "제가 지금 굉장히 바쁜데요."

"들어가도 되겠습니까?" 빌이 물었다.

"아뇨. 강아지가 뛰어나가서 문을 열 수가 없어요." 돌리가 대답했다.

"그럼 괜찮습니다." 빌은 용건을 이어갔다. "혹시나 해서 말입니다. 해리 일도 있고 해서요. 그렇게 가다니 안타까워요. 그런데 혹시 이 창고를 팔거나 임대할 생각은 없습니까? 혹시 그럴 생각이 있으시다면 저한테 먼저 물어봐주시면 좋겠습니다."

돌리는 코웃음을 쳤다. "애도의 말씀 감사합니다." 그녀가 딱딱하게 말했다. "문 밑으로 번호를 전달해주시면 생각해본 뒤에 전화 드릴게요." 그녀는 문을 닫고 난 뒤 꼭 잠겼는지 다시 한 번 확인했다.

돌리는 세 여자 쪽으로 돌아가면서 줄담배를 다시금 뻑뻑 피우며 인상을 썼다. 연기를 내뿜으며 그녀가 말했다. "빌 그랜트라는 이름 들어본 사람?"

그들은 서로를 돌아보며 어깨를 으쓱하고는 돌리를 따라 내실로 들어갔다. 돌리가 노트를 꺼내고 담배를 비벼 끄며 입을 열었다. "문제가 생긴 것 같네. 저 남자가 해리의 친구이고 저 아래쪽에 창고를 갖고 있대. 내가 들어오는 걸 보고는 아무 문제 없나 궁금해했어."

"그게 왜 문제죠?" 벨라가 물었다.

"해리는 이곳에 대해 말한 적이 없어. 그 누구에게도. 임대도 가명으로 했고." 그 뜻을 깨달은 모두가 조용해졌다.

"피셔 놈들이 보낸 거면 어쩌죠?" 셜리가 비명을 질렀다. "예상보다 훨씬 큰일 난 거 아니에요?"

린다가 셜리에게 차근히 설명했다. "토니 피셔라면 겁을 주려고 누굴 보내지는 않아. 직접 발 담그는 걸 좋아하거든."

"하지만 해리를 만날 수도 있다고 생각했다면? 그 생각을 했을까? 해리가 있다면 토니는 얼씬도 안 할 텐데. 그렇죠, 돌리?"

"잠깐." 벨라가 대화를 따라잡으려고 말을 가로막았다. "토니 피셔가 왜 해리가 살아 있다고 생각하죠? 돌리의 해리 말하는 거 맞죠?"

린다와 셜리가 돌리를 물끄러미 보았다.

"내가 복서한테 해리가 강도에서 살아남았다고 말했거든. 피셔 놈들한테 발설할 줄 알고 말이야. 우릴 못 건드리게 하려던 거였어." 돌리가 차분히 말했다.

"글쎄, 그건 잘 안 풀린 거 같은데요, 토니가 저 남자를 보낸 거라면." 벨라는 돌리에게서 눈을 떼지 않고 권위 있는 낮은 목소리로 응수했다. 모든 가능성을 가늠해보느라 돌리가 머리를 굴리는 소리가 들리는 듯했다. "누가 보낸 것 같아요?"

돌리는 새 담배에 불을 붙였다. "모르겠어. 네 번째 남자인지도 모르겠다 싶은데, 아무래도 장부에는 안 나오는 것 같아. 내일 은행에 가서 다시 확인해볼게. 너희 모두에게 줄 돈도 찾아오고."

돌리가 앞에 놓인 노트를 살펴보자 다른 여자들은 서로를 번갈아 보았다. 린다가 벨라를 향해 말하라는 듯이 고개를 끄덕였다. 우리가 정말 이 일을 할 건지 어서 물어봐. 하지만 벨라는 묻지 않았다. 돈이 더 나올 마당에 굳이 판을 흔들고 싶지 않았다. 이렇게 쉽게 돈을 벌어본 게 얼마만인지 기억도 나지 않았다.

돌리가 노트를 한 장 넘겼다. "셜, 탈지면 뭉치를 구해줘야겠어. 종합병원에서 쓰는 대형 롤 말이야. 작업복 안에 넣어서 부피를 키울 거야."

셜리는 너무 피곤해서 다소 징징대는 말투를 피할 수 없었다. "왜 물건 사는 건 다 내 차지죠?" 셜리가 물었다.

"네가 너무 잘하니까." 돌리가 얼른 대답했다. "그리고 배낭을 무거운 걸로 채워야 해. 린다, 그건 네가 해."

벨라는 창고에 쌓여 있는 벽돌 더미에서 하나를 집어 들며 제안했다. "우리 모두 운동 좀 해야 하지 않나요?"

린다가 기회를 놓치지 않았다. "전의 그 스파에 가서 웨이트 운동 좀 해야겠어요." 이런 개고생을 한 뒤에 호강 좀 했으면 싶었고, 저번의 사우나인지 뭔지가 이젠 퍽 마음에 들었다. 규칙적인 성생활을 재개한 뒤로 린다는 이전보다 훨씬 용감해졌다.

돌리가 인상을 찌푸렸다. "아령 따위를 말하는 게 아냐, 린다. 무거운 장비를 들고 다녀야 하고, 등에 배낭을 메고 도주 차량까지 빨리 뛰어야 한다고."

셜리는 돌리가 입고 있는 남자 옷을 뚫어져라 살피면서 미심쩍은 표정으로 물었다. "우리, 이젠 제가 산 단화 대신 부츠를 신어야 하나요?"

"아니, 단화는 괜찮아, 셜." 돌리가 대답했다.

"전 상관없어요." 셜리는 크흠 목청을 가다듬은 다음 다시 과감히 주장을 펼쳤다. "다만, 부츠를 신어도 좋은데 단화는 가져도 되지 않을까요? 왜냐하면 제가 산 점프수트하고 잘 어울리거든요. 강도에 안 쓰기로 한 그거요."

"맞아, 잘 어울려!" 린다가 열렬히 동의했다.

돌리는 귀를 의심하지 않을 수 없었다. "그만 벽돌 얘기로 돌아갈까?" 그녀가 쏘아붙였다.

"미안해요, 돌리." 린다가 알랑거리는 미소를 띠며 말했다. 그래도 언젠가는 함께 헬스 스파에 다시 가보면 좋겠다는 소망을 버리지 않았다. "배낭에 벽돌을 몇 개나 넣어야 할까요?"

"참나, 100만 파운드를 셋으로 나눈 현금 무게가 이만큼 나가겠다 싶은 만큼 넣어!" 돌리는 화가 치밀었다. "자, 이제 다들 입 닫고 집중해주겠어? 기회는 단 한 번이고, 모든 게 몸에 익을 때까지 연습해야 해."

그녀는 런던 외곽의 한 채석장 지도를 꺼내 작업대 위에 펼쳤다. "해리가 리허설을 위해서 이 폐채석장을 어떻게 썼는지 기록해뒀어. 외곽에 있고 더 이상 사용을 안 하니 딱이야." 셜리가 갑

자기 눈가를 촉촉이 적시며 한 손을 입에 가져가 울기 시작했다. 린다가 셜리의 어깨를 끌어안았다.

"죄송해요. 아무것도 아니에요. 돌리, 계속하세요." 셜리가 훌쩍이며 말했다.

"아냐, 셜. 무슨 문제가 있으면 말해줘." 돌리가 고집을 부렸다. "우리 모두 거사가 가까워질수록 최대한 강인해져야 해. 뭐 때문에 속이 상했지?"

"그냥 뭔가가 생각났을 뿐이에요. 그…… 전주에, 바로 그 전주에 테리가 바지며 신발에 하얀 먼지를 잔뜩 묻히고 집에 온 적이 있어요. 거기에 있었던 걸까요? 조랑 해리랑 같이 연습하느라?"

린다와 돌리는 서로를 바라보았다. 테리는 분명 채석장에서 먼지를 뒤집어쓰고 온 것이다. 해리는 집까지 먼지를 끌고 온 적이 없지만, 그는 테리보다 훨씬 더 주도면밀한 사람이었다. 린다는 손수건을 꺼내 셜리의 눈물을 닦아주었다. "우리 조는 집에 하얀 먼지를 끌고 온 적은 없었어. 하지만 그 인간이 금발 여친의 침대에는 잔뜩 묻혀놨겠지." 린다는 이 말을 하면서도 화가 나지 않았다. 그냥 침착했다. 조가 제 침대로 곧장 기어들어오지 않는다는 건 언제나 아는 사실이었고, 이젠 입 밖에 내서 말할 때도 되었다. 시원했다.

"우리가 쓸 수 있는 다른 장소를 찾아볼게." 돌리가 온화하게 말했다.

"아니에요. 정말 괜찮아요. 그냥 제가 철이 없어서 그래요."

"셜리, 우린 다른 곳을 쓸 거야." 돌리가 마음을 굳혔다. "이건 우리 일이야, 남자들 일이 아니라고. 우리만의 연습 장소를 쓸 거야." 그 말과 함께 돌리는 짐을 치우기 시작했다. "내일은 하루 쉬도록 해. 모레 아침 9시에 만나서 순차적으로 리허설을 한번 해볼 거야, 전부 정확하게 기억할 때까지. 내가 수도원에서 안전한 전화로 모두에게 전화할게." 여자들은 돌리가 짐을 마저 챙기고, 작은 울프가 그녀의 부츠를 쿵쿵대는 모습을 지켜보았다. 해리와 돌리의 냄새가 섞여 어리둥절한 게 틀림없었다.

돌리는 여자들이 자신을 지켜보는 모습에 울컥 목이 메었다. 동고동락하며 서로를 보듬는 이 여인들. 그녀들과 함께한다는 게 참으로 좋았다. 다투기도 했지만 그것은 서로 미워서가 아니라 아끼기 때문에 나오는 행동이었다. 그 말이 목구멍까지 차올랐지만 이내 말들을 삼켰다.

"벽돌과 배낭 잊지 마, 린다! 다른 건 다 내가 가져갈게." 그 말을 남기며 돌리가 떠났다.

셜리는 훌쩍이며 라벨을 소각한 쓰레기통의 불이 확실히 꺼졌는지 확인하러 갔다. 내려다보자 라벨은 보이지 않고 재뿐이었다. 일을 제대로 해낸 게 기뻐서 그녀가 말했다. "돌리가 장소를 바꾸기로 한 건 사려 깊은 행동이었어, 그렇지?"

"맞아, 셜. 사려 깊었어." 벨라가 동의했다. "한 번이라도 남아서 같이 치워주면 더 사려 깊다고 할 텐데." 린다가 잊지 않도록 벨라가 배낭들을 한군데로 모아주고 찻잔을 씻으며 말했다.

린다는 창고 중간에 서서 돌리가 나간 후에 닫힌 문을 응시했다. "그놈의 장부에 뭐가 적혀 있는지 한번 봤으면 좋겠네."

"난 아냐. 내가 알 필요 없는 건 하나도 알고 싶지 않아." 셜리가 대꾸했다.

"안 보면 알 필요가 있는지 없는지 어떻게 알아? 장부에 아무것도 안 적혀 있고, 돌리가 완전 머리가 돈 거라면? 그건 알 필요가 있잖아?"

"또 그 소리." 셜리는 핸드백을 집어 들었다. "먼저 갈게. 20분 뒤에 TV에서 〈달라스〉가 시작하거든."

린다와 벨라는 셜리가 나가는 모습을 지켜보았다. 둘 다 그날 밤에 일을 하러 가야 해서 집에 먼저 가봐야 의미가 없었다.

린다는 갓 씻은 머그잔에 차를 한 잔 더 내리면서 결국 좀 더 징징대고 말았다. 감정을 발산하는 편이 린다에게도 좋기에, 벨라는 들어주기 괴롭지만 내버려두었다. "우릴 꼭 하녀 취급한단 말이야." 린다가 불평했다. "롤린스 성을 가졌다고 해서 늘 우리한테 이래라저래라 할 권리가 있는 건 아니잖아. 우리가 팀이면 팀다워야지. 늘 시중만 들어서야 별로 팀 같지 않아." 린다는 벨라에게 김이 모락모락 나는 뜨거운 차를 건넸다. "넌 어떻게 생각해?"

벨라는 손을 덥히려 머그잔을 감아쥐었다. "우린 팀이 아냐, 린다. 돌리가 보스고 그걸로 끝이야. 내가 셜리의 주택 대출금을 갚아주거나, 너한테 차를 사 주거나, 옷 안 벗어도 먹고 살게끔 내 주머니에 돈을 찔러줄 수 있을까? 넌 그럴 수 있어?" 린다는 침묵을 지켰다. 벨라가 다시 입을 열었다. "그리고 난 그 장부에 뭐가 있는지 보고 싶지도 않아. 이 일이 진짜 일어났다가 잘못돼봐, 그럼 난 모른다고 잡아뗄 거야. 아는 게 적을수록 좋지."

린다가 씩 웃었다. 벨라의 솔직함과 판단력이 좋았다. 차를 마신 린다는 벽돌을 배낭 더미 옆에 쌓기 시작했다.

벨라는 식탁에 기댄 채 움직이지 않았다. 돌리와 관련해 뭔가 마음에 걸리는 게 있는데 그게 뭔지 콕 집어 말할 수가 없었다. 벨라는 정말로 이 일을 하고 싶었고, 따라서 돌리가 자기들에게 한 말이 모두 진실이기를 바랐다. 뭐가 됐든 계획대로 따라가기로 마음먹었지만 이제부터는 돌리 롤린스를 긴밀히 주시해야 했다.

몹시 피곤한 채로 사격장에 도착한 린다는 카를로스가 걸어 지나가는 모습을 보았다.

"그렇게 멋있게 하고 어딜 가는 길이셔?" 린다가 그를 불렀다.

그녀가 뛰어와 키스하자 카를로스는 걸음을 멈추고 싱긋 웃었다.

"렌터카 업체 사장하고 만나기로 했어. 가지고 있는 차들을 나한테 맡길 수도 있을 거 같아. 그 사람이 승낙만 한다면 돈이 꽤 될 거야."

카를로스는 린다가 방금 뛰어나온 곳, 뒤쪽의 사격장을 건너다보았다. 린다는 조금 창피했다. 종일 창고에서 일하다 와서 몰골이 말이 아니었다. 그는 지금 굉장한 거래를 성사시키러 가는 길인데, 자신은 사격장 기계로 게임 중인 어린애들을 더듬으려는 추잡한 중늙은이 사내들을 말리러 가고 있었다. 지랄, 나는 그냥 나지 뭐. 린다는 그렇게 생각하며 길 한복판에서 그에게 진한 키스를 퍼부었다.

카를로스를 위아래로 가늠해보며 린다는 입이 두 귀에 걸렸다. 그가 자기 남자라는 게 믿기지 않았다. 조는 아주 잘생긴 남자였지만 다소 거칠었다. 거친 것도 좋지만 카를로스는 달랐다. 모든 것을 갖췄다. 세련되면서도 사내다웠고, 조각처럼 잘생겼으면서도 다듬어지지 않은 면이 있었다.

"린다, 지각이야!" 찰리가 뒤에서 외쳤다. "너 때문에 나 아직 쉬지도 못했다고!"

린다의 얼굴에서 순식간에 웃음기가 가셨다. "쉬는 시간이라고 해봐야 길거리에 서서 지나가는 여자들 엉덩이 구경밖에 안 하면서 뭘 그래. 찰리, 10분 뒤에도 여자들은 어디 안 가고 그대로 있을 테니 걱정 끄고 꺼지셔."

찰리는 도끼눈을 뜨고 카를로스를 보았다. 린다가 요새 그리도 쾌활해진 이유가 이거였구먼. 이 인간이 요즘 린다랑 떡치는 놈이 틀림없었다. 찰리는 린다가 카를로스에게 딱 붙어 온몸을 비비적거리면서 내일 만나기로 약속하고 작별 키스를 하는 모습을 지켜보았다. 찰리는 몇 년째 린다를 쫓아다녔지만 그녀는 전혀 곁을 주지 않았다. 그런데 이 카를로스라는 번지르르한 인간이 연한 색깔 정장을 빼입고 곱슬곱슬한 머리칼을 살랑거리며 나타났다. 찰리가 길로 나가버리는 바람에 린다는 어쩔 수 없이 안쪽의 계산 부스로 들어가야 했다.

분주한 거리에서는 복서 데이비스가 피시 앤드 칩스를 먹고 있었다. 소호의 이 구역은 어둠이 내리면 야식 노점상이며 클럽, 펍, 오락실 등으로 생기가 넘쳤다. 피셔 형제의 클럽이 단연 중심이었지만 그보다 급이 떨어지는 다른 곳들도 많아 누구나 갈 데가 있었다. 거리에는 카를로스처럼 경쾌하고 세련된 이들과 찰리처럼 우중충한 하급 인생, 복서 같은 밑바닥 인생이 모두 어우러져 있었다. 이곳에 안 어울리는 사람은 없었다.

찰리가 먹을 걸 사러 나와 곁을 지나칠 때, 복서는 카를로스가 린다에게 진한 키스를 퍼붓는 장면을 보고 얼이 빠져 칩스를 먹던 입을 다물지 못했다. "찰리, 안녕?" 복서가 말을 걸었다. "방금 같이 얘기하던 여자, 조 파이렐리의 마누라 아냐? 그냥, 내가 그 남편을 알았거든."

찰리는 고개를 끄덕이고 가버렸다. 복서와 마주친 지도 오래였고 그를 좋아하지도, 대화를 나누고 싶지도 않았다. 찰리에게 복서는 누가 주는 돈이나 쫓아다니는 주정뱅이에 불과했다. 그러다가 복서를 흘끗 돌아봤더니 말끔한 정장을 차려입은 모습이 눈에 들어왔다. 전에 없이 말쑥하고 신수가 훤해 보였다. 어쩌면 아는 척을 하는 게 낫겠다는 생각이 들었다. "다음에 보자고, 복서. 나는 저 사격장에서 일하니 필요한 거 있으면 얘기하고."

복서는 활짝 웃으며 찰리에게 손을 흔들었다. "여부가 있나, 찰리. 그럴게."

찰리는 순간 질투가 솟구치면서 화가 났다. 복서 데이비스를 시샘하다니, 차라리 죽는 게 낫지. 피시 앤드 칩스를 사러 줄을 선 찰리는 주머니를 뒤지다가 작은 칩스와 피시 케이크(생선을 넣은 일종의 크로켓─옮긴이) 하나 살 돈밖에 없다는 걸 깨달았다. 썩을, 이 똥통에서 제발 벗어나고 싶다! 추운 날씨라 다리가 금세 영향을 받아서 심하게 절룩거렸다. 찰리는 어려서부터 몸이 약했고, 소아마비가 전교생 중에서 하필 그를 선택한 뒤로는 다리를 절었다. 주먹에 동전을 꼭 쥔 찰리는 다른 손을 주머니에 넣어 불알을 살며시 움켜쥐었다. 금세 위안을 찾은 찰리는 싱긋 웃으며 지나가는 여자들의 엉덩이를 훔쳐봤다.

14

레스닉은 잔뜩 시비를 걸 태세로 씩씩대며 경찰서 복도를 오갔지만 아무도 그를 상대해주지 않았다. 초록 이빨을 만나기 전에 손더스 경감과 분위기 전환을 시도해보고 싶었지만, 복도를 점령한 페인트공과 인테리어 업자들을 빼면 경찰서는 텅텅 비어 있었다. 특히 레스닉이 가는 길은 마치 작정한 듯이 혼돈의 도가니였다. 수사과 중앙 사무실은 페인트칠 중이어서 레스닉은 사전 상의도 없이 작은 사무실로 옮겨졌다. 도면을 본 적이 있어 투명 유리로 된 별관을 쓰게 될 줄은 알고 있었다. 그가 어슬렁거리고 담배를 피우고 일하는 모습을 사람들이 들여다볼 수 있다는 생각만 해도 부아가 치밀었다. 레스닉은 극소수만을 신뢰하고 사생활을 중요하게 생각하는 사람이었다. 모두가 볼 수 있는 금붕어 어항 속에 들어앉을 생각을 하니 피가 끓었다.

"앨리스!" 레스닉이 호령했다. "앨리……."

앨리스가 문간에서 머리를 쏙 내밀었다. 그녀는 레스닉의 책상에 있던 모든 파일을 상자에 차곡차곡 챙겨서 들고 있었다. 박스맨 위에는 자판기에서 뽑은 샌드위치가 놓여 있었다.

"경위님 파일 캐비닛은 제 사무실에 있어요. 잠갔고, 열쇠는 제가 가지고 있어요. 경위님 책상이 이사 갈 때까지 이건 모두 제 책상 서랍에 넣어둘게요. 손더스 경감님은 페인트 냄새 때문에 머리

아프다고 집에 가셨어요. 내일 사건 검토를 계속할 테니 시간 내는 게 좋을 거래요. 그분 표현이에요, 제 말이 아니고요." 앨리스가 샌드위치를 향해 고갯짓했다. "치즈 햄 샌드위치예요. 식사도 못 하셨을 것 같아서요."

"고마워, 앨리스." 레스닉은 샌드위치를 집어 들고 그의 정보원 초록 이빨을 만나러 가기 위해 발을 뗐다.

"오늘 어떠셨어요?" 앨리스가 뒤에서 물었다.

"롤린스를 도와준 것으로 보이는 제빵 회사 남자를 찾았는데 조사를 할 수가 없었어. 죽었더라고."

레스닉의 기운을 북돋워주기 위해 앨리스가 해줄 수 있는 말은 없었지만, 그에게 필요한 것은 그저 심정적인 지지일 때가 많았다. "흠, 초록 이빨이 좀 더 좋은 소식을 가지고 왔으면 좋겠네요. 경위님, 그럼 전 가볼게요." 앨리스는 상냥한 미소를 짓고 총총 사라졌다.

10분도 안 돼 레스닉은 무릎에 서류 가방을 펼쳐놓고 순찰차 뒷좌석에 앉아 있었다. 풀러가 리젠트 파크를 향해 운전하고 앤드루스는 룸미러로 뒷좌석의 레스닉을 훔쳐보았다. 꼰대의 얼굴에 비치는 집중력에는 한 치도 흔들림이 없었다. 롤린스의 장부와 연결되는 무언가를 찾는 레스닉의 두 눈이 보고서를 죽 훑으면서 다음 페이지로 휙휙 넘어갔다. 돌리 롤린스의 감시 메모는 특히 흥미로웠다. 미용실, 생추어리 스파, 은행, 미용실, 수도원, 은행, 미용실······.

"앤드루스. 돌리 롤린스가 지금 어디 있는지 감시팀에 물어봐."

"집에 있습니다. 서에 계실 때 무전으로 알려왔습니다."

"그 여자가 미용실에 얼마나 자주 가는지 봤나? 못 봤어? 은행은? 풀러, 여자를 몇 번이나 놓쳤지? 앤드루스는?" 풀러와 앤드루스는 대답하지 않았다. 앤드루스는 부끄러워하는 시늉이라도 했지만 풀러는 그저 지겹다는 눈치였다. "그 여자가 장난친다고 생각하나, 아니면 뭔가 꾸미고 있다고 생각하나, 앤드루스?"

"제가 어찌 알겠습니까, 경위님."

"모르겠지, 이 물러터진……." 레스닉은 오늘 앤드루스를 더 괴롭힐 여력이 없었다. "네가 답할 수 없는 거 또 하나 말해주지. 그 여자가 경찰 미행을 따돌리는 데 뛰어난 거냐, 아니면 너희가 미행에 젬병인 거냐? 알 도리가 없네, 안 그래?"

레스닉은 담배에 불을 붙이고 깊이 빨아들였다. 연기가 차 안에 퍼지기 시작하자 풀러가 움찔하며 창문을 열었다. "닫아! 뒤는 춥다고!" 레스닉이 꽥 소리쳤다.

급제동이 걸리더니 차가 멈춰 섰다. 서류가 온통 바닥에 떨어지자 레스닉이 풀러를 노려봤다.

"말씀하신 대로 리젠트 파크에 다 왔습니다, 경위님." 풀러가 말했다. 그는 레스닉을 약 올리는 법을 너무도 잘 알았다.

레스닉은 종이를 집어 서류 가방에 집어넣고는 차 문을 열었다. 그는 자신의 '최정예 요원들'을 마지막으로 한 번 더 바라보았다. 풀러는 얼굴에 멍청한 웃음을 띠고 앞만 보았고, 앤드루스는 하품을 했다. '이런 멍청한 새끼들을 봤나.' 그는 차 문을 닫으며 생각했다. 초록 이빨은 좀 나을지도 모르지. 오늘은 반드시 좋은 소식이 필요했다.

레스닉은 공원으로 가서 벤치에 앉아 샌드위치를 먹었다. 오늘 처음 먹는 끼니였다. 흔들거리는 나뭇가지들을 넋 놓고 바라보았다. 너무도 고단했다. 초록 이빨은 그가 도착하는 모습을 숨어서 지켜보고 있다가, 준비가 되면 나와서 벤치로 찾아올 터였다.

풀러와 앤드루스가 시야에서 사라지자, 초록 이빨이 TV에 나오는 망토 입은 악당처럼 조심스럽게 다가와 주린 개처럼 샌드위치를 뚫어져라 쳐다봤다. 레스닉은 먹던 샌드위치를 건넨 다음, 초록 이빨이 음식을 입안에 다 욱여넣고서 입을 열 때까지 기다려야 했다.

"뭐가 그렇게 중요하다는 거야?" 레스닉이 결국 채근했다.

"레스닉 경위님, 파다하게 번지는 소문이 있어서요." 초록 이빨이 레스닉의 코트에 빵가루를 질질 흘리며 웅얼거렸다. 레스닉은 몸을 비키며 담배에 불을 붙였다. "해리 롤린스에 관해서요."

"그거야 당연한 거고!" 레스닉은 끈적대는 치즈와 빵가루를 코트에서 털어냈다.

"누구라도 놈의 장부를 손에 넣는다면 알라딘의 램프를 가진 거나 마찬가지예요. 아시죠?"

"누가 갖고 있는데?"

"본인요. 해리 롤린스."

레스닉은 쯧쯧 혀를 찼다. "내가 그따위 헛소리나 들으려고 여기까지 온 줄 알아?"

"아니에요. 진지하게 드리는 얘기예요." 초록 이빨은 고집을 피웠다.

"어디서 그따위 정보를 들었어? 레스닉이 성이 나서 다그쳤다. "넌 해리 롤린스급이 아니잖아. 그 말이 사실이라 해도 그런 정보가 너한테 들어올 턱이 없지!"

"복서 데이비스가 이 구역에서 돈 지랄을 하고 다녀요. 해리의 옷까지 입고서요."

레스닉이 눈을 가늘게 떴다. 물론 복서 데이비스는 초록 이빨의 급에 가까웠다. 이쯤 되면 그가 뭔가를 듣긴 들었는지도 모른다.

"복서는 해리 밑에서 오랫동안 일했어요. 그런데 요즘 다시 해리 밑에서 일한다고 떠들고 다녀요."

레스닉은 담배를 풀밭에 튕겨 던지고 자리를 떴다.

"기다려요!" 초록 이빨이 그를 따라와 팔을 붙잡았다.

레스닉이 그의 손길을 세게 뿌리쳤다. "소문에 돈을 줄 순 없어. 그리고 내 코트 좀 붙잡지 마. 나한테까지 치즈가 묻잖아! 너야말로 옷 소독하게 나한테 돈을 줘야겠다!"

초록 이빨은 코를 쿵쿵대더니 이에 낀 빵을 쑤셨다. 레스닉은 그에게 5파운드 지폐를 건네고는 차로 돌아갔다.

풀러는 공원을 세 번째 돌면서 정문 부근에서 속력을 늦추다가 나무 뒤에서 노상방뇨를 하는 레스닉을 발견했다.

"저거 보라지." 풀러가 더럽다는 듯이 말했다. "저런 사람을 귀감으로 삼아야 하니 내가 어떻게 진급을 하겠냐고."

레스닉이 차로 다가오더니 바지의 엉덩이 부위에 손을 쓱 닦고는 다시 담배에 불을 붙였다. 앤드루스가 웃었다.

"이젠 이 깨끗한 뒷좌석에 오줌 묻은 엉덩이를 깔고 앉아 얼굴에 담배 연기를 뿜겠네요."

하지만 레스닉은 차에 타고 나서 매우 조용했다. "초록 이빨 말이, 복서 데이비스가 별안간 돈을 많이 쓰고 다닌대. 자기가 누구밑에서 일한다고 동네방네 나발 불고 다닌다는데 그게 누군가 하면……." 그는 잠시 말을 멈추고 초록 이빨이 한 말을 다시 생각해보았다. "아, 됐어. 어차피 개소리일 텐데 뭐."

"왜 정보를 의심하십니까?" 풀러가 물었다. 허튼 정보였다는 건 고소했지만, 레스닉의 실책 목록을 늘리고 싶은 마음에 그 내용이 뭔지가 너무나 궁금했다.

레스닉이 한숨을 쉬었다. "그 자식이 해리 롤린스 밑에서 일한다며 깝친다잖아."

앤드루스가 머리를 긁적였다. "네? 초록 이빨이 롤린스 밑에서 일한다고요?"

레스닉은 코웃음을 치며 담배꽁초를 창밖으로 내던졌다. "초록 이빨 말고. 복서 데이비스 말이야, 멍청아. 복서가 해리의 비싼 옷에 구두까지 걸치고 까불고 다니는 모양이야. 게다가 어딘가에서 돈깨나 얻은 거 같고."

앤드루스는 여전히 머리를 긁으며 레스닉을 돌아보았다. "복서가 돌리 밑에서 일하는 건 아닐까요? 그 집을 두어 번 드나들긴 했습니다."

레스닉이 기가 막혀 버럭 소리를 질렀다. "생각하는 것도 천치 같기는!"

풀러는 앤드루스를 보며 인상을 썼다. "미용사하고 수녀들 사이에서 종일 시간을 보내는 늙은 여자가 복서 데이비스 같은 전과자를 고용할 리가 없잖아."

"둘 다 입 닥치지 못해! 풀러, 소호로 운전한다. 복서 데이비스가 있나 둘러봐야겠어. 있으면 붙잡자고."

"자정이 다 됐는데요!" 풀러가 볼멘소리를 했다.

"그럼 찾을 가능성이 더 높겠네, 안 그래? 이런 전과자들은 9시면 잠자리에 드는 너희 범생이 놈들하고는 다르니까."

풀러와 앤드루스는 서로 눈빛을 교환했다. 이윽고 풀러가 차를 빼서 소호로 몰았다.

복서는 피시 앤드 칩스를 들고 낡은 단칸 셋방으로 돌아가, 돌리가 준 돈을 세 번째로 세어봤다. 그는 지폐를 침대 위에 차곡차곡 쌓아놓고 굉장히 기뻐했다. 돌리는 해리가 아직 몸조심을 하고 있으며, 복서도 그렇게 하는 게 좋을 테니 두어 주 동안 런던 밖으로 몸을 피하라고 했다는 말을 전했다. 돌리는 복서에게 근사한 전원 펜션의 주소를 주고 그가 떠나기 전에 돈을 좀 더 주겠다고 말했다. 해리가 시기를 봐서 펜션으로 연락을 할 것이다. 복서는 이 모든 말을 곧이곧대로 믿었다.

아들과 찍은, 액자도 없는 빛바랜 사진을 침대 옆 협탁에서 집어 든 복서는 잠시 사진을 바라보았다. 어린 소년이 아버지 어깨에 목말을 타고 카메라를 향해 손을 흔들고 있었다. 복서는 자신의 납작한 코를 문질렀다. 그의 어린 아들은 이제 여덟 살쯤 되었을 것이다. 그는 아들 나이도 기억 못하는 스스로에게 짜증 나서 고개를 절레절레 젓고는, 소중한 아들 녀석을 보러 전 부인 루비를 찾아봐야 할까 생각했다. 내가 여전히 금주 약속을 지키고 있다는 걸 알면 루비가 뿌듯해하겠지. 아들놈은 새 정장과 빛나는 구두를 신은 아버지를 심지어 존경할지도 몰라.

복서는 사진을 협탁 위 스탠드에 조심스레 기대놓았다. 아들이 보고 싶다는 점만 빼면 기분이 좋았다. 참으로 좋았다. 그는 오랜 친구이자 상사였던, 모두를 감쪽같이 속인 해리 롤린스를 생각하며 머리를 절레절레 젓고는 쿡쿡 웃었다. 복서는 차갑고 눅눅해져서 맛이 없는 칩스를 입에 욱여넣다가 포장 종이에 도로 퉤 뱉어

뭉친 다음, 이미 넘치는 쓰레기통에 던져 넣었다. 그는 낡고 지저분한 방을 둘러보며 구시렁댔다. "이런 똥통이 있나." 그러나 이내 표정이 밝아졌다. 일은 잘 흘러가고 있었다. 해리 롤린스가 말끔한 집으로 새로 이사할 수 있도록 주선하고 돈도 많이 줄 터였다.

"아들, 아빠는 잘되고 있어." 복서가 사진의 소년에게 말했다. "널 데려오고 싶구나. 함께 사는 걸 네가 허락해주면 좋겠어." 복서는 거구를 낡은 팔걸이의자에 구겨 넣으며, 눈을 감고 해리에 대해 생각했다. 해리의 모습이 생생했다. 마치 그와 한방에 있는 듯, 눈앞에 훌쩍 서 있는 듯이.

복서가 해리 롤린스를 처음 만난 곳은 베스널 그린 지역의 요크홀 복싱 경기장 링 옆이었다. 복서가 막 로프를 올리고 링 안으로 들어가려던 차에 누군가가 그의 가운을 잡아당겼다. 돌아보니 시가를 입에 문 젊은 사내였다.

"해리 롤린스입니다. 오늘 맥한테 1000파운드 걸었으니 박살을 내주십시오. 그럼 내가 바로 200파운드를 드리죠."

경기는 3라운드에서 끝났고 해리는 약속을 지켰다. 복서는 해리를 신의 있는 도둑이라고 생각했다. 그가 좋아했던 해리의 장점은 그것이었다. 그는 지킬 수 있는 말만 했다.

우당탕 문 두드리는 소리가 복서의 추억 여행을 중단시켰다. 복서는 눈을 번쩍 떴다. 문 밖에서 숨을 몰아쉬는 소리가 들렸다.

"어이, 복서! 안에 있어? 문 열어봐, 내 말 들려?"

복서는 침묵을 지켰다. 프랜, 코끼리 같은 집주인 여자 프랜이다. 화장을 떡칠하고 입 냄새가 심한 덩치 큰 여자 프랜시스 웰랜드. 술을 마시던 시절, 떡이 되도록 취했던 어느 밤 그 여자가 추파를 보내던 게 어렴풋이 기억났다. 몹시 후회스럽게도 복서는 그녀와 섹스를 했다. 섹스를 기억할 수 없는 게 다행이었지만 깨어 보니 옆에 프랜이 있던 건 기억이 났다. 여자가 그 일을 재연하길 원하는 건 알았지만, 복서도 그만큼 여자를 무시할 결의에 차 있었다.

문손잡이가 달그락거렸다. "복서, 안에 있는 거 알아. 손님이 왔어, 문 열어!"

복서는 마지못해 몸을 일으켜 세우고 문을 열었다. 손님은 프랜의 거구 뒤에 숨어 있어서 안으로 들어설 때까지 누구인지 알아볼 수 없었다. 복서의 얼굴이 환해졌다.

"내 오랜 친구 에디 롤린스잖아! 어서 들어와."

복서는 에디를 방 안으로 끌고 들어오며 싱글거리는 프랜의 얼굴에 대고 문을 닫았다. 그는 언제나 그녀를 웃으며 대했다. 쫓겨나고 싶지는 않았다.

복서는 단칸방 구석의 작은 부엌으로 가 주전자에 물을 올렸다. "반가워, 에디. 대접할 건 별로 없지만 차는 얼마든지 있어."

"아냐, 아냐." 에디가 고집을 피웠다. "우리 회포 한번 제대로 풀어야지." 그는 외투 주머니에서 몰트위스키 한 병을 꺼내 탁자에 내려놓았다. "잔 있어?"

복서의 두 눈이 휘둥그레졌다. 순간 술 생각이 간절했지만 그는 강인한 미소를 지었다. "독주는 안 해, 에디. 지금 몇 달이나 됐는 걸. 그래도 네가 마시는 건 괜찮아." 복서는 귀퉁이가 떨어지고 얼룩진 머그잔을 내주고 창 밑의 작은 테이블에 앉았다.

"복서, 그러지 말고 나랑 한 잔만 해. 해리를 위해 건배하자고."

복서는 씩 웃고는 항복한다는 듯 두 손을 들었다. 에디는 분명 다 알고 있을 거야. 해리가 살아 있고 피셔 놈들에게서 구역을 다시 접수하려 준비 중이라는 걸. "그렇다면야 조금만 마시는 건 괜찮겠지." 복서는 더욱 흥분됐다. 옛 동료들이 다시 뭉치는구나!

복서는 탁자에 머그잔을 하나 더 내놓았고, 에디는 아내와 아이들에 대한 불평부터 시작해서 폐차 사업에 대해 얘기하면서 계속 복서의 잔을 채웠다. 복서에게는 두 배로 따라줄 때마다 자기 잔에는 절반만 따르니 30분 만에 복서는 이미 취하기 시작했다.

에디가 하도 장황하게 말을 늘어놓는 바람에 복서는 입도 떼지 못했다. 그는 해리에 대해 묻고 싶어 입이 근질거렸지만 에디도 준비가 되면 말하리라 짐작했다. 에디가 위스키를 또 따라주려 하자, 복서가 이번에는 머그잔을 손으로 가렸다.

"내가 너무 오랫동안 술을 안 마셔서 말이야. 바로 올라오네. 그만 마셔야겠어."

"걱정 마, 복서. 오랜 친구끼리잖아. 내가 돌봐줄게." 에디가 친절히 말했다. 복서는 가린 잔에서 손을 뗐고, 에디가 그 잔에 병을 비웠다.

복서가 한 모금 더 마시는 차에 층계참에서 전화벨이 울리기 시작했다. 복서는 무시했다. "프랜 전화일 거야." 그는 술에 취해 어깨를 으쓱했다. 그래도 전화벨이 계속 울렸다. "게으른 뚱땡이 할망구 같으니라고."

하지만 프랜은 팔걸이의자에서 거구를 일으켜 뒤뚱거리며 층계참으로 향하는 참이었다. "복서! 전화 받아!" 그녀가 계단 위로 꽥소리 질렀다. 그 소리에 에디도 인상을 찌푸렸다.

이때쯤 이미 한참 취한 복서는 비틀거리며 문간으로 이동하면서 의자를 넘어뜨렸다. 복서가 난간을 붙잡고 엉거주춤 계단을 내려가는 동안 프랜은 층계참에서 숨을 헐떡이며 서 있었다.

"귀먹은 줄 알았네." 그녀가 수화기를 건네며 말했다.

복서가 프랜을 와락 껴안고는 진한 키스를 길게 퍼부었다.

"아이!" 그녀가 자지러졌다. "친구분 가고 나면 내 방에 좋은 진이 한 병 있다우." 프랜이 그의 귀에 대고 속삭였다. "침대를 따스하게 데워줄 전기요도 있고……."

취기 어린 욕정에 달뜬 복서는 멍청하게 웃으며, 거대한 엉덩이를 흔들면서 자리를 뜨는 프랜에게 손을 흔들었다. 위스키 안경이 덧씌워지자 그녀도 분명 사랑스러워 보였다.

"누구쇼?" 복서가 혀 꼬인 소리로 수화기에 대고 물었다. 잠시 후 그가 외쳤다. "달! 잘 지내요?"

"술 마셨어?" 돌리가 물었다. 복서가 짐을 다 쌌는지, 추천한 펜션에 갈 준비가 됐는지 물으려고 전화한 것이었다.

"조금 마셨어요, 돌리. 하지만 걱정 마요. 모든 게 다 순조로우니까." 복서가 딸꾹질을 했다. "짐도 쌌고 준비도 됐어요. 그런데 내가 소호에서 누굴 봤는지 알아? 웃기지. 조 파이렐리의 과부가 카를로스라는 이태리 남자랑 있더라고. 그 여잔 정말 대륙 남자만 좋아하나 봐? 그런데요 돌리, 맞혀봐요. 그 남자가 누구게? 바로 아니 피셔의 '후장 보이' 정비공 아닙니까!" 복서는 큰 소리로 웃느라 돌리의 대답을 못 들었다.

"어떤 카를로스?" 돌리가 엄격한 목소리로 되물었다. 들리는 건 복서의 기침과 숨을 고른 뒤의 말더듬뿐이었다. "복서, 어떤 카를로스냐고!"

복서가 아랑곳하지 않고 계속 지껄였다. "귀엽지 않아요, 달? 아니는 그 걸레랑 우리한테 모든 걸 다 잃어놓고 알지도 못해!" 복서가 다시 껄껄 웃으며 수화기를 바닥에 떨어뜨렸다. 수화기를 다시 집은 뒤 비틀거리며 일어선 복서는 에디가 그의 뒤 계단에 서 있는 모습을 보았다. "어, 돌리. 오늘 누가 날 찾아왔는지 짐작도 못할걸요······." 순간 에디의 장갑 긴 손이 수화기를 쾅 내려 전화를 끊었다. 복서는 돌아서느라 휘청대며 비틀거렸지만 에디가 그를 붙잡아 일으켜 세웠다.

"복서, 가자. 고자질할 시간이 없어." 에디는 활짝 웃으며 말했다. "웨스트로 가자고. 내가 살게."

복서에게는 두 번 물을 필요도 없었다.

레스닉과 풀러는 복서 데이비스의 마지막 주소지로 기록된 곳 바깥에 차를 댔다. 6개월 전에 음주 및 난동 혐의로 체포되었을 때 그가 기입한 주소였다. 앤드루스가 지저분한 원룸 하우스의 계단을 내려와 차에 탔다.

"여긴 안 살지만 래드브로크 그로브에 살 거라며 집 주인 여자가 주소를 줬어요."

풀러는 차를 뺐고 레스닉은 모자로 눈을 가렸다. "복서 데이비스가 퍼즐의 큰 조각이야, 두고 봐. 거대하고 못생기고 멍청한 조각이지. 우리가 알아야 할 모든 걸 놈이 말해줄 거야." 혼자 씩 웃으며, 레스닉은 눈을 감고 몇 초 만에 코를 골기 시작했다.

'스포츠 클럽' 바에서, 복서는 그야말로 곤드레만드레가 되어서 한 문장도 제대로 폐지 못했다. 에디와 함께 바에 선 그는 몇몇 구경꾼에 둘러싸인 가운데 마지막 일전의 무용담을 동작별로 자세히 재현하고 있었다. 클럽의 벽에는 은퇴한 권투 선수며 레슬링 선수 들의 빛바랜 사진들이 가득했고, 그중에 복서도 있었다. 그

자리의 청중은 그가 누구인지 알았지만, 또한 전성기가 한참 지난 퇴물이며 지금 중계 중인 시합이 적어도 20년 전의 경기라는 사실도 알았다. 그래도 그들은 귀를 기울였다. 한두 사람은 심지어 환호를 보내며 부추겼다. 맹렬히 추억을 소환 중인 복서는 물 만난 고기였다. 두 팔을 휘저으며, 섀도복싱을 하며, 몸을 숙였다가 좌우로 위빙하던 그는 팔을 휘두르다가 뒤에 있는 남자를 쳐서 술을 흘리게 했다. 복서는 연신 사과하면서 그 작은 사내의 어깨에 팔을 두르고 그의 대머리에 침을 묻혀 입을 맞췄다.

군중 가운데 복서의 말을 듣고 있지 않은 사람은 에디뿐이었다. 바의 입구를 지켜보던 그는 찾던 것을 보았다. 청바지와 공군 재킷으로 캐주얼하게 입은 남자가 잠시 들어와, 어둠 속에 반쯤 가려진 채 에디를 보고는 고개를 끄덕였다. 얼굴은 보이지 않았지만 에디는 남자가 누구인지 알았다. 그도 맞받아 고개를 끄덕인 순간, 거래는 끝났다.

복서는 한 번 더 스핀을 먹이더니 바 안으로 쓰러지며 더러운 유리잔이 담긴 쟁반을 바닥으로 떨어뜨렸다. 이미 참을 만큼 참은 바텐더가 에디에게 복서를 데리고 뒤쪽 골목으로 나가라고 말했다. 앞문으로 비틀거리며 나가는 주정뱅이들이 계단에 토하는 꼴을 보고 싶지 않기 때문이었다.

여전히 맥주에 절어 있는 작은 대머리 남자와 에디가 복서를 부축해 뒷골목에 면한 출구로 불쑥 나왔다. 길가의 여러 바에서 시끄러운 록 음악이 쿵쾅거리고 쓰레기와 맥주 박스들이 바의 문 양옆에 쌓여 있는 가운데, 늙은 부랑자가 쓰레기통들을 피해 부지런히 빠져나가고 있었다.

차가운 밤공기가 닿자마자 복서의 무릎이 푹 꺾였다. 에디가 골목 안쪽을 내다보자 어느 차량의 전조등이 한 번 깜빡였다. 이제 그가 할 일은 대머리를 따돌리는 것뿐이었다.

"우리 스트립쇼 극장에 가자, 어때?" 에디가 취한 척하며 말했다. "젖통하고 아랫도리 까는 클럽 좋아해, 복서? 내가 쏠게. 어이, 새 친구도 같이……." 에디가 대머리를 돌아보며 자기 주머니를 더듬었다. "젠장, 지갑을 바에 놓고 왔잖아. 부탁 하나 합시다." 그가 대머리에게 말했다. "내가 복서를 일으킬 동안 얼른 안에 들어가서 내 지갑 좀 가져다줘요." 공짜로 날씬한 젊은 여자들을 구경하고 맥주를 얻어 마실 생각에 신이 난 대머리는 클럽 안으로 돌아갔다.

대머리가 시야에서 사라지자마자 에디는 차와 반대 방향으로 총총 걸어가버렸다. 복서가 비틀거리며 일어나서 쓰레기통을 붙잡고 섰다. "기다려, 에디, 나 좀 기다려줘!"

차가 경적을 한 번 울렸다. 복서가 돌아서서 혹시 아는 사람인가 골목길 안쪽을 들여다보았다. 별안간 전조등이 환히 불을 밝혀 복서는 눈을 가리고 한 손을 들면서 휘청거렸다. 그러자 전조등이 꺼지고 엔진이 부릉거리더니, 차가 가속하며 골목길의 휴지통을 줄줄이 넘어뜨리면서 쓰레기를 허공에 날렸다. 여전히 밝은 불빛에 눈이 부신 복서는 아무것도 명료하게 보지 못한 채로 빠르게 다가오는 엔진 소리만을 들었다. 그러나 그의 취한 두뇌는 다리를 움직이지 못했다. 차가 충돌하며 그를 공중으로, 차 위로 날려 보낸 다음 둔탁한 쿵 소리와 함께 바닥에 떨궈놓았다. 그는 몸을 움직이려 했고, 일어서려 했고, 안전한 곳으로 가려 했다. 그동안 종잇장과 빈 병, 비에 푹 젖은 상자와 다른 쓰레기가 그의 주위를 맴돌았다.

차는 골목 끝에서 끼이익 급정거했다. 운전자가 사이드미러로 보자 복서가 기는 자세로 몸을 일으키고 있었다. "질긴 새끼." 운전자는 중얼거리며 후진 기어를 넣고 복서 위로 한 번도 아니고 두 번을 더 지나갔고, 그 과정에서 후면 범퍼가 골목 벽에 부딪혀 부서졌다. 차가 서서히 골목을 빠져나가는 동안 손상된 미등이 깜빡였다.

복서는 쓰레기 더미 속에 만신창이가 되어 피를 흘리며 누워 있었다. 폐가 공기를 채우려 처절하게 애쓰는 동안 그는 밭은 숨을 내뱉었다. 바로 앞 큰길의 밝은 불빛이 보였지만 골목길은 어두워 아무도 그를 볼 수 없었다. 막대한 혈중 알코올 덕에 극심한 통증이 일부 완화된 그는 빛을 향해 몇 발짝 간신히 기어가다가 쓰레기 더미 가운데서 의식을 잃고 쓰러졌다. 누구라도 보려고만 했다면 큰길에서 보일 법도 했지만, 쓰레기 더미 밖으로 튀어나온 그의 팔을 어렴풋이 봤다 해도 곯아떨어진 주정뱅이라 생각하고 무시했을 터였다.

대머리는 비틀거리며 클럽에서 골목으로 나왔다. "당신 지갑이 없어요." 하지만 골목에는 아무도 없었다. "에이, 좋다 말았네." 그는 끄응 신음을 삼키며 클럽 안으로 돌아갔다. "에잇, 임질이나 걸려라!"

15

돌리는 수도원 주방에서 점심 식사를 준비하기 위해 감자를 까고 있었다. 보통은 아이들의 저녁 준비를 도왔지만, 오늘은 일찍 도착해서 일하는 중이었다. 넘치는 에너지를 어떻게든 방출해야 했다.

아침 7시쯤 수도원 경내에 도착한 돌리는 벨라가 지금쯤에야 퇴근하고 있겠구나 하고 생각했다. 그 애는 필시 굉장히 적게 돈을 받을 테지만 참으로 열심히 일하고, 돌리가 만난 사람 중에 가장 강인한 사람으로 꼽을 수 있었다. 린다는 분명 아직 침대에 있을 것이다. 돌리의 조언에 결코 귀를 기울이지 않을 테니까. 그리고 셜리는⋯⋯. 돌리는 빙그레 웃었다. 셜리는 이제 돌리처럼 생각하기 시작했다.

아이들이 침대를 정돈하도록 도와준 뒤, 돌리는 분유를 먹이는 일을 도우러 영아실로 향했다. 방에 들어서자마자, 그녀는 자기 집 아기방에 있던 침대에 남자아이가 누운 모습에 숨이 멎을 뻔했다. 자기 물건이 여기 있다는 것도 알고, 잘 쓰이고 있다는 건 참으로 기뻤지만 여전히 깜짝깜짝 놀라곤 했다. 한 수녀가 따뜻한 우유가 든 병을 돌리에게 건네고는 말없이 나갔다.

돌리는 아들의 침대를 향해 천천히 다가간 다음, 현재 그 침대를 사용 중인 아무도 원치 않은 아이를 내려다보았다. 침대의 이름표에는 "벤"이라고 쓰여 있었다.

"안녕, 벤." 돌리가 속삭이자 아기가 기지개를 켜더니 돌리의 목소리에 눈을 반짝 떴다. 그들은 잠시 서로를 바라봤다. 찬찬히 살펴보던 두 사람은 서로가 잘 맞겠다고 확신했다. 상반된 두 감정이 돌리의 가슴속에서 날뛰었다. 아무도 벤을 원치 않았다는 서글픔과 자신이 훌륭한 엄마가 되었으리라는 걸 아는 뿌듯함이었다. 아이를 잃은 뒤로 수도원에서 많은 아기들에게 수유를 했지만, 해리가 오래전에 손수 구매한 바로 그 아기 침대를 향해 몸을 숙여 건강하고 완벽한 사내아이를 안아 올리기는 처음이었다. 아기는 그 순간 그녀의 품에 편히 안겨 있었고, 과거와 연결된 상실의 감정은 돌리와 벤 모두에게서 사라져버렸다. 돌리는 '지금 여기'에만 집중했다. "나는 돌리야. 이제 네게 아침을 줄게." 그녀가 손목에 우유를 떨어뜨려 온도를 확인하면서 말했다.

다 까서 썰어놓은 감자가 커다란 팬에서 끓고 있었다. 돌리는 다짐육과 채소를 기름에 볶아 비스토 인스턴트 그레이비소스를 넣어 졸인 다음 커다란 오븐 트레이에 부었다. 그다음에는 감자를 으깨어 다짐육 위에 올리고 오븐에 넣어 바삭하게 구웠다.

돌리는 치즈 한 덩이를 통째로 갈면서 창 너머로 정원에서 노니는 아이들을 바라보았다. 정원 울타리 너머로, 지겨워 죽는 감시 경찰들이 잠복 차량에 앉아 수도원을 지켜보고 있었다. "두고 봐, 형씨들." 돌리는 치즈를 갈며 중얼거렸다. "난 이 일을 해낼 테니까……. 그것도 레스닉의 코앞에서, 제대로."

점심을 먹은 다음 마침내 수도원을 나선 돌리는 나이츠브리지로 차를 몰아 고급 백화점인 해로즈의 고객 주차장에 차를 댔다.

정문으로 건물에 들어선 뒤에는 여러 매장을 두루 다니다가 모자를 써보기 위해 잠시 멈추었다. 그녀는 거울에 이쪽저쪽을 비춰보면서 미행하는 경관이 얼마나 가까이에 있는지 확인했다. 돌리가 미리 계산한 시간에 딱 맞춰 모퉁이 출입구로 나가 복잡한 거리로 빠져나간 다음 지하철 역사로 내려갔을 때, 경관은 이미 그녀가 정확히 어느 쪽으로 갔는지 알 수 없었다.

돌리는 역에 들어선 다음 신문을 한 부 사고, 반대편으로 건너가 매표소에서 레스터스퀘어 역까지의 왕복표를 샀다. 매표소 유리에 비치는 뒤에 선 사람들을 주시했으나 백화점에서 따라다니던 경관은 보이지 않았다. 그래도 마음이 놓이지 않았다. 모르는 수많은 얼굴 중 누구라도 미행하는 사복 경찰일 수 있었다.

지하철에서 내린 돌리는 여러 차례 방향을 바꿔가며 미행이 붙지 않은 걸 확신한 다음에야 은행으로 갔다. 스트랜드에 있는 아미 앤드 네이비 스토어 백화점에 이르러서는 잠시 멈춰 밖에서 진열장을 구경하기도 했지만, 상품보다는 유리에 비치는 사람들에게 더 관심을 쏟았다. 돌리는 안전하다는 확신이 든 뒤에야 은행으로 향했다. 빌 그랜트가 장부에 언급되어 있는지 확인하고 여자들에게 줄 돈도 가져와야 했다.

셜리의 엄마 오드리는 추위에 꽁꽁 얼어 있었다. 발에 감각이 없었다. 털부츠도 이런 날씨에는 소용없었다. 그녀는 발을 동동 구르며 벙어리장갑을 낀 손에 입김을 호호 불었다. 혹한 때문에 그렇잖아도 손님이 없어서 오늘은 10시까지 개시도 못 했다. 커피 생각이 간절했지만 화장실에 자주 가야 해서 자꾸 마시고 싶지는 않았다. 옆 가게 '버섯 특선'에 자기 가게를 봐달라고 해야 하기 때문이다. 그러면 옆 가게 남자 줄 돈 10펜스가 매출에서 빠진다는 뜻이고, 판 채소에 비해 매출이 못 미치는 걸 청과물상 주인에게 해명하기가 힘들 터이다.

사람 구경을 하면서 신경을 딴 데 써보려던 오드리는 번쩍이는 차를 세우는 토니 피셔를 발견했다. 그녀는 오래전부터 토니를 알았다. 그의 어머니와 오드리의 어머니는 코벤트 가든 시장이 모두 철수해 나인 엘름스로 이주하기 전에 그곳에서 같이 일했다. 마지막으로 듣기에 토니의 어머니는 앨드위치의 큰 회사에서 청소 일을 한다고 했다.

그녀는 토니가 번쩍이는 차에서 내리는 걸 지켜보았다. 잘생기고 옷도 잘 입었군. 그가 입은 캐시미어 코트는 값이 몇 백 파운드는 족히 나가 보였다. 오드리는 어깨를 으쓱했다. 가련한 어머니는 사무실 청소를 하는데 자식은 패션 잡지에서 쑥 빠져나온 모델처럼 퍼레이드를 하고 있기는! 그녀는 고개를 저으며 종이봉투를 가지런히 정돈했다.

오드리가 다시 시선을 들었을 때 토니는 그녀를 향해 곧장 다가오고 있었다. 오드리는 두려움을 숨기며 그에게 웃어 보였다. 토니가 고개를 끄덕였다. '저 건방진 자식이 공짜 사과나 뭐 그런 걸 달라고 하려는 게지.' 오드리는 생각했다. 어릴 때부터 토니를 알아왔지만 그 사실이 어떻게라도 도움이 되리라는 헛된 망상은 품지 않았다. 그의 평판을 알았다. 긴장한 오드리는 털모자를 만지작거렸다. '버섯 특선'이 토니를 한 번 힐끗 보고는 다시 그녀를 바라보는 게 느껴졌다.

"형씨, 무슨 문제 있어?" 토니가 버섯 특선의 땅딸보에게 제법 친절하게 물어보자 땅딸보는 당장 그에게서 돌아섰다. 오드리는 부근의 다른 모든 노점상도 토니를 한 번 보고는 시선을 피하는 걸 알아보았다. 그들은 말썽이 등장하면 알아볼 줄 알았다.

"사과가 맛있어 보여, 오드리." 토니가 활짝 웃으며 말했다. 그는 어려서도 시건방진 녀석이었지만 지금은 위협적이고 의중을 가늠하기가 어려웠다. 오드리는 사과 하나를 닦아 봉투에 넣어 건네며 그가 원하는 게 정말 사과뿐이기를 부질없이 바랐다. 지금 오드리는 몹시 후회스러웠다. 아까 커피를 훨씬 많이 마실 것을, 그래서 지금 자신은 화장실에 있고, 버섯 특선이 토니를 상대하게 했더라면 좋았을 것을.

사과를 베어 문 토니는 기분이 꽤 좋아 보였다. 오드리는 안도의 숨을 내쉬었다. 하지만 그녀는 토니가 사과 하나 얻어먹자고 여기 온 게 아니라는 걸 알았다.

"예쁘고 달콤해." 토니가 말했다. "당신네 셜리처럼." 오드리 얼굴에서 순식간에 미소가 사라졌다. "셜리가 요즘은 어디 살더라?"

토니 피셔 같은 족속들이 느닷없이 나타났을 땐 수다나 떨자는 의도가 아니라는 걸 오드리는 너무도 잘 알았다. 그들은 원하는 게 있어서 오며, 보통은 내주고 싶지 않은 것을 바란다. 토니가 셜리에게서 무언가를 원한다는 생각만으로도 등골이 오싹했다.

"테리의 장례식 이후로는 못 봤어. 지난번에 듣기로는 스페인에 무슨 모델 일을 하러 간다던데." 오드리의 말에는 별로 설득력이 없었다. 셜리가 별안간 돈이 많아졌는데, 혹시 우리 딸이 피셔 형제하고 엮여버린 걸까?

토니가 매대 가장자리를 붙잡았다. "난 어디 사냐고 물었는데."

"걔는 여기저기 많이 돌아다녀. 친구들 집에서 자고 오고, 알잖아."

토니가 강인한 팔로 한 번 치자 매대가 흔들려 헐렁하게 쌓아놓은 과일들이 시장의 긴 벽면을 따라 난 홈통으로 굴러갔다.

"토니, 제발 그러지 말아줘."

"한 번 더 치면 아예 무너지겠는데? 아줌마, 그럴 필요가 있을까? 그냥 얘기나 잠깐 하려는 것뿐이야."

"걔는 내버려둬. 너무 많은 일을 겪어서……."

토니는 오드리가 말꼬리를 흐리며 어깨 너머를 건너다보고는 가볍게 도리질하는 모습을 알아보았다.

"엄마, 그레그 자식 봤어요? 그 녀석이 사다 준 똥차가 또 말썽이잖아요, 그래서 내가……." 토니를 알아본 셜리는 하던 말을 맺지 못하고 얼굴이 하얗게 질려버렸다.

"셜리, 안녕? 스페인은 어땠어?" 토니가 서서히 돌아서며 위협적인 미소를 띠고 그녀의 이마를 응시했다.

오드리가 얼른 다시 끼어들었다. "토니한테 네가 스페인에 모델 일을 하러 갔다고 얘기하던 중이었어. 네가 어디 있냐고 물어서."

셜리를 위아래로 훑어본 토니는 그녀의 가슴에 시선을 고정하고 빤히 쳐다보았다. "아주 예뻐, 셜."

"고, 고마워요." 셜리는 말을 더듬었다. 그녀는 토니 피셔와 같은 부류를 어떻게 상대해야 하는지 알지 못했다.

"우리 둘이 잠깐 얘기나 할까 하고. 너희 집으로 가지. 거기가 조용할 테니."

오드리가 얼른 다시 끼어들었다. "그럼 이거 가지고 가라." 그녀는 침착하려고 필사적으로 애쓰면서 종이로 당근을 둘둘 싸서 셜리에게 건넸다. "지금은 나랑 같이 지내고 있어서요, 그렇지, 셜리? 자, 이걸 가지고 가. 차랑 같이 먹자꾸나. 내가 금방 쫓아갈게.

진짜로 바로 갈게." 오드리는 토니가 제 딸을 데리고 가지 못하게 막을 수 없다는 걸 알았다. 그녀는 그저 저 둘이 자기 집으로 간다면 그레그가 멍청한 친구 놈들과 같이 있을지도 모른다는 실낱같은 희망을 품었다.

"무슨 얘기가 하고 싶은데요?" 셜리는 덜덜 떨며 겉을 싼 종이가 찢어질 때까지 당근을 비틀었다.

토니가 셜리의 팔을 붙잡았다. "가자. 너희 엄마 집에서 얘기하지." 그는 셜리를 자기 차로 데려가면서 그녀가 저항할 수 없도록 팔꿈치를 꽉 붙들었다.

셜리가 뒤를 돌아보니 엄마가 입 모양으로 말하고 있었다. 바로 따라갈게. 하지만 오드리는 두 사람을 그렇게 빨리 따라잡을 수 있을지 확신할 수 없었다. 토니의 차가 멀어지자마자 오드리는 버섯 특선에게 전대를 던지고는, 자기 집까지 차로 데려다줄 누가 있기를 기대하며 펍을 향해 최대한 빨리 뛰었다. 그녀를 도와줄 사람이 아무도 없다면 두려움을 연료 삼아 집까지 줄곧 뛰어야 할 터였다. 놈이 딸에게 무슨 짓을 할지 몰랐다.

토니는 오드리의 주방에서 빨랫감과 쓰레기봉투 사이를 피하느라 발을 한참 높이 들고 발걸음을 옮겨야 했다. 다리미대에는 구겨진 옷이 가득했고, 주방 식탁에는 아침 식사 찌꺼기가 묻어 있었으며, 개수대와 식기 건조대 위에는 일주일분의 설거지거리가 잔뜩 쌓여 있었다. 몹시 지저분했다.

"그레그, 너 있니?" 셜리가 외쳤지만 대답이 없었다. "차 때문에 할 말이 있어! 안에 있으면 내려와!"

토니는 캐시미어 코트를 벗어 접어서 다리미대 위에 올려놓았다. "우리 둘뿐이군." 그가 위협적으로 속삭였다. 식탁에서 의자 두 개를 뺀 토니는 하나에 앉으며 셜리에게 다른 의자를 가리켰다. "나랑 앉자고."

셜리는 덜덜 떨었다. 그녀는 린다처럼 영리하지 않았다. 겁을 먹었고, 겁먹은 티가 난다는 사실도 알았다. "커피 끓여 올게요." 그녀가 말했다. 토니와 떨어져 있을 수 있다면 무엇이든 좋았다.

토니는 5년 전, 아직 10대였던 셜리를 처음 봤을 때부터 그녀에게 눈독을 들였다. 왜 그 멍청한 테리랑 결혼했는지 모를 일이다. 테리가 친구들과 파티를 하려고 클럽에 그녀를 데려온 적이 있었다. 셜리가 열여섯 혹은 열일곱 살쯤 되었을 때인데, 그때도 이미 풍만해서 상큼하고도 탐스러웠다. 토니는 다리를 꼬고 사타구니를 주물럭대며 정돈했다. 셜리에게 뭘 하고 싶은지를 생각하자 흥분되기 시작했다.

셜리는 걷잡을 수 없이 부들부들 떨었다. 우유를 꺼내려 냉장고 문을 여는 손도 떨고 있었다. 토니는 그녀가 사랑스러운 머리를 숙여 우유병 냄새를 맡는 모습을 지켜보았다.

셜리가 인상을 썼다. "블랙으로 마셔야 할 것 같아요." 그녀는 주전자를 올리며 긴장하면서 말했다.

토니는 아무 말 없이 그저 셜리를 바라봤다. 그녀의 모든 움직임이 농염했다. 허둥거릴수록 섹시했고, 그를 더욱 흥분시켰다.

셜리는 커피를 꺼내기 위해 토니를 바짝 스쳐 지나가야 했다. 그녀가 지나가는데 토니가 느닷없이 붙잡아 무릎에 앉혔다. 셜리의 등이 쭈뼛 긴장했다. 토니는 몸을 앞으로 숙여 셜리의 목에 코를 대고 킁킁거렸다. 그녀의 목덜미에서 신선한 레몬 향이 났다. 그가 맑고 산뜻한 살갗을 건드리며 손가락을 위아래로 쓸자 셜리의 몸이 사시나무 떨리듯 떨렸다. 토니는 그녀의 셔츠 단추를 풀기 시작했다.

"너도 네가 얼마나 예쁜지는 잘 알겠지. 그래, 남자들을 그렇게 만들면 좋아?"

"아, 아니요." 셜리는 더듬었다. "모르겠어요……. 제가 일부러 어떻게 만드는 건 아니에요." 셜리는 더듬는 손을 내치며 토니를 막으려 했지만, 그는 한 손으로 셜리의 손목을 세게 붙잡고 다른 손으로 단추를 하나 더 풀었다. 토니가 손목을 놓고 셔츠 안에 막 손을 넣으려는 찰나, 셜리가 무릎에서 벌떡 일어나 커피를 가지러 갔다.

토니는 껄껄 웃으며 그녀가 인스턴트커피를 숟가락으로 떠 넣고, 끓는 물을 붓고, 셔츠 단추를 잠그는 일을 동시에 하는 모습을 지켜보았다. 그녀의 손이 파르르 떨렸다. 토니는 담배에 불을 붙이고 다가와 셜리의 몸에 딱 붙어 선 다음, 그녀의 손에서 주전자를 빼앗아 끓는 물을 잔에 부었다. 셜리는 떨어지려고 했지만 그가 다른 팔을 허리에 감고 붙잡았다. "그럼 이제 하려던 얘길 해볼까?" 토니가 물었다.

"원하신다면요." 셜리는 기어들어가는 소리로 말했다.

"해리 롤린스의 장부에 대해 아는 거 있나?"

셜리는 고개를 가로저었다.

"테리한테 들은 적 없어?" 토니가 추궁했다.

"전혀요. 그거에 대해서는 아무것도 몰라요. 그러니까 내 말은, 그게 뭔지도 몰라요."

토니는 한 팔을 여전히 허리에 느슨히 감은 채로 입에 문 담배를 한 모금 빨았다. 늘 그렇듯 연기가 눈을 따갑게 했지만 너무 겁이 난 셜리는 전혀 느끼지 못했다.

토니의 팔이 그녀의 골반을 꽉 감싸며 자기 몸 가까이로 끌어당겼다. 토니가 셜리의 둔부에 사타구니를 밀착시키자, 그녀를 제압하고 있는 이 상황에 그가 얼마나 흥분하고 있는지 촉각으로 알 수 있었다. 셜리는 그가 자신을 강간하려는 게 분명하다고 생각했다. 토니는 주전자를 내려놓고 그녀의 셔츠를 앞으로 들춰 거칠게 한 손을 쑥 밀어 넣어서 유방을 움켜쥐었다.

"좋은데." 그가 담배 연기를 온통 그녀에게 내뿜으며 속삭였다.

"뭘 원해요?" 셜리는 떨지 않으려 했지만 소용없었다.

"차차 말해줄게." 토니가 그녀의 몸을 계속 더듬으며 대답했다. "아주 좋아. 탱탱하면서도 부드러워." 그러나 셜리가 너무 떨자 토니는 기분이 떨떠름해졌다. "긴장 풀어. 해치지 않을 테니. 난 그냥 장부에 대해 알고 싶을 뿐이야."

"몰라―"

셜리가 말을 맺기도 전에 토니가 팔을 못 움직이도록 옆구리에 붙이고, 입에 문 담배를 꺼내 열기가 느껴질 만큼 젖가슴에 가까이 댔다.

"세상에, 안 돼요. 제발 그러지 마세요." 셜리가 비명을 질렀다.

"너 아직도 미인 대회 나가고 그러지? 거기선 아주 작은 흠집만 있어도 거들떠도 안 본다며? 고상한 체하는 개자식들. 난 말이야, 그래도 널 구석구석 다 만져줄 테니 걱정 마, 셜. 그러니 이제 장부가 어디 있는지 말해."

"난 몰라요, 토니. 정말 몰라요."

토니가 그녀의 완벽한 피부에 담뱃불을 더 가까이 들이대자 셜리는 그의 손을 냅다 쳤다. 담배가 바닥에 떨어졌다. "쌍년이!" 그가 소리를 지르며 팔을 휘둘러 손등으로 셜리의 입을 세게 쳤다. 셜리는 바닥에 쓰러지듯 나가떨어졌다. 입술이 찢어져 창백한 살갗에 짙붉은 피가 가늘게 배어 나왔다. 토니는 바지 지퍼를 내린 뒤, 그녀의 머리채를 붙잡아 제 사타구니로 밀치기 시작했다.

그레그는 타이밍이라면 늘 젬병이지만 이번만은 시간을 정확히 맞췄다. 주방 문이 홱 열리면서 날라리 가죽 옷과 귀걸이를 걸치고 핑크와 노랑으로 머리를 염색한 그가 뒤에 친구들을 달고 들어왔다. 모호크 스타일로 닭벼슬 머리를 하고 표범 프린트 티셔츠를 입은 아치, 머리를 밀고 두껍게 눈 화장을 하고 검정색 긴 가죽 트렌치코트를 입은 프루티 투티였다. 셋은 마치 삼류 공포 영화에 나오는 인물들 같았다. 토니 피셔가 얼른 지퍼를 올리는 모습을 본 그레그는 누이가 낯 뜨거운 장면을 연출하려던 차에 들이닥친 것이라고 생각했다. 난감해서 얼른 밖으로 나가려던 그레그의 눈에 셜리의 겁에 질린 표정과 피 흘리는 얼굴이 들어왔다. 그는 자리를 지킬 수밖에 없었다. "누나, 괜찮아?" 그레그가 놀라서 혼이 빠진 채 물었다. 그도 토니 피셔와 그의 평판을 알았다.

그레그의 친구들은 대체로 쓸모가 없었지만 프루티 투티는 셜리의 찢어지고 피가 나는 입술을 보고, 또한 토니가 누군지 몰라서, 한판 붙을 셈으로 용감하게 앞으로 나섰다. 그레그가 그를 붙들며 고개를 저었다. 어리석은 짓이었다. 솔직히 그레그는 저희 셋이 다 덤벼도 토니 피셔를 상대할 수 있을지 확신할 수 없었다.

토니는 캐시미어 코트를 집어 어깨 위에 걸치면서 껄껄 웃어젖혔다. 그는 세 남자에게 다가가 프루티와 얼굴을 마주 보고 섰다. "내가 얼굴을 잘 기억하거든." 토니는 나가기 전에 프루티의 뺨을 톡톡 두드리며 말했다.

프루티와 아치는 방금 무슨 일이 일어났는지 전혀 감을 잡지 못했다. 그레그는 셜리 옆에 무릎을 꿇고 앉아 수년 만에 처음으로 누나를 안아주었다. 너무나 안도가 된 셜리는 남동생의 가늘고 여린 팔 안에서 흐느꼈다. 그녀는 부들부들 떨면서 상의를 여며 몸을 가리려고 애썼다. 그레그는 누나가 더는 떨지 못할 때까지 꼭 끌어안았다.

셜리는 이윽고 진정하며 눈물을 그쳤다. 그레그가 그녀를 부축해 일으켜 침실로 데려가려는데 어머니가 현관문으로 불쑥 들어섰다. 오드리는 비 오듯 땀을 흘렸고, 얼굴은 새빨갰다. 그녀는 집까지 오는 길 내내 뛰다시피 했다. 셜리는 엄마를 보자마자 다시 눈물을 왈칵 쏟기 시작했다. 오드리가 앞으로 다가가 연약한 딸을 품에 안았다. 찢어진 입술은 토니 피셔가 저질렀을 가능성이 있는 다른 만행에 비하면 아무것도 아니었다.

오드리는 그레그를 보았다. "누나 차 문제부터 해결해라. 지금, 어서."

오드리가 셜리를 거실로 데려가 소파에 앉히는 동안 그레그와 아치와 프루티는 말없이 나갔다.

"어쩌다가 피셔 놈들하고 엮였니, 아가?" 오드리는 차분히, 그러나 단호하게 말했다. "놈들을 오래전부터 알았다. 질이 나쁜 인간들이야. 아주 나빠." 셜리는 두 눈을 감고 손가락으로 찢어진 입술을 만지며 고개를 가로저으면서 엄마의 품으로 더 깊이 파고들었다. "엄마한테 속 시원히 털어놓지 그러니. 무슨 일인지 말을 안 하면 엄마가 어찌 알겠어."

셜리는 심호흡을 한 다음 크흠 목을 가다듬었다. "놈이 내게 추근거렸어요. 하지만 난 그 인간이 싫다고요. 그래서 밀쳐냈더니 화가 나서 손등으로 쳤어요. 자기가 원하는 대로 안 한다고."

오드리는 셜리의 사랑스러운 긴 머리를 쓰다듬었다. "다른 일은 없는 거 맞아? 요즘 네가 돈이 좀 많았잖아."

"정말이에요. 그게 전부예요. 돈에 대해서도 사실대로 얘기했고요. 정말로 테리의 슈트케이스에서 발견했어요."

셜리는 언제나 거짓말에 서툴렀다. 오드리는 딸이 "정말"이라는 단어를 자꾸 쓰면 거짓말을 하고 있다는 뜻임을 알았다.

셜리는 일어나서 화장실로 갔다. 얼굴에 찬물을 묻히고 심호흡을 해서 진정한 다음, 찢어진 입술을 거울에 비춰 보았다. 거울 속에서 셜리는 전에 없던, 적어도 눈빛에서는 보이지 않았던 강인함을 보았다. 테리의 눈에는 있었다. 진실로부터 그녀를 보호하기 위해, 어디로 가느냐고 무슨 일을 하느냐고 물으면 그는 거짓말을 하며 그런 눈빛을 보였다. 그리고 셜리는 지금 엄마를 위해 똑같은 일을 하고 있었다.

오드리는 셜리가 돌리 롤린스에게 돈을 받고 있다는 걸 알아선 안 되었고, 총을 겨누고 현금 수송 차량을 터는 계획에 대해서는 더더욱 알아선 안 됐다. 그 일이라면 셜리는 사실 상상조차 하기가 어려웠다. 아직도 변함없이 터무니없게 들렸다.

토니 피셔 얘기를 돌리에게 얼른 전해야 했다. 자신에게서 원하는 걸 얻지 못했다면 다음 차례는 다른 여자들일 테니까.

린다는 전날 밤에 지각했기 때문에 사격장 일을 평소보다 훨씬 일찍 시작하라는 지시를 받았다. 찰리가 사장에게 일러바친 게 틀림없다. 그러지 않았으면 사장이 알 턱이 없다. 젠장, 두 인간에게 엿 먹으라고 말하고 싶었다.

린다가 도착했을 때 찰리는 입구에서 서성대면서, 도로를 죽 훑으며 스포츠 클럽 바로 가는 골목 옆에 주차된 구급차와 순찰차 대열을 보고 있었다.

"좀 더 일찍 오지 그랬어." 찰리가 웅성대는 인파에서 눈을 떼지 않고 흥분해서 말했다.

"나 엄청 일찍 왔거든!"

"아니, 아니, 교대조 얘기가 아니고. 좋은 구경을 놓쳤다 이거야. '블루와 투(경광등이 번쩍이고 이중 사이렌이 울리는 응급 상황—옮긴이)' 말이야." 찰리는 이 표현을 텔레비전에서 들은 적이 있지만 무슨 뜻인지는 몰랐다.

"다른 사람 문제 따위에 신경 쓸 겨를 없어, 찰리." 린다는 계산 부스로 가면서 대답했다.

"그럼 토니 피셔는 신경 쓸 겨를이 있을라나?" 그 말에 린다가 돌아보았다. 찰리는 걱정스러운 표정이었다. "그 인간이 와서 널 찾더라."

"언제?" 토니 피셔가 찾아오는 게 지극히 정상적인 일이라는 듯 들리길 바라며 린다가 태연히 물었다.

"어젯밤에 네가 떠나자마자."

린다는 다시 도로의 동향에 더 관심을 기울이는 찰리에게 다가갔다. 그녀는 태연한 어조를 유지했다. "뭐래?"

"말했잖아. 너 있냐고 물었다고."

"그래서 넌 뭐랬는데?"

"내가 뭐랬겠어. 없다고 했지. 없었으니까." 린다는 어째야 할지를 생각하느라 입을 다물었다. "있었어도 없다고 할 참이었어. 왜냐하면 빌어먹을 토니 피셔니까. 린다, 무슨 일이야?"

"날 좋아하거든. 왜 아니겠어?" 린다는 찰리가 더 묻기 전에 그를 지나쳐 갔다.

부스에 앉아 잔돈을 세서 동전 주머니에 넣는 척을 했지만 제대로 할 수가 없었다. 그저 여러 개씩 동전 탑을 쌓을 뿐이었다. 각 탑에 얼마가 들었는지 전혀 알 수 없었다. 찰리가 다가와 길 위쪽으로 가서 무슨 일인지 살펴보고 오겠다고 했을 때, 화들짝 놀란 린다는 동전 탑을 와르르 무너뜨려 바닥에 떨어뜨리고 말았다.

찰리는 10분이 지나도 돌아오지 않았다. 분명 맥주 한잔 걸치러 갔겠거니 생각하던 차에 그가 별안간 사격장 안으로, 린다에게로 뛰어 들어왔다. 다리를 절기에 뛰는 모습을 한 번도 보인 적이 없던 찰리가 지금 얼굴이 새빨개져서 육상 선수처럼 전력 질주하고 있었다.

"복서…… 복서 데이비스야!" 찰리는 숨을 고르느라 헐떡이며 계산 부스의 유리에 얼굴을 들이밀었다. "누가 불쌍한 복서를 아주 발라놨어. 곤죽을 만들어놨더라니까. 내 생전에 그렇게 심한 건 또 첨 봤네. 벽이며 온 천지가 피바다야. 사람들이 스포츠 클럽 뒷골목의 쓰레기 더미 아래에서 통나무처럼 뻣뻣하게 굳어 있는 걸 발견했대. 구급차 남자가 짭새한테 하는 말을 들었는데 복서가 거기 밤새, 그리고 오늘 하루 온종일 버려져 있었다네." 찰리는 엄청나게 헐떡거리면서 숨을 돌리려고 애썼다. 그가 숨을 내쉴 때마다 유리에 뿌옇게 서린 김이 더욱 짙어졌다.

린다는 그저 멍하니 찰리를 바라봤다. 그 소식이 서서히 인지되자 몸이 싸늘해지며 얼굴에서 핏기가 싹 가셨다. "복서라고? 확실해?" 린다는 새삼 물어볼 필요가 없음을 깨달았다. 찰리는 길거리 소문이라면 꽉 잡고 있으니까.

"당연하지." 찰리가 린다를 올려다보며 대답했다. "어젯밤에 이쪽에서 피시 앤드 칩스 먹고 있었거든. 요즘 다시 아주 잘나가는 줄 알았어. 날렵한 정장을 빼입고, 게다가 묻기를……." 찰리는 별안간 근심스러운 표정을 보였다.

"뭐?" 린다는 꺼림칙했지만 작게 물었다. "뭐, 뭘 물었는데?"

"별건 아니고, 널 보더니 조 파이렐리의 마누라 아니냐고 묻더라고."

린다는 말없이 부스 밖으로 나와 출구로 향했다. 그녀는 입을 쩍 벌린 구경꾼들 곁에 서서 구급차가 주차되어 있던 도로를 쳐다보았다. 주변에서는 추측이 무성했다. 죽은 사내가 포주나 마약상을 열 받게 한 걸까? 건드려선 안 될 남자의 아내랑 잔 걸까? 아니면 그저 불운한 시간에 불운한 장소에 있었던 걸까? 모두 개소리다. 알지도 못하는 것들이.

찰리가 뒤에서 나타났다. "왜 복서 데이비스와 토니 피셔가 같은 날 너에 대해 묻지?" 그가 물었다. "너 그 부류들하고 어울리는 거 아니지?"

"그 부류들? '그 부류들'이 누군지 아는 척하기는." 린다가 발끈했다. 그녀는 찰리에게 못되게 굴고 있었다. 지금으로서는 누가됐든 못되게 굴 수밖에 없었고, 제일 가까이 있는 사람이 그였다. "난 도로 일하러 간다. 넌 여기서 얼마든지 개기면서 다른 사람 불행이나 실컷 만끽해. 복서가 저기 저렇게 죽어 누워 있는 한 네가 이 길에서 제일 불쌍한 놈은 아니니까, 안 그래, 찰리?"

"안 죽었어……." 린다가 화를 내며 가는데 찰리가 웅얼거렸다. 린다는 걸음을 멈추고 뒤돌아보았다.

"뭐라고?"

"안 죽었다고. 저민 고기처럼 발렸지만 죽진 않았어."

계산 부스로 돌아온 린다는 토할 것만 같았다. 토니 피셔가 사격장에 난데없이 나타난 것도 그렇지만 복서까지 같은 날 밤에 그녀에 대해 물어보고 다니며 얼굴을 내민 것은 감당하기 어려웠다. 복서는 지금 쥐가 들끓는 골목길에서 사경을 헤매고 있다. 린다는 죽도록 무서웠다. 여기에는 얘기를 나눌 사람이 없다. 이해할 만한 사람이 없다. 그녀는 돌리와 벨라와 셜리에게 가서 경고하고 싶은 마음뿐이었다. 하지만 뭘 경고하지? 린다는 이 모든 것이 무슨 뜻인지 도무지 알 수 없었다. 평생 이렇게 어찌할 바를 모른 적도 없었다.

린다는 자리에 앉아 거의 한 시간 동안 같은 생각을 거듭했다. 해답은 언제나 벨라로 귀착되었다. 벨라라면 뭘 해야 할지 알 것이다. 결국 그녀는 정신을 차렸다.

"나 대신 계산대 좀 봐줘, 찰리. 알았지?" 린다는 재킷을 휙 펼쳐 능숙하게 소매에 팔을 끼우며 외쳤다.

"안 돼! 지금 가면 어떡해, 넌 근무도 방금 시작했잖아." 찰리가 린다의 뒤통수에 대고 외쳤지만 그녀는 매몰차게 그를 지나쳤다.

그러다가 걸음을 멈췄다. 찰리에게 상세하게 설명할 생각은 없었지만 대신 근무를 서도록 설득해야 했다. 돌리는 최대한 모든 게 정상인 것처럼 보이게 해야 의심을 사지 않는다고 처음부터 말했다. 머리에서 경보 벨이 울리는 지금, 그녀는 찰리가 필요했다. "맹추같이 왜 그래, 찰리. 우린 늘 서로 근무를 대신 서주잖아."

"우리가 언제." 찰리가 응수했다. "나만 네 근무를 대신 서주지. 왜냐하면 난 그럴 필요가 없거든. 난 있어야 할 땐 늘 자리를 지킨다고." 좋아하는 여자애에게 망신당한 소년처럼 상처받은 목소리였다.

"그게…… 내가 진짜로 가봐야 하거든." 린다가 말했다. "이유를 설명할 수는 없지만 내가 꼭 보답할게. 정말로 할게." 그녀는 미소를 지어 보였다.

그러나 찰리에게는 통하지 않았다. "지금 가면 난 보고할 거고, 그럼 넌 잘릴 거야."

"대체 왜 이래?" 린다가 소리를 빽 질렀다.

"저기 떡이 돼서 누운 시체를 빼면 내가 이 길에서 제일 한심한 놈이라서 그런다, 왜! 한심한 놈들은 한심한 짓거리를 하거든. 개떡 같은 취급을 받으면 동료를 같이 묻어버리지."

"찰리, 됐고! 엿 먹어. 너도, 망할 이 직장도!" 린다가 꽥 소리를 질렀다. "난 갈 거니까!"

린다는 씩씩대며 거리로 나갔다. 찰리는 그녀의 뒤꽁무니를 바라보다가 구급차 문이 쾅 닫히는 모습을 보았다. 구급차는 군중을 헤치며 엉금엉금 기어 나갔다. 경광등과 사이렌에도 불구하고 사람들은 느릿느릿 걸으며 얼른 비켜주지 않았다.

벨라가 스트립 클럽의 무대에서 내려왔을 때, 린다는 백짓장처럼 창백한 얼굴로 탈의실에서 오락가락하고 있었다. 린다는 벨라가 들어오자마자 입을 열었다. "복서가 거의 죽도록 맞았어. 사격장에서 나에 대해 물어봤고, 토니 피셔도 그랬다는데—"

린다가 기대했듯 벨라가 상황을 제어했다. "진정해, 린다. 무슨 말인지 도통 모르겠어. 진정하고 다시 말해봐."

린다는 심호흡을 하고 시키는 대로 했다. 벨라가 상황을 파악하자 린다가 덧붙였다. "이게 다 돌리가 복서한테 해리가 살아 있다고 말해서야. 그래서 일이 이렇게 된 거라고. 안 그래?"

"일이 걷잡을 수 없이 확산되는 거 같네. 피셔 놈들이 겁먹은 것처럼도 보이고."

"놈들이 겁먹었다고? 헐, 벨라. 난 지금 똥오줌을 못 가릴 지경이라고. 돌리가 이 일을 해결해야 해. 만약 복서를 저렇게 만든 게 토니라면, 놈이 우리에게는 무슨 짓을 할지 생각해봐!"

"토니의 짓일까?" 둘 모두를 위해 이성을 찾으려 애쓰며 벨라가 물었다. 린다는 토니와 복서가 둘 다 같은 날 밤 사격장에 와서 그냥 그렇게 결론을 내린 거였다. 하지만 두 사람 모두 린다에 대해 물은 건 사실이고, 그건 염려되는 일이었다. 벨라는 얼굴의 땀을 닦고 옷을 갈아입으며 시간을 들여 생각했다. "수도원에 전화해서 여기서 급히 만나자고 돌리에게 메시지를 남길게. 넌 오늘밤 같이 지내줄 사람 있어?" 린다의 얼굴에 번지는 야릇한 미소를 본 벨라는 이 친구 걱정은 안 해도 되겠다 싶었다. "그 남자한테 전화해서 여기로 데리러 오라고 해. 셜리는 괜찮은지 혹시 알아?"

웃음은 린다의 얼굴에서 떠오른 속도만큼이나 빠르게 가셨다. 토니가 셜리에게 접근했을 가능성은 생각도 못했다.

"넌 친구한테 전화해." 벨라가 말했다. "내가 셜리와 돌리에게 전화할 테니까. 걱정 말고 넌 다른 데 에너지를 좀 발산해. 다 괜찮을 거야."

돌리는 망가진 안락의자에 앉아 브랜디를 마시며, 오늘 일찍 은행에 갔을 때 적은 메모를 검토했다. 앞에 놓인 커피 테이블에 현찰 봉투 세 개가 있고, 울프는 여느 때처럼 골반에 기대어 있었다. 장부에 빌 그랜트에 대한 언급은 없었다. '윌리엄'이나 'BG'도 없었다. 창고를 찾아온 남자가 가명을 댔을지도 모른다는 생각이 들었다. 복서에게 물어야겠다. 그가 뭐라도 안다면 끌어내리라.

전화벨이 울리자 돌리는 깜짝 놀랐다. 이렇게 늦은 시각에 전화를 거는 사람은 없었다. 수도원의 아멜리아 수녀였다.

"오라일리 씨의 메시지입니다. 공통의 친구 피셔 씨에 대한 것이에요. 오라일리 씨가 자기 직장으로 긴급히 와달라고 하십니다." 수녀는 중간자로 이용된 데에 놀란 것 같지 않았다.

돌리는 침착과 냉정을 유지하면서 아멜리아에게 감사를 전하고 수화기를 내려놓았다. 브랜디를 다 마셔버리고 커튼을 젖혔다. 경찰이 쓰던 주차 지점이 비어 있었다. 길을 위아래로 훑어보았지만 동네 주민이 아닌 자의 차량은 없었다. 경찰이 전술을 바꿨을지도 모르기에 돌리는 이번에도 지그재그로 움직이며 미행이 없는지 100퍼센트 확실히 하기로 했다.

벨라가 일하는 어둡고 지저분한 클럽은 맥주와 담배, 땀에 전 뚱뚱한 남자들의 냄새를 풍겼다. 온 시선이 무대에 집중되어 있어서 누구도 돌리의 입장을 눈치채지 못했다. 그녀는 뒤쪽에 서서 20대쯤 되는 여자의 공연을 지켜보며, 남자들이 저 여자에게 이런저런 걸 하고 싶다고 서로 떠드는 말에 귀 기울였다. 그들의 저속한 음담패설에 속이 뒤집혔지만 술 취한 자들의 야유는 더 심했다. 여자가 브라를 벗는 데 애를 먹으며 10센티미터 높이 하이힐을 신고 뻣뻣하게 서 있자, 그들은 그녀가 고깃덩이라도 되듯 고함을 쳤다. 곡이 끝나자 비웃음과 술병이 날아오는 가운데 여자가 무대에서 내려갔다.

무대 쪽으로 밀치고 나가려는 돌리의 신발 바닥이 맥주에 절어 있는 카펫에 들러붙었다. 남자들은 무대가 잘 보이는 자리로 가려는 손님인 줄 알고 지나가게 해주지 않았다. 돌리는 핸드백을 끌어안고 팔짱을 껴서 몸을 최대한 옹송그린 다음 쇼의 휴식 시간까지 기다려야 했다. 이런 남자들과 몸이 닿는다는 생각만으로도 역겨웠다. 일부는 두 손을 사타구니에 갖다 대고 있었다.

다음 곡이 시작되었을 때, 남자들은 큰 소리로 환호한 다음 조용해졌다. 바로 앞에 선 남자들의 어깨 너머를 내다보려고 애쓰던 돌리는 마침내 무대가 보이는 작은 틈을 발견했다. 벨라는 이미 무대로 진입하고 있었다. 오일을 바른 몸은 윤이 났고, 표범 같은 기품을 뿜었다. 검정 가죽 미니스커트와 검정 가죽 브라를 입고 무릎길이 검정 가죽 부츠를 신은 벨라가 긴 가죽 채찍을 머리 위로 휘둘렀다. 남자들을 오만하게 응시하며 음악에 맞춰 몸을 흔드는 벨라에게는 길들여지지 않은 위압적인 관능미가 있었고, 관객들은 모두 그녀의 주술에 빠졌다.

돌리도 다른 관객과 마찬가지로 주술에 걸렸지만 완전히 다른 이유 때문이었다. '정말 강인해.' 돌리는 생각했다. 돌리는 자신에게도 비슷한 면이 있음을 깨달았다. 복서 데이비스와 같은 사람들을 어느 정도 통제할 수 있는, 거의 남성적인 강인함이 자신에게도 숨어 있었다. 하지만 벨라는 그것을 넘어섰다. 장내를 둘러본 돌리는 남자들이 말을 하지도, 두리번거리거나 웃거나 농을 하지도 않는 걸 알 수 있었다. 폄하하는 말도, 촌평도, 야유도, 모욕적인 언사도 없었다. 그들은 그저 눈을 떼지 못했다. 그 순간, 돌리는 벨라가 '네 번째 남자'에 적역이라는 걸 알았다. 남자들이 벨라의 알몸을 상상하는 동안, 돌리는 그녀가 작업복과 스키 마스크 차림으로 채찍 대신 산탄총을 든 모습을 상상했다. 그리고 웃음 지었다. 보안 요원들이 똥을 지리겠는데.

벨라의 공연이 계속되는 동안, 돌리는 브라와 미니스커트가 벗겨지고 아주 작은 가죽 G스트링(음부를 가린 뒤 허리에 묶어 고정하는 가느다란 천 조각—옮긴이)만 남는 것을 보며 충격받았다. 부츠는 계속 신은 채, 벨라는 다리를 활짝 벌리고 맨 앞 사람들을 향해 아랫도리로 원을 그리며 춤췄다. 환호의 물결이 일었다. 남자들은 목재로 된 무대를 탕탕 두드리고 희롱하는 휘파람을 불며 브라보를 외쳤다. 벨라가 한쪽에서 다른 쪽으로 고개를 천천히 돌리면서 입술을 핥고, 으르렁거리며 입술을 오므리자 환호는 더욱 거세졌다. 돌리는 시선을 고정하고 핸드백을 꼭 쥐었다. 장내의 추잡한 남자들이 매끈하고 잔근육이 섬세한 몸을 보며 군침 흘리는 동안, 벨라는 그 무엇도 그 누구도 자신을 건드릴 수 없다는 듯이 무심하고 지루한 표정으로 상황을 완벽하게 통제했다. '한두 달만 있으면 넌 이 짓을 다시는 안 해도 될 거야.' 돌리는 말없이 약속했다.

벨라의 무대가 끝나자 남자들은 대부분 바 쪽으로 몰려들었고, 돌리는 그 기회를 틈타 무대 쪽으로 향했다. 벨라가 벗어 던진 옷가지들을 챙기는 동안 드래그퀸(남장 여자—옮긴이)이 무대에 걸어나왔다. 당장 야유와 새된 휘파람이 터져 나왔다.

"벨라!" 돌리가 시끄러운 소리 속에서 외쳤다.

벨라는 아직 상반신을 벗은 채였다. 그녀는 두 손을 허리에 짚고 돌리 앞에 섰다. "큰일 났어요." 벨라가 입을 열었다. "토니 피셔가 전쟁을 시작했어요. 간밤에 사격장에 나타나서 린다를 찾더래요. 린다는 다행히 없었고, 지금은 돌봐줄 어떤 남자랑 자기 집에 있어요. 셜리도 괜찮은지 확인하려고 전화를 해봤는데 응답이 없어요. 그리고 복서 일이 있고요. 그 일이 피셔 형제와 관련된 거 같아요?"

어디서부터 시작해야 할지 어리둥절해진 돌리는 마지막에 들은 말부터 챙겼다. "복서 일이라니, 그게 뭐지?"

벨라는 브라를 입느라 잠시 말을 멈췄다. "들은 줄 알았는데요? 복서가 간밤에 스포츠 클럽 바 바깥 골목길에서 발견됐어요. 곤죽이 되도록 얻어터진 모양이에요. 제대로 박살 난 거죠. 린다 말로는…… 끔찍했다더군요."

바로 그때 한 취객이 뒤에서 돌리 쪽으로 고꾸라졌다. 돌리가 밀치자 남자는 화장실 문간 안으로 쓰러졌다. 그녀가 다시 벨라를 돌아보았다. "복서는 여행을 떠나기로 돼 있었는데!" 돌리가 말했다. "내가 돈을 주고 지낼 곳까지 알려줬어. 내가 모든 걸 다 챙길 순 없으니 복서에게 일어난 일은 내 책임이 아냐."

벨라가 돌리를 빤히 쳐다보았다. "돌리, 당신 책임이라고 하지 않았어요. 하지만 그렇게 얘기하시니 말인데, 남편의 헌옷으로 복서를 잘 차려입히고, 취하도록 돈을 주고, 해리가 살아 있다고 말한 건 맞잖아요. 복서가 입단속 못할 걸 잘 알면서 말이죠." 가죽 속옷만 입었어도 벨라는 굉장한 적수였다.

돌리는 그 비난에 응답하지 않았다. 대신 물었다. "린다를 봐주는 사람은 누구지?"

"말도 안 했고 나도 안 물었지만, 적어도 린다는 혼자가 아니에요. 셜리는 모르겠어요, 전화를 안 받아서."

"셜리는 내가 알아볼게. 넌 괜찮겠어?" 돌리는 말이 끝나기가 무섭게 불필요한 질문을 했다는 걸 깨달았다. 벨라도 굳이 대답하지 않았다.

"셜리는 내일 약속한 대로 분명 나타날 거예요. 토니와 복서에 대해서는 내일 얘기해주죠. 꼭 하긴 해야 할 얘기예요." 벨라가 진지하게 말했다. "우리 중에 이런 일 반가운 사람 아무도 없잖아요. 우리 중 누가 다치기 전에 짚고 넘어가야 해요."

돌리는 벨라가 즉석에서 직설적으로 받아치는 게 좋았다. "벨라, 들어봐. 내가 복서 일이나 토니 피셔가 쑤시고 다니는 걸 가볍게 보는 건 아냐. 네가 안 믿을지는 몰라도 내 우선순위는 너희의 안전이야. 너희 모두. 우리가 얘긴 하겠지만 린다나 셜리도 감안해야 해. 그 애들은 너나 나하고는 달라. 내일 우리는 해야 할 일에 집중해야 해. 피셔 놈들이나, 아니면 그냥 누굴 잘못 건드려서 변고를 당했는지도 모를 늙은 주정뱅이한테 정신을 팔아선 안 된다고."

"돌리 롤린스, 그렇게 믿지도 않으면서 마음에도 없는 소리 하지 말아요. 누구라도 믿지 않을걸요." 하지만 벨라는 이 말을 하면서도 웃음을 잃지 않았다.

돌리는 서둘러 클럽을 빠져나왔다. 심장이 쿵쾅거렸다. 신선한 공기가 절실해서 서둘러 남자들과 맥주의 악취를 헤치고 나왔다. 밖에 나온 돌리는 벽에 기대어 진정을 되찾았다.

정신 차려야 했다. 정신을 똑바로 차려야 했다.

복서에 대해서는 벨라의 말이 맞았다. 그가 구타당한 일은 분명 해리가 살아 있다고 한 그녀의 거짓말과 닿아 있을 터였다. 자신의 탓이었다.

복서에게 미안했지만 그렇게까지 마음이 쓰이지는 않았다. 그에게 기회를 주지 않았는가. '내가 매몰차서 그런 게 아니야.' 돌리는 둘러댔다. 복서는 다른 미망인들이나 그녀들과 함께 도모하는 일만큼 중요하지는 않다. 하지만 그래도 돌리는 집으로 돌아가서 복서 데이비스를 위해 작은 기도를 드리겠다고 다짐했다.

16

레스닉은 보호자 대기실에서 재떨이를 들고 와 중환자실 바깥 복도의 '금연' 표지판 밑에 앉아 담배를 태웠다. 대기실에는 오래 있지 못했다. 무력한 사람들에 둘러싸여 있는 걸 견딜 수가 없었다. 그는 해답이 필요했고, 조용하고 아무도 없는 복도는 생각할 시간을 주었다.

그날 밤 더 이른 시각에 복서의 원룸에 갔던 레스닉은 주인 여자에게서 복서가 전날 밤 어떤 사내와 같이 나가서 돌아오지 않았다는 말만 들었다. 그녀는 사내를 묘사하지 못했고 더 중요하게는 연루되지 않기를 바랐다. "말썽이 생기는 건 싫어요." 그녀는 거듭 말했다.

레스닉은 막 퇴근하려던 순간에 복서 데이비스가 심하게 구타당해 의식을 잃은 채로 소호 뒷골목에서 발견되었다는 전화를 받았다. 그는 범죄 현장으로 가는 대신, 풀러를 이끌고 집주인 여자가 이번에는 협조를 하려는지 보려고 다시 그녀를 찾아갔다.

그들이 다시 찾았을 때 현관문은 발로 차서 열린 흔적이 역력했고, 프랜은 해변으로 밀려온 고래처럼 바닥에 드러누워 있었다. 얼굴에는 검푸른 멍이 들어 있었으며 코에서 피가 흐르고 깊이 찢긴 이마의 상처에서 피가 눈으로 똑똑 흘렀다.

"그만! 제발, 그만 때려요!" 레스닉과 풀러가 들이닥치자 그녀가 비명을 질렀다. "복서가 어디 있는지 난 몰라요. 정말 몰라요, 맹세해요! 제발 그만 때려요!" 프랜이 레스닉의 얼굴에 초점을 맞추고 안전하다는 사실을 깨닫기까지는 잠시 시간이 걸렸다.

"괜찮아요." 레스닉이 몸을 숙이며 말했다. "우린 경찰입니다. 좀 아까 다녀갔잖아요, 기억하시죠? 이제 괜찮습니다. 구급차가 오고 있어요."

프랜은 레스닉을 기억하고 곧 진정했지만, 자신을 두들겨 팬 남자의 얼굴을 못 봤다고 딱 잡아뗐다. 레스닉은 복서가 사경을 헤매고 있다고 말하는 대신 프랜이 안전하다고만 거듭 말했다. 그녀가 다소 진정을 되찾자 레스닉은 다시 정보를 캐려 밀어붙였다.

"어젯밤 복서와 있던 남자가 당신을 때렸나요?"

"몰라요!" 프랜이 울부짖었다. "너무 무섭다고요……."

저렇게 심하게 구타를 당하면서 가해자의 얼굴을 못 볼 수는 없다. 아주 가까이서 때렸을 테니 구타한 사람이 바로 앞에 서 있었을 것이다. 하지만 프랜은 아무 말도 하지 않을 작정이었다.

구급차를 기다리면서 레스닉과 풀러는 복서의 구질구질한 단칸방을 둘러보았다. 싱글 침대는 뒤집혔고 가구란 가구는 모조리 박살이 났다. 그의 여행 가방에 든 내용물이 더러운 카펫 위에 온통 어질러져 있었지만, 둥글게 말아놓은 양말 두어 켤레는 가방 안에 그대로 남아 있었다. 복서는 어딘가로 여행을 가려던 참이었다. 지폐가 방 안에 흩어져 있었다. 복서에게 돈이 있는 건 드문 일이다. 레스닉은 초록 이빨에게서 들은 소문에 생각이 미쳤다. 복서에게 돈이 많다는 말이 맞았다면 해리 롤린스가 살아 있다는 얘기도 맞는 말이었을까?

구급차가 도착했을 때, 레스닉은 복서가 살아 있지만 중태라는 소식을 들었다. 풀러의 지루해하는 표정을 무시하면서 레스닉은 그에게 곧장 병원으로 운전하라고 지시했다.

레스닉은 곧바로 중환자실로 향했고, 담당 의사는 복서 데이비스가 모든 의료적인 예측에 도전하고 있다고 말했다. 구타가 아니라 뺑소니라는 사실도 밝혀졌다. 복서는 끔찍한 내상을 입었고 몸의 거의 모든 뼈가 부러졌다. 살아날 것으로 기대되지 않았고, 살아난다 해도 다시는 걷지 못할 것이다.

"이보세요, 의사 양반. 이건 평범한 뺑소니가 아닙니다." 레스닉이 입을 열었다. "뺑소니 전에 한 번 이상 쳤다는 거 우리 둘 다 알지 않습니까. 환자와 꼭 얘길 해야겠습니다."

의사가 어깨를 으쓱했다. "운이 좋으셔야 할 텐데요."

"글쎄, 언젠가는 나도 운이 따르지 않겠습니까. 오늘이 그날이 될지도 모르죠." 레스닉도 이를 악물었다.

몇 시간이 지났지만 중환자실 복도에는 여전히 아무도 없었다. 복서가 깨어나지 않을 건 알았지만 레스닉은 좀체 자리를 뜰 수가 없었다. 복서 데이비스가 숨을 쉬는 한 자리를 지킬 셈이었다. 복서가 이 모든 일의 열쇠였다. 레스닉은 확신했다. 머릿속에서 질문이 회오리쳤다. 왜 복서가 어딘가로 떠나려고 했을까? 겁을 먹은 걸까? 아니면 겁을 먹은 누군가가 그에게 떠나라고 돈을 주었을까? 복서가 전날 밤 기꺼이 따라나선 사람은 누구일까? 한 가지는 분명했다. 프랜을 팬 남자는 누가 이미 복서를 죽였다는 사실을 알지 못했으니, 복서와 나가서 그를 함정으로 인도한 자와 같은 사람일 수는 없었다. 두 남자가 있었다. 두 남자가, 각자 어떤 이유로 복서를 쫓았다. 왜?

레스닉은 초록 이빨과의 대화를 복기했다. 복서가 현찰을 자랑하고, 해리 롤린스의 헌 옷을 입고 돌아다녔다고 주장했다. 또한 장부 얘기도 돌고 있는 듯이, 마치 값만 제일 비싸게 쳐주면 가질 수 있는 듯이 말했다. 레스닉은 답답해서 눈살을 찌푸렸다. 그는 진실에 너무나도 가까운 것 같았지만, 이 사건을 속 시원히 해결해줄 단 한 사람을 다시 한 번 잃게 생겼다. 처음에는 렌 걸리버가 비밀을 털어놓지 못하고 죽더니 이젠 복서 데이비스도 그렇게 될 것 같았다. 롤린스가 살아 있을 가능성이 분명 없는 걸까? 살아 있다는 가능성만 생각해도 레스닉은 피가 끓었다. 아무리 그렇다 해도, 의사들이 생명 연장 장치를 꺼버리고 병상을 다른 환자에게 넘겨주기 전에 가련한 복서의 난자당한 두뇌에서 결정적인 정보를 빼내야 했다.

담배 한 갑을 피우고 커피 여덟 잔을 마신 뒤에도 레스닉은 모자로 눈을 가린 채로 의자에 옹송그리고 앉았다. 의사가 그의 어깨를 살며시 흔들어 깨웠을 땐 새벽 5시였다. 말이 필요 없었다. 표정이 복서가 죽었음을 말해주었다.

레스닉은 걸어 나갔다. 고개를 숙이고 어깨는 축 처진 초라한 행색으로 우그러뜨린 커피 컵 무더기와 담배꽁초 더미, 암내의 잔향을 남기고 떠났다. 의사는 그가 떠나는 모습을 지켜보았다. 먹지도 않고 니코틴과 카페인을 저렇게나 많이 섭취하고도 그가 아직 서 있는 게 신기할 지경이었다. 레스닉이 집으로 가는 길이기를, 개운하게 목욕하고 그에게 절실한 수면을 꼭 취하기를 바랐지만 그러기는 어려울 것 같았다.

다시 서에 돌아온 레스닉은 사무실에 털썩 주저앉아서 맛이 간 돼지고기 파이를 절반가량 먹다가 쓰레기통에 던져버렸다. 그는 새 담배를 한 갑 뜯고 불을 붙인 다음 감시 보고서를 펼쳤다. 어제부터 보고가 업데이트되어 있지 않아 노기가 발동했다. 내일 녀석들이 출근하면 혼구멍을 내줄 작정이었다. 레스닉은 엉터리 서류 작업 따위에 기죽지 않을 생각이었다. 팀원들은 탐문 수사로 빵소니에 관한 정보를 수집하라는 지시를 받은 터라 아무도 주말에 쉴 수가 없었다. 볼멘소리가 나올 것은 알았지만 발품을 파는 일에 자신도 동참할 터였으므로 그는 아랑곳하지 않았다. 총경에게 곧 뭔가를 내놓지 않으면 사건에서 배제될 터였고, 그것은 진급 가능성이 없어진다는 뜻이었다. 나무랄 데 없는 케이스여야 했다. 특히 손더스 경감과의 미팅을 놓친 지금은 더더욱.

끄윽 트림을 하자 오래된 돼지고기 파이 맛이 올라왔다. 레스닉은 담배를 깊이 빨고 연필로 책상을 톡톡 치면서 현재 상황에서 쓸모 있는 증인은 복서의 주인집 여자 프랜뿐이라고 결론 내렸다. 하지만 너무 겁을 먹어서 과연 입을 열기나 할까, 아니, 자신을 공격한 사람을 설명이나 하려고 들까 의구심이 들었다. 그녀를 좀 더 압박해야 했다. 복서는 죽었다. 이제 이것은 살인 사건 수사가 되었다. 겁이 난다는 것만으로는 좋은 구실이 되지 않았다. 여자가 퇴원하는 대로 경찰서로 불러서 피셔 놈들이나 해리 롤린스의 알려진 조직원 모두의 사진을 보여줘, 그녀를 구타하고 얼굴에 평생 남을 흉터를 남긴 자를 찾아내게 할 작정이었다.

레스닉은 스카치 한 병을 따서 책상 위의 더러운 커피 머그잔에 넉넉히 따라 마시다가 잔에 떠다니는 푸른곰팡이까지 조금 삼켰다. 그는 인상을 찡그리고 곰팡이를 뱉어내면서 사건의 세부 사항을 곰곰이 곱씹었다. 무장 강도와 포드 에스코트 밴 폭발에서 안전하게 빠져나간 네 번째 남자의 신원에 거듭 생각이 멈췄다. 그는 결국 곰팡이가 뜬 스카치를 포기하고 조금 더 깨끗한 머그잔을 골라 새로 술을 따랐다. 레스닉은 술을 마시며 일어서서 사무실 벽에 일렬로 죽 붙여놓은 사진들을 뚫어져라 바라보았다. 모두 해리 롤린스의 알려진 수하들이었다.

"너희 중 하나가 네 번째 놈이로군." 그가 중얼거렸다. "복서를 입막음시킨 것도 그 때문이었나? 네놈이 누군지 그가 알아서?" 썩을, 설마 진짜 해리 롤린스는 아니겠지?

레스닉은 복서의 단칸방에 널려 있던 현찰도 의아스러웠다. 복서는 다시 해리 롤린스를 위해 일한다고 말하고 다녔다. 복서의 돈은 그걸로 해명되지만, 집을 뒤집어놓고 프랜을 반쯤 죽여놓은 자는 왜 돈을 남겨두고 갔을까? 그건 돈에 관심이 없다는 뜻이다. 그는 어떤 특정한 것을 찾고 있다. 그렇다면 그자는 복서가 장부를 갖고 있다고 생각한 걸까?

레스닉이 주시한 또 다른 흥미로운 사실은 복서가 살해된 날 그를 데리고 나간 자가 이 빠진 머그잔 하나를 씻고 물기까지 닦아 놨다는 점이었다. 물론 그자가 쓴 잔이었을 것이다. 그 집에 있던 유일하게 깨끗한 물건이었다. 그러므로 이 수수께끼의 인물은 복서가 기꺼이 술을 같이 마시고, 또 따라나선 사람이었다. "조심스런 새끼들은 말이지, 이유가 있어서 조심을 하거든." 레스닉이 중얼거렸다. 그는 죽은 세 강도의 사진 쪽으로 벽을 따라 움직이다가, 그가 아는 가장 조심스러운 새끼인 해리 롤린스의 사진에서 멈추었다. "너였나, 롤린스?"

레스닉은 롤린스가 복서의 수상한 술친구나 뚱보 프랜을 심하게 구타한 자, 또는 뺑소니의 장본인은 아니라고 보았다. 그가 정말로 살아 있다면 이렇게 공공연히 활개 치고 다니지 않을 것이다. 하지만 사람을 사서 시킬 수는 있다. 복서의 죽음은 전문 살인 청부업자의 공식을 그대로 따랐고, 롤린스는 그런 놈들을 여럿 알 았다.

레스닉은 책상에서 다트 세 개를 집어 조준한 다음 벽에 던졌 다. 다트가 벽에 맞고 튕기면서 그에게로 다시 날아와, 펄쩍 뛰어 피해야 했다. 레스닉은 다시 다트를 집어 더 세게 던졌다. 이번에 는 둔탁한 소리를 내며 테리 밀러의 사진 바로 위에 꽂혔다. 그는 웃으며 술을 한 잔 더 따르고 단숨에 들이켰다.

일찍 출근한 풀러는 레스닉의 사무실에 불이 켜진 것을 보았다. 주위에 아무도 없으니 주말 내내 쉬지 못하는 데 대한 불만을 표 시할 기회였다. 그는 이미 아내와 데이트를 하기로 약속을 해두었 고, 레스닉이 이미 망가진 경력을 살려보려 애쓴다는 이유만으로 약속을 포기해야 한다는 데 부아가 치밀었다. 풀러는 레스닉의 사 무실로 쿵쾅거리고 가면서 씩씩대는 성질을 제어하려 애썼다. 레 스닉에게 자기는 주말에 좀 빼달라고 우선 좋게 말해보리라.

풀러는 문을 두드리고서 레스닉의 불호령 같은 "들어와!" 소리 에 지저분한 사무실로 들어섰다. 레스닉은 자리에 앉아서 벽에 걸 린 세 사진을 노려보며 막 또 다른 다트를 던지려는 참이었다. 그 는 대신에 풀러 쪽으로 다트를 던졌다.

"긍정적인 소식을 갖고 온 게 아니라면 입 열 생각도 하지 마." 레스닉이 이를 악물고 말했다.

"주말에 휴가를 쓰려고 말입니다, 경위님. 선약이 있어서요."

레스닉이 풀러를 향해 한 손을 내저었다. "선약 없는 사람 있나, 풀러."

"연속 48시간 근무를 섰습니다!" 풀러는 말단 취급을 받는 데 진력이 났다.

"우리 모두가 열심히 일해왔지. 이제 고지가 코앞이야." 레스닉이 말했다.

"과연 그럴까요?" 풀러가 냉소적으로 받아쳤다. 이건 가망 없는 사건이었다.

"봐봐." 레스닉이 풀러의 어조를 못 들은 척하며 말했다. "롤린스는 강도에 네 명을 썼다, 맞지? 그중 세 놈이 어디 있는지는 우리가 알고 있다." 그는 롤린스, 밀러, 파이렐리의 사진을 가리켰다. "하지만 네 번째 남자의 신원에 대해선 아무것도 없었다, 어젯밤까지는 말이야." 레스닉은 요약하면서 오락가락 걸었다. "복서가 요즘 잘나간다는 소문이 있었고, 초록 이빨은 복서가 장부를 갖고 있거나 누가 가졌는지를 안다고 생각했지. 그러다가 골목길에서 죽게 된 거야. 아는 사람이 죽음으로 꼬드긴 거지. 게다가 전문 청부업자의 솜씨였어. 24시간이 지났는데도 우리는 그 집에 있던 머그잔에서 아무 흔적도 못 찾았어. 게다가 주인 여자는 겁을 집어먹고 함구하고 있지. 하지만 우리한테는 그 여자뿐이다, 풀러. 그러니 내일 아침 일찍 그 여자를 이리로 데리고 온다. 누가 그렇게 죽도록 팼는지 알아야겠어."

레스닉은 풀러가 따분해하는 표정을 짓기는 해도 귀를 기울이고 있다는 걸 알았다. "네 번째 남자라고 보시는군요." 풀러가 천천히 말했다.

"자식, 이제야 말이 통하는군." 레스닉은 하마터면 활짝 웃을 뻔했다. "이제야 알아들어." 그는 다시 책상 안쪽에 주저앉아 다트를 꺼내고 조준한 다음 해리 롤린스의 이마에 명중시켰다.

풀러는 잠시 서서 벽에 꽂힌 다트를 한 번 보고 레스닉을 한 번 보고는, 다시 다트로 시선을 돌렸다. 그가 몸의 무게중심을 옮겼다. 뚱보의 말에 일리가 있는 것 같긴 해도 그렇게 말할 생각은 추호도 없었다.

"한잔 꺾으러 가나? 우리, 그럴 자격 있지." 레스닉으로서는 나름대로 가장 친절하게 한 말이었다. 그렇다고 그가 산다는 뜻은 아니었다. 그가 맥주 한 잔 산 적이 있는 사람이라곤 앨리스뿐이었다. 물론 앨리스가 시킨 건 진토닉이었지만. 그녀는 그의 기분을 상하게 하고 싶지 않아 그냥 맥주를 마셨다.

풀러가 가려고 돌아섰다. "경위님…… 오전 6시입니다."

"어이!" 레스닉이 외쳐 불렀다. "피곤하다고 해서 나쁜 경찰이어도 된다는 뜻은 아냐. 나머지 팀원들한테도 말해서 감시 보고서 작성하고 이 파일 업데이트하라고 해."

풀러는 한숨을 내쉬고 심호흡했다. "손더스 경감께서 롤린스 자택의 감시를 철회하셨습니다." 그는 레스닉의 낯빛이 목부터 서서히 벌게지는 걸 지켜보았다. "지난번 예정되었던 미팅 때 논의하려고 하셨던 것 중 하나였습니다. 경위님이 놓치신 그 미팅요."

"다시 시작해!" 레스닉이 쏘아붙였다. "알아들었나, 풀러? 당장 감시를 재개한다."

풀러는 이 말도 안 되는 사건 때문에 너무 피곤하고 열이 뻗쳐서 따질 기운도 없었다. 그는 고개만 끄덕이고 레스닉의 사무실을 나서며 문을 닫았다.

혼자 앉은 레스닉은 풀러와의 대화에서 마음에 걸리는 부분이 많았다. 밤을 새운 탓만은 아니었다. 그의 심사를 정말로 긁은 것은 "선배, 한잔하러 가죠!" 하는 말을 마지막으로 들은 게 언제였는지 기억나지 않는다는 점이었다. 신문에 난 모함 사건으로 정직되기 전에는 그에게 알은척을 않고 퇴근하는 사람은 없었다. 지금은 아무도 그를 거들떠보지 않았고, 모두가 들여다볼 수 있는 유리 사무실로 옮기고 나면 더 심해질 터이다. 그리고 손더스는 어떻게 자기 사건의 감시를 취소할 수 있으며, 부하 경관들은 어떻게 그에게 경고도 하지 않을 수 있는가?

레스닉은 갑자기 너무나, 너무나 쓸쓸해졌다. 결혼 생활은 김이 다 빠지고 공허했다. 아내는 그와 섹스는커녕 말도 섞지 않으려 했다. 물론 아내가 섹스를 원하기를 바라지도 않았지만. 레스닉은 몇 달 동안이나 늦게 들어오고 일찍 나가느라 박스 보관실에서 자곤 했다. 사실 자신을 싫어하는 여자 곁에 눕는다는 생각만으로도 힘들었다. 그는 창고에 숨는 쪽이 더 편했다.

사무실 문으로 천천히 걸어 나가는 레스닉에게 마침내 쌓인 피로가 엄습했다. 죽은 세 남자의 얼굴을 마지막으로 한 번 더 보면서, 그는 인근 카페에 홀로 아침을 먹으러 갔다.

17

오토바이 바퀴가 모래 낀 자갈길을 가르며, 운전자가 빙글 돌고 미끄러질수록 깊은 궤적과 동그란 바큇자국을 남겼다. 운전자는 긴장을 풀고 오토바이의 능력을 시험해보는 스릴을 즐겼다. 오토바이가 끼이익 급정거하며 모래와 조약돌을 절벽의 깎아지른 벽면에 흩뿌렸다.

아래쪽 해변은 아름다웠다. 거의 아무것도 없는 해변이 수 킬로미터나 펼쳐져 있었다. 그녀에게 딱 필요하던 것이다. 벨라는 헬멧을 벗고 오일 헤드의 오토바이에 걸터앉아 경치에 흠뻑 빠졌다. 최근 체포되어 마약 밀매로 6개월 형을 살게 된 오일 헤드는 벨라에게 가끔 바이크를 타고 나가 시동을 걸어달라고 부탁했다. 삼사주마다 한 번씩 시동만 걸어주라는 뜻이었지만 알 게 뭐람! 그것은 굉장한 바이크였고, 어차피 할부금이 밀리고 있어 오일 헤드가 출소하기 전에 회수될 터였다. 회수하는 사람들이 근육 자랑하며 나타나기 전에 최대한 활용하는 게 최선이었다.

검정 가죽 소재의 바이커 재킷 차림으로 맑은 이른 아침의 도로를 누비며, 벨라는 스로틀을 열고 핸들바 위로 몸을 낮게 숙였다. 혼자서 폭주하기는 처음이었다. 시골 도로를 레이서처럼 고속으로 질주하는 그녀는 날아갈 것만 같았다.

벨라가 벌링 갭에 가장 먼저 도착한 모양이었다. 해변은 황량했다. 그녀는 할리를 힘겹게 스탠드에 세우고 만의 끝자락까지 걸어 갔다. 조수는 빠져 있었다. 빙긋 웃었다. 돌리는 조수의 패턴까지 계산에 넣었을 것이다. 돌리는 모든 것을 감안하니까. 벨라는 중 앙 해변으로 이어지는 내리막길을 따라 작은 나무 계단을 내려갔 다. 오래된 보트 두어 대가 옆으로 놓인 채 썩어갔고, 20미터쯤 앞 에는 낡은 모리스 마이너 밴 한 대가 있었다. 바퀴도 없고 좌석은 뜯겨 나간 채로 해조류에 뒤덮여 녹슬어가고 있었다. 벨라는 다시 한 번 씩 웃었다. 이번엔 오붓하게 소풍을 즐겨보려다가 밀물 때 가 되어 발이 묶인 멍청한 관광객들이 그려졌다. '이 동네 아이들 이라면 자동차에 붙은 거 30분이면 다 떼갈걸.'

신선한 공기를 들이마시며 해변을 산책하면서 벨라는 그들의 훈련장을 둘러보았다. 린다가 아직 안 와서 다행이었다. 린다가 없으니 마라톤급 섹스라든지 토니 피셔가 어쩌고 돌리의 잔소리 가 어쩌고 하는 소리를 듣느라 산만해지지 않고 집중하며 준비할 시간이 있었다. 그녀는 돈 가방을 등에 메고 뛰어야 할 경로를 표 시하기 위해 떠내려온 나뭇가지들을 줍기 시작했다. 이 작업을 방 해받지 않고 제대로 하고 싶었다.

린다가 도착했을 때는 이미 현금 수송 차량에서 도주 차량까지 의 경로가 모두 모래에 표시되어 있었다. 카프리가 급제동을 걸면 서 날카로운 소리로 정차하느라 조약돌을 튕길 때, 벨라는 시선을 들어 멀리까지 자갈 트랙을 살펴보고 있었다. 계단으로 가지고 내 려갈 봉투와 담요 따위를 트렁크에서 내려놓기 시작한 린다를 보 고 벨라가 손을 흔들었다.

해변에 닿은 린다는 한 아름이나 되는 물건들을 모래 위에 던졌 다. 그녀는 벌써 툴툴대기 시작했다. "뭐 하러 여기를 골랐는지 진짜 모르겠어. 정신이 나간 거지! 여기서 어떻게 예행연습을 해?"

신선한 바람이 린다의 창백한 얼굴에 빛깔을 더하며 짙은 머리칼을 온통 흩어놓았다. 린다는 매부리코에 광대뼈가 도드라졌으며, 눈은 생기 있는 짙은 색이어서 인상이 묘했다. 딱 못생겨 보이다가도 날렵한 예쁜 얼굴로 보이기도 했다. 주둥이만 좀 다물어준다면 꽤 미인이라고 벨라는 생각했다.

"돌리하고 얘기했어." 린다의 불평을 못 들은 척하며 벨라가 말했다. "토니 피셔와 복서 데이비스 얘기는 전했어. 오늘 예행연습을 시작하면 빼도 박도 못하니까 우선 그 얘기부터 해야 한다고 말했지."

"셜리하고는 연락 안 해봤고?" 린다가 물었다. 진심으로 걱정하는 것 같았다.

"내가 클럽 일 마치는 동안 돌리가 하겠다고 했어. 셜리는 괜찮을 거야." 벨라의 구변 좋은 위안이야말로 린다에게 꼭 필요한 것이었다. 어젯밤에는 카를로스에게 집중을 할 수가 없어서 둘은 결국 한 번밖에 못 했다. 평소의 기준에 훨씬 못 미치는 숫자였다. 카를로스는 이해심이 많아서 껴안고 있는 것으로 만족했다. 가련한 늙은 복서가 구타당한 것은 안타까웠지만, 그녀들은 이제 적어도 복서 걱정은 안 해도 되었다. 하지만 토니 피셔는 여전히 큰 근심이었다.

"아하, 좋은 수가 떠올랐지!" 린다가 별안간 명랑해지더니 트렁크에서 꺼내 온 물건을 쌓아둔 쪽으로 뛰어가 각자의 배낭과 베갯잇 세 장, 성 모양 플라스틱 양동이 두 개, 삽 두 개를 가지고 돌아왔다. "우리한테 필요한 게 여기 다 있는데 뭐 하러 창고에서 벽돌을 끌고 오나 싶더라고." 린다는 베갯잇 하나에 모래를 채워 배낭에 넣었다. "내가 얼굴만 예쁜 게 아니라고, 안 그래, 벨?" 린다는 담요를 하나 집어서 벨라가 나뭇가지로 표시해둔 트랙의 끝에 펼치고, 네 귀퉁이에 모래를 퍼 올려서 날아가지 않게 눌러두었다.

"그건 뭐래?" 벨라가 물었다.

"이게 현금 차량이지! 예행연습 뒤엔 우리 피크닉에 쓸 거고. 일석이조 아니겠어." 벨라는 린다의 이런 아이 같은 면이 좋았다. 깜찍하게 굴 때는 정말 큰 웃음을 주었다.

비포장도로에서 셜리의 차가 속도를 늦추더니 멈췄다. 셜리처럼 운전하면 타이어에서 자갈이 튈 일은 없다. 벨라와 린다는 셜리가 해변을 향해 조심스레 나무 계단을 내려오는 모습을 지켜보았다. 그녀는 고급 쇼핑백에 물건을 담아 가져왔고, 돌리가 안 된다고 했던 여성스러운 점프수트를 입고 있었다. 금방 켄싱턴 하이 스트리트(쇼핑으로 유명한 런던의 대로—옮긴이)에 다녀온 것만 같은 모양새였다.

"저 점프수트 어디서 샀나 물어봐야겠네. 나한테 딱이겠어." 린다가 농담하듯 말했다.

벨라가 린다를 위아래로 훑어보았다. 린다는 찢어진 청바지에 더러운 단화, 조가 입던 커다란 스웨터 차림이었다. "그렇게 입고 있으니 꼭 허수아비 같아." 벨라가 생긋 웃으며 말했다.

"허수아비는, 오늘 이 자리에 딱 맞게 입고 온 거지. '덜 떨어진 강도 예행연습 복장' 콘셉트거든." 린다가 말했다.

셜리가 바닥의 계단까지 내려온 다음 아직 새것인 단화에 모래가 들어가지 않게 까치발로 백사장을 헤치며 다가오자, 두 여자의 얼굴에서 웃음기가 가셨다. 셜리의 찢어진 아랫입술과 그 주변의 멍은 멀리서도 선연했다. 그녀들이 달려갔다.

"토니 피셔 개자식이……." 셜리가 설명했다.

벨라와 린다는 쇼핑백을 받아 낡은 모리스 마이너 밴의 보닛 위에 던져놓았다.

"더 두꺼운 외투를 입을 걸 그랬나 봐. 비가 올 거 같네." 셜리가 말했다.

"그게 문제가 아니잖아. 대체 무슨 일이 있었던 거야?" 벨라가 버럭 언성을 높였다.

셜리는 눈에 눈물이 차오르자 애써 참았다. "벨라, 제발. 이 얘기는 한 번만 하게 해줘, 돌리가 올 때까지 기다리자." 그녀는 물러나 물가에 서서 바다를 바라보았다. 벨라와 린다는 셜리의 결정을 존중해, 그녀를 내버려두고 해변에서 예행연습 준비 작업을 마저 하는 것으로 돌아갔다.

돌리가 벤츠를 타고 도착했을 때, 해변에서는 이미 예행연습 준비가 끝나고 비가 쏟아지고 있었다. 돌리는 만의 높은 곳에 서서 벨라가 나뭇가지들로 표시해놓은 50미터 길이 도주로의 윤곽선을 내려다보았다. 해리의 장부에 그려진 도면을 보는 듯했다. 피크닉 돗자리가 현금 수송 차량이었고, '저지 차량'을 의미하는 버려진 화물 운반대 몇 개가 그 앞에 놓였으며, 그 뒤에는 이동 차량으로 쓰일 모리스가 있었다. 모리스의 보닛 위에는 모래를 채운 배낭 세 개가 놓여 있었다. 도주로의 반대쪽 끝에 놓인 화물 운반대는 도주 차량을 뜻했다. 린다와 셜리는 비를 피해 모리스 안에 앉아 있었다. 돌리는 셜리가 패션쇼 점프수트를 입은 걸 알아보았다. 두 사람이 웃고 낄낄대는 소리가 들렸다. 벨라는 젖은 모래사장을 어슬렁거리며 파도에 떠밀려 온 나뭇가지를 더 줍고 있었다.

거사 일은 코앞으로 다가왔고 돌리는 죽도록 걱정이 됐다. 린다는 현금 차량을 제지할 적당한 대형차를 아직도 찾지 못했고, 자신은 해리의 '내부인'에게서 정확한 노선 계획과 시간을 받아야 했다. 여자들의 웃음소리가 일대에 메아리치는 가운데 돌리는 혹시 이 일을 진지하게 생각하는 사람은 나뿐일까 하는 의구심을 품었다. 다른 여자들은 옷이나 사 입고 공짜 스파를 이용하고 보드카 살 돈을 마련하기 위한 돈줄로 자신을 바라보는 건 아닐까?

기분이 나빠진 돌리는 느린 걸음으로 해변을 향해 내려갔다. 손에 든 피크닉 바구니가 너무 무거워서 걸음이 느려졌고, 우산도 받치고 있는 데다, 울프가 계속 발치에서 걸리적거렸다. 린다는 그녀가 다가오는 모습을 지켜보며 짜증이 나서 고개를 절레절레 흔들었다. 이번에도 힘든 일은 다른 여자들이 다 해놓은 뒤에야 샌드링엄(잉글랜드 노퍽주 북서부의 마을로 왕실 별장 소재지—옮긴이)에 왕대비 납시듯 도착하고 있었다.

"벨라!" 린다가 돌리를 턱짓으로 가리키며 부르자 벨라가 돌아서며 커다란 유목(流木)을 흔들었다. 돌리가 선 곳에서 보니 묘하게도 산탄총처럼 보였다.

돌리는 린다에게 오라고 손짓했다.

"네, 마님." 린다가 비꼬며 모리스에서 기어 나왔다. "지금 갑니다요." 린다가 셜리를 돌아보며 윙크했다. "아마 울프가 똥을 싸질러서 나보고 주우랍시는 모양이야." 셜리가 파리한 미소를 지어 보였다.

린다는 돌리를 향해 터벅터벅 걸어가며 느닷없이 비참한 기분이 들었다. 머리에선 빗물이 뚝뚝 떨어졌고, 조의 스웨터는 아침에 입었을 때보다 두 배나 더 크고 무거워졌다. 비옷과 장화를 세트로 장착하고 언제나처럼 완벽한 돌리 앞에 선 린다는 빗물에 흠뻑 젖은 채로 돌리의 눈을 똑바로 보았다.

"복서가 발렸더라고 벨라가 얘기하죠?" 린다가 심통 부리듯 말했다.

돌리가 고개를 끄덕이며 돗자리를 린다에게 건네고는 계속 걸어갔다. 린다는 바짝 뒤에서 돌리를 따라갔다.

"어쩔 셈이죠, 돌리? 토니 피셔 그 미친 놈이―"

돌리가 냅다 돌더니 린다 앞에 멈췄다. "요 전날 너랑 침대에 같이 있던 남자, 그 정비공이 어제도 너랑 같이 있었어?"

린다는 도리질을 했다. 돌리에게 거짓말하는 게 좀 찔렸지만, 그게 대체 이 여자랑 무슨 상관인가?"

"아직도 그 남자를 만나는 거야, 그렇지?" 돌리가 추궁했다.

린다가 고개를 저었지만 돌리는 한 발짝 더 다가섰다.

"네가 걱정이다, 린다. 술을 너무 많이 마시고, 마시면 온갖 사람에게 온갖 말을 지껄이잖아." 린다가 사격장에서 벨라에게 비밀을 까발린 일을 두고 하는 말이었다. "너와 네가 길에서 어쩌다 건진 아무 남자가 잠자리에서 아무 말도 안 하는지 내가 알아야겠어." 그러나 돌리는 카를로스가 '아무' 남자가 아니라는 걸 잘 알았다. 그녀는 복서와의 짧은 통화에서 카를로스가 아니의 '후장 보이'라는 사실을 알았다.

"아, 우린 말은 안 하니 걱정 마요." 린다가 가볍게 넘기려 농을 했다.

돌리의 차가운 눈빛은 그럴 기분이 아니라는 걸 말해주었다.

"돌리, 그냥 하룻밤 섹스였다고요. 아무 의미도 없어요. 그리고 전에 지시하신 대로 그때 이후로 안 봤고요. 난 늘 혼자 있어요,

됐죠? 아무도 없으니 걱정 마요."

돌리는 거짓말을 하는지 감지하려고 매서운 눈초리로 린다를 노려봤다. 린다도 눈을 피하지 않았다. 돌리는 린다에게 카를로스가 누군지 말해버릴까, 토니가 날뛰던 밤에 린다가 카를로스와 있었던 걸 안다고 말해버릴까 잠깐 생각했지만 그랬다가는 오늘 계획이 어그러질 터였다. 오늘은 집중해야 했다. 그녀는 린다를 지나쳐 벨라에게 다가갔다. 린다는 가까이에서 뒤를 따르며 결국 입을 닫지 못했다.

"내 질문에서 말 돌리지 마요." 린다가 집요하게 칭얼댔다. "피셔 놈들을 어떻게 할 거냐고요. 늙은 복서는 당신이 말한 대로 당장에 놈들에게 달려간 거예요. 그러다가 어찌 됐는지 보라고요!"

"복서는 바보였어, 린다. 바보들은 어떻게 행동해야 하는지를 모르지."

린다는 바구니를 돗자리에 내려두고 돌리를 뒤쫓아 갔다.

세 여자 모두를 안심시킬 말이 필요하다는 생각에 돌리는 다들 듣도록 큰 목소리로 이어서 말했다. "복서에게 무슨 일이 생기기를 원한 건 아니었어. 그리고 그렇게 만든 게 피셔 놈들인지도 우린 모르잖아. 사고였을 수도 있고. 내가 그날 저녁에 전화를 걸었을 때 복서는 이미 엄청나게 취해 있었어. 우리가 맞닥뜨린 문제는 알지만 오늘은 여기서 우리가 해야 할 일이 있어. 복서를 안전하게 지키는 게 내 일도 아니고 말이야. 너희를 안전하게 지키는 게 내 일이지."

린다가 이를 악물자 두 뺨의 근육이 눈에 띄게 실룩거렸다. "글쎄, 그 일도 잘하고 있는 것 같진 않네요." 린다는 셜리에게 눈길을 주었다.

셜리는 찢어진 입술을 가리려 고개를 숙이고 있었다. 그녀의 입술을 본 돌리의 표정을 확인한 린다는 그것 보라는 듯 고소한 웃음을 띠었다. 천년 같은 침묵 뒤에 돌리가 셜리에게로 다가가 손으로 그녀의 턱을 들었다.

"셜리, 입술이 어떻게 된 거야?" 돌리가 가만히 물었다.

셜리는 망설였다. "아무것도 아니에요." 셜리는 다시 고개를 숙였다.

돌리는 질문을 되풀이했다.

셜리의 두 눈에 눈물이 차올랐다. "토니 피셔가 길에서 날 붙잡아서 우리 엄마 집으로 데려갔어요. 해리의 장부에 대해 알고 싶댔어요. 너무 무서웠지만 아무것도 모른다고 했어요. 내가 분명 알 거라면서 담뱃불로 날 지지겠다고 위협했어요. 난 계속 '몰라요, 아무것도 몰라요!'라고만 했어요. 그랬더니 화가 나서 입 쪽에 주먹을 날렸어요. 그 인간이, 내 온몸을 더듬고 옷 속에 손을 넣고는……." 셜리는 모든 걸 털어놓으며 흐느끼면서 돌리의 품에 안겼다. 아무도, 아무 말도 하지 않았다. 돌리가 침묵을 깼다.

"놈이…… 셜리, 놈이 무슨 짓을 했지?"

셜리는 평정을 되찾았다. "때마침 그레그가 친구 두 명이랑 함께 들어왔어요. 안 그랬으면 토니가 날 강간했을 거예요. 분명 그럴 생각이었어요. 자기 입으로도 그렇게 말했거든요. 하지만 난 우리에 대해서는 아무 말도 안 했어요. 돌리, 해리의 장부나 우리가 하는 일에 대해서 말하지 않았어요. 맹세해요, 안 했어요."

돌리는 손수건을 꺼내 셜리의 눈에서 눈물을 닦았다. "안 했다는 거 알아, 셜리." 그녀가 말했다. "그런 걱정은 마. 그 개자식이 너한테 그런 짓을 했다니 너무 속상하지만, 놈은 반드시 응분의 대가를 치르게 될 거야." 돌리가 벨라와 린다에게로 시선을 돌렸다. "이 일은 우리끼리만 알고 있자. 경찰이나 다른 간섭이 끼어들어선 안 돼. 우린 괜찮을 거야."

돌리는 모리스의 뒷좌석에서 배낭 하나를 꺼냈다. "너무 무겁다. 좀 덜어내. 우린 금괴가 아니라 지폐를 운반하는 거니까." 대화는 그걸로 끝이었다.

셜리의 강간 미수를 그리 빨리 덮어버리다니 린다는 믿을 수가 없었다. 그러나 셜리는 모리스에서 펄쩍 뛰어나와 모래를 일부 덜어냈다.

"4분의 1쯤 빼면 될 거 같아. 그 정도면 되겠어." 돌리가 의견을 말했다.

셜리는 돌리를 보고 웃었다. 셜리에게 필요한 건 실용적인 일에 집중하는 일이라는 걸 린다도 알 수 있었다. 벨라도 그걸 알아챘지만 돌리가 뭔가를 숨기고 있다는 걸 깨달았다. 그 뭔가는 두려움이었다. 돌리는 걱정하고 있었다. 벨라는 아무 말 않고 역시 실용적인 일에 집중하기로 했다.

"후방 차량으로 모리스를 쓰자 싶었어요." 벨라가 말했다. "그러면 타고 내리는 걸 연습할 수 있으니까요. 이상적이진 않지만 돗자리보다는 낫잖아요. 그리고 나중에 전동 톱으로 잘라내면서 톱에도 익숙해지고요."

"좋은 생각이야." 돌리가 말했다. "전동 톱과 큰 망치 둘 다 내 차 트렁크에 있어. 한 번에 전부 가지고 내려올 수가 없었어."

"그런 걱정은 마시죠." 린다가 비꼬며 말했다. "고작 무장 강도 예행연습일 뿐인데, 전동 톱이며 대형 해머가 다 뭐에 필요해요? 돼지고기 파이랑 샌드위치를 갖고 오셨는데."

"그러게, 저지 차량도 필요 없지. 네가 피크닉 돗자리를 갖고 왔는데, 안 그래?" 돌리가 발끈하여 받아쳤다. "난 전동 톱과 대형 해머를 갖고 오기라도 했지. 린다, 넌 밴을 구했어? 구하라고 지금 내가 몇 번을 얘기했는데. 그러니 이제 제발 착수해서 완료해. 후방 범퍼를 쇠창살로 강화하려면 크기가 어떤지를 알아야 할 거 아니야."

린다는 속이 부글부글 끓었지만 벨라가 한 팔을 툭 건드리자 말을 삼켰다. 그녀는 두어 번 심호흡한 다음 대답했다. "내가 찾는 차량이 어떤 건지 정확히 알고요, 후보를 두어 대 물색해뒀지만 일주일 정도 더 두고 보려는 거라고요." 그녀는 천천히 목소리를 제어하며 말했다. "승합차는 곧 준비됩니다."

돌리가 벨라와 함께 50미터 도주로를 살펴보려고 가버리자, 린다는 셜리에게 낮은 소리로 뇌까렸다. "저 여자가 무장 강도에 대해 미친 환상을 갖고 있다고 해서 내가 고물 승합차 절도로 철창 신세를 질 순 없잖아?"

셜리는 찢어진 입술을 만져보았다. 말을 할 때마다 쓰라리고 웃을 때마다 찢어진 곳이 벌어졌다. "린다, 난 환상이 아니길 바라는데." 셜리가 진지하게 말했다. "이것보다는 나아지고 싶거든."

벨라와 돌리는 거리를 정확히 맞추려 50미터 도주로의 먼 쪽까지 큰 보폭으로 걸어갔다.

"대략 맞는 것 같네." 돌리가 말했다. 돌리가 도로 걸어 올라오는 동안 벨라는 움직이지 않았다. 돌리가 돌아보았다.

"무슨 걱정 있어?"

"진짜 같네요."

"진짜지 그럼. 언제나 진짜였고." 돌리가 말했다.

"당신한테는요." 벨라의 답변이었다. "난 확신이 없었어요. 돌리 롤린스, 당신이 누군지 알지도 못했으니까요. 남편을 잃은 슬픔에 빠진 괴팍한 늙은 여자인지 뭔지 알게 뭐예요. 남편의 찬란한 순간이 되었을 시간을 재현하면서 살아 있다고 느끼고 싶은 그런 거 말이에요." 벨라는 돌리가 있는 곳으로 걸어갔다. "하지만 이제는 당신 편이에요. 믿는다고요. 나를 온전히 던질 거고 우린 정말로 100만 파운드를 훔칠 거예요." 벨라는 절대적으로 존중한다는 의미의 미소를 띠며 돌리의 두 눈을 그윽하게 들여다보았다. 돌리는 부담감이 엄청날 터였다. 벨라는 돕겠다는 마음을 돌리가 알아주길 바랐다.

돌리는 냉정한 표정을 유지하며, 이해한다는 듯 가볍게 고개를 끄덕이고는 돌아서서 다른 여자들에게로 걸어갔다. "늙었다는 소린 좀 작작하면 좋겠어." 그녀가 어깨 너머로 외쳤다.

셜리, 린다와 다시 합류한 돌리는 본론으로 들어갔다.

"시작하자. 린다는 현금 수송 차량 뒤의 밴을 운전하게 될 거야. 나와 셜리를 뒷좌석에 태우는 거지. 낡아빠진 모리스가 오늘 우리의 밴이니까, 오늘은 시간을 재보는 용도로 시늉만 하자."

린다가 코웃음 치며 녹슨 고물차를 바라보았다. "어차피 난 저걸 몰고 해변까지 레이스할 생각도 없었어요."

"벨라, 넌 선두의 저지 차량을 운전할 거야. 린다가 곧 팔 걷어붙이고 찾아나설—"

린다가 말을 끊었다. "알았다고요. 그렇게 계속 잔소리할 것 없잖아."

"너희 둘은 가서 전동 톱하고 해머를 가져와. 우리가 얼마나 준비됐는지 보자." 돌리가 벨라와 린다에게 명령했다.

모든 장비가 준비되고 모두가 해변에 돌아오자, 돌리는 모두를 불러 모아 지시 사항을 좀 더 전달했다. 셜리는 다리를 흔들며 근육을 풀었다. 한편 린다는 모리스의 보닛에 걸터앉아 있었다. 돌리가 먼저 린다에게 말했다.

"먼저 우리가 차에서 빠져나오는 연습을 한다. 그리고 전동 톱을 구동한 다음, 저 고물의 옆구리에 시범으로—"

돌리가 채 말을 마치기도 전에 린다가 말을 끊었다. "전동 톱은 벨라 담당이에요, 돌리. 벨라의 일이라고요. 방금 나는 밴을 운전한다면서요."

돌리가 장홧발로 젖은 모래를 툭툭 건드리더니 고개를 저었다. "내가 마음을 바꿨어. 벨라가 앞의 차량을 운전하고 내가 후방 차량을 모는 걸로."

"하지만 그건 너무 멍청하잖아요." 린다가 고집을 피웠다. "지금까지 우리 중에서 톱을 쓸 줄 아는 사람은 벨라뿐이에요. 난 들지도 못한다고요……. 그리고 돌리가 전방 차량에서 현금 차를 막는 걸로 알았는데요?"

돌리는 한숨을 쉬며 거듭해서 주먹을 쥐락펴락했다. "마음이 바뀌었다고 했잖아!" 그녀가 공격적으로 같은 말을 반복했다. "현금 차량이 전방 차량의 후면을 들이받고 나면, 우리가 돈을 채울 동안 벨라가 저지 차량에서 나와 총으로 호송 요원들을 위협해 묶어 둬야 한다고. 벨라는 자리를 뜨는 마지막 사람이기도 할 거고. 내가 변경하지 않는 한 그게 벨라의 위치다, 알았어?"

"난 좋아요." 벨라는 빨리 진행하기를 바라며 바로 동의했다.

비는 이제 그쳤고, 돌리가 코트를 벗자 핑크색 '댄스 센터' 상하의 트레이닝복이 드러났다. 린다와 셜리는 쿡쿡 터져 나오는 웃음을 감추려 고개를 푹 숙였다. 돌리는 흉물스러운 벨벳 커튼을 두른 것만 같았다. 린다는 돌리가 생추어리 스파의 에어로빅 수업에서 털이 보송보송한 분홍 돼지처럼 땀을 뻘뻘 흘리며 펄쩍펄쩍 뛰는 모습을 상상했다. 돌리는 아랑곳하지 않고 주머니에서 스톱워치를 꺼내 벨라에게 건넨 다음, 외투를 개서 돗자리 위에 놓았다.

돌리의 모범을 따라 셜리와 린다도 무거운 배낭을 등에 졌다. 린다는 전동 톱을 들어보려 했지만 무게 때문에 역부족이었다. "젠장, 이건 시간 낭비라고." 그녀가 뇌까렸다. "벨라가 톱을 들어야 한다는 게 너무 당연하잖아!"

뛸 때 배낭이 덜 움직이도록 셜리가 배낭의 어깨끈을 조였다. "돌리 말대로 하고 예행연습을 시작하는 게 어떨까? 아직 우리가 분명히 아는 게 아무것도 없잖아."

벨라가 린다에게 윙크하며 돗자리에 앉아, 이들이 작전 초반부를 실행에 옮기는 모습을 지켜보았다.

돌리는 셜리와 냉랭한 표정의 린다를 뒤에 태우고 모리스의 운전석에 앉았다. 린다는 무릎에 톱을 걸치고 무겁다며 투덜댔다.

"자, 처음부터 끝까지 우리한테는 딱 4분뿐이야. 차에서 내려 전동 톱을 구동하는 것만 시간을 재보자. 벨라, 준비됐어?"

벨라가 두 엄지를 올려 보였다.

"하나, 둘, 셋…… **시작!**" 돌리가 운전석에서 펄쩍 뛰어내려 모리스의 뒷좌석으로 뛰어가 벨라의 유목 산탄총을 뒤쪽 먼 곳을 향해 들이댔다. 셜리는 뒷좌석에서 뛰어나와 돗자리 옆에 서서 보안요원들 방향으로 유목 산탄총을 겨눴다. 그리고 린다…… 린다는 여전히 모리스의 뒷좌석에서, 마치 입에 긴 막대를 물고 문을 빠져나가려는 개처럼 전동 톱을 문의 프레임에 부딪혀가며 고전하고 있었다.

"이 염병할 것이 너무 길어서 문에서 빠져나갈 수가 없어!" 짜증이 난 린다가 소리를 질렀다.

"갖고 들어갔으면 갖고 나올 수도 있겠지!" 돌리가 맞받아쳤다.

린다는 결국 전동 톱을 다른 좌석에 던진 다음, 몸부터 빠져나온 뒤에 톱을 끌고 나왔다. 시동 코드를 붙잡고 필요 이상으로 세게 당긴 후에 엉뚱한 쪽을 놓아버리는 바람에 톱이 린다의 발치에 떨어졌다. "빌어먹을, 나 이거 안 해!" 린다는 펄펄 뛰며 소리치고는 배낭을 모래에 내던지고 움직이려 들지 않았다. 이 연습이 마치 진짜인 듯 돌리는 뛰어가 전동 톱을 집어 든 다음 시동을 걸어 끝부분을 모리스의 문짝에 휘둘렀다.

셜리는 지지 않으려는 돌리의 선연한 결의에 입을 다물 수 없었다. 린다는 저 늙은 암소가 톱을 떨어뜨려 제 다리를 썰어버리길 바랐다. 그동안 벨라는 참을성 있게 돗자리에 앉아 모든 단계의 시간을 쟀다. 톱이 금속을 써는 소리는 끔찍했다. 차량 안에서 저 소리를 들으면 보안 요원들이 겁에 질려 오금을 못 펴겠구나, 벨라는 생각했다. 마스크를 쓴 네 '남자'를 보고 나면 놈들은 독 안에 든 쥐처럼 꼼짝 못하리라.

돌리가 차의 옆면을 절단하는 데 15분이 걸렸다. 톱날이 뭉툭해서라기보다는 금속면에 대고 밀고 나갈 힘이 없기 때문이었다. 린다는 돗자리의 가장자리, 모래를 가득 채운 베갯잇 옆에 앉아 돌리의 이마에서 솟아나는 땀방울을 지켜보며 죄책감을 느꼈다.

차 문의 일부를 절단하고 나자 돌리는 돗자리로 뛰어가 모래주머니 하나를 집었다. 린다가 자동적으로 벌떡 일어났다. 돌리는 모래주머니를 배낭에 넣었다. "벨라, 다시 시간 잴 준비해!" 돌리가 숨을 헐떡이며 외쳤다. 린다가 모래주머니를 돌리의 배낭에 넣고 다른 주머니를 셜리의 배낭에 넣는 동안 벨라가 일어섰다.

린다가 움직이면서 말했다. "뭐 하러 이 난장판을 다 시간을 잰대? 짭새들이 몰려왔다가 차 한잔하고 돌아와서 우리를 다 체포했을 텐데. 우리가 돈 냄새 한번 맡아보기도 전에 말이야."

"가!" 돌리가 소리를 지르며 50미터 도주로를 먼저 뛰기 시작했다. 셜리와 린다가 금세 돌리를 따라잡은 다음 둘이 선두를 다투었고, 벨라는 그들 옆에서 힘 하나 들이지 않고 가볍게 뛰었다.

돌리가 내내 기침을 하고 씩씩대며 오다가 무릎을 꺾고 화물 운반대에 쓰러질 때까지, 세 젊은 여자들은 도주로의 끝에서 돌리를 기다렸다. "다시." 돌리가 금방이라도 토할 듯한 목소리로 말했다.

"아뇨." 벨라가 상황을 제압하며 말했다. "차 한잔 마시죠. 20분 뒤에 다시 해요."

돌리는 얼른 일어섰다. "지금 다시 가!" 그녀가 소리쳤다.

벨라는 입장을 고수했다. 배낭의 무게에 짓눌린 돌리는 훤칠한 벨라와 대조되어 더욱 왜소해 보였다. "우린 이제 순서가 어떻게 되는지 알고, 우리가 할 수 있다는 것도 알게 됐어요." 벨라가 차분히 말했다. "하지만 필요 시간보다 20분이나 더 걸렸어요. 지금 다시 하면 아무것도 얻는 게 없어요. 그러니 차 한잔하고, 숨도 좀 고르고서 20분 뒤에 다시 해요."

잠시 아무도 입을 열지 않았다. 네 여자는 모리스와 돗자리, 얌전히 대기 중인 피크닉 바구니를 향해 해변을 따라 가지런히 놓인 유목들 사이로 천천히 걸었다.

"셜리, 내가 아까부터 물어보려고 했는데……." 린다가 팽팽한 침묵을 깨고 물었다. "그 예쁜 점프수트는 어디서 샀어?"

18

테리 밀러는 폐 채석장에서 두 시간 동안 차량을 설치했다. 테리의 오랜 친구이자 전직 카레이서인 지미 넌은 역설적이게도 위험한 운전을 금지당한 터라 힘든 시기를 보내고 있었다. 결혼도 한 데다 실업 수당을 받는 처지라 일자리가 절실히 필요한 지미가 네 번째 남자로 완벽할 거라고 테리는 생각했다. 그렇다고 해리 롤린스의 승인 없이 그런 결정을 내리겠다는 꿈을 꾸지는 않았다.

석 달 전, 지미는 영문을 몰랐지만 테리가 그를 해리에게 선보이려고 펍에 데려갔다. 해리는 일을 시키거나 무슨 일을 할지 말해주기 전에 새 부하들을 가늠해보기를 좋아했다. 그날 해리는 지미가 어떻게 일하는지 보기 위해 채석장에 있었다. 보고 마음에 들면 일이 무엇인지 말해주고 팀에 운전자로 합류시킬 생각이었다. 지미는 잘생긴 남자였다. 나이는 서른셋, 키는 180센티미터에 체구가 컸다. 운전 경범죄 외에는 전과가 없고 지문이 채취된 적도 없었다. 전에도 두어 번 은행 강도에서 운전자로 일한 적이 있어 좋은 추천을 받았지만, 도중에 겁을 집어먹고 그만두지 않는다는 평판을 얻은 것은 이전 경험보다는 레이싱 운전자일 때 위험을 감수했던 이력 덕이었다.

지미는 렌 걸리버가 조 파이렐리에게 구해준 선샤인 제빵 회사의 빵 트럭 엔진을 테스트하고 있었다. 후면 문짝이 양쪽으로 열리는 튼실한 사각형 차량이었다. 조가 후면 범퍼 밑에 무거운 금속 바를 덧대서 보안 차량이 충돌해도 충격에 견딜 만큼 강화하고, 운전자를 충격에서 보호할 하네스(충격을 분산시켜 사용자의 신체를 보호할 목적으로 사용되는 벨트 종류―옮긴이)까지 장착해두었다. 지미는 가속기를 밟으며 채석장을 한 바퀴 돌았다. 소리가 썩 좋지는 않았지만 지미가 손을 보고 나면 좋아질 터였다. 해리와 테리에게 돌아온 지미는 밴에서 펄쩍 뛰어내려 보닛을 홱 열어젖히고는, 엔진 위로 몸을 숙여 튜닝을 시작했다. 해리는 감탄했다.

이 모든 일이 진행되는 동안, 조 파이렐리는 옛 채석장 옆으로 난 숲에서 산비둘기며 꿩 따위에 단총신 산탄총을 시험 삼아 무차별 발사해보았다. 조는 프로였고, 자기 '장비'에 관한 한 광신도와 비슷해서 쉴 새 없이 닦고 오일을 발라주었다. 지난 3년 동안 조와 테리는 긴밀히 협력해 일했고, 테리는 그의 자신감과 배짱을 존중했다. 조는 성질이 불같고 난폭한 면이 있었지만, 테리와 다른 이들은 어느 정도가 임계점인지를 잘 알았다. 조의 짙은 눈빛이 묘하게 흔들리면 그것이 경고였다. 그럴 때 조 파이렐리는 치명적으로 돌변했다. 그들은 서로를 존중했지만 가까운 친구는 아니었고, 일할 때를 제외하고는 따로 어울리지 않았다. 그것은 보스의 규칙 중 하나이기도 했다. 해리 밑에서 일하는 자는 묻지도 따지지도 않고 하라는 대로 해야 했다. 그것이 해리의 방식이었고, 모두의 안전을 위해서도 그 편이 좋았다.

조가 채석장 위쪽으로 다시 올라갔다. 한 손에는 붉은 펠트 라이닝을 덧댄 기다란 검정 목재 상자에 '장비'를 넣어 들고, 다른 손에는 죽은 꿩을 들고 있었다. 테리는 조가 그의 차 란치아로 걸어가 트렁크에 총기 케이스와 새를 넣는 모습을 지켜보았다. 조는

233

키가 190센티미터 이상으로 크고, 머리와 눈 색깔이 짙은 이탈리아계 외모였으며, 근육을 만드는 데 집착했다. 얼굴은 군살 없이 날렵했고, 눈동자는 흔치 않은 녹갈색쯤 되었다. 조는 터프한 사내였고, 테리는 자신이 그와 같은 편이라는 데 안도했다.

테리가 조에게 신호를 보내자 두 남자는 가짜 보안 차량을 확인하기 전에 먼저 시계를 확인했다. 해리 롤린스는 자기가 도착하기 전에 모든 게 준비돼 있는 걸 좋아했다. 조와 테리는 조심스레 모든 세부 사항을 점검했다. 돈 주머니들은 무게를 달아두었고, 차량의 위치는 실제 강도를 정확히 반영해 계측되었다. 예행연습 뒤에 차량과 빵 트럭을 청소해서 창고에 가져다두는 것도 할 일 중 하나였다.

이제 빵 트럭의 엔진은 원활히 구동되는 소리를 냈다. 지미는 운전석에서 나와 가짜 밴 옆에 선 조와 테리에게 두 엄지를 치켜들었다. 지미는 그들을 보면 긴장이 됐다. 아니, 사실 테리보다는 조가 더 겁이 났다. 어떤 일인지 아직 몰랐고 오늘도 테스트인 줄은 알았지만, 지미는 해리를 존경했기에 그의 팀에 들고 싶었다.

해리의 은색 벤츠는 너무 조용해서 비포장도로 위를 떠다니는 것처럼 보였다. 아무도 차가 들어오는 소릴 듣지 못했지만 테리와 조는 해리가 차를 대고 나오는 걸 보자마자, 마치 사열하는 사령관 앞에 도열한 군인처럼 차렷 자세를 취하다시피 했다. 황갈색 캐시미어 코트를 어깨에 걸치고 남색 맞춤 정장에 검은색 서류 가방과 짙은 선글라스 차림을 한 해리 롤린스는 막 무장 강도 예행연습을 시작하려는 남자라기보다는 도회적인 은행가처럼 보였다. 그가 조와 테리에게 다가왔다.

"지미 덕에 빵 트럭이 새끼 고양이처럼 가릉거리네요. 이제 문제없겠어요." 테리가 말했다.

해리는 BMW 도주 차량을 보고 지미에게 고갯짓을 했다.

이 일은 지미에게 큰 기회였다. 지미는 BMW로 뛰어가 운전석에 타더니 시동을 걸고 연기가 날 정도로 급하게 회전하며 고속으로 채석장 주위를 달렸고, 위아래로 괴성을 지르는 차와 함께 진땀을 흘렸다. 속력을 내며 세 사람을 지나친 후에 핸드브레이크를 올리고, 차를 180도 회전한 다음 다시 가속했다. 룸미러로 보니 테리가 웃으며 두 엄지를 치켜올리고 있었다.

해리는 자기 차로 돌아가 코트를 벗고 조직적으로 옷을 벗어 하나씩 고이 갠 다음 뒷좌석에 놓았다. 어느 남자든 반쯤 벗은 채 그렇게 서 있었다면 우스워 보였겠지만, 그가 트레이닝복으로 갈아입는 모습에는 단정하고 정돈된 무언가가 있었다.

"폭약을 써보자." 해리가 단화 끈을 묶으려 몸을 숙이면서 말했다.

테리는 작은 샘플을 가지고 모형 현금 차량으로 가서 폭약을 차량의 옆면에 붙인 다음 짧은 퓨즈에 불을 붙였다. 그가 차량에서 멀찍이 비켜서자 쾅, 폭발이 일어났다. 일은 몇 초 만에 끝나고 차량 안쪽에 주먹만 한 둥근 구멍을 남겼다. 테리는 씩 웃으며 다시 다가갔다.

"적당한 양만 쓰면 우리 할머니라도 들어갈 만큼 큰 구멍을 낼수 있단 말이죠. 참, 우리 할머니는 한덩치 해요, 해리."

해리는 팀원들과 함께 지시 사항을 하나씩 조용히, 그러나 정확하고 상세하게 짚어갔다. 그가 말을 마치자 다들 배낭을 하나씩 짊어졌다. 조는 산탄총을 들었고, 해리는 지미에게 스톱워치를 건네며 시간을 재라고 말했다.

"시작에서 끝까지 총 4분을 넘지 않아야 해."

세 대의 밴이 모두 제 위치에 있었다. 빵 트럭이 선두에, 가짜 현금 수송 차량이 중간에, 테리가 몰고 온 밴이 맨 뒤에 있었다. 차량들은 마치 현금 차량이 지금 스트랜드 터널에 갇힌 양 위치를 잡고 있었다. 지미는 스톱워치를 누르라는 해리의 신호를 볼 수 있도록 빵 트럭 옆에 섰다. 해리는 조와 테리를 뒤에 태운 채로 후방 차량의 운전석에 앉았다.

"저 자식, 배짱이 없어 보여." 조가 지미를 가리키며 말했다.

"있어요, 조. 제가 보증하는데 있어요." 테리가 말했다.

"만약 긴장해서 집게손가락을 떨다가 탕 쏘기라도 하면? 우리 전부 살인으로 무기징역 사는 거야."

"바로 그래서 오늘 우리가 여기 온 거 아니냐." 해리가 끼어들었다. "지미는 저 위에서 내가 명령을 내릴 때까지 초만 세고 있어. 쓸모없이 덜덜 떠는지 아니면 침착하게 행동할지 곧 알게 되겠지." 해리가 손을 들자 지미가 알았다는 뜻으로 스톱워치를 들어 올렸다.

해리의 손이 내려오자 지미는 스톱워치를 눌렀고, 남자들은 번개처럼 움직였다. 조는 밴에서 펄쩍 뛰어나와 산탄총을 들고 뒤에 선 상상 속의 차량들을 향해 겨누었다. 테리는 폭약을 가짜 현금 차량 옆면에 턱 붙였고, 해리는 보닛으로 기어 올라가 가상의 운전자와 승객에게 총을 겨누었다. "내려!" 해리가 외치자 그의 낮은 음성이 채석장에 울려 퍼졌다. 앞 좌석에 앉은 두 요원이 차에서 내려 조 앞의 땅에 엎드리게 하기 위해서였다.

펑! 해리 정도 크기의 큰 구멍이 가짜 현금 수송 차량의 옆면에 생기자 해리, 그리고 뒤이어 테리가 기어 들어갔다. 해리는 정확히 무게를 잰 주머니로 테리의 배낭을 채운 뒤 외쳤다. "가!" 그러자 테리와 조가 자리를 바꾸었고, 조의 배낭을 채우는 동안 테리가 보이지 않는 차량들과 상상 속의 요원들에게 산탄총을 겨누었다. 그다음 조가 해리의 배낭을 채운 뒤, 세 남자는 모두 정확히 50미터 떨어진 곳에 세워둔 도주 차량으로 전력을 다해 뛰었다.

작전은 매끄럽게 운영되었고, 지미는 그들이 뛰는 모습을 보며 이 일에 대해 더 알고 싶어서 몸이 달았다.

돌리는 보온병 뚜껑을 잔 삼아 차를 한 모금씩 마시면서 린다와 셜리가 방금 먹은 치킨 샌드위치에 대해 이러쿵저러쿵 하는 소리를 듣고 있었다. 셜리는 린다가 돼지고기 파이를 두 조각 먹었으니 샌드위치는 자기가 먹어야 한다고 했고, 린다는 파이를 샌드위치와 비교하는 건 공정하지 못하다고 주장했다. 두 사람이 티격태격하는 동안 벨라가 샌드위치를 집어 먹어버렸다.

"주둥이 닫으셔들." 벨라의 말이었다.

돌리는 아무것도 먹지 않고 일어섰다. 그녀는 '산탄총' 막대를 셜리에게 건네고 다른 막대는 자기가 가졌다. "뛰는 것만 해보자. 얼마나 걸리는지." 벨라가 펄쩍 뛰어 일어서서 스톱워치를 가지고 해변의 먼 끝으로 뛰어갔다. 린다는 일어서다가 아까 전동 톱을 발에 떨어뜨렸던 부분에 심한 통증을 느꼈다.

"못할 거 같아요, 돌리." 린다가 칭얼댔다.

"그날 무슨 일이 생기면 그렇게 말할 셈이야?" 돌리가 물었다. "아니면 아파도 죽도록 뛸 거야?"

린다는 입을 다물었고, 세 사람은 등에 배낭을 메고 일어서서 벨라의 신호를 기다렸다.

벨라는 50미터 떨어진 곳에 서서, 여자들이 학교 운동회에서 숟가락 위에 달걀을 얹고 뛰는 게임을 하는 오합지졸 엄마들 같다고 생각했다. 돌리는 밝은 핑크색 운동복을 입고, 셜리는 패션쇼 스타일 점프수트 차림이었으며, 린다는 꼭 부랑자 같았다. 벨라는 고개를 절레절레 흔들었다. "준비!" 벨라가 외쳤다. 돌리가 엄지를 치켜들었다. "하나, 둘, 셋, **출발!**"

몇 번을 되풀이해도 돌리는 늘 뒤처졌다. 그녀는 다른 여자들만큼 에너지도 체력도 없었으며, 20미터쯤 뛰고 나면 숨이 차서 헉헉댔다. 결승점까지 도달할 때마다 그녀는 멈춰서 옆구리를 붙잡고는, 온몸을 들썩이며 힘겹게 숨을 고르면서 시간이 얼마나 걸렸는지 물었다. 돌리는 제시간 안에 결코 완주할 수 없다는 게 자명했지만 포기하려 들지 않았다. 거듭해서 등을 돌리고 해변을 거슬러 올라가 다시 낡은 모리스가 있는 곳으로 갔다. 네 번을 뛰고 나자 린다는 한마디 해야겠다고 생각했다.

"이건 말도 안 돼요, 돌리. 나도 하고 셜리도 할 수 있는데 당신이 못하는 걸 왜 우리 셋이 계속해서 같이 뛰어야 해요? 우리를 가로막는 건 당신뿐이에요. 쉬었다가 혼자서 해봐요."

돌리는 양손을 허리에 짚고 고개를 숙인 채 멀찍이 가버렸다. 그녀는 스스로를 한계점까지 몰아붙이며 굴복하지 않으려 했다. 녹슨 모리스에 다다른 돌리는 한 손을 들어 벨라에게 다시 준비하도록 지시했다.

벨라는 손가락을 교차시켜 행운을 빌면서 속삭였다. "돌리, 할 수 있어요." 돌리는 손을 내리고 뛰기 시작했다.

이번에는 제한 시간 내에 들어올 것 같았지만, 정맥이 목에서 펄떡거리고 팔을 마구 흔드는 모습이 보기에 안쓰러울 지경이었다. 결승점을 몇 미터 앞두고 돌리의 몸이 굴복했다. 다리가 풀리며 무릎이 꺾였다. 그녀는 결승선을 향해 몸을 던진 다음 털썩 무너졌다. 사납게 헐떡이며 폐를 긁는 듯한 숨을 내뱉은 돌리는 두 손과 무릎을 모래에 파묻고 힘겹게 쌕쌕거렸다. "이것 좀 내려줘, 벨라!"

벨라가 얼른 돌리의 등에서 무거운 배낭을 들어 올렸다. 린다는 고소를 머금고 의기양양하게 고개를 저었다. 셜리는 린다를 사납게 노려보며 돌리 옆에 무릎을 꿇었다.

"이대론 안 돼요, 돌리." 셜리가 속삭였다. "달리기가 안 되세요."

돌리는 서서히 숨을 고르고 안정을 되찾았다. 그녀는 마지막으로 깊은 숨을 한 번 더 몰아쉰 다음 몸을 일으켜 세웠다. 그녀가 배낭을 집어 벨라에게 건네자 벨라는 스톱워치를 건넸다. 벨라가 바이커 재킷과 바지를 벗자 운동복 반바지가 드러났다. 벨라는 등에 배낭 하나를 짊어지고 셜리의 배낭을 손에 든 채로 해변으로 걸어 내려갔다.

"벨라가 하는 거 한번 보시라니까요." 린다가 뻐겼다. "학교 육상부였거든요."

셜리는 린다를 갈겨주고 싶었다. 린다는 때로 참으로 악독했다. 등에 무거운 짐을 지고도 사뿐히 걷는 벨라를 지켜보며 돌리는 아무 말도 하지 않았다.

벨라는 모리스로 돌아와 셜리의 배낭에서 모래주머니를 꺼내 돗자리 위에 던져놓았다. 모래주머니는 잠시 후 돌리가 시간을 잴 때 필요했다. 그녀는 전동 톱을 들어 톱의 엔진을 테스트하고, 시동을 걸고, 또 시동을 걸어보았다. 린다가 톱을 망가뜨리지 않은

데 안도한 벨라는 등에 배낭을 짊어지고, 손에는 전동 톱을 들고 만신창이가 된 모리스 마이너 안으로 들어갔다.

벨라가 차에서 펄쩍 뛰어나오자 돌리는 스톱워치를 켰다.

그들은 말없이 벨라가 코드를 한 번 잡아당기는 것만으로 톱을 구동해 자동차 문에 산탄총을 밀어 넣을 만큼 큰 구멍을 내는 광경을 지켜보았다. 그런 다음 돗자리로 뛰어가 모래주머니를 집어서 린다의 배낭을 채우고, 그다음에 셜리의 배낭을 채우는 데 드는 시간을 적절히 안배했다. 그녀는 마치 기계 같았다. 벨라가 해변 아래쪽으로 뛸 때 린다는 흥분을 감추지 못하고 펄쩍펄쩍 뛰며 두 팔을 허공에 휘둘렀다.

"가자, 가자, 가자!" 린다가 외쳤다.

돌리의 두 눈은 벨라와 스톱워치 사이를 오갔다. 벨라는 등에 짊어진 무게에 아무 영향도 받지 않는다는 듯이 그들을 향해 큰 보폭으로 날듯이 뛰었다.

벨라가 제일 빠르다는 건 너무도 자명해서 돌리는 걸린 시간을 말할 필요도 없었다. 셜리와 린다가 벨라를 얼싸안는 동안, 돌리는 모리스를 향해 다시 해변을 걸어 올라갔다.

"그럼 이제 처음부터 끝까지 다시 해보자." 돌리는 그들에게 외친 뒤, 죽은 갈매기 몸통 속을 뒹구는 울프에게 휘파람을 불었다.

그들은 한 시간 더 계획을 전체적으로 연습한 다음에야 하루를 마쳤다. 돌리가 피크닉 바구니를 다시 챙기는 동안 벨라와 린다는 전동 톱과 배낭들을 그녀의 벤츠 트렁크로 운반했다. 셜리는 베갯잇의 모래를 비우며 돌리를 곁눈질로 관찰했다. 입술을 꼭 다문 돌리는 다른 팀원들과 보조를 맞추지 못한다는 데 속이 끓는 것 같았다. 셜리는 활짝 위로의 미소를 지어 보였지만 찢어진 입술이 다시 터졌고, 돌리는 셜리를 못 본 척했다. 돌리는 강인한 여자였다. 셜리는 토니 피셔의 공격을 받았을 때 자신이 느꼈던 유약함을 떠올렸다. '난 참 답답했어.' 셜리는 치밀어오르는 분노를 느끼며 생각했다. '하지만 이제 더는 그러지 않겠어.'

마지막 도주 예행연습은 아주 매끄럽게 진행되었고, 목표 시간보다 훨씬 덜 걸렸다. 돌리가 전방의 저지 차량을 운전하고 벨라가 다시 전동 톱을, 그리고 린다가 후방의 임시 차량을 운전하는 것으로 역할을 바꾼 돌리의 결정은 모두의 강점을 살린 탁월한 선택이었다. 대미를 화려하게 장식하고 하루를 마감했을 때, 그들은 피로하고, 몸이 쑤시고, 씻고 싶었지만 활력이 넘쳤다. 처음으로, 실감이 났다. 정말로 진짜 같았다. 셜리는 해변에서 예행연습 뒤의 쓰레기를 치우다가 막대 산탄총을 주워 들고 빙그레 웃었다. 돌리가 등진 것을 확인한 셜리는 마지막으로 '총'을 들어본 다음 모래언덕에 던져버렸다.

돌리는 선두 차량을 운전한다는 결정은 마음에 걸리지 않았지만, 그녀들 앞에서 실패하는 것이 싫었다. 그들은 돌리에게 조언과 안정과 리더십을 기대했고 돌리는 그 역할을 유지해야 했다. 팀은 그 어떤 면에서도 돌리가 나약하다고 생각해서는 안 됐다.

셜리와 돌리가 짐을 다 싸서 떠날 준비가 됐을 때, 린다와 벨라는 거의 계단 아래쪽에 다다른 참이었다. 돌리는 다른 세 여자를 둘러보다가 린다가 노골적으로 다른 여자들에게 눈짓하는 모습을 보았다. 그들은 자신이 이 일을 해낼 수 있다는 데 의심을 품지 않았다. 이제 그들은 돌리를 의심하고 있었다.

돌리는 대형 해머를 집어 들었다. "그러고 보니 내 역할은 연습을 안 했네?" 그녀가 명랑하게 말했다. 모리스에서 두어 발짝 떨어진 곳에 서서 다리를 벌리고 핸들을 단단히 쥔 돌리는 해머를 휘둘렀다. 목의 정맥이 불끈거렸다. 그녀는 혼신을 다해 몸을 던졌다. 비명도 아닌, 뱃속에서부터 끌어올린 괴이한 포효가 쏟아졌다. 해머가 허공을 가르며 날아가 모리스의 앞 유리를 수천 조각으로 산산이 부쉈다. 유리 파편이 뒤로 튀면서 뒷좌석으로 와르르 굴러 떨어졌다. 잠시 동안 차의 내부는 눈이 흩날리는 스노우볼 같은 광경을 연출했다. 아름답다고 느껴질 정도였다.

해머가 뒷좌석에 내려앉자 세 여자는 숨이 턱 막혔다.

"옴마나!" 린다가 모두를 대신해 말했다. "꼭 엄마가 '씨팔!'이라고 욕하는 걸 처음 들은 기분이야!"

돌리가 장난스러운 미소를 띠며 돌아보았다. "나는 내 강점을 알아. 너희 강점도 알지." 그러고는 다시 진지해졌다. "우린 할 수 있어. 보란 듯이 해낼 수 있다고." 그리고 린다마저도 울컥 복받치게 할 한마디를 덧붙였다.

"난 너희를 실망시키지 않을 거야."

이제, 그녀들의 눈에서 의구심은 보이지 않았다. 존중만이 있었다. 그들은 돌리가 이끌 수 있다는 걸 알았고, 돌리는 그들이 따라오리란 걸 알았다.

해리가 세 번째로 뛰었을 때, 그가 팀의 발목을 잡고 있다는 사실이 명백해졌다. 그는 속도가 충분히 빠르지 않았고, 몇 번을 시도해도 빨라지지 않았다.

해리가 여러 선택지를 저울질하는 동안 아무도 입을 열지 않았다. 그의 얼굴은 분노로 일그러졌고, 턱의 근육이 기이하게 불끈거렸다. 그의 분노가 스스로를 향한 것임을 모두가 알 수 있었다. 그들은 정중히 해리에게 혼자만의 시간을 주었다. 결국 해리는 자신의 배낭을 지미에게 건넸다.

"너 뛰는 거 한번 보자." 그가 말했다.

해리의 선홍색 얼굴에서 땀방울이 흘러내리는 동안, 지미는 눈깜짝할 사이에 완주했다. 해리도 조금만 더 어렸다면 식은 죽 먹기였을 테지만, 그는 영리해서 팀의 강점이 어디에 있는지 파악할 수 있었다. 자신의 강점은 달리기가 아니었다. 적어도 이제는.

"시작 지점으로 돌아간다." 해리가 명령했다. "내가 과정 전체에 걸리는 시간을 잴 거야."

테리와 조와 지미가 후방 차량으로 걸어가는 모습을 보며, 해리는 마음이 몹시 아파왔다. 그는 언제나 앞에서 지도를 해왔기에 그 위치를 내려놓는 일은 가슴이 쓰렸다.

조와 테리가 후방 차량의 뒷좌석에 올라타는 동안 지미가 뒤처졌다. 그가 자기 손목시계를 톡톡 쳤다.

"뭐가 문제지?" 해리가 물었다.

"아무것도요." 지미는 멍청하게 보이고 싶지도, 문제를 일으키고 싶지도 않았다. "그냥 제 시계가…… 밥을 너무 많이 줬나 봐요."

해리가 골드 롤렉스를 벗어 지미에게 건네며 말했다. "자, 가져. 이 일이 끝나면 난 신형으로 하나 살 테니까." 그런 후에 해리는 빵 트럭의 운전석에 올라탔다.

지미는 후방 차량의 운전석에 자리 잡은 뒤, 문자반에 다이아몬드가 박힌 해리의 금장 롤렉스를 내려다보며 감탄했다. 이렇게 근사한 시계는 본 적이 없었다. 그는 시계를 결코 벗지 않겠다고 다짐했다.

19

　풀러는 복서의 주인집 여자 뚱보 프랜에게 수백 장의 머그샷을 보여주며 경찰서에서 주말을 보냈다. 프랜은 최선을 다해 돕겠다고 말했지만, 이 여자가 각종 음료와 공짜 음식을 계속 요청하는 걸 본 풀러는 그 때문에 협조하는 척하는 건지도 모르겠다고 생각했다. 프랜은 간혹 어떤 사진을 가리켜 말하곤 했다. "맞는 거 같기도 하고, 잘 모르겠어요. 저 사람인지도 모르겠어요⋯⋯. 차와 비스킷을 좀 더 주시면 먹으면서 생각해볼게요." 그러나 그녀가 선택한 인물에 대해 풀러가 다시 컴퓨터를 두드려보면 그들은 수감 중이거나 이미 죽은 뒤였다. 그래도 이제 유일한 단서는 그녀뿐이었으므로 풀러는 프랜에게 매달릴 수밖에 없었다. 그녀가 사진을 보고 특정 전과자의 이름을 언급할 때마다 풀러는 희망에 부풀었지만, 대부분은 프랜의 옛 애인이거나 심지어 하나는 찾아보니 남편이었다. 제길 이 여자, 고도 비만에 악취를 풍기는 주제에 남자가 꽤 많잖아! 풀러는 씁쓸해했다. 프랜은 결국 자신을 공격한 남자의 얼굴이 그냥 기억나지 않는다고 인정하고 말았다.

　앤드루스는 감식반과 아침 시간을 보냈다. 그는 섀프츠베리 애비뉴 인근 샛길에 버려진 채 발견된 도난 차량을 확인해달라고 요청했다. 차량 밑면의 혈흔은 복서의 혈액형과 같았다. 앞 범퍼와 뒤 범퍼가 모두 파손되었고 전조등이 부서졌다. 복서가 발견된 골목에서 유사한 유리 조각이 발견되었다. 감식반은 깨진 전조등에 걸려 있던 섬유 조각이 복서가 입고 있던 정장의 것과 같고, 현장에 있던 유리 조각도 도난 차량과 일치한다고 확인해주었다. 긍정적인 결과였지만 진척은 없었다. 차량에는 용의자의 지문이 없었고, 가죽 장갑 자국은 복서를 죽인 자에게 전과가 있으며 잡히길 원치 않는다는 점을 보여주었다. 또다시 막다른 골목이었다.

풀러는 체계적으로 메모하기 위해 한 글자 한 글자씩 자판을 세게 내려치면서, 그게 레스닉의 머리였으면 좋겠다고 생각했다. 전날 밤 메이페어에서 대형 보석상 절도가 발생했고, 서는 그 때문에 온통 난리였다. 원래는 풀러가 당연히 사건을 맡아야 했지만, 그는 롤린스 사건에 발이 묶여 있었다. 그러니 진짜 범죄자, 그러니까 살아 있는 놈들을 추적하는 대신 풀러는 지금 건지는 것 하나 없이 뚱보 프랜의 시중을 드느라 시간을 보내고 있었다. 레스닉의 희생양 노릇도 지긋지긋했고, 다른 수사관들도 그를 약 올렸다. 풀러가 레스닉을 얼마나 싫어하는지 잘 아는 그들은 이제 두 사람이 얼마나 떼려야 뗄 수 없는 관계인지, 풀러가 뒤룩뒤룩 살이 찌고 재떨이 냄새까지 풍기면서 서서히 '사수'처럼 변해가고 있다며 줄곧 놀려댔다. 풀러는 열이 나서 속이 쓰린 가운데 타이핑을 마치고 타자기에서 보고서를 홱 빼내려다가 가운데를 북 찢고 말았다. 그는 천장을 한 번 올려다보고 냉정을 되찾은 다음 다시 보고서를 쓰기 시작했다.

이때 앤드루스가 들어왔다. 앤드루스마저 화가 나 있었다. 감식반에게 메이페어 사건보다 복서 데이비스 뺑소니 건을 먼저 처리해달라고 요청했다가 반장이 그를 심하게 닦아세운 것이다. 앤드루스는 젖은 상추마냥 그 자리에 우두커니 서서 레스닉이 받아야 할 불호령을 고스란히 떠안아야 했다. 그는 풀러가 책상 위에서 타자기가 들썩거릴 정도로 힘을 줘 자판을 내리치는 것을 지켜보며 사무실을 오락가락했다.

"어이, 풀러 경사, 절친 레스닉은 어디 두고?" 호크스 경사가 실실 웃으며 문간에서 고개를 쑥 내밀었다.

"꺼져." 풀러가 대꾸했다.

"그러지요." 호크스가 약을 올렸다. "나는 사건 파러 갈게, 리치먼드랑 같이. 우린 메이페어 사건에 배정됐거든. 이제 롤린스 마누라 감시하는 시간 낭비는 안 해도 된다고."

"어떻게 너는 이동했는데 나는 안 됐지?" 풀러는 부아가 치밀었다.

"경감이 불량품을 모두 한 팀에 모으려는 거 같아. 서의 다른 팀까지 감염되지 않도록." 호크스가 놀려댔다.

풀러는 뚜껑이 열렸다. 메이페어 사건에 합류할 수 있는지 반장에게 문의해야겠다 싶었지만, 반장이 원했다면 이미 불렀을 거라는 생각이 들었다. 제기랄, 정말로 레스닉의 무능함이 옮고 있는 거라면 어쩐다? 그는 호크스를 노려보았다.

"레스닉이 여기에 대해서 알아?" 풀러가 물었다.

"모르지. 요즘은 레스닉 본 적도 없고, 신경도 안 써. 손더스 경감의 결정이야." 호크스는 경쾌하게 대답하며 풀러가 혼자 열 내도록 남겨두고 문을 닫았다.

5분 뒤, 앨리스가 들어왔다. 그녀는 전과 기록부로 배속될 참이었다. 어떻게 보면 안도가 되었다. 옮기면 스트레스는 훨씬 덜할 테니까.

"두 분은 오늘 새 사무실로 이사 가실 거예요." 그녀가 풀러와 앤드루스에게 알려주었다. "인테리어 업자들이 일을 아주 잘했어요. 근사하게 새 단장을 했고, 집기도 모두 새거예요." 그녀는 인자한 엄마와 엄격한 사감 선생의 중간쯤인 목소리로 말했다.

풀러는 책상의 물건과 파일을 거의 다 싸서 옮겨두었다. 앤드루스는 사무실 집기를 옮기라는 명을 받을까 봐 잠시 매점으로 빠져나가 있었다.

"레스닉 경위님은 아직 안 오셨나?" 풀러가 타자기에서 보고서를 조심스레 빼내고 책상에 남은 나머지 서류를 챙기며 앨리스에게 물었다.

"아뇨. 게다가 사무실을 비우셔야 하는데 아무것도 안 하셔서 아주 화가 나요! 물건을 담으시라고 박스까지 갖다 드렸는데 그것도 안 하셨다고요." 그녀는 수사과 선임 수사관들 모두의 공동 비서였지만 레스닉은 마치 그녀가 자신만을 위해 일하는 개인 비서인 양 행동했다.

"앨리스." 풀러가 친절하게 물었다. "뭘 기대했어요?"

앨리스는 풀러를 흘겨보았다. 풀러의 말뜻은 정확히 알았지만 레스닉에 대한 존중이 없는 게 싫었다. 레스닉은 실용적인 일에 관해서라면 게을러빠진 사람이었다. 그는 무언가를 하지 않고 내버려두면 앨리스가 대신 해주리라는 걸 알았다. 한번은 레스닉이 동료들과 함께 그 점을 두고 낄낄대는 모습을 직접 보기까지 했다. "개를 두고 왜 직접 짖어?" 그녀는 진심이 아님을 알면서도 그 말에 깊게 상처받았다. 레스닉은 그녀가 일일이 챙기기 때문에 게으른 것일 뿐 실제로는 그렇지 않았다. 그녀는 그래도 레스닉을 변호했다. "글쎄요, 경위님은 아주 바쁘시잖아요, 풀러 경사님. 사소한 일에 쓰실 시간이 없어요."

247

풀러는 마지막 박스를 운반하면서 앨리스에게 웃어 보였다. "앨리스 같은 직원을 두다니 경위님은 복이 많아요. 안됐지만 당신도 복이 많다고는 못 하겠네요."

"경위님이 언제 들어오실지 혹시 아세요?" 앨리스가 풀러의 뒤통수에 대고 외쳤다.

"몰라요! 오든가 말든가!" 풀러도 맞받아 외쳤다.

텅 빈 복도를 따라 걷던 앨리스는 금이 가고 테이프를 덕지덕지 붙인 레스닉의 사무실 문 밖에 멈춰 섰다. 손잡이를 돌려보았다. 평소처럼 잠겨 있었다. 복도 반대쪽의 반회전문이 활짝 열리고 레스닉이 나타나면서 정적이 깨졌다. 그는 새 사무실을 지나며 풀러와 앤드루스를 고함쳐 불렀다. 앨리스를 고함쳐 부르려는 찰나, 그는 자신을 기다리고 있는 그녀를 보았다.

"좋은 아침, 앨리스!" 레스닉이 열쇠로 자기 사무실 문을 열고 들어가는데 기침 발작이 터졌다.

레스닉의 사무실은 언제나처럼 난장판이었다. 물건을 박스에 담으려는 시도는 아예 하지도 않았다. 그는 모서리가 뭉툭해지고 낡아버린 서류 가방을 책상에 던져놓고 수화기를 들었다.

"경위님, 전화는 이제 끊겼어요." 앨리스가 참을성 있게 말했다. "인테리어 업자들이 오늘 여기서 작업을 시작할 거라 위층의 새 별관 사무실로 이사하셔야 해요."

레스닉이 수화기를 탕 내려놓았다. "왜 나한테 얘기 안 했어?!"

앨리스는 사실 다섯 번이나 얘기했지만 그 말은 하지 않았다.

레스닉이 사무실 열쇠를 앨리스에게 주었다. "아무것도 네 시야에서 벗어나면 안 돼." 그가 그녀의 두 눈을 그윽이 바라보며 진중하게 말했다. 그는 앨리스를 어느 누구보다도 신뢰했다.

"물론이지요." 그녀 역시 똑같이 진지하게 대답했다. 레스닉이 떠났다.

앨리스는 레스닉의 직장 생활을 대변하는 어마어마한 혼돈 속에 서 있었다. 다른 누군가의 사무실이었다면 타자수들에게 일임했을 테지만 레스닉의 사무실은 그럴 수 없었다. 그는 자신의 성소 열쇠를 앨리스에게 맡겼고, 그녀는 종이 쪼가리 하나도 자기 시야에서 벗어나게 할 수 없었다. 앨리스는 무겁게 한숨을 쉬었다. '왜 난 늘 당신이 날 이렇게 대하도록 내버려두는 거죠?' 앨리스는 생각했다. 레스닉은 그녀의 삶에 날마다 소용돌이처럼 느닷없이 찾아왔다가 가버렸고, 매일 밤 그녀는 폭풍이 남긴 잔해를 정리해야 했다. 그는 자기 질문에 대한 대답이 아닌 한 그녀가 하는 말에 귀 기울이는 법이 없었고, 퇴근할 때는 셀 수도 없을 만큼 자주 이렇게 외치곤 했다. "아버님께 안부 전해드려! 핫 토디(위스키로 만든 달콤한 음료—옮긴이) 한 잔 드려, 그거면 금세 거뜬해지거든." 아버지는 돌아가셨다고 천 번쯤 말했는데도.

하지만 앨리스는 왜 자기가 레스닉 주위에서 맴도는지, 왜 자기가 그를 위해서라면 무슨 일이든 하는지 정확히 알았다. 그녀는 15년 동안 그를 사랑해왔던 것이다.

20

린다는 사격장 계산 부스에 앉아 손톱을 뜯고 있었다. 쿵쾅대는 음악 소리에 머리가 아팠다. 그녀는 해변 예행연습 뒤 창고에서 가졌던 회의를 생각했다. 회의는 끝이 좋지 않았다.

모두가 성공적인 예행연습 뒤의 승리감에 도취되어 있었지만 분위기는 곧 싸늘해졌다. 모든 것은 벨라가 돌리에게 강도 뒤에 돈을 어디 숨길 것인지 물어본 것에서 시작되었다.

"말해줄 수 없어." 돌리는 사무적으로 대답했다. "나도 모르니까 말해줄 수가 없어. 간단한 이치지. 돈은 안전할 거야. 너희가 꼭 알아야 할 건 그뿐이고."

"우리를 못 믿어요?" 린다가 즉각 방어적으로 말했다.

"린다, 맘에 안 들면 나가는 문은 저기야."

돌리가 새로운 체크 리스트를 건넸을 때 세 사람은 언짢은 침묵 속에 서 있었다. 거사 후에 여자들은 각자 따로 히스로 공항으로 가서 리우데자네이루행 비행기를 타기로 되어 있었다. 정확한 날짜와 시간은 돌리가 보안 회사 내부인과 만난 뒤에 확정할 터였고, 지금은 모두 공항에 가는 법과 여행 중 행동에 대한 지시만을 전달받았다. 마지막으로 돌리가 모두에게 호텔 경비로 쓸 두툼한 돈 봉투를 건넸다.

셜리는 함박웃음을 지었다. 지금 벌어지는 일이 흥분되기도 하고 겁도 났다. "돌리는 리우에 가기 전에 어디로 가세요?"

"아무 데도 안 가." 돌리가 무뚝뚝하게 말했다. "돈을 숨길 적절한 시점을 잡은 다음에 울프를 애견 호텔에 맡겨야 해. 우리가 동시에 사라지면 의심을 살 거야. 모두가 리우에서 지낼 충분한 돈은 내가 가지고 갈 거야. 적어도 두 달은 쓸 만큼. 오래 떠나 있을수록 더 안전해져."

모두의 마음에 걸리는 질문을 하려고 린다가 입을 열었지만 벨라가 가로막았다. 이 질문이 서로 헐뜯고 싸우는 진창이 되는 것은 원치 않았다. "그럼 돈의 대부분을…… 어디에 숨겼는지는 당신만이 아는 건가요?" 벨라가 정중하게 물었다.

돌리는 자신이 무슨 일을 하는지, 왜 하는지에 대해 그녀들에게 해명할 필요가 있다는 걸 경험으로 알았다. "우린 해리가 일하던 방식으로 해야 해. 팀은 해리가 돈을 어디에 숨겼는지 아무도 몰랐고, 해리는 팀을 배신한 적이 없어. 다들 해리를 죽도록 신뢰했……." 돌리는 잘못된 단어 선택을 후회하며, 린다나 셜리와 눈을 마주치지 않으려 고개를 푹 숙였다. "다들 해리를 신뢰했어." 그녀가 말을 고쳤다. "팀원들은 물론 좋은 사람이었지만, 해리는 그들이 당장 나가서 돈을 펑펑 쓰고 싶은 유혹에 빠지리라는 걸 알았어. 그러면 다른 사람들의 주의를 끌게 되지. 특히 경찰의." 그녀는 잠시 말을 멈추었다. "그리고, 난 너희를 보기 좋게 속이고 돈을 가지고 사라지는 짓은 하지 않을 거야."

"당신한테 무슨 일이 생기면요? 잡히거나 버스에 치이기라도 하면 어떻게 되죠?" 벨라는 여전히 근심스러워 보였다.

모든 걸 알고 싶어 죽을 지경인 린다도 거들었다. "어떻게 되긴, 우리가 리우에서 빼도 박도 못하게 되는 거지. 돌리, 우리도 다 알아야겠어요."

돌리는 분노보다 상처를 더 크게 받았다. 그들은 아직도 돌리를 신뢰하지 않았다. 돌리는 세 사람에게 맞섰다.

"지금 말이지," 돌리가 이를 악물고 손을 들어 엄지와 검지 사이를 살짝 띄우며 말했다. "딱 이만큼이 모자라네. 내가 지금 모든 걸 다 취소하고 이 자리를 박차고 나가기까지. 그럼 너희는 내가 준 돈만 한 푼도 남김없이 다 갚으면 되겠지. 지금 너희는 평생 손에 쥐어본 적도 없는 액수의 현찰을 들고 있어. 그러면서 감히 나를 의심하다니! 너희끼리 일을 치를 수 있을 거 같으면 그렇게 해. 나 없이 진행하고, 어디까지 가는지 한번 보자고! 끝없는 의심에 나도 지쳤어. 세 사람, 지금 당장 선택해. 그만두고 싶어? 너희끼리 할래? 그렇다면 지금 말해! 내게 지금 말하라고!"

셜리는 돌리를 화나게 할 만한 말을 하지 않았는데도 죄지은 듯이 고개를 떨어뜨렸다. 그녀 역시 돌리에 대해 나쁜 생각을 한 게 사실이었다. 린다는 돌리의 고함에 그다지 위축되지 않았지만 장부와 보안 업체 내부인 없이는 자기들끼리 일을 할 수 없다는 걸 알았다.

결국 벨라가 현명한 중재자로 나섰다. "우린 돈 숨긴 곳을 몰라도 돼요, 돌리. 당신을 믿어요. 믿어야 하고요."

돌리는 어깨를 으쓱했다. 벨라의 옆구리를 찔러 억지로 짜낸 말이었으나, 지금은 그것으로 족했다. 울프를 안아 올린 돌리는 후회할 말을 내뱉기 전에 자리를 떠났다.

돌리의 등 뒤로 문이 닫히자 벨라는 린다와 셜리를 향해 돌아섰다. "난 너희 둘과 달리 저 여자의 소중한 해리가 주도한 강도 때문에 남편을 잃지는 않았지만, 너희가 이건 알아줬으면 해. 만약에 돌리가 허튼 수작을 한다면 내가 저 여자를 죽이겠어. 난 저 여자가 약속하는 걸 믿고, 내 인생을 이 일에 걸었어. 난 평생 이렇게 잃을 게 많았던 적이 없어. 누가 내게서 그걸 빼앗으려 한다면 그 사람은 아주, 아주 후회하게 될 거야."

셜리는 충격받은 듯했다. 벨라의 말은 농담이 아니었다. 린다는 마지막 손톱을 너무 깊이 물어뜯어 피를 냈다. 벨라와 마찬가지로 린다는 아직 돌리를 완전히 신뢰하지 못했다. 그들이 지구를 반 바퀴 돌아 날아간 상황에서 돌리만이 절도한 돈에 유일하게 접근할 수 있을 참이었다. 그들은 액수도 정확히 모를 돈을!

지금, 창고에서 일어난 일을 몇 시간 뒤 사격장에서 돌아보면서 린다는 몹시 화가 났다. 그녀는 커피에 보드카를 좀 더 붓고 들이켰다. 돌리에게 통제당하는 기분이 싫었고 어린애 취급도 싫었다. 이제 와서 누군가의 지휘를 받아야 한다는 게 싫었다. 그 모든 것에 생각이 미치자 심지어는 이런 생각마저 들었다. 벨라와 셜리와 나 셋이서 일을 치르는 게 정말 그렇게 불가능한 일일까?

셜리는 전신 거울을 보며 생긋 웃었다. 기분이 좋았다. 새로 산 마사지 팩이 아주 잘 들어서 피부가 매끈매끈했다. 셜리는 손톱을 깎고 다듬기 시작했다. 해변 예행연습은 죽음이었다. 녹초가 된 몸을 느긋하게 누이려는 찰나에 초인종이 울렸다. 셜리는 하마터면 실크 가운에서 튀어나갈 뻔했다.

심장이 쿵쾅대기 시작했다. 토니 피셔가 문간에 서 있으면 어쩌지? 지금은 혼자가 아닌가! 놈은 문을 부수고 들어와 이번에는 그녀를 때리고 강간할 수도, 심지어 죽일 수도 있었다. 셜리는 벽시계를 보았다. 새벽 1시 15분이었다. 셜리는 겁에 질려 움직이지도,

소리를 내지도 않았다.

충계참에 선 린다는 초인종에서 손가락을 떼지 않았다. 길에서 셜리의 방 안에 불이 켜 있는 걸 보았다. 린다는 낄낄 웃었다. 저 얌전한 척하는 고양이가 설마 지금 사내한테 다리를 벌리고 있는 건 아니겠지!

초인종이 계속 울렸다. 셜리는 토니 피셔일 리가 없다고 생각했다. 그였다면 지금쯤 벌써 문을 박차고 들어왔거나 적어도 열라고 소리 질렀을 것이다. 그녀는 까치발로 문으로 다가가 떨리는 목소리로 물었다. "누구……세요?"

린다는 늦은 시각과 셜리의 긴장 따위는 안중에도 없었다. "나야, 멍청아! 열어!"

셜리가 수많은 잠금장치를 푸는 동안 린다는 초조하게 기다렸다. 무슨 요새의 잠금장치 같았다. 볼트며 체인, 이중, 심지어 삼중 잠금장치까지 있어 몇 개나 되는지 셀 수도 없었다. 문이 마침내 열렸을 때, 린다는 셜리의 얼굴에서 안도감을 읽을 수 있었다.

"망할, 린다, 얼마나 놀랐는지 알아? 용건이 뭐야?"

"그냥 돌리에 대해 얘기하고 싶어서 왔어." 린다는 보드카 때문에 조금 휘청대며 말했다.

셜리가 다시 볼트를 채우고 현관문을 잠그는 동안 거실로 걸어 들어간 린다는 허를 찔린 듯 놀랐다. 셜리의 아파트는 인테리어 디자인 잡지에 나오는 집 같았다. 전체적으로 연한 색상 페인트에 크고 두꺼운 러그, 고급스러운 가구와 소나무 소재 빈티지 장식장까지. 린다는 샘이 났다. 이렇게 장식하고 가구를 갖추는 데 상당한 돈이 들었으리라. 테리는 조와 해리 롤린스와 함께 일하면서 돈깨나 번 게 틀림없었다. 조도 테리와 같은 돈을 받았을 텐데, 그렇다면 그는 린다나 둘의 집에 왜 그리 돈을 안 썼단 말인가? 조는 린다에게 인색했다기보다는 자기 가족에게 자선사업 하듯 돈을 펑펑 써제꼈다. 살 집을 마련해주고, 이탈리아에서 날아오도록 비행기 값을 대주고, 집세를 내주고, 늘 공돈을 뿌렸다. 또한 린다는 조가 클럽과 도박에 돈을 쓰고, 모든 사람에게 술을 돌려댔다는 사실도 알고 있었다. 게다가 그와 놀아나는 금발 잡년도 있었다. 고급 실크 나이트가운을 걸친 셜리가 중앙난방을 조정하는 모습을 지켜보며 린다는 신경이 날카로워지고 분노가 치밀었다. 어느 것도 셜리의 잘못이 아니었지만 린다는 이성을 찾을 기분이 아니었다.

"술 한잔 어때?" 린다가 물었다.

셜리는 린다가 전작을 하고 왔음을 알 수 있었다. '보드카를 마셨나 보네.' 엉망으로 취한 '심술 난 담비' 같은 표정이 다 말해주었다. 보드카가 없는 셜리는 큰 브랜디 병을 들어 제일 좋은 크리스털 잔에 술을 따른 다음 린다에게 건넸다.

린다는 고급스러운 술잔이 눈에 들어왔지만, 아무 말도 하지 않고 마치 좀 안다는 듯이 브랜디 잔을 빙글빙글 돌렸다. 그녀는 두터운 하얀색 러그 위에 앉아 삼인용 고급 소파에 기대 브랜디를 한 모금 들이켠 다음, 바로 본론으로 들어갔다. "돌리가 우리한테 솔직한 거 같아? 어떻게 생각해?"

셜리는 벽난로 가까이에 머물렀다. 피곤했고, 린다의 의심하는 태도에 진력이 났다. "물론 솔직하다고 생각하지." 셜리가 단호하게 말했다.

"나랑 벨라랑 얘기를 했는데—" 린다가 말을 꺼냈다.

"술도 마시고." 셜리가 끼어들었다.

"좀 가만있어봐, 응? 돌리가 자기 남편이 살아 있다고 소문 퍼뜨리는 거랑…… 달아난 네 번째 남자 말이야. 우리가 생각을 했는데, 만약 둘 다 사실이면? 해리 롤린스가 살아 있고, 달아나면서 우리 남편들을 타 죽게 만들었다면?"

"무슨 그런 바보 같은 소릴 해!" 셜리가 따졌다. 린다가 지금까지 한 말 중에서도 가장 어리석은 소리였다.

"우리가 리우에 갔는데 돈이 어디 있는지도, 돌리가 어디 있는지도 모른다면? 네 번째 남자가 런던 어딘가에 숨어 있다가 나타나서 돈을 갖고 튄다면? 그게 해리고, 돌리가 한패라면? 그 여잔 해리를 죽도록 사랑하잖아, 셜. 놈을 위해서라면 뭐든 할 거야."

셜리는 몸이 뻣뻣이 굳으며 뺨이 붉어졌다. 그녀는 흥분을 가라앉히려고 주먹을 꽉 쥐었다. 이렇게 배은망덕하고 악의적인 개소리는 평생 들어본 적이 없었다. 린다는 일어서서 몸을 숙여 손톱을 다 씹어 먹은 손가락으로 셜리를 쿡 찔렀다. 셜리는 린다를 밀쳐내고는 허리를 펴고 서서 양손을 허리에 짚었다. 그녀는 소리지르지 않았다. 침착한 목소리로 린다를 호되게 나무랐다.

"돌리의 슬픔이 진짜가 아니라고 생각해? 그날 사우나에서 우리한테 계획을 말했을 때, 그게 다 우리랑 상관없는 큰 그림의 일부였다고? 해리는 죽었어! 너의 조가 죽고 나의 테리가 죽었듯이. 그 여자의 슬픔이 내 슬픔만큼 진짜가 아니라고 내가 믿기를 바라진 마. 네가 안 믿는다고 해서 우리가 다 그런 건 아니야!"

"알았으니까 진정해! 그래, 달아난 게 해리가 아닐 수도 있어. 하지만 그래도 우리 모두를 속이고 있을지도 몰라. 그게 아니면 왜 돈 숨기는 곳을 우리한테 말해주지 않지?"

"설명했잖아!" 셜리의 눈이 커지고 표정은 심각하게 굳어졌다.

"린다, 돌리한테 할 말 있으면 돌리 앞에서 직접 얘기해. 너와 벨라는 원하는 대로 생각해도 좋지만 난 돌리가 이중 게임을 하고 있다고는 생각 안 해. 선두 트럭을 운전하려 하지 않았지만, 이제 하잖아. 가장 위험한 위치인데 하는 거야. 우리 모두를 위해서 그게 옳으니까."

린다는 입장을 고수하려 최선을 다했다. "나랑 벨라는—"

셜리가 답답해서 꽥 소리를 질렀다. "늘 '나랑 벨라! 나랑 벨라!' 네가 벨라를 끌고 들어와서 이젠 너희 둘이 문제를 제기하고, 내가 너희 편을 들길 바라지. 글쎄, 난 안 할 거야. 돌리는 아직 우릴 실망시킨 적 없고, 적어도 난 돌리가 실망시킬 거라고 생각 안 해. 고의로는."

"알았어, 미안해. 미안하다고." 린다는 의견을 철회하며 말했다.

하지만 셜리는 린다가 그리 쉽게 빠져나가게 두지 않을 참이었다. "아니, 알긴 뭘 알아. 돌리는 우리를 돌봐주기만 했는데 이 늦은 밤에 와서 반란을 일으키자고 하잖아. 린다, 넌 요즘처럼 좋았던 적도 없잖아. 그리고 토니 피셔한테 당하지도 않았고. 그 개자식이 네 젖가슴을 담뱃불로 지지려고 한 적도 없잖아! 너 때문에 정말 걱정돼, 알겠어? 정말 걱정된다고!"

린다는 오지 말았어야 했다는 걸 깨달았다. 그녀는 긴장을 누그러뜨리려 브랜디 병으로 손을 뻗었다.

"이미 충분히 마신 거 같은데. 가는 게 좋겠어." 셜리가 병을 낚아채며 말했다.

린다는 김이 새서 청바지 주머니에 손을 찔러 넣고는 말썽쟁이 여학생처럼 고개를 푹 숙이고 서 있었다. 셜리는 한숨을 쉬고 병 뚜껑을 열어 브랜디를 조금 따라주었다. 린다는 유리잔을 들고 장식장 쪽으로 다가가 가지런히 놓인 사진들을 바라보았다. 술을 마시던 그녀가 한 사진을 가리켰다.

"너네 엄마야?" 린다가 물었다.

셜리는 소소한 대화를 나눌 기분이 아니었지만 린다만의 사과 방식인 것 같아서 응해주었다. "여긴 내 동생. 이쪽은 우리 아빠고."

셜리에게 등을 돌린 린다의 뺨에 조용히 눈물이 흘렀다. 셜리는 린다가 입을 열 때까지 그녀가 우는지도 몰랐다.

"우리 아버지는 내가 세 살 때 달아났어. 우리 엄마는 나를 고아원에 버리고 가서 다시는 돌아오지 않았고. 지금은 엄마가 기억 안 나. 어떻게 생겼는지도." 린다는 남은 브랜디를 비우며 말했다. "근사한 가족이네. 넌 행운아야, 셜." 그러고는 배시시 웃는 평소의 린다로 돌아와 물었다. "너, 남자 있어?"

"당연히 없지." 셜리는 린다가 평소에 술 마실 때 늘 그러듯 음탕하고 부적절하게 굴지 않기를 바라며 대답했다. 하지만 린다는 상당히 숙녀다운 태도를 유지했다.

"난 남자가 있어. 그 사람을 만나면 안 되지만 말이야. 돌리가 싫어하거든. 하지만 난 그 사람이 좋아, 셜. 정말 좋아. 그 사람은 다정해. 그리고 전망도 있어. 조보다도 훨씬 미래가 밝아. 자기 정비소가 있고, 레이싱 선수가 되고 싶어해." 린다가 자랑스럽게 덧붙였다.

"어머나, 세상에." 셜리의 두 눈이 별안간 유령이라도 본 듯 커졌다. 셜리는 무릎을 꿇고 장식장의 양쪽 문을 활짝 열어 앨범을 꺼내더니 미친 듯이 뒤적이기 시작했다. "그 사람이 틀림없어!" 셜리가 거듭 말했다. "그 남자가 분명해! 여기!" 찾던 것을 발견한 셜리는 린다의 팔을 붙들고 바닥으로, 자기 옆으로 끌고 내려와 하얀 정비공 작업복을 입은 남자의 어깨에 테리가 팔을 두르고 있는 사진을 가리켰다.

"지미 넌이야!" 셜리가 흥분해서 말했다. "이 사람은 카레이서였어. 생각해보니 그가 네 번째 남자였던 거 같아, 린다! 테리가 그를 팀에 끌어들였을지도 몰라. 해리의 장부에 언급되지 않은 것도 그 때문이야. 돌리가 찾을 수 없었던 것도……. 새 멤버였던 거야."

"어떻게 확신해?"

"테리가 이 사람에 대해서 한참 얘기했거든. 지미가 얼마나 대단한지 아무도 따라잡을 수 없다면서 말이야. 이 사람이 전방 트럭을 운전했던 것 같아. 말이 되거든. 안 그러면 우리가 왜 그를 못 찾겠어? 새 인물이니까 그렇겠지."

갑자기 정신이 든 린다가 사진을 앨범에서 꺼내며 말했다. "돌리한테는 아무 말 하지 마. 확인하기 전까지는. 셜, 내가 이 남자를 찾게 해줘. 그런 다음에 돌리한테 얘기하자."

"네가 어떻게 찾아?" 셜리는 믿지 못하는 듯했지만 린다는 절박했다.

"제발, 셜. 내가 하게 해줘. 제대로 할게, 약속해." 린다가 통사정했다.

셜리는 마지못해 고개를 끄덕였고, 린다는 앞문으로 총알같이 빠져나갔다. 지미 넌이라……. 린다는 자기 남자들을 죽도록 내버려두고 간 개자식을 반드시 찾겠다고 결심했다. 하지만 그보다도 돌리에게 자신에게도 머리가 있다는 걸, 팀의 일원이라는 걸 입증하겠다고 결심했다.

풀러의 불만을 듣고 있는 손더스 경감의 얼굴에는 표정이 없었다. 손더스는 가끔 풀러가 준 파일에서 고개를 들어 아직 듣고 있다는 듯 끄덕여 보이고는 계속 파일을 읽었다.

풀러는 마음속의 말을 모두 쏟아내고 말겠다는 듯이 장광설을 늘어놓았다. "경감님, 팀 내부 일을 고자질하는 것처럼 보이지 않기를 바랍니다만, 레스닉 경위가 사건을 어떻게 처리하고 있는지 아셔야 합니다. 제가 보기에는 메이페어 사건에 인력이 더 필요한 것 같고, 제가 거기에 정말 보탬이 될 수 있다고 봅니다. 그런데 저는 죽은 남자 집 밖에 앉아서, 그 과부가 미용실이나 수도원에 가고 개 산책시키는 거나 감시하고 있습니다. 경찰청으로서도 초과 근무 비용만 늘어나고, 아직 이렇다 할 성과도 없으니 팀의 사기도 떨어집니다."

풀러가 한껏 울분을 푸는 동안 손더스는 사무실 문 쪽으로 다가가더니 문을 열었다. 풀러는 즉각 말이 없어졌다.

"그를 좋아할 필요는 없어. 하지만 일은 계속 같이해야 해." 손더스가 말했다.

풀러는 일어서서 손더스의 책상 위로 몸을 숙여 가져온 파일을 집었다.

"파일은 내가 갖고 있지." 손더스가 말했다.

손더스는 풀러의 등 뒤로 문을 닫고는 후우 심호흡을 했다. 풀러는 훌륭하고 성실한 경찰이었지만 좋은 팀원이라고는 할 수 없었다. 레스닉이 그를 높이 평가하고 있는 걸 안다면 외려 놀랄 것이다. "그 자식은 점잖은 척하면서 자기가 누구보다 낫다고 생각하는 계집애 같은 놈이야." 레스닉은 손더스에게 이렇게 말한 적이 있었다. "게다가 자기는 똑똑하니 다리 품 파는 건 하찮은 일인 양 행동할 때면 내가 아주 짜증이 나. 게다가 아주 더럽게 기억력이 좋아서 놓치는 게 없는 줄 알지. 그 녀석은 직감에 좀 더 귀를 기울여야 해. 언젠가는 그리 되겠지. 하지만 놈이 다른 팀원들보다 낫다는 건 실은 맞는 말인지도 몰라."

풀러가 경력을 무엇보다도 중시하는 반면 레스닉은 그런 적이 없다고 손더스는 생각했다. 레스닉은 눈엣가시 같았지만 그건 그가 어떤 생각이 머리에 들어오면 뼈다귀를 문 개처럼 변하기 때문이었다. 그리고 틀린 적보다는 옳은 때가 많았다. 서의 사람들 대부분과 마찬가지로 손더스는 레스닉이 해리 롤린스를 쫓는 일에 감정적으로 매달린다고 생각했지만, 생각해보면 함정에 빠진 것이니 그를 비난할 수 있는 사람은 사실 없었다. 결국 그를 퇴직으로 몰아갈 만한 것은 레스닉 자신의 편협한 태도였다. 손더스는 레스닉이 제 목을 맬 밧줄만 좀 더 마련해주면 되었다. 풀러가 건넨 파일은 딱 그가 찾던 밧줄이었다.

적당한 간격을 두고 손더스는 레스닉과 대화를 나누고자 풀러를 따라 새 사무실로 갔다. 잘 꾸민 새 별관의 새 책상이 텅 비어 있었다. 발걸음을 돌려 레스닉의 옛 사무실로 들어가 보니 앨리스가 골판지 박스에 파일을 집어넣고 있었다.

앨리스는 놀라서 얼어붙었다. "경감님, 레스닉 경위님은 요청대로 짐을 싸던 중이셨는데 제가 외람되게도 집중을 방해해서, 좀 늦어지셨습니다." 그녀는 능란하게 거짓말을 했다. "그래서 일정을 못 맞추신 게 다 제 탓이니 제가 짐 싸는 걸 마무리하겠다고 말씀드렸어요."

손더스는 앨리스에게 따스한 미소를 보였다. 그는 레스닉에 대한 그녀의 충성을 진심으로 높이 샀고, 늘 그녀가 훌륭한 경관감이라고 생각했다. 손더스는 싸놓은 짐에서 파일 하나를 집어 들었다. 몇 달 전 것인데도 작성이 끝나지 않은 서류였다. 다음으로는 레스닉 책상의 일력을 살펴보았다. 페이지를 아무리 넘겨도 아무 메모도 남겨놓지 않아 그의 행적을 도무지 종잡을 수 없었다. 경찰 행정의 기본 규칙과 규정에 대한 레스닉의 전면 무시에 손더스의 얼굴이 붉어졌다.

"레스닉 경위가 들어오면," 그가 활기차게 말했다. "앨리스, 내가 내 사무실에서 좀 보잔다고 전해줘. 이번엔 꼭 오라고 해. 핑계도 대지 말고."

21

린다는 자기 자신이 매우 만족스러웠다. 브랜즈 해치 카레이스 경기장에 전화를 한 통 넣어 조금 애교를 부리고 살짝 들쑤시는 것으로 지미 넌이 사는 곳을 알아낼 수 있었다. 그런데 한동안 아무도 그를 본 사람이 없다고 했다. 그녀와 통화한 정비공은 지미에게 자기한테 빌려간 50파운드를 상기시켜준다면 고맙겠다고도 했다. '그 남자, 매력덩어리였나 보네.' 그녀는 조가 간혹 그녀를 데리고 호화로운 주말을 보내러 가기 위해 수십 명이나 되는 사람들에게 푼돈을 "빌리는" 매력을 발휘했던 일을 기억했다.

지금 린다는 올드 콤프턴 스트리트에 있는 그리스 카페에 앉아 돌리를 기다리며 창밖을 내다보고 있었다. 린다가 돌리를 찾아 수도원에 전화했을 때는 수녀원장이 불과 몇 미터 거리에 있었다. 그래서 돌리는 린다가 왜 둘만의 모임을, 그것도 공개적인 장소에서 가지자고 하는지 물어보지 못했다. '도대체 뭐가 그리 중요한지 알고 싶어 죽을 지경이겠구먼.' 린다는 씩 웃으며 생각했다. 돌리를 만나는 게 이토록 고대되기도 처음이었다. 이번에는 자신이 뭔가를 내놓을 수 있는 사람이고, 귀를 기울여야 할 사람이었다. 벨라를 팀에 데려왔을 때처럼, 그녀는 세상을 다 가진 듯한 힘을 느꼈다.

돌리의 벤츠가 반대편에 정차하자 린다는 카페 주인장에게 손을 흔들어 커피 두 잔을 더 달라고 말했다. 그녀는 돌리가 울프를 겨드랑이에 끼고 주차 미터기에 동전을 집어넣으며 도로 건너편 작은 카페를 주시하는 모습을 지켜봤다. 어서 들어오기나 해, 오만한 여자야. 온 보람이 있을걸!

돌리는 굳은 표정으로 린다의 맞은편에 앉았다. 그녀는 요리용 오일과 튀긴 음식의 기름진 냄새를 견딜 수 없었고, 이런 지저분한 싸구려 식당 냄새가 옷에 배는 것도 싫었다. 그리스인 주인장은 내오던 커피가 받침 접시에 조금 쏟아지자 음식 얼룩이 묻은 더러운 앞치마에 손을 쓱 닦았다. 데미스 루소스(이집트 출신의 그리스 가수—옮긴이)의 히트곡 〈언제까지나 영원히(Forever and Ever)〉가 주크박스에서 흘러나오기 시작했다. 긁힌 레코드판은 싸구려 스피커에서 쇳소리를 냈다.

돌리는 작은 에스프레소 잔의 더러운 테두리를 역겨운 표정으로 바라보며 린다가 말을 꺼내기를 기다렸다.

"지미 넌 알아요?" 린다는 그럴 가능성이 낮다는 걸 알면서도 물었다.

"들어본 적 없는데." 돌리가 대답했다.

린다는 바로 본론으로 들어가는 게 좋겠다고 판단했다. "그 사람이 네 번째 남자였던 거 같아요. 우리 남편들을 버리고 사라진 놈."

돌리는 말없이 린다가 다시 말을 이어가기를 기다렸다.

린다는 비밀 메시지를 전하는 스파이처럼, 셜리의 앨범에서 가져온 지미 넌의 사진을 끼워 넣은 접은 종이쪽지를 테이블 건너편으로 밀었다. "테리의 친구고, 레이싱 선수였다네요. 그 사람 집 주소예요. 그 남자에 대해 알아야 할 거 같아서요, 보스시니까. 그럼 우리가 다 같이 한번 모여야겠네요, 안 그래요?"

"우리가 모이는 건 내가 정해." 돌리가 말했다. "그리고 이렇게 공개적으로 보는 일은 우리한테 좋을 게 없어, 린다."

"이젠 짭새 따돌리기 달인이시면서, 안 그래요?" 린다가 받아쳤다.

돌리는 그 말을 무시하면서 지미 넌의 주소를 읽고 사진을 넘겨 다본 다음, 코트 주머니에 넣었다.

린다가 말을 이었다. "그 사람 집에 노크를 하거나 이웃들하고 말을 섞진 않았어요. 차를 대고 잠깐 지켜봤지만 그 사람이 오가는 건 못 봤어요. 당신이 찾는 네 번째 남자가 그 사람이라는 거, 장담해요. 우리 남편들을 죽으라고 버리고 달아난 놈이라는 것도요." 그녀는 의자에 몸을 깊숙이 파묻고 앉아 돌리가 무언가…… "잘했어"라든가 "수고했어" 같은 말을 하기를 기다렸다.

"웨이터!" 돌리는 카페 주인을 불렀다. "비스킷 좀 주세요." 비스킷이 도착하자, 그녀는 몸을 숙여 울프에게 비스킷을 먹였다.

염병할, 린다는 생각했다. 셜리 그 입 싼 계집애가 벌써 돌리에게 지미 넌과 테리와의 친분에 대해 말한 걸까?

돌리는 다른 비스킷을 하나 더 뜯어서 작은 강아지한테 먹이고는 린다를 바라보았다.

"탐정 노릇은 너만 하는 게 아니야." 돌리가 말했다. "왜 나한테 거짓말했지?"

그 짧은 순간, 권력의 역학이 뒤바뀌었다. 린다는 손바닥에 땀이 차는 걸 느꼈다. "거짓말 안 했어요, 돌리. 나랑 셜이랑 옛날 앨범에서 지미 넌의 사진을 발견하고는ㅡ"

"지미 넌 말고." 돌리가 말을 끊었다. "그 건은 이제 내가 맡을

게. 난 네 남자 친구 얘길 하는 거야. 이름이 카를로스던가?"

린다가 전혀 예상치 못한 질문이었다. 두 뺨이 달아오르며 얼굴이 벌게지는 것이 느껴졌다.

"우리에 대해서 그 남자한테 아무 말 안 했지, 맞아? 우리가 하려는 일에 대해서?" 돌리가 따졌다.

"남자 친구 아니에요, 돌리. 그냥 차를 산 다음에 잠깐 썸 탔던 정비공일 뿐이에요." 린다가 말했다. "아무 일도 아니었어요."

돌리의 눈빛이 린다의 영혼까지 파고들었다. 분노와 실망이 뒤섞인 이상한 눈빛이었다. "그날 해변에서 내 눈을 똑바로 보면서 아무도 안 만난다고 말했지."

"당신이 알 바 아니잖아요." 린다가 담배에 불을 붙이며 맞받아쳤다. 싸구려 담배를 깊이 빨면서, 그녀는 돌리한테 왜 전화했을까 후회했다. 저 여잔 대체 왜 지미 넌보다 카를로스가 더 불만이람?

"내가 왜 그에 대해 물었을까?" 돌리가 물었다. "내가 네 난잡한 성생활에 대해 알고 싶어서 그러는 걸까? 어쩌면 널 보호하려는 건 아닐까? 우리 모두를 보호하려고 말이야."

린다의 얼굴에서 웃음기가 가셨다. 곧 코가 납작해질 것 같았다. 이번에도 역시 예상하지 못했다. 그녀는 큰 충격을 기다리며 돌리를 빤히 보았다.

"카를로스는 아니 피셔 밑에서 일해." 돌리가 입을 열었다. "네 애인이 말이야, 린다, 동성애자란다. 네 침대에서 바로 아니 피셔의 침대로 뛰어드는 호모라고. 카를로스는 아니 피셔의 '후장 보이'일 뿐만 아니라 피셔 놈들의 의심스러운 차들을 모두 손보는 사람이야. 어떻게 보더라도 아주 구린 데가 많은 놈이라고."

린다는 말문이 막혔다. 아니 피셔라는 이름이 머리에서 계속 맴돌았다. 그가 카를로스와 섹스를 한다고 생각하자 당장 구토가 치밀었다. 입안이 바싹 말랐고, 담배가 하릴없이 타들어가며 테이블에 재를 떨어뜨리는 줄도 몰랐다. 돌리는 울프에게 비스킷을 하나 더 먹이며, 린다에게 방금 들은 말을 인지할 시간을 주었다.

잠시 후 린다의 뇌도 간신히 상황을 파악했다. 그녀는 웃어 보이려 애쓰며 담배를 빨았다. "당신이 하는 말 한 마디도 안 믿어요." 하지만 린다는 알고 있었다. 때로는 돌리가 미웠지만, 그녀는 거짓말을 한 적이 없었다. 단 한 번도.

"복서 데이비스가 나한테 말해줬어." 돌리가 말했다. "누군가에게 그렇게 발리기 전에. 그래서 해변에서 카를로스에 대해 묻고, 네가 이젠 그 사람을 안 본다고 대답했을 때 거짓말을 한다는 걸 알았어. 하지만 아무 말도 안 하기로 했지. 중대한 일을 앞둔 하루였고, 네가 스스로 현명한 판단을 할지도 모른다고 생각했는데…… 아니었지. 넌 멍청한 판단만 반복하고 있어, 안 그래?" 돌리가 잠시 말을 멈춘 순간이 린다에게는 몹시 고통스러웠다. "지미 년의 아파트 밖에서 기다릴 때 어떤 차를 타고 있었지?" 돌리는 치명타를 안길 참이었다. 린다의 눈에 눈물이 차올랐다. "혹시 네 차에 앉아 있었니? 카를로스가 수리를 도와준 그 차? 네가 네 집 밖에, 직장 밖에 세워둔 걸 카를로스가 수도 없이 봤을 그 차? 그리고 온 세상이 우리 둘이 같이 있는 걸 보도록 내게 오라고 하면서 이 카페 밖에 세워둔 그 차? 그 차였니, 린다?"

린다는 땅이 열려서 자기를 집어삼켰으면 했다. 하지만 돌리는 린다의 뺨에 눈물이 주르륵 흐르는데도 멈추지 않았다.

"넌 지금까지 멍청한 계집애였어. 하지만 여기까지야. 알겠어?

내가 보스인 건 다 빌어먹을 이유가 있어서라고. 다음에 할 일을 말하기 전에 네게 한 가지 물어야겠다. 전에도 물은 적 있지만 이번에는 제대로 대답해야 해. 카를로스한테 우리가 하려는 일에 대해 뭐 하나라도 말 했어, 안 했어?"

"맹세해요, 안 했어요. 단 한 마디도. 목숨을 걸 수 있어요, 돌리." 돌리는 그 말이 사실임을 알 수 있었다.

"남자를 없애버려, 린다." 돌리가 말했다.

잠시, 린다는 돌리의 목소리와 표정이 살인을 청부하는 마피아 두목 같다고 생각했다. "무슨 뜻이에요?" 린다가 갈라지는 목소리로 처량하게 물었다.

돌리는 린다의 목 뒷덜미라도 붙잡고 분별력을 불어넣어주고 싶었다. "발목에 콘크리트 덩어리를 매달아서 물에 빠뜨리고 그런 게 떠오른다면 글쎄, 잘못 짚었어. 카를로스가 피셔 놈들의 차량 담당 아니야? 정비소에 의심스러운 차들이 엄청 많겠지?"

린다의 입이 떡 벌어졌다. "그 사람을 짭새들한테 찌르라고요?"

"전화 한 통이면 돼, 린다. 경찰이 정비소를 치게 만들어, 오늘." 돌리는 일어서서 울프를 안았다. "그리고 나한테 다시는 거짓말하지 마." 돌리는 등을 돌려 나가다가 걸음을 멈추고 다시 린다를 바라보았다. 그녀는 고개를 푹 숙이고 앞에 놓인 차가운 에스프레소 잔에 떨어지는 담뱃재를 응시하고 있었다. 처절하게 패배한 몰골이었다. 그래도 돌리는 린다에게 미안하지는 않았다. 린다는 정신을 차리고 카를로스를 제거해야만 했다. "지미 넌의 주소는 고마워. 내가 알아볼게." 돌리가 말했다.

린다는 홀로 테이블에 남았다. 카페 반대쪽에서 그리스 주인과 거무스름한 인부 세 사람이 그녀를 훔쳐보고 있었다. 린다는 욕지

기가 났다. 스스로가 바보 같고 역겨웠다. 돌리가 린다의 가장 뿌 듯한 순간을 가장 수치스러운 순간으로 바꾸기까지는 5분이 채 안 걸렸다. 돌리 롤린스가 죽도록 미웠다! 그녀는 악독하고도 악 독한 여자였다. 심장이라고는 없으니 악독하고, 린다의 심장을 한 번의 대화로 박살내버렸으니 악독했다. '그렇다고 "후장 보이"라 는 심한 말을 쓸 필요는 없잖아.' 린다는 생각했다. '한심하고 증 오만 가득한 마귀할멈이야.'

금목걸이 체인에 달린 궁수자리의 궁수 모양 펜던트가 오른손 에 잡혔다. 카를로스가 준 것이었다. 그녀가 눈을 감게 하고 목에 걸어주며 가볍게 입맞추고는, 펜던트가 목의 가운데로 오도록 자 리까지 잡아준 목걸이였다. 린다는 그 순간을 사랑했다. 그를 사 랑했다. 그들은 서서, 서로를 거울에 비춰 보며 사랑을 나눴다. 카 를로스는 아침에 그녀가 깨기 전에 나가면서 퇴근 후에 보자는 쪽 지를 남겼다. 하지만 이제 그녀의 마음속 눈에는 카를로스가 그 육감적인 이탈리아인의 입술로 아니에게 키스하는 모습만이 떠올 랐다.

나쁜 년, 배배 꼬인 나쁜 년! 린다는 고통을 견디기 어려웠다. 아니와 카를로스의 이미지를 머리에서 지워버리려 해도 떨쳐지지 않았다. 궁수의 활이 피부에 상처를 입혀 목 언저리에서 가늘게 피가 흘렀다. 그녀는 울었다.

22

돌리는 린다가 건넨 주소를 확인해보았다. 지저분하고 낡은 집들이 늘어선 길에 차를 댔다. 스케이트보드를 타고 미끄러져 내려오는 아이를 발견한 돌리는 창문을 내리고 아이에게 가까이 오라고 외쳐 불렀다.

"39번지에 누가 사는지 아니?" 그녀가 물었다.

아이는 그 집을 건너다보더니 돌리를 다시 돌아보았다. 소년이 고개를 저었다.

"모르겠는데요, 아줌마. 왜 물어봐요?"

돌리가 벤츠에서 내렸다. "옛 친구를 찾아왔어."

"그럼 나보다 더 잘 아시겠네요, 안 그래요?" 아이가 맹랑하게 생긋 웃으며 대답했다.

돌리가 주변을 돌아보았다. 벤츠는 이런 길에서는 매우 튀었다. "내 차를 봐주면 3파운드 줄게." 그녀가 소년에게 말했다.

소년이 두 눈을 빛내며 말했다. "5파운드면 할게요."

돌리가 생긋 웃었다. 꼬마가 마음에 들었다. 악수를 나눈 다음, 돌리는 지미 넌의 집으로 향했다.

네 세대로 구성된 건물의 현관문은 잠그지 않은 채로 닫혀 있었다. 안은 그녀의 상상보다 심했다. 복도에는 광고지며 검정 쓰레기봉투, 깨진 우유병, 무가지와 포장 음식을 먹고 버린 종이 용기

따위가 가득했다. 복도의 전등 스위치는 작동하지 않았고, 매달려 있는 전등 소켓에는 전구가 없었다. 돌리는 라이터를 켜고 앞을 비추며 계단을 올라갔다. 두 번째 층계참에 닿았을 때는 냄새가 그리 고약하지 않았다. 발걸음을 멈추고 문 가까이로 라이터를 가져가 대니 숫자 '4'가 보였다. 노크를 하자 아기가 울기 시작했다. 잠시 기다린 뒤 다시 노크하자 아기가 더 크게 울어댔다.

"누구세요?"

돌리는 다시 문을 두드렸다.

문이 빼꼼 열리고 젊은 여자가 문틈으로 내다보았다. "안 사요."

여자는 문을 닫으려 했지만 돌리가 좀 더 빨랐다.

"잠깐 얘기 좀 해도 될까요? 얘기만 좀 하려고요." 돌리는 이렇게 물은 다음, 젊은 여자를 지나쳐 싸구려 가구를 놓은 좁은 집 안으로 들어섰다. 돌리는 담배에 불을 붙였다. 젊은 여자의 진한 향수 냄새에 속이 메스꺼웠다. "지미 넌을 찾고 있어요. 지금 있나요?"

여자는 아무 말이 없었다. 돌리가 누구인지 전혀 모르는 게 틀림없었다.

"난 해리 롤린스의 부인이에요." 돌리가 입술 사이로 연기를 뿜으며 말했다. "당신 남편이 내 남편 밑에서 일했죠. 성함이……?"

"트루디예요." 여자가 마지못해 대답했다. 해리 롤린스라는 이름은 분명 그녀에게 어떤 의미가 있었다. "몇 달이나 지미를 못 봤어요. 무슨 일이 있다며 나가선 그 이후로 못 봤어요."

돌리는 방 구석구석을 살펴보았다. 히터에 널린 아기 옷하며 지저분하고 정돈 안 된 가구들, 그리고 무엇보다도 트루디를 샅샅이 살폈다. 여자는 난잡하고 싼티 나는 분위기를 풍기는 미인이었다.

몸매가 좋고 섹시하며, 사랑스러운 금발에 뾰로통하게 다문 도톰한 입술과 순진하고 큰 눈. '정보를 얻기 쉬운 여자겠어.' 돌리는 생각했다. 약간의 친절만 베풀면 되었다. 트루디에게 담배를 한 대 권했지만 그녀는 고개를 저었다.

"담배 안 피워요."

그러면 트루디 옆 안락의자 위의 재떨이에 넘치는 담배꽁초들은 다른 사람이 채운 것이리라. 이 섹스 머신이 담배를 안 태운다면 이곳의 다른 누군가가 태운다……. 트루디는 아기를 품에 안았고 돌리는 울프를 품에 안았다. 울프를 내려놓은 돌리는 트루디의 빈약한 소파에 앉아 새 담배에 불을 붙였다. 울프가 안락의자 위로 뛰어올라 킁킁거리더니 좌석 쿠션의 옆쪽을 파헤쳤다. 그 통에 재떨이가 바닥에 떨어졌다.

"내려와!" 돌리가 야단을 치자 울프는 시킨 대로 내려와 그녀의 발치에 앉은 다음 꼬리를 흔들었다. 돌리는 재떨이나 흩어진 꽁초를 주우려는 노력은 하지 않았다. 치워봐야 방 상태는 별로 나아질 게 없었다. 그녀가 핸드백에서 사진을 꺼냈다. "이 사람이 지미인가요?"

트루디는 지미와 테리가 같이 선 사진을 보고 고개를 주억거렸다. "그 사람이 당신한테 돈을 빌렸군요, 맞죠?"

돌리는 일어서서 치마를 쓸어내린 다음 트루디에게 전화번호를 적은 종이쪽지를 건넸다. "혹시 이 사람이 나타나면 내가 얘기하고 싶어한다고 해요. 이 번호로 연락하면 돼요. 이름은 롤린스 부인이에요."

"이름은 아까 들었어요." 트루디가 말했다.

순진해빠진 멍청한 계집. 돌리는 생각했다. 더구나 아이까지 떠맡다니. 끊임없이 징징대는 아이를. 트루디의 진한 싸구려 향수 냄새가 다시 그녀를 괴롭혔다. 혹시 이 냄새 때문에 아기가 우는 건 아닐까? 아이는 6개월쯤 된 귀여운 남자 아기였다. 돌리가 아기의 뺨을 가볍게 어루만지자 트루디는 긴장하여 뒤로 한 발짝 물러섰다. 돌리가 핸드백을 열고 빳빳한 10파운드 지폐를 다섯 장 꺼내는데, 울프가 다시 팔걸이의자에 뛰어올라 쿠션 부근을 파헤치기 시작했다. 돌리는 울프를 못 본 척했다.

"아기한테 주는 거예요." 돌리는 트루디에게 50파운드를 건네며 말했다. "그리고 지미가 나한테 연락을 하면 훨씬 더 많이 받게 될 거예요."

트루디는 팔걸이의자를 파헤치는 울프를 바라보았다.

"울프!" 돌리가 외쳤다. "내려와!" 돌리는 울프를 안아 올렸다. 그러는 와중에 좌석과 팔걸이 사이 틈에 낀 무언가가 반짝이는 게 보였다. "미안해요……." 돌리는 쿠션을 만지작거리는 척하며 말했다. 트루디에게 등을 돌린 그녀는 틈새에서 금장 던힐 라이터를 꺼냈다. 아주 오래전에 이것과 똑같은 라이터를 사서 선물한 적이 있다…….

트루디의 목소리가 먼 곳에서 들려오는 것만 같았다. "저 아래 있는 게 당신 차라면 어서 가보시는 게 좋겠네요, 롤린스 부인."

돌리는 얼른 라이터를 쿠션 옆에 도로 내려놓았다. 라이터를 뒤집어서 'HR'이라는 머리글자가 새겨져 있는지 확인하고 싶은 마음이 간절했다. 하지만 트루디의 목소리가 다시 들려왔다.

"아이들 여럿이 차를 둘러쌌어요. 사이드미러는 이미 없어진 것 같네요."

돌리는 이미 가버리고 없었다. 그녀는 보게 될지 모를 무언가가 두려워 돌아보지 않았다.

　트루디는 돌리가 길을 건너 뛰어가 차 곁에 선 아이들 중 하나
의 귀를 붙잡고 혼내는 모습을 창 너머로 지켜보았다. 트루디는
빙긋 웃었다. "질긴 할망구 같으니." 부엌문이 빼꼼 열렸다. "방금
무슨 일이 있었는지 알아요? 저 여자가 우리 아이한테 50파운드
를 줬어요."

23

린다는 사격장 부스로 돌아와 카를로스가 준 목걸이를 움켜쥐고 앉아 있었다. 목걸이는 고쳤다. 갑자기 목걸이를 안 하게 되면 카를로스가 눈치챌 것 같았다. 돌리의 말이 머릿속에서 빙빙 맴돌았다. 아직도 이해할 수 없었다. 카를로스가 양성애자라니, 그녀를 안고 사랑을 나눌 때의 모습으로는 도저히 믿을 수가 없었다. 무심코 시선을 든 린다의 가슴이 철렁했다. 카를로스가 함박웃음을 띠고 성큼성큼 다가오고 있었다. 그는 굉장히 비싸고 실크인 것처럼 보이는 세련된 크림색 정장을 입고 있었다. 눈을 마주칠 수가 없어 린다는 미친 듯이 다시 잔돈을 세기 시작했다.

"어때?" 카를로스가 허공에 콜로뉴 향을 짙게 풍기며 계산 부스 창구 옆에 서서 물었다.

린다가 서서히 고개를 들었다. 정장을 가리키며 싱긋 웃는 카를로스의 그을리고 잘생긴 얼굴은 면도를 해서 말끔했다. 린다는 그의 아름다운 짙은 눈을 사랑했지만 마주 볼 수가 없었다. 적어도 지금은. 그녀는 시선을 돌렸다. "그렇게 잘 차려입고 어디라도 가?" 목소리가 떨렸다.

"사업상 저녁 약속이 있어." 카를로스가 활달하게 대답했다. "문 좀 열어봐. 한번 안고 가게."

린다는 머뭇거리며 문을 열었다. 카를로스가 허리를 감싸 안고 그녀를 끌어당겨 입을 맞췄다. 린다는 몸이 굳었고, 카를로스도 이 사실을 눈치챘다.

"일해야 해서." 린다가 몸을 뺐다. 카를로스가 그녀를 안으며 목에 건 펜던트를 만지작거리자 몸에 소름이 끼쳤다.

"너한테 잘 어울려. 걸고 있으니 뿌듯한데? 우리, 이따가 내 저녁 약속 끝나고 볼까?"

"오늘은 밤 근무야. 피곤할 거 같아."

카를로스가 몸을 앞으로 숙이며 한 손을 내밀어 그녀의 머리를 자기 가슴에 기댔다. "무슨 일 있어? 좀 쌀쌀맞은 거 같다?"

린다는 머리를 빼내고는 초조하게 펜던트를 만지작거리기 시작했다. "아냐. 그냥 늦게까지 일해서 그래. 너무 피곤해서 그냥 집에 가서 자고 싶어서."

카를로스가 뒤로 물러나 바라보았지만 린다는 눈을 마주치지 않으려 들었다. 그는 어깨를 한 번 으쓱하고는 몇 초 동안 침묵을 지킨 끝에 말했다. "좋을 대로 해." 그는 홱 돌아서서 출구 쪽으로 걸어갔다.

"12시." 린다는 불쑥 말하고 말았다. "12시면 끝나." 왜 그렇게 말했는지 자신도 모를 일이었다.

카를로스는 돌아보며 씩 웃은 다음 윙크를 날렸다. "이따 봐!"

린다는 손톱을 물어뜯으며 몇 초를 기다린 후에 찰리를 외쳐 불렀다. "자." 그가 느릿느릿 다가오자 그녀가 부스 열쇠를 건넸다. "1분 이따가 돌아올게." 어디 가느냐고 찰리가 미처 묻기도 전에 린다는 문 밖으로 나가고 없었다.

하얀 정장을 입은 카를로스는 미행하기 쉬웠다. 린다는 길 건너편에서 거리를 유지하며 따라붙었고, 그가 돌아볼지 몰라 가게의 문간에서 발걸음을 종종 멈추었다. 린다는 그가 걸음을 멈추고 가게 유리창에 자기 모습을 비추어 보며 머리를 가다듬고 넥타이를 바로 잡은 다음, 워더 스트리트를 따라 내려가 작은 프렌치 레스토랑으로 들어가는 모습을 지켜보았다.

레스토랑은 중앙쯤에 전체를 가로질러 붉은 커튼을 치고 있었다. 린다는 발끝으로 서서, 카를로스가 웨이터의 안내를 받아 홀 안으로 들어가는 모습을 보았다. 금발 여자가 그에게 웃어 보이며 손을 흔들었다. 저 여자와 양다리를 걸친 거라면, 적어도 여자랑이네……. 하지만 금발 여자가 손을 흔든 쪽은 카를로스가 아니라 웨이터였다.

카를로스는 레스토랑 안쪽의 부스 좌석으로 안내받아 들어간 다음, 누군가와 서서 이야기했다. 누구인지는 안 보였지만 그 누군가가 손을 뻗어 카를로스의 엉덩이를 꽉 쥐는 모습이 보였다. 그런 다음, 누군가가 몸을 기울여 카를로스의 뺨에 입을 맞췄다. 그 짧은 순간, 린다는 다른 남자의 얼굴을 또렷이 볼 수 있었다. 그걸로 충분했다. 사실이었다. '하느님 맙소사.' 사실이었다. 아니피셔와 카를로스는 연인이었다.

워더 스트리트를 가로질러 뛰어가는 린다의 머리가 핑핑 돌았다. 주변을 살펴보지도 않아 차 한 대는 그녀를 피하느라 급히 방향을 꺾다가 버스 정류장에 충돌할 뻔했다. 린다는 전화 부스로 뛰어가 안으로 들어간 다음, 청바지 주머니를 뒤져 동전을 꺼내다가 긴급 신고 번호는 무료 통화라는 걸 기억했다.

그날 밤 린다는 카를로스와 섹스를 했다. 하고 싶지 않았지만 카를로스에게 뭔가 잘못됐다는 인상을 주고 싶지 않았다. 섹스

후, 그가 잠든 것을 확인한 그녀는 침대에서 빠져나와 오락가락하다가 화장대 앞에 앉았다.

카를로스는 자는 척했을 뿐이었다. 실눈을 뜨고 그녀가 아름다운 벗은 몸으로, 젖가슴 사이에 그가 준 펜던트를 달랑거리며 화장대 거울 앞에 우두커니 앉아 있는 모습을 지켜보았다. 그녀는 인상을 찌푸리고는 화장 솜을 꺼내 메이크업 리무버를 묻힌 다음 얼굴을 닦아냈다. '린다에게 뭔가 문제가 있군.' 그녀는 사격장에서도 신경이 날카로웠고 섹스도 평소처럼 거칠고 열정적이지 않았다. 린다가 화장대에서 일어나 다시 침대로 들어올 때 카를로스는 얼핏 잠이 깬 척했다. 그가 팔을 두르고 린다를 다정하게 쓰다듬고는 몸을 돌려 그녀의 위로 올라왔다. 둘은 다시 섹스를 했다. 일이 끝나자 린다는 그에게서 떨어져 누웠다.

"무슨 일 있어?" 카를로스가 속삭였다.

"아니, 그냥 너무 피곤해서."

카를로스가 다시 그녀를 껴안으며 목덜미에 키스했다. 그는 린다에게 사랑한다고 말한 적이 한 번도 없었지만 이제는 말하고 싶었다. 카를로스는 팔을 괴고 린다의 이름을 불렀다. 그녀는 이미 잠들어 있었다. 카를로스는 가만히, 린다의 얼굴에서 머리칼 한 가닥을 치워주고는 돌아누워 잠들었다.

어둠 속에서 린다는 눈을 뜨고 커튼을 바라보았다. 심장이 돌이 되는 것만 같았다. 그 오만한 돌리가 잘못 안 것일 수도 있지 않을까? 카를로스는 돈 때문에 아니 피셔를 그냥 말로만 갖고 놀면서, 그와 잠자리는 안 하는 게 아닐까? 하지만 린다는 그것이 지푸라기라도 잡고 싶은 심정이라는 것을 잘 알았다.

카를로스는 린다보다 먼저 일어나 옷을 갈아입었다. 그는 침대 위에서 무릎을 꿇고 그녀를 흔들어 깨웠다. "미안해. 출근해야 하는데 늦어서. 차 좀 태워달라고 하면 안 되겠지?" 린다는 카를로스가 원하는 게 그뿐임에 안도하며 일어났다.

린다는 말없이 차를 몰았다. 카를로스의 실크 정장은 구겨지고 넥타이는 대시보드에 아무렇게나 놓여 있었다. 밤새 턱에 까슬하게 자란 수염 탓에 얼굴이 거무스름해 보였다. 그는 라디오를 켜고 팔을 뻗어 그녀의 좌석 뒤로 걸치고 있었다. 린다는 U자 모양 길 끝에 들어서면서 죄책감에 폐부가 아파왔다.

"여기 내려줘." 카를로스가 말했다. 그는 내린 다음 차 안으로 다시 몸을 숙여, 조수석 너머로 린다의 뺨에 입을 맞췄다. "괜찮아?" 카를로스가 손으로 린다의 턱을 어루만지며 물었다.

린다가 고개를 끄덕이자 카를로스는 두 손을 주머니에 넣고 길을 따라 걸으며 멀어졌다. 그제야 대시보드의 넥타이가 눈에 들어온 린다는 시동을 켜놓은 채 차에서 내려 카롤로스를 따라갔다. 그가 체포될 거라면 주변에 어떤 흔적도 남기고 싶지 않았다.

정비소 안에서는 젊은 견습생 조니가 수갑을 찬 채 제복 입은 두 경관 사이에 앉아 있고, 형사 셋이 장부와 파일 캐비닛을 뒤지고 있었다. 카를로스가 다가오는 발소리와 휘파람에 경관들은 긴장하며 각자 위치를 잡고 태세를 갖추었다. 카를로스가 밖에서 문 열쇠를 찾느라 주머니를 뒤지는 순간……

"짭새예요, 카를로스!" 조니가 외쳤다.

"잡아, 어서!" 정비소 안의 경관 하나가 무전기를 통해 모퉁이에 주차해놓은 차 안에 있는 동료들에게 외쳤다. 카를로스는 눈 깜짝할 사이에 등을 돌려 U자형 골목의 눈에 띄지 않는 출구 쪽으로 전력 질주했다. 잠복 차량이 끼이익 날카로운 비명을 지르며 코너를 급하게 돌고서 가속기를 밟으며 곁을 지나지자, 린다는 들고 있던 넥타이를 떨어뜨리고 자신의 차로 질주했다.

콱 소리를 내며 운전석 문을 닫은 그녀는 굉음을 내며 가속해서 도로를 따라 차를 내달렸다. 어디로 가야 하는지 갈피를 잡을 수 없었다. 도로 끝까지 직진한 뒤 좌회전했지만 다음 회전을 하려는 찰나, 둔탁한 쿵 소리와 비명과 급제동하는 쇳소리가 날아들었다.

좀 더 앞에 골목으로 들어가는 또 다른 입구가 있었다. 린다는 차를 대면서 도로 중간쯤에서 붉은 우체국 밴이 가로등을 들이받는 걸 보았다. 그녀가 지켜보는 가운데, 운전자가 머리를 감싸 안고 오른쪽 눈 위 찢어진 상처에서 피를 뚝뚝 흘리며 밴에서 걸어 나왔다.

충격에 휩싸인 채로, 린다는 숨을 몰아쉬며 조금씩 다가갔다. 카를로스는 보이지 않았다. 도로 한복판의 경찰 잠복 차량 부근에서 목을 빼고 있으려니 제복 경찰 한 무리가 우체국 차량을 둘러싼 모습이 보였다. 한 사람이 무전기로 무언가를 말하고 있었다.

린다는 반대 방향으로 운전해서 빠져나가야 한다는 걸 알았지만, 카를로스가 도망쳤는지를 꼭 알아야 했다. 천천히 우체국 차량을 지나쳐 가는데, 한 경관이 무리 밖으로 나서며 그녀에게 얼른 지나가라고 손짓했다. 그때, 카를로스가 보였다.

우체국 차량과 가로등 사이, 하얀 정장을 피로 물들인 채 그가 있었다. 얼굴은 고통으로 일그러지고 눈은 뜬 채로 입에서는 피가 흘렀다. 우체국 차량만큼이나 새빨간 피가 그의 발 주위에 깊은 웅덩이를 이루고 있었다. 무전기를 든 경관이 그의 머리를 흔들고, 다른 경관이 빈 우체국 주머니로 카를로스의 상반신을 덮었다. 린다가 지켜보는 가운데, 카를로스의 아름다운 하얀 정장이 점점 붉게 물들어갔다.

현관문을 끝없이 탕탕 두드리는 소리가 너무 커서 벨라는 경찰이 체포하러 온 것이라고 생각했다. 문 가까이 다가가자, 밖에서 흐느끼며 문 열어달라고 고래고래 소리 지르는 린다의 목소리가 들렸다. 문을 열자 린다가 품 안으로 달려들었다.

"내가 그 사람을 죽였어! 벨라, 내가 그 사람을 죽였어! 도와줘, 제발! 내가 그 사람을 죽이고 말았어!"

벨라는 곧 토할 것처럼 꺼이꺼이 헐떡이는 린다를 화장실로 데려갔다.

"괜찮아. 우선 진정하자. 무슨 일이 일어난 거야?" 벨라가 물었다.

"그 사람이 피투성이가 돼서……." 린다는 목을 놓아 울었다. "괜찮지 않아, 벨라! 내가 그 사람을 죽였다고!"

벨라가 린다의 입을 틀어막았다. "그만! 온 동네 사람들이 다 몰려오기 전에."

린다는 욕조 옆 바닥에 털썩 주저앉아 흐느꼈다.

벨라는 침실로 린다를 데려가 위스키 한 잔을 따라주고, 린다가 마시는 동안 잔을 꼭 붙잡아주었다. 벨라는 한 잔을 더 따라준 뒤에 린다와 함께 침대에 앉았다. "이제 어떻게 된 건지 말해봐." 벨라가 다시 물었다.

린다는 말을 하며 궁수 펜던트를 손가락으로 빙빙 돌렸다. "그 사람이 죽었어, 벨라. 죽었어."

"그래, 그 말은 알아들었어. 누가 죽었는데?"

"내가 해야 한다고 그 여자가 그랬어. 내가 경찰에 전화해서 그 사람 정비소와 수상한 차들에 대해서 말해야 한다고." 린다는 느닷없이 걸고 있던 목걸이를 홱 잡아채서 벨라의 방 반대쪽으로 던져버렸다. "그 나쁜 년이!" 린다가 고함쳤다. 벨라는 린다를 쓰다듬으며 기다려주었다. "벨라, 그 여자가 그 사람에 대해서 말도 안 되게 끔찍한 소리를 했어. 하지만 난 몰랐어. 정말이야, 맹세해. 밤새 그 사람하고 같이 있었어. 그냥 얼굴만 보면서…… 그 잘생긴 얼굴과 조각 같은 몸을 보면서, 그 여자가 한 말이 사실이라는 걸 믿을 수가 없었어. 나랑 그렇게 같이 누워 있는데 어떻게 그럴 수가 있어? 그 여자 말이 틀렸다고 확신했지만…… 너무 늦어버렸어. 내가 이미 전화를 해버렸거든. 놈들한테 그 사람에 대해서 말해버렸고, 그건 취소할 수가 없잖아. 그 사람이 아침에 출근하는데 놈들이 기다리고 있었어. 그 사람이 도망쳤고, 그러다가……." 린다는 두 손에 얼굴을 파묻었다. 필사적으로 벨라에게 모든 걸 털어놓고 싶어서 눈물을 머금고 말을 이어갔다. "밴이 그 사람을 치어서 도로변에서 죽었어. 사방이 피투성이였어!"

"그럼 사고였네." 벨라가 말했다.

"내 탓이야!" 린다가 침대에서 펄쩍 내려오며 외쳤다. 그녀는 울음과 죄책감과 슬픔으로 몹시 지쳐 있었다. "돌리가 미워서 미치겠어." 린다는 벨라가 전에 본 적 없는 독기를 품고 말했다.

"알아." 벨라가 일어서서 린다에게 다가갔다. 그녀가 가까이에 서서 두 팔을 내밀자 린다는 품에 털썩 안겼다. 벨라가 그녀를 꼭 끌어안고 자애로운 어머니가 어린아이를 위로하듯 어루만졌다. 린다는 벨라의 어깨에 머리를 기대고 멍하니 허공을 응시했다.

"그 여잔 지독하게 나쁜 년이야, 벨라. 잔인하고 피도 눈물도 없어. 날 발톱의 때처럼 무시하고 그 사람을 미워하게 만들었어. 앞으로 뒤통수 조심하는 게 좋을 거야."

24

돌리는 브라이튼행 A23 도로 인근 리틀 셰프 지역의 주차장에서 자신의 벤츠 운전석에 타고 있었다. 울프는 조수석에서 자고 있었다. 제일 안쪽에 차를 댔지만 입구와 주차장이 잘 보이는 자리였다. 돌리는 초조해지기 시작했다. 30분이 넘도록 기다렸는데 약속 시간이 지나도록 남자가 오지 않고 있었다. 돌리는 무릎에 놓인 서류 가방을 초조하게 톡톡 두드리며 신경이 날카로워져서 주위를 둘러보았다. 남자가 오긴 올까?

뭐라도 하지 않을 수 없어서, 그녀는 노트를 꺼내 넘겨보며 거사의 마지막 세부 사항과 남은 일들을 점검했다. 한숨이 나왔다. 린다는 아직도 선두 차량으로 쓰일 적당한 승합차를 구하지 않았다. 카를로스 일 때문에 굉장히 압박을 받고 있을 거라고 짐작은 하지만, 린다도 상황이 얼마나 심각한지 파악할 머리는 있었다. 카를로스가 아니의 손아귀에 들어 있을 뿐 아니라 그와 동침하는 사이라는 건 매우 심각한 일이었다. 돌리는 이 여자들 중 어느 누구에 대해서도 100퍼센트 확신할 수 없지만, 지금은 린다를 믿어야 했다. 문득 경찰에 카를로스를 신고하러 전화할 때 목소리를 변조하는 센스가 린다에게 있었을까 궁금해졌다.

그녀가 느닷없이 서류 가방을 주먹으로 내려치자 울프가 화들짝 놀라 깼다. "이 인간은 도대체 어디 처박혀 있는 거야?" 돌리가 고함쳤다. "개자식, 해리라면 이렇게 기다리게 하지도 못할 거면서." 이 만남이 성사되지 않는 한 거사는 없는 일이 된다는 게 이번 만남의 문제였다. 복잡할 게 없었다. 브라이언 마셜에게 전화했을 때, 그녀는 해리 롤린스 밑에서 일한다고 말했다. 그는 죽었지만 그의 가족을 대신해서 채권을 회수하고 있다고. 통화 당시 마셜은 믿지 않는 것 같았지만 마지못해 만남에 동의했다. 그냥 달아나버릴 수도 있고, 종적을 감춘다 해도 돌리가 그를 찾아낼 방법이 없었을 텐데도.

돌리가 차 안에 앉아 이 일을 팀원들에게 어떻게 말해야 하나 고민하고 있을 때, 로버 한 대가 주차장으로 들어와 반대편에 섰다. 돌리는 함정일 가능성을 염려해, 누가 탔든 그 차가 혼자이고 미행이 붙지 않았는지 확인하고자 잠시 기다렸다.

차를 댔을 때, 브라이언 마셜은 휴대용 술병에 든 브랜디를 반이나 마신 뒤였는데도 주위를 둘러보면서 덜덜 떨었다. 어떤 일이 벌어질지, 연락해온 사람이 누구인지 도무지 알 길이 없었다. 돌리에게는 다행스럽게도 그는 잠수를 탔다가는 일이 더 커질 거라고 판단했다. 마셜은 주머니에 손을 넣고 브랜디 병을 찾은 다음 한 모금을 더 마셨다. 자기 자신이 혐오스러웠다.

브라이언 마셜의 음주는 그의 도박 습관과 운명을 같이했다. 10년 전, 그는 정식 카지노에서 도박을 하다가 좀 더 판돈이 큰 아니피셔의 클럽에 발을 들이게 되었다. 해리 롤린스를 만난 곳도 거기였다. 해리는 호감형이고 늘 친절했으며, 마셜이 어떤 사람이며 직업이 무엇인지에 관심을 보였다. 어느 날 취중 대화에서 마셜은 영국 최대 보안 회사로 꼽히는 샘슨 소유주의 여동생과 결혼한 사실을 드러냈다. 이 시점부터 브라이언 마셜은 거대한 덫에 걸리고 말았다. 그때는 미처 알지 못했지만……

롤린스는 여전히 마셜의 친구인 듯이 행동하며 돈을 빌려주고, 감당할 수 있는 금액 이상으로 도박을 하게끔 부추겼다. 술김에 아니 피셔의 7000파운드짜리 마커(도박장에서 쓰는 일종의 신용대출증서—옮긴이)를 해리에게 빚진 어느 밤까지, 마셜은 해리가 얼마나 위험한 인물인지 알지 못했다. 그 순간부터 마셜은 해리의 소유물이 되었다.

조용히 기다리던 롤린스는 거의 1년 뒤에야 빚을 갚으라고 요구했다. 그는 마셜에게 갚을 돈이 없다는 것도 잘 알고 있었다. 채무를 탕감해주고 7000파운드의 현금까지 얹어주는 조건으로 롤린스는 샘슨의 보안 차량이 큰 금액의 현금을 운반할 때 쓰는 경로를 알려달라고만 요구했다. 샘슨은 보안을 위해 경로를 꾸준히 변경했고, 갑자기 바꾸는 경우도 많았다. 롤린스는 한 번만 도와주면 마셜을 영원히 놓아주겠다고 약속했다.

겁이 나기도 하고 압박을 받기도 한 마셜로서는 달리 선택의 여지가 없었다. 그는 롤린스가 약속대로 일이 끝나면 놓아주리라는 헛된 희망을 품었다. 강도가 실패로 돌아가고 롤린스가 죽었다는 소식을 접했을 때 그는 크나큰 안도의 한숨을 내쉬었다. 그러다가 전화를 받은 것이다. 이 수수께끼의 여자와의 만남이 빚보다 훨씬 더 불길한 일은 아닐까 겁을 내며, 마셜은 좌석 옆에 끼워둔 봉투를 확인했다. 준비를 단단히 하고 나온 참이었다. 조수석 문이 열리자 마셜이 화들짝 놀랐다. 검은 선글라스를 끼고 서류 가방을 든 여자가 차에 탔다.

돌리는 단박에 술 냄새를 맡았다. 역겨운 표정으로, 오랜 세월

음주한 탓에 불긋불긋해진 마셜의 불쾌한 얼굴을 바라보았다. 그의 줄무늬 정장 깃에는 비듬이 수북했다.

"7000파운드 받으러 온 것 아닙니다." 그녀가 정면을 보며 말했다.

마셜은 눈을 감았다. 돈을 받으러 온 게 아니라면, 여자는 훨씬 나쁜 것을 원한다는 뜻이다. "내 또 이럴 줄 알았지." 마셜이 죽는 소리를 했다. "내 처남의 보안 회사요. 이러면 그 사람한테 타격이 커요!"

돌리는 침착한 태도를 유지했다. 마셜이 그녀를 두려워하는 기세가 역력했으므로 이 기조를 유지해야 원하는 것을 얻을 수 있었다. 뒷좌석의 아기 시트가 눈에 들어왔다. 마셜은 요구를 따를 수밖에 없겠어, 그녀는 생각했다.

"1만 파운드입니다." 돌리가 무릎 위의 서류 가방을 열어 보이며 말했다. 도열한 지폐 다발에 마셜의 눈이 커졌다. 그녀가 가방을 다시 찰칵 닫았다. "지난번에 받으신 것보다 많은 액수죠."

"지난번이 마지막이라고 약속받았어요." 마셜은 울상을 했다. "롤린스가 약속했다고요! 놔주겠다고 했는데—"

"롤린스는 죽었습니다." 이 말을 내뱉자 심장이 철렁 내려앉는 듯했지만, 그 말이 얼마나 뼈아픈지를 마셜에게 보여서는 안 됐다. "세 남자는 죽었지만 7000파운드는 받으셨죠. 해리 롤린스가 마커도 갚아줬고요."

"그 7000파운드 받으러 온 것 아니라면서요!"

"합의하신 거래 조건을 지키신다면 말이죠. 지키지 않으신다면—"

"젠장!" 마셜이 말을 끊었다. 그는 곁에 앉은 이 질긴 여자를 바라보았다. 그녀가 누구인지, 누구 밑에서 일하는지 몰랐지만 치가 떨리게 싫었다. 브랜디를 마신 터라 자신감이 생겼다. "난 개털이 오. 돈 달라는 소리는 얼마든지 해도 좋지만 줄 돈이 없어요. 그리고 이동 경로도 알려줄 수 없어요. 처남이 보안을 강화했거든. 그러니 이제 어쩔 거요?"

돌리가 눈을 똑바로 뜨고 브라이언을 응시했다. "거래 조건을 못 지키신다면," 그녀는 그가 말을 끊지 않았던 듯이 용건을 이어 갔다. "채권을 다시 피셔 형제에게 팔도록 하지요. 피셔 형제는 잘 아시겠죠, 마셜 씨?"

브랜디가 주입한 대담성은 당장 썰물처럼 빠져나가고 마셜의 얼굴에서 핏기가 가셨다. 개인적으로는 피셔 형제를 몰랐지만 익히 들어 아는 평판으로 충분했다.

돌리는 할 말을 계속했다. "경로를 알려주시면 7000파운드 채권은 변제하고, 일이 끝난 다음에 1만 파운드를 현금으로 드리죠. 이런 기회를 드리는 걸 다행으로 아십시오. 피셔 형제는 그리 친절하지 않으니까요." 서류 가방을 들고서 조수석 문을 열고 내린 돌리는 뒷좌석의 아기 시트에 노골적으로 눈길을 주고 문을 쾅 닫았다.

가죽 운전대를 움켜쥔 마셜의 입술이 파르르 떨렸다. 여자는 당당하고 침착한 걸음으로 멀어져갔다. 마셜이나 그의 가족 따위는 그녀의 안중에 없었다. 마셜의 손이 시동 장치에 걸린 차 키로 갔다. 저년을 차로 치어버리고 서류 가방을 훔쳐 증발해버려도 아무도 모를 일이었다. 그러나 그것은 찰나의 생각일 뿐, 마셜에게는 그만한 배짱이 없었다.

다시 주머니에서 브랜디 술병을 꺼내 아내와 아이들을 생각하며 꿀꺽꿀꺽 들이켰다. 눈물이 차오르고 머릿속의 압박이 거의 통증처럼 느껴졌다. 그때, 술을 마실 때마다 말을 건네는 마음의 소리가 들려왔다. 괜찮다, 처남은 보험을 들었다. 나는 가족들이 포기한 술꾼이고 구제불능이니까 누가 알아낸다 해도 다들 그럴 줄 알았다고 하겠지. 그리고 그 돈이 절실히 필요했다! 1만 파운드라…… 그 돈이면 빚을 전부 갚고 어쩌면 사업을 시작할 수도 있을 터이다.

돌리는 벤츠로 돌아가면서 심장이 너무 빨리 뛰어 기절할 것만 같았다. 무한대처럼 보이던 주차장을 가로질러 어떻게 그렇게 침착하게 걸어갔는지 모를 일이었지만, 마셜에게 걱정하는 모습을 들켜선 안 되었다. "당당하게 걸어, 돌리." 그녀는 혼잣말을 했다. "허리를 곧게 펴고 당당하게." 차에 도착한 돌리는 서류 가방을 차 지붕 위에 놓고 문에 등을 기대고 섰다. 마셜이 주차한 곳에서 보면 긴장을 풀고 그의 결정을 기다리는 것처럼 보일 터였다. 사실은 넘어질까 봐 차에 기댄 것이지만. 조수석에 앉은 작은 울프가 왜 들어와서 옆에 안 앉을까 궁금한 듯 돌리를 보았다.

주차장의 반대편에서 마셜은 움직이지 않았다. '제발, 마셜. 결정해.' 돌리는 생각했다. '너무 위협적이었나? 아니, 좀 더 위협했어야 했나? 허세부리는 거라고 생각하고 가버리면 어쩌지?' 어쩌면 마셜을 잘 달래는 게, 친절하게 대하고 해리가 그를 존중했다고 거짓말이라도 하는 편이 나았을지도 모른다. '이봐, 마셜, 결정을 내리라고!'

로버가 시동을 거는 소리가 들렸다. 돌리는 숨을 죽였다. 마셜이 가는 방향이 그녀의 미래를 결정할 터였다. 그는 주차 지점에서 빠져나와 돌리가 있는 방향을 향했다. 돌리는 크나큰 안도의 숨을 내쉬며 진정을 찾았다. 로버가 그녀 곁에 차분히 멈췄다. 마셜이 준비해온 봉투를 돌리에게 건넸다.

"다음 달의 경로와 날짜, 시간이 전부 안에 들었소. 하지만 돈가방은 지금 줘야겠소. 그리고 도박장 대출증 건은 변제되었다는 약속도."

돌리는 봉투를 받고 마셜에게 가방을 건넸다. "안심하세요. 봉투의 정보가 정확하고 경찰이 경로를 알지 못하는 이상, 피셔의 대출증은 제 수중에 있고 당신은 자유입니다. 약속하지요."

마셜이 시야에서 사라지자 돌리는 차에 올라탔다. 흥분감에 도취되었다. 경로를 손에 넣었다! 그녀는 울프의 작은 머리에 키스를 퍼부었다. 울프가 돌리의 가슴에 발을 올리고 서서 그녀의 말에 귀를 기울였다. "아빠가 우릴 정말 자랑스러워 할 거야. 그리고 팀원들은 신이 나겠지! 전부 착착 진행되고 있어, 울피. 모든 게 다, 해리가 계획한 그대로." 이 말에 돌리는 목이 메었다. 아니, 전혀 해리가 계획한 대로가 아니었다. 해리가 계획한 것과는 아주, 아주 동떨어진 결과다.

돌리는 울프를 꼭 끌어안고, 해리의 계획이 얼마나 무시무시하게 틀어졌는지를 떠올렸다. 이제 돌리는 해리가 시작한 계획을 끝마칠 힘과 동기를 갖추었다. 모든 나쁜 생각을 마음에서 몰아내고 팀원들에 대한 생각으로 그 자리를 메웠다. 그들은 결승점에 아주 가까이 왔다. 물론 린다가 아직 선두 차량을 구해야 하고, 모두 패딩을 넣은 작업복과 총과 전동 톱에 익숙해져야 하며, 이제는 거액 수송일의 정확한 경로를 익히는 일이 남았다. 그녀들은 몇 달 전 사우나에서 처음 만났을 때의, 슬픔에 빠져 질질 짜는 약해빠진 미망인들에서 너무도 멀리 왔다. 이제 그들은 한 팀이었다. 돌리는 빙그레 웃었다. 그들은 허점과 감정의 기복, 무경험에도 불구하고 한 팀이었다. 그녀의 팀이었다. 그 무엇도, 어느 누구도 이제 그들을 멈출 수 없었다.

25

레스닉과 앤드루스는 9시부터 뚱보 프랜의 집 밖에 차량을 대고 잠복하고 있었다. 지금은 10시 15분이고, 히터를 틀었는데도 추웠다. 차 안은 담배 연기로 자욱했고 앤드루스는 얼굴이 벌게져서 거의 숨을 쉬지 못했다. 그가 신선한 공기를 들이려고 창문을 열자마자 레스닉이 얼른 닫으라고 호령했다. 앤드루스는 레스닉과 단둘이 일하는 게 싫었다. 풀러가 있으면 최소한 심적으로 의지할 수 있었지만, 단둘일 때는 레스닉의 기분에 따라 온갖 폭언에 노출되었다. 지금 경찰서는 메이페어 강도, 카를로스의 정비소 검거 실패와 그의 죽음으로 치달은 추격 사건으로 혼돈의 도가니였다. 기록을 작성하고, 증거를 처리하고, 집집마다 탐문하는 데 엄청난 수의 경관들이 동원돼 레스닉의 팀원 중 한 사람이 사무실에 남아 추가 서류 작업을 도와야 했다. 앤드루스는 따뜻하고 담배 연기 없는 사무실에서 두 발을 책상에 올리고 차를 홀짝이는 풀러의 모습을 상상했다.

"경위님!" 앤드루스가 손가락으로 창밖을 가리켰다. 뚱보 프랜이 거대한 몸을 이끌고 길 아래쪽에서 걸어오고 있었다. 그녀는 10미터마다 멈춰 서서 장바구니를 내려놓고 숨을 고른 후에 다시 달팽이 속도로 뒤뚱거리며 걸었다. 그녀가 다가올수록 장바구니 안에서 병이 덜컹거리는 소리가 들렸다.

"우라질!" 레스닉이 외마디를 질렀다. 프랜이 흘러내리는 타이츠를 가랑이 주위로 다시 끌어 올리느라 몸을 숙일 때마다, 헐떡거리는 그녀의 가슴이 블라우스 밖으로 빠져나올 것만 같았다. "앤드루스, 눈 감아. 너처럼 순진한 총각은 눈 다 버린다."

앤드루스는 생각 없이 대답했다. "저도 유방을 본 적 있습니다, 경위님."

"저런 건 못 봤잖아." 레스닉은 차 문을 열고 나서서 담배꽁초를 길 위에 던져버린 다음 뚱보 프랜을 뒤쫓아 갔다.

프랜이 녹슨 경첩 하나에 간신히 매달린 문을 밀고 잡목이 웃자란 소로에 접어들자, 레스닉과 앤드루스가 그 뒤를 따랐다. 프랜이 현관문에 기대 열쇠를 꺼냈다.

"이봐요!" 프랜은 뒤에서 크게 들리는 레스닉의 목소리에 화들짝 놀라 돌아보았다. "프랜, 우리 한 번 더 얘기 좀 해야겠어요."

뚱보 프랜의 집에서는 고양이, 오래된 맥주, 음식과 암내가 어우러진 악취가 어마어마했다. 거실은 먼지투성이에 어두웠다. 벌레가 좀먹은 무거운 커튼은 몇 년 동안 열지 않은 듯했다. 앤드루스가 바닥에서 술병들을 집어 들어 옆에 붙은 주방 문 곁에 두는 동안, 레스닉은 그녀가 외투를 벗는 걸 거들었다.

"프랜, 앉으시지요. 몸은 좀 어떻습니까?" 레스닉이 물었다. 그는 프랜의 건강이 어떻든 털끝만치도 관심이 없었지만 그녀가 협조하기를 바랐다. 레스닉은 프랜의 코트를 얌전히 개어 식탁 의자 등받이에 건 다음, 그녀가 지금 앉은 낮은 안락의자 앞의 납작한 스툴 위에 걸터앉았다.

며칠 전의 검푸른 색이 누런 보랏빛으로 변하긴 했지만, 프랜의 오른쪽 눈 위에는 아직 멍이 남아 있었다. 찢어진 곳마다 일회용 반창고를 덕지덕지 붙여 그녀의 얼굴은 예전보다 더 안 좋아 보였고, 머리 한쪽은 병원에서 상처를 봉합하려고 밀어놓은 상태였다.

앤드루스는 시계를 보았다. 레스닉이 그의 '경찰 교과서' 루틴을 실시할 때마다 파트너 경관은 늘 시간을 쟀다. 그가 60초 이상 매뉴얼을 따르는 걸 목격한 사람에게 다른 사람들이 10파운드를 주게 되어 있었다.

"그러면 프랜, 누가 당신을 이 지경으로 만들었는지 이제 알려주실 때도 되지 않았습니까? 당신의 안전을 위해서 우리가 놈을 잡아넣도록 말이지요." 레스닉이 부드럽게 물었다.

프랜은 생긋 웃으며 레스닉의 손을 톡톡 두드렸다. "형사님은 친절도 하셔요." 프랜의 차갑고 축축한 소시지 손가락이 손등을 간지럽히자 레스닉은 당장 손을 빼내고 싶었다. 그녀가 말을 이었다. "저도 말씀드리고 싶은 마음은 간절하지만 도무지 기억이 안 나요. 거짓말하는 거 아니에요. 머리에 혹 났던 거 아시죠? 그 인간이 도통 기억이 안 나요. 차단이라나 뭐라나, 그거 같아요. 트라우마가 생기면 그런다고 의사 선생님이 그랬어요. 기억 안 하고 싶은 걸 차단한다고요."

"트라우마가 아니라 돈이겠지, 프랜. 아니면 술을 저렇게 많이 살 돈이 어디서 났지?"

앤드루스는 시간을 그만 재기로 했다. 오늘은 딱 15초 걸렸다!

"나도 사업하는 사람이에요. 돈을 번다고요!" 프랜이 고집을 피웠다.

"놈이 다시 오면 어쩔 건데? 위스키라도 따라줄 건가?"

"다시 안 와요! 왜 다시 오겠어요?" 프랜이 공포에 사로잡혀 울부짖었다.

레스닉이 프랜의 약점을 잡았다. "서에도 당신이 제 발로 찾아왔지, 우리가 지금 여기 와 있지, 맞죠? 놈이 지켜보고 있다면 어떨까?" 레스닉이 말을 할수록 프랜의 눈에서 두려움이 커졌다. "참을성이 있는 놈 같진 않던데. 당신이 우리한테 뭔가 말한다고 생각하면 다시 찾아올 수 있지. 하지만 우리한테 놈이 누군지 말하면 우리가 놈이 못 돌아다니도록 철창에 가둔다니까요. 그럼 놈이 오랫동안 나타나지 않겠구나, 하면서 이 아늑한 집에 앉아서 마음껏 취해도 되잖아요."

레스닉이 말을 마쳤을 때 프랜은 이미 말도 못하게 엉엉 울고 있었다. 프랜은 폐에서 날카로운 짧은 숨을 짜내느라 배를 위아래로 들썩이며 아이처럼 흐느꼈다. 앤드루스는 너무 안쓰러워서 손수건을 꺼내 프랜에게 건넸다. 그녀가 코를 팽 풀자 레스닉이 벌떡 일어나며 앉아 있던 스툴을 넘어뜨렸다.

"공무 집행 방해로 체포해." 레스닉이 앤드루스에게 지시했다. "프랜, 일어서요. 거짓말 듣는 데는 이제 진력이 났으니까."

프랜이 대성통곡하며 앤드루스에게 한 손을 내밀자, 그는 생각 없이 손을 잡았다. "아악, 안 돼요! 아는 건 다 말했어요. 정말이지 아무 기억이 안 난다고요."

앤드루스는 잡았던 손을 놓고 그녀가 일어서도록 도와주려 했다. 바윗덩이를 일으키는 것 같았다.

"절 데려가지 마세요." 그녀가 울부짖었다. "복서라도 같이 있었다면 좋을 텐데, 날 돌봐줬을 텐데……. 그 사람 어디 있나요? 복서!"

"복서는 죽었어." 레스닉이 내뱉듯 말했다. "당신을 반쯤 죽여놓은 자가 누군지 몰라도, 놈이 죽였다고. 복서를 위한다면 누가 당신을 이렇게 만들었는지 내게 말하는 게 맞지!"

프랜이 한 옥타브 더 올라간 고성으로 울었다. 앤드루스는 고막이 상할까 봐 뒤로 물러났다. 레스닉은 맹공을 멈추고 여자에게 잠시 애도할 시간을 주는 아량을 베풀었다. 그녀가 한참 곡을 하고 나자, 레스닉이 다시 프랜 앞에 쭈그리고 앉았다.

"잘 들어요, 프랜." 레스닉이 단호하게 말했다. "입을 막는 대가로 돈을 받았다면 나하고는 아주 척지는 줄 알아."

"안 받았—"

"닥치고 들어. 내가 댁한테 인내심이 아주 바닥나고 있거든. 당신이 심하게 다친 건 아는데, 다른 사람들은 그보다 훨씬 끔찍하게 당했어." 레스닉은 벌떡 일어나 술이 든 비닐봉지를 집어 들고 몸을 숙였다. "누가 이 많은 술을 살 돈을 줬지? 싸구려 단칸방이나 빌려주는 걸로 이만한 돈은 못 버는 걸로 아는데. 누구야? 어서 말해, 프랜. 누가 줬어?" 레스닉이 무거운 봉지를 허공에서 흔들어대자, 손잡이 하나가 툭 끊어지면서 병들이 바닥에 우르르 떨어져 깨졌다. 거품을 머금은 갈색 맥주가 카펫 위로 흘렀다. 프랜은 다시 몸을 앞으로 숙이며 새로이 통곡하기 시작했다.

"아악, 내 맥주! 내 맥주!" 프랜은 두 손에 얼굴을 묻고 다시 꺼이꺼이 울었다.

프랜을 설득시키지 못한 레스닉은 얼굴이 시뻘게졌다. "어서 말해, 누가 당신을 공격하고 입막음할 돈을 줬는지—"

"몰라요, 몰라요! 천 번이나 말했잖아요. 친절한 남자가 복서를 만나러 와서 내가 위층으로 안내했다고. 다른 남자는 나중에 왔어요. 날 때린 남자요. 둘 다 모르는 사람이었어요. 정말이에요, 맹세해요. 다른 건 전혀 기억이 안 나요."

"기억을 해봐!" 레스닉이 호령했다.

"난 너무 피곤했어요. 그래서 그 여자한테도 내가—"

레스닉이 말을 가로챘다. "무슨 여자?"

"전화했던 여자요. 내가 그랬어요, '복서는 나갔어요'라고."

"잠깐!" 레스닉은 이 새로운 사실에 주목했다. "어떤 여자가 복서에게 전화를 했다?"

"네. 방금 얘기했잖아요."

앤드루스는 레스닉이 다시 말투를 바꾸는 걸 지켜보았다. "언제 말입니까, 프랜?" 그는 프랜이 계속 말하기를 바라며 재차 물었다. "그 여자가 언제 전화를 했죠?"

"두 번 했어요. 처음에는 복서와 통화했고요." 프랜이 다시 두 손에 얼굴을 묻었다. 그녀는 지치고 피로했으며 혼란스러웠다.

"두 번째는요?" 레스닉은 프랜이 생각할 수 있도록 잠시 틈을 두었다가 부드럽게 재촉했다. "프랜, 이 사실은 굉장히 중요합니다. 여자가 두 번째 전화했을 때 뭘 하고 계셨죠?"

"TV를 보고 있었어요."

"뭘 봤나요?"

프랜이 레스닉을 올려다보았다. "〈코로네이션 스트리트〉요."

"아주 좋습니다. 그러니까 〈코로네이션 스트리트〉가 방영되는 동안 여자가 전화를 했군요. 뭐라고 하던가요?"

"아까 통화할 때 전화가 끊겼다고요. 하지만 그땐 복서가 이미 첫 번째로 온 친절한 남자와 나가고 없었어요. 그래서 여자가 전화를 끊었죠. 그런데 세상에, 복서!" 프랜은 거의 혼잣말로 속삭였다. "우리 복서를 다시 못 보게 되다니."

"복서를 죽인 놈을 우리가 찾게 도와줘요, 프랜." 레스닉이 촉구했다. "복서를 조금이라도 아꼈다면, 도와줘요!"

프랜이 레스닉의 팔뚝을 잡았다. "그 사람이 병원으로 찾아왔어요." 그녀가 속삭였다. "하느님 맙소사, 그 인간이 찾아와서 내가 입을 열면 죽이겠다고 했어요."

쌍, 말 안 하면 내가 널 죽여주겠어. 레스닉은 속으로 뇌까렸지만 실제로는 이렇게 말했다. "제가 보호해드리죠."

"키가 크고 머리 색이 짙었어요. 눈빛이 사납고 얼음처럼 차가웠고요. 건달이 아니라 옷도 잘 입은 신사였어요. 차갑고 냉정하고 번드르르한 개자식요!"

레스닉은 숨을 고르고 안쪽 재킷에서 A4 크기의 사진을 하나 꺼내 프랜에게 보여주었다. "혹시 이 남자요?"

프랜은 초점을 정확히 잡으려고 사진을 멀리 내밀고 다시 보았다. 앤드루스는 그것이 레스닉의 사무실 벽에 걸려 있던, 다트 송곳 자국이 숭숭 뚫린 해리 롤린스의 사진임을 알아보았다. 레스닉은 땀을 흘렸고, 얼굴은 순무처럼 벌게져 있었다.

"그 사람 아니에요." 프랜이 대답했다.

"제대로 봐, 제대로 보란 말이야!" 레스닉이 해리 롤린스의 사진을 프랜의 면전에 대고 흔들며 고함쳤다. "이놈이었어, 맞지?"

"아니에요."

"맞아. 이게 그놈이야! 해리 롤린스가 바로 당신을 인사불성이 되도록 때린 남자야. 그렇다고 말해. 이놈이었던 거 내가 다 안다고!"

앤드루스가 개입할 용기를 그러모으고 있는 찰나, 무전기가 지직거렸다.

"나가! 네가 그러면 프랜이 답변에 집중을 못 하잖아!" 레스닉이 호령했다. 앤드루스는 마지못해 자리를 떴다.

앤드루스가 무전기 호출에 응답한 뒤 들어왔을 때, 레스닉은 여전히 프랜의 얼굴에 해리 롤린스의 사진을 대고 흔들며 같은 질문을 반복하고 있었다.

"이자였나? 이자였어?"

앤드루스는 이 꼰대 좀 진정시키라고 무전으로 풀러를 부를까 하는 생각을 잠깐 했지만, 미쳐 날뛰는 영감 하나 혼자 처리하지 못한다고 서 전체에서 놀림감이 될 것 같았다. 프랜을 공격한 자의 인상착의가 롤린스에 들어맞는다는 건 누구나 알 수 있지만, 그런 식으로 따지면 런던 절반이 그와 비슷했다. 왜 죽은 사람이 살아 돌아와 뚱보 프랜을 죽도록 팼다고 레스닉이 확신하는지 알도리가 없었다. 앤드루스는 레스닉의 어깨에 한 손을 올렸다.

"경위님, 방금 무전으로 중요한 연락이 왔습—"

"닥쳐, 앤드루스!" 레스닉이 앤드루스의 손을 뿌리치며 성냈다. "해리 롤린스에게 폭행당했다고 프랜이 지금 확인하려는 참이잖아. 안 그래, 프랜?"

레스닉을 올려다보는 프랜의 얼굴은 자기가 막 발설하려는 사실이 앞으로 미칠 영향 때문에 겁에 질려 있었다. "아니에요, 경위님. 해리 롤린스가 아니에요. 토니 피셔였어요……."

말없이 경찰서로 돌아오는 차 안에서 앤드루스는 곁눈질로 레스닉을 훔쳐보았다. 그의 이상한 행동을 경감에게 보고해야 할까 고민됐다. 레스닉은 진이 빠진 패잔병처럼 모든 걸 포기한 듯 보였다. 늘 차에서 담배를 피웠는데 그러지도 않았다. 서로 들어가는 마지막 코너를 돌면서 앤드루스가 용기를 내서 말했다.

"경위님, 무전은 풀러 경사에게서 온 것이었습니다. 오늘 아침 우체국 트럭에 받혀 죽은 남자가 카를로스 모레노랍니다. 피셔 형제의 차량 담당이었습니다."

레스닉은 앤드루스가 한 말을 들었다는 아무런 표시도 하지 않았다. 그저 창밖을 내다볼 뿐이었다.

26

풀러는 아침 업무가 만족스러웠다. 레스닉이 목전에서 재촉하지 않으니 참으로 많은 일을 할 수 있었다. 앤드루스가 보냈을 아침을 생각하니 빙그레 웃음이 났다. 분명 끔찍한 아침이었으리라.

풀러는 카를로스의 정비소에서 발견한, 유죄를 입증할 모든 증거를 면밀히 기록해 레스닉에게 올릴 보고서를 완성해두었다. 오랜 기다림 끝에 드디어 피셔 형제를 꼼짝 못하게 엮을 수 있을 것으로 보였다. 회수한 차량 중 한 대는 전면부가 손상되고 트렁크에 가짜 번호판을 단 갈색 재규어였다. 가짜 번호판을 조회하니 최근 맨체스터에서 벌어진 차량 추격전 끝에 경찰이 놓친 차량으로 보였다. 풀러는 차량의 지문 조회를 의뢰했고, 피셔 형제와 카를로스의 지문이 차량 실내외에서 발견되었지만 가짜 번호판은 깨끗했다. 이것이 진짜 경찰 업무다. 유령이나 쫓아다니는 일과는 달랐다. 풀러는 기분이 좋았다. 피셔 놈들은 멀쩡히 살아 있고, 곧 검거될 것이다.

풀러는 이미 손더스 경감에게 피셔 형제의 지문이 재규어에서 나왔다는 희소식과 카를로스의 사망에 대해 알렸다. 풀러는 아직도 메이페어 강도 사건 팀으로 이동하지 못한 데 열이 났다. 손더스는 풀러에게 오전의 노고를 치하했지만, 이번에도 망할 조지 레스닉이라는 주제로 옮겨갔다.

"자네 상사는 어디 있나?" 손더스가 물었다. "또 유령을 쫓고 있나?"

"모르겠습니다, 경감님." 풀러가 대답했다.

손더스는 그 말을 무시하고 명했다. "돌아오면 내가 레스닉과 앤드루스를 보잔다고 해. 둘이 따로, 내 사무실에서. 이번에는 날 안 보고는 퇴근 못하게 해."

풀러는 고소한 듯 씩 웃으며 수사과 중앙 사무실로 돌아왔다. 레스닉이 어디 있는 줄 알았고, 뚱보 프랜을 윽박질러 죽은 사내에게 폭행당했다고 자백하라는 압력을 행사했다는 것도 알았다. 앤드루스가 무전기로 전해주었던 것이다. 풀러는 앤드루스가 레스닉에 대해 고자질할 배짱이 있기만을 바랐다.

풀러가 고개를 드는데 레스닉과 앤드루스가 사무실로 들어오고 있었다. '오늘이야. 오늘이야말로 레스닉이 잘리는 날이야.' 풀러는 능글맞은 웃음을 흘리지 않을 수 없었다. 그 표정이 레스닉의 눈에 띄었다.

"넌 뭐가 그렇게 즐거워?"

"피셔 놈들의 차량 담당을 파악했습니다, 경위님. 앤드루스가 얘기 안 하던가요?"

레스닉은 어깨를 으쓱했다. "난 또 뭐라고. 뚱보 프랜을 떡이 되도록 팬 게 토니 피셔라는 걸 내가 실토하게 했는데."

풀러는 기가 막혔다. 앤드루스가 눈썹을 치켜올리며 고개를 절레절레 흔들었다.

"여자가 그렇게나 겁을 먹었더라고요." 앤드루스가 거들었다. "그에게 불리한 증거는 절대 발설하지 않을 거예요. 토니 피셔는 검거할 수 있겠지만 우리가 다 알다시피 놈이 자백은 절대 안 할 거고, 프랜의 진술이 없다면 체포해봐야 무슨 소용이죠? 놈은 그날로 바로 풀려날 거고, 자유가 되자마자 불쌍한 여자를 다시 찾아가서 또 죽도록 패든가, 아니면 더 심하게…… 죽이겠죠."

레스닉은 할 말을 잃었다. 앤드루스가 한 번에 저렇게 많은 말을 쏟아내는 건 본 적이 없었다. 풀러가 의견을 내놓았다.

"그럼 우리가 다른 혐의로 토니 피셔를 잡아넣을 수 있다면 프랜이 안전하다고 느끼고 입을 열 수도 있겠네요?"

"카를로스의 정비소 단속 건과 관련한 네 혁혁한 수사 성과를 말하는 거지, 지금?" 레스닉이 조롱을 담아 물었다. "그렇다면 런던 거리에서 피셔 형제를 쓸어버릴 증거는 어디 있지?"

"경위님 책상 위에 있습니다." 풀러가 손가락으로 가리키며 답했다. 손더스가 만족할 만한 보고서라면 레스닉에게도 흡족할 터였다. 레스닉이 보고서를 집어 들자 풀러가 덧붙였다. "아 참, 앤드루스, 손더스 경감이 보자신다."

"왜?" 레스닉이 물었다.

"모르겠습니다." 풀러가 말했다. 앤드루스는 어깨를 으쓱하고는 사무실 밖으로 나갔다.

레스닉은 유리로 된 별관 사무실로 들어갔다가 곧바로 다시 돌아 나왔다. "내가 너희 못난 면상을 종일 봐야겠냐고 요청한 블라인드는 대체 어디 있는 거야?" 그가 성깔을 부렸다. "앨리스를 불러. 이런 거 끝까지 처리하는 사람은 서에서 앨리스뿐이지."

풀러가 앨리스를 찾는 동안, 레스닉은 '금붕어 어항' 사무실에서 카를로스 모레노의 파일을 펼치고 내내 코를 파며 읽기 시작했다. 풀러가 5분 뒤에 돌아오자, 레스닉은 유리를 톡톡 두드리면서 안으로 들어오라고 웃으며 손짓했다.

"흥미로운 보고서로군, 풀러. 매우 상세하고 면밀해." 레스닉은 자리에 앉으며 보고서를 책상에 내려놓았다.

"감사합니다, 경위님. 보시다시피 제가 피셔 형제를 절도 차량 매매로 잡아넣을 증거를 발견했습니다. 맨체스터에서 일어난 불법 주류 갈취와 엮을 증거가 될 가능성도 있습니다. 그렇다면 프랜이라는 여자에게 토니 피셔의 폭행에 대해 진술하도록 설득할 수 있는 가능성이 생기죠. 놈이 이미 수감된 뒤라면 여자도 두려워할 필요가 없겠죠."

레스닉은 고개를 들어 그를 보고는 고개를 저으면서 보고서를 톡톡 쳤다. "이건 큰 실수야! 네가 압수했을 때 재규어는 진짜 번호판을 달고 있었고, 그건 피셔 놈들의 클럽으로 등록된 번호였으니 그 차에서 나온 놈들의 지문은 소용이 없어."

풀러는 민망한 표정이었다. "가짜 번호판이 트렁크에 있었고, 그 번호판들을 맨체스터 건에서 사용된 갈색 재규어와 엮을 수 있습니다만."

"그래서 그게 뭐? 피셔 놈들이 비싼 변호사를 써서 네 사건을 십자가에 못 박을 텐데. 카를로스 모레노가 도주하게 해서 우체국 차량에 받혀 끼어 죽게 만들었기 때문에 넌 놈들한테 완벽한 알리바이를 준 거야. 이렇게까지 말하고 싶진 않았지만 풀러, 너 참 내 생각보다 우둔한 놈이다. 피셔 놈들은 모든 걸 카를로스한테 덮어씌우고 풀려날 수 있다고."

풀러는 기가 푹 꺾였다. 레스닉이 옳았다. 재규어는 정비를 받으러 들어온 것이니 피셔 놈들은 카를로스가 재규어를 맨체스터로 가지고 가서 불법 주류 갈취를 저질렀다고만 말하면 될 터였다. 카를로스가 죽은 이상 피셔 놈들의 주장에 토를 달 사람은 아무도 없었다.

풀러는 치욕스러워하며 나가려고 등을 돌렸다.

"잠깐." 레스닉이 다시 파일을 펼치며 말했다. "보고서에 모레노의 정비소에 대한 익명의 제보가 있었다고 돼 있는데, 여자였다고." 풀러가 고개를 끄덕였다. "미지의 여자가 복서 데이비스의 단칸방에도 전화를 걸었어. 그가 죽던 날." 레스닉은 풀러를 향해 두 손가락을 딱 맞부딪쳤다. "저쪽에 있는 내 물건 박스에서 감청 보고서를 찾아봐."

풀러는 앨리스가 이사를 위해 챙겨둔 파일 박스를 뒤져 감청 보고서 파일을 찾아 건넸다.

레스닉이 돌리 롤린스 자택 송수신 전화 내역 페이지를 훑는 동안, 풀러는 앤드루스가 손더스의 사무실에서 나오는 것을 보았다. 그는 침울해 보였다. 풀러가 그를 다독였다. 때가 무르익었다. 절차를 무시하는 꼼수와 프로답지 못한 방식, 롤린스 사건에 대한 광기 어린 집착이 속속 드러나면서 레스닉은 파국으로 치닫고 있었다. 앤드루스는 방금 손더스에게 레스닉이 늘 주머니에 넣고 다니는 해리 롤린스의 사진에 대해 말했을 것이다. 손더스는 그를 있는 그대로, 집착에 사로잡힌 괴짜로 볼 터이다.

앤드루스가 레스닉 사무실의 열린 문에 노크했다. "손더스 경감님이 보자고 하십니다."

레스닉은 그를 무시하고 복서의 번호가 있는지, 아니면 카를로스가 죽기 전날 밤 경찰서로 건 내역이 있는지 보려고 손가락으로 페이지를 넘기며 번호들을 확인했다. 전화번호 목록은 세 번째 페이지에서 갑자기 끝났다. 녹음도, 메모도, 정보도 더는 없었다. 레스닉은 의자를 넘어뜨리며 벌떡 일어나 파일을 홱 닫았다.

"이게 무슨 개지랄인지 손더스가 설명해줬으면 좋겠네. 나 모르게 잘 속여온 거 같은데, 내가 가만히 안 있을 거거든! 감시를 중단시키더니 이젠 빌어먹을 감청까지 중단하다니. 내가 여기 있는 이유가 뭐야, 그럼?" 그는 쿵쾅거리며 상사의 사무실로 향했다.

앤드루스는 아직도 똥 씹은 표정을 하고 있었다.

"그래서 손더스 경감한테 뭐라고 했어?" 풀러가 물었다.

앤드루스는 한숨을 쉬며 주머니에 손을 찔러 넣었다. "말은 경감님이 다 했어요."

실망이었다. 풀러는 앤드루스가 레스닉과 뚱보 프랜의 미친 순간에 대해 누설했기를 바랐다.

"경감님이 제가 좋은 평가를 못 받았다고 다음 달부터 다시 생활안전부로 돌아가서 경범죄나 담당하래요. 믿을 수가 없어요. 다른 사람들만큼 열심히 했고, 시킨 대로 하면서 레스닉 경위님을 실망시킨 적도 없는데."

풀러는 앤드루스가 잘리겠구나 싶었다. 그가 안돼 보여 위로의 말을 건넸지만, 앤드루스가 사람은 좋아도 무장 강도 수사를 할 재목은 못 되는 게 사실이었다. 생활안전부에서 일하면서 절도와 기물 파손 조사 따위를 맡는 쪽이 그와 어울렸다. "걱정 마. 우리 바닥이야 워낙에 기복이 심하니까." 풀러는 자리를 뜨면서 말하고는 혼잣말로 뇌까렸다. "나는 상승세, 너는 하락세구나."

손더스의 사무실에서 큰 소리가 나면서 별관 전체가 레스닉의 쩌렁쩌렁 울리는 불호령을 들었다. 모두의 눈길이 경감의 사무실로 향했다. 유리 파티션을 통해 분노로 얼굴이 벌게진 레스닉이 손더스의 책상을 주먹으로 탕탕 치는 게 다 보였다. 레스닉은 고개를 돌리다가 풀러와 앤드루스를 비롯한 다른 모두가 자신을 바라보고 있는 걸 보았다. 그가 경감 사무실의 문을 열고 복도로 나와 외쳤다.

"다들 좋은 구경났지? 어디, 불구경하니 기분 좋아, 엉? **기분들 좋냐고?**"

별관의 모든 사람이 별안간 바쁜 척하기 시작했다. 여기저기서 부산스럽게 서류를 탁탁 챙기는 소리, 미친 듯이 타자기를 두드리는 소리가 들렸고, 경관들은 느닷없이 급한 전화를 걸려고 수화기를 집어 들었다. 풀러는 예외였다. 풀러는 레스닉을 적어도 5초 동안 정면으로 뚫어져라 노려본 다음에야 시선을 돌렸다.

"경사님, 그거 알아요?" 앤드루스가 고소해하는 풀러를 지켜보며 말했다. "당신이 레스닉 경위보다 더 후져. 레스닉은 적어도 일부러 그러진 않거든, 당신처럼."

손더스의 사무실에서, 레스닉은 두 주먹을 책상에 대고 서서 몸을 앞으로 숙여 경감을 노려보았다. 손더스는 메모장을 들여다보며 잘 깎은 연필 끝으로 메모지를 톡톡 두드렸다.

"내가 며칠 전에 롤린스 마누라의 집 감청에 대해 알고 나서 중단시켰어. 일단 나나 다른 상급자들의 승인을 받지 않았고, 그러므로 불법이기도 하고, 송수신 통화를 주시하고 번호를 밤낮으로 기록하는 담당 경관에 드는 비용은 말할 것도 없고 말이야. 그리고 감시도 거의 같은 이유에서 철회했지. 복서 데이비스 살해 용의자도 못 잡고 있는데 롤린스의 집 밖에 경관 두 명을 놀리는 걸 정당화할 수 없더군."

"왜 나한테 감청 중단을 알리지 않았습니까?" 레스닉이 다시 냉정을 되찾으려 애쓰며 말했다. "복서 데이비스에게 전화하고 카를로스 모레노를 제보한 사람이 돌리 롤린스였을 수도 있는데. 경감, 여자였다고요. 복서 데이비스가 죽던 날, 한 여자가 놈에게 두 번이나 전화를 걸었습니다. 나한테 말을 했어야지!"

손더스는 기가 막히다는 듯이 다시 의자에 몸을 푹 기댔다. "내가 말을 했어야 한다고? 조지, 내가 널 몇 번이나 찾아갔는지 알아? 이것과 같은 메모를 네 책상에 남겼다고. 네가 메모를 못 읽었다 해도 그건 내 잘못이 아니지."

"거의 다 왔습니다, 경감."

"정확히 어디에 다 왔다는 거지?" 손더스가 물었다.

레스닉은 성질을 죽이기 위해 거칠게 숨을 들이쉬었다. 이미 한 차례 퍼부은 뒤였고, 손더스가 참는 데도 한계가 있었다. 서로 그토록 오랫동안 친구였는데…….

손더스가 연필을 내려놓고 몸을 앞으로 숙인 다음 비수를 꽂았다. "롤린스 사건은 종결이야, 조지. 자네는 팀을 데리고 이제 메이페어 사건을 지원하게 됐어. 괜찮은 단서가 몇 개 있어서 인력이 더 필요해."

"아니, 안 돼, 안 돼. 제발 2주만 더 줘. 2주 안에 뭔가 가져올게." 레스닉이 오랜 친구에게 모든 것을 털어놓으며 애원했다. "우린 네 번째 남자가 있었다는 걸 알고, 이제 놈을 거의 찾았어. 내가 놈만 찾으면 한 번에 사건 네 개를 해결하는 거야. 놈이 그 모두와 연관되어 있거든. 그렇다는 거 내가 알아. 롤린스가 그 모두와 관련돼 있다고. 네 번째 남자도 연관돼 있는 게 분명해."

"그게 누구 같은데?" 손더스가 물었다.

"거의 다 찾았어. 시간을 줘. 조금만, 그거면 돼. 네 번째 남자와 전화를 건 이 여자…… 그 둘이 열쇠야."

"난 프랜이 열쇠인 줄 알았는데? 지난주에는 복서 데이비스가 열쇠였지. 그 전주에는 렌 걸리버가 열쇠였고." 손더스는 고개를 저었다. 참을 만큼 참았다. 그는 물러서지 않을 작정이었다. "상부의 지시야, 조지. 네 사건은 종결됐어."

"네가 날 포기하는 거잖아!" 레스닉이 버럭 화를 냈다.

손더스가 연필을 뚝 부러뜨렸다. 그가 이를 악물고 말했다. "어떻게 내게 그렇게 말할 수 있지? 어찌 감히 그런 말을? 내가 추천해서 롤린스 사건도 맡은 거야. 나 말고는 상부의 모두가 네가 감당할 수 없다고 했지만, 내가 널 끝까지 방어해서 사건을 맡겼어. 네가 평생 해결하고 싶어했던 사건을 말이야. 하지만 조지, 네가 찾은 건 모두 막다른 골목뿐이었어. 쓸 만한 단서도 증거도 없다고. 나도 이젠 할 수 있는 게 없어."

레스닉은 수치심과 좌절감에 고개를 푹 숙였다. 그도 내부 사정을 잘 알아 손더스의 입장을 십분 이해했지만, 그래도 받아들일 수 없었다.

"그 해리 롤린스 개자식이 네게 무슨 짓을 했는지 나도 잘 알아." 손더스가 말을 이었다. "하지만 지금 넌 개인적인 원한을 너무 밀어붙이고 있어. 포기해, 조지. 그리고 네 경력을 위해 정리—"

레스닉이 그의 말을 가로막았다. "개인적인 원한이라니?"

"무슨 말인지 정확히 알고 있으면서그래."

레스닉은 책상 위로 몸을 숙이며 주먹을 다시 쾅 내리쳤다. "그 새끼는 악독한 범법자고—"

"놈은 죽었어!" 손더스가 호통을 치는 바람에 레스닉은 말을 잃었다. "프랜하고 있었던 일, 앤드루스한테 들었어. 해리 롤린스 사진 얘기를 하더군. 네가 틀렸어. 폭행한 건 토니 피셔라고 여자가 자백했으니까. 이런 말 하긴 싫지만 조지, 네 집착은 점점 심해지고 있어. 이젠 사실을 직시해야 해. 롤린스는 죽어서 이미 땅에 묻혔어."

레스닉이 입을 열었지만 손더스가 한 손을 들어 막았다. "메이페어 강도 사건으로 가기 싫다면 휴가를 좀 쓰는 게 어때? 총경도 휴가를 승인하실 거야."

레스닉은 손더스를 물끄러미 바라보았다. "꼭 확신하듯이 얘기하네? 이미 총경한테 물어봤구나, 그렇지?" 그가 손더스의 눈을 마주 보았다. "만약에 내가 전근을 원한다면 그것도 이미 승인되었겠네. 그래?"

"네 전근은 이미 몇 달 전에 승인됐어, 조지. 내가 널 여기 유지하려고 싸워왔지. 네가 원하는 사건에, 네가 탁월하게 잘했던 사건에 말이야."

"잘했던?" 손더스의 이 한 마디는 비수처럼 깊은 상처를 주었다. "그렇다면 내 진급 신청서를 총경이 읽었는지 묻는 것도 무의미하겠네?"

손더스는 레스닉의 마지막 질문은 무시하기로 마음먹었다. 그는 조지가 얼마나 훌륭한 경찰인지를, 이번에는 그가 꼭 진급될 거라고 확신했다는 말을 장황하게 늘어놓았다. 어쩌면 퇴직 때까지 근무할 수 있는 좀 더 조용한 서로 옮기는 것도 방법이고, 원칙적으로는 그가 있는 경감 자리에 조지가 앉아야 한다는 걸 알고 있다고도 말했다.

"그런데 왜 내가 거기 못 앉은 거지?" 레스닉이 언성을 높였다.

"그 얼어 죽을 롤린스 사건 때문이잖아, 조지! 이건 개인적인—"

"개인적인 게 아냐! 그냥 놈이 악한인 거지!"

"죽은 악한이야." 손더스가 한 번 더 못을 박았다.

"죽었든 안 죽었든, 놈은 미제 강도 수십 건을 저지른 장본인이고 난 그 모든 사건을 해결하는 데 아주 가까이 와 있다고!" 레스닉이 거듭 말했다. 하지만 이미 들을 만큼 들었다. 그는 더 이상 무시당하고 싶지 않았다. 레스닉은 일어서서 손더스를 손으로 쿡 찔렀다. "네 말이 정말 옳지. 내가 네 자리에 오래전에 앉아야 했어. 너도, 나도, 이 썩을 서에 있는 모든 사람이 알지. 내가 거기 앉지 못한 이유가 해리 롤린스라는 걸. 네 말대로 개인적이었던 거 맞아. 어떻게 안 그럴 수가 있겠어? 하지만 지금은 아니야. 지금은 제대로 된 수사 얘길 하고 있는 거라고. 난 장부를 원하고, 네 번째 놈을 원하고, 전화를 건 여자를 원해. 그게 우리가 런던을 정화하는 방법이니까. 그리고 알아두시라고 말하는데 경감 나리, 레이다를 제대로 올리고 있는 사람들, 알 만한 사람들은 롤린스가 죽었다고 생각하지 않아."

레스닉은 거친 숨을 깊이 들이마시고, 산소를 받아들이면서 흥분을 가라앉혔다. 그는 주머니에 깊숙이 손을 넣어 신분증을 꺼내 손더스의 책상에 내려놓았다. "내 진급 신청서는 버려도 돼. 난 시경에서 사임하겠어."

손더스는 한숨을 내쉬며 일어섰다. 그가 원한 건 이게 아니었지만 레스닉은 선을 넘었고, 손더스도 그를 달래려는 노력을 할 만큼 했다. "사표는 총경에게 가져가는 게 좋겠군."

"자네한테 내겠어! 기억해둬. 제대로 아는 사람은…… 복서, 초록 이빨 그리고 나야. 피셔 놈들도 지금 저희보다 더 크고 나쁜 놈으로부터 달아나고 있어. 내 말 잘 들어. 해리 롤린스는 아직 끝나지 않았어. 어딘가에 잘 살아 있다고. 내가 알아. 그리고 놈이 돌아와서 괴롭히는 건 내가 아니야. 너라고!"

이제 손더스는 조지가 제정신이 아니라는 확신이 들었다. "제발 조지, 그냥 집에 가서 좀 쉬어. 지금 당장 성급한 결정을 내리지 말고."

"내 사직서는 내일 아침 일찍 이 책상에 둘게. 네가 늘 원했던 것도 그거잖아, 안 그래? 글쎄, 내 말이 맞다는 걸 다들 알게 되는 날에는 너와 다른 사람들 목이 성치 못하기만 바랄 뿐이야." 레스닉은 씩씩대며 사무실을 나갔다.

레스닉은 1층 중앙 출구로 나가던 중 기침 발작 때문에 걸음을 멈춰야 했다. 그는 숨을 고르기도 힘들었다. 심장이 너무 빨리 뛰어서 가슴에서 뛰쳐나오려는 것만 같았다. 심근경색이 오는 게 틀림없다고 생각하고 벽에 기대 기다리던 레스닉은 그를 향해 다가오는 앨리스를 보았다. 레스닉의 상태를 본 앨리스가 걸음을 재촉했다.

"심호흡을 하세요, 경위님, 길게, 깊이 숨을 쉬세요." 레스닉도 이런 상태가 되면 어떻게 해야 하는지 알았지만 앨리스의 따스한 도움말은 위안이 되었다. 특히 지금은 더욱 그랬다. 앨리스는 레스닉에게 정상 호흡을 되찾을 시간을 준 뒤 물을 한 잔 가져다줄까 물었다.

"아니, 괜찮아질 거야." 레스닉이 말했다. "그런데 한 가지 부탁이 있어, 앨리스. 서한을 한 통 써줬으면 해."

"제가 할 수가 없어요." 앨리스는 이제 그의 부서 담당이 아니라는 말을 꺼내려고 입을 열었다.

이제 와서 규칙 하나 더 깬다고 그에게도 앨리스에게도 해가 될 것은 없었다. "안 돼. 이번 건 꼭 해줘야겠어, 앨리스. 부탁이야. 내 사직서야." 레스닉이 말했다.

"아니, 경위님⋯⋯." 앨리스는 달리 할 말을 찾지 못했다.

"내 사건을 가져가버려서 그만뒀어." 레스닉은 너무도 초췌해 보였다. 그는 사직서에 쓸 말을 조용히 불러주며 고개를 푹 숙였다.

앨리스는 듣지 않았다. 그가 서한에 쓸 말을 불러줄 땐 귀를 기울인 적이 없었다. 그녀는 그가 맑은 정신으로 생각할 시간이 있을 때 했을 법한 말을 그냥 썼다. 이번에도 그럴 터였다. 앨리스는 이렇게 말하는 상상을 했다. "조지, 저도 당신과 함께 그만둘래요. 우린 둘 다 더 나은 일을 해야 해요." 그를 그냥 '조지'라고 부른다는 생각만으로도 울컥 목이 메었다. 앨리스는 혹시라도 목이 멘 상태에서 말을 더 하게 되는 일이 없기만을 바랐다. 그는 언제나 불평꾼이었지만 그녀만의 불평꾼이었다. 그는 뛰어나고 추접하고 헌신적인 그녀만의 투덜이 경찰이었고, 앨리스 외엔 아무도 그를 다룰 줄 몰랐다.

레스닉은 할 말을 마치고 앨리스를 올려다보았다. "퇴직 선물 모금 따위 하고 다닐 거면 티 메이커는 사절이야, 알지?"

앨리스는 웃어 보이려 애썼지만 울고만 싶었다.

레스닉이 몸을 앞으로 내밀어 앨리스의 뺨에 가볍게 입을 맞추었다. "그동안 고마웠어, 앨리스. 날 견뎌줘서 고맙고."

그녀가 지켜보는 가운데 레스닉은 낡고 지저분한 코트를 펄럭이며 좀이 슨 서류 가방을 한 손에 들고 가버렸다. 그녀는 마침내 무너졌다. 표면적으로 그토록 비호감인 남자에게 끌리는 감정을 이해하기 어렵다는 건 그녀 자신도 인정했다. 하지만 앨리스는 레스닉과 자신의 관계를 이해했다. 자신의 역할을 알았다. 그녀가 그의 뒤를 봐주고, 불평을 들어주고, 그가 자신에 대해 의구심을 가질 때 안심을 시키고, 그를 보호—무엇보다도 그 자신으로부터—해주면 그의 내면에 있는 최고의 경찰이 될 수 있는 힘을 불어넣어준다는 걸 알았다. 그런데 그 일을 못 해주었다. 그는 앨리스에게 삶의 의미를 주었다. 어느 다른 남자도 그런 일을 해준 적이 없었다. 레스닉은 그녀가 얼마나 그를 사랑하는지 알지 못했고, 이젠 결코 알 수 없을 터이다.

27

벨라는 페인트 마스크를 벗고 공기를 들이마시기 위해 뒤로 물러났다. 땀방울이 이마와 뺨에 흘러내렸다. 그녀는 도주 차량이 될 포드 에스코트 승합차를 자부심을 가지고 찬찬히 살폈다. 자동차에 스프레이 도장을 해본 적은 없었지만 스트립 클럽에서 댄서들에게 스프레이 태닝은 숱하게 해줘봤다. 도장도 별반 다를 게 없었다.

2주 전에 돌리가 가명으로 현금을 주고 샀을 때 이 승합차는 빨간색이었다. 이제 이 차는 반들거리는 흰색이다. 엔진은 좀 오래됐지만 린다가 손을 보자 보닛 아래에서 전보다 훨씬 힘이 느껴졌다. 린다는 카를로스와 알고 지낸 몇 주 동안 엔진에 대해 많은 걸 배웠다. 가장 중요한 것은 엔진을 '느끼는' 법이었다. 카를로스는 원한다면 매뉴얼을 읽어도 되지만 그것이 직감을 대체하지는 못한다고 말했다. 그에게는 그걸로 될지 몰라도, 린다는 매뉴얼도 읽었다. 특히 돌리의 창고에 있는 차량들의 매뉴얼을 읽었다. 그 차들이 고장 나면 그들은 그길로 감옥에 가게 될 테니까.

벨라는 슬그머니 도주 차량 옆면에 붙일 자석 간판을 칠하느라 바쁜 셜리 쪽으로 갔다. "너만 마무리하면 이 차는 준비 끝이야."

셜리가 올려다보았다. "이거 괜찮아 보여, 벨라?" 그녀는 벨라의 의견을 중요하게 생각했다.

벨라는 고개를 끄덕였다. "아주 프로 같아. 이 간판하고 가짜 번호판만 달면 진짜 GLC 승합차처럼 보일 거야."

창고의 안쪽에서는 린다가 화물 상자에 앉아 단총신 산탄총을 닦고 있었다. 잿빛 얼굴을 한 그녀는 입을 일자로 꼭 다물고 출구를 계속 흘겨보았다. 돌리를 기다리고 있었다.

"린다, 괜찮아?" 벨라는 돌리가 도착하면 린다가 폭발할까 봐 걱정되어 물었다. 지금은 초저녁이고, 벨라는 린다를 종일 지켜보았다. 한번은 집으로 돌려보내려 설득하기도 했지만 린다가 거절했다. 그녀는 곧 끊어질 팽팽한 철사처럼 때를 기다리며 창고에 앉아 있었다. 벨라가 다가와 몸을 숙이고 린다의 귀에 속삭였다.

"카를로스 때문에 마음 아픈 거 알지만, 돌리한테 화를 낸다고 그 사람이 살아 돌아오는 것도 아니잖아. 일을 마칠 때까지 기다렸다가 네 몫을 받은 후라면 돌리에게 어떤 욕을 해도 상관없어. 기분이 나아진다면 따귀를 올려붙여도 되고. 알겠지, 린다?"

"너무 힘들어, 벨라." 린다가 입을 열었다. "그 여자가 내게서 영혼을 떼어가버린 것 같아……. 하지만 최선을 다해서 입을 다물어볼게. 너랑 셜리를 위해서 일을 그르치고 싶진 않아."

벨라는 린다의 어깨를 토닥이고는 가짜 번호판을 달러 차량으로 향했다.

10분 뒤, 돌리가 바람처럼 사뿐히 들어와 쇼핑한 물건을 바닥에 털썩 내려놓았다. 아직 흥분감이 가시지 않은 돌리는 팀원들에게 그날 아침의 일을 말하고 싶어 입이 근질거렸다. "현금 수송 차량의 최종 경로와 시간을 받았어." 돌리가 활짝 웃으며 말했다.

셜리와 벨라가 다가와 축하 인사를 전했다. 돌리는 린다에게 이리 오라고 손짓하고는, 테이블에 공간을 만들어 브라이언 마셜이 그녀에게 준 경로 지도를 펼친 다음 담배에 불을 붙였다. 벨라는 그녀가 어떻게 경로 지도를 얻었는지 묻고 싶었지만 알려주고 싶다면 돌리가 먼저 말할 터였다.

"그래서 오늘 오후 내내 이 경로를 차로 다녔어." 돌리가 말을 꺼냈다. "대여섯 번 다니면서 시간을 재고, 우리가 지하 터널로 들어가기 전에 선두 차량을 주차해둘 최적의 위치를 찾고 그러느라고." 돌리는 마셜이 준 다른 서류들을 빠르게 넘겼다. "이제 우린 정확한 일자와 시간을 확보했어. 우리 예정보다 2주나 빨라."

"왜요?" 린다가 그저 시비를 걸기 위해 물었다.

"왜냐하면 그 날짜와 시간이 현찰 이동, 일을 신속하고 성공적으로 완수할 기회를 감안했을 때 최선이기 때문이야. 러시아워, 도로 공사, 학교가 쉬는 날 등을 모두 고려해야 하거든. 내가 다 계산에 넣었으니 그건 걱정 마, 린다."

린다는 늘 그렇듯 돌리의 고압적인 어조가 거슬렸지만 돌리가 말을 잇는 동안 입을 꾹 다물었다.

"경로를 외운 다음에 태울 거야. 필요한 만큼 충분히 차로 다녀보도록 해. 어려운 구간과 신호등, 회전 교차로, 건널목 등 일이 틀어질 수 있는 모든 곳을 다 파악할 수 있도록."

머리 위로 기차가 지나가는 소리가 나자 옆 창고의 큰 개가 짖었다. 울프도 왈왈대기 시작했다. 린다에게 파도처럼 분노가 밀려왔다.

"지도에 도주 차량이 주차될 곳도 표시해뒀으니 그것도 외워둬. 차를 가져오는 지점에서 주차장까지 그 차를 몰고 가봐. 그 주차장에 세워둔 각자의 차를 타고 공항으로 갈 테니 분초까지 정확히 재도록 해. 눈을 감고도 할 수 있을 만큼 차로 익혀둬. 휴가 이야

317

기는 준비해뒀겠지?" 돌리가 물었다.

그들은 준비가 다 됐다. 계획은 의심을 사서는 안 되었다. 린다는 사격장을 그만두거나 해고당하도록 유도해야 했고, 벨라는 스트립 클럽 일을 그만둘 예정이었다. 그녀들이 서로 연관됐다는 걸 아무도 의심해서는 안 됐다. 셜리는 엄마에게 거짓말하는 게 불편했지만 할 예정이었다. 해야만 했다.

"자, 여기 리우행 비행기표야. 여권은 있겠지? 그날 출국 항공기가 두 편이어서 벨라와 린다는 먼저 출발하는 편을 예약했어. 셜, 너는 같은 날 다음 비행기로 떠날 거야. 착륙할 때까지는 서로 떨어져 있도록 해." 돌리가 말을 이었다. "출발 시각과 편명, 수하물 중량 규정을 외워둬. 가방이 너무 무겁다든가 하는 시시한 이유로 제지당하지 않도록 말이야." 돌리가 웃자 벨라와 셜리는 한 박자 늦긴 했지만 예의상 낄낄거리며 맞장구를 쳐주었다. 돌리는 자신의 소중한 노트에 써둔 모든 체크 리스트의 항목을 다 해치워서 평소보다 훨씬 쾌활해 보였다. "그럼," 그녀가 경쾌한 목소리로 말했다. "다들 어떻게 준비했는지 들어보자."

돌리는 이들이 한 일에 만족했다. 도장과 승합차에 붙일 스티커 간판은 매우 훌륭했고, 번호판 세트도 브라이튼 부근 해변에 갈 때 본 흰색 포드 승합차 번호판의 사본이었다. 벨라는 얼마나 빨리 스티커 간판이 떨어지고 승합차의 가짜 번호판이 원래 번호판으로 바뀌는지를 보여주었다.

돌리는 승합차의 스파크 플러그를 확인하는 린다에게 다가갔다. "선두 차량은 구했어? 이젠 더 서둘러서 구해야 해."

린다는 돌리의 얼굴을 마주 볼 수 없었다. "큰 레이랜드 세탁 차량을 봐둔 게 있어요." 린다가 퉁명스럽게 대꾸했다. "우리 일에 딱이고 구하기도 쉬울 거예요."

"크다는 게 얼마나 큰데? 여기 들어올 정도야, 아니면 숨겨둘 다른 장소를 구해야 해?"

린다가 다시 쏘아붙이기 전에 셜리가 끼어들었다. "우리 엄마 아파트 동에 주차장이 있어요. 승합차를 거기 갖다 두면 돼요. 시장 승합차들이 늘 다녀서 튀어 보이지도 않을 거고요."

돌리는 린다에게서 눈을 떼지 않았다. "이번 주에 구할 수 있겠어?"

"아무 때나 구할 수 있어요." 린다가 성질을 누르며 짧게 대답하면서 돌리에게서 떨어져 섰다.

"당장 구해야 해, 린다!" 돌리가 린다를 따라 창고 안쪽으로 들어가면서 언성을 높였다. "번호판도 바꿔야 하고 후면 범퍼도 쇠창살로 강화해야 하고…… 무거운 수송 차량이 뒤를 받아도 견딜 만큼 세탁물 트럭이 정말 튼튼할까?"

린다는 그 말을 무시하고 연장 카트에서 산탄총을 하나 집었다. 돌리를 향해 총구를 겨누고 그 자리에서 당장 쏴버리고 싶었다.

"린다가 왜 저래?" 돌리가 벨라에게 물었다.

벨라는 어깨를 으쓱하고는 가짜 번호판에 묻은 지문을 걸레로 닦아내기 시작했다. 돌리는 그녀가 뭐가 문제인지 알고 있는 것 같다고 생각했다. 돌리는 린다에게로 고개를 돌렸다가, 발치에서 코를 쿵쿵대던 울프가 린다에게 걷어차여 아파서 깽깽거리고 있는 모습을 보았다. 돌리의 인내심이 한계에 달했다.

"한 번만 더 차기만 해!" 돌리가 린다에게 성큼 다가서서 면전에 대고 검지를 치켜들며 말했다.

"그럼 똥개를 내 곁에 못 오게 하시든가." 린다가 대꾸했다.

"말을 해, 말을! 대체 뭐가 문제야?"

린다는 계속 고개를 숙이고 뇌까렸다. "아무것도 아니에요."

"내가 정비공을 처리하라고 한 일 때문에 그래?"

린다가 돌리를 바라보았다. "당신이 시킨 대로 했으니 그 사람은 이제 문제 될 일 없어요."

"잘됐군." 돌리가 냉정하게 대꾸했다. "알아듣던가?"

"알아들었든 말든 이젠 상관없어요. 죽었으니까."

돌리는 놀라서 할 말을 잃었다. 죄책감을 최대한 유발하려고 그러는 걸까 잠시 고민했지만, 분노와 슬픔에 찬 린다의 눈빛이 그녀가 죽도록 진지하다는 걸 보여주었다. "어떻게 그런 일이…… 린다, 어떻게 된 거지?"

"내 눈으로 봤어요, 돌리. 죽는 걸 다 봤다고요. 자세히 말해줘요, 아님 '죽었다'는 걸로 충분한가요?"

"정말 슬픈 일이야, 린다. 정말이야. 바로 말하지 그랬어."

"뭐 하려요? 남자 친구를 죽게 만든 장본인이 난데 무슨 말을 들은들 내 기분이 나아질까요? 일이 그렇게 된 거거든요, 돌리. 경찰에 찌르라면서요. 경찰이 출동했고, 그 사람이 달아났어요. 우체국 트럭 밑으로요." 린다는 후회할 짓을 하기 전에 자리를 옮겼다.

돌리가 린다를 따라가려 발을 떼자 벨라가 말렸다.

"엉망이 돼가지고 우리 집에 찾아왔었어요." 벨라가 나지막이 말했다. "남자가 우체국 트럭에 깔려 피범벅이 된 걸 다 본 거예요. 그러니 이번엔 그냥 두세요. 당신에게 화를 내게 내버려둬요. 화풀이를 하고, 당신 탓을 해도 놔두세요. 당신은 감당할 수 있지만 린다는 못해요. 우리 일을 성사시키고 싶다면 지금 일은 그냥 묻어두세요." 벨라는 린다가 부들부들 떨며 차를 만들려고 애쓰고 있는 사무실로 들어갔다.

돌리가 지켜보는 가운데, 벨라는 린다의 어깨를 감싸며 안아주었다. 돌리도 그러고 싶은 마음이 간절했다. 얼마나 안타까운지 린다에게 말할 수 있다면 좋으련만. 하지만 돌리는 평생 가도 린다가 자신을 벨라 같은 친구로는 생각하지 않으리란 걸 알았다. 그녀가 할 수 있는 일은 린다가 원하는 인생을 살 수 있도록 충분한 돈을 제공하는 것뿐이었다. 돌리는 그날을 위한 계획을 머릿속에서 다시 한 번 점검했다. 모두를 불러 모아 예행연습을 해보자고 말하고픈 마음이 굴뚝같았지만 린다가 차를 마실 동안 기다려주기로 했다.

기다리던 돌리는 산탄총 하나를 집어 공이치기를 잡아당기려 했지만 손가락이 미끄러지며 공이와 공이치기 사이에 끼었다. 비명은 억눌렀지만 새어 나오는 신음은 막을 수 없었다. "아야, 썅……."

사무실에서 린다가 비웃음을 삼키지 못했다. 돌리는 짜증이 나서 돌아봤지만 벨라의 눈빛이 경고를 보내서 그냥 넘어가기로 했다. 그녀는 손가락을 빼내고 통증이 잦아들 때까지 위아래로 흔들었다. 벌써 붉그스름한 물집이 생겨나고 있었다. 좋아, 휴식은 끝이다!

"좋아. 작업복과 마스크를 쓰고 예행연습을 해보자!" 돌리가 외쳤다. 이번에는 자신이 하네스를 풀고 산탄총과 대형 해머를 집어든 다음에 벨라가 전동 톱을 구동하고, 린다가 산탄총을 들고, 벨라가 산탄총을 드는 부분까지 연습하고 싶었다. "몸에 익을 때까지 계속 반복해야 해. 우리 중 누구에게도 안 좋은 일이 생기면 안 되니까." 돌리는 린다와 눈을 마주치지 않으려 애쓰며 말했다.

그들은 안쪽에서 크고 지저분한 중앙 정비 공간으로 나갔다. 네 바퀴와 문 한 짝이 없는 낡은 가구 트럭이 예행연습용 선두 차량이 된다. 셜리가 이미 운전석 위로 하네스를 걸고 버클을 풀어놓았다. 현금 수송 차량이 뒤쪽을 박도록 유도하기 위해 급제동을 걸 순간에 돌리가 하네스를 단단히 채우고 앉을 자리였다. 하네스는 충격을 받는 동안 돌리를 제자리에 고정시킬 만큼 튼튼하고, 그 즉시 버클을 풀 수 있을 만큼 간단해야 했다. 돌리의 행동으로 강도가 시작되기 때문에 이 단계가 완벽해야 했다. 돌리가 빠져나오지 못하면 팀 전체가 바로 체포될 것이다.

돌리는 대형 해머를 승합차 뒷문 바로 옆에 두었다. 산탄총은 임시 허리띠에 든 채 허리에 매달려 있었다. 그런 다음 운전석의 하네스 안에 들어가 버클을 채웠다. 셜리는 하네스의 어깨끈이 꼬이거나, 너무 조이거나 느슨하지 않은지 확인하며 각 동작을 지켜보았다.

"린다가 세탁 차량을 입수하면 제가 곧바로 하네스를 거기로 옮길게요. 다들 진짜로 연습할 수 있도록." 셜리가 제안했다.

돌리는 제자리에서 몸을 앞뒤로 흔들어보았다. 하네스는 팽팽하게 버텼다. 그녀는 셜리에게 두 엄지를 들어 보였다.

"좋아. 나는 선두 차량, 린다의 세탁물 트럭에 탄다. 하네스로 몸을 단단히 고정하고 산탄총은 곁에, 대형 해머는 뒷문 옆에 둘 거야. 현금 차량이 내 뒤에 있고 너희는 현금 차량 뒤의 승합차에 타고 있어. 벨라는 전동 톱과 총을, 셜리는 총을 들고 린다가 운전을 할 거야." 돌리가 선두 차량의 옆문 곁에 서서 경청하는 팀원들을 보았다. "지금은 이 차의 뒷문으로 가서 대기해. 우린 지금 제동을 건 시점부터 내가 뒷문을 여는 순간까지를 연습할 거야."

셜리와 린다와 벨라가 가구 트럭의 뒷문에 도열했다. "준비됐어?" 돌리가 외쳤다.

"준비됐어요." 벨라가 답했다. "제가 시간을 잴게요."

"20미터 지점에서 내가 브레이크를 밟는다, 현금 차량이 내 후면을 들이받는다, 내가 앞으로 차를 뺐다가 후진해서 다시 충돌한다. 그럼 이젠 현금 차량이 내 차와 너희 차 사이에 갇힌다."

셜리가 신이 나서 외쳤다. "셜리가 현금 수송 차량으로 뛰어가 안테나를 자른다, 무전기로 지원을 요청하지 못하도록."

"아냐, 셜리!" 벨라가 속삭였다. "아직 너 아냐. 돌리가 아직 자기 차례를 마치지 않았다고."

돌리는 벨라와 셜리를 무시하고 말을 이었다. "내가 하네스를 푼다……."

별안간 침묵이 감돌았다. 팀원들이 서로를 바라보았다. 차량 뒷문으로 다가갔지만 돌리가 "빌어먹을 것!"이라고 외치는 소리만이 들렸다. 벨라는 스톱워치를 멈추었고, 그들은 모두 기다렸다.

셜리가 물었다. "하네스 때문에 도움이 필요하시면—"

"아냐!"

하네스 버클이 바닥에 떨어지는 소리가 들렸다. 벨라는 스톱워치를 다시 켰다.

돌리가 다시 외쳤다. "내가 하네스를 푼다, 뒷문 쪽으로 이동한다, 그리고……." 안에서 걷어찬 세찬 발길질 한 번으로 승합차의 뒷문이 활짝 열리자, 돌리가 거기에 서 있었다. 사내처럼 두 다리를 쩍 벌리고 머리 위로 대형 해머를 휘두르며. 승합차의 문 하나에 어깨를 가격당한 셜리가 나가떨어졌고, 해머는 너무 무거워 돌리를 뒤로 넘어뜨렸다.

벨라가 스톱워치를 다시 멈추고 조언했다. "해머를 머리 위로 들지 마세요. 해변에서처럼 밑으로 휘둘러요."

돌리가 손을 짚고 일어섰다. "다시, 처음부터."

세 여자는 차량 뒷문 옆에 서서 돌리가 과정을 크게 반복하는 소리를 들었다. 뒷문을 발로 연 돌리는 이번에는 해머를 아래로 휘두른 다음 놓아버렸다. 해머가 차고를 가로질러 날아가는 바람에 팀원들은 몸을 피해야 했다. 돌리는 그런 다음 산탄총을 허리께로 휙 끌어 올려 상상 속의 현금 수송 차량에 겨누며 고함쳤다. "움직이지 마!"

몸을 피한 지점의 바닥에서 벨라가 외쳤다. "이런 젠장, 돌리! 해머를 놔버릴 거라고는 안 했잖아요!"

"현금 차량의 앞 유리로 던질 건데 당연히 놔버리지, 그럼!"

"지금 말이에요!" 벨라가 몸을 일으키고는 린다와 셜리가 일어나는 걸 거들었다.

돌리는 승합차에서 그들을 내려다보았다. "어때 보여?" 그녀가 물었다.

"글쎄," 린다가 대꾸했다. "총의 안전장치를 풀어야 겁을 먹든 말든 하지."

"오, 젠장!" 돌리가 총을 내려다보며 욕을 했다. "매번 손가락이 걸려. 린다, 좀 도와줘야겠어."

린다는 즉시 앞으로 나서서 돌리에게 안전장치 푸는 법을 알려주었다. 벨라는 린다가 친절하고 참을성 있게 돌리를 가르치는 모습을 지켜보았다. 두 사람은 정말 중요한 순간에는 잘 지낼 수 있을 것이다. 벨라는 문득 지금 눈앞의 광경을 깨달았다. 사격장 직원이 수도원 자원봉사자에게 산탄총 쓰는 법을 가르치고 있었다.

그녀는 고개를 저으며 한 손으로 입을 가리고 키득거렸다. 그들이 무슨 일을 하고 있는지 믿기지 않을 때가 있었다.

돌리가 산탄총의 안전장치 푸는 법을 익히는 동안, 린다는 벨라와 셜리 곁으로 돌아와 섰다. "그럼 이제 뭐라고 말할 건지 들어보자고요."

돌리는 총을 허리께로 홱 올려 세우고 외쳤다. "움직이지 마! 거기 뒤쪽 경비원, 해치로 얼굴을 보여라!"

세 사람이 멍한 표정으로 돌리를 바라보았다. "진짜 그렇게 말할 거예요?" 셜리가 물었다.

"글쎄, 내가 뭐라고 말하면 좋을까? '손 들어, 강도다'?"

"좀 제대로 해봐요. 나 일 나가야 해요." 벨라가 스톱워치를 리셋하며 말했다.

린다가 다시 한 번 앞으로 나서서 거들었다. "무슨 말을 하는지가 중요한 게 아니고 목소리가 문제예요. 꼭 아기 사슴 밤비 같잖아요! 호송 요원들이 죽자고 웃는 건 그렇다 치고, 여자 목소리인 걸 알아챌 테니 짭새들이 바로 우릴 쫓을 거라고요."

"톤을 좀 낮출 수 있어요?" 셜리가 제안했다. "한번은 미인대회에서 노래 부르는 경연이 있었는데 제 평소 톤보다 반음 정도 낮춰 부르는 법을 배워야 했─"

"**움직이지 마!**" 돌리가 호령했다.

벨라가 고개를 절레절레 흔들었다. "아직도 목소리만 큰 밤비예요. 입에 뭘 대고 다시 말해봐요."

셜리가 구석에 'S' 자를 수놓은 하얀 손수건을 내밀었다. 돌리가 손수건을 입에 집어넣고 말하자, 이번에는 무슨 말인지 전혀 알아들을 수 없을뿐더러 돌리가 질식할 뻔했다.

"오늘은 안 되겠다." 돌리가 손수건을 바닥에 뱉으며 말했다. "어차피 벨라도 가야 하니까."

벨라가 바이커 재킷을 걸치는 동안 세 사람은 카를로스에 대해 이야기했고, 돌리는 지켜보았다. 세 친구는 사담을 나누며, 서로를 위로하며 급속히 친해지고 있었다. 잠시, 그녀는 언뜻 샘이 났다. 하지만 돌리는 거리를 유지해야 한다는 걸 알았다.

돌리가 그날 밤의 마지막 명령을 하달했다. "자, 들어봐. 이제 모든 게 거의 맞춰지고 있으니 서로 최대한 거리를 둬야 해. 어떤 얘기는 너희끼리만 할 수 있다는 걸 알지만 이젠 너희가 다들 리우에 모인 다음에 해야 해."

"우리가." 벨라가 돌리의 말을 고쳐주었다. "우리가 모두 리우에 모인 다음에요."

"그 얘긴 다시 시작하지 말자." 돌리가 트위드 코트와 핸드백을 집어 들며 말했다.

그래도 벨라는 하던 말을 이어갔다. "돌리, 전 아직도 딱 그 부분이 좀 맘에 걸려요. 쉽게 해결할 수 있는 일인데 말이죠."

돌리가 핸드백을 털썩 내려놓았다. "벨라, 본심을 말해. 지구 반대편으로 날아가지 못하겠다는 거잖아? 돈을 어디 숨겼는지 몰라서, 그렇지?"

"정확해요."

"실은 날 믿지 못하니까 알아야겠다는 거잖아? 아직도 날 못 믿는구나! 지금까지 난 내 개인 돈을 거의 7000파운드나 쏟아부으면서 너희를 믿었어. 일을 마치고 우리가 서로 다른 방향으로 갈 때, 그때 돈을 갖고 있는 건 누구지, 벨라? 나일까? 아니, 너희야. 우리가 아직 구하지도 못한 세탁물 트럭에 나 혼자 있을 동안 돈은 도주 차량의 트렁크에 실려 있을 거야. 내가 한 번이라도 너희의 정직성을 의심하면서, 일을 마친 직후에 너희끼리 돈을 갖고 튀면 어쩌나 징징댄 적이 있어? 없어! 난 너희에게 그런 짓을 안 할 테니까. 난 혼자만 좋으라고 결정을 내리지 않아. 너희 모두를 지키기 위해 결정을 내리지." 돌리가 세 여자들을 향해 나아갔다. 셜리와 린다는 슬그머니 벨라의 뒤로 숨었다. "난 너희가 생각하는 것보다 너희 셋을 훨씬, 훨씬 잘 알아." 돌리가 계속 말했다. "생각이나 해봤니? 몇 잔 걸치고 나면 린다가 그 많은 돈이 어디 있는지 알면서 입단속을 할 수 있을까? 셜리가 엄마한테 일이백 파운드쯤 집어 주고 싶은 마음이 안 날 거 같아?" 돌리는 잠시 말을 멈추고 셋 중 누구라도 감히 대꾸를 할 배짱이 있는지 보았다. 없었다. "돈을 어디 숨겼는지 안 알려주는 건, 입 한번 잘못 놀리면 경찰은 물론이고 런던의 온갖 나쁜 놈들이 우리를 노릴 것이기 때문이야. 눈치챘는지 몰라도 지금 잠수 타고 있는 피셔 놈들까지. 복서가 죽었고 카를로스한테는 단속이 떴어. 피셔 놈들이 숨죽이고 있는 이유지. 놈들은 지금 겁을 먹었고, 무슨 일이 벌어지고 있는지 몰라서 어리둥절해하고 있어. 누가 자기들을 노리고 있는 것 같은데 누군지를 모르겠는 거야. 그게 해리라고 생각하지. 우리로서는 잘된 일이야."

"연설은 좋았는데요." 벨라가 말했다. "하지만 이건 신뢰 문제가 아니에요. 만약에 당신한테 무슨 일이 생기면 돈이 어디 있는지 어떻게 아는가 하는 문제라고요."

돌리의 얼굴은 이제 분노와 상처로 붉어졌다. "우리가 겪은 이 모든 일 뒤에 내가 그것도 생각 안 했을까 봐? 내가 죽을 경우를 대비해서 변호사 편에 너희 각자에게 편지를 남겼어. 그 편지에 너희가 그토록 알고 싶어 하는 것이 담겨 있어."

돌리가 편지를 언급하자 모두 놀라기는 했지만, 그것은 또한 매우 편리하게 갖다 붙인 말처럼 들리기도 했다. 그녀들의 눈에서 의구심을 읽을 수 있었다. "날 믿든 안 믿든," 돌리가 지친 목소리로 말했다. "일은 계획대로 해." 돌리가 핸드백을 집어 들 때 셜리가 말했다.

"전 믿어요."

돌리는 물집 잡힌 손가락 위로 장갑을 끼며 쓰라려서 움찔했다. 그녀가 셜리를 바라보며 싱긋 웃었다. "고마워, 셜리." 돌리가 문을 향해 다가갔다. 발걸음은 짧고 느렸다. 그녀는 지치고 늙어 보였다. "돈을 가지고 달아난다?" 돌리가 풋, 웃었다. "내가 어떻게 혼자서 100만 파운드를 쓰지?"

벨라가 어깨를 으쓱하며 미소 지었다. "우선 돈부터 수중에 넣어야지요."

"바로 그거야, 벨라. 그리고 우리가 돈을 수중에 넣을지 말지는 너희에게 달렸어. 결정한 다음에 알려줘. 가자, 울프."

울프는 사무실 의자에 몸을 말고 잠들어 돌리의 명령을 듣지 못했다. 벨라가 울프를 안아서 따라간 다음 돌리에게 건넸다. "알겠어요." 벨라가 돌리의 눈을 바라보며 말했다. "다 계획대로 진행될 거예요."

눈물이 차오른 돌리는 누구에게도 들키고 싶지 않은 마음에 출구 쪽으로 천천히 움직였다. 변호사에게 맡긴 편지 같은 건 없었다. 팀원들의 신뢰를 얻으려 거짓말을 했다. 하지만 그녀에게 정말 무슨 일이 생길 경우를 대비해 이젠 진짜로 편지를 쓸 작정이었다. 그들에게 이렇게 쏟아부었는데도 벨라와 린다는 고마움을 모르는 것 같았고, 배신감이 들었다. 그녀는 위안을 받으려 작은 울프를 끌어안고 머리에 입을 맞췄다. "집에 가자, 우리 꼬맹이. 집에 가자꾸나." 그녀가 속삭였다. 돌리가 어둠 속에서 조심조심 돌길을 걷는데, 울프가 그녀의 어깨 너머를 응시하며 낮게 으르렁거렸다. 돌리가 뒤를 돌아보자 주변 창고 한 곳으로 쥐 한 마리가 사라졌다. "쉿, 울프. 그냥 쥐잖아." 그러나 울프의 커다래진 두 눈은 다른 무언가에 꽂혀 있었다.

돌리가 떠나고 10분 뒤, 벨라도 나갔다. 그다음 린다가 나가고 마지막으로 셜리가 떠났다. 셜리는 코트의 단추를 채우며, 다른 여자들이 떠날 때 옆 창고의 큰 개가 짖지 않았다는 걸 깨달았다. 그녀는 꺼림칙한 생각을 떨치며 중앙 문에 도달해 머리 위의 기다란 형광등을 끄고, 동굴 같은 창고 안에서 똑똑 떨어지며 메아리치는 물소리를 무시했다. 문을 열려는 순간, 실랑이하는 듯한 소리가 바깥에서 들려왔다. 셜리는 더 가까이 다가가 문에 대고 귀를 기울이며 바르르 떨기 시작했다. 그녀는 작은 손전등을 켜고 어두운 창고 내부를 둘러보았다.

빌 그랜트는 차가운 벽에 얼굴을 갖다 대고 바람이 통하는 벽돌 틈새로 차고 안을 들여다봤다. 손전등 불빛이 그를 향하자, 빌은 전등불에 눈빛이 반짝일까 봐 잠시 뒤로 물러섰다. 불빛이 지나가자 빌은 다시 관전 지점으로 갔다. "탐스러운 것." 그가 중얼거렸다. "내가 널 안전하게 지하에 숨겨줄 수 있는데. 나랑 같이, 편안하고 안전하게."

셜리가 마침내 용기를 내서 대문을 열고 밤의 어둠 속으로 걸어

나갔다. 그녀는 잠시 발걸음을 멈추었다가 눈이 어둠에 적응한 다음 뛰듯이 큰길로 향했다.

"마지막 여자가 방금 나갔습니다." 빌이 벽의 구멍에서 눈을 떼고 돌아섰다. 그는 담배 피우는 사람 특유의, 가슴에서부터 울리는 탁한 저음으로 껄껄 웃으며 팔짱을 끼고 벽에 기댔다. "누가 상상이나 했겠어요? 저 여자들이 진짜로 할지." 빌은 벽에서 떨어져서면서 코트 소매의 벽돌 먼지를 떨어냈다. 그 창고는 돌리의 것과 동일했지만 훨씬 지저분했다. 먼지와 비둘기 똥으로 뒤덮인 폐차들이 줄줄이 늘어서 있었다. 그는 얼굴에 손전등 불빛이 쏟아지자 손을 들어 눈을 가렸다. "아, 여자들 갔으니까 이젠 불 켜도 된다고요." 손전등이 달칵 꺼졌다.

해리 롤린스는 달아나려는 셰퍼드의 목덜미를 붙잡고 입마개처럼 주둥이를 감싼 헝겊 조각을 풀어주었다. 개가 으르렁거리며 짖기 시작하자 기다란 흰 송곳니에서 진득한 침이 뚝뚝 떨어졌다. 해리가 놓아주자 개는 빌을 향해 돌진하기 시작했다. 빌은 두려움에 펄쩍 뒷걸음질 쳤다. 목에 맨 사슬이 그에게서 불과 몇 센티미터 떨어진 지점에서 팽팽해지며 짐승의 머리를 뒤로 잡아당기더니 걸음을 멈추게 했다. 해리가 껄껄 웃었다.

"아, 씨팔!" 빌이 소리쳤다. 그는 떨고 있었다. 지금은 해리가 맹견처럼 보였다. 으르렁거리며 조롱하는 해리의 이가 축축하게 빛났다.

"내 계획을 글자 그대로 충실히 따라하고 있군." 해리가 말했다. "그러니 일을 마친 다음에 돈을 숨긴 곳을 아는 것도 저 사람 혼자뿐일 거야. 우린 그때 움직이는 거지, 빌. 아기한테서 사탕 뺏듯이 손쉽게."

28

린다는 콜로네이드 호텔이 보이는 워링턴 크레슨트 길에서 초
조하게 기다렸다. 그곳은 메이다 베일 지역의 작고 우아한 빅토리
아풍 부티크 호텔이었다. 갓 해가 뜨고 난 화요일 이른 아침이어
서 두꺼운 붉은 스웨터와 패딩 재킷을 입고 있어도 추웠다.

런던 북서부는 린다가 잘 다니는 곳이 아니었다. 이곳에서는 그
녀를 알아볼 사람도, 그녀가 있는 줄 알 사람도 없었다. 지난 몇
주 동안 린다는 다섯 번이나 이곳에 왔다. 두 번째 왔을 때 레이랜
드 세탁물 차량을 발견하고, 그다음 두 번에 걸쳐 콜로네이드 호
텔에 정기적으로 세탁물을 배달하는 시간대를 확인했으며, 오늘
이 큰일을 치르는 날이었다.

린다는 어떤 일에도 긴장하는 법이 없었지만 기다리는 동안 땀
이 난 손바닥을 바지에 계속 닦았다. 심장이 밖으로 뛰쳐나올 듯
이 뛰는 게 느껴졌다. 겁이 났지만, 그보다는 흥분이 더 컸다. 린
다는 한 건 하러 나갈 때마다 조의 눈이 빛나던 걸 이해할 수 없
지만 이젠 알았다. 시계를 확인했다. 레이랜드 차량이 오려면 이
제 10분도 안 남았다. 린다는 자신감이 충만했다. 운전자는 그녀
가 지켜보고 있다는 걸 전혀 알지 못했고, 곧 차량을 잃게 되리라
는 것도 알지 못했다. '불쌍한 새끼.' 그녀는 속으로 생각했다.

지난번 왔을 때 본 것과 똑같이 레이랜드 세탁 차량의 운전자가

호텔의 측면 입구 바깥에 차를 댔다. 린다는 그가 평소 일과대로, 깨끗한 세탁물 바구니를 운반대에 올리고 호텔의 측면 입구로 가져가는 모습을 지켜봤다. 운전자는 아무 근심 없이 휘파람을 불며 초인종을 눌렀고, 이내 안으로 들어갔다. 그가 빨래 주머니를 들고 돌아올 때까지 차량을 훔칠 시간이 약 3분 남았다.

린다는 너무 빠르지도 느리지도 않게 승합차로 걸어가며 생각했다. 지금 모습을 본다면 돌리도 치밀한 계획과 정확한 타이밍에 감탄했을 텐데. 린다는 운전석에 올라타기 전에 주변을 가볍게 돌아보았다. 주머니에서 작은 드라이버를 하나 꺼내 점화 장치에 넣고 시동을 걸기 위해 돌렸다. 차는 꿈쩍도 않았다. 린다는 당황하지 않았다. 다음 수순을 알았다. 데이트하러 나왔다가 집으로 돌아갈 때 조가 열쇠 없이 차에 시동을 거는 걸 여러 번 보았고, 서너 번은 직접 해보기도 했다. 점화 실린더를 열고 전선을 뜯어내 두 가닥을 같이 꼬았다. 그다음에 가속기를 발로 두어 번 눌러 카뷰레터에 휘발유를 넣어주고, 다른 전선 두 가닥을 건드려 스타터를 작동시켰다. 시동이 걸리자 그녀는 씩 웃었다. 옛날 기분 나네.

린다는 곧바로 셜리의 엄마와 다른 상인들이 차량과 노점상 리어카, 탁자, 청과물을 보관하는 데 이용하는 지하 주차장으로 향했다. 3킬로미터 운전은 스릴이 넘쳤다. 린다의 두 눈은 도로에서 사이드미러, 룸미러로 갔다가 되돌아오기를 반복했다. 그녀는 극도로 들떠서 모든 것을 속속들이 빨아들였다. 심지어 도보로 순찰하는 경찰 둘이 자기 구역에서 빈둘거리는 모습도 눈에 들어왔다. 린다는 씩 웃었다. 놈들이 감쪽같이 모르고 있잖아.

시장에 도착하자, 린다는 상인들에게 청과를 배달하는 늘어선 트럭과 승합차 따위의 가장자리로 간신히 비집고 들어가며 셜리를 찾았다. 셜리는 주차장 밖에 서서 손을 엄청나게 흔들어대고 있었다. 셜리는 엄마의 열쇠를 두 개 복사하고, 구석진 곳의 낡은 청과 박스 더미를 치워서 승합차를 세울 자리를 만들어두었다. 린다는 후진하며 그 공간으로 차를 넣었다. 셜리가 뒷문을 탕탕 쳐서 멈춰야 할 때를 알렸다.

린다는 뿌듯해하며 셜리에게 차를 보여주었다. "완벽하지? 상태 좋고, 크기도 크잖아. 뒤 범퍼 크기 좀 봐. 탱크가 박아도 거뜬할걸." 셜리는 운전석 문을 열면서 린다가 그 순간을 만끽하도록 말을 아꼈다. "좌석이 하나뿐이어서 돌리가 여기서 뒷문까지 빨리 움직이기도 쉬워. 물론 하네스에서 빠져나오는 법을 익히신 다음에 말이지만!"

"좋은 차를 구했네." 셜리는 린다를 격려하며 대답하다가 손상된 점화 장치를 발견했다. "여긴 왜 이래?"

"뭐, 운전자가 열쇠를 고분고분 내줄 리가 없잖아, 안 그래?" 린다가 말했다. "차를 훔치기 전에 교체할 실린더를 사뒀어. 파손될 가능성이 높다고 봤지. 교체하는 데 30분밖에 안 걸려." 점화 장치 교체는 해본 적 없었지만 조가 하는 걸 본 적이 있었다. 쉬워 보였고, 이제 차량을 안전하게 보관해뒀으니 손쓸 시간이 있다.

측면의 로고를 감추기 위해 둘이서 차량에 방수포를 덮으며, 린다는 셜리에게 가짜 번호판을 가지고 왔느냐고 물었다.

"당연히 가져왔지. 로고 위에 뿌릴 스프레이 페인트도 요청한 대로 갖고 왔고." 셜리가 린다에게 열쇠를 건넸다. "입구 자물쇠용 열쇠야. 나갈 때 잘 잠겼는지 확인하고, 내가 나가고 나서 적어도 10분 기다렸다가 떠나."

"네, 돌리." 린다가 장난을 치자 두 사람은 까르르 웃으며 긴장을 다소 덜었다. "그럼 가봐." 린다가 말했다. 그녀는 보닛을 열고 엔진을 들여다보았다. "네가 꺼져야 내가 작업을 시작하지."

셜리는 린다와 어깨를 나란히 하고 몸을 숙여 엔진을 들여다보았다. "엔진 쌩쌩해?" 셜리가 초조하게 물었다.

"그럭저럭." 린다가 셜리의 불안을 감안해 대답했다. "일단 작업을 좀 해봐야 알겠지? 그러니까 내가 작업하게……."

"기진맥진한 소리가 나던데, 괜찮은 거 확실해?"

"셜, 엔진에 대해서는 내가 너보다 훨씬 많이 알아. 내가 튜닝을 좀 해주고 나면 마세라티처럼 나갈 테니 걱정 마."

셜리는 린다가 한순간 다정하다가도 금세 못되게 구는 데 진력이 났다. "흥, 고맙다고는 못할망정!" 셜리가 씩씩대고 나가면서 외쳤다. "열쇠 복사하고, 페인트 가져오고, 이 추운 데서 아침 내내 기다렸더니—"

"**고마워!**" 린다가 얼굴에 함박웃음을 띠고 고함쳤다. 셜리는 말을 하다가 멈추고는 토라져서 가버렸다. 승합차의 엔진으로 돌아온 린다의 얼굴에서 웃음기가 서서히 가셨다. '좆 됐네. 보통 승합차하고 엔진이 좀 다르잖아……'

셜리는 그날 오후 엄마의 집에 도착할 때까지 토라져 있었다. 스스로 문을 열고 들어간 다음 큰 소리로 엄마를 부르자 오드리는 침실에 있으며, 금방 나간다고 소리 질러 대답했다. 처음에 셜리는 다른 사람 집에 잘못 들어온 줄로 착각했다. 너무도 단정하고 정갈했다. 더러운 머그잔이나 접시는 보이지 않았다. 한껏 차려입은 오드리가 느닷없이 부엌에 나타났다. 두꺼운 화장을 하고, 머리에는 뻣뻣할 정도로 스프레이를 잔뜩 뿌리고 있었다. 셜리는 레블론의 향수 '인티미트'의 진한 냄새에 거의 졸도할 뻔했다.

"엄마 드레스 어떠니? 장물인 거 같아. 5파운드밖에 안 하지 뭐니!" 오드리는 셜리 앞에서 크림플린 소재의 반짝이 이브닝드레스를 입고 포즈를 취했다.

셜리는 드레스의 색깔과 모양, 음, 사실은 모든 것에 대한 경악을 숨기려 애썼다. 오드리는 빙글 돌며 드레스를 선보이느라 딸의 두 눈이 거의 튀어나올 지경이라는 걸 알지 못했고, 퍼레이드가 끝났을 땐 셜리가 진정을 되찾은 뒤였다.

"예뻐요." 셜리는 거짓말을 했다. "그레그 어디 있어요? 차를 고쳐야 해요. 변속기 손잡이가 계속 떨어져요."

"그놈 자식 얘기는 꺼내지도 마라. 뭔 짓을 하다가 내게 들켰는지를 알면······."

"그 자식 또 떡치다 걸렸어요, 엄마?"

오드리가 주방의 수납장을 열자 다리미판과 빨랫감, 신발, 꽉 찬 쓰레기봉투가 툭 떨어졌다. 오드리는 정돈은커녕 온갖 잡동사니를 숨겨두기만 한 것이었다. 그녀는 결국 찾던 걸 발견했다.

"네 동생 놈이 이걸 뒤집어쓰고 본드를 빨고 있더라." 오드리가 낡은 방독 마스크를 얼굴에 뒤집어쓰며 말했다. "내가 발견했을 땐 그놈 새끼가 정신없이 취해 있더라고. 그 자식을 어째야 좋을지 모르겠다!"

셜리가 엄마를 바라보았다. 방독면을 쓴 오드리의 목소리는 묘하게 숨죽인 울림을 담아 낮고 굵게 퍼졌다. 셜리는 오드리의 얼굴에서 방독면을 벗겼다. "세상에! 그런 꼴을 보시다니." 셜리는 사실 그 일에는 전혀 관심이 없었지만 과장되게 말하며 방독면을 꽉 붙들었다. "엄마, 이건 제가 갖다 버릴게요. 걱정 마세요. 그레그가 못 찾게 할 테니."

"듣던 중 반가운 소리다!" 오드리가 말했다. 그녀는 주방 창문에 비친 자신의 모습을 언뜻 보았다. 방독면이 머리를 엉망으로 만들어놓았다. "이런 썩을! 머리를 다시 손봐야겠네! 시장의 그 남자 알지?" 오드리가 셜리를 보며 만면에 미소를 띠었다. "글쎄, 그 사람 처남의 친구가 언젠가 나를 보고는 만나고 싶다고 했다잖니. 괜찮은 사람 같더라고. 돈도 있고."

"전혀 괜찮은 사람 같지 않아요, 엄마. 돈이 전부도 아니고요. 엄마는 제가 돌보잖아요, 안 그래요?"

"네가 평생 내 곁에 있을 건 아니잖아. 나도 내 앞가림을 해야지. 그 사람이 날 '골든 너겟'으로 초대했어."

"누군지 알긴 해요?"

"얼굴 보는 건 처음이지. 내 쪽에선 말이야. 그 사람은 날 봤지만 난 못 봤으니까. 시장 남자가 그러는데 잘생겼대. 얘, 난 머릴 좀 만져야겠다. 넌 오늘 뭐 하니?"

셜리는 아직 방독면을 살펴보고 있었다. 돌리에게 완벽할 터였다. 당장 갖다 줘야 했다. "전에 말씀드린 휴가 계획을 마무리 지어야 해요."

"그래, 기억난다. 스페인에서 두어 주 있으면 좋을 거야. 네 창백한 얼굴에 빛도 돌고. 사실 다들 얼굴에 볕 좀 쐬고 그래야 하는데. 기회는 올 때 붙드는 거야."

오드리의 말은 스페인에서 돈 많은 남자와 엮이라는 뜻이었지만, 셜리는 거사를 생각했다. 그것만이 앞으로 다가올 몇 주 동안 그녀가 붙잡을 유일한 기회였다. 셜리는 엄마의 뺨에 입을 맞추었다. "엄마, 소개팅 남자하고 잘되길 바랄게요." 셜리는 그 말과 함께 자리를 떠났다.

린다는 세탁 차량의 엔진 속에 머리를 박고 있다가 무엇인가 다리를 스치며 재빠르게 움직이는 것을 느꼈다. 깜짝 놀라 펄쩍 뛰다가 열린 보닛에 머리를 부딪쳤다. 고개를 돌려 보니 울프가 멍청한 꼬리를 흔들며 그녀를 올려다보고 있었다.

"아직 준비가 덜 됐어요." 돌리가 차량 옆쪽에서 돌아 나오자 린다가 말했다.

"괜찮아 보여, 린다." 돌리가 논평했다. "잘했어." 이 칭찬마저도 린다에게는 거슬렸다. 돌리는 마치 린다가 똥차를 구했을 거라고 생각한 듯 살짝 놀란 목소리였다.

"내가 도와줄게." 돌리가 코트를 벗어 주차장 구석의 사과 궤짝 위에 두었다.

린다가 미처 입을 열기도 전에 스프레이 페인트를 집은 돌리는 보는 사람이 없는 걸 확인한 다음 방수포를 벗겼다. 차량 옆면의 로고가 드러났다. "두어 시간 뒤에 창고에서 팀을 만날 거야. 넌 하던 일 계속해. 페인트칠과 번호판 교체는 내가 할게." 돌리가 말했다.

"그거 전부 다 혼자 할 시간 있어요. 당신은 다른 일 해요." 린다가 퉁명스럽게 말했다. 세탁 차량은 그녀의 영역이었다.

"린다, 내가 운전할 차야. 그러니 내가 모든 게 제대로 되어 있는지 확인해야 맞지." 돌리가 단호하게 말하다가 잠시 멈췄다. "린다……."

한 상인이 주차장 안으로 들어왔다. 돌리는 다시 방수포를 덮어 차량의 로고와 스프레이건을 숨겼다. 상인이 고개를 끄덕이고는 채소 한 박스를 집어 들고 나갔다. 린다는 돌리가 말을 마치도록 기다렸다.

"난 여기 뭘 확인하러 온 게 아냐. 그냥…… 마지막 퍼즐을 같이 끝내고 싶었어. 이제 모든 게 다 제자리를 찾았으니 우리가, 너와 내가 괜찮은지 알고 싶었다고."

린다는 돌리를 노려보았다. 돌리를 좋아하지 않았고 아마 평생 그럴 테지만, 돌리가 원하는 건 그게 아니었다. 돌리는 모두가 한 팀인지 그것만 확인하고 싶었다. 그뿐이었다. 린다는 말이라면 늘 젬병이어서 가짜 번호판을 집어 들었다. "페인트칠을 해요, 그럼. 번호판은 내가 달 테니까." 돌리는 그걸로 충분했다.

검정 로고는 페인트를 세 번 칠한 뒤에야 가려졌다. 린다가 차량 후면에 번호판을 달기 위해 몸을 숙인 동안 그녀의 검정 패딩 점퍼가 하얗게 변해버렸다. 하지만 모든 게 근사해 보였다.

돌리는 하네스를 장착해둔 운전석에 올라탔다.

"시동 걸 때 처음에 초크를 많이 주고서 풀어줘야 해요." 린다가 문간에서 말했다.

승합차는 단번에 시동이 걸렸다. "넌 어디 탈 거니?" 돌리가 물었다. 린다는 차량 뒤쪽에 올라타 새로 깐 깨끗한 흰 시트 바구니에 털썩 주저앉았다. 런던 최고급 호텔의 시트일 것이다. 돌리는 후훗 웃었고, 그들은 창고까지 시험 운전에 나섰다.

가는 길에 시동이 두 번 꺼지자 돌리는 걱정이 됐다. 린다가 잘 개조해놓았기 때문에 엔진 문제는 아니었다. 새 점화 실린더를 설치한 곳의 전선이 헐거운 게 이유였다. 전기테이프를 좀 더 단단히 두르면 전선의 접촉 문제는 곧 해결되고, 시동이 꺼지는 일도 해결될 것이다.

돌리와 린다가 창고에 도착했을 때는 허공에 긴장이 감돌고 있었다. 벨라는 강도에 쓸 연장과 산탄총을 준비하고 확인하느라 바빴다. 셜리는 작업복과 스키 마스크를 몇 번이나 확인해서 눈 감고도 알 수 있을 정도였고, 지금은 모두의 여권과 항공권을 확인한 다음 돌리를 제외한 모두가 영국을 빠져나갈 비행을 위해 준비한 여행 가방에 넣었다. 벨라는 스트립 클럽에 그만둔다고 말해두었고, 린다는 사격장에서 해고당하는 데 쉽게 성공했으며, 셜리는 엄마에게 휴가를 떠난다고 말해두었다.

모두 말을 아꼈다. 이 시점에서는 말이 필요 없었다. 모두가 거사에서 각자의 역할을 잘 알았다. 이 마지막 점검은 흥분되었다. 모두, 준비가 되었다.

이미 전동 톱을 린다가 운전할 승합차 뒤에 실어둔 벨라는 단총신 산탄총과 대형 해머를 하키 가방에 넣은 다음 지퍼를 채워 세탁 차량 뒤에 넣었다. 내일, 돌리는 대형 해머를 뒷문 옆에 두고 산탄총은 그녀와 함께 앞에 두고 있을 것이다.

돌리가 하네스를 장착하고 세탁 차량의 운전석에 앉는 동안 린다는 패딩을 댄 몸에 딱 맞게 하네스의 끈을 조였다. "잘 맞는 것 같아요, 돌리?" 린다가 물었다.

"완벽해."

"그럼 이제 버클을 풀 수 있는지 봐요." 돌리는 린다가 말을 끝마치기도 전에 내려다보지도 않고 하네스의 버클을 찾아 해제 버튼을 누른 다음 일어섰다. 린다는 돌리에게 여분의 시장 주차장 열쇠를 건넸다.

"내가 차를 원래 있던 자리에 갖다 놓을게요. 차 열쇠는 바퀴 위쪽에 붙여놓고요."

"그 지하 주차장은 안전한가?" 돌리가 물었다.

"내가 차 뒤쪽에서 자면서 지킬 건데요, 뭐." 린다가 빙긋 웃었다. "기억해요. 시동 걸 때는 처음에 초크를 많이 줬다가 풀어야 해요."

셜리는 돌리의 작업복, 스키 마스크, 단화와 고무장갑을 봉지에 담아 건넨 다음, 나머지 장비에 각각 누구 것인지 메모를 붙여 작업대 위에 단정하게 쌓아두었다. 마지막으로 여행 가방 세 개를 자기 차의 트렁크에 넣었다.

셜리가 돌리에게 방독면을 보여주었다. "돌리, 목소리를 위장하는 데 딱이에요." 돌리가 방독면을 쓰자 셜리가 덧붙였다. "본드 냄새가 좀 날지도 몰라요."

"본드?" 린다가 능쳤다. "요즘 뭐 하고 다녀?"

"하긴 뭘 해!" 셜리는 방어적이었다. "마우스피스는 좀 헐거워서 손을 봤어요."

돌리가 쇠지렛대를 산탄총처럼 집어 들고 창고 중앙에 서서 외쳤다. "**움직이지 마!**"

"헐!" 벨라가 외쳤다. "이젠 밤비가 아니네요, 전혀!"

돌리가 방독면을 머리 위로 끌어 올렸다. "여자인지 알겠어?"

"전혀요." 린다가 확인해주었다.

돌리는 마스크를 다른 키트와 더불어 세탁 차량에 넣었다. 왼손이 얼핏 시야에 들어오자 몇 주 만에 처음으로 결혼반지가 눈에 띄었다. 반지를 돌려 빼는데 벨라가 어느새 곁에 다가와 있었다.

"우린 준비 됐어요." 벨라가 따스하게 말했다.

벨라의 팔을 붙드는 그녀의 눈빛이 흔들렸다. "우리가 해낼 수 있을까?"

돌리의 긴장한 모습에 놀란 벨라가 그녀의 손을 잡고 빙긋 웃었다. "당신이 우릴 이끄는 한 실패는 없어요."

돌리도 얼굴에 웃음을 띠었다. "린다를 주시해줘야겠어. 미친 짓 못하도록. 총이라도 갈기면 큰일이야."

벨라가 어깨를 으쓱했다. "오일 헤드 친구에게서 얻은 빈 탄약통을 린다의 총에 갈아 끼워놨어요." 그녀가 돌리에게 속삭이며 능청스러운 웃음을 지어 보였다. "린다가 방아쇠를 당기면 총성은 커도 다치는 사람은 없을 거예요."

돌리는 여전히 반지를 만지작거렸다. "셜리는 겁을 내겠지만 의지가 있으니 잘 해낼 거야. 벨라, 셜리를 격려해줘. 계속 강인할 수 있도록. 무슨 말인지 알지?"

벨라는 고개를 끄덕였지만 돌리가 걱정되었다. 스트레스가 극도로 쌓여서 폭발 직전인 걸까? 누가 뭐래도 세탁 차량을 운전하는 사람은 돌리고, 성패는 온전히 거기에 달려 있다. 그녀가 겁을 먹는다면 일 전체를 망칠 수도 있다.

"돌리, 우리 일이 더 쉬운 거 알아요. 우린 후방 차량에서 서로 의지하며 같이 있을 테니까요. 앞 차량에 혼자 있는 쪽이 훨씬 힘들 거예요. 하지만 잘 해낼 거예요. 우리 중에서 당신이 가장 잘 해낼 거예요."

돌리가 가늘게 눈을 떴다. "내 걱정은 마. 실망시키지 않을게." 그녀가 돌아보니 셜리와 린다가 그녀를 보고 있었다. 뭔가를 기다리고 있었다. 돌리가 목청을 가다듬었다. "때가 왔어." 그녀는 모두에게 말했다. "모든 게 준비됐어. 너희 모두가 준비됐어. 쉽지 않겠지만 거사 일 전에 좀 쉬어두도록 해." 그녀는 혹시 울컥할까 봐 거의 문 밖으로 나설 때까지 작별 인사를 아껴두었다. "너희가 정말 자랑스러워."

돌리는 돌아보지 않고 울프를 불러 떠났다.

돌리가 나가는 모습을 지켜본 세 여자는 지금이 강도 전까지 서로를 보는 마지막 만남임을 알았다. 셋만 남자, 그들은 다 같이 얼싸안았다. 그저 서로를 안을 뿐 아무도, 아무 말도 하지 않았다.

29

　거사 당일, 린다가 창고에 도착해보니 셜리가 숨을 가쁘게 몰아
쉬며 작은 휴지통에 구토하고 있었다.

　"괜찮아?" 린다가 물었다.

　"아니! 떨려서 속이 다 뒤집히는 것 같아." 셜리가 사무실 문간
으로 나오며 말했다. 그녀는 백지장처럼 창백했고, 퀭한 눈은 평
소보다 세 배는 커 보였으며, 출렁이는 휴지통을 가슴에 끌어안고
있었다.

　"세상에, 셜! 뭐 이상한 거라도 먹었어?"

　"글쎄, 우리가 곧 한탕 할 일 때문이지 싶은데!" 셜리가 외쳤다.
그녀는 린다도 죽도록 긴장했으리라는 걸 알았다.

　셜리의 작업복에 토사물이 조금 묻어 있었다. 그녀는 풍만한 가
슴을 붕대로 조여 상체가 근육질인 듯한 인상을 주었다. 패딩을
댄 그녀의 두 팔은 이두근이 발달한 듯했으며, 허벅지도 상당해
보였다. 셜리는 목 아래로는 건장한 사내 같았다.

　린다가 허공에 대고 코를 킁킁거리며 물었다. "너, 담배 피웠
어?"

　"긴장 풀려고 두어 대 피웠어."

　"담배 안 피우잖아! 돌리의 담배 연기가 역겹다고 늘 손사래를
치면서. 토하는 것도 당연하네, 맹추 같으니!" 린다는 셜리를 밀

치고 지나쳐 수건을 집어서 사무실 개수대에서 한쪽을 적신 다음, 셜리의 작업복에 묻은 토사물을 닦아주었다. 셜리가 얼마나 말도 안 되게 떨고 있는지 알 수 있었다. "너, 복면 쓰고 나면 내가 반할지도 모르겠는데?"

셜리가 린다의 손에서 수건을 잡아챘다. 둘은 깔깔거렸다. "네 차례야." 셜리가 말했다.

린다는 옷을 벗고 작업복을 허리까지 끌어 올린 다음, 셜리가 가슴과 상박에 붕대를 감는 동안 어깨끈을 서로 묶었다.

"지금껏 해본 짓 중에 이게 제일 이상한 일 아냐?" 린다가 묻자 두 여자는 다시 한 번 키득거렸다. 왜 웃는지는 둘 다 몰랐지만 웃으니 좋았다.

그때 벨라가 성큼 걸어 들어오며 코를 킁킁거렸다. 셜리 때문이었다. "좋은 아침." 벨라가 생긋 웃었다. "너희 둘 다 아주 극성이구나? 당장 나가서 저지르고 싶지?" 셜리는 다시 휴지통을 붙잡고 토하고 있었다.

"셜, 괜찮아?" 벨라가 묻자 셜리가 간신히 신음으로 대답했다.

린다는 셜리의 주의를 딴 데로 돌리고 싶었다. 그녀는 장갑 두 켤레를 집어서 벨라와 셜리에게 각각 건넨 다음 장갑을 꼈다. "이 제부턴 장갑을 끼고 있어야 해. 장갑 없이는 아무도, 아무것도 안 만지는 거야. 우리가 지금 떠나고 나면 여기에 우리 흔적이 없도록 내가 전부 닦았어."

"몇 시야?" 셜리가 휴지통에서 고개를 들며 물었다.

"7시 다 됐어. 시계 잃어버렸어?" 벨라가 대답했다.

"시계가 지금 이상해. 우리 시간을 서로 맞추든가 해야 하는 거 아냐?"

벨라가 빙긋 웃었다. "아가씨, 우린 다 한 차를 탈 거랍니다. 시간은 걱정 마. 나랑 같이 있으면 되니까."

아침 7시, 돌리는 시장 상인들의 주차장으로 들어가는 골목길로 들어섰다. 작업복에 패딩을 잔뜩 댔더니 걷기가 좀 불편했다. 머리에는 기름을 발라 붙이고 스키 마스크를 머리에 썼다. 위로 걸어 올리니 그냥 모자처럼 보였지만, 금세 끌어내려 얼굴을 가릴 수 있었다.

과일 궤짝을 옮기는 두 남자는 아무 신경도 안 썼고, 돌리가 지나친 다른 사내는 "안녕하쇼, 형씨"라고 인사했다. 그녀를 남자라고 생각한 것이다. 완벽했다.

돌리는 세탁 차량에서 방수포를 걷어내 차 뒤쪽에 던져 넣었다. 그런 다음 오른쪽 바퀴 위쪽 휠 아치를 더듬어 차 키를 찾았지만 감촉이 느껴지지 않았다. 린다가 여기 붙여놓겠다던 걸 잊었나? 무릎을 꿇고 아치 밑을 들여다봐도 없었다. 두 남자가 건너다보았다. 돌리는 오른쪽 바퀴 주변을 더듬으며 당황한 모습을 들키지 않으려 애썼다. 그러다가 차축 아래에서 반짝이는 것이 눈에 띄었다. 그녀는 안도의 숨을 내쉬고 키를 주웠다.

세탁 차량에 오른 돌리는 심호흡으로 진정을 되찾고 총과 해머가 든 하키 가방이 있는지 확인했다. 가방을 열고 해머를 뒷문 가까운 쪽의 세탁물 더미 위에 둔 다음, 총을 운전석 밑에 놓았다. 그리고 운전석에 올라 어깨 위로 하네스를 장착하고 버클을 끼운 다음 끈을 최대한 조였다. 앞뒤로 움직이며 몸이 단단히 고정되었는지 확인했다.

키를 꽂고 돌리자 엔진이 움찔했지만 시동이 걸리지 않았다. 두 번 더 시도했으나 마찬가지였다. "제발, 제발⋯⋯." 돌리가 낮은 소리로 뇌까렸다. 두 시장 상인이 이쪽 방향을 넘겨다보는 게 눈에 들어왔지만 혹시 와서 돕겠다고 할까 봐 눈길을 주지는 않았다. 돌리는 침착함을 되찾으려 고개를 푹 숙였다. 아아, 린다⋯⋯ 시동이 안 걸리면 널 죽여버리겠어. 이미 이 차를 시험 운전 해봤고 익숙했는데, 왜 이제 와서 시동이 안 걸리지?

"초크를 뽑고 가속기를 밟아야지, 형씨!" 상인들 중 하나가 외쳤다. 돌리는 그제야 린다가 한 말을 기억했다.

바로 시동이 걸렸고, 한 번 공회전한 뒤에는 엔진 소리도 좋아졌다. 돌리는 한 손을 들어 고마움을 표시했다. 돌리가 기어를 1단에 넣으며 클러치에서 발을 너무 일찍 떼자 차가 앞으로 요동쳤다. 남자들이 웃는 소리가 들렸다. "멍청한 새끼!" 한 사람이 외쳤다. 돌리는 그들을 무시했다. 그 자리를 뜨고 싶은 마음뿐이었다.

벨라는 창고에서 전동 톱을 들고 한 번 더 시험해보았다. 어깨에 패딩을 너무 많이 넣어서 스테로이드를 먹은 역도 선수 같았다. 코드를 잡아당겨 톱을 구동하는데 톱이 손에서 툭 떨어졌다. 팔꿈치까지 오는 고무장갑을 끼고는 전동 톱을 구동해본 적이 없었고, 장갑 안의 두 손은 땀이 흥건했다. 두어 번 더 시도하고 나자 요령이 생겼다. 벨라는 린다가 제 손을 넘겨다보고 있다는 걸 눈치챘다.

"이 여자야, 집요하기는! 장갑 꼈다고, 꼈어. 됐어?" 벨라는 전동 톱을 뒷좌석에 실으며 말했다.

린다는 셜리를 건너다보았다. 린다를 화나게 한 것은 셜리가 아직 장갑을 끼지 않아서가 아니었다. "아니, 눈 화장을 했잖아? 염병, 눈 화장을 했어!"

"안 했거든!" 셜리가 악을 썼다. "잠 못 자고 계속 토했더니 그렇게 보이는 거라고!"

벨라가 린다를 지나치며 속삭였다. "셜리 좀 내버려둬. 2초면 닦아낼 테니."

"화장 안 했다니까!" 셜리가 린다에게 다가와 눈을 까서 보여주었다. "날 좀 냅둬, 냅두라고! 나도 생각 없는 사람 아냐!"

벨라가 두 사람 사이에 섰다. "그만둬! 너흰 서로에게 화난 게 아냐, 스트레스를 받은 거뿐이라고. 하지만 정도껏 해." 린다가 다정하게 셜리의 어깨에 손을 올렸다. 말은 더 필요하지 않았다.

린다는 운전석 문을 열고 올라탄 다음 총을 조수석 밑에 놓았다.

벨라가 셜리의 어깨를 감쌌다. "이제 떠날 시간이야. 돌리도 시작 지점으로 출발할 거야. 이제 가는 거야, 아가씨들. 두 사람, 준비 됐어?"

셜리가, 그리고 린다가 고개를 끄덕였다. "해보자고!"

벨라와 셜리는 린다가 차를 몰고 나갈 수 있도록 용을 쓰며 차고 문을 연 다음, 다시 닫고 잠근 후에 뒷좌석에 올라탔다. 아무도 셰퍼드가 살던 차고의 문이 열려 있는 걸 보지 못했고, BMW에 탄 검은 머리 남자도 보지 못했다.

이날로부터 8개월 전, 테리 밀러와 조 파이렐리와 지미 넌은 똑같은 강도를 위해 바로 이 창고에서 승합차를 타고 나갔다.

"가자!" 테리가 외쳤다. 지미가 치켜올린 엄지는 모두가 준비됐

다는 뜻이었다. 지미가 손을 올리자, 테리는 지미의 손목에서 빛
나는 해리의 시계를 보았다. "씨바, 시계 좋다?"

지미가 돌아보며 웃었다. "해리는 이 일이 끝나는 대로 신형으
로 바꿀 거라네. 나한테 어울리지 않아?" 지미가 다이아몬드가
박힌 문자반이 빛나도록 손목을 움직였다.

테리는 조를 바라보았고, 두 사람은 야릇한 미소를 지었다. "이
일이 끝나고 해리가 바꾸는 게 시계만은 아닐 텐데." 테리는 아무
것도 모르는 지미를 향해 고갯짓을 하며 킬킬댔다. "저 자식 마누
라가 파티광이라 짐이 감당을 못해. 하지만 해리는 할 수 있지."

조는 지미가 창고에서 차를 빼는 동안 껄껄 웃었다. "시계랑 여
자를 바꾼다……. 짭짤한 거래 같은데?"

30

돌리가 시장 상인들의 주차장에서 시작 지점으로 가는 데는 얼마 걸리지 않았다. 배터시에 있는 보안 회사 창고에서 약 2분 거리였다. 그녀는 시동을 켜둔 채 골목에 차를 대고 기다렸다. 현재 자리에서 보이는 차고 입구의 육중한 철문이 열리면 현금 수송 보안 차량이 나와서 우회전한 다음, 도로 끝에서 그녀가 있는 쪽으로 다시 우회전할 터였다. 하늘은 맑았고 도로는 한적했다. 최상의 조건이었다. 러시아워의 운전자들은 이제야 침대에서 기어 나오고 있었고, 런던은 곧 무슨 일이 일어날지 전혀 알지 못했다.

현금 수송 차량과 그 앞 차량 사이의 간격이 벌어지는 지금, 타이밍에 모든 것이 달려 있었다. 돌리는 그 사이로 들어가야 했고, 현금 차량과 그녀 사이에 무엇도 끼어들어서는 안 됐다.

현금 차량은 돌리에게서 35미터, 그다음 25미터 거리에 들어왔다. 20미터 거리에 들어오자 돌리는 차분히 차를 빼서 도로에 들어섰다. 타이밍을 완벽하게 맞췄다. 현금 차량은 돌리의 차가 지나가도록 브레이크를 밟을 필요도 없었다.

워털루 브리지 로터리 방면으로 요크 로드를 따라 나란히 운전하며, 돌리는 경로를 미리 받아두는 게 얼마나 중요했는지 새삼 깨달았다. 로터리에서 좌회전한 다음 워털루 브리지를 건너 북쪽으로, 스트랜드 지하 터널로 향하는 것은 불과 몇 분 안에 일어날 일이었다. 돌리는 팀원들이 창고를 떠나 제 위치를 잡았기를 신께 기원했다.

스트랜드 지하 터널로 향하면서, 돌리는 조수석 쪽 미러를 더 잘 보려고 차로 바깥쪽으로 차를 몰았다. 린다가 제 위치에, 현금 차량 뒤에 있었다. 돌리는 다시 차로로 돌아와, 앞의 차량들과 멀어지도록 속력을 시속 30킬로미터로 낮추었다. 그런 다음 가속기를 세게 밟고 속도계를 보았다.

50, 55, 65킬로미터. 지하 터널로 들어서며 세탁 차량은 예상보다 훨씬 빨리 가속도가 붙었다. 돌리는 사이드미러를 힐끗 보았다. 현금 차량이 바로 뒤에 바짝 붙어 있었다. 돌리는 가속기를 더 밟았다. 속도계가 80킬로미터를 가리키자 터널 뒤쪽 끝에서 불빛이 깜빡였다. 그녀는 스키 마스크를 내려 얼굴을 가렸다. 사이드미러를 다시 보며 현금 수송 차량과의 간격이 딱 알맞다고 판단한 순간 브레이크를 있는 힘껏 밟았다. 현금 차량은 세탁 차량의 후면을 들이받으며 즉시 멈추었다. 현금 수송 차량의 전면이 완전히 우그러졌다. 돌리의 몸이 앞으로 쏠렸지만 하네스 덕에 충격을 고스란히 받지는 않았다.

기어를 1단에 넣으며, 그녀는 앞으로 1미터쯤 나아갔다가 세차게 후진해 뒤 범퍼로 망가진 현금 차량을 들이받았다. 금속이 으스러지고 유리가 박살 나는 소리, 그다음엔 현금 차량의 라디에이터에서 증기가 쉬익 새는 소리가 들렸다. 돌리는 하네스를 착용해서 천만다행이라며 하늘에 감사했다. 몸이 너무 심하게 흔들려 상체가 쪼개지는 듯했다. 버클을 풀고 기어 손잡이에서 방독면을 집어 든 다음 차량 후면으로 뛰어들었다. 뒷문에 서서 방독면을 쓰고 산탄총을 임시 벨트에 건 다음, 손에는 해머를 들었다. 그리고 뒷문을 발로 걷어차 활짝 열고 현금 차량의 앞 유리를 향해 해머를 휘둘렀다. 강화된 유리는 깨지지 않았다. 돌리는 총을 위로 치켜들고 가슴을 당당히 편 다음, 너무 놀라 공황 상태에 빠진 두 보안 요원에게 정조준했다.

"**움직이지 마!**" 변조된 그녀의 목소리는 굵고 무시무시했다.

요원들은 두 손을 머리 위로 들어 올렸다. 한 사람이 뒤쪽 요원에게 외쳤다. "무장했어!"

동시에 셜리가 후방 차량의 뒷문을 활짝 열고 뒤쪽의 차량들을 향해 두 개의 연막탄을 던졌다. 쉭쉭 소리를 내며 연기가 자욱이 피어올라 시야를 가렸다. 셜리는 이윽고 현금 차량 위로 기어 올라가 주머니에서 전선 커터를 꺼내 무전기 안테나를 잘랐다.

린다는 조수석 밑에서 산탄총을 꺼내 후방 차량의 뒤쪽에 자리 잡았다. 피아트를 탄 한 남자가 차에서 내리려다가 린다가 총을 들어 올리자 도로 차 안으로 들어갔고, 그 순간 다른 차가 그의 차를 뒤에서 들이받았다. 두 번째 운전자가 차를 후진시키려 했지만 공회전했다. 린다가 뛰어가 총의 개머리판으로 차의 앞 유리를 깼다. 파랗게 질린 차 안의 여자가 비명을 지르며 얼굴을 감쌌다. 린다가 차 키를 빼서 던져버릴 시간은 충분했다. 그런 다음 린다는 원래 위치로 돌아가 두 다리를 벌리고 총을 치켜들고 섰다.

벨라가 후면 차량에서 셜리의 뒤를 따라 뛰어내린 뒤, 현금 차량 쪽으로 뛰어가 전동 톱을 켰다. 금속이 버터처럼 잘려 나가며 불꽃이 튀었다.

현금 차량 후면의 내부에서는 굉음에 귀가 먹먹해질 지경이었다. 뒤쪽에 앉은 요원은 금속을 뚫고 들어오는 톱날을 지켜보면서 겁에 질려 떨었다. 바깥에 무엇이 있는지 그는 전혀 알지 못했다.

무엇이 또는 누가 그를 향해 뚫고 들어오는지, 자신이 죽을 목숨인지 살 목숨인지도 알 길이 없었다.

벨라가 금속을 잡아뗄 만큼 큰 구멍을 뚫는 데는 30초가 채 걸리지 않았다. 셜리가 벨라에게 제 총을 건네자, 벨라가 방금 잘라낸 구멍으로 총을 들이밀었다. 총구로 뒷문을 가리키자 보안 요원이 문을 열었다.

벨라가 현금 차량 뒤쪽으로 들어서자 겁에 질린 요원이 금고를 열었다. 그녀는 요원을 차에서 내리게 했다. 린다가 총을 겨누며 바닥에 누우라는 몸짓을 하자, 그는 공포에 떨면서 시키는 대로 누웠다.

셜리는 현금 차량의 후면으로 기어 올라가 안쪽의 철망 구조물을 커터로 잘랐다. 제일 느린 이 과정에 몇 초가 흐르자 벨라가 셜리에게 비키라고 쿡 찌른 다음, 전동 톱을 다시 구동해 한 번에 철망함을 끊고 지폐 주머니에 도달했다. 셜리가 벨라의 등에 멘 배낭에 돈을 채우기 시작했고, 가방이 차자마자 벨라의 어깨를 툭 쳤다.

겁에 질린 사람들은 안전한 차 안에서 벨라가 린다와 자리를 바꾸는 모습을 지켜보았다. 보안 요원들과 다른 사람들을 꼼짝 못하게 하기 위해 린다는 산탄총을 위로 치켜든 채로 현금 차량 쪽으로 뛰었고, 셜리가 린다의 배낭을 채웠다. 가쁘게 호흡하는 린다의 입안으로 젖은 스키 마스크가 빨려 들어갔다가 나오기를 반복했다. 셜리가 배낭을 채울수록 등이 무거워지는 것이 느껴졌다. 배낭이 차자 린다는 나머지 돈을 셜리의 배낭에 채워 넣었다.

린다와 셜리가 현금 차량에서 뛰어내리는데, 배낭이 문의 걸쇠에 걸리는 바람에 셜리가 헝겊 인형처럼 매달리고 말았다. 린다는 이미 스트랜드 쪽에 있는 지하 터널의 출구 방향으로 질주하고 있었다. 벨라가 신속히 셜리의 곁으로 다가왔다. 걸쇠에서 빠져나오자 두 사람은 린다를 따라 100만 파운드의 3분의 1이라는 거추장스러운 무게 아래에서 다리가 허용하는 한 빨리 뛰었다.

돌리는 아직도 세탁 차량 뒤쪽에서 위치를 지키고 서 있었다. 처음에 린다가, 그다음에 벨라가 그녀를 지나쳐 뛰어가자 심장이 미친 듯이 뛰었다. 세탁 차량 밖을 내다보자 셜리의 뒤로 두 남자가 재빠르게 뛰고 있었다. 둘 중 하나가 앞으로 몸을 던지며 럭비 선수처럼 셜리를 붙잡아 둔탁한 소리와 함께 그녀를 바닥으로 내동댕이쳤다. 낙상은 패딩 덕에 괜찮았지만 셜리는 발목을 삐었다.

돌리는 세탁 차량 뒤에서 번개처럼 뛰어내려 허공에 총을 한 발 발사했다. 용감한 두 시민은 두 손으로 머리를 감싸면서 바닥에 배를 깔고 납작 엎드렸고, 산산조각 난 지하 터널의 천장 타일이 그들의 머리 위로 우수수 떨어졌다. 타일 조각 하나가 둘 중 한 사람의 목에 떨어지자 총을 맞은 것이라 착각한 남자가 비명을 지르기 시작했다.

셜리는 간신히 일어서서 터널 출구를 향해 위태롭게 뛰었으나 몇 발짝을 뗀 후에 통증 탓에 다리를 절었다. 그녀의 발목이 즉시 부어올랐다. 그러나 셜리는 끝까지 포기하지 않았고, 뒤돌아보지 않았다.

돌리는 자신들이 남긴 참혹한 현장을 바라보며 아무도 중상을 입지 않았음에 하느님께 감사했다. 평생 이렇게 겁이 났던 적은 없었다. 일반인들은 자기 차의 앞좌석에 누웠고, 현금 차량의 요원 한 사람은 정의로운 두 시민과 마찬가지로 바닥에 얼굴을 대고 엎드리고 있었다. 그녀는 자신들이 지닌 힘에 신명이 났지만 서둘러 그 자리를 벗어나야 했다.

셜리가 얼마나 멀리 갔는지 보려고 터널 위쪽을 바라보았다. 린다와 벨라는 보이지도 않았지만 셜리는 멀리 가지 못했다. 그녀는 다친 발을 끌고 있었다. 돌리의 뒤쪽에서는 현금 차량 앞좌석의 요원들이 밖으로 나오려고 문을 열고 있었다. 2연발 산탄총에 쓸 수 있는 탄약이 하나 남은 것을 확인한 돌리는 세탁 차량 뒤쪽으로 펄쩍 뛰면서 현금 차량의 지붕 위로 총을 발사했다. 두 요원은 고개를 숙이고 그들이 진입한 방향인 터널 아래쪽으로 뛰었다.

린다와 벨라는 측면에 가짜 GLC 로고를 붙인 도주 차량을 주차해둔 곳까지 도착했다. 하지만 셜리가 터널에서 나올 기미가 보이지 않았다. 두 사람은 배낭을 차의 뒷좌석에 던져 넣은 다음, 벨라가 배낭을 따라 차에 올라타는 동안 린다가 운전석에 올라타 시동을 걸었다. 린다가 셜리 없이 떠나려는 건가, 벨라가 생각하는 순간 린다가 외쳤다. "꽉 잡아!" 그러고는 끼이익 급회전을 하며 정면으로 다가오는 차량들을 가로질러 날듯이 중앙 분리대를 넘어 터널로 되돌아갔다. 마주 오던 차들이 방향을 급히 트느라 보도블록 위로 올라가고 서로 충돌했다. 셜리가 절뚝거리며 어두운 터널을 벗어나려는 순간 린다가 핸드브레이크를 세게 잡아당겼고, 승합차는 노면을 심하게 긁으며 180도 회전해서 차의 뒤쪽이 셜리를 향하도록 방향을 틀었다. 벨라가 뒷문을 활짝 열고 팔을 내밀어 셜리를 붙잡아 끌어 올렸다. 차의 기어가 맞물리며 비명을 지르고 타이어가 핑그르르 돌아 고무를 태우는 가운데, 린다는 가속기를 밟아 전속력으로 빠져나갔다.

돌리는 세탁 차량으로 셜리를 바짝 뒤쫓았다. 그녀가 막 셜리를 태우려는 참에 셜리가 벨라의 품으로 펄쩍 뛰어오르는 모습이 보였다. 팀은 무사히 빠져나갔다! 돌리는 가속기를 최대한으로 밟아, 린다가 남긴 혼돈을 피해 인도 위로 방향을 돌리며 린다와 같은 방향으로 빠져나갔다.

멀리서 경찰차 사이렌 소리가 들려왔고, 돌리는 문제가 커질 수 있다는 걸 알았다. 셜리 때문에 도주 속도가 늦어졌다. 지금이 아니면 기회는 없었다. 골목길로 들어서며 돌리는 작은 가방을 쥐고 문을 연 다음 뛰어내렸고, 발이 땅에 닿기도 전에 뛰기 시작했다.

세탁 차량은 보도블록을 가로질러 방향을 틀더니 어느 가게의 진열장을 들이박았다. 유리가 안쪽으로 박살 나면서 쇼핑하던 두 여자가 걸음아 날 살려라 도망쳤다. 돌리는 골목 아래로 뛰면서 방독면과 장갑을 벗어 근처의 대형 화물 상자에 던져 넣었다. 골목 끝에 다다라서는, 큰길로 빠져나가 출근자들과 섞일 때에는 정상 호흡을 되찾아야 한다는 생각으로 숨을 고르려 걸음을 늦추었다. 스키 마스크는 말아 올리자 다시 모자처럼 보였다. 인파 속으로 들어선 돌리는 코벤트 가든의 교통박물관 근처에 있는 빅토리아 시대풍 지하 공중 화장실을 향해 걸어갔다.

킹스웨이 북쪽으로 운전한 다음 좌회전을 한 린다는 복층식 주차장을 향해 스트랜드 인근의 뒷길로 접어들어, 적당히 조용한 코벤트 가든 시장 부근의 플로럴 스트리트에 차를 댔다. 린다와 셜리가 스키 마스크를 건네자 벨라가 자기 것과 함께 검은 쓰레기 봉투에 넣었다. 벨라는 차 뒤쪽에서 뛰어내려 보는 사람이 없는지 확인한 다음, 에스코트 승합차에서 자석형 GLC 간판을 떼어내 반으로 접은 다음 쓰레기봉투에 같이 넣었다. 그리고 가짜 번호판 두 개를 떼자 그 아래 가려진 진짜 번호판이 드러났다. 가짜 번호판이 쓰레기봉투에 들어갈 마지막 물건이었다. 벨라는 봉투를 묶어서 수거를 기다리는 쓰레기 더미 위로 던졌다. 주변에는 사람이 몇 없었고, 누구도 그들을 눈여겨보지 않았다. '여러분은 다행히도 자기 일에 푹 파묻혀 있군요.' 벨라는 다시 린다 옆의 조수석에 올라타면서 생각했다.

셜리는 차의 뒷좌석에서 배낭에 둘러싸여 누운 채 한껏 흐느껴 울었다. 벨라가 뒤를 돌아보며 몸을 숙여 셜리의 손을 잡아 꼭 쥐었다. "우리가 해냈어, 셜리. 우리가 해냈어, 해냈다고!"

화장실에 도착한 돌리는 숨이 몹시 가빴다. 넘어질까 봐 안전 난간을 붙잡고 서둘러 계단을 내려간 다음, 곧장 빈칸에 들어가 변기에 앉았다. 미친 듯이 땀이 나고 당장 심근경색이 올 것 같았다. 숨을 고른 다음에는 너무 어지러운 나머지 쓰러질까 봐 벽을 손으로 짚고 서야 했다. 돌리는 눈을 감고 호흡을 되찾는 데 집중했다. 몸이 진정을 찾았지만 정신은 소리를 질렀다. 해냈어! 세상에, 해리. **해리, 내가 해냈어!**

돌리는 몇 번이나 심호흡을 하면서 천천히 숨을 내쉰 다음, 박동수가 충분히 진정되었을 때 일어서서 복면과 작업복과 단화를 벗었다. 이미 짙은 색 스웨터와 바지를 작업복 안에 입고 있었다. 가방을 열어 신발과 허리까지 내려오는 얇은 재킷, 스카프를 꺼냈다. 다 갖추어 입고 난 다음에는 핸드백을 꺼내 어깨에 멨다. 시계를 보면서 다른 팀원들이 안전하게 주차장에 도달했기를 기도했다. 주차장이 가까워서 그녀도 곧바로 그리 가고 싶은 유혹이 일었지만 계획대로 해야 했다.

린다는 승합차를 몰고 3층으로 된 주차장으로 가면서 돌리가 안전히 도주했을까 초조해했다. 벨라는 린다의 낯빛에서 근심을 읽었다.

"돌리 걱정은 시간 낭비야. 돌리는 터프한 노땅이니까."

린다가 생긋 웃었다. 벨라는 가끔 정말 똑소리 나게 마음을 읽었다.

1층에 주차해둔 미니 왜건 앞에 셜리를 내려준 다음 린다는 위층으로 가서 돌리의 벤츠 근처에 차를 댔다. 린다는 제 차인 포드 카프리를 타고 떠나기 전에 벨라와 같이 돈이 든 배낭을 벤츠의 트렁크에 넣었다. 두 여자는 돌리의 벤츠 트렁크에 쌓인 자기 돈을 마지막으로 한 번 더 바라보았다.

"우리가 돌리한테 참 못되게 굴었지, 벨라?" 린다가 입을 열었다. "하지만 돈을 전부 다 가지고 여기 왔어. 돌리의 트렁크가 아니라 내 트렁크에 실을 수도 있는데 말이야. 돌리는 한 번도 우리를 의심한 적이 없어. 그래서 내가 마음이 너무—"

벨라가 벤츠 트렁크를 텅 닫았다. "돌리도 알아."

그들은 린다의 카프리 트렁크를 열고 여행 가방에서 옷을 꺼낸 다음 계단으로 내려가 1층 여자 화장실에서 옷을 갈아입었다. 셜리는 코빼기도 보이지 않았다. 두 사람은 셜리가 작업복을 버리고 그 속에 입은 옷만 입고 떠났으리라고 생각했다.

돌리는 평정을 되찾은 뒤에 화장실에서 나왔다. 우연히도 쓰레기 트럭이 통행량에 발이 묶여 있었다. 그녀는 트럭 뒤쪽으로 걸어가며 아무렇지 않게 손가방을 쓰레기차 안에 던져 넣었다. 돌리는 시장의 광장을 가로지르며 제임스 스트리트 위쪽의 코벤트 가든 지하철역으로 발길을 옮겼다. 역은 출근하는 인파로 붐비고 있었다. 그녀는 일일 교통권을 사서 긴 계단을 내려가 천천히 승강장으로 향했다. 바로 발밑에서 열차가 덜컹거리는 소리가 들렸다. 이제 더는 뛰지 않아도 되니 좋았다.

린다는 옷도 갈아입었고 당장이라도 떠날 준비를 마쳤지만, 손이 심하게 덜덜 떨려서 바르던 립스틱이 뺨으로 번져 다시 발라야 했다. 벨라와 린다는 서로를 꼭 안아준 다음 각자 길을 떠났다. 단정한 울 코트를 입고 세트인 세련된 모자를 쓴 벨라는 여행 가방을 들고 큰길에서 택시를 잡아타고는 운전사에게 말했다. "루턴 공항요."

택시 기사는 운수 대통이라고 생각했다. "도심에서 벗어나야 하니 날아갈 것 같군요, 아가씨." 그가 말했다. "아침이 지옥이었거든요. 아침 일찍 스트랜드 지하 터널에서 일이 있었어요. 교통 체증이 엄청나서……."

돌리는 두 정거장 뒤 피커딜리 서커스 역에서 내려 반대편 승강장으로 건너간 후, 다음 열차를 타고 다시 코벤트 가든으로 돌아갔다. 아주 긴 계단 밑에 선 돌리는 승강기를 타는 게 더 나을까 잠시 올려다보았다. 오늘 하루치 운동은 이미 충분히 했다. 일단 밖으로 나온 다음에는 여기저기 진열장을 구경하면서 주차장 쪽으로 태평하게 걸었다. 경찰차들이 롱 에이커 대로를 천천히 오가고 있었지만 다른 곳에서는 차량이 움직이지 않았다. 하지만 걱정

되지 않았다. 이젠 빨리 빠져나가야 할 필요가 없었다. 그녀는 쇼핑을 나온 수많은 여자 중 하나일 뿐이었다.

1층으로 내려온 린다는 주차장 밖으로 나오면서 셜리의 차를 보고는 무슨 일인지 확인하려고 차에서 내렸다. 셜리는 아직 작업복 차림으로 운전석에 앉아 아파서 몸을 푹 꺾고 있었다. 린다가 차 문을 열었다. 이건 좋지 않았다. 셜리는 한참 전에 떠났어야 했다. 다들 비행기 시간을 맞춰야 했다.

"힘 좀 내봐." 린다가 말했다. "아픈 건 알지만 어떻게든 일어서야 해. 최소한 그 작업복이라도 벗어야지. 옷은 공항에 도착한 다음에 화장실에 잠깐 들어가서 갈아입으면 되잖아."

셜리는 절뚝이며 차 밖으로 나와 차 지붕에 몸을 기댔다. 린다는 셜리가 작업복을 벗도록 거든 다음 쓰레기봉투에 넣었다.

"이건 내가 쓰레기통에 넣을게. 이제 서둘러. 다시 계획대로 해야지."

차에 타서 글러브박스를 열고 화장품을 꺼낸 셜리는 눈물을 흘리며 린다를 쳐다보고는 희미하게 미소 지었다.

린다가 피식 웃었다. "무슨 일이 있어도 미모는 절대 포기 못하지?" 린다는 카프리로 돌아가 차를 타고 떠났다.

돌리는 주차장으로 들어오며 린다의 차가 도로 저편으로 사라져가는 것을 보았다. 안도감이 크게 부풀어오른 돌리는 벤츠를 주차해놓은 곳까지 계단을 마구 뛰어 올라갔다. 꼭대기 층에 올라가 트렁크를 연 돌리가 빙긋 웃었다. 배낭 세 개가 모두 단정히 놓여 있었다. 차를 탄 돌리는 글러브박스를 열고 가발과 선글라스를 낀 다음, 그날의 두 번째 변장을 했다.

돌리는 주차장을 나서는 길에 셜리의 미니를 거의 박을 뻔했다. 셜리의 차는 들썩거리며 주차 지점에서 힘겹게 빠져나왔다가 멈추고, 다시 들썩거리면서 앞으로 나갔다가 주차장 벽을 박으며 범퍼를 찌그러뜨렸다. 돌리는 날카로운 소리와 함께 급정거하고는 차에서 뛰쳐나와 셜리에게 달려갔다. 돌리가 묻기도 전에 셜리가 창문을 열었다. 얼굴이 눈물로 흥건했다.

"발목 때문에요." 셜리가 신음했다. "너무 아파서 클러치를 제대로 밟을 수가 없어요. 어떻게 해야 할지—"

돌리는 셜리의 말이 끝나기도 전에 차 문을 열고 그녀를 차에서 끌어낸 다음, 부축해서 벤츠로 데려갔다. 돌리는 조수석 문을 열고 앞좌석을 접고서 셜리를 뒷좌석으로 밀어 넣었다. 셜리가 통증으로 움찔했다.

"네 머리 쪽에 담요 있어. 몸을 덮어. 시간이 없어. 비행기표는 어디 있지?" 돌리가 물었다.

"운전석 밑 핸드백에요……. 제 단화 한 짝이 벗겨졌어요."

돌리는 미니로 뛰어가 셜리의 핸드백과 단화를 주워 그녀 곁에 던져 넣었다.

"키, 차 키요. 시동 장치에 꽂혀 있어요. 그리고 여행 가방…… 가방은요?"

돌리는 조수석 문을 닫고 운전석에 탔다. "가방을 넣을 자리도 없고 지금 출발해야 해. 조용히 하고 몸을 덮어."

셜리가 뒷좌석에서 담요로 몸을 가리고 흐느끼는 동안 돌리는 공항으로 출발했다. 코벤트 가든 주변의 모든 경찰차가 사이렌을 날카롭게 울려댔다. 차량들은 체증에 갇혀 옴짝달싹 못했다. 돌리는 셜리를 제시간에 공항으로 데려다줄 방법이 없다는 걸 곧 깨달았다. 또한 공항에서 함께 있는 모습을 보이는 것은, 단지 셜리를 데려다주는 것일 뿐이라 해도 아주 안 좋은 생각이었다. 돌리의 집으로 함께 가서 다음 단계를 고민하는 수밖에 없었다.

아침 9시 45분, 돌리는 마침내 토터리지 레인에 들어섰다. 차 몇 대가 정차되어 있을 뿐 조용했다. 자기 집 진입로로 들어서면서 돌리는 심장이 쿵쾅거렸다. 돌리는 차고 문을 열려고 차에서 나오면서 셜리에게 담요를 뒤집어쓰고 조용히 있으라고 말했다. 담요를 머리끝까지 뒤집어쓰고 있던 셜리는 어디에 와 있는지 알 길이 없었다.

돌리는 아무도 없는 차고 안에 들어와서야 조수석 문을 열고 좌석을 내렸다. "우리 집 차고야. 이젠 나와도 돼."

셜리가 차에서 내리도록 부축하는 순간 경찰차 사이렌 소리가 들려왔다. 둘은 몸이 얼어붙었다. 경찰은 점점 가까이 다가오고 있었다.

"세상에, 돌리. 경찰이에요. 우릴 잡으러 왔어요. 우리 어떡해요?" 절규하는 셜리의 목소리 톤이 단어마다 점점 높아졌다.

귀싸대기를 갈기고 싶은 유혹을 억누르며, 돌리는 셜리의 손을 잡아 셜리의 입에 갖다 댔다. "쉿!" 돌리가 차고 문의 작은 창으로 밖을 내다보니 푸른 경광등을 번쩍이는 순찰차가 집 밖 길에 차를 대고 있었다. 제복을 입은 경관 둘과 사복 경찰 두 사람이 차에서 내렸다. 돌리는 풀러 경사를 알아보았다. 얼른 셜리에게로 다가가서 다시 그녀를 차 뒷좌석에 밀어 넣었다. "다시 담요 뒤집어써. 찍 소리 내지 말고 꼼짝 말고 있어." 돌리가 속삭였다. 그녀는 가발과 선글라스를 벗어 셜리에게 아무렇게나 던진 다음, 담요로 다시 셜리를 덮었다.

돌리는 차고에서 주방으로 통하는 문을 열었다. 서둘러 머리를 써야 했다. 그녀는 스웨터를 벗어 다용도실 세탁 바구니에 던져 넣은 다음, 바구니를 뒤져 전날 가져다 둔 빨랫감에서 가운을 꺼냈다. 울프가 그녀를 발견하고는 앉아 있던 집에서 신이 나서 뛰어오더니, 그녀의 발치에서 깽깽거리며 좋아서 펄쩍거렸다. 돌리는 커피포트의 전원을 달칵 켰다. 아침 6시에 사용했으니 최소한 4분의 3은 커피가 차 있을 터였다. "나중에, 아가." 그녀가 울프를 진정시켰다. "엄마가 지금 생각이 많단다." 돌리는 찬장을 열고 시리얼 상자를 꺼내 그릇에 붓고는, 냉장고에서 우유를 꺼내 시리얼에 부었다. 평생 이토록 잽싸게 움직인 적은 없었다.

초인종이 울리기 시작했다. 누군가가 초인종을 계속 손가락으로 누르고 있었다. 돌리는 분명 머리에 피도 안 마른 애송이 풀러일 거라 맹세할 수 있었다. 울프가 문으로 쪼르르 뛰어가 짖으며 스테인드글라스 너머로 비치는 그림자에게 뛰어들었다.

돌리가 비스킷 한 개의 포장을 뜯고, 심호흡을 한 번 한 다음 한 입 베어 물었다. 초인종이 계속 울렸다. 돌리는 숨을 고르며 외쳤다. "알았어요, 알았어. 간다고요!" 그녀는 복도에서 울프를 안아 올린 다음 마침내 문을 열었다. 생각했던 대로 초인종을 누른 사람은 풀러였다. 다른 경관들은 풀러의 뒤에서 지시를 기다리고 있었다.

풀러는 돌리를 지나쳐 복도 안으로 들어섰다. 그는 굳이 신분증을 꺼내 보여주지도 않았다. 그가 돌리를 밀치다시피 하며 거실로 들어가는 동안, 다른 경관 하나는 위층으로 올라가고 또 다른 둘은 아래층을 뒤지기 시작했다.

"외출복으로 갈아입으시든지 코트라도 걸치시죠, 롤린스 부인. 같이 서로 가주셔야겠습니다." 풀러가 지시했다.

"대체 무슨 권리로! 무슨 권리로 이러는 거죠? 영장도 없으면서!" 돌리가 검지를 꼿꼿이 들이대며 고함쳤다.

풀러가 얼굴에 썩은 미소를 띠며, 코트 주머니에서 영장을 꺼내 들고 말했다. "없는지 내기하실래요?" 그러고는 돌리의 주방으로 향했다.

풀러가 주방에 들어선 이상 그와 차고 사이, 아니, 그와 셜리 사이에는 문 하나뿐이었다. 그러나 돌리는 가운 속에 외출복을 입고 있었다. 그건 설명하기 어려웠다.

"이번엔 뭘 찾는데요?" 돌리가 풀러를 멈춰 세우며 물었다.

"서에 가서 말씀드리죠. 그러니 옷이나 갈아입으세요. 가운 입고 가실 게 아니라면요."

2층으로 뛰어 올라가는 돌리의 심장이 마구 두방망이질했다. 제발 풀러가 벤츠를 수색하지는 말아야 할 텐데. 그러면 셜리뿐 아니라 훔친 돈이 든 배낭들까지 발견될 터였다. 지금 같은 마구잡이 분위기라면 셜리가 벤츠에서 더 금방 끌려나오게 될 것 같아, 돌리는 얼른 코트를 집어 들고 아래층으로 뛰어 내려왔다. 풀러가 차고 문손잡이에 손을 대고 있었다.

"대체 이게 무슨 짓이죠?" 돌리가 고함쳤다. "이번 일, 잊지 않겠어. 내가 당신 옷 벗게 해주지! 당장 서로 갑시다. 끝장을 보자고. 갈 거면 어서 나서요!"

풀러는 그녀를 무시하고 차고 문을 연 다음, 몸을 숙이고 안을 들여다보았다. 전등 스위치를 찾아 벽면을 더듬는데 돌리가 외쳤다. "좋아!" 돌리는 현관문을 향해 가버렸다.

풀러가 돌아섰다. "어디 가요?"

"개 산책 시키러." 돌리는 언성을 낮추지 않았다. "지금 당장 안 갈 거면 난 나갑니다!"

풀러가 차고 문을 쾅 닫고는 돌리를 따라 총총 뛰었다. "서가 아닌 다른 데로는 한 발짝도 못 갑니다, 롤린스 부인."

이제는 풀러가 계속해서 툴툴거리며 신경질을 내는 돌리를 뒤에 달고 현관문을 향해 길을 인도했다.

"당신네 짭새들은 정말 진절머리가 나! 멍청한 조사를 빨리 끝낼수록 내가 빨리 집에 돌아와 집안일을 마칠 수 있겠어. 돌아올 때도 안 태워주기만 해!"

풀러가 현관문을 나서며 말했다. "개는 내려놓으시죠. 개는 같이 못 갑니다."

풀러가 차고 문을 열었을 때, 셜리는 그의 목소리를 듣고는 작은 소리라도 낼까 봐 한 손을 꽉 깨물었다. 그 자리에 누워 귀를 기울이니 소란은 이제 바깥 진입로로 옮겨가고 있었다.

돌리는 계속 고래고래 소리를 질렀다. "내가 돌아왔을 때 개가 카펫에 오줌 쌌으면 당신들한테 청소비도 청구하겠어! 대체 이번 엔 어떤 서로 가는데?"

"제일 큰 데. 스코틀랜드 야드(런던 광역경찰청의 별칭—옮긴이)." 풀러가 대답했다.

셜리는 조금씩 벤츠 밖으로 빠져나와, 다리를 절며 차고 문으로 다가가 작은 창으로 바깥을 내다보았다. 10분 전에 돌리가 했던 것과 꼭 같이. 돌리가 순찰차에 타자 그들은 바로 가버렸다. 갑작스러운 고요 속에서, 차에 기대 선 셜리는 힘겹게 상체를 들썩이며 호흡을 가다듬었다. 너무나 아슬아슬했다. 경찰이 벤츠의 보닛을 만져보기만 했어도 돌리가 나갔다 온 걸 알아챘을 터이다. 셜리는 일어난 모든 일을 복기하며, 이제 뭘 해야 하는지 생각하느라 마음이 분주해졌다. 돌리는 큰 소리로 화를 내고 경찰을 성가시게 해 셜리를 위기에서 구해주었다. 하지만 경찰이 어떻게 그렇게 빨리 여기에 도착했는지는 도저히 알 수 없었다. 왜? 왜 그들은 돌리를 체포해 데려갔을까?

에디 롤린스는 순찰차가 떠날 때까지 기다렸다가 조금씩 몸을 움직여 그가 앉아 있던 장소로 되돌아갔다. 빌이 아침에 그에게 전화를 걸어, 돌리의 집으로 가서 그녀가 돌아올 때까지 기다리라고 지시한 터였다. 돌리가 해리의 강도를 실행한다는 얘기를 들었을 때 에디는 웃겨서 오줌을 쌀 뻔했다. "지랄, 여자가 그런 강도를 어떻게 해?" 하지만 상세 계획이 담긴 해리의 장부가 돌리에게 있다고 빌이 말하자 에디는 그 말을 믿을 수밖에 없었다.

그가 지켜보는 가운데 경찰차가 모퉁이를 돌아 사라졌다. 에디는 무슨 일일까 어리둥절해졌다. 경찰이 어떻게 돌리의 집에 이렇게 빨리 나타났을까? 뭐가 잘못된 거지? 에디는 까슬하게 자란 턱수염을 긁었다. 누가 그녀를 밀고했을 수도 있겠다고 생각했지만, 경찰은 오래 머물지도 않았고 돈 가방을 가지고 가지도 않았다. 혹시 돈 가방을 못 봤나? 돈이 아직 집에 있을까, 아니면 다른 데 있을까? 에디는 이제 어쩔까 고민해봤지만 큰 결정을 내리는 건 그가 아니었다. 전화 부스를 찾아 빌에게 전화를 걸거나, 돌리의 집으로 몰래 들어가 여자가 100만 파운드를 아무렇게나 늘어놓고 갔는지 확인하거나 둘 중 하나였다. 에디는 제일 쉬운 방법을 택했다.

셜리는 울프가 주방에서 돌리를 찾아 우는 소리를 들었다. 작은 개를 달래려 다리를 절며 안으로 들어가자 부글부글 끓는 소리, 무언가가 돌아가는 소리와 함께 전기 커피포트가 끓어 넘치는 광경이 눈에 들어왔다. 세상에, 그녀는 까무러칠 뻔했다. 울프를 안으려 몸을 숙이자, 울프가 닫힌 주방 문을 향해 고개를 홱 돌려 왈왈 짖기 시작했다. 셜리가 진정시키려 했지만 울프는 계속 주방 문을 향해 왈왈거렸다.

에디는 두 마리 새를 한 번에 잡기로 했다. 돌리의 집으로 들어가 뭘 발견하든 못 하든 우선 둘러본 다음에, 집 안에서 빌에게 전화를 거는 것이다. 공중전화를 찾으러 갈 필요가 없었다.

그는 천천히, 말없이 쇠막대로 프렌치 도어를 억지로 열고 돌리의 차로 가기 위해 곧바로 주방으로 들어갔다. 돌리가 정말로 이른 아침에 강도를 저지르고 곧바로 들어왔다면, 돌아오는 길에 어딘가에 돈을 숨기고 온 게 아닌 한 돈이 있을 곳은 차고뿐이었다.

에디는 주방 문을 빼꼼 열어 울프에게 친숙한 사람이라는 걸 알린 다음 활짝 열었다. 에디는 아주 작은 개라도 겁을 먹으면 사나운 맹수가 될 수 있다는 사실을 알았다. 울프는 반가워서 왈왈거렸다. 안도하고 문을 활짝 연 에디는 커피포트 옆에 서 있는 금발 여자를 보고 화들짝 놀랐다. 무단 침입을 들키자 에디는 당혹스러움을 감추지 못하고 두 손을 들어 올려 셜리를 향해 돌진했다. 여자가 그의 얼굴을 보았고, 그건 좋은 징조가 아니었다.

셜리에게 그것은 토니 피셔가 그녀를 공격하려 했을 때와 같은 순간이었다. '개자식, 이번엔 당하지 않겠어.' 마음을 굳게 먹은 셜리는 괴물처럼 비명을 지르며 온 힘을 다해 오른손으로 에디를 갈졌다.

에디는 왕년에 해리와 스파링을 했던 적이 있다. 그는 왼손을 들어 펀치를 방어한 다음, 동시에 오른손을 휘둘러 셜리의 턱을 쳤다. 셜리는 그렇잖아도 놀란 데다 발목도 아직 너무 약해서 무릎을 꺾고 주저앉으며 뒤로 넘어졌다. 넘어지면서 에디의 주먹에 맞는 바람에 정면 가격이라기보다는 빗나간 펀치가 되었다. 셜리는 당장에 다시 달려들어 그의 눈을 할퀴고, 혼신의 힘을 다해 멀쩡한 다리로 그를 걷어찼다. 에디는 그녀의 두 손목을 세게 붙잡고 두 팔을 양쪽으로 벌렸다.

"쌍년아, 돈 어딨어?" 그가 소리 지르며 한 손을 놓고 따귀를 올려붙였다.

울프는 처음에 그것이 무슨 놀이인 줄 알고 펄쩍 뛰어오르며 왈왈대면서 꼬리를 흔들었지만, 작은 개에게는 에디의 목소리에 서린 분노와 셜리의 따귀, 그에 뒤따른 날카로운 비명으로 충분했다. 울프가 에디의 다리를 물었다. 개의 작은 이빨은 그리 아프지 않았지만 에디의 허를 찔렀고, 그 짧은 순간에 셜리가 그의 손아귀에서 빠져나왔다. 셜리는 주방 카운터로 돌아가다가 고막을 찢는 듯한 울프의 비명을 들었다.

그녀는 커피가 담긴 용기를 들고 뚜껑을 연 다음 아직 펄펄 끓는 갈색 액체를 에디의 눈을 겨냥해 뿌렸다. 그는 고통에 비명을 질렀다. 끓는 커피가 그의 얼굴과 목에 화상을 입히고 수포를 일으켰다. 반쯤 눈이 먼 에디는 등을 돌려 주방에서 복도로 뛰어나가며 탁자에 부딪혀 꽃병을 넘어뜨렸다.

셜리는 꽃병이 나무 마루에 부딪혀 깨지는 소리, 현관문이 열리는 소리와 에디의 무거운 발자국 소리가 자갈길을 뛰어 내려가는 소리, 차의 시동이 켜지고 멀어져가는 소리를 들었다. 그 뒤로 무시무시한 고요가 흘렀다. 셜리는 주방 의자에 몸을 간신히 부리고 웅크린 다음 두 손에 얼굴을 묻었다. 턱이 아팠고, 발목이 욱신거렸고, 머리가 핑핑 돌았다. 그녀는 흐느끼기 시작했다. 공포와 안도가 뒤섞인 울음이었다. 침입자가 누구인지 알 수 없었지만 분명 돈을 찾고 있었다. 그것은 강도에 대해 안다는 뜻이다. 아아, 돌리가 지금 같이 있었더라면!

셜리는 눈물을 닦으며 주방을 둘러보았다. 커피 얼룩이 온 벽에 남았고, 복도로 이어지는 열린 문을 따라 천장에까지 튀어 있었지만 돌리가 그따위에 신경 쓸 거라곤 생각지 않았다. 그러다가 깨달았다. 사위가 고요했다. "울프?" 그녀는 속삭였다. "아가?" 셜리가 비틀거리며 몸을 일으켰다. 울프가 남자를 따라 밖으로 나갔나? 하지만 주방 구석을 훑던 눈은 상황이 그보다 훨씬, 훨씬 더 심각하다는 걸 알려주었다.

"아아, 안 돼, 제발, 하느님, 제발……."

울프는 바닥에 축 늘어져 누워 있었다. 셜리는 울프 곁에 무릎을 꿇고 앉아 조용히 간구했다. 제발 울프가 무사하길……. 울프의 작은 몸을 건드렸지만 반응이 없었다. 울프의 입에서 실낱같은 핏줄기가 흘렀다. 셜리는 주방 바닥에, 돌리가 가장 사랑하는 반려자의 죽은 몸뚱이 곁에 앉아 울었다. 울프의 부드러운 흰 털을 쓰다듬으며, 그녀는 돌리가 울프를 품에 안을 때마다 얼마나 큰 위안을 받았을지 깨달았다. 돌리가 울프 없이 어떻게 견딜까? 이제 돌리의 인생에는 그녀를 사랑할 존재가 아무도 없었다.

31

아니 피셔는 약병 뚜껑에 소화제인 비소돌을 복용량만큼 부어 삼킨 후 큰 소리로 트림했다. 카를로스의 죽음이 그를 크게 흔들어놓았다. 카를로스를 진정으로 아껴서가 아니었다. 삽시간에 번져가는 소문 때문이었다. 카를로스와 그의 연관뿐 아니라 토니가 셜리 밀러를 공격한 일에 대해서도 소문이 파다했다. 아니는 동생을 통제해보려 했지만, 지금은 모든 것이 자신을 포위해 들어오는 기분이었다.

아니는 식은땀이 나기 시작했다. 정말로 그를 공포에 떨게 하는 것은 복서 데이비스가 해리 롤린스에 대해 한 말이 사실이었을지도 모른다는 점이었다. 복서의 말이 맞아서 해리 롤린스가 살아 있다면 심각한 반향이 있을 터이다. 아니는 오랫동안 롤린스의 장물을 팔았을 뿐 아니라 다른 숱한 사기와 강도에도 손을 댔다.

토니가 하필 그때 아니의 사무실 문을 발로 걷어차 열었다. "이것 봐." 그가 《이브닝 스탠더드》 최신호를 들어 보였다. "1면. 현금 수송 차량에 대담한 강도 행각". 토니는 신문을 아니 앞의 책상에 털썩 내려놓았다. "스케일이 더 커졌어. 복면 차림의 남자 넷이래. 게다가 이 새끼들이 수십만 파운드를 갖고 달아났고, 형이 어떻게 생각하든, 그 새끼 마누라 돌리 롤린스와 분명 관계가 있어. 내가 당장 가서 그년의 목을 확 그냥 따⋯⋯."

아니가 일어서더니 커다란 유리 문진을 동생에게 집어 던졌다. 맞지는 않았다. 아니는 책상 앞으로 가서 땀을 뻘뻘 흘리며 토니의 멱살을 잡았다. "잘 들어." 그가 다급히 말했다. "우린 이제 물러나서 잠수를 타야 돼. 넌 이미 그 여자한테 겁을 줬어. 해리 롤린스가 내 목을 따러 오게 내버려둘 순 없어."

아니는 동생을 밀치고는 다시 책상으로 돌아가 서랍을 열어 두툼한 지폐를 한 다발 꺼냈다.

"이거 들고 내일 아침 첫 비행기 타고 스페인으로 가. 내가 연락할 때까지 거기 있어. 토니, 이번에는 내 말 들어라. 안 그럼 내가 장담하는데, 복서 데이비스 꼴 날 거다."

토니는 똥 씹은 표정으로 돈을 집어 코트 안주머니에 집어넣었다. "여부가 있겠습니까."

아니가 온화하게 대답했다. "믿는 게 좋을 거야. 널 보호하려는 거니까. 내가 오라고 하기 전엔 여긴 얼씬도 하지 마라. 스페인 애들한테 널 챙기라고 할게."

토니는 언제나 형에게 따지고 들 수 있었지만, 아니가 이렇게 단호한 모습은 본 적이 없었다. 그의 공포가 느껴지는 듯했다. "오늘 밤에 떠날게." 토니가 말했다.

"그래야지." 아니는 동생이 나가는 모습을 지켜보았다. 이번에는 토니가 말을 듣기를 바랐다. 급한 일을 처리한 다음에는 그도 곧 스페인으로 가서 토니와 합류할 작정이었다. 아니는 신문을 들고 헤드라인을 노려보았다. 해리 롤린스가 죽은 이상, 아니는 놈과 그의 장부에서 자유로웠다. 해리 롤린스가 살아 있다면…… 아니는 종신형 선고를 받은 것만 같았다.

돌리는 런던 광역경찰청의 조사실에서 풀러를 기다리며 앉아 있었다. 그녀는 테이블에 놓인 머그샷 한 뭉텅이를 이미 훑어보고, 그중에 죽은 남편의 협력자로 알아볼 수 있는 사람이 있는지 질문을 받았다. 알아보는 사람이 있다 하더라도 그녀가 무슨 말이든 할 턱이 없었다. 입을 열면 경찰이야 떼어내겠지만, 자신이 밀고자라는 말이 도는 건 원치 않았다. 시계를 보았다. 11시 30분. 그녀는 문 옆에 서 있는 여자 경찰의 신경을 거스르려 발을 까닥거렸다. 그 여자의 무표정한 얼굴과 도끼눈이 싫었다.

"커피 한 잔 마실 수 있을까요?" 돌리가 물었다. 대답이 없었다. 여자 경찰은 이만 쭉쭉 빨았다. "이봐요, 유리 겔라 씨. 그렇게 빤히 본다고 어디 당신 수갑이 휘어지나 두고 보죠." 돌리가 빈정거리며 말했다. 여자 경찰은 그래도 꿈쩍하지 않았다.

돌리는 새 담배에 불을 붙이고 손목시계를 다시 보았다. "이봐요, 개 때문에 가봐야 한다고요. 지금쯤 오줌 마려워서 미쳐 날뛰고 있을 텐데. 그러니, 제발…… 이봐요, 당신한테 말하고 있잖아요! 날 얼마나 여기 잡아둘 건지 알아요? 대체 무슨 일 때문에 그러는 거냐고요!" 돌리가 담배를 쥐고 앞에 놓인 머그샷에 삿대질을 하자 사진 위로 담뱃재가 아무렇게나 떨어졌다. "이 사람들 중에 아는 사람 없다고 했잖아요. 그런데 당신이 찾는 유색인 남자 말이에요, 그 사람이 대체 뭔 짓을 저질렀는데요?" 그래도 반응이 없긴 마찬가지였다. 돌리는 〈도크 그린의 딕슨〉(런던 경찰서의 일상을 그린 BBC 범죄 드라마 시리즈─옮긴이) 주제곡을 휘파람으로 불기 시작했다.

풀러 경사가 들어와 맞은편에 앉았다. 언론이 폭발 직전이었다. 그들은 강도 사건이 일어났는데 경찰이 뭘 하고 있는지, 용의자

명단이라도 확보했는지, 세 남자가 죽은 최근의 유사 강도와 연관이 있는지 알고 싶다고 묻고 있었다. 풀러는 손더스 경감의 말을 도저히 이해할 수 없었다. 손더스 경감은 독 안에 든 쥐 꼴이었고, 경찰서 전체가 아수라장이었다.

돌리는 담배만 뻑뻑 빨았다. "언제까지 날 여기에 잡아둘 거죠?"

풀러가 돌리를 빤히 보았다. "필요한 만큼 오래오래."

다시 문이 열리고 손더스 경감이 들어왔다. 그가 풀러를 부르더니 문간에서 작은 소리로 대화를 나눴다. 내부자 소행일지도 모르니 보안 요원들을 불러 조사하자는 말이 들린 것 같았지만 명확하지 않았다.

"실례합니다." 돌리가 공손을 가장하며 손더스 경감에게 말을 걸었다. "대화 중이신데 방해해서 죄송합니다만, 머그샷을 다 봤는데 제가 알아보거나 본 적 있는 사람이 없습니다. 그러니 괜찮으시다면 집으로 돌아가고 싶습니다. 개가 기다리고 있어서요."

손더스가 돌리에게 다가갔다. "남편이 생전에 흑인 협력자를 둔 적이 있습니까? 친구나 부하로?"

돌리는 그 질문에 대해 생각해보는 듯이 잠시 뜸을 들였다. "아뇨, 제가 아는 한은 없어요."

"그럼 그걸로 됐습니다. 롤린스 부인, 가셔도 좋습니다." 손더스의 말에 돌리는 내심 놀랐고, 풀러는 부아가 치밀었다. 손더스가 여자 경찰을 돌아보며 명했다. "롤린스 부인 안내해드려."

여자 경찰이 문을 열자, 한 경관이 트럭을 운전하던 보안 요원을 안내해 들어왔다. 보안 회사 직원은 얼굴 한쪽에 긁힌 상처가 좀 있었다. 그가 돌리와 불과 몇 센티미터 간격을 두고 지나가려

하자, 돌리는 그가 들어서도록 한 걸음 뒤로 물러났다.

돌리가 떠나자 풀러가 보안 요원 앞에 머그샷을 죽 늘어놓았다. "이중에 오늘 아침 강도에 연루된 것으로 보이는 사람이 있습니까?"

보안 업체 직원은 떨고 있었다. 그는 복면의 구멍으로 본 남자들 중 한 사람의 눈빛 때문에 그가 흑인이라고 생각했을 뿐, 더 할 수 있는 말이 없었다. 풀러는 한숨을 쉬며 주저앉아 처음부터 끝까지 사진을 하나하나 다시 보여주었지만 가망이 없다는 걸 알았다. 보안 요원은 충격에서 빠져나오지 못했고, 용의자들은 모두 복면을 쓰고 있었다.

돌리는 택시를 타고 집에 돌아가 요금을 낸 다음, 거의 춤추다시피 진입로를 걸어 들어갔다. 참으로 기분이 좋았다. 너무나 좋았다. 돌리는 현관문을 열며 셜리를 불렀다. 이제 혐의를 완전히 벗었다고 빨리 안심시켜주고 싶었다.

"거실에 있어요." 셜리가 외쳤다.

돌리는 경찰이 묻던 질문과 그들이 이미 해리 롤린스의 협력자 쪽으로 용의선을 좁혀가고 있다고 말하며, 지금까지 일어난 일을 쉬지 않고 떠들면서 셜리가 있는 거실로 건너갔다. "보안 업체 직원 하나가 거기 불려 왔어. 셜, 나와 같이 바로 그 자리에. 지금 너와의 거리만큼이나 나한테 가까이 말이야. 그런데 눈도 깜짝 안 하더라." 돌리는 벽난로 위의 화려한 금장 거울에 머리를 비춰 보았다. "망할, 내 몰골이 말이 아니잖아!" 그녀가 쿡쿡 웃었다. "놈들은 강도 중 하나가 흑인이라고 의심하고 있어. 오늘 밤 런던의 모든 흑인 남자가 고생 좀 하겠어."

"다행이네요." 셜리가 가만히 말했다. 셜리는 고개를 푹 숙이고, 멍 든 눈과 뺨이 돌리에게 보이지 않도록 앉아 있었다. 울프에 대해 말해야 한다는 걸 알았지만 차마 말을 꺼낼 수가 없었다.

돌리가 브랜디를 넉넉히 한 잔 따랐다. "셜, 한 잔 줄까?"

"아뇨, 괜찮아요, 돌리. 그런데 드릴 말씀이 있어요."

"말해. 왜, 뭐가 잘못됐어?" 돌리가 물었다. 그 순간 전화가 두 번 울리더니 끊겼다. "잠깐만, 셜……." 돌리가 한 손을 들어 올렸다. 1초 뒤 전화가 다시 울렸다. 이번에는 돌리가 전화를 받았다.

수화기 반대편의 상대방은 한참이나 그녀에게 얘기를 했다. 마침내 돌리가 말했다. "셜리의 비행기가 취소됐어. 그래서 계획보다 조금 늦게 도착할 거야. 걱정할 필요 전혀 없어. 휴가 잘 보내고 있어. 그래, 그래, 여긴 전혀 문제 없어." 돌리는 수화기를 내려놓았다. "린다였어. 출국 심사 마쳤고 곧 이륙할 거래. 모든 게 다 잘……." 셜리를 향해 돌아선 돌리는 그녀의 아름다운 피부에서 에디의 반지에 찍힌 상처와 진해지고 있는 주변의 멍을 보았다.

브랜디 잔을 전화기 테이블에 턱 내려놓으며 돌리가 셜리에게 다가갔다. "세상에, 어떻게 된 거야?" 자리에 앉으며 셜리의 떨리는 손을 꼭 잡고 물었다.

"누, 누가 집 안에 들어왔어요……." 셜리가 더듬으며 말했다. "돈이 어디 있는지 알고 싶어했어요……."

돌리가 걱정스러운 표정으로 물었다. "얼굴을 봤어?"

셜리가 고개를 끄덕였다.

"아는 사람이야? 그놈이 널 해쳤어?"

셜리는 고개를 저었다. "큰일은 아니에요."

"돈은? 놈이 돈을 가져갔어?"

셜리가 돌리를 올려다보았다. "아뇨, 돈은 아직 차에 있어요."

돌리의 태도가 갑자기 변했다. 그녀는 심각한 표정을 짓더니 곧장 평소의 모습으로 돌아왔다. "놈이 어떻게 들어왔지? 문을 열어 줬어?"

"아뇨! 안쪽의 프렌치 도어로 무단 침입했어요."

전화기가 세 번 울린 다음 조용해졌다가 2초 후에 다시 울렸다. 돌리가 수화기를 들었다. 신호음 두 번은 린다, 세 번은 벨라로 합의한 암호였다. 벨라도 탑승 직전이었고 아무 문제가 없는지 확인 차 전화한 것이었다. "다 괜찮아. 셜리는 발목이 부어서 비행기 시간을 맞추지 못했어. 지금 나랑 같이 있고, 이틀 정도 있다가 비행기를 타고 갈 거야. 잘 쉬고 있어." 돌리는 벨라가 무언가 더 묻기도 전에 전화 수화기를 내려놓고 브랜디를 한 잔 더 따랐다.

셜리가 돌리를 보고 말했다. "한 번도 본 적 없는 사람이에요. 맹세해요, 돌리! 그 사람이 그냥 나한테 달려들었고, 그러고서 발로……" 셜리는 아직도 말을 꺼낼 수 없었다. 그녀는 고개를 숙이고 얼굴을 감쌌다.

돌리는 셜리 곁에 앉아 한 손을 그녀의 무릎에 올려놓았다. "괜찮아, 셜. 진정해. 찬찬히 얘기해보자. 자, 내 브랜디 한 모금 마셔." 돌리가 셜리의 두 손을 잡고 크리스털 잔을 쥐여주었다. "자, 긴장 풀고 있어. 나는 얼른 울프를 데리고 나갔다 올게. 화분에 오줌 싸기 전에."

셜리는 돌리가 거실 문까지 가기 전에 무슨 말이라도 해야 했다. "돌리, 미안해요. 정말 미안해요." 돌리가 걸음을 멈췄다. "울프가 그 남자한테서 절 보호하려고 남자를 물었어요. 그러다가, 정확히는 못 봤지만 우리 둘이 몸싸움을 하는 와중에 울프가 물고

짖으며 뛰어들었다가……." 셜리는 왈칵 눈물을 터뜨렸다. 돌리의
반응은 한 번도 본 적이 없는 것이었다. 돌리는 길 잃은, 겁먹은
어린아이 같았다.

"울프가 무사하다고 말해줘." 돌리가 바지 솔기의 실을 초조하
게 손으로 잡아 뜯으며 말했다. 셜리를 빤히 보는 것 말고는 할 수
있는 일이 없었다. "어디 있어?"

"자기 방석에 두었어요." 셜리가 갈라진 목소리로 말했다.

셜리는 돌리를 따라 주방으로 들어가, 그녀가 축 처진 작은 개
곁에 무릎을 꿇는 모습을 지켜봤다. 돌리는 울프의 늘어진 몸을
들어 올려 품에 꼭 안고 얼렀다. 돌리가 울프의 목 언저리에 얼굴
을 묻었을 때, 울프는 아직 따스했다. 그녀의 목소리에 슬픔이 가
득했다. "내 아기, 내 가련한 아가."

돌리가 2, 3분 동안 울프에게 작별 인사를 하는 동안, 셜리는 조
용히 주방 문간에 서 있었다. 작별할 순간이 오자 돌리는 눈에 띄
게 뻣뻣해졌다. 온몸이 굳고, 입매가 딱딱해졌다. 돌리는 일어서서
서랍을 열고 레이스 테이블보를 꺼내 주방 바닥에 펼쳤다. 세례식
받는 아기처럼, 울프의 몸을 테이블보로 가만히 감쌌다. 돌리는
울프를 안아 셜리에게 돌아섰다.

"제 방석에 눕혀서 정원에 묻어줘. 밥그릇과 줄도 함께. 울프 것
으로 보이는 건 모두 함께 묻어줘." 돌리는 울프의 머리에 입을 맞
추고 셜리에게 건넨 다음 차 키를 들었다.

"돌리, 어디 가려고요? 제발 절 혼자 두지 마세요." 셜리가 애원
했다.

"할 일이 있어. 하지만 오래 걸리진 않을 거야. 하루 이틀 안에
같이 해외로 뜰 거야. 이제 내 아기가 없는 이상 내가 여기 남아

있을 이유가 없어. 내가 나간 다음에 차고 문을 닫아줘."

돌리는 셜리가 뭘 더 물을 겨를도 없이 주방 문을 통해 차고로 갔다. 셜리는 방석으로 가서 울프를 눕힌 다음, 밥그릇과 줄을 넣고 모든 것을 정원으로 갖고 나갔다.

차고 문을 열고 차 옆에 선 돌리는 멈출 수가 없었다. 내면의 고통과 먹먹한 슬픔은 병원에서 남자 아기를 사산했을 때와 같았다. 해리는 그때 곁에 없었다. 그는 "사업차" 출장 중이었고, 그녀는 심한 산통으로 구급차에 실려 병원으로 급히 이송되었다. 출산 예정일은 아직 몇 주나 더 남아 있었다. 돌리는 죽은 아기의 따스한 시신을 건네던 친절한 조산사를 기억했다. 아기는 아름다웠다. 창백한 피부까지 완벽했다. 제 새끼손가락을 아기의 손에 올려놓으며 돌리는 비통한 울음을 쏟아냈다. 그토록 애를 쓴 조그만 아기가 너무도 대견했다. 그날까지 버텨준 것과 두 사람이 함께 나눈 시간에 대해 어린 아기에게 감사했다. 그녀는 아기에게 너는 아빠를 닮았다고, 더 오랜 시간을 나누지 못해 너무나 슬프다고 말했다. 신생아를 조심스레 받아 안은 다른 숱한 여자들과 같은 병동에 누워 있으니 상실의 고통이 가중되었다.

당시에 돌리는 해리가 마침내 병원에 나타났을 때, 그에게 어떻게 말을 해야 할지 알지 못했다. 그녀가 임신했을 때 그는 너무도 기뻐했다. 둘의 사랑은 더욱 강해졌고, 그는 그토록 다정하게 모자를 잘 돌보겠노라 다짐했다. 해리는 아버지가 된다는 걸, 특히 아들이 태어나리라는 걸 굉장히 뿌듯해했다. 돌리는 여러모로 자신보다는 해리의 마음을 헤아려 더욱 슬펐다. 해리가 원하는 모든 걸 주고 싶었다. 그토록 그를 사랑했다. 해리가 병원에 도착한 순간, 그녀는 직감했다. 해리가 산부인과 병동의 문을 열고 들어서

기도 전에 그가 왔다는 걸 알 수 있었다.

그에게 가슴 아픈 소식을 어떻게 전해야 할지 두려웠지만, 그가 문을 밀고 병동에 들어서는 순간의 슬픔 어린 눈빛을 보고 의사가 이미 말했다는 것을 알 수 있었다. 해리는 감정을 자유롭게 드러내는 사람이 아니었지만 그날은 그랬다. 그들은 함께 울었고, 아직도 어깨를 감싸던 그의 힘센 팔이 기억날 만큼 서로 꼭 끌어안았다. 돌리는 또한 귀에 속삭이던 그의 목소리도 기억했다. "돌리, 이제 그만하자. 난 다시는 더 잃을 수가 없어." 가족을 이루겠다는 그녀의 희망이 사라지던 순간이었다.

그녀와 해리가 집으로 돌아온 후로 그는 몇 주 동안이나 출근하지 않았다. 그는 돌리가 건강을 되찾을 때까지 지극정성으로 챙기고, 먹을 것과 마실 것을 쟁반에 담아 침대로 가져다주고 집안일도 할 수 있는 만큼 돌봤다.

돌리는 차 지붕에 머리를 기대고, 비극적인 상실을 추스르도록 해리가 어떻게 도왔던가를 떠올렸다. 작고 하얀 털 뭉치 하나를 집에 데려와 그녀의 무릎에 올려놓던 날이었다.

"이름은 '울프'로 하는 게 좋겠어." 해리가 애정 어린 미소를 띠며 말했다. 하지만 그의 눈빛에는 다른 메시지가 담겨 있었다. 그의 눈은 이렇게 말했다. "이걸로 끝이야. 이게 네 아기야. 그 얘긴 이제 끝난 거야." 그가 냉정했던 건 아니다. 그는 그저 현실적이었다. 두 사람의 삶은 이전으로 돌아가야 했고, 허공에 슬픔과 애도가 가득한 채로는 그럴 수가 없었다. 삶은 계속되니까.

돌리는 어린 강아지 울프를 품에 안고 아기처럼 어르던 일을 기억했다. 울프는 몸을 웅크리고 곧바로 잠들었다. 울프는 너무도 만족했고, 그녀도 그랬다. 하지만 지금…… 지금 그녀는 몸을 둘로 쪼개는 것만 같은 상실의 고통을 느꼈다. 소리가, 절규가 아닌 낮고 깊은 번민과 분노의 소리가 조금씩 속에서 새어 나왔다. 돌리가 차고 벽면을 향해 돌아서며 주먹으로 벽을 치자 소름끼치는 둔탁한 소리가 났다. 두 번 세 번 주먹으로 벽을 치면서 그 소리가 한 번 더, 그리고 또 한 번 더 이어졌다. 피가 흐르는 주먹 마디가 벽면을 붉게 물들이는 것을 보고서야 돌리는 무슨 짓을 하고 있는지 깨닫고 멈추었다. 가슴을 메운 고통이 서서히 손으로 여과되며 몸을 웅크리고 죽고 싶은 마음에서 주의를 돌리게 했다.

32

레스닉은 남은 달걀노른자를 빵 조각으로 닦아 쭉쭉 빨고 삼킨 다음 나이프와 포크를 접시에 가지런히 놓았다. 그는 차를 후루룩 마시며 단정하고 정돈된 주방을 둘러보았다. 더러운 프라이팬과 접시만이 튀어 보였다. 아내 캐슬린이 틀어놓은 라디오에서 아일랜드 디제이 테리 워건이 지껄이는 소리가 레스닉이 있는 아래층까지 들려왔다. 레스닉은 한숨을 내쉬었다. '젠장, 내가 골프에 소질이 있어야 할 텐데.'

골프를 쳐본 지가 오래되어서, 레스닉은 골프채가 있는지 확인하려고 계단 밑 수납장을 뒤지기 시작했다. 장화를 꺼내고 사냥용 스틱과 오래된 스탠드형 진공청소기를 끄집어낸 뒤에야 골프채에 손이 닿았다. 채에는 녹이 좀 슬었고 골프화에 흰 곰팡이가 끼었으나 그 정도야 쉽게 닦아낼 수 있었다. 주방 식탁에 신문을 깔고 약품과 브러시와 함께 골프채를 놓아두면 캐슬린이 대신 닦아줄 것이다. 그가 평소에 구두를 닦고 싶을 때 하는 방법과 비슷했다.

그는 퍼터 하나와 골프 공 몇 개를 가방에서 꺼내, 차를 마신 머그잔을 복도 바닥에 눕혀놓고 골프공을 머그잔 안으로 퍼팅하는 연습을 했다. 솜씨는 엉망이었지만, 그 자리에 서서 반대쪽을 바라보며 집중하자 일에서 관심을 돌릴 수 있는 무언가가 생겼다는 생각에 빙긋 웃음이 났다.

위층에서 골프공들이 복도의 굽도리널에 맞는 소리가 들리자 캐슬린이 입술을 오므리고 외쳤다. "조지! 조지, 대체 무슨 짓을 하고 있는 거야?"

레스닉은 다음 공을 세게 쳤다. 공이 머그잔 안으로 곧장 들어 갔다. 잔은 그 자리에서 핑그르르 돌다가 바닥이 깨지고 말았다. "좋았어!" 레스닉이 소리쳤다.

"조지!"

머그잔이 멈췄다. 머그잔의 옆면에 '최고의 상사'라고 쓰인 것이 보였다. 7년 전 크리스마스의 시크릿 산타(지정된 사람에게 몰래 선물을 주는 선물 교환 행사—옮긴이) 때 받은 선물이었다. 잔에는 그가 가장 좋아하는 초콜릿이 가득했고, 가장 좋아하는 위스키 미니어처도 함께 들어 있었다. 레스닉은 앨리스의 선물이라는 걸 바로 알아챘다. 그녀는 그런 점이 뛰어났다. 가령 그가 지나가는 말로 무슨 술을 좋아한다고 언급하면 기억하곤 했다. 레스닉은 머그잔을 잠시 바라보다가 그 뒤의 굽도리널을, 그다음으로 복도의 풍경을 응시했다. 그렇게 따분할 수가 없었다. 여기저기 난데없이 여성스러운 분위기가 더해져 있기는 하지만, 페인트와 실내 장식은 지루하고 애착을 느낄 수 없었다.

레스닉은 퍼터와 골프공을 들고 위층으로 올라갔다.

캐슬린은 신문과 모닝 티 쟁반을 곁에 놓고 침대에 누워 있었다. "복도에 페인트칠을 할까 해." 레스닉이 골프공을 카펫 위에 놓으면서 첫 침실 샷을 준비했다.

캐슬린은 올려다보지도 않으며 신문을 넘겼다. "옷부터 갈아입지 그래, 여보." 그녀가 무시하듯 말했다.

"지금 당장 한다는 게 아니고. 계획을 해야지."

"그래서 지금 하는 게 그거야? 계획?"

"다시 골프를 시작하려고." 레스닉이 환하게 웃었다.

"신선한 공기를 마시면 당신한테 좋을 거야." 캐슬린은 대답한 뒤에 혼잣말로 뇌까렸다. "물론 내 옆에서 당신을 치워버리기에도 좋고."

레스닉이 퍼터로 세게 치자 공은 굽도리널에 맞고 튀어 방을 가로지르더니, 옷장을 치고 그다음에 화장대를 거쳐 캐슬린의 슬리퍼로 굴러 들어갔다.

"홀인원!" 레스닉이 허공에 주먹질을 하며 외쳤다.

캐슬린은 무시했다. 남편은 그저 그녀를 자극하려는 것이다. 그는 지루할 때면 악마가 됐다. "무슨 색깔로? 복도 말이야. 무슨 색으로 칠할 건데?"

"흰색?" 레스닉이 대답했다. 이제 무슨 색으로 칠하면 좋을지 캐슬린이 말할 차례다.

"복숭아색이 좋을 거 같아. 내가 산 전등갓 색과도 어울리고, 거실까지 같은 색으로 칠하면 커튼도 돋보이게 해줄 거야."

"그럼 복숭아색으로 하지." 레스닉은 복도나 거실의 벽면 색깔이 뭐가 되든 사실 전혀 괘념치 않았다. 그는 캐슬린의 슬리퍼에서 골프공을 꺼내 카펫 위에 올렸다. 퍼터를 들고 스윙을 하려는데, 캐슬린이 안경 너머로 자신을 노려보고 있는 모습이 보였다. 레스닉은 퍼터를 지팡이 삼아 몸을 기대고 물었다. "당신은 오늘 뭐 할 거야?"

캐슬린은 신문을 내려놓고 안경을 벗은 다음 그를 향해 생긋 웃었다. 그는 불안해졌다. 캐슬린은 자주 웃는 여자가 아니다. "계단 밑 수납장을 정돈하는 시늉이라도 해야겠지? 그리고 나서 당신 아침 먹은 걸 설거지하고, 분명 골프화를 닦겠지. 그런 다음엔 글쎄, 당신이 페인트칠을 한다면 난 마저리네 집에 가 있을까 하는데." 캐슬린은 다시 안경을 걸치고 신문으로 돌아갔다.

레스닉은 침대에 앉은 아내를 바라보았다. 그는 아내보다는 앨리스에게 보다 진정하고 정직한 애정을 느꼈다. 앨리스는 그에게 착한 여자였다. 그녀는 그의 나쁜 습관을 캐슬린보다 훨씬 잘 참아주고, 친절했다. 캐슬린이 언제부터 자신에게 상냥하지 않았는지 레스닉은 기억도 나지 않았다. 그녀도 자신에 대해 같은 생각일까 하는 생각에 미치자, 그들의 결혼 생활이 이미 끝장났다는 부끄러움이 물밀듯 밀려왔다. 부끄러움은 오래가지 않았다. 진정한 비극은 그가 별로 상관하지 않는다는 점이었다.

별안간 레스닉이 침대를 가로지르며 뛰어들어 라디오 음량을 높였다.

"스트랜드 지하 터널에서 일어난 현금 수송 차량 무장 강도 사건에 대한 수사가 한창입니다. 복면을 쓴 남자 네 명이 100만 파운드가 넘는 금액을 가지고 도주한 가운데, 경찰은 범행에 사용된 흰색 레이랜드 트럭과 범인들이 도주에 이용한 흰색 GLC 승합차를 찾아 수색을……."

레스닉은 잠옷 상의를 벗어 던지고 옷을 갈아입기 시작했다.

해리 롤린스도 작은 트랜지스터라디오로 똑같은 뉴스를 듣고 있었다. 그는 아나운서들이 기사를 꾸며대기를 좋아한다는 걸 알았으므로 도난당한 금액이 100만 파운드가 넘는다는 데는 의구심이 들었다. 대략 60만에서 70만 파운드가 되지 않을까 짐작했다. 그렇다 해도 돈이 어디 있는지 알지 못하는 것에 화가 났다. 분노가 솟구쳐 라디오를 후려쳤다. 작은 라디오는 테이블 너머로 날아가 벽에 부딪혔다.

트루디가 펄쩍 뛰었다. 그녀는 주방 식탁에서 에디의 얼굴을 면봉과 소독약으로 닦아주고 있었다. 끓는 커피에 덴 곳은 이제 쓰라린 물집으로 덮였고, 아름답게 매니큐어를 칠한 셜리의 손톱이 할퀸 눈과 귀의 상처는 짙붉은색이 되었다. 에디는 트루디가 얼굴을 톡톡 두드릴 때마다 아파서 움츠러들면서도 해리에게서 눈길을 떼지 않았다.

해리는 지금 폭발 직전이었다. 그는 담배에 불을 붙이고 폐부 깊이 연기를 빨아들인 다음 코로 뱉어내면서 긴장한 사촌을 노려보았다.

"해리, 여자가 나한테 그냥 들고양이처럼 달려들었어요. 그런 경우는 나도 처음이었어요. 그 썩을 년이 누군지도 모르겠고요."

해리는 이미 에디의 설명을 듣고 여자가 누구인지 정확히 알아챘지만 말해주지 않았다. 그는 손목에 찬 싸구려 시계를 내려다보고 다시 에디를 쳐다보았다. "네 몰골이 말이 아니다. 정말 아프겠어."

"정말 아파요. 그년을 잡기만 하면 가만 안 두겠어요."

트루디가 해리를 바라보았다. 그들이 폭력, 특히 여자에게 폭력을 가하는 얘기를 하면 듣기가 불편했다. 바로 그때 아기가 침실에서 울기 시작했다. 해리는 당장에라도 버럭 화를 낼 듯했다. 그가 트루디에게 들어가보라고 고갯짓을 했지만 그녀는 계속해서 에디의 얼굴을 치료했다. 해리가 일어나 의자를 발로 걷어차 넘어뜨린 다음 그녀에게 다가갔다. 트루디는 얼른 방으로 들어가 가만히 방문을 닫았다.

"짭새들이 돈을 못 찾은 거 확실해?" 해리가 에디를 향해 식탁 위로 몸을 숙이며 물었다.

에디가 침을 꿀꺽 삼켰다. "거의 확실해요." 그가 떨리는 목소리로 대답했다. "돌리를 순찰차에 태우고 가기 전에 집에 그리 오래 있지 않았어요. 돌리가 한바탕 퍼부어댔고, 가방 같은 걸 든 짭새도 없었고요. 아니, 뭘 들고 있는 사람이 아예 없었어요."

해리는 창문으로 가서 두 손가락으로 담배를 비벼 끄고는 개수대로 툭 던졌다. 꽁초는 개수대에 못 미쳐 바닥에 떨어졌다. 그는 차가운 창문에 머리를 대고 두 주먹을 부르쥐었다. 너무나 답답했다. 그는 상황을 완전히 통제하는 데 익숙했다. 찬 유리가 분을 삭혀주자 뺨의 근육이 실룩거렸다. 강도란 남자의 게임이다. 그는 돌리가 보란 듯이 성공하고 빠져나갔다는 사실에 격분했다. 이제 그는 돈을 갖고 증발하고 싶은 마음뿐이었다. 그 돈은 돌리가 아니라 자신의 것이었다. 자신의 계획이고, 자신의 장부며, 자신의 연락책이고, 자신의 머리인데 그녀가 모든 공을 가로챘다. 해리의 얼굴에 씁쓸한 미소가 피어올랐다. 돌리의 배짱에 찬탄을 금할 수 없었다. 지금쯤 폭주하는 아드레날린의 힘으로 달리고 있을 그녀가 흥분을 자제할 줄 알기를 바랐다. 해리는 여전히 유리에 이마를 대고 서서 껄껄 웃었다. '염병할 셜리 밀러라니.' 그렇다면 린다 파이렐리도 참여했다는 뜻이리라. 믿을 수가 없군. 해리는 그제야 큰 소리로 말했다.

"여자들이 말이야, 안 그래, 에디?"

에디는 해리가 무슨 말을 하는지 알 길이 없어서 조용히, 조심스럽게 웃는 편을 택했다.

해리가 에디를 향해 몸을 돌리고 창턱에 앉았다. 마치 혼잣말로 궁리하듯 그의 목소리는 나직했다. "짭새들이 집을 수색했을 텐데, 돌리가 놈들한테 성질을 부렸다면 그건 그 여자가 이미 돈을 어딘가에 숨겼다는 소리 같군. 아직 안 숨겼더라도 네게 화상을 입힌 금발이 곧 누가 돈을 찾더라고 얘기할 테고……. 에디, 일을 진짜 제대로 조져놨어."

별안간 해리가 거실을 가로질러 다가와 에디의 코를 세게 갈겼다. 에디는 꽥 소리를 지르며 의자에서 바닥으로 굴러떨어졌다. 해리가 커다란 거인처럼 위협적으로 위에서 그를 굽어보았다. 에디는 구타를 예상하고 몸을 사렸지만 감사하게도 그런 일은 일어나지 않았다. 해리가 다시 창으로 가서 밖을 내다보자 에디는 안도의 숨을 내쉬었다. 욱신거리는 코를 소매에 닦자 피가 묻어났다. 아무래도 코가 부러진 거 같았다.

"빌을 데려와. 그리고 돌리를 24시간 매의 눈으로 감시해." 해리가 명했다. "시야에서 놓치지 말라고."

"돌리가 나갈 때까지 기다렸다가 집을 뒤져볼까요?" 에디가 제안했다.

해리가 빙 돌아섰다. "내가 그렇게 말했나? '집을 뒤져'라고 했냐고, 엉?"

에디는 고개를 조아리고 입을 닫았다.

"넌 돌리를 감시하고 미행해. 지금까지 '내' 장부에 적힌 그대로 했으니까, 다음에 뭘 할지도 내가 알고 있어. 돈 세탁을 할 거야. 장부에 돌리가 쓸 만한 놈들의 연락처가 있어. 돌리는 안전하다고 판단될 때에 돈을 풀기 위해 움직일 거야. 우리는 그때 덮친다. 곧 움직이지 않으면 내가 찾아가보는 수밖에." 해리의 눈이 교활하게 빛났다.

"하지만 돌리는 형이 죽었다고 생각하는데요!"

해리가 씩 웃었다. "깜짝 놀라게 해주는 거지. 자, 이제 나가, 어서!"

에디는 해리가 무슨 짓을 할까 겁에 질려 거실을 가로질러 갔다. "해리, 돌리를 해치고 싶진 않아요. 전 못해요. 그 개새끼 일만 해도 마음이 안 좋은데 사람한테 어떻게……. 게다가—"

해리가 에디의 말을 끊었다. "개가 어쨌다고?"

에디가 입을 놀리지 말걸 후회하며 얼어붙었다. "금발 계집이 나한테 덤볐을 때……." 그가 더듬거리며 말했다. "기, 기억이 정확히 안 나는데 내가 밟은 거 같기도 해요. 개가 날 물었고, 여자가 얼굴을 할퀴어서 내가 주먹을 날리고, 아마 개를 발로 걷어찬 거 같은데…… 엄청 깽깽거리더니 그러다 말더라고요."

해리의 증오 어린 낯빛에 에디는 거실에서 뒷걸음질 칠 수밖에 없었다. 문간을 나선 다음에 등을 돌리고 걸음아 날 살려라 뛰려는데, 해리가 번개 같은 속도로 에디의 뒷덜미를 잡아 돌려세우고 벽에 밀쳤다.

"이 벌레만도 못한 새끼, 죽여버리겠어." 해리가 에디의 얼굴에 대고 독을 뿜었다. "복서 데이비스는 못 죽이면서 푸들은 죽이는구나. 그게 바로 너란 놈이야, 에디. 이것만 기억해라. 복서를 그 골목으로 안내한 건 너야. 빌의 차 앞에 가져다가 대령한 건 너라고. 돌리가 개를 잃은 것 때문에 이제 와서 실수를 저질러서 일이 잘못되기 시작하면, 복서 일을 감당해야 하는 건 넌 줄 알아."

에디는 겁에 질렸다. 쌍, 왜 이렇게까지 위협하는 거지? "그냥 개새끼일 뿐인데……." 에디가 기어들어가는 소리로 말했다.

해리가 에디의 배에 강펀치를 날렸다. "돌리는 너 때문에 또 가족을 잃었어." 그가 독을 뿜었다. "가족을 잃은 사람은 실수를 한다고." 해리가 문 밖으로 너무 세차게 밀어낸 나머지, 에디는 제 발에 걸려 뒤로 넘어지면서 엉덩방아를 찧었다. 해리는 역겹다는 듯이 그를 보았다. "빌을 데려오고 돌리를 감시해. 그 외엔 아무것도 하지 마." 그러고는 문을 쾅 닫았다.

해리는 두 손에 머리를 묻고 거실을 오락가락하며 감정의 소용돌이와 싸웠다. 자신이 실패한 일을 해낸 돌리가 증오스러웠다. 돌리에게서 모두 빼앗아 누가 보스인지 보여주고 싶었다. 하지만 울프가 정말로 죽었다면! 돌리가 아드레날린이 충만해서 달떠 있을 때 허를 찌르는 일은 전혀 문제가 안 되었다. 그녀는 강인하니 회복할 것이다. 하지만 자식 같은 울프를 정말로 잃었다면, 그로서는 돌리의 뒤통수를 치는 일에서 죄책감을 떨치기 어려웠다. 해리는 에디를 죽이고만 싶었다.

해리는 강도에 실패하기 전부터 돌리를 떠날 생각이었고, 그 때문에 지미 넌에게 미련 없이 시계를 줄 수 있었다. 그의 계획은 줄곧 트루디와 아기를 데리고 스페인으로 가서 눌러사는 것이었지만 그러기 위해서는 돈이, 많은 돈이 필요했다. 운명의 그날, 스트랜드 지하 터널에서 차로 빠져나오면서 그는 앞으로 뭘 해야 할지 감이 잡히지 않았다. 남편을 잃고 반쯤 미쳐 있던 돌리가 지휘봉을 잡고 강도를 성사시킨 것이 그의 마지막 희망이었다. 이젠 돈을 가져오는 일만 남았다.

트루디가 다시 거실로 나와 물었다. "왜 때렸어요?"

해리는 그녀를 무시하고 침실로 들어갔다. 트루디가 따라 들어왔다.

"에디를 너무 몰아세우면 안 될 텐데. 에디가 앙심을 품고 돌리한테 입을 놀리면 어떡해요? 그럼 그 여자가 어떻게 할까요?"

해리는 여전히 그녀의 말을 못 들은 체하며 셔츠 단추를 풀기 시작했다.

"그 여자가 어떻게 나올지 말해줄까요?" 트루디가 고집스럽게 말을 이었다. "돈을 다 가지고 달아나버리고 당신은 다신 그 여자를 못 보겠죠."

해리는 어깨를 으쓱하고는 셔츠를 벗어 구석에 던져버리고 '나 잡아봐라' 하는 야릇한 미소를 띠며 침대에 누웠다. 오늘은 더 이상 말을 하고 싶지 않았다.

"어리석은 짓은 안 하겠다고 약속해줘요, 해리." 트루디는 애원했지만, 이내 잘 다듬어진 그의 근육질 몸매에 정신을 뺏겼다. 그녀의 안에서 강하게 끌리는 욕망이 느껴졌다. 처음으로 그에게 눈독을 들였던 순간부터 해리는 그녀에게서 그런 효과를 자아냈다.

트루디는 남편 지미 넌이 그를 위해 일하기 1년도 더 전에 처음 해리 롤린스를 만났다. 셜리 밀러와 함께 여자들끼리 밤에 놀러 나갔을 때, 피셔 형제 클럽의 룰렛 테이블에서 작은 내기를 한 적이 있었다. 해리는 거기 혼자 있었고, 그 전에 해리를 두어 번 만난 적이 있는 셜리가 트루디를 소개했다. 그녀는 당장 그에게 끌려 관심을 보였다. 셜리는 그가 유부남이니 자제하라고, 유부남이 아니더라도 엮이지 않는 편이 좋은 남자라고 말했다. 트루디는 아랑곳하지 않았다. 그를 원했다. 셜리가 무슨 말을 한다 해도 그녀가 원하는 걸 갖지 못하게 막을 수는 없었다.

트루디가 곁에 앉아 노골적으로 허벅지를 그의 다리에 밀착했을 때, 해리는 블랙잭 테이블에 앉아 있었다. 그가 바라보자 트루디는 요염하게 생긋 웃었다. 그 웃음은 원하는 결과를 가져왔다.

테이블 밑에서 그의 손이 건너오더니 한 손가락이 트루디의 허벅지 안쪽을 더듬었다. 찌르르 전기가 통하는 느낌이 온몸에 퍼지며 달콤한 고문이 되었다. 그 느낌이 멈추지 않기를 바랐다. 해리가 손을 거두려 하자, 그녀는 그의 손을 붙잡아 가랑이에 더 가까운 곳으로 가져갔다. 몸이 반응하는 대로라면 트루디는 당장 그 자리에서, 블랙잭 테이블 위에서라도 그에게 몸을 내맡길 수 있었다.

그 우연한 첫 만남 이후, 밤낮으로 열정적인 섹스가 뒤따랐다. 장소는 주로 싸구려 호텔, 차 뒷좌석, 숲속이었지만 실은 들키지 않을 만한 곳이라면 어디든 상관없었다. 언제 어디서든, 트루디는 해리와 함께 있을 때면 늘 그의 손안에서 놀아났다.

어느 지저분한 호텔에서 그의 아기를 가졌다고 말한 그 특별한 오후, 그가 보인 표정을 그녀는 기억했다. 처음에는 그녀를 믿지 않으며 지미의 아이일 수도 있지 않느냐고 물었다. 트루디는 그렇지 않다고 장담했다. 지미와는 한 달이 넘도록 섹스를 하지 않았다. 해리는 그녀를 꼭 안았다. 그녀를 보듬으며 입을 맞추고, 머리를 그녀의 배에 대보았다. 해리의 얼굴을 볼 수는 없었지만, 그의 눈가가 촉촉한 걸 알 수 있었다.

아이가 태어났을 때, 해리는 차에서 대기하며 지미가 병원을 떠나기를 기다렸다. 지미가 가고 나자 해리는 몰래 분만 병동으로 들어왔다. 그는 분만 병동이 뭔가 불편한 듯이 조용했고, 그녀는 해리의 두 눈에서 경탄을 읽었다. 돌리가 그에게 줄 수 없었던 사내아이였다. 그러나 그는 그 말을 입 밖에 내지 않았다.

해리는 아기를 꼭 끌어안고 보드라운 이마에 입을 맞추었지만, 미소를 곧 도끼눈으로 바꾸더니 눈을 가늘게 뜨고 역겹다는 듯 노려보았다.

"지미의 아기일 가능성이 없다면 왜 놈이 여기 왔지?" 해리가
물었다.

"내가 거짓말을 했으니까요." 트루디가 설명했다. "임신 기간
내내 몇 주 됐는지에 대해서 거짓말을 했어요. 해리, 내 목숨을 걸
고 맹세해요. 당신 아이 맞아요."

해리는 진정했지만, 트루디는 아기의 머리를 쓰다듬던 그의 악
독한 표정을 결코 잊지 못했다. "만에 하나 나한테 거짓말한 걸로
드러나는 날엔," 그가 속삭였다. "후회하게 될 거야."

해리가 침대로 잡아끌며 가운 속에 손을 넣어 가슴을 움켜잡자
트루디는 공상에서 퍼뜩 깼다. 그가 자기 몸 위로 끌어 올려 가운
을 어깨 너머로 내리자 트루디의 알몸이 드러났다. 섹스를 원할
때면 해리는 미소로 눈빛을 온화하게 만들어 완전히 다른 얼굴이
되었다. 이 사람이 불과 2분 전에 자신을 겁주고 에디를 구타한
사람이 맞는지 믿기 어려웠다.

해리가 일어나 앉으며 그녀의 목에 입을 맞추고 천천히 유방으
로 내려오기 시작했다. 그의 허리를 두 다리로 감으며, 그를 단단
히 조이면서 그녀의 몸이 흥분과 전율로 달아오르기 시작했다. 그
녀가 몸을 섞었던 그 어떤 남자도 이토록 에로틱한 감각 속에서
그녀를 허우적거리게 하지는 못 했다. 그는 트루디를 가만히 눕히
고 온몸에 키스를 퍼붓기 시작했다. 그의 '죽음' 이후로 몇 주 동
안이나 그와 갇혀 지냈어도, 그를 원하는 그녀의 욕망은 달라지지
않았다. 해리의 손길이 닿기만 하면 그녀는 그를 품어야 했다. 해
리는 사랑을 나눌 때 한 마디도 말을 하지 않았다. 그럴 필요가 없
었다. 섹스가 그만큼이나 좋았으니까. 하지만 그녀는 한 번, 단 한
번만이라도 그가 사랑한다고 말해주길 갈망했다.

33

    수도원으로 건너간 돌리는 빈 교실에서 빠르게 움직여야 했다. 몇 분 뒤면 아이들이 점심 식사를 마치고 돌아올 시간이다. 바닥에서 천장까지 이어진 밝은 색상 사물함 세트를 보니 안도가 되었다. 그녀가 구매해 수도원에 기증한 사물함들이 이제야 설치되어 사용되고 있었다. 아이들이 코트와 장난감을 넣기에는 너무 높은 제일 위 칸만 빼고 전부 쓰이고 있었다. 돌리가 찾으러 올 준비가 될 때까지 훔친 돈을 간직할 곳이었다. 수녀원장보다 더 훌륭한 경비원은 생각할 수 없었다.

    수도원으로 가는 길에 돌리는 잠시 우회해 창고에 들렀다. 위험이 따랐지만 돈을 4등분해 똑같은 가방 네 개에 나눠 담을 곳이 필요했다. 돌리는 각 가방에서 약간의 현금을 동일하게 떼어서 다섯 번째 돈 가방을 만들었다. 다가올 몇 주 동안 네 사람이 쓸 돈이었다.

    가방 네 개를 번쩍 들어 올려 사물함 네 개에 넣는 동안 이마에서 땀이 비 오듯 쏟아져 눈이 따가웠다. 사물함마다 각각 열쇠가 있었다. 하나는 돌리 자신의 것이고 벨라, 린다, 셜리의 열쇠가 하나씩이었다. 사물함을 잠그고 열쇠를 주머니에 안전하게 넣은 다음, 돌리는 대형 유아용 포스터 뒷면에 풀을 칠하기 시작했다. 사물함 겉면에 포스터를 붙이고 나면 아무도 그 뒤에 사물함이 있는지 모를 것이다.

붙여야 할 포스터가 하나만 남은 상황에서 점심시간이 끝났음을 알리는 벨소리가 들렸다. 돌리는 탁자에 가지런히 세워놓은 여러 풀 통 중 하나에 붓을 얼른 집어넣고 '리틀 미스 머펫' 포스터 뒷면에 풀을 칠했다.

"롤린스 부인, 안녕하세요? 아직 휴가 안 가셨네요?" 테레사 수녀가 바삐 들어왔다. 돌리를 보고 놀란 듯했다.

실수로 붓을 탁자에서 떨어뜨린 돌리는 허리를 굽히며 명랑하게 대답했다. "하루 이틀 있다가 떠나요. 동요 포스터로 사물함을 좀 장식하고 가면 좋겠다는 생각이 들더라고요." 바닥에 놓인 다섯 번째 돈 가방이 돌리의 눈에 들어왔다. 가방이 열려 있어 맨 위의 지폐 다발이 보일 수 있었다. "아이고……." 돌리는 의도보다 좀 더 큰 소리로 신음했다.

"제가 도울 일이 있을까요?" 테레사 수녀가 물었다.

돌리는 얼른 가방의 윗면을 덮고 일어섰다. "마지막 포스터 하나만 남았는걸요. 그럼 끝이에요." 돌리가 말을 마치자 테레사 수녀가 마지막 포스터를 붙이는 걸 도왔고, 두 사람은 뒤로 물러나 돌리의 작품을 감상했다.

"롤린스 부인, 포스터가 근사하네요. 정말 사려 깊으세요. 아이들이 동요를 배우는 데 큰 도움이 될 거예요." 테레사 수녀가 말했다.

돌리는 회심의 미소를 지었다. '완벽해.' 맨 윗줄 사물함들은 열쇠 구멍 하나, 이음매 하나 표시가 나지 않았다. 그 위치에 사물함이 있다고는 보이지 않았다.

교실에는 웃음과 아이들이 재잘대는 소리가 가득했다. 한 아이,

특히 사랑스러운 이저벨이라는 어린 소녀가 와서 평소처럼 돌리의 다리를 감싸 안았다. 이저벨은 말이 별로 없지만, 애정 어린 소녀의 모습을 보고 있자니 작은 울프가 떠올랐다. 이 아이들과 수녀님들의 절대적인 너그러움이 그리울 것이다.

돌리는 이저벨과 다른 아이들을 데리고 알파벳 놀이를 하며, 이 시간을 한껏 만끽하면서 오후를 보냈다. 마지막 수업이 될 터였다. 그녀는 수도원에서 일하는 시간을 사랑했다. 지극히 순수하고 단순하며 즐거운 시간이었다. 아이들은 돌리에게서 그저 시간만을 원했고, 그녀는 그것을 기꺼이 베풀었다. 수도원 생활의 단순한 확실성이 분명 그리우리라.

돌리는 4시 반에 수도원을 나서서 가장 가까운 여행사로 향했다. 그곳에서 그녀는 다음 날 아침에 출발하는 리우행 일등석 항공권을 예약했다. 귀국 편에 대해 질문을 받자 그녀는 얼마나 머물지 모르겠으니 돌아오는 항공권은 리우에서 발권하겠다고 대답했다. 그런 다음 조금 떨어진 다른 여행사로 차를 몰고 가서, 셜리 밀러를 가장해 같은 비행기의 이코노미석 항공권을 예약했다.

레스닉은 종일 집에서 앉았다 일어서고, 거실을 오락가락하며 줄담배를 피워대면서 손더스 경감의 전화를 초조하게 기다렸다. 거실의 재털이에는 꽁초가 수북했지만, 그는 계속 거기에 담배를 비벼 끄고 새 담배에 불을 붙였다.

손목시계를 보니 저녁 6시였다. 캐슬린이 저녁으로 준비 중인 간 요리와 베이컨 냄새가 솔솔 풍겨왔다. 전화가 한 번 울렸다. 수화기를 낚아챘지만 캐슬린의 브리지 게임 파트너 마거릿이었다.

"미안해요, 마거릿." 레스닉이 서둘러 말했다. "캐슬린은 집에 없어요. 그리고 내가 아주 중요한 전화를 기다리고 있어서 이 전화를 금방 끊어야 해요."

등 뒤에서 캐슬린이 나타나 레스닉에게서 수화기를 뺏었다. 레스닉이 못마땅한 표정을 지었지만 그녀는 무시했다.

"통화 오래 하지 마." 레스닉이 말했다.

캐슬린이 그를 주방으로 밀었다. "조지, 뭐라도 해. 나 대신 요리 좀 봐주고 있든가. 어서, 가봐."

캐슬린이 5분 뒤에 전화를 끊고 부엌으로 와보니 레스닉은 간 요리와 그레이비 속에서 베이컨 조각을 포크로 골라 먹고 있었다. 캐슬린이 그의 손등을 찰싹 때리며 입을 앙다물었다.

"골라 먹지 마. 그리고 당신이 올지 안 올지 모르는 전화를 기다린다고 해서 내 친구들한테 거짓말하지 마." 저녁거리를 저으며, 캐슬린은 자기의 말에 레스닉이 화가 났다는 걸 알 수 있었다. 하지만 그녀는 사실대로 말하는 게 낫다고 믿는 사람이었다. "조지, 당신은 퇴직했어. 가서 골프를 치든지, 아까 하겠다던 대로 복도에 페인트를 칠하든지 해."

레스닉의 낯빛은 버림받은 사냥개처럼 보였다.

"아이참, 고집은!" 캐슬린이 정곡을 찔렀다. "일을 하고 싶으면 당신이 먼저 전화를 걸어."

"내 사건이야. 놈들이 나한테 전화할 거야."

"당신 사건 아냐, 조지. 이젠 아냐." 캐슬린은 감자의 물기를 뺀 다음 서랍에서 매셔(감자 따위를 으깨는 도구―옮긴이)를 꺼냈다. 레스닉이 그녀의 손에서 매셔를 빼앗아 감자가 든 냄비에 답답한 마음을 온통 쏟아부으며 곤죽이 되도록 으깼다. 캐슬린은 그를 지켜보았다. 남편이 경찰인 게 늘 싫었다. 그는 사무실에서만 일을 하는 유형이 아니었다. 일과 일의 긴장을 집으로 끌고 들어왔다. 때로는 같이 살기 힘들기도 했다. '하지만 경찰이 아닌 조지가 경찰인 조지보다 훨씬 안 좋은걸.' 캐슬린은 생각했다. 그가 그토록 화가 난 모습을 보고 싶지 않았지만, 달랠 만한 정성도 더 이상 없었다.

레스닉은 감자를 계속 학살하면서 캐슬린에게 외쳤다. "내가 그 인간들한테 말했다고! 이 강도 사건들이 다 연관돼 있다고. 모두 같은 인물이 기획한 거라고. 빌어먹을 롤린스 놈이! 놈을 과소평가하지 말라고 경고했건만. 해리 롤린스는 과소평가할 인물이 아니라고!"

"해리 롤린스! 해리 롤린스!" 캐슬린이 맞서 고함쳤다. "지난 몇 년 동안 그 말뿐이지. 당신 경력에서 잘못된 어떤 것이든, 무엇이든 전부 망할 해리 롤린스 탓이었지! 조지, 당신 잘못일 가능성은 없어? 정말 없어? 없겠지. 죽은 남자 탓이겠지!"

레스닉이 매셔를 개수대에 던지자 으깬 감자가 주방 타일에 튀었다. 그는 쿵쾅거리며 복도로 나가 모자와 코트를 집어 들었다.

"조지, 내려놓을 줄도 알아야지!" 캐슬린이 그의 뒤통수에 대고 외쳤다. "당신이 제명대로 못 살고 죽을 때까지 내가 계속 남아 있을 줄 알아? 내 말 들었어? 나 그렇게는 못 해!"

"하지 마, 그럼!" 레스닉은 현관문을 쾅 닫고 나가며 고함쳤다.

그는 낡은 그라나다에 올라타고 롤린스의 집으로 향했다. 왜 그리로 가는지 알 수 없었다. 차가 마치 스스로 운전해서 가는 것만 같았다. 레스닉은 마음속으로, 사무실에서 아무도 자신에게 전화를 걸지 않으리라는 걸 알았다. 왜 걸겠는가? 그는 퇴물이었다. 지난 수년간 그의 의견은 아무 의미가 없었다. 지금 서에서는 난리가 났을 테고 손더스는 겁나게 뻥이치고 있을 것이다. 손더스의 코가 완전히 납작해졌으리라는 생각에 슬그머니 웃음이 났다.

별안간 손더스와 다른 놈들이 사건을 가져가서 해리 롤린스를 찾아 검거하는 영광을 독차지하려고 자기를 쫓아낸 게 아닌가 하는 의심이 들었다. 생각할수록 점점 확신이 굳어갔다. 놈들이 그를 쫓아내기 위해 일부러 줄곧 앞길을 막았던 것이다! 뭐 그렇다면 놈들에게 내가 엿을 먹이겠다. 혼자서 사건을 해결하는 것이다. "나 레스닉, 아직 안 죽었다고!" 그가 낮은 소리로 뇌까렸다. "해리 롤린스는 내가 잡는다. 해리 롤린스는 내 거야!"

34

에디는 지미 년의 차를 타고 사이드미러를 조정했다. 빌 그랜트는 조수석에 웅크리고 앉아 코를 골았다. 에디는 50미터쯤 뒤에 차 한 대가 주차하는 걸 보았다. 운전자가 밖으로 나와 담배 한 대를 피워 물고 길 반대쪽에서 천천히 그들을 향해 다가왔다. 에디는 그 남자가 전혀 급하지 않은 듯 느리게 걷자, 신경이 쓰여 빌을 쿡쿡 찔러 깨웠다.

"우리 뒤에 있는 남자가 해리의 집을 주시하고 있어. 아직 얼굴은 못 알아보겠는데……."

"계속 앞을 보고 있어." 빌이 명령했다. "사이드미러 조정해봐. 놈이 저쪽 가로등 아래를 지나갈 때 내가 볼 수 있게, 얼른." 에디는 분부를 따랐다. "젠장!" 잠시 가로등 불빛에 남자의 얼굴이 드러나자 빌이 뇌까렸다. "염병할 레스닉이잖아! 저번에 날 빵에 보낸 새끼야. 게다가 해리를 못 처넣어서 혈안이 돼 있고."

"차를 빼서 빠져나갈까?" 에디가 물었다.

"아니, 고개 숙이고 얼굴 안 보이게 해."

레스닉은 사이드미러를 조정하는 손을 보았지만 모르는 차였다. 그는 지나가면서 잠시 멈춰 개똥이라도 밟은 듯이 신발 바닥을 들여다보면서 곁눈질로 조수석에 앉은 남자의 얼굴을 보았다.

어디서 본 듯하면서도 전혀 기억이 안 났다. 하지만 운전자가 아주 잠깐 그의 방향 쪽으로 돌아보자, 레스닉은 분명하게 에디 롤린스의 얼굴을 확인했다. 레스닉은 차량 번호를 머리에 새기면서 길을 계속 걸어가 롤린스 자택을 지나쳤다. 앞쪽 침실의 불이 켜 있었지만 다른 부분은 어둠에 잠겨 있었다.

레스닉은 동네를 한 바퀴 돌고 나서, 에디와 빌이 주차한 길로 돌아와 자기 차에 올라탄 다음 동네를 빠져나갔다. "에디 롤린스, 무슨 수작인 거냐?" 레스닉이 혼잣말을 했다. "누구 밑에서 일하고 있지? 우리가 아는 사람이야?" 그는 씩 웃으며 담배 한 개비를 물고 불을 붙였다.

"우리, 저 인간이 짭새들 더 데리고 돌아오기 전에 피하는 게 좋겠어." 레스닉이 떠나자 에디가 죽는소리를 했다.

"저 새끼가 어쩔 건데? 차에 앉아 있다고 우릴 체포하겠어? 내가 가서 해리를 보고 올게. 어떻게 할지 말해줄 거야." 빌이 차에서 내려 등을 쭉 펴자 뼈에서 으드득 소리가 났다. "내가 돌아올 때까지 졸지 말고 있어."

"택시를 타. 안 그럼 한참 걸릴 테니까."

"안 그래도 몇 킬로미터씩 맘 놓고 걸어 다니는 호사는 누려본 지 오래니 걱정 마. 트루디 차를 빌려서 돌아올 거야."

에디는 혼자 남으면 안전하지 않을 것 같았지만, 다시 생각해보니 눈 하나 깜짝 않고 복서 데이비스를 짓밟아 죽인 인간과 같이 있는 편보다는 혼자가 더 안전할 듯했다.

여행사에서 나온 돌리는 끼니거리를 좀 사서 어둠이 내린 바로 뒤에 집으로 차를 돌렸다. 그녀는 너무도 녹초가 되어서 지미 년의 차를 타고 집 밖에 있는 에디를 알아보지 못했다. 레스닉이 도착했을 때, 그녀는 셜리와 함께 뒷마당에 있었다.

두 여자는 갓 판 흙으로 봉분을 올린 동그란 무덤을 바라보았다. 대나무 십자가와 꽃 한 송이가 그 위에 꽂혀 있었다. "울프가 꽃을 좋아하는지 몰랐어요." 셜리는 무슨 말을 해야 할지 몰라 그렇게 운을 뗐다.

"꽃에 오줌 누는 걸 좋아했지." 돌리가 말했다. 셜리는 돌리의 얼굴에 옅은 미소가 잠시 번지는 걸 보았다. "특히 옆집 장미에."

"그럼 제가 가서 한 송이 꺾어 올까요?" 셜리가 물었다.

돌리는 셜리를 물끄러미 보았다. 맹한 소리를 자주 했지만, 돌리는 셜리의 그런 점이 좋았다. "아냐, 셜. 저걸로도 좋아. 나 대신 울프를 돌봐줘서 고마워. 내 손으로는 절대 묻지 못했을 거야."

"뭘요." 잠시 후 셜리가 물었다. "목욕을 좀 해도 괜찮을까요? 땅을 한참 팠더니 몸에서 냄새가 나는 것 같아요."

밤 9시가 되자 둘 다 녹초가 되었다. 셜리는 목욕 후에 돌리가 빌려준 잠옷과 가운으로 갈아입었다. 그녀는 돌리의 침실 창문 커튼 틈으로 밖을 내다보았다.

돌리가 안방 안의 욕실에서 나와 침대로 건너갔다. "전부 잘 잠갔어?"

셜리가 고개를 끄덕였다. "문과 창문을 모조리 잠갔어요. 그리고 우유를 데워 왔어요." 그녀는 침대 옆 수납장을 가리켰다. 돌리가 잔을 들고 맨 위 서랍의 약병에서 수면제 한 알을 꺼내 삼켰다.

"하나 줄까?" 그녀가 물었다. "발목이 아프니까 잠드는 데 도움이 될 거야."

"네……." 셜리는 계속 창밖을 내다보며 말꼬리를 흐렸다. "당신이 돌아온 다음에 지금 세 번째로 창밖을 보는데, 볼 때마다 두 남자가 탄 저 BMW가 있어요. 그런데 지금은 한 명뿐이에요. 너무 멀어서 얼굴이 제대로 안 보여요. 경찰일까요, 아니면……." 돌리가 창가로 다가왔다.

"경찰일 거야." 돌리가 장담했다. "아까 그 남자는 다시 안 올 거야, 셜. 밖에 저렇게 경찰이 있는데." 그녀는 셜리를 놀라게 하고 싶지 않았다. 운전자의 얼굴이 보이지는 않았지만, 지금 저 차는 평소에 보던 잠복 차량이 아니었다. "괜찮아. 자." 돌리가 침대에 들며 덧붙였다. "난 지금 안 자두면 큰일이야. 너도 한 알 먹고 아침까지 다 잊도록 해."

셜리는 침대 가장자리에 앉아 따스한 우유와 함께 수면제를 복용했다. 협탁에 놓인 해리와 돌리의 사진이 눈에 들어왔다. 두 사람은 사랑에 빠진 참으로 행복한 커플처럼 보였다. 돌리는 아름다운 고급 드레스를 입었고, 해리는 세련되고 매우 값비싼 정장을 입었다. 좋은 시절이었다.

"오늘 정말 잘해줬어." 돌리가 셜리에게 웃어 보이며 말했다. "용감하고 강인했어. 너무나 자랑스러워. 이젠 침대에 누워 잠을 청해봐."

셜리가 우유 잔을 들어 보이며 더 마실지 물었으나 돌리는 고개를 젓고 눈을 감았다. 셜리는 우유를 마시며 돌리를 지긋이 바라보았다. 오늘 일어난 일들이 그녀를 10년은 더 늙게 만든 듯했다. 돌리는 너무도 지치고 초췌해 보였다. 셜리가 그녀의 손을 가볍게 잡으며 속삭였다. "하느님의 축복이 있기를." 잠시 돌리가 셜리의 손을 꼭, 아플 만큼 꼭 쥐었다가 놓았다.

셜리는 나머지 우유를 빈방으로 가져가서 침대 옆 협탁에 놓았다. 방은 그녀의 집 침실보다 더 크고 돌리와 해리의 휴가와 파티, 친구들의 사진으로 아름답게 꾸며져 있었다. 셜리는 우유를 마저 마시며 방 안을 걸어 다녔다. "돌리는 이렇게 살아오다가……." 조용히 말하던 셜리는 별안간 화장대 위의 한 사진 앞에서 발걸음을 멈췄다. 가슴이 쿵쾅거렸다. 셜리는 사진을 집어 들고 돌리의 침실로 뛰어갔다.

"일어나요!" 셜리가 스탠드의 불을 달칵 켜며 다급히 돌리를 흔들어 깨웠다.

돌리는 금방 일어나지 못했지만, 눈을 뜨고 셜리의 충격받은 표정을 보고는 즉시 정신을 차렸다.

"당신과 해리에게 어깨동무하고 있는 이 남자 누구죠? 누구예요, 돌리?" 셜리는 사진을 내밀며 부들부들 떨었다.

돌리는 눈을 비비며 잠시 초점이 잡히길 기다렸다. "에디야, 에디 롤린스. 해리의 사촌이지. 왜 그래?"

"이자였어요, 돌리! 이 집에 침입해서 저랑 울프를 공격한 사람 말이에요."

돌리는 몸을 일으켜 셜리에게서 사진을 집어 들었다. "분명해?"

"돌리, 거짓말 아니에요. 이 사람이었어요, 맹세해요! 분명 이 사람이었어요. 울프가 처음엔 아는 사람인 것처럼 행동하더라고요. 당연히 알았겠죠. 혹시 바깥의 차에 앉은 게 이 사람이면 어떡해요? 다시 들어오면 어떡하죠?"

돌리가 셜리의 손을 잡았다. "너한테 그렇게 당했으니 놈이 여기로 돌아오지는 않을 거야. 돈은 안전해. 우리도 안전하고. 내가 말했듯이 바깥에 있는 사람은 경찰이야. 내 말 믿어, 셜. 날 믿지,

그렇지?"

셜리는 고개를 끄덕였다. 그녀는 목숨이라도 걸 만큼 돌리를 신뢰했다.

돌리는 빈방으로 셜리를 데려가 침대에 뉘었다. "내가 널 돌봐줄게. 너와 린다와 벨라를. 너무 걱정하지 마. 너에게는 이 모든 게 새롭겠지만, 난 긴장한 채 수십 년을 살아왔어. 그러니 내가 괜찮다고 하면 그런 걸로 믿어줘." 돌리는 협탁의 스탠드를 끄고 셜리가 잠들 때까지 곁을 지켰다.

침실로 돌아온 돌리는 셜리가 찾은 사진을 집어 들고, 창으로 가서 커튼을 조금 열어 주차돼 있는 차를 내려다보았다. 너무 어두워서 안이 보이지 않았다. 돌리는 참을성 있게 기다렸다. 마침내 다른 차가 지나가면서 운전석에 앉은 남자의 얼굴을 잠시 비추었다. 얼음 칼날이 몸을 관통하는 것만 같았다. "아아, 에디." 그녀는 숨이 턱 막혔다. "멍청하기 이를 데 없는 자식." 마음이 복잡해지면서 돌리의 두 눈에 눈물이 샘솟았다. 에디는 집에 침입해 셜리를 공격하고 그 와중에 가여운 울프를 죽이는 것은 물론, 혼자서는 아무것도 할 배짱이 없는 놈이었다. "그렇다면 누가 너를 조종하고 있지?" 그녀가 속삭였다. 하지만 이미 그 해답을 알고 있다는 게 두려웠다.

지미 년의 아파트에서 빛나던 금장 던힐 라이터.

복서 데이비스의 끔찍한 죽음.

창고에서 맞닥뜨린, 그녀가 누군지 알던 남자 빌 그랜트.

에디 롤린스는 누군가의 명령을 집 안에서, 그리고 지금은 바깥에서 실행에 옮기고 있다.

돌리는 침대맡에 털썩 주저앉아 피로하고 혼란스러운 머리를 두 손에 묻었다. "그건 소문일 뿐이었어." 그녀는 스스로를 확신 시키기 위해 말했다. "내가 지어낸 소문. 진실이 아니었어. 사실인 적이 없었다고!" 너무도 끔찍하고 믿을 수 없지만, 상처가 되었지만 돌리는 생각을 떨칠 수 없었다. "아니, 아니, 아니야! 내가 당신의 시계를 봤는데."

잠들 가능성은 사라져버렸다. 머릿속은 또렷했고, 심장은 발작할 것만 같았다. "하지만 내가 당신의 시계를 봤는데……." 그녀가 울부짖었다. "내가 당신의 시계를 봤다고!"

35

캐슬린 레스닉은 조지가 아래층에서 오락가락하는 소리를 들었다. 침대 곁의 시계를 보니 거의 자정이었다. 필시 한 손에는 위스키, 다른 손에는 담배를 들고 술에 취해 있을 것이다. 조지가 이런 모습을 보이기는 그의 정직이 헤드라인을 장식한 후로 처음이었다. 그때 그는 정신을 못 차릴 때까지 술을 마시고 손에 담배를 든 채 잠들어 집을 거의 태워버릴 뻔했다.

그녀는 한 소리 할 작정으로 가운을 걸치고 아래층으로 내려갔다. 현관에는 담배 연기가 자욱했다. 캐슬린이 입을 열려는 순간 그가 한 손을 들어 막았다. 그는 어깨와 귀 사이에 수화기를 끼우고, 손에는 메모지와 펜을 들고서 누군가와 통화 중이었다. 그는 취하지 않았다. 취한 것과는 거리가 멀었다. 에너지가 넘쳤다.

"네, 런던 광역경찰청의 손더스 경감입니다. 지금 탐문 중인데, 아까 드린 그 차량 번호에 등록된 소유주를 조회해야 해서요. 굉장히 급합니다."

저 사람 대체 무슨 짓이람? 캐슬린은 연기가 자욱한 거실을 지나 남편 곁에 팔짱을 끼고 섰다. 뭔지는 몰라도 해서는 안 되는 짓이 틀림없었다.

"죄송합니다, 뭐라고요? 제임스 뭐요? 넌……. 주소는요?" 레스닉은 정보를 메모지에 적었다. "경관, 고맙습니다. 신세 잊지 않을

게요." 조지는 수화기를 내려놓고 전화기 옆에 있는 주소록을 펼쳤다.

"손더스인 척하면서 무슨 짓이야?" 캐슬린이 따졌다.

레스닉이 엄지로 주소록을 훑었다. "서의 컴퓨터로 차량 기록을 조회해야 해서 동네 경찰서에 전화 좀 했어. 내가 누구라고 말하긴 그렇잖아? 앨리스의 집 전화번호는 어디 있지? 주소록에 있는 줄 알았는데?"

캐슬린은 제 귀를 의심했다. "그 불쌍한 여자한테 이 시간에 어떻게 전화를 해?"

아내를 올려다보는 조지의 낯빛은 딱딱하고 잔인했다. "하지 왜 못 해! 앨리스는 내가 이 시간에 전화할 수 있는 사람이야. 그러니까 못마땅한 얼굴일랑 침실로 갖고 가, 난 내 일 할 테니까." 레스닉은 앨리스의 번호를 발견하고 다시 수화기를 집어 들었다.

캐슬린은 쿵쾅거리며 위층으로 올라갔다. "당신은 이제 일이 없어!" 그녀는 올라가면서 소리쳤다.

레스닉은 신호음이 한참 울릴 때까지 계속해서 기다렸다. 시계를 힐끗 보았다. 어쩌면 아내 말이 옳은지도 모른다. 하지만 이건 기다릴 수가 없어, 너무 중요한 일이니까.

"앨리스?"

"무슨 일이라도?" 앨리스는 자정이 지난 시각에 잠이 깨서 화가 난 것이 아니었다. 레스닉에게 큰일이 났을까 걱정이 됐다.

"아무 일 아니야. 저기, 내일 아침 일찍 내 부탁 하나 들어줘야겠어."

앨리스는 한 손에 펜과 종이, 다른 손에 수화기를 들고 화장대에 앉았다. 레스닉의 지시를 받아 적던 중, 앨리스는 거울에 비친 자기 모습을 보았다. 세상에, 꼭 엄마처럼 보였다. 얼굴에 크림을 잔뜩 바르고 어느 남자라도 질릴 만한 잠옷 차림. 그녀는 레스닉이 집에 찾아오지 않고 전화를 선택한 데 하늘에 감사했다.

"들키면 안 돼, 앨리스. 알겠지? 내가 부탁할 수 있는 사람도 당신뿐이야. 도와주겠어?"

앨리스는 거울 속의 끔찍한 자기 모습을 바라보며 미소 지었다. "물론 도와드려야죠, 경위님."

36

트루디는 빌을 집 안으로 들였다. 빌은 해리를 기다리며 코를 킁킁거렸다. 더러운 아파트에서 아기의 지린내가 났다. 해리가 수건으로 몸을 감싸고 침실 밖으로 나왔을 때, 빌은 몸을 움츠리고 있었다.

"알려드리는 게 좋을 것 같아서요." 빌이 씩 웃으며 말했다. 해리와 트루디가 떡을 치고 있는데 방해했는지도 모르겠다고 생각하니 웃음이 났다. 해리는 여전히 표정이 굳어 있었다. "돌리는 아직 집 안에 있습니다." 빌이 말을 이었다. "어두워지자마자 바로 차를 가지고 들어왔고, 그 후론 안 나갔습니다. '빨간 볼 레이'한테 전화해봤는데, 돌리가 돈을 세탁하려는 조짐은 전혀 안 보인답니다. 계속 알아보겠다고 하고요."

해리는 한 손가락을 입술에 갖다 대고 그를 주방으로 이끌었다. 빌이 그를 따라가 문을 닫았다. 해리가 주전자를 불에 올리며 다시 상황을 정리했다.

"돌리가 경찰서에 갔다가 집에 돌아왔을 때 금발 년이 에디가 찾아온 얘길 했겠지……. 에디를 내 빌어먹을 사촌이 아니라 '어떤 남자'쯤으로 설명했기만을 바랄 뿐이야. 금발 년이랑 에디가 만난 적은 없는 것 같으니, 그 점은 안심할 수 있을지도 몰라. 하지만 돌리가 그다음에 차를 타고 나갔다고?" 빌이 고개를 끄덕였다. "그럼 돈을 숨겼겠네, 그렇지?" 해리의 두뇌가 빠르게 돌아갔다. "그럼 돈을 어디에 갖다 뒀을까?"

빌이 무게중심을 옮겼다. 이 모든 기다림이 짜증 나기 시작했다. 지가가 돌리를 찾아가서 억지로 뺏어 오면 간단한데 왜 해리가 못 하게 막는지 이해할 수 없었다. "그 짭새 새끼 레스닉이 나타나서 집을 빤히 살펴보다 갔어요. 혼자였고, 이삼 분 있다가 갔습니다."

해리가 웃었다. "그 새끼는 걱정 마. 구멍가게에서 애들이 사탕 훔친 거나 수사하는 게 딱인 멍청한 놈이니까." 해리는 빌에게 차 한 잔을 내주고 주방을 오락가락하며 깊은 생각에 잠겼다. "아침 6시까지 아무 변화가 없으면 날 태우러 와. 우리 셋이 들어가지. 내가 돌리를 상대할 테니 에디와 너는 다른 년을 조용히 시키고 있어. 그년이 얼굴에 한 짓이 있어서 에디한테 귀싸대기 한 대 맞아야 하거든."

"내 생각에는 말이죠," 빌이 입술을 깨물며 차를 홀짝거렸다. "벌써 몇 시간 전에 그 염병할 집에 들어가서 필요한 걸 가지고 나왔어야 한다고 봐요. 이렇게 어물쩍거리면서 당신 마누라한테 돈 숨길 시간이나 주고 있으니 지금—"

빌이 말을 마치기도 전에, 해리가 허리를 감싼 수건을 꼭 여미더니 주방을 가로질러 몸을 내던지면서 빌의 멱살을 쥐고 주방 벽으로 밀쳤다. 해리는 이미 빌의 견해를 알았고, 그의 비뚤어진 머리가 생각하는 바를 알았다. "결정은 내가 해. 알아들어? 그리고 넌 내가 하라는 대로 하는 거야!"

빌은 벽에 기대서서 차를 흘리지 않도록 잔을 옆으로 내밀고는 해리의 시선을 피했다. 빌은 해리가 겁나지 않았다. 둘은 근본적으로 비등했지만 해리가 보스였고, 빌은 그 점을 존중했다. 돈과 머리, 명성과 힘을 가진 쪽도 해리였다. 빌은 그중 아무것도 없었으므로 입을 꾹 다물었다. 빌은 음지에서 살기를 좋아했지만, 그를 아는 사람들은 그가 일을 해낸다는 사실을 알았다. 그것도 빠르고 조용하게. 그를 고용하는 이유도 그 때문이었다. 빌은 결코, 한 번도, 누구도 밀고한 적이 없었고 앞으로도 그럴 터였다. 그동안 해리를 위해서 얼굴을 손봐준 사람이 셋 있는데, 그때도 해리와 그 사건들 사이에 흔적은 없었다. 그 정도의 조심성이라면 돈을 쓸 만했고, 해리는 돈을 많이 썼다.

해리가 빌에게서 손을 떼는데, 트루디가 우는 아기를 안고 들어왔다. 아직도 열이 가라앉지 않은 해리가 그녀에게 화를 냈다.

"쌍, 이번엔 또 뭐야?" 해리는 그녀가 그저 기웃거릴 뿐이라는 것을 알면서도 발끈했고, 빌은 그 기회를 틈타 열린 문으로 슥 빠져나갔다.

트루디는 긴장한 듯했다. "차 한잔하려고요. 아기한테 우유도 주고. 그뿐이에요."

레스닉은 지미 년의 집 밖에서 기다렸다. 감시를 들키지 않고 차분히 살펴볼 수 있도록 길에 주차된 차들 뒤에 잠시 멈췄다. 건물에서 한 남자가 나왔다. 돌리의 집 밖에 주차된, 에디 롤린스가 운전석에 앉아 있던 차의 조수석에 앉았던 자였다.

사내가 가로등 밑을 지나가자 레스닉은 그의 얼굴을 뚜렷이 볼 수 있었다. "분명 내가 아는 놈인데." 레스닉은 이마를 손가락으로 쿡쿡 찍으며 중얼거리면서, 얼굴에 맞는 이름을 기억해내려 애썼다. "내가 널 어떻게 알지?"

남자가 포드 그라나다를 타고 움직였다. 레스닉은 그를 미행하기로 했다. 두 사람은 곧 돌리 롤린스의 집 부근으로 돌아왔다. 레스닉은 모퉁이 부근에 차를 댔다. 미지의 남자가 누군지 생각해내기 전까지는 이제 무얼 해야 할지 확신이 서지 않았다. '생각해, 생각, 생각……' 레스닉은 눈을 감고, 간혹 답답해서 머리를 세차게 흔들어가면서 지난 수년 동안 검거한 놈들 얼굴을 머릿속으로 쓱쓱 넘겨보았다. 그가 반짝 눈을 뜨며 외마디를 내질렀다. "젠장, 그랜트!" 레스닉은 눈을 비비다가 두 손으로 얼굴을 잡아 뜯으며 잠시 표정을 일그러뜨렸다. 그의 뇌는 대체 무슨 일인지 짐작하느라 시간 외 근무를 하고 있었다. 누군가에게 말을 해야 했다. 이런 말을 하게 될 줄은 몰랐지만, 지금 풀러가 곁에 있으면 얼마나 좋을까 생각했다. 고매한 척하는 놈이지만, 맘에 들든 안 들든 경청하는 괜찮은 경관이었다. 솔직히 말해서 교통순경 일이 제격인 앤드루스와는 달랐다. "좋아." 그는 마치 풀러가 곁에 있는 듯 말했다. "왜 빌 그랜트 놈이 롤린스 자택을 감시하고 있지? 왜 그가 지미 년의 차를 타고 있지? 놈이 에디 롤린스를 어떻게 알지? 지금 누군가의 사주를 받은 거야, 빌 그랜트. 내가 널 알지. 넌 돈을 제일 많이 내는 놈을 위해 더러운 일을 해주잖아." 그는 지원 병력을 요청할 수 있다면 얼마나 좋을까, 에디 롤린스와 빌 그랜트를 검거한 다음 지미 년의 집을 수색하면 얼마나 좋을까 생각했다.

바로 그때 그라나다가 모퉁이를 돌아 나왔다. 레스닉은 몸을 숙였다. 그는 차가 지나갈 때 운전자를 확인할 수 있을 만큼만 몸을 일으켰다. 에디 롤린스였다. 그러니까 지금은 빌 그랜트가 지미 년의 BMW를 타고 돌리 롤린스의 집 밖에 있을 터이다. 2인조로 돌아가는 교대 감시인 것이다. 차 두 대와 명령을 이행하는 두

보병이라. 그렇다면 지휘관은 누구인가? 물론 레스닉은 마음 깊은 곳에서 답을 너무나 잘 알고 있었다.

돌리는 잠을 이룰 수가 없어 길을 더 잘 보기 위해 셜리가 자고 있는 옆방으로 갔다. 에디가 혼자 BMW에 앉아 있었다. 집에 침입한 자가 그였는지 정확히 알아야 했다.

돌리는 셜리를 흔들어봤지만 꿈쩍도 하지 않았다. 이불을 걷고 셜리를 깨웠다. "셜리, 일어나 봐." 돌리가 단호히 말했다. 이윽고 셜리가 눈을 뜨자, 돌리는 그녀가 일어나 앉도록 거들었다.

두 사람은 커튼 틈새로 빌 그랜트가 그라나다를 세우고 에디와 자리를 바꾸는 광경을 내다보았다. 셜리는 나뭇잎처럼 바르르 떨었다. 에디를 보고 겁에 질린 게 역력했다. 돌리가 그녀의 어깨를 감쌌다.

"에디 롤린스, 해리의 사촌이지. 비열한 놈이야, 셜리. 여자를 때리고 개를 죽이는 한심하고 쓰레기 같은 놈이라고, 알겠어? 하지만 놈이 널 다시 해치진 못할 거야. 그건 내가 약속할 수 있어."

셜리는 돌리의 진정성이 담긴 목소리를 듣고 안심할 수 있었다. 돌리의 그런 능력이 놀라웠다. 엄마도 이렇게 강인하다면 얼마나 좋을까.

셜리는 다른 남자를 알아보지 못했지만 돌리는 알아보았다. 창고에 찾아왔던 사내로, 이름이 빌 그랜트라고 했다. 돌리는 눈을 감으며 중얼거렸다. "멍청이!" 창고 안에서 이뤄진 모든 행동을 그랜트가 지켜봤을 수도 있다. 그가 처음부터 모든 걸 알았다면, 에디가 돈을 찾으러 집에 들어온 것도 무리가 아니다.

돌리는 빌 그랜트가 지켜보는 가운데 어떻게 집을 빠져나갈지,

그가 미행한다면 어떻게 따돌릴지를 생각해내야 했다. 게다가 에디가 다시 돌아온다면 두 남자가 두 대의 차로 그들을 쫓아올 더 복잡한 가능성이 생긴다. 논리적으로 생각하기에는 심신이 너무 지쳐서 돌리는 더럭 겁이 났다. 흔치 않은 일이었다. 셜리가 당초 계획대로 비행기를 탔다면 얼마나 좋았을까. 그랬다면 혼자 넋 놓고 무너질 수 있었을 텐데! 하지만 셜리는 지금 곁에 있고, 아이처럼 계속 안심시켜줘야 했다.

셜리가 먹을 것을 만들러 간 동안 돌리는 층계참을 오르내렸다. 돌리는 뭔가를 먹고 싶은 생각이 없었지만 혼자 있어야만 생각을 할 수 있었다. 시계를 내려다보니 새벽 2시가 가까웠다. 히스로 공항에서 떠나는 비행기는 정오에나 있다. 공항에는 늦어도 10시까지만 가면 되고, 한 시간 거리에 불과하다. 돌리는 한숨을 쉬었다. 훤한 대낮에 집을 떠나는 건 좋은 생각이 아니다. 미행을 따돌리기 위해서는 어둠을 틈타 나서는 게 최선이었다.

잠시 후, 돌리는 계책을 떠올렸다. 일부일 뿐이고 다소 터무니없었지만 그러면 어떤가. 지난 몇 달 동안 터무니없는 일에 익숙해져버렸다. 돌리는 주방으로 갔다.

"프라이를 하려고요, 돌리. 어떻게—"

"새벽 4시에서 4시 반 사이에 여길 떠야 해." 돌리가 말을 끊었다. "너희 어머니를 믿을 수 있을까?"

셜리가 가스 불을 끄면서 돌아섰다. "그럼요, 물론이죠."

"운전은 할 줄 아서?"

"네." 셜리는 돌리가 계획을 설명하길 바라며 대답했다.

"동생도 있고, 맞지?"

"그레그요. 엄마랑 같이 살아요."

"좋아." 돌리가 손가락으로 셜리를 가리키며 말했다. "그레그를 코벤트 가든 주차장에 보내서 네 차를 가져오게 해. 마운트 클로즈에 주차하라고 해. 우리 집 진입로에서 우회전한 다음 두 번째 길에 있는 막다른 골목이야. 운전석 문을 잠그지 말고, 키를 좌석 밑에 둔 다음에 이리로 전화하라고 해."

셜리는 확신이 안 서는 듯했다. "지금 새벽 2시라 그레그는 어디서 술에 떡이 돼서 자빠져 있거나, 침대에서 혼수상태에 빠져 있을 텐데요. 집에 들어와 있다면 엄마한테 깨우라고 할게요. 하지만 없으면……."

"그럼 자고 있길 바라자고. 동생한테, 만약 네 차가 없거나 도난당했다면 상상력을 발휘해서 우리가 쓸 수 있는 다른 차를 구해 오라고 해. 무슨 일이 있어도 차가 필요해. 아무 차나 그 골목에 늦어도 4시까지 주차되어 있어야 해. 100파운드를 주겠다고 해. 그리고 어머니는 최대한 빨리 이리로 오시게 하고. 남동생한테 줄 돈은 어머니에게 드린다고 해. 다 이해했지?"

"네." 셜리가 확인해주었다. 그녀는 수납장에서 접시를 꺼내 프라이팬에 담긴 아침거리를 옮겼다.

돌리는 재빠르게 주방을 가로질러 빵 상자에서 식빵 두 쪽을 꺼내, 부드러운 흰 빵에 꾹 손가락 자국을 남기며 셜리의 접시에 놓으면서 재촉했다. "샌드위치 만들어서 전화 걸면서 먹어."

5분 뒤 돌리가 난간 너머로 몸을 숙이고 외쳐 부르자, 셜리가 손에 샌드위치를 들고 나타났다.

"계속 신호만 가고 받질 않네요." 셜리가 보고했다. "계속 전화해볼게요."

다시 5분 뒤, 돌리가 난간 너머에서 다시 불렀다. 돌리는 손에 가위를 들고 있었다.

"아직이에요. 제 동생이 아마 여자 친구 집에 있는 모양인데, 거기 번호는 저한테 없어요. 그리고 엄마는 가끔 밤에 귀마개를 하고 주무셔서……."

"젠장, 그래도 계속 해봐." 돌리가 셜리를 향해 가위를 치켜 들며 말했다.

"머리 자르시려고요?" 셜리가 물었다.

"뭐라고?"

"변장처럼요. 설마 저도 잘라야 하는 건 아니죠?"

"세상에, 셜리. 가끔 네 머리가 어떻게 돌아가는지 난 알다가도 모르겠다. 평생 감옥에서 썩는 게 낫겠니, 아니면 예쁜 금발을 좀 자르는 게 낫겠니? 선택해!"

셜리는 복도에 서서 손가락으로 머리를 빗어 내리며 단발로 자르면 어떻게 보일까 고민했다. 돌리는 눈알을 굴리면서 다시 쿵쾅거리며 사라졌다.

"머리 자르는 거 아냐! 엄마한테 전화나 해!"

셜리는 엄마의 집에 다시 전화를 걸었고, 이번에는 연결되었지만 아무 말이 없었다. "엄마?" 셜리가 외쳤다.

"아니, 나야……." 그레그가 잠에 취한 목소리로 대답했다. "왜 이 시간에 전화를 해?" 그는 술을 마셨고, 아마 뭔가 흡입도 한 것 같지만 셜리가 100파운드를 언급하자 얼른 정신을 차렸다.

셜리가 위를 향해 돌리를 불렀다. "돌리, 옷 갈아입을게요. 그레그는 말한 대로 할 거고요, 엄마도 오는 길이에요."

위층에서 돌리는 크나큰 안도감에 두 눈을 감고 한숨을 쉬었다.

그녀는 안방에서 장부의 마지막 몇 페이지에 불을 붙이고 있었다. 돌리는 해리의 서재에 있는 금속 휴지통을 썼다. 가죽 장정은 불에 타지 않아서, 내지가 모두 재로 변해가는 광경을 지켜보면서 가위로 갈기갈기 잘라냈다.

그녀는 은행을 마지막으로 방문했을 때 장부를 집으로 가져올까 말까 갈피를 잡지 못하다가 결국 가져왔는데, 그러기를 잘했다고 생각했다. 다시 가지러 갈 기회가 없었으리라. 장부의 위치는 팀원들을 보호하기 위해 그들에게는 일부러 알리지 않았다. 알지도 못하는 사실이 그들을 해칠 수는 없을 테니까.

돌리는 화장대 앞에 서서 혼자 씩 웃었다. 가지런히 놓인 아름다운 화장품과 고급 향수 따위를 바라본 다음 팔로 있는 힘껏, 빠른 속도로 바닥에 밀어버렸다. 그녀는 이제 준비가 되었다. 기분이 좋았다.

금속 휴지통의 재를 내려다보았다. 해리가 스스로를 보호하고 다른 나쁜 놈들을 위협할 수 있던 유일한 수단이 이제 사라졌다. 그녀는 어떤 식으로든 그 말이 퍼지게 할 터였다.

침실을 한 번 더 돌아본 돌리의 시선이 침대 곁 협탁에 놓인 두 사람이 찍은 사진에 머물렀다. 액자를 집어 표면을 위로 두고 바닥에 놓은 다음 발로 세게 짓밟고, 뒤꿈치로 짓누르고, 깨진 유리로 사진을 짓이겼다. "나쁜 새끼." 그녀는 이를 악물고 말했다. 그런 다음 슈트케이스 두 개를 들고 안방을 떠났다.

돌리는 슈트케이스를 가지고 거실로 가서 앉았다. 핸드백을 집어 항공권을 꺼낸 다음, 슈트케이스 하나를 열고 가지런히 넣어둔 남자 옷을 꺼내 의자 팔걸이에 쌓아두기 시작했다.

셜리는 립스틱을 다 바르고는 화장대 거울에 머리를 비춰 보았다. 이른 시간인데도 상당히 예뻐 보였다. 계단을 내려가는데 아침 식사와 돌리의 강한 향수가 뒤섞인 냄새가 났다. 돌리가 빨간 슈트케이스 두 개와 함께 거실에 있었고, 하나는 열려 있었다. 가방 바닥에 지폐들이 차곡차곡 쌓인 모습이 보였다. "여기에 10만 파운드 넘게 들었어." 돌리가 설명했다. "리우에서 쓸 돈이야. 우리가 두어 달 동안 생활하기에 충분하지. 앉아, 셜. 지금부터 내 말 잘 들어야 해."

셜리가 분부대로 앉았다.

"똑같은 가방이 두 개 있지? 하나에는 빨간 태그, 다른 하나에는 파란 태그가 달려 있어."

"네." 셜리가 집중하느라 미간에 주름을 잡으며 대꾸했다. 빨간 태그가 달린 가방이 바닥에 펼쳐놓은, 돈이 든 가방이었다.

"빨간 태그 가방은 구석구석 안팎을 잘 닦아서 우리 둘의 지문이 없어. 단 한 개도. 장갑 없이는 이 가방을 만지지 마." 돌리가 셜리에게 매혹적인 크림색 실크 장갑 한 켤레를 건넸다.

"빨간 가방, 빨간 태그. 돈이 들었고, 깨끗하다. 장갑 없이는 만지지 말 것." 셜리가 요약한 다음 덧붙였다. "그런데 이 장갑 정말 예쁘네요."

"선물이라고 생각해." 돌리는 대답해주고 서둘러 용건으로 돌아갔다. "파란 태그가 달린 빨간 가방은 내 거야. 빨간 태그 가방은 바닥에 든 돈 위에 남자 옷을 채워놓을 거야."

"알겠어요. 알 것 같아요……." 셜리가 대답했다.

"네가 돈 가방이랑 네 슈트케이스를—"

"제 차가 도난당했으면 어쩌죠?" 셜리가 걱정스레 물었다.

돌리는 설명을 계속했다. "그럼 우리가 여행 가방과 거기 들어

갈 옷을 새로 사서 넣으면 되지. 하지만 차는 거기 있을 거야. 멀쩡한 도둑이라면 그 똥차를 훔쳐갈 리가 없어. 듣고 있지? 좋아, 내가 파란 태그 가방을 갖고 갈 거야. 내 옷이 잔뜩 든 가방이지. 그리고 평소처럼 검사대를 통과할 거야. 네가 돈 가방과 네 가방 두 개를 들고 가서, 검사대 주변에서 어슬렁거리면서 남자를 하나 찾아. 꼬여낼 만한 사람을."

"끄나풀이군요!" 셜리가 외쳤다.

"미끼에 가깝지만 아이디어는 맞아. 남자여야 해."

"네, 이해했어요. 남자 옷이니까, 그렇죠? 만약 세관 검사에서 걸리면 가방엔 그 남자 지문밖에 없고요. 맞죠?" 셜리는 계획을 그렇게 빨리 이해했다는 것에 뿌듯해하며 말했다.

"바로 그거야. 그러니까 짐이 적은 남자를 찾아. 무게 제한이 있는지 몰랐다면서, 맹한 금발처럼 행동하는 거야. 가방이 두 개라 중량 초과인데 추가 운임을 내고 싶진 않다고. 속눈썹을 깜빡이면서 남자가 대신 자기 이름으로 짐을 부쳐주도록 유인해."

셜리가 실크 장갑을 낀 채 손톱을 물어뜯기 시작했다.

"물어뜯지 마. 결혼기념일 선물이었다고!" 돌리가 꽥 소리를 질렀다.

"죄송해요." 셜리가 두 손을 내리고 있으려 애쓰면서 계획 전체를 소리 내어 복기했다.

"리우에 내리면," 돌리가 계속 설명했다. "돈 가방과—"

"빨간 태그." 셜리가 중얼거렸다.

"똑같은 내 가방이—"

"파란 태그."

"짐 찾는 곳의 수하물 벨트를 같이 타고 나올 거야. 내가 돈 가방을 들고 세관을 통과할게."

"그럼 제가 돌리 가방을 가져가요?" 셜리가 어리둥절해하며 물었다.

돌리는 폭발 직전이었지만 셜리를 안정시키기 위해 스스로 평정을 되찾아야 했다. "아니, 곧바로는 안 돼. 가방을 벨트 위에 두고 나를 지켜봐. 세관에서 나를 멈춰 세우고 가방을 열면 내가 남자 옷이 안에 들었다며 깜짝 놀란 척 연기를 할 거야. 그리고 돈이 나오면 더 놀라고. 내가 엉뚱한 가방을 집어 온 모양이라고 말하면서 벨트로 돌아가 파란 태그 가방을 집어 오는 거지. 내 옷이든 내 가방을. 그리고 다른 가방에 대해서는 모른다고 잡아떼는 거야."

셜리는 숨을 크게 몰아쉬느라 위아래로 헐떡거리는 가슴에 두 손을 꼭 모으고 빤히 돌리를 보았다. 마치 독 안에 든 쥐 같았지만, 경청하고 있었다. 한껏 주의를 기울여 경청했다. 지금 태풍이 거실을 휩쓸고 지나간다 해도 돌리의 얼굴에서 눈을 떼지 않을 기세였다.

"자, 이제 잘 들어." 돌리가 천천히, 정확하게 말을 이었다. "내가 안전하게 세관을 통과할 경우에만 네가 내 가방을 가지고 나가. 너는 세관에서 검사받아도 괜찮아. 가방에는 여자 옷만 들었으니까." 돌리는 승리의 미소로 말을 맺었다. 기발한 계획이었다!

셜리는 정신이 너덜너덜해져 팔걸이의자에 몸을 털썩 기댔다. "제가 이걸 어떻게 다 기억해요!"

돌리는 성질을 죽이고 의자의 팔걸이에 걸터앉았다. 셜리의 기운이 꺾이는 것은 최악의 시나리오였다. "당연히 할 수 있어. 지금까지 네가 해낸 일들을 생각해봐! 가방을 바꿔치는 일 정도는 현금 차량을 터는 일에 비하면 식은 죽 먹기야. 혼자 있을 때 복기해 봐. 확실히 기억할 때까지."

셜리가 다시 말을 하기 시작했지만 돌리는 귀 기울이지 않았다. 시계를 보았다. 셜리의 엄마는 대체 언제 오는 거야? 셜리가 계획 전체를 다시 읊는 동안 돌리는 창가로 가서 커튼을 살짝 젖혔다. 빌 그랜트가 아직 그 자리에서, 여전히 감시 중이었다.

"왜 그런 위험을 감수해야 하는지 모르겠어요, 돌리." 셜리가 징징대기 시작했다. "왜 이런 고액을 가지고 가야 하는데요? 이건 미친 짓이에요! 이 많은 돈이 다 필요하진 않아요. 잡히면 어떡해요?"

돌리는 주먹을 부르쥐고 얼굴을 일그러뜨렸다. "위험을 감수하는 건 나야!" 그녀가 버럭 화를 냈다. "그 돈을 들고 리우 세관을 통과하는 건 나지, 네가 아니라고. 네 할 일은 네 가방이랑 내 가방을 가지고 나가는 것뿐이야. 세관 직원들이 날 안 믿으면 체포되는 건 나니까 닥치고 하라는 대로 해!"

셜리는 울 뻔했다. 돌리가 소리를 질러서가 아니라, 스트레스가 극심한 나머지 아주 자그만 일에도 미쳐버릴 것 같아서였다. 그녀는 해리의 옷을 가방에 넣었다.

"휴가 갈 때 가방을 그렇게 싸?" 돌리가 물었다. 셜리는 하던 일을 멈추고 고개를 저었다. "그럼 제대로 싸." 돌리가 덧붙였다. "세관에서 정말 가방을 연다면, 뭔가 수상하다고 의심하면 안 되잖아."

셜리는 해리의 옷가지를 가방에서 꺼내 각각 잘 갠 다음, 차곡차곡 돈을 덮어갔다. "혹시 체포되시면 우린 어떻게 하나요?" 그녀가 앉은 자리에서 조용히 물었다. "저랑 벨라랑 린다는 집으로 돌아올 돈도 아무것도 없을 텐데요."

돌리는 순간 분노가 치밀었다. 처음 만나던 순간부터 수천 파운드를 쏟아부었는데, 셜리는 지금 자신과 다른 팀원들 생각만 했다. 그들은 돌리를 필요할 때마다 현찰을 뽑아내는 빌어먹을 은행으로 보고 있었다. 그들이 깨닫지 못한 것은 돌리에게 더 이상 돈이 없다는 점이었다. 적어도 쉽게 손댈 수 있는 돈은 없었다. 그 가방에는 그녀가 지금 당장 가진 모든 것이 들어 있었다. 돌리가 정말 체포된다면 그들 모두 엄청난 곤경에 처하겠지만, 나머지 팀원들은 적어도 그 곤경을 풀장 곁에서 치르지 않겠는가.

셜리는 해리의 옷으로 돈을 덮으면서 한심하게 훌쩍였다. 돌리는 셜리가 겁을 먹었다는 걸 알았고, 세 여자 중에서 셜리가 가장 덜 이기적이라는 점도 알았다. 그녀는 돈을 어디에 숨길 건지, 언제 자기 몫을 받을지에 대해서 한 번도 의문을 제기한 적이 없었다. 셜리는 그저 겁이 나고, 모든 게 잘되리라는 걸 알고 싶을 뿐이었다. 돌리는 상냥하게 말했다.

"벨라와 린다가 떠나기 전에 돈을 많이 줬어. 내가 만에 하나 잡힌다고 해도 세 사람이 버티기에 충분할 거야."

셜리가 조용히 쿡 웃었다. "제가 그 둘을 아는데, 벌써 다 탕진했을걸요."

"그래, 네 말이 맞을지도 몰라." 돌리가 말했다. "나한테 남은 돈이 있다면 벌써 네게 줬을 거야. 하지만 나도 이제는 현찰이 없어. 2000파운드 정도 그 가방에서 빼서 네 핸드백에 넣지그래. 혹시 일이 잘못될 경우에 대비해서 말이야. 어때?"

셜리가 해리의 옷을 들추고 돈을 바라보았다. 그녀는 마음을 잡지 못했다. 벨라와 린다가 있다면 했을 말을 생각하고는 입을 열었다. "당신만의 돈이 아니잖아요. 우리 넷 모두의 돈이죠. 어쩌면 10만 파운드를 잃을 위험을 감수하는 게 옳지 않은 일일 수도 있지 않을까요? 우리가 각자 2000파운드씩만 핸드백에 가지고 가는 편이 낫지 않을까요?"

돌리는 성질을 눌렀다. 셜리가 우려하는 바는 이해하지만, 그녀는 머리가 뛰어난 사람은 아니었다. 돌리는 오드리가 등장할 때까지 필요한 만큼 몇 번이라도 설명할 용의가 있었다. 셜리는 지금부터 이 모든 것을 제대로 해내야 했다.

"우리는 돈이 많이 필요할 거야. 두 사람이 2000파운드 정도씩 들고 가는 것보다 훨씬 많이. 한동안 영국에 돌아오지 않을 거니까." 돌리가 설명했다. "이곳의 열기가 수그러질 때까지 말이야. 우리가 밖에 있는 시간이 길어질수록 더 안전해져."

셜리는 입술을 꽉 깨물고 짐 싸기에 매진했다. 이윽고 그녀는 돌리에게 차를 마시거나 뭔가를 먹겠느냐고 물었다. 돌리는 몇 시간이고 아무것도 먹지 않았다. 그녀는 대답 대신 장식장으로 가서 브랜디를 따른 다음 앉았다.

"엄마한테 다시 전화해봐." 돌리가 말했다. "혹시 받으시면 왜 아직도 안 떠났느냐고 물어봐."

셜리가 방 밖으로 나가자, 돌리는 폭신한 크림색 카펫을 신발굽으로 꾹 밟으며 주변을 둘러보았다. 가구와 골동품은 물론이고 집도 좋은 값을 받을 터였다. 그녀는 발목을 돌려 카펫을 더욱 힘주어 밟으면서 그것이 침실에 있던 자신과 해리의 산산조각 난 액자라고 상상했다. 이윽고 다리에서 힘이 빠지며 두 눈에 눈물이 차올랐다. 지금도 울프가 발치에 몸을 말고 있어서, 그 따스한 작은 몸이 발목에 닿는 것만 같았다. 슬픔은 분노로 변했다. 돌리는 그 순간, 그 자리에서 마음을 먹었다. 모든 것은 이제 그녀의 것이었다. 남편의 죽음을 애도하는 미망인 역할을 연기하면서, 그녀는 변호사에게 집을 팔라고 할 셈이었다.

돌리는 일어서서 해리의 서재로 가 책상 서랍을 뒤져 집의 등기 문서를 찾은 다음, 접어서 핸드백에 넣었다. 이 책상은 너무도 정갈하고 새것이며, 아무 개성이 없었다. 아름답고 장식이 화려했지만, 생각해보면 누구의 책상이라도 될 수 있었다. 이 책상에는 '해리 롤린스'의 것임을 명백히 보여주는 무언가가 없었다. 개성도 없고, 그라는 사람에 대해 알려주는 것도 전혀 없었다. 집의 나머지 부분은 커플로서의 두 사람에 대해 많은 사실을 드러냈지만, 지금 그녀는 그 대부분이 자신의 작품이라는 것을 깨달았다. 아름다운 물건들을 채워 '집'을 만든 사람은 그녀였다. 자신의 개성으로 집 안 곳곳에 인장을 찍은 사람도 그녀였다. 해리 롤린스는 어디에도 자신의 흔적을 남기지 않았다. 그는 수수께끼였다. "어떻게 내가 그렇게 오랫동안 그토록 멍청할 수 있었지?" 돌리는 가만히 혼잣말로 중얼거렸다.

한 번 더 머리가 맑아지는 듯했다. 해리의 서재 구석에 있는 파일 캐비닛을 뒤져 그의 유언장 사본과 가장 최근의 은행 기록들을 찾았다. 모든 것을 집 등기 서류와 함께 가방에 넣었다. 해리의 유언에는 그녀가 유일한 상속자였고, 그는 서류상으로 죽어 이미 땅에 묻힌 몸이었다. 변호사가 집을 처분한 다음에는 모든 돈을 리우에 있는 은행으로 송금할 생각이었다. 집만 해도 15만 파운드는 될 것이다.

리우에서 대략 자리가 잡히면 불필요한 은행 거래를 중단시켜야 했다. 가장 먼저 세인트 존스 우드에 있는 아이리스 롤린스의 아파트 월 임대료를 취소해야 한다. 혐오하는 여인에게 계속 돈을 보낼 이유가 없었다. 아이리스는 혼자 살 길을 찾아야 할 테고, 돌리는 그녀가 아파트를 처분하고 요양원에 들어가기를 바랐다. 아이리스가 요양원에 산다는 생각만으로도 돌리의 얼굴에 웃음꽃이 피었다. 오늘 이 일을 행동에 옮기면 이제는 돌이킬 수 없다. 해리와 아이리스 둘 다 집도 없이 무일푼이 된다면, 해리와 다시 만나게 되는 날 그가 자신을 죽이리라.

행복했던 나날, 남편의 배신을 몰랐던 날들을 생각하자 돌리는 가슴이 찢어졌다. 해리는 그녀로 하여금 자신이 죽었다고 생각하게 만들었고, 애도하게 했으며, 이제 와서 생각해보니 지미 넌으로 보이는 낯선 사람을 묻게 했다. 해리가 트루디의 아파트에 살림을 차렸다면 지미는 어차피 곁에 남아 있을 수 없었다. 그리고 그 아기…… 해리의 아기일까? 돌리는 그 생각을 머리에서 몰아내려 애쓰며 눈을 가늘게 떴다. 하지만 떨칠 수 없었다.

꼭 감은 눈꺼풀을 뚫고 눈물이 흘러 두 뺨을 적셨다. 해리가 그냥 다른 여자와 자기가 원하는 삶을 찾아 떠났다면 용서할 수 있었을지도 모른다. 물론 가슴이 미어졌겠지만 이해했을 것이다. 가정을 이루기 위해서라면 그녀 자신도 같은 선택을 했을 테니까. 하지만 해리는 그냥 다른 여자 때문에 돌리를 버린 게 아니었다. 그는 그 과정에서 거짓과 기만과 잔인함으로 돌리를 갈기갈기 찢었다. 무엇이 진실이고 무엇이 거짓이었는지, 이제 와서 그녀가 알 방법이 있을까?

셜리는 서재 문 옆에 서서 같은 말을 세 번째 반복하고 있었다. 돌리는 딴생각에 빠져 있었다. "엄마가 전화를 안 받는 걸 보니 오고 있는 중인 것 같아요."

돌리는 브랜디를 벌컥벌컥 들이켰다. 위가 찌르르 아팠지만 몸
은 뜨거워졌다. 시계를 보니 새벽 3시 15분이었다.

셜리와 돌리는 거실로 돌아갔다. 돌리는 브랜디를 한 잔 더 따
라서 셜리의 맞은편에 앉았다. 셜리는 취한 채 공항에 도착하는
건 안 좋은 생각이라고 돌리를 말렸다. 돌리는 다리를 꼬고 앉아
구두 끝으로 카펫을 톡톡 두드리며 담배를 한 개비 꺼내 불을 붙
였다.

"나도 하나 줘요, 돌리." 셜리가 말했다.

돌리가 한 개비를 다트처럼 던지자, 담배가 셜리의 무릎에 얌전
히 떨어졌다. "얼마 전까지만 해도 담배 냄새라면 질색을 하더니."
돌리가 말했다.

"지난 몇 달 동안 우리 모두 변했잖아요, 돌리. 안 그러기도 힘
들죠."

전화벨이 울리자 돌리는 놀라서 까무러칠 뻔했다. 두 사람은 그
자리에서 동작을 멈췄다. 한 번, 두 번, 세 번, 네 번. 계속해서 벨
이 울렸다. "그레그일 거예요." 셜리가 말했다. 그녀는 처음에는
조심스럽게 전화를 받다가 이내 긴장을 풀고 계속 "알았어"라고
만 대답하며 고개를 끄덕였다. 그런 다음 수화기를 내려놓았다.
"제 차를 막다른 골목에, 15번지 집 밖에 대놓고 열쇠는 좌석 밑에
뒀대요. 엄마한테 돈 주는 거 잊지 말라네요."

돌리는 담배를 뻑뻑 피우며 브랜디를 벌컥벌컥 들이켰다.

"제 값어치가 얼마인지 생각하면 그레그가 100파운드 가지고
걱정하는 게 우스워요." 셜리가 생긋 웃었다. "얼마쯤 되는 거 같
아요, 돌리?"

"네 값어치는 25만 파운드쯤 돼, 셜. 지금까지 너희 각자에게 들어간 내 개인 돈을 빼도 말이야. 그거야 푼돈이지." 돌리가 일어나서 커튼 틈으로 다시 바깥을 내다보았다. "젠장!" 그녀가 외쳤다. "에디가 돌아왔어." 셜리가 창가로 다가왔고, 두 사람은 에디와 빌이 가까이 서서 나지막이 얘기하는 모습을 지켜봤다. "둘이면 일이 복잡해져."

"왜요?" 셜리가 멍하니 눈을 동그랗게 뜨고 물었다.

돌리는 셜리에게서 돌아섰다. 셜리가 어떻게 지금까지 인생을 헤쳐왔는지 이해하기 힘들었지만, 따지고 보면 테리가 늘 곁에서 그녀를 돌봐주었다. 돌리는 자리에 앉은 다음 피우던 꽁초로 새 담배에 불을 붙이고, 꽁초를 재떨이에 던져 넣었다. 그녀는 계속해서 발을 까딱거리고 움찔댔다.

두 사람은 말없이 앉아 있었다. 벽난로 위 선반의 시계가 째깍거렸다. 셜리는 곁눈질로 돌리를 지켜보았다. 혼잣말을 하듯 돌리의 입술이 움직거렸다. "돌리, 우리 어떻게 해요? 두 놈을 어떻게 따돌리죠?"

"너희 엄마는 대체 어디 있는 거야?" 돌리는 멍청한 질문에 대답하기에도 질려버렸다.

셜리가 다시 창가로 갔다. 빌은 BMW 보닛에 걸터앉고, 에디는 곁에 서 있었다. "놈들이 왜 집에 들어오지 않을까요?" 셜리가 물었다. "우리 가방을 뒤져서 돈을 찾을 수도 있는데, 뭐가 저 사람들을 가로막고 있는 거죠?"

질문! 끝도 없는 질문들! 돌리는 셜리에게 꽥 소리 지르고 싶었다. '해리지! 해리가 놈들이 집에 들어오지 못하게 막고 있다고!' 빌과 에디는 지켜만 볼 뿐 아무 짓도 하지 말라는 명령을 받은 게 틀림없었다. 그러지 않았다면 벌써 들어오고도 남았다. 물론 그 명령은 눈 깜짝할 사이에 바뀔 수도 있지만, 지금으로서는 교착상태인 것이다.

셜리는 점점 초조해졌다. "저 돈을 보고 나면 나머지도 원할 거예요! 전부 원할 거라고요. 돈을 가져가기 위해서 무슨 짓을 할지 상상도 못하겠어요."

"하지 마, 그럼!" 돌리가 고함쳤다. "그냥 거기 서서 어떤 일이 생길지 상상하지 말고 있어." 돌리는 깊게 호흡했다. 셜리를 진정시켜야 했다. "돈은 안전해, 셜. 놈들은 절대 찾지 못할 거야."

"하지만 어디 있는지는 당신만 알잖아요. 당신한테 무슨 일이 생기면 그때는요?"

돌리는 눈을 감고 셜리에게서 얼굴을 돌렸다.

셜리가 흥분하기 시작했다. "왜 저러고 보고만 있죠? 왜 아무 행동도 안 하냐고요?"

"진정해."

"진정하라니! 어떻게 그렇게 침착할 수 있어요? 어떻게 그렇게 냉정하고요? 돌덩이처럼 차갑게 말이에요. 나한테 말하지 않은 게 대체 뭐예요?" 하필 이 순간에 셜리한테 갑자기 배짱이 생겨서 린다처럼 굴다니, 돌리는 기가 막혔다. "해리의 사촌과 같이 있는 저 남자는 누구죠? 다른 친척인가요?"

"말도 안 돼!" 돌리가 외쳤다. "느닷없이 머리가 과하게 돌아가고 있구나, 안 그래?"

"저 인간들이 당장에라도 여기 쳐들어와서 우리 둘 다 죽일 수도 있는데, 당신은 겁이 안 나는 거 같거든요! 그건 놈들이 그러지 않으리라는 걸 알아서 아닌가요? 어떻게 알죠? 놈들하고 뭔가 짰어요?" 그 이상은 불가능해 보였던 돌리의 표정이 점점 굳고, 입술이 꼭 다물리고, 턱이 불끈거렸다. 공포심에 불이 붙은 셜리는 거침이 없었다. "당신이랑 에디랑 짰나요? 아까 에디가 돈을 가져가려던 계획을 혹시 내가 막은 거예요? 돌리, 내가 지금 수적으로 굉장히 밀리는 거 같아서 말인데요, 돈이 어디 있는지 알아야겠어요. 지금 당장!"

돌리는 저 멍청한 머리가 뚝 떨어지도록 귀싸대기를 갈기고 싶은 마음을 억누르느라 팔짱을 단단히 꼈다. 그러나 제정신이 아닌 셜리는 주둥이를 다시 한 번 놀리고 말았다. "해리의 빈자리를 에디로 채울 계획이라면 내 돈부터 먼저 내놔요!"

억제할 수 없는 분노로 얼굴이 일그러진 돌리가 몸을 내던져 셜리의 뺨을 세차게 갈겼다. 셜리는 꿈쩍도 않고 따귀를 맞은 뒤에 온 힘을 실은 따귀로 되갚았다. 돌리는 넘어지지 않기 위해 뒤로 물러서야 했다.

"방금 에디와 짰느냐고 한 말은 내가 지나쳤어요." 셜리가 입을 열었다. "하지만 돌리, 돈이 어디 있는지는 알아야겠어요. 나와 린다와 벨라를 위해서."

돌리는 한계점에 다다랐다. 더 이상 따지거나 자기 행동을 방어할 의지를 잃었다. 만에 하나 일이 잘못된다면 경찰이 돈을 찾아 추적할 유일한 사람이 되기를 자처했건만, 지금 같아서는 그럴 이유가 없었다.

"돈은 수도원에 있어." 돌리가 말했다. "아이들 놀이방의 사물함 맨 위 칸에, 손이 닿지 않는 네 개의 사물함에 돈을 넣고 동요 포스터를 발라 위장해뒀어. 돈은 거기 있어. 사물함 네 개에 든 가방 네 개에 똑같이 4등분한 금액이 들어 있다고. 안전하게 집에 돌아왔을 때 바로 꺼낼 수 있도록." 그녀는 소파에 앉아 핸드백을 열었다. "너희 각자에게 줄 열쇠가 있어. 돈을 가져가러 가면 내 이름만 얘기해." 돌리가 일어서서 열쇠를 하나씩 넘겨주며 셜리의 눈을 똑바로 보았다. "린다, 벨라, 그리고 네 열쇠야." 돌리의 눈빛에 어린 지극한 실망을 보고 셜리는 할 말을 잃었다.

초인종 소리에 침묵이 깨졌다.

"엄마일 거예요." 셜리가 속삭였다.

이제 그들은 계획대로 하는 수밖에 없었다. 두 사람은 서로가 필요했다. 다른 모든 것은 기다릴 수 있었다.

에디는 남루한 코트와 부츠, 머릿수건 차림을 하고 돌리의 문간에 서 있는 여자를 지켜보았다. 문이 열리고 그녀가 들어가자, 빌과 에디는 서로를 바라보았다.

"청소하는 여자인가?" 에디가 중얼거렸다.

"당연하지. 내 청소부도 새벽 4시에 일을 시작하거든." 빌이 비꼬았다. "같이 강도 짓을 벌인 여자들 중 하나인지도 몰라. 내가 해리에게 말을 전하지." 그가 BMW를 타고 떠났다.

에디는 그라나다에 올라타 감시를 재개했다.

셜리와 오드리가 거실에 들어서자, 돌리는 냉정을 되찾고 손에 네 번째 브랜디 잔을 쥐고 앉아서 웃음 지었다.

"롤린스 부인 알죠, 엄마?"

"참 근사한 집이네요." 오드리가 대번에 상류층 말투를 장착하면서, 이런 집에 와본 적이 있는 척하려고 애쓰며 말했다.

"앉으시죠." 돌리가 팔걸이의자를 가리켰다. 그녀는 지갑을 꺼냈다. "그레그에게 줄 100파운드, 그리고 오늘 부인의 수고에 드리는 200파운드 여기 있습니다."

"에그머니나!" 오드리가 돈을 받아들며 소리쳤다. 셜리는 엄마의 교양 가면이 얼마나 금세 벗겨지는지를 보며 눈알을 부라렸다.

"부인께 부탁드릴 일은 제 벤츠를 타고 나가셔서, 크로이던을 가로질러 개트윅 방향 A23을 타고 남부로 가시라는 겁니다." 돌리는 마치 그것이 새벽 4시에 낯선 사람에게 부탁하기에 지극히 자연스러운 일인 듯이 설명했다.

오드리가 입을 쩍, 코트에 침을 흘릴 만큼 크게 벌리고는 돌리를 빤히 보았다. "제가 이해가 잘 안 되는데—"

"엄마," 셜리가 새로이 불을 붙인 담배를 피우며 말을 끊었다. "그냥 돌리가 시키는 대로만 해주세요."

"너 언제부터 담배 태우니?" 오드리가 꽥 소리 질렀다.

"엄마!"

"다른 건요, 부인." 돌리가 다시 용건을 이어갔다. "바깥에 있는 포드 그라나다를 탄 저 남자가 아마 부인을 뒤따라갈 거예요. 크로이던 쯤에서 남자를 따돌리시는 게 제일 좋을 겁니다." 돌리가 일어섰다. "잠시 실례하겠습니다."

돌리가 자리를 비우자 오드리가 벌떡 일어섰다. "지금 이게 다 무슨 망할 짓이냐, 셜? 너 저 여자랑 같이 떠나는 거야? 왜?"

"왜기는요, 엄마. 어깨들이 따라다닌대서 그냥 좀 도와주는 것뿐이에요."

"뿐이라! '그냥 좀 도와주는 것뿐'이라고? 됐다. 저 여자가 널 무슨 큰일에 끌어들이고 있는 거지? 그럼 우리 지금 그냥……."

"아니에요, 엄마." 셜리는 고개를 숙이고 방금 있었던 돌리와의

심한 언쟁을 떠올렸다. "돌리는 제 친구예요. 그러니까 같이 가고 싶어요."

오드리는 셜리의 담배를 빼앗아 깊이 한 모금을 빤 다음, 동그란 연기를 내뱉으며 장식이 화려한 거실을 감탄스러운 눈으로 둘러보았다. "벤츠라니!" 오드리가 깔깔 웃었다. "내가 아직 면허 시험에 못 붙었다는 말은 안 한 게 틀림없구나."

돌리는 명품 드레스와 에나멜 광택이 나는 가죽 구두, 즐겨 쓰던 스카프를 들고 아래층으로 돌아왔다. "현관문 옆에 코트를 거는 방이 있어요. 거기 가서 갈아입으세요."

오드리는 어리둥절했지만 셜리를 위해 시키는 대로 따랐다. 꽃단장을 하고 나니, 게다가 뒤에서 보니 오드리는 놀라우리만치 돌리처럼 보였다. 앞모습을 보면 여전히 시장 장사치 같았지만, 돌리의 스카프로 머리를 감싸고 화장한 후에 선글라스를 끼면 에디를 속이기에 충분할 듯했다.

오드리의 코트가 엉망이라 전체적인 효과를 망쳤으므로, 돌리는 복도에 있는 벽장으로 가서 해리가 결혼 18주년 기념일에 선물한 긴 검정 밍크코트를 들고 돌아왔다. 에디도 그 파티에 와서 코트가 얼마나 근사한지 언급한 적이 있었다. 이 코트라면 분명 에디를 속일 수 있을 것이다.

돌리가 코트를 들어주자 오드리는 조심스럽게 팔을 소매에 끼웠다. "아이, 너무 좋네요." 오드리가 혼이 빠진 채 말했다. "예뻐. 셜, 그렇지?" 오드리는 제 팔을 쓸어내렸다. 코트는 실크처럼 매끄러웠다. 세상을 다 가진 기분이었다.

셜리와 돌리는 멀찌감치 서서 오드리를 머리부터 발끝까지 검사했다. 아직 서먹하긴 했지만, 이 계획을 반드시 성사시켜야 한다는 점은 둘 다 잘 알고 있었다. 에디가 1초라도 오드리가 돌리가 아닐 수 있다고 의심한다면 그녀를 따라가지 않을 테고, 그러면 두 사람은 달아날 수 없었다.

오드리는 돌리가 이상한 여자라고 생각했다. 굉장히 빈틈없지만, 동시에 매우 불안정해 보였다. 하긴 셜리도 안절부절못하기는 마찬가지였다. 그녀는 왜 딸이 나이 차가 많이 나는 돌리 롤린스와 여행을 가는지 납득할 수 없었다. 두 사람이 어떻게, 왜 친구가 되었는지, 아니, 심지어 어떻게 아는지도 알 수 없었다. 둘 다 남편이 죽었다는 공통점이 있다는 건 알지만, 사실 아내들은 서로 친하게 지낸 적이 없었다. 오드리는 돌리를 쫓는 사람이 누구이며, 셜리가 왜 저한테도 불똥이 튈지 모를 일을 자처하는지 궁금했다. 200파운드라면 오드리는 동네 경찰서 앞에서 벌거벗고 춤이라도 출 수 있었다. 그러니 그저 밍크코트를 차려입고 벤츠를 운전하기만 하면 된다는 건 실은 즐거운 일이었다.

돌리와 셜리는 서로를 바라보며 고개를 끄덕였다. 오드리는 완벽하게 준비됐다. 돌리가 오드리에게 벤츠의 열쇠를 건넸다. "밍크는 가지세요." 그리고 셜리에게 말했다. "셜, 화장대 서랍에서 내 선글라스 좀 가져다주겠어?" 셜리가 거실에서 나가자 돌리가 오드리를 향해 돌아섰다. "개인적인 부탁이 하나 더 있어요." 그녀는 오드리에게 봉투를 내밀었다. 멍청한 여자의 눈이 반짝이는 것을 보며, 돌리는 천천히 몸을 숙이면서 말했다. "우표를 사서 이걸 부쳐주세요. 오늘 중으로."

오드리는 실망한 티가 역력했지만 봉투를 밍크코트 주머니에 집어넣고는 방긋 웃었다. '편지 한 통 부치고 수고비로 밍크코트

를 받다니, 하루 일당치고 나쁘지 않아, 오드리. 나쁘지 않아.'

오드리가 알지 못한 것은 그 봉투에 집의 등기 서류와 해리의 유언장 사본, 그리고 변호사에게 집과 그 안의 세간을 모두 팔아달라고 요청하는 돌리의 편지가 들어 있다는 점이었다. 변호사는 매매가 끝난 다음 돈을 새 계좌에 입금할 것이다. 돌리에게는 이것으로 끝이었다. 더 이상 되돌릴 수 없었다.

셜리는 돌리의 침실로 들어갔다. 불이나 무언가 탄 흔적이 없는데도 뭔가를 태운 냄새가 공기 중에 남아 있었다. 돌리가 집어 던진 화장대의 물건들이 침실 바닥을 그대로 뒹굴고 있었다. 매니큐어 하나가 옷장 부근 벽에 부딪혀 진한 자주색 내용물을 크림색 카펫에 쏟아냈다. 새것 같은 집에서 그렇게 난장판이 된 광경에 충격을 받은 셜리는, 돌리가 히스테리를 부린 것이라고 생각했다. 셜리는 화장대 서랍을 뒤져 선글라스를 발견한 후에 방을 나서려다가 카펫에 떨어진 천 조각을 발견했다. 옷장 문을 연 셜리는 숨이 멎을 것만 같았다. 해리의 옷장 안에는 갈기갈기 잘리지 않은 옷이 하나도 없었다. 심지어 구두마저도 잘려 있거나 오색의 매니큐어로 얼룩져 있었다. 얼마나 고통스러웠기에 돌리가 이토록 파괴적이 되었을까, 이런 마음을 이 새벽 내내 숨기다니 얼마나 강인한 사람인가. 셜리는 돌리 롤린스의 마음속에서 자신의 상상보다 훨씬 많은 일이 벌어지고 있다는 걸 깨달았다.

거실에서, 돌리는 오드리에게 그녀의 남루한 코트와 털부츠를 건넸다. "트렁크에 넣으세요." 돌리가 지시했다.

"그런데 부츠는 신어야 할지도 모르겠어요. 하이힐을 신고는 클러치를 잘 못 밟아서요."

"클러치는 없어요." 돌리가 대답했다. "벤츠는 오토매틱이에
요."

"오토…… 뭐라고요?

망할, 이젠 저 멍청한 여자한테 속성 운전 강의까지 해줘야 하
나! "차고로 오세요. 가르쳐드리죠." 이미 4시 반이 다 되었고 리
우행 비행기를 놓치지 않으려면 공항으로 떠나야 했기 때문에, 돌
리는 최대한 인내심을 발휘했다.

오드리가 운전석에 앉자 돌리는 페달 두 개와 변속기를 설명
했다. 오드리가 오른쪽과 왼쪽을 헷갈려 하자, 돌리가 왼쪽 허
벅지를 주먹으로 세게 쳤다. "아픈 다리는 쓰지 마세요. 아셨죠,
부인?"

그들이 안으로 다시 들어오자, 셜리가 변장을 완성할 선글라스
를 엄마에게 건넸다. 오드리는 몇 번인가 심호흡을 했다. 누군가
에게 이렇게 흥분되는 일을 부탁받기는 처음이었다.

"그럼," 그녀가 딸에게 말했다. "휴가 가서 좋은 시간 보내렴.
우린 네가 돌아온 다음에 보겠구나." 오드리는 셜리의 뺨에 입을
맞추려고 몸을 숙였지만 셜리가 엄마를 붙잡고 꼭 끌어안았다.

"가요, 엄마." 셜리가 속삭였다.

"어서. 우리도 가야 해." 오드리가 뭔가 잘못됐다고 생각할까 봐
돌리가 얼른 말했다.

"사랑해요……." 셜리가 엄마에게서 얼른 떨어져 등을 돌리면
서 덧붙였다. 에디가 볼 수 있도록, 셜리는 차고 문을 열기 위해
현관으로 나갔다.

오드리는 벤츠에 후진 기어를 넣고 진입로를 빠져나가기 시작했다. 셜리가 현관문에 서서 손을 흔들었다. "돌리, 이따 봐요." 셜리는 그렇게 외친 후에 차고 문을 닫기 시작했다. 긴장한 오드리가 가속기를 너무 세게 밟아, 후진하던 차가 뒤로 덜컹하며 쏜살같이 길에 들어섰다. 오드리는 브레이크를 밟는 동시에 운전대를 돌렸다. 차가 끼이익, 날카로운 소리를 냈다. 뒷바퀴들이 오른쪽으로 미끄러지자 오드리는 당황한 나머지 얼른 전진 기어로 바꾸었다. 차가 앞으로 덜컹한 다음 빠른 속도로, 가야 할 길과 반대 방향으로 출발했다. 오드리는 곧 정신을 차리고 방향을 바꾼 다음에 멀어져갔다.

에디는 이 모든 과정을 지켜보았다. 돌리의 벤츠에 시동이 걸리자마자 에디는 그라나다의 시동을 걸었다. 돌리가 그리 서툴게 차를 들썩거리며 운전하는 걸 처음 본 에디는 마음이 어지간히 급하구나 생각했다. '돌리가 드디어 무너지고 있어.' 그렇다면 그녀에게서 돈을 뺏는 일은 아기에게서 사탕을 뺏듯이 쉬울 터이다. 에디는 그와 빌, 해리가 갖게 될 많은 돈을 생각하며 혼자 씩 웃었다. "멍청한 년." 그는 돌리의 벤츠를 따라 출발하며 내뱉었다. "그 힘든 일이 다 헛수고가 됐어. 왜냐하면 우리가 지금 널 잡으러 가거든, 돌리 롤린스."

셜리는 거실에서 에디의 차가 모퉁이를 도는 모습을 지켜보았다. 떠날 준비를 마친 돌리가 슈트케이스 두 개를 들고 뒤에 서 있었다.

"갔어요." 셜리가 돌리에게서 슈트케이스를 하나 받아 들었다.

그들은 현관문으로 나아갔다.

"어서, 셜. 가자. 너희 엄마 운전하는 걸로 봐선 필요한 만큼 시간을 못 벌지도 모르겠어."

돌리와 셜리는 최대한 빨리 셜리의 미니 왜건이 주차된 막다른 골목으로 뛰었다. 셜리는 아직 발목이 멍든 상태라 걸음마다 통증을 느꼈다. "뒤에 있지?" 돌리가 돌아보지 않고 외쳤다.

"바로 뒤에 있어요!" 셜리가 통증과 싸우며 대답했다. 아드레날린이 분출되기 시작하자 셜리는 제 속도를 찾아 돌리와의 거리를 좁혀갔다. 차에 다다랐을 때, 둘은 똑같은 슈트케이스 두 개를 트렁크에 있는 셜리의 가방 위에 던져 넣었다.

셜리가 운전석 옆에 몸을 숙이고 좌석 밑에 있는 열쇠를 찾아 더듬었다. 돌리는 초조하게 손으로 차 지붕을 톡톡 두드렸다.

"어서, 셜. 너희 엄마가 벌써 차를 박아서 내가 아니란 걸 에디가 이미 알아차렸을지도 몰라."

"찾을 수가 없……." 순간 셜리가 얼어붙었다. "그 인간이 엄마한테 무슨 짓을 할까요?"

돌리는 농담을 잘못 던졌다는 걸 깨달았다. "아무 짓도 안 할 거야. 정말이야. 겁쟁이거든."

"아까는 그렇게 말 안 했잖아요." 셜리가 여전히 열쇠를 찾으며 대답했다. "여자의 따귀를 때리고 개를 죽이는 한심한 인간이라면서요. 엄마도 여자예요, 돌리. 그 자식이 엄마한테 손가락 하나라도 댔다간……." 셜리가 손에 차 키를 들고 일어섰다.

돌리는 키를 받으며 차분히 말했다. "알아, 셜. 네가 놈을 죽일 테지."

셜리가 돌리를 빤히 보았다. 강렬하고 확고한 눈빛이었다. "아뇨, 돌리. 그놈 말고요."

셜리는 돌리가 허공을 노려보도록 버려둔 채 돌아가 조수석에 앉았다. 이젠 셜리를 완전히 잃었는지도 모른다. 돌리는 원하는 것을 얻기 위해 오드리와 그레그를 이용했다. 자신에게 필요한 것을 얻기 위해. 그레그는 감옥에 갈 수도 있었고, 오드리는 이제부터 죽을지도 모른다. 한때 돌리를 어머니처럼 바라보던 셜리는 지금 그녀를 증오했다.

하지만 돌리는 일을 바로잡을 터였다. 일단 그들이 안전해지면, 일을 바로잡을 것이다.

37

앨리스는 레스닉이 요청한 일을 들켰다가는 문제가 되고, 어쩌면 직장을 잃을 수도 있다는 점을 알았다. 하지만 조지 레스닉이 요청했기에 그녀는 그 일을 감행했다.

앨리스는 아침 6시부터 사무실에 나와 있었다. 행정 직원 중에는 그녀가 뭘 하고 있는지 볼 만큼 이렇게 일찍 나오는 사람이 없었다. 파일들과 제 책상에 있던 단정하게 타자 친 문서를 집어 모두 비닐 봉투에 넣은 앨리스는 얼른 복도를 빠져나와 경찰서를 떠났다. 야간 근무 경관들이 스쳐 지나갔으나, 그들 중 누구도 그녀를 돌아보지 않았다.

레스닉은 약속한 대로 모퉁이의 싸구려 식당에서 앨리스를 기다리고 있었다. 그는 커피를 후루룩 마시며 소스를 듬뿍 뿌린 소시지와 달걀 샌드위치를 먹었다. 앨리스가 앉자 레스닉이 웨이트리스를 불렀다. "얼굴 보니 좋군, 앨리스." 그가 잇새에 낀 소시지 껍질을 보이며 웃었다.

"저도요, 경위님." 앨리스가 레스닉의 손가락에서 흐르는 갈색 소스를 보며 대답했다. 저 소스가 파일에 조금이라도 묻는다면 다들 누가 이 파일을 봤는지 알게 된다. 레스닉은 늘 중요한 서류에 뭔가를 흘려서 그의 파일에는 언제나 더러운 머그잔 바닥에 눌린 동그란 커피 자국이 남아 있었다.

웨이트리스가 티 포트에 차를 한가득 담아 가져오자 앨리스와 레스닉의 얼굴이 환해졌다. 앨리스는 차를 싫어했지만 고마워하며 받았다. 레스닉이 누군가에게 뭐든 사는 일은 드물었다. 그녀는 일어서서 카운터의 냅킨을 잔뜩 집어 레스닉에게 건네고는, 그가 끈적이는 손을 고분고분 다 닦을 때까지 참을성 있게 기다린 다음에야 첫 번째 파일을 건넸다. 그러고는 가장 중요한 정보를 요약해주었다.

"그 파일에는 지미 년에 대해 별 내용이 없어요. 전과가 없어서 사회 보장 쪽 기록을 있는 대로 찾아왔어요. 레이싱 운전자로 포부가 컸고, 난폭 운전과 과속으로 교통 위반을 두 번 했어요. 트루디라는 여자와 결혼했고 6개월 된 아기가 하나 있어요. 양육 수당을 받고, 2년 동안 실직 상태라 납세하지 않았고, 실업 수당 기관에 따르면 지난 두 달 동안 실업 급여를 수령하지 않았어요."

"왜 안 받았지?" 레스닉이 물었다. "감방이라도 갔나? 아니면 여행? 6개월 된 아이가 있으니까 아니겠지. 취직을 했을까? 2년 동안 놀다가 갑자기? 아니라고 봐. 죽었을까?" 그가 앨리스를 올려다보았다. 레스닉이 머리를 굴리는 소리가 들리는 것만 같았다.

앨리스는 레스닉에게 두 번째, 더 큰 파일을 건넸다. "윌리엄 그랜트는 9개월 전에 브릭스턴 교도소에서 출소했어요." 그녀가 덧붙였다. "중상해, 강도, 방화."

"살인은?" 레스닉이 물었다.

앨리스가 자신의 잔에 차를 한 잔 따랐다. "살인으로 유죄 판결을 받은 적은 없어요. 하지만 그의 범죄를 보시면 아시겠지만 뭐랄까……."

"무작위다?" 레스닉이 문장을 완성했다.

"네. 피해자와 연관이 없는 경우가 많고, 물건이 없어진 경우도 없어요……. 마치 누군가를 대신해 행동하면서 돈을 받는 것처럼요."

레스닉은 다시 미소를 띠었다. 앨리스의 머리가 때로 자신처럼 돌아가는 게 좋았다. 그녀는 직감이 뛰어났다. "네 말이 맞아, 앨리스. 놈은 청부업자야. 지난번에 내가 처넣었을 땐 처음부터 '묵비권 행사'를 디밀더라고." 레스닉이 사진을 바라보았다. 지미 년의 집을 떠날 때 본 남자가 분명했다.

"그리고 이거는……." 앨리스가 레스닉에게 세 번째 파일을 건넸다. 최근 일어난 현금 수송 보안 차량 강도에 관한 파일이었다.

레스닉은 속독했다. 페이지마다, 마치 해리 롤린스의 매뉴얼이 적힌 것만 같았다. 그는 얼굴에서 기쁜 빛을 감추지 못했다. "놈이 내 손안에 있어, 앨리스. 이 개자식이 우리 손안에 있다고!"

앨리스는 손목시계를 들여다보았다. 언제라도 주간 근무조가 아침 식사를 하러 들어올 시간이었다. "경위님, 경솔한 행동은 안 하실 거죠?" 그녀가 물었다.

레스닉이 파일을 덮고 앨리스에게 건넸다. 그녀는 모든 파일을 봉투에 도로 집어넣었다. 레스닉이 다시 빙그레 웃었다. "복귀할 거야, 앨리스. 해리 롤린스가 죽었다고 믿은 건 전부 잘못 짚은 거였어. 내가 모두에게 보여주지." 그는 앨리스의 근심 어린 얼굴과, 파일이 든 비닐 봉투를 가슴에 꼭 움켜쥔 커다란 두 손을 바라보았다. 레스닉은 테이블 위로 몸을 숙여 그녀의 뺨에 젖은 입술을 맞추었다. "내 걱정은 마. 네가 걱정하는 거 보고 싶지 않아. 내 걱정이라면 더더욱."

앨리스는 간신히 떨리는 미소를 지은 다음 일어나 카페를 나섰다. 심장이 쿵쾅거렸다. 부분적으로는 이제 레스닉이 혼자서 해리 롤린스를 쫓을 거라는 걸 알기 때문이었고, 한편으로는 그의 따스하고 끈적이던 입술의 온기가 아직도 뺨에서 느껴져서였다.

돌리의 집에 나타난 수수께끼의 여자에 대해 곧바로 말하러 가는 대신, 빌 그랜트는 리버풀 스트리트에 있는 창고로 우회했다. 그는 미지의 여자가 강도 팀의 일원일 거라고 추측했다. 해리는 세상 밖으로 나와 집을 찾아가서 돌리를 마주할 준비를 하고 있었다. 만일 돈이 거기 있다면 빌은 쥐꼬리만 한 지분을 받고 해리가 대부분을 차지할 터이다. 하지만 돈이 창고에 있고 그가 혼자서 발견한다면, 그땐 해리 롤린스 따위 엿이나 먹으라지.

빌은 창고 구석구석을 뒤지느라 시간이 얼마나 지체되었는지 깨닫지 못했다. 아무것도 찾지 못한 그는 그제야 시계를 보고 아침 7시가 넘었다는 사실을 깨달았다. 한 시간이나 늦었다. 6시까지 해리를 태우러 가야 했다.

빌은 트루디의 집에 도착해 차를 댄 다음, 계단을 거쳐 트루디의 집까지 한달음에 뛰어가 문을 두드렸다.

트루디가 문을 열고 경멸에 찬 눈빛으로 그를 위아래로 훑어보았다. "들어와요. 해리가 한 시간 전부터 기다리고 있어요."

빌은 거실로 들어서며 손목시계를 툭툭 쳤다. "해리, 미안해요. 이놈의 것이 다시 깜빡깜빡하네요. 그런데 집에서는 아무 일도 안 일어나고 있어요. 여자들은 그냥 손 놓고 있다고요."

"그래?" 해리가 말했다. "그렇다면 누군가가 거짓말을 하고 있군." 그는 청바지와 흰색 라운드 티셔츠, 파란 스웨터와 운동화 차림이었다.

"무슨 소리예요?" 빌이 긴장하며 물었다.

해리가 위협적인 눈빛으로 빌에게 다가왔다. "빌, 어디 있었지? 뭘 하고 있었어?"

"에디랑 헤어진 다음에 잠깐 눈을 붙이긴 했습니다. 녹초가 돼서 말이죠, 해리." 빌은 감히 창고에 갔다는 말은 꺼내지 못했다. 해리의 얼굴에서 분노가 들끓고 있었다. "무슨 일 있어요?"

해리의 눈이 분노로 번득였다. "네가 자빠져 자는 동안, 돌리가 보기 좋게 너희 둘을 속이고 달아났어. 누군가를 저처럼 위장시켜서 벤츠를 타고 가게 했더군. 멍청한 에디 새끼는 속아 넘어갔고, 이제 우리에겐 돌리가 어디로 갔는지 아무 단서가 없단 말이지. 돈이 집에 없는 건 두말하면 잔소리고 말이야."

빌은 그제야 큰 실책을 저질렀다는 감이 오기 시작했다. "그럼 에디는 지금 어디 있습니까?"

"나한테 아까 전화를 해서, 차가 퍼져버려서 버스를 타고 이리 온다는군. 에디가 도착하면 우리 셋이 함께 가서 집을 이 잡듯이 뒤져야지. 집에 뭔가가 있을 거야. 돌리가 어디로 갔는지, 아니면 돈을 어디에 숨겼는지 알려주는 어떤 단서가."

돌리는 셜리를 내려주기 위해 빅토리아 버스 정거장 부근에서 차를 멈추었다. 아무도 그들이 함께 여행한다고 의심하지 않도록 셜리는 히스로 공항까지 버스로, 돌리는 계속 차로 갈 작정이었다. 10만 파운드가 든 가방을 들고 인파에 떠밀려 다닐 생각을 하니 셜리는 공황 상태에 빠졌다.

"나 못하겠어요, 돌리. 같이 가고 싶어요." 좀 전의 허세는 온데간데없었다.

한편 돌리는 이제 완전히 통제력을 되찾았다. "셜, 나도 우리가 같이 가면 좋겠어." 그녀는 거짓말을 했다. "하지만 왜 따로 가야 하는지 너도 잘 알잖아. 한 차로 공항에 함께 도착하는 모습을 보여선 안 돼. 아무도 우리가 서로를 안다고 의심하면 안 된다고. 자, 어서."

돌리는 차에서 나와 트렁크를 열고는 돈 가방과 셜리의 가방을 조수석 바로 옆 길가에 힘겹게 내렸다. 창문 너머로 셜리가 고개를 푹 숙이고 우는 모습이 보였다. '지랄하고 있네.' 돌리는 속으로 생각했다. '저런 걸 믿어야 하다니!' 차에 다시 타면서 돌리가 인자한 목소리로 말했다. "어서 가, 셜. 두어 시간 뒤면 우린 하늘 위에 있을 거야. 내일 이 시간이면 린다와 벨라와 같이 풀장 옆에서 한잔하고 있을 테고. 리우에서는 뭘 마시는지 몰라도 말이야."

셜리가 강아지 같은 눈으로 돌리를 바라보았다. "알았어." 돌리가 마침내 말했다. "나랑 같이 가도 돼. 트렁크에 가방 다시 실어."

셜리가 차에서 내리자마자 돌리는 셜리의 핸드백을 그녀에게 던져주고 조수석 문을 닫았다. 그녀는 시동을 걸고 셜리가 미처 무슨 일인지 깨닫기도 전에 차를 몰고 가버렸다. 셜리는 돌리에게 소리 지르고 욕을 퍼부어주려다가 주변을 돌아보고는 그러지 않기로 마음먹었다. 자신에게 이목을 집중시키는 일은 혼자서 히스로 공항까지 가는 것보다 더욱 무시무시했다.

에디는 녹초가 되어 땀을 뻘뻘 흘리면서 지미 넌의 집에 도착했다. 버스가 안 와서 2킬로미터쯤 되는 거리를 뛰어야 했다. 해리가 문을 열고 에디의 목도리를 붙잡아 집 안으로 끌어당겼다. 목도리가 목을 조이자 그의 얼굴이 파랗게 질려버렸다. 에디는 미미하게

나마 해리의 단단한 어깨를 몸으로 밀쳤지만, 해리는 꿈쩍도 하지 않았다.

해리가 나지막한 소리로 차분히 말했다. "이 아무짝에도 쓸모없는 새끼, 너 그거 알아? 내가 지금 당장 이 자리에서 널 죽여버린다고 해도 누구 하나 아쉬워할 사람 없을걸, 엉? 있다고 해도 기껏해야 마권업자들이겠지?" 얼굴이 자줏빛이 되면서 에디의 두 눈이 툭 불거졌다. 에디는 두 손을 버둥거리면서 해리의 스웨터를 움켜쥐려 했다. 해리는 에디의 눈을 똑바로 노려보며 그가 움직이지 않을 때까지 기다렸다.

해리의 뒤에서 빌이 입을 열었다. "이 집은 시체를 가지고 나가기에는 적당하지 않아요, 해리. 지나다니는 사람이 너무 많다고요." 해리가 목도리를 잡은 손을 놓자 에디는 숨을 그러모으며 바닥에 털썩 쓰러졌다. 에디가 소파에 올라앉도록 빌이 부축하고는 곁에 앉았다.

해리는 그들 앞에서 초조하게 오락가락하며 진정을 찾으려 심호흡을 했다. "돌리가 사라졌다면, 돈이 사라졌다면 내가 너희 두 놈을 죽여버리겠어. 너부터." 해리가 에디에게 손가락질을 했다.

파랗게 겁에 질린 에디는 자기도 모르게 작은 소리로 웃음을 터뜨렸다. 해리가 단박에 거실을 가로질러 당장 죽일 기세로 그에게 달려들었다. 빌이 일어나 그들 사이에 서서 해리를 붙들었다. 빌은 온 힘을 다해 격분한 사내를 뒤로 밀어냈다.

"여기선 안 된다고요!" 해리가 제발 말을 듣기를 바라며 빌이 외쳤다. "내 말 좀 들어요, 해리. 저 새끼가 쓸모없는 놈인지는 몰라도 여긴 당신 집이에요. 당신 여자와 아이가 바로 곁에 있다고요. 놈이 죽기를 원한다면 이 일이 다 끝난 뒤에 내가 하죠. 우리가 돈을 받고 돌리가 당신을 바보로 만든 대가를 치른 다음에요. 해리, 당신은 에디가 아니라 돌리한테 화가 난 거예요. 이 새끼는 아무것도 아니라고요."

격분을 가라앉히며 천천히 진정을 찾은 해리는 다시 폭발하지 않도록 에디에게서 멀찍이 떨어졌다. 빌은 에디를 넘겨다보고는 살짝 윙크했다. 마치 헤엄치러 들어가기 전에 회심의 미소를 짓는 악어를 보는 느낌이었다.

"우리 셋이 집 안으로 다시 들어간다." 해리가 입을 열었다. "그리고 이 잡듯이 뒤지는 거지." 그가 코트를 집어 들었다. **"어서!"**

트루디가 침실에서 뛰어나와 해리의 팔을 붙잡았다. "해리, 제발! 대낮이에요. 이렇게 빌 테니까 나가지 말아요. 누가 당신을 보기라도 하면 그걸로 끝이에요. 다 끝이라고요."

해리가 에디를 향해 달려들어 다시 목도리를 붙들었다. 에디는 그 자리에서 오줌을 지릴 뻔했지만, 해리는 그저 목도리를 제 목에 감아 코와 입을 가렸다.

아주 잠깐, 빌은 에디와 둘이서 해리를 상대할 수 있을 것 같다고 생각했다. 해리가 두 사람을 상대하기는 어려울 것이다. 그러나 에디가 벌벌 떨며 아픈 목을 문지르면서 똑바로 걸으려 애쓰는 모습을 보자 그 생각은 금세 사라졌다. 두 사람은 해리를 따라 집을 나섰다.

트루디가 창으로 뛰어갔을 때, 세 사람은 지미의 BMW에 올라타고 있었다. 빌이 차를 몰고 떠나자, 가까운 거리에 서 있던 차가 동시에 출발하는 모습이 눈에 들어왔다. 그 차는 다른 차가 중간에 끼어들도록 기다렸다가 다시 움직였다. 길 끝에서 BMW가 좌회전을 하자, 중간에 있던 차는 우회전을 했지만 의심스러운 차량

은 승합차가 자기를 추월해 BMW 바로 뒤에 가도록 기다린 다음
에 역시 좌회전을 했다.

트루디는 손으로 창을 마구 두드렸다. 그녀가 할 수 있는 일은
아무것도 없었다. 해리가 돌리와 살던 집이 어디인지도 몰랐다.

아기가 침실에서 시끄럽게 울어댔다. 트루디는 아기의 심정을
알 것 같았다. 자신도 폐를 활짝 열고 마구 소리치고 싶었다. 모
든 게 끔찍하게 잘못되어가고 있었다. 해리가 그토록 오랫동안 그
토록 조심을 했건만, 빌어먹을 돌리 롤린스가 강도를 직접 실행에
옮기다니! 멍청한 년! 멍청하고 늙고 못생긴 년!

트루디는 침실로 뛰어 들어가 꽥 소리를 질렀다. "시끄러!" 놀
이 집 안에서 별다른 이유 없이 빽빽 울던 아이가 더 큰 소리로 울
기 시작했다. 주변 세계가 무너지는 것만 같아 느닷없이 분노가
치민 트루디는 아이의 뺨을 세차게 때리고는, 곧바로 부끄러워져
서 아이를 꺼내 꼭 안아주었다. 아이는 따귀에 놀라 조용해졌지만
트루디는 가슴이 터져라 흐느꼈다.

히스로에서, 셜리는 버스 기사가 가방들을 꺼내주기를 초조하
게 기다렸다. '어디 다시 만나기만 해봐라.' 그녀는 분노하며 생각
했다. '내가 어떻게 생각하는지를 다 말해주겠어. 그리고 벨라랑
린다한테 돌리가 나를 길거리에 버렸다고 말할 거야.' 린다는 그
말을 들으면 돌리를 더욱 미워할 것이다. 그러다가 셜리는 자신이
옹졸하고 토라진 어린애 같다는 걸 깨달았다. 하지만 지금으로서
는 이 분노가 정신을 또렷하게 유지하는 데 도움이 됐다.

그녀는 카트를 가지고 와서 슈트케이스 두 개를 올리고는 공항
안으로 들어갔다. 리우행 체크인 데스크를 찾아 전광판을 확인한

다음, 카트를 밀면서 체크인 줄로 가 심호흡을 몇 번 하고는 적절한 들러리가 되어줄 사람을 찾는 작업에 돌입했다. "젊은 남자, 짐이 거의 없고……." 그녀는 혼잣말을 반복했다. 처음 보는 사람에게 애교를 부릴 생각을 하니 더럭 겁이 났다. 셜리는 미인 대회 심사위원을 제외하면 누구에게도 애교를 부릴 줄 몰랐다. 잠시 진정을 되찾은 뒤, 속눈썹을 깜빡이는 연습을 해보았다.

20분쯤 지나자 셜리는 더럭 겁이 났다. 지금까지 이 줄에 선 사람은 다들 커다란 짐을 들고 왔고, 돌리는 어디에도 보이지 않았다. 짐 없이 혼자 여행하는, 속이기 쉬운 남자를 못 찾는 바람에 계획의 첫 단계부터 실패하면 어쩐다?

셜리는 카트를 밀고 왔다 갔다 하면서 하염없이 지켜봤다. 15분이 더 지나도 줄을 서는 사람 중에 적절한 후보가 없었다. 셜리는 극도로 초조해지기 시작했다. 스스로 가방을 부치는 위험을 감수하고, 핸드백에 넣은 돈으로 초과 수하물 비용을 내야 할지도 몰랐다. 지폐의 일련번호가 추적될 수 있으므로 되도록 피하고 싶은 일이었다.

별안간 적당한 후보가 나타났다. 달랑 배낭 하나를 든 꾀죄죄해 보이는 젊은 남자가 줄 끝에 서서 여권을 확인했다. 셜리는 비행기표와 여권을 핸드백에서 꺼내고는 재빨리 남자 뒤에 서서 그의 발목을 카트로 살짝 밀었다.

"어머나, 정말 죄송합니다! 밀치려고 그런 건 아니에요. 여기가 리우행 줄인가요?" 셜리는 당황한 척하며 표와 여권을 떨어뜨렸다. 남자가 몸을 숙여 주운 다음 그녀에게 건넸다. "제가 이렇게 엉뚱한 실수를 하네요." 셜리는 맹한 금발 여자 연기를 훌륭히 해내며 말을 이었다. "저는 모델인데요, 리우에서 처음으로 해외 잡지 촬영을 하게 됐어요. 수하물 중량 제한이 있는 줄 모르고 드레스와 비키니를 잔뜩 넣어서 가방을 두 개나 가져왔지 뭐예요. 제한을 한참 초과한 거 같아서 걱정인데 가방 하나를 추가로 부칠 돈이 없어요. 하지만 비키니가 정말로 열일곱 벌이 필요해서…….”

셜리는 마지막 문장을 끝맺을 필요도 없었다. “제가 도와드리죠.” 젊은 남자가 셜리의 슈트케이스를 카트에서 직접 내리며 말했다. 셜리가 그의 손에 제 손을 갖다 댔다.

“다른 가방이 좀 더 무거워서 그러는데, 괜찮으시면……?”

당연히 괜찮았다. 그는 찡긋 윙크하더니 돈 가방을 집어 들고 앞으로 나아갔다.

자신의 연기에 대단히 만족한 셜리는 줄에 서서 계속 공손한 대화를 이어갔다. 남자는 암내가 나고 씻지도 않은 듯 지저분했지만, 목소리에서는 교육을 잘 받은 사람임이 드러났다. 비록 세상 물정에 밝지 않은 티가 나기는 했지만. 그녀는 찰스라고 자신을 소개한 새 친구가 짐을 부치면서 컨베이어벨트에 돈 가방을 올려놓는 모습을 지켜보며 안도했다. 항공사 직원이 손잡이에 스티커 태그를 부착했다. 셜리는 10만 파운드가 비행기를 향해 움직이는 것을 지켜보았다.

셜리는 자신의 차례가 되자 데스크에 앉은 직원에게 속삭였다. “제가 저 남자 부근에 앉지 않도록 해주실 수 있을까요?” 여직원은 찰스를 건너다보고는 이해한다는 표정으로 웃으며, 여성의 연대감을 발휘해 그로부터 열 줄쯤 떨어진 좌석을 배정해주었다.

찰스는 출국 심사대부터 출국장 대기석까지 셜리 주변을 서성댔다. 그는 얼마나 많은 곳을 여행했으며, 그 여러 나라를 히치하이킹으로 차를 얻어 타고 이동했고, 세상을 많이 구경했으며, 여행 경비를 마련하느라 안 해본 일이 없다는 말을 주절주절 늘어놓았다. 그는 부모가 부유하지만 부모덕을 보지 않기로 했고, 언제나 가장 싸고 경제적인 여행 방식을 찾았노라고 수다를 떨었다. '으아악!' 셜리는 찰스가 사 준 샴페인을 홀짝이며 속으로 생각했다. '이 남자, 너무 지루해!' 결국 그녀는 탑승 전에 에이전트에게 중요한 전화를 걸어야 한다는 핑계를 대고 자리를 피했다.

식당과 햄버거 가게, 펍, 와인 바, 화장실까지 모두 둘러보았지만 셜리는 어디에서도 돌리를 찾지 못했다. 돈 가방까지 부쳐서 비행기에 실린 이상, 이제 와서 돌아갈 수는 없었다. 그녀는 리우에 가서 벨라와 린다에게 다들 사기를 당했다고 얘기해야 했다. 셜리는 심호흡을 하며 행동 계획을 차근차근 생각했다. 다들 다음 비행기로 바로 런던으로 돌아온 다음에 수도원으로 가서…… 그런데 나머지 돈이 거기에 없으면 어쩌지? 처음부터 거기에 갖다 놓은 적이 없다면? 만일……. 머리가 폭발하기 직전에 공항에서 가보지 않은 한 곳이 셜리의 눈에 들어왔다. 그리고 그곳, 일등석 라운지의 창가에서 얼어 죽을 돌리 롤린스가 아침을 먹고 있었다.

빌 그랜트는 룸미러를 다시 조정하며 뒤를 보았다. "순찰차는 아니지만 저 새끼가 분명히 우리와의 사이에 차 한 대를 계속 끼워 넣고 있어요."

"딱 짭새들이 그러는데." 에디가 몹시 긴장했다.

해리는 차를 확인한 다음 좌석에 몸을 깊숙이 묻고 고개를 저었다. "파리는 아무리 잡아 죽여도 계속해서 꼬이기 마련이야." 해리의 목소리에서 진정한 증오가 묻어났다. 다른 두 사람은 더 자세한 건 묻지 않았다.

"그냥 계속 가요?" 빌이 물었다. 대낮에 돌리의 집으로 가는 것은 안 좋은 생각이었다. 특히 누가 미행하고 있다면.

"계획대로 간다." 해리가 독을 뿜었다. 그는 확인하기 위해 룸미러를 한 번 더 본 다음 이를 악물고 말했다. "이런 염병할. 저 새끼, 손발을 묶어서 오래전에 묻어버렸다고 생각했더니! 제일 큰 사냥감 냄새를 맡은 사냥개처럼 몇 년이고 내 뒤를 쫓았지. 아주 근접했었어. 아슬아슬했지."

"그런데 지금 돌아왔다……." 빌이 중얼댔다.

해리는 레스닉이 대체 어떻게 자기를 쫓고 있는지 의아했다. 내가 아직 살아 있는 줄 저 새끼가 어떻게 알지? 아니, 모를지도 모른다. 혹시 놈이 복서 데이비스 살인 건으로 에디와 빌을 지켜보고 있었나? 해리는 목도리를 좀 더 끌어 올려 얼굴을 가렸다. 그는 지미의 집에서 나섰을 때는 들키지 않았다고 자신했다. 수년이 지났으니, 레스닉이 지금 눈만 보고서 자기를 알아보지는 못하리라. 그는 목도리 안에서 씩 웃었다. 빌과 에디가 복서 때문에 체포된다면 그건 자신이 상관할 문제가 아니었다.

빌은 더 이상 참을 수 없었다. "그럼 짭새네, 맞죠?"

"우리 뒤에 붙은 꼬리가 바로 저 악명 높은 조지 레스닉 경위님 아니신가."

"젠장! 어쩌죠, 해리?" 에디가 죽는소리를 했다.

"걱정 마, 레스닉은 방금 운이 다했으니까." 해리가 말했다.

빌이 돌리의 집에서 50미터쯤이나 떨어진 곳에 차를 세우는 바람에, 레스닉은 그들을 지나쳐 계속 운전해갈 수밖에 없었다. 그의 의도는 동네를 한 바퀴 돌고 나서 왔던 길로 돌아가, 발각되지 않고 안전한 거리에 차를 대는 것이었다. 그러나 레스닉이 차를 몰고 지나가는 순간, 해리가 목도리를 턱까지 내리고 얼굴을 드러내며 그를 조롱했다. 레스닉은 차 안이 너무 어두워서 확신할 수 없었다. 그러나 급속도로 증가한 심장 박동수가 그에게 방금 해리 롤린스를 봤다고 말하고 있었다.

해리는 서둘러 명령을 내렸다. "에디, 차고 문을 열어. 빌, 저 새끼는 네 몫이다." 에디가 길을 건너 뛰어갔다. 빌은 차에서 내려 덤불 뒤에 숨었다. 해리는 운전석으로 넘어간 다음 BMW를 몰고 차고 안으로 들어갔다.

반대편에 주차한 레스닉은 자리에 앉아 롤린스의 집을 노려보았다. 그는 두 손으로 운전대를 꽉 쥐었다. 힘을 빼자 두 손이 젤리처럼 덜덜 떨렸다. 레스닉은 에디가 BMW 뒤로 차고 문 하나를 닫은 다음, 두 번째 문을 닫는 모습을 지켜보았다. 그 사내는 멈춰서서 레스닉을 똑바로 바라본 다음 담배에 불을 붙였다. 아주 잠시, 불빛이 그가 몇 년 동안이나 그토록 뒤쫓았던 얼굴 생김새를 숨김없이 비춰주었다. "롤린스!" 레스닉이 나지막이 뇌까렸다. 그의 얼굴 전체로 미소가 번졌다. 내가 맞았어! 처음부터 내가 맞았다고!

운전석 문이 홱 열리고, 타격 링을 낀 가공할 빌의 주먹이 연신 얼굴을 강타할 때 레스닉은 완전히 무방비 상태였다. 운전대 때문에 갇혀버린 레스닉은 도망치거나 제대로 방어할 수 없었다. 그는 두 손을 들어 주먹을 막아보려 했으나 너무 늦었다. 그의 머리는 야만적인 공격에 앞뒤로 휘청거렸다. 한 손이 레스닉의 머리칼을 붙잡은 다음 운전대에 연거푸 얼굴을 박았다. 의식이 흐려지면서 빨강, 파랑, 노랑 등 밝은 무지개 색상 불빛이 눈앞에 번쩍였다.

빌의 주먹이 다시 얼굴로 날아오자 코뼈가 으스러지고 부러지는 소리가 들렸다. 이 끔찍한 고통이 사라지려면 정신을 놓는 수밖에 없었다.

마침내 레스닉의 몸이 축 늘어지면서 옆으로 쓰러지자, 그의 상반신이 차 밖으로 늘어졌다. 빌은 뒤로 물러섰다가 레스닉의 머리를 있는 힘껏 걷어찼다. 머리가 반대쪽으로 꺾이면서 조수석을 향해 넘어갔다. 빌은 위아래로 길을 훑어본 다음 차 문을 쾅 닫고는, 손에서 타격 링을 빼 주머니에 넣고는 아무 일 없다는 듯이 집 쪽으로 길을 가로질러 갔다. 레스닉에게 악랄한 만행을 가하는 데 걸린 시간은 채 30초도 되지 않았다.

빌은 차 문을 닫았다고 생각했지만, 레스닉의 오른팔이 문에 끼어 있었다. 피가 그의 손가락을 타고 흘렀다. 얼굴이 피범벅이 되었지만 레스닉은 고통을 느끼지 못했다. 문이 서서히, 조금씩 열리면서 무참히 으깨진 그의 손가락에서 멀어질수록 시원한 공기가 느껴졌다. 그는 움직일 수도, 소리를 지를 수도 없었다. 퉁퉁 붓고 피가 철철 흐르는 눈을 뜨지도 못한 채로, 레스닉은 그저 그렇게 늘어져서 누가 발견해주기를 기다렸다.

빌이 길을 건너 뛰어가 돌리 집 차고의 어둠 속으로 사라지자, 개를 산책시키기 위해 나온 남자가 레스닉의 차 쪽으로 걸어갔다.

차고의 열린 틈으로 빌이 안으로 들어갔을 때, 에디는 이미 집 안을 뒤지고 있었다.

"해리는 위에 있어요." 에디가 빌에게 말했다.

빌은 거실로 건너가 휴대용 칼을 펼쳐서 소파와 쿠션을 뜯기 시작했다. 토니 피셔가 배를 갈랐고, 돌리가 다시 가지런히 꿰매놓은 그 쿠션들이었다. 빌은 지금 소파와 쿠션 천에 레스닉의 피를 묻히고 있었지만 지금 와서 그건 상관없었다.

해리는 2층의 텅 빈 아기방 문간에 서 있었다. 가구는 단 하나도 남아 있지 않았다. 춤추는 곰 인형들이 그려진 하늘색 벽지만이 그곳이 그의 아들의 방이었음을 알려줄 뿐이었다. 기묘한, 가슴 쓰라린 분노가 그의 영혼을 채웠다. 해리는 콧구멍을 벌름거렸다. 돌리가 지금 어디 있는지는 몰라도, 돌아올 의향이 없다는 것은 알 수 있었다. 이 방이 그녀의 모든 것이었다. 울프가 그녀의 모든 것이었다. 그가 그녀의 모든 것이었다. 모든 것이 사라졌다. 돌리는 돌아올 이유가 없었다.

침구가 정돈되지 않은 손님방을 보며, 해리는 금발 여자가 여기서 밤을 보냈음을 알았다. 집을 뒤졌지만 아무것도 찾을 수 없었다. 분노가 들끓었다. 지금 무언가를, 아무것이라도 돈과 연결될 실마리를 서둘러 발견해야만 했다. 돌리는 출발도 깔끔했고, 흔적도 잘 감추었다. 그녀가 어디로 갔는지에 관한 단서를 빨리 찾지 못한다면 게임은 끝나고, 그는 빈손으로 남겨질 터였다.

안방에 들어가자 매캐한 냄새와 파괴적인 광경이 그를 맞았다. 널브러진 화장품과 깨지고 짓밟힌 액자. 돌리는 천성이 매우 깔끔한 여자였다. 그는 이 방을 제 손바닥처럼 잘 알았지만 지금은 무엇이 제자리에 없는지 알아볼 수가 없었다. 제자리에 있는 게 없었다. 해리는 내용물이 쏟아진 크림 하나를 집어 화장대에 올려놓고, 산산조각 난 액자를 집어 침대의 돌리 쪽 협탁에 올려두었다. 그녀의 옷장으로 다가가 문을 열어 보니 옷과 신발이 없었다. 곧이어 해리는 자신의 옷장 문을 열어 모든 것이 갈기갈기 난자당하고, 찢기고, 매니큐어로 뒤덮인 광경을 목격했다. "쌍년!" 그가 독을 뿜었다. 잃어버린 옷 때문이 아니었다. 그가 그토록 아꼈던 명품 옷가지들을 파괴하면서 돌리가 느꼈을 증오심 때문이었다. 이것은 배신당한 여자의 행동이다. 고통받는 여자, 더는 잃을 것이 아무것도 없는 여자의 행동이다. 의심할 여지없이 돌리는 그가 살아 있다는 걸 알았다.

누더기가 된 옛 삶의 마지막 잔재들이 그의 눈앞에서 너덜거렸다. 옷장 문을 쾅 닫자 문 밖의 거울이 산산조각으로 깨져버렸다.

"7년 동안 재수……." 에디는 침실 문간에 서자마자 해리가 뭐라고 하기 전에 먼저 입을 닫았다.

해리는 후각을 따라 철제 휴지통으로 간 뒤, 검댕이가 되어 바닥에 남은 종이를 발견했다. 이것이 무엇인지는 분명치 않았지만, 조각조각 잘려나간 가죽 표지는 단 한 가지를 뜻했다. 그는 휴지통에 손을 넣어 한 줌의 재를 집어든 다음, 손가락 사이로 검은 눈처럼 떨어져 내리는 가루를 하릴없이 지켜보았다. 그의 장부였다. 장부가 죄다 사라졌다. 그는 두 주먹을 부르쥐었다. 목청껏 고함을 지르고 싶었다. 그에겐 아무것도 없었고, 보아하니 돌리가 모든 것을 다 가졌다. 그 여자가 감히 어떻게 이럴 수가? 씨팔, 그년이 어떻게 이럴 수가? "죽여버리겠어." 해리가 속삭였다. "맹세하지, 내 손으로 널 죽여버리겠어."

에디는 해리의 말을 알아들을 수 없었고, 그가 방금 뭘 발견했는지도 전혀 몰랐다. "계속 뒤져야겠죠?" 그가 말했다. "난장판 되는 건 걱정 말아요, 해리. 트루디가 눈 깜짝할 새에 말끔히 정돈할 테니까. 아기방도 이제야 좀 사용하게—"

해리가 억누를 수 없는 순수한 분노를 폭발시키며 에디의 불알을 걷어찼다. 에디는 무릎을 꺾으며 고꾸라졌다. 에디를 죽이고 놈의 심장을 찢어내 처먹이고 싶었지만, 이 미꾸라지 같은 한심한 새끼는 그럴 가치도 없는 놈이었다. 해리는 등을 돌리고 서서 짐 승 같은 고성으로 포효하며 주먹으로 옷장 문을 쳤다. 나무 문에 구멍이 뻥 뚫렸다. 쪼개진 나무의 결이 가시처럼 손을 찔렀지만 아무 고통도 느껴지지 않았다.

에디가 카펫에서 웅크린 채 뒹굴고 있는데 빌이 계단을 뛰어 올라왔다.

"해리, 와서 좀 봐……." 빌은 어깨를 구부리고 거친 숨을 몰아 쉬느라 가슴을 들썩이면서 주먹 마디에서 피를 뚝뚝 흘리며 서 있는 해리의 모습에 말을 멈추었다. 후드를 뒤집어쓴 그의 눈은 악마처럼 격노하고 있었다. 빌은 해리가 돌아올 수 없을 정도로 꼭지가 돌았다고 생각했다. 만일 그렇다면 여기서 나가야 했다. 빌은 조심성 많은 깡패여서 홧김에 누구를 죽이거나 상해를 입힌 적이 없었다. 그의 폭력은 늘 통제된 것이었다. 빌은 해리가 제정신을 차리고 현실로 돌아올 수 있을까 싶어서 위층으로 올라온 이유를 말했다. "정원에서 뭔가를 발견했습니다. 뭔가가 땅에 묻혀 있어요. 관심 있습니까, 아니면 죄다 그냥 다 죽이고 싶습니까?"

해리가 눈이 깜빡이자 게슴츠레한 눈빛이 사라졌다. 여전히 바닥에서 사타구니를 붙잡고 뒹구는 에디를 타 넘고 가려는 순간에 전화벨이 울렸다. 해리가 얼어붙었다. 그는 천천히 침실을 가로질러 전화기 쪽으로 향했다. 신호가 두 번 울리더니 끊겼다. 해리도 멈췄다. 전화가 다시 울렸고, 이번에는 계속 울렸다. 해리는 전화기 위에 서서 수화기를 향해 손을 뻗었다. 돌리였다. 그래야만 했다. 돌리에게 그가 전화를 받는 기쁨을 선사하고 싶지는 않았지만 받아야 했다. 말이 없었지만, 불길한 침묵의 메아리 속에서 해리는 그녀를 느낄 수 있었다. "당신이야, 달?"

전화가 끊겼다.

해리는 전화기를 소켓에서 잡아 빼 방 저편으로 던져버렸다.

38

린다는 호텔 방 전화기의 수화기를 내려놓으면서 손을 덜덜 떨었다. 감각이 없고, 얼음처럼 차가운 공기를 맞은 듯이 팔의 털이 곤두섰다. 그녀는 전날 밤 호텔 부티크 매장에서 산 또 다른 드레스를 걸치고 화장실 문간에 서 있는 벨라를 올려다보았다. 벨라는 이번에는 녹색과 흰색으로 된 실크드레스를 입고, 그와 세트인 스카프를 머리에서 발끝까지 그리스 여신처럼 두르고 있었다.

"솔직히 말해봐, 린다. 이 드레스를 파란색으로 바꾸는 게 좋을까, 아니면 그냥 두 개 다 살까?"

린다는 벽만 뚫어져라 바라보았다. 저 목소리……. 린다는 그 목소리를 알았다.

벨라가 스팽글이 잔뜩 달린 모자를 빼딱하게 덮어 쓰면서 물었다. "어때? 모자가 옷이랑 어울려, 안 어울려?"

리우에 도착한 지 불과 몇 시간밖에 안 됐지만, 벨라는 호텔 부티크에서 돈을 물 쓰듯 했다. 돌리가 준 돈을 눈 깜짝할 새에 탕진한 벨라의 침대는 드레스 상자, 핸드백, 구두와 수영복으로 뒤덮였다. 호텔 직원들은 벨라를 이미 귀빈으로 대우하고 있었다. 그래야 마땅했다. 호텔에 외상으로 뿌린 돈만도 벌써 수천 파운드였고, 탕진은 멈출 기미가 보이지 않았으니까.

벨라는 린다를 건너다보았다. 린다가 신경 쓰이기 시작했다.

"또 런던에 전화했지? 셜리는 올 때 되면 올 거야. 걱정 그만해. 다시 전화 걸면 내가 전화기를 풀장에 처박아버린다."

벨라가 말도 안 되게 돈을 쓰고 다니는 동안, 린다는 말도 안 되게 술을 마셨다. 그녀는 미니바의 미니어처 술병을 모두 비웠고, 어젯밤에는 룸서비스를 하도 불러서 이제 호텔에서는 뭘 원하는지 묻지도 않고 그녀가 "마시던 걸로" 가져다주었다. 거의 눈도 안 붙이고 밤새 마시고 난 그녀는 신경쇠약에 걸린 듯, 셜리에게 일어났을 온갖 끔찍한 일들을 상상하고 있었다.

벨라가 자신의 수영복 하나를 린다에게 집어 던져 머리에 맞혔다. "린다, 제발. 셜리 걱정은 그만해. 발목이 아파서 그런다고, 나중에 비행기를 탈 거라고 돌리가 그랬다니까. 아침 수영이나 가자. 어젯밤에 보니까 풀장 옆에 잘생긴 남자들이 좀 있더라고."

린다는 몹시 혼란스러워 보였다. "돌리가 나한테는 셜리의 비행기가 취소됐다고 했는데. 셜리 발목이 아파서 비행기를 못 탔다는 말은 전혀 안 했어. 왜 우리 둘한테 다른 얘길 했지? 무슨 일이 일어난 거야."

"무슨 일이?" 벨라가 비꼬듯 물었다.

"그러니까…… 나도 몰라. 하지만 지금은 정말 걱정된다니까."

"맹한 소리 마, 린다. 술을 그렇게 마시니까 머리가 이상해지지." 벨라가 새로 산 여러 비키니 중 하나로 갈아입으려 옷을 벗기 시작했다. 그녀는 린다에게 비키니를 들어 보이며 물었다. "어때? 아슬아슬하게만 가리는데도 섹시하면서 우아하고, 그러면서도 고급스럽지 않아?"

린다는 대답하지 않았다.

"린다, 우리가 잘나가는 부잣집 여자처럼 행세하면 그런 대우를 받을 거고, 술집 여자처럼 보이면 무시를 당할 거야. 우리 좀 놀자. 수영도 하고, 이따가 루프톱 레스토랑에 가서 저녁도 먹고."

"방금 내가 돌리 집에 전화를 했는데," 린다가 마침내 입을 열었다. "어떤 남자가 받았어. 그 사람이 나한테 '당신이야, 달?'이라고 물었어."

벨라는 한 대 얻어맞은 기분이었다. "그럴 리가 없잖아." 그녀가 기겁했다.

"돌리를 '달'이라고 부르는 사람은 하나뿐이야. 우리한테 그 여자가 직접 그렇게 말했다고."

벨라는 필사적으로 이성을 되찾으려 애썼다. "그 남자 목소리를 들어본 적이 있어? 린다, 잘 생각해봐. 해리 롤린스의 목소리를 들어본 적이 있느냐고."

"맨 정신으로는 없지. 내가 맨 정신으로 들어본 적은 없어, 그 사람 말고……." 린다는 정신 차리려 분투하며 희미하게 웃었다. "목소리가 아주 저음이야. 조는 해리의 저음이 초콜릿이라도 녹일 거라고 말하곤 했어. 그 인간 맞아, 벨라. 내가 알아. '당신이야, 달?' 얼마나 차분한지. 그 새끼가 살아 있고, 돌리는 한패인 거야."

"그럼 셜리는 어디 있는데?" 벨라는 이제 린다만큼이나 걱정이 됐다.

린다가 벌떡 일어섰다. "멍청하긴, 벨라! 가져갈 수도 없는 비싼 옷만 잔뜩 사가지고 이젠 돈이 없잖아! 우린 여길 떠야 한다고!"

"잠깐, 잠깐!"

"뭐가 잠깐이야. 셜리는 죽어서 돌리의 집 뒷마당에 묻혔을지도 몰라. 더 재수가 없으려면 경찰에 잡혀 있을지도 모르고. 셜리는 경찰 조사를 2분도 못 견딜걸. 우린 끝장이야. 좋아, 어차피 빵에 가게 될 거라면 난 리우에선 안 갈 거야." 린다는 침실 창문으로, 문으로, 그러고는 미니바—비어 있었다—로, 그다음에는 돔형 뚜껑을 씌운 은빛 쟁반으로 향했다. 뚜껑을 열었지만 술은 남아 있지 않았다.

"린다!" 벨라가 외쳤다. "그만해! 돌리가 해리랑 짜고 우리 모두를 배신했다면 왜 그자가 혼자 집에 남아 전화를 받지? 돌리가 어디 있는지 모르는 것처럼? 당장 이리로 날아오지 않고 말이야. 해리였을 리가 없어. 짭새일 거야. 머저리처럼 거기 앉아 있는 거지. 달리 뭘 해야 할지 모르겠어서. 돌리랑 셜리는 오고 있는 중일 거야. 두고 봐."

느닷없이 린다가 엉엉 울기 시작했다. 벨라는 린다를 안아주었다.

"린다, 들어봐. 두 사람이 하루 이틀 지나도 안 오잖아? 그럼 그때 우리가 튀는 거야. 어리고 돈 한 푼 없을 때 그 인도 식당에서 토꼈던 것처럼."

린다는 벨라의 어깨에 몸을 내맡겼다. "아아, 벨라. 우린 운이 좋을 운명이 아닌 거야, 그렇지?" 그녀가 한숨을 쉬었다. "내 꿈은 카레이서가 돼서 최초의 여자 세계 챔피언이 되는 거였어. 그래서 제임스 헌트(유명 카레이서—옮긴이)랑 뜨겁게 붙어먹는 거지. 트랙 안팎에서 말이야."

벨라가 쿡쿡 웃었고, 린다도 긴장이 풀려서 같이 웃었다. 풀장에서 밴드가 노래를 부르기 시작하자, 열린 발코니 창문을 통해 아이크 앤드 티나 터너의 〈강물은 깊이, 산은 높이(River Deep, Mountain High)〉가 쩌렁쩌렁 울려 퍼졌다. 린다가 처음에는 조용히, 이내 큰 소리로 노래를 따라 부르기 시작했다.

벨라가 곧 노래에 합류했다. 함께 절정부에 도달한 두 사람은 목이 터져라 노래를 부르고, 펄쩍펄쩍 뛰고, 두 팔을 올려 흔들었다. 노래가 끝나자 두 사람은 서서히 노래를 멈추면서 숨을 돌렸다. 일이 어떻게 되어가는지 알 수 없다는 점이 죽도록 답답했다.

"나랑 너랑은 괜찮을 거야. 그렇지, 벨라?" 린다가 물었다.

"우리 모두 괜찮을 거야." 벨라는 노이로제 걸린 술고래들을 안심시키는 데는 달인이었다. "우리, 룸서비스 시키자."

통화가 연결되기를 기다리는 동안 벨라의 얼굴에서 미소가 사라졌다. 돌리의 집에서 전화를 받은 남자는 정말 근심거리였다. 그 남자가 정말 해리였다면 돌리는 당연히 팀원들을 속인 것이다. 짭새라면 돌리와 셜리는 이미 철창신세일 것이고, 만일 피셔 놈들의 수하라면 돌리와 셜리가 어디 있는지 알 길이 없었다. 진실이 무엇이든, 벨라는 새 옷가지를 모두 가게에 반납하고 환불을 받을 생각이었다. 돌리와 셜리에게 하루만 더 주기로 했다. 하루 뒤에는 린다를 데리고 튀어야 한다.

39

경찰은 돌리의 집 길 양쪽 끝에 차를 대고, 들고 나는 접근로를 차단했다. 동네 주민 남자가 개를 꼭 끌어안고 손더스 경감에게 같은 얘기를 되풀이했다. 크게 부상당한 남자가 차 안에 있는 것을 우연히 보았고, 그 남자가 기절했다가 의식이 돌아오기를 반복하면서 자기가 경찰이라는 말은 간신히 했다는 거였다. "죽었나요?" 주민 남자가 물었다.

"아닙니다." 손더스는 얼른 대답했다. 대화를 할 시간이 없었다. "저쪽의 제복 입은 경관들한테 가주십시오. 진술을 전부 받을 겁니다." 그가 남자를 제일 가까운 순찰차로 안내했다.

어두운 길을 훑어보며, 손더스는 레스닉의 차 문 옆에 무릎을 꿇고 있는 풀러 경사를 알아보았다. 손더스는 부끄러움 비슷한 것을 느끼고 고개를 돌렸다. 레스닉의 끔찍한 상태를 보았다. 그는 그 고통 속에서도 단 한 마디만을 했다. "롤린스." 손더스는 분명히 알아들었다. 물론 의식이 혼미할 수도, 환각이나 뇌손상일 수도 있었다. 그래서 손더스는 무슨 말이든 되풀이하기 전에 증거부터 확보하기로 했다.

손더스는 레스닉에게 다시 다가갈 용기를 내기 전에 제복 입은 경관 하나를 붙잡았다. "우리가 롤린스의 집으로 들어가기 전에 레스닉 경위를 안전히 후송해야 해. 무전을 쳐서 구급차부터 수습하라고 해. 사이렌 울리지 말고 조용히 접근하라고 하고."

레스닉은 운전석에 널브러져 있었고, 얼굴의 깊은 상처 여러 곳에서 피가 줄줄 흘렀다. 호흡을 위한 사투가 목구멍 깊은 곳에서 들려왔다.

손더스가 차 안으로 몸을 숙였다. "구급차가 오고 있어, 조지. 내 말 들려? 오고 있으니까 조금만 버텨."

레스닉은 호흡하기 위해 가슴을 힘겹게 들썩이며 쇳소리를 내면서 살짝 고개를 끄덕였다. 손더스는 고개를 절레절레 흔들며 뒤로 물러나 풀러에게 속삭였다.

"대체 이 인간, 슈퍼캅 행세하면서 여기서 혼자 뭐 하고 있었던 거야?"

풀러는 하고 싶은 대답을 찾지 못했다. 아니, 해야 할 대답을 찾지 못했다. 두 사람은 레스닉이 왜 혼자 있었는지 정확히 알고 있었다. 그들이 그를 궁지로 몰아넣었기 때문이다.

레스닉이 말을 하려 하자, 가슴에서 쇳소리가 나고 입에서 피가 꾸륵거리는가 싶더니 기침이 터지면서 차 유리로 피가 온통 튀었다. 손더스는 인상을 썼다.

"풀러, 기도를 확보해줘야겠어. 의치를 했는지 봐. 적어도 숨 막혀서 죽진 않게 하라고. 그것도 길에서. 곁에 있으면서 뭐라도 말을 하면 적어봐. 누군가가 이 일에 책임을 져야 할 텐데, 난 아니거든."

"그러시겠죠……, 경감님." 풀러가 대답했다. '경감님' 앞의 톤은 풀러가 일전에 레스닉에게 보인 것과 똑같은 경멸을 담고 있었다. 손더스가 멀어져가자 풀러는 역겹다는 듯 고개를 절레절레 흔들었다. 손더스는 레스닉이 늘 말했듯 제 앞가림에만 급급하고 윗

선에 비비기나 잘하는 개자식이었다.

풀러는 다시 무릎을 꿇고 앉아 레스닉의 비참한 몰골을 바라보
았다. 자신이 이 사내를 얼마나 오랫동안 증오했던가. 하지만 지
금 풀러가 보고 있는 남자는 적이 아니라 희생자였다. 잔혹하게
당한, 존중과 보호가 필요한 희생자였다. 그는 구급함에서 깨끗한
소독용 거즈를 가져와 차 안으로 몸을 숙였다.

레스닉이 눈을 살며시 뜨면서 진홍 핏빛 속에서 풀러를 가만히
바라보았다.

"경위님," 풀러가 입을 열었다. "좀 더 숨쉬기 편하시도록 제가
경위님 입안을 닦아드릴 겁니다. 혹시 틀니를 끼셨나요?"

레스닉이 간신히 고개를 끄덕이자, 풀러는 그의 입안에 손가락
을 집어넣고 더듬었다. 레스닉이 얼굴을 가격당할 때 떨어져 나온
진짜 이빨 두어 개가 손에 잡혔다. 풀러는 틀니의 플라스틱 부착
장치를 풀었다. 부착판에 두 방향으로 가짜 치아가 붙어 있었다.

"전부 경위님 주머니에 넣겠습니다. 경위님이 다시 틀니를 끼실
수 있을 때까지 거기 있도록요. 진짜 치아는 베개 밑에 두시고 치
아 요정을 기다리시든지요." 풀러는 웃어 보였고, 영감의 눈이 찡
긋하는 걸 분명 보았다. 미소일 수도, 통증으로 인한 찡그림일 수
도 있었다.

풀러가 코트를 벗어 레스닉의 어깨와 가슴을 덮어주면서 친절
히 말했다. "추우실 거 같아서요. 너무 죄송해요, 조지." 풀러가 말
을 이었다. "당신은 골치 아픈 상사지만 이건 아니죠. 그래서 너무
마음이 아파요. 제가 꼭 잡겠습니다. 경위님께 이런 짓을 한 놈이
누구든, 제가 잡을게요."

레스닉의 호흡이 가빠졌다. 그가 풀러를 향해 고개를 돌리려 하

자 입과 코에서 피가 흘렀다. 레스닉은 숨을 몰아쉬며 망가진 손을 들어 올렸다. 손가락은 검푸르고, 코트 안으로 피가 스며들어 있었다. 그는 왼쪽 가슴을 가리키며 무언가를 말하려 애썼지만, 풀러는 알아들을 수가 없었다. 레스닉이 가까스로 손을 조금 더 들어 올려 왼쪽 가슴을 두 번 톡톡 두드렸다.

"심장요? 심근경색이 오나요?" 풀러가 물었다.

레스닉은 풀러의 재킷 어깨를 당기며 손가락으로 코트 안쪽을 가리켰다. 그러고는 극도로 지쳐 머리를 한쪽으로 떨어뜨리고는 혼곤함을 못 이기고 정신을 잃었다.

풀러는 레스닉의 코트 안주머니를 뒤져 구겨진 종이 한 장을 꺼냈다. 쪽지를 꺼내 읽는 동안 구급차가 도착했다. 구급 요원들이 들것을 가지고 레스닉을 향해 뛰어왔다. 풀러는 길을 비켜주며 쪽지를 주머니에 넣었다. 길 반대쪽에서는 손더스가 엄지를 치켜들어 모두 롤린스의 집으로 진입하는 것을 승인했다.

해리는 빌 뒤에 서서 그가 삽을 손에 들고 버드나무 아래의 부드러운 흙을 파는 모습을 지켜봤다. 아무도 흙에 넘어진 대나무 십자가를 눈여겨보지 않았고, 십자가는 이제 빌이 서툴게 파낸 흙덩이에 묻히고 말았다. 오래지 않아 빌은 하얀 레이스 식탁보와 만났다. "100만 파운드나 되는 현찰을 단정하게 싸서 묻다니 여자들이란!" 그는 껄껄 웃으며 내용물을 빨리 확인하고 싶은 마음에 식탁보를 찢었다.

빌이 목표물에 가까워지자, 에디는 별안간 식탁보에 싸인 것이 무엇인지 깨닫고 뒤로 물러섰다. "아이, 씨팔!" 빌은 식탁보를 찢으면서 외쳤고, 악취가 얼굴에 확 풍겨왔다. 그는 손에 흙과 똥을 잔뜩 묻힌 채 벌떡 일어섰다.

해리는 울프의 목덜미를 잡고 시체를 들어 올려 에디에게 보여주었다. 두 눈이 분노로 이글거렸다. "네가 그 여자한테 무슨 짓을 하게 만들었는지 봐! 넌 돌리가 자식을 땅에 묻게 했어! **또!**" 해리는 에디의 얼굴에 울프를 내던지며 개똥을 그의 얼굴에 닦아냈다. 뒤로 물러선 에디는 몸을 크게 들썩이면서 덤불에 구토했다.

느닷없이 현관문을 대형 망치로 치는 소리가 들려왔다. "**경찰이다. 문 열어!**" 빌은 BMW를 타고 달아나려 냉큼 주방으로 뛰어갔다. 에디는 잠시 머뭇거리다가 빌을 따라 뛰었다.

해리는 당황하지 않았다. 그는 얼른 정원 안쪽으로 건너가 조금씩 블랙베리 덤불 뒤로 들어갔다. 걸음을 뗄 때마다 드러난 피부 곳곳이 덩굴 가시에 긁혔지만, 그는 계속 숨을 죽였다. 해리는 2미터나 되는 담장 곁에 서서 위를 올려다보면서 손을 들어 올린 후에, 몸을 웅크렸다가 뛰어올랐다. 몇 년 전에 그가 담장 윗면에 시멘트로 고정해둔 유리 조각을 손바닥으로 움켜쥐자 통증으로 몸이 찢어지는 듯했다. 비명을 지르고 싶었지만 해리는 머리를 벽돌에 대고 눈을 꼭 감은 채 거기에 매달렸다.

그의 뒤에서 에디가 느닷없이 다시 나타나 정원을 가로질러 뛰었다. 바로 뒤에서 경찰이 나타날 것이다. 해리는 얼굴을 찡그리며 가까스로 아픔을 참고 몸을 담장 위로 끌어 올렸다. 해리가 벽면 위에 도달하자 에디가 그를 보았다. "해리!" 그가 소리쳤다. "해리, 도와줘요!" 에디는 사촌을 보느라 바닥에 놓인 울프의 시신을 보지 못했다. 그가 작은 개에 걸려 진창으로 엎어졌고, 경찰이 그를 잡았다.

해리는 유리 조각을 피해 담장 위를 소리 없이 지나가며, 제복 입은 세 경찰에 덮여버린 에디를 내려다보았다. 그는 울프의 몸뚱이를 바라보면서 피식 웃었다. '울프, 복수 한번 통쾌하게 하는구나.' 해리는 담장 너머 골목의 어둠 속으로 사라져갔다.

집 바깥의 길로 나온 빌은 타격 링을 주먹에 끼고 죽어라 싸웠다. 잡히면 잃을 것이 너무나 많아서 결단코 쉽게 잡힐 수 없었다. 그는 있는 힘껏 발로 차고 주먹으로 가격하면서 경관 두 명을 물리쳤다. 경찰 두 명이 더 붙었는데도 빌은 쓰러지지 않았다. 결국 한 경찰이 운 좋게 빌의 옆머리를 쳐서 잠시 그가 정신이 혼미해진 틈을 타 다른 경관들이 기선을 제압했다. 빌은 땅에 넘어져 두 팔로 머리를 감싸고 몸을 둥글게 만 채로, 머리와 몸에 경찰봉 네 개로 몽둥이찜질 세례를 받았다.

실컷 얻어터진 빌 그랜트는 피를 흘리고 수갑을 차고서도 버둥거리며 욕을 내뱉었다. 풀러는 레스닉이 담요에 둘러싸여 구급 요원들에게 치료받고 있는 구급차 뒤에 서서, 경관들이 빌을 경찰 승합차로 데려가는 모습을 지켜보았다. 풀러는 체포조에 참여하지 않고 레스닉 곁에 있는 편을 택했다. 레스닉이 무슨 말이라도 한다면 그 말을 반드시 제대로 기록하고 싶었다. 손더스가 레스닉의 말을 오용해서 그의 잘못이 아닌 것을 그의 탓으로 돌리도록 두고 보지 않을 작정이었다. 이 엉망인 사건에서, 레스닉은 이미 충분히 많은 실수를 저질러두었다.

풀러의 곁을 지나가던 경관 중 하나가 그에게 빌 그랜트의 타격 링을 건넸다. 빌의 주머니 안쪽에서 더럽혀지긴 했어도, 말라붙은 피와 머리카락을 육안으로 알아볼 수 있었다. 풀러는 경찰 네 명에게 붙들려 있는 몸 좋은 젊은 싸움꾼을 바라보았다. 그리고 기침을 캑캑거리며 구급차에 누운 뚱뚱한 영감을 보았다. 갑자기 주체할 수 없는 분노와 죄책감이 몰려왔다. 그는 레스닉과 함께 담배 연기 가득한 차에 앉아 있는 시간이 늘 죽도록 싫었다. 하지만 오늘 밤, 그는 레스닉 곁에 있었더라면 얼마나 좋았을까 하는 회한을 느꼈다. 레스닉은 이렇게 구타를 당해선 안 될 사람이었다. 누구도 이런 구타를 당해선 안 되었다.

그는 자신도 모르게 타격 링을 오른손에 끼고 빌 그랜트에게 성큼성큼 다가가 그의 신장 부근을 세게 쳤다. 그리고 다른 경관들이 말리기 전에 한 방 더 먹이는 데 성공했다.

풀러는 레스닉과 같이 가려고 구급차에 올라타며, 순찰차로 끌려가는 에디를 보았다. 그는 꽥꽥 소리를 지르면서 엉엉 울었다. "난 여기 올 권리가 있어요! 내 사촌 집이라고요! 사촌 대신에 집을 봐주고 있었어요. 난 잘못한 거 없어요!"

구급차 안에서 풀러가 레스닉의 곁에 앉았다. 레스닉의 머리가 풀러 쪽으로 축 늘어졌다. 입과 코 주위의 검은 피는 이제 굳어가고 있었다. 부상당한 동물 같은 레스닉의 눈이 풀러를 말끄러미 바라보았다.

"제가 그 자식한테 경위님을 기억하도록 선물을 하나 줬습니다." 풀러가 말했다. "경위님을 이렇게 만든 새끼요. 경위님을 쉽게 잊지는 못할 겁니다."

하지만 레스닉은 아랑곳하지 않는 것 같았다. 다시 말을 하려 애쓰자 입에서 더 많은 피가 부글거리는 소리가 났다. 구급 요원이 입에 산소마스크를 씌워주었다. 레스닉은 눈을 감았다.

해리 롤린스는 뒷집 정원의 울창한 쥐똥나무 덤불 뒤에서 몸을 낮게 웅크렸다. 그는 바지 주머니를 뜯어내서 유리에 베어 너덜너덜해진 손바닥을 감싸고 주먹을 꽉 쥐어 지혈을 시도했다. 아직 손바닥에 깊이 박혀 있는 작은 유리 조각들이 느껴졌다. 몸을 숨긴 그 자리에서, 해리는 구급차가 떠나고 경찰 승합차를 필두로 모든 경찰차와 구경꾼이 하나씩 떠나 길이 조용해지는 광경을 지켜보았다. 그 뒤로도 혹시 경찰이 돌아올까 싶어 30분을 더 기다렸다. 해리는 붙잡힐 위험이 없다고 판단한 뒤에야 길로 나가 사위를 돌아보았다. 마치 서커스 공연단이 왔다가 떠난 것 같았다. 그는 주머니에서 에디의 목도리를 꺼내 목에 두른 다음 입과 코 위로 끌어 올렸다. 그러고는 코트 주머니에 두 손을 넣고 태연하게 길을 걸어 빠져나갔다.

40

표를 꼭 움켜쥐고 비행기에 탑승한 셜리는 좌석이 어디인지 몰라서 왼쪽으로 갔다. 승무원이 일등석으로 가는지 물었고, 셜리는 표를 들어 보였다. 승무원이 표를 확인한 다음, 가식적인 미소를 띠며 이코노미석은 오른쪽이라고 안내했다. 승무원이 이코노미 좌석 쪽으로 공손히 밀어내는 동안, 셜리는 돌리가 창가쪽 일등석에 앉아 샴페인을 홀짝이며 《보그》를 뒤적이는 모습을 보았다. "왜 아니겠어." 셜리는 혼잣말로 빈정거렸다.

최악은 따로 있었다. 셜리의 좌석은 지나가는 사람들이 와서 부딪히는 복도 쪽이었는데, 바로 옆 좌석에 찰스가 앉아 있었다.

"당신 곁에 앉으려고 자리를 바꿨어요!" 그가 환하게 웃으며 말했다. "이제 서로를 더 잘 알 수 있겠네요."

음식을 먹은 지 여러 시간이 지난 터라 셜리는 기내식을 맛있게 먹었다. 먹은 뒤에는 헤드폰을 끼고 영화를 보려고 자리를 잡았다. 영화에 관심이 있지는 않았지만, 무엇이든 찰스의 끝도 없는 세계 여행 이야기를 듣는 것보다는 나았다.

영화 중간에 잠이 든 셜리는 이번에도 누가 그녀에게 부딪치는 바람에 깨어났다. 헤드폰을 빼고 부딪친 사람에게 한 소리 하려고 올려다보니 돌리가 서 있었다. 돌리는 전혀 모르는 사람인 듯이 셜리에게 사과하고는 화장실로 걸어갔다. 화장실이 모두 빈 것을 확인한 돌리가 들고 있던 담뱃갑에서 담배를 하나 꺼내 불을 붙이는 동안, 목에 여전히 헤드폰을 건 셜리가 합류했다. 두 여자는 마치 간단한 인사를 나누듯이 계속 서로를 보며 미소 지었다.

"문제가 생겼어." 돌리가 조용히 말했다. "리우의 통관 심사가 우리와 달라. 빨간 구역과 초록 구역이 따로 없이 모두 같은 출구로 나가. 직원들이 그냥 아무나 무작위로 검사한대. 하지만 위험을 감수할 수밖에 없어. 괜찮겠어?"

셜리는 가슴이 철렁 내려앉았다. "아니, 안 괜찮아요." 셜리가 독을 뿜었다. "위험을 감수하다니, 미친 짓이에요! 브라질 세관 직원들이 트집 잡을 게 없나 사소한 것까지 도끼눈을 뜨고 지켜볼 텐데, 내가 얼마나 쉽게 긴장하는지 잘 알잖아요!"

"돈 가방을 가지고 가는 위험을 감수하는 건 나야." 돌리가 지적했다. "그 돈이 없으면 우린 리우에서 살아남을 방법이 없어. 우리가 출국해야 할 때 나갈 방법도. 너는 그저 세관 직원이 날 멈춰 세웠을 때 주의를 딴 데로 돌리기만 하면 된다고."

셜리는 초조하게 헤드폰 줄만 배배 꼬았다. 돌리가 가장 큰 위험을 감내한다는 건 잘 알았다. 그녀를 지원하는 수밖에 없었다.

"그럼 알아들은 걸로 생각한다?"

"어떤 식으로 주의를 돌리죠?"

"뭔가 생각해내 봐. 착륙하려면 아직 여섯 시간이나 남았으니까." 돌리는 그 말과 함께 가버렸다.

셜리는 화장실 안으로 들어갔다. 머리를 두 손에 파묻으니 토할 것만 같았다. 제자리로 돌아왔을 땐 영화가 끝나가고 있었다. 영화에서는 훔친 돈을 갖고 달아난 악당들이 코스타 브라바에서 붙잡혔다. 셜리는 초조한 마음을 진정시키기 위해 브랜디를 큰 잔으로 주문하고는, 눈을 감고 잠을 자는 척을 했다.

해리는 트루디를 깨우지 않으려고 어두운 침실 주변에서 가만히 움직였다. 손에서는 이제 피가 나지 않았지만, 짐을 싼 다음 화장대 서랍을 여는데 유리에 찔린 상처가 다시 욱신거렸다. 여권을 꺼내며, 그는 돌리가 아기에게 뭘 사 주라며 트루디에게 준 50파운드를 찾아보았다. 돌리를 생각만 해도 증오심에 속이 뒤틀렸다. 이 일은 반드시 되갚아주리라. 돌리를 찾아서, 돈을 손에 넣은 뒤에라도 자신에게 이런 짓을 한 값을 치르게 할 것이다. 서랍 안을 더듬다가 뻣뻣한 빗에 손바닥이 닿았다. 그는 통증에 인상을 썼다. 크게 베인 상처 하나가 다시 찢어지자 해리는 잇새로 흐읍 숨을 삼키며 작은 한숨을 내뱉었다.

트루디가 잠에서 깼다. 눈에 보이는 건 화장대 서랍을 뒤지는 거무스름한 형체뿐이었다. 해리가 얼른 침대 곁으로 다가와 한 손으로 그녀의 입을 가렸다. "나야, 해리." 그가 속삭이자 트루디는 안심했다. 그녀는 그의 팔을 잡고 제 입을 가린 그의 손을 붙잡았다. 입 주변에 뭔가 축축한 게 느껴졌다. 침대 옆의 스탠드를 켜자마자 해리의 손에서 피가 보였다.

"조용히 해, 애 깨지 않게." 그가 트루디의 얼굴에서 피를 닦아내며 말했다.

트루디는 해리의 두 손에서 수없이 베인 자국과 피를 보았다. "어디 갔었어요? 몇 시간이나 잠도 안 자고 당신을 기다렸다고요! 무슨 짓을 한 거예요?"

해리가 일어섰다. "그 여자가 준 돈 50파운드 어디 있어?" 트루디가 이유를 물으려 입을 여는데 해리가 그만하라는 몸짓을 했다.

"돈을 못 찾았군요." 트루디는 상황이 이해되기 시작했다. "에디하고 빌은 어디 있어요?"

해리는 그 말을 무시하고 그녀의 지갑을 들어 50파운드와 육아 수당에서 남은 돈을 꺼냈다. 그는 돈을 주머니에 쑤셔 넣은 다음 협탁 서랍을 열었다. 서랍 안쪽에 빌이 구해준 가짜 여권이 붙어 있었다. 그는 여권을 가방에 넣고는 침실 밖으로 나갔다.

트루디가 침대에서 내려와 그를 따라 나갔다. "어디 가요, 해리? 어디 가요? 날 버리는 건 아니죠?"

해리가 고개를 저었지만 트루디는 문간까지 뛰어와 앞을 가로막았다. "돌리한테 돌아가는 건가요? 그 여자를 아직 사랑해요, 아님 돈 때문에 그래요?"

해리가 트루디와 얼굴을 마주 대고 서서 독기를 뿜으며 말했다. "그 여자 이름은 꺼내지도 마. 사라졌어. 증발했다고!"

트루디가 그를 붙잡았다. "돈은요? 돈은 어떻게 됐어요?"

해리는 그녀를 한쪽으로 밀치고 문을 홱 열었다. 트루디가 그를 꼭 붙잡고 매달렸다.

"당신을 너무 사랑해요, 해리. 제발 가지 말아요. 내 곁에 있어줘요. 사랑해요……."

해리는 트루디를 꼭 안은 다음, 울음을 터트린 그녀의 머리를 자기 어깨에 기댔다. 그는 트루디의 턱을 들어 올리고 눈을 바라보며 속삭였다. "알아, 하지만 여기 있을 순 없어. 우리가 집에 갔었어. 돈도, 돌리도 없었어. 그러더니 경찰이 나타나서 순식간에 아수라장이 됐어. 에디랑 빌은 잡혀 들어갔고. 에디가 빵에서 험한 꼴 좀 본다면 입을 처닫고 있을 위인이 못 된다는 거, 우리 둘다 알잖아. 나도 어쩔 수가 없어. 가야 해."

트루디가 목 놓아 울자 해리는 손으로 그녀의 입을 막았다.

"널 찾으러 돌아올게, 약속해. 하지만 당분간은 나 혼자서 버텨야 해."

해리가 층계참으로 움직이자 트루디는 흐느끼며 그의 코트 자락을 붙들고 뒤로 끌어당겼다. 해리는 걸음을 멈추고 그녀를 떨어내려 뒤로 손사래를 쳤다.

"보낼 수 없어요, 못 보내!" 그녀는 몸을 부들부들 떨 만큼 소리내어 울었다.

해리가 그녀의 두 뺨을 붙들고 세게 움켜쥐었다. "아이, 내 아이 맞아? 맞지?"

트루디는 그가 손에 힘을 줄수록 얼굴을 찡그렸다. "당연히 당신 아이죠." 그녀가 해리의 잔인하고 냉정한 두 눈을 보며 말했다.

"그래야지. 아니었다간 두고 봐. 내가 둘 다 데리러 올게." 그가 돌아섰다. 트루디가 하도 꼭 잡아서 해리는 손을 단단히 뿌리쳐야 했고, 그 과정에서 그녀가 뒤로 쓰러졌다.

트루디가 넘어지며 머리를 벽에 박는 동안, 해리는 뒤도 돌아보지 않고 계단을 뛰어 내려갔다. 트루디는 난간으로 기어가면서 욕지기를 느꼈다.

"해리, 이 개자식!" 트루디는 몸을 일으켜 계단 밑을 내려다보며 고함쳤다. "그래, 그 여자한테 가! **그 여자한테 가라고!** 내내 그 여자가 두뇌였는데 넌 여태 그걸 알지도 못했어!" 계단에 털썩 주저앉으며 트루디는 더 큰 소리로 울었다.

아래층에 사는 오베베가 부인이 집에서 나와 위를 올려다보았다. "넌 부인, 괜찮으세요? 넌 부인, 괜찮아요?" 그녀가 트루디를 향해 계단을 올라오며 물었다.

아래에서 건물 입구의 문이 부서져라 열리며 안쪽 벽에 부딪혔다. 나무가 삐걱대고 부러지는 소리와 함께 육중한 부츠가 계단을 뛰어 올라오는 소리가 들렸다.

풀러 경사가 수색을 지휘했다. 레스닉이 쪽지를 주었지만, 종이가 피에 흠뻑 젖은 탓에 지미 넌의 주소는 거의 알아볼 수가 없었다. 풀러는 바닥에 앉은 트루디에게 영장을 흔들며 그녀를 지나쳐 갔다. "어디 있어요? 당장 말해요, 어디 있는지!" 풀러가 어깨 너머로 그녀에게 소리쳤다.

"그 사람은 갔어! 없어! 그러니까 여기서 **나가!**" 트루디는 같은 말을 되풀이하면서 신경질적으로 변해갔다.

제복 입은 경관들이 건물 안으로 꾸역꾸역 밀고 들어오면서, 건물 세입자들이 자기 집에서 하나둘 나오기 시작했다. 위층 층계참에서 풀러가 트루디의 가운을 붙잡고 그녀를 바닥에서 일으켜 세우는 사이, 제복 입은 경관들이 집 안으로 쿵쾅거리며 들어갔다. 그중 하나가 침실 문을 왈칵 열어젖혀 깨우자, 아기가 소리 내어 울기 시작했다.

풀러는 트루디의 팔을 붙잡고 현관문으로 데려갔다. "지미 어디 있습니까? 어디 있는지 말하는 게 좋을 겁니다, 넌 부인. 안 그러면 부인도 같이 체포하겠어요."

트루디는 어느새 미친 듯한 소리로 웃고 있었다. 바늘에 걸린 레코드판처럼, 그녀는 같은 말만 되풀이했다. "난 아무것도 몰라요, 난 아무것도 몰라요, 난 아무것도 몰라요."

41

리우의 입국 심사대 줄은 길었다. 돌리와 셜리는 각기 다른 줄
에 서서 서로에게 눈길조차 주지 않았다. 기다리다 지친 몇몇 승
객이 짜증을 냈지만, 불평을 늘어놓을수록 브라질 이민국 관리들
은 그들을 더욱 기다리게 만들었다.

돌리와 셜리는 각자 수하물을 찾으러 갔다. 일부 승객은 이미
자기 짐을 찾아 밀고 끌며 통관대로 향했다. 에어컨은 넓은 공간
을 차갑게 식혔고, 북소리가 심하게 둥둥 울리는 삼바 음악이 반
복적으로 울려 퍼졌으며, 브라질 승객들의 지칠 줄 모르는 수다와
장시간 비행이 어우러져 기다리는 모두가 더더욱 지쳐갔다.

셜리는 일단의 승객들 속에서 수하물 벨트를 향해 돌진하는 돌
리의 금발을 보았다. 하나뿐인 출구 앞의 줄줄이 늘어선 검사 테
이블 양쪽 끝에 세관 직원이 한 사람씩 있었고, 직원 두 명이 출구
문 앞을 지키고 있었다. 그들은 모두 무장한 채 승객들을 매의 눈
으로 지켜보았다. 셜리는 인파를 헤치고 수하물 벨트로 나아가면
서 이마에 식은땀을 흘렸다.

셜리는 가방이 나오기를 기다리며 검사대 쪽을 힐끗 보았다. 일
련의 승객이 차례를 기다리고 있었다. 심장이 요동쳤다. 직원들은
모든 승객의 슈트케이스를 하나하나 뒤지고 있었다. 옷가지가 테
이블 전체에 널렸고, 세관 직원들은 큰 소리로 언쟁을 벌였다. 셜

리는 인파를 헤치고 돌리에게 가까이 접근해 결국 뒤에 바짝 다가
섰다. 그녀는 돌리의 귀에 대고 들릴락 말락 한 작은 목소리로 말
했다.

"승객마다 일일이 검색하고 있어요. 하지 말아요."

돌리는 돌아보지 않았다. "네가 할 일 알잖아. 이제 나한테서 떨
어져."

빨간 가방 중 하나가 나왔지만 빨간 태그인지 파란 태그인지 알
수 없었다. 가방이 가까이 오길 기다리고 있는데 한 손이 쑥 나오
더니 수하물 벨트에서 가방을 끌어내렸다. 돌리가 잡으려 하자 셜
리가 그녀의 발을 찼다.

찰스가 배낭을 등에 메고 셜리를 향해 웃었다. "당신 가방이죠?
제가 들고 갈까요?"

"아뇨, 고맙지만 괜찮아요. 어차피 다른 가방도 기다려야 하는
걸요."

그가 셜리 곁으로 바짝 다가왔다. 장시간 비행 뒤라 암내가 훨
씬 지독하게 풍겼다. "같이 기다려줄게요. 우리 저녁을 같이 먹거
나 아니면 관광을 같이 다닐까요? 숙소를 같은 곳으로 잡아도 되
고요."

셜리는 남자를 제거해야 했다. 그녀는 느닷없이 찰스에 맞서서
차분히, 그러나 분명하게 말했다. "싫어. 꺼져!"

찰스는 그렇게 갑작스러운 거절은 예상치 못했기에 뒤로 한 걸
음 물러나다가 한 뚱뚱한 여자의 발을 밟았다. 여자가 꽥 소리를
지르며 그를 홱 밀쳤다. 찰스는 뒤로 넘어지려는 찰나에 다시 균
형을 잡으려 돌아서면서 배낭으로 다른 여자를 쳤다. 여자가 포르
투갈어로 그에게 욕을 했다. 찰스는 주위의 모든 사람에게 사과하

면서 고개를 푹 숙이고 슬그머니 자취를 감췄다.

셜리는 돌리에게 가방을 두고 가라고 말하려 돌아섰으나, 그녀는 없고 가방만 있었다. 셜리는 가방을 집어 들 엄두가 나지 않았다. 파란 태그가 달린 가방인 걸 알아볼 수 있었다. 찰스에게 이목이 집중된 동안 돌리는 또 하나의 빨간 가방을 수하물 벨트에서 내려 돈 가방과 바꾼 다음, 아무 일 없는 듯이 가버린 것이다.

셜리는 입이 바짝 마르고 손에서 식은땀이 났다. 검사대 줄에 서 있는 돌리와 곁에 있는 가방을 보자 당장 기절할 것만 같았다. 조금씩 세관 직원에게 가까워지고 있는 돌리가 줄이 줄어들 때마다 돈 가방을 발로 차서 미는 모습은 너무도 침착해 보였다. 돌리가 아직 검사대에 가방을 올려놓지 않았으니 다음 순서는 아닐 것으로 판단한 셜리는 수하물 벨트 쪽으로 돌아서서 자신의 가방이 나오는지 돌아봤다. 가방은 벌써 두 번이나 그녀를 지나쳐서 돌아가는 중이었다.

찰스의 배낭이 돌리 곁의 검사대 테이블에 올라갔다. 두 검사관이 그를 상대하며 옷가지들을 샅샅이 뒤지더니, 2차 검사로 데려가 알몸 수색을 하기로 결정했다.

이제 세관 직원이 돌리와 그녀의 가방을 가리켰다. 그녀는 가방이 무겁다는 걸 표내지 않으려고 애쓰면서 테이블에 올린 다음, 슈트케이스를 눕히고 얼른 작은 더플백을 그 위에 놓고서 손을 더플백 위에 올렸다. 직원이 그녀를 빤히 보더니 손을 내밀어 두 손가락으로 딱 소리를 내며 말했다.

"여권."

돌리는 여권을 건넸다. 직원이 여권을 잠시 보고는 곁에 내려놓고 엉터리 영어로 물었다. "신고할 물건가 있습니까?"

돌리는 상냥하게 웃으며 고개를 저었다.

"먹을 거하고 식물가 있습니까?" 그가 여전히 빤히 보며 물었다.

"없습니다. 면세점에서 산 진토닉 한 병과 담배가 더플백에 있기는 한데, 보시겠어요?"

"네. 왜 여기 왔습니까? 출장 왔습니까, 휴가 왔습니까?" 그는 혹시 돌리가 긴장한 징후를 드러내는지 살피려는 것 같았다.

"휴가요." 돌리는 천천히 더플백의 지퍼를 내리면서 차분히 대답했다. 머리가 핑핑 돌았고, 긴장한 티를 내지 않기 위해 온몸의 신경을 가까스로 제어했다. 근육이 실룩대거나 감정이 조금만 동요해도 검사관은 더욱 의심할 것이다. 그녀는 자기 뒤에서 무슨 일이 벌어지고 있는지, 셜리가 어디에 있는지 전혀 알 수 없었다. 하느님이 보우하사 셜리가 얼른 이목을 집중시킬 행동을 실행에 옮기기를 바랄 뿐이었다.

셜리는 이제 제 짐을 다 찾아서 세관 검사 줄에 서 있었다. 돌리를 건너다본 셜리는 검사관이 더플백에서 술과 담배를 꺼낸 다음에 다른 내용물을 뒤지는 모습을 보았다. 검사관은 더플백을 들어 돌리에게 건네주고는, 슈트케이스를 뒤집어 자물쇠가 자신을 향하도록 앞으로 당겼다. 지금 아니면 기회가 없었다. 셜리는 핸드백을 열어 한 손을 집어넣고 소리 지르기 시작했다.

"아악, 도와주세요! 아이고 하느님, 누가 내 여권을 훔쳐 갔어요!" 그녀가 핸드백을 뒤지면서 옆으로 기울이자 내용물이 바닥으로 쏟아졌다. "여기, 없어요! 여권이 없어요! 누가 훔쳐 갔나 봐요. 내 여권을 누가 훔쳐 갔어요!"

모두가 동작을 멈췄고, 모두의 눈이 셜리를 향했다. 출구에 서 있던 두 검사관이 웬 소란인가 보려고 앞으로 나왔다. 돌리의 뒤에 선 남자는 그렇잖아도 긴 기다림에 지쳐 있던 차에 속이 터져 두 손으로 허공을 휘젓더니, 손목시계를 손가락으로 탁탁 치면서 포르투갈어로 큰 소리로 항의하기 시작했다. 돌리를 상대하던 검사관이 그에게 조용히 하라고 말했지만 사내는 입을 다물지 않았고, 돌리마저도 그가 검사관을 '이디오타(바보 천치—옮긴이)'라고 부르는 걸 알아들었다.

매우 화가 난 검사관이 돌리에게 여권을 건네고 그녀의 가방을 한쪽으로 밀면서 비키라는 시늉을 했다. 그런 다음 그녀 뒤의 남자를 돌아보고 테이블을 손으로 쾅 쳤다.

돌리는 검사대에서 슈트케이스를 내렸다. 끝났다. 온 시선이 훨씬 뒤쪽에 있는 셜리에게 쏠렸고, 그녀는 지금 무릎을 꿇고 쏟아놓은 핸드백의 내용물을 미친 듯이 뒤지고 있었다. 돌리는 인파에 섞여 유유히 자동문 밖으로 걸어 나갔다.

셜리는 돌리 뒤로 문이 닫힌 뒤에야 머리 위로 여권을 흔들며 찾았다고 외쳤다. 세관 직원들이 그녀를 가방과 함께 조사실로 따로 불렀다. 돌리가 나간 뒤였으므로 셜리에게는 긴장할 이유가 없었다. 두 슈트케이스 모두 숨길 것도, 신고할 것도 없었다.

셜리는 몰랐지만, 옆 칸에서는 찰스가 수하물 벨트 부근에서 빚은 소동에 대해 조사받고 있었다. 그는 히스로 공항에서 수하물 중량 제한을 초과한 어떤 여자를 도와주느라 자기 가방인 척 짐을 부쳐줬고, 리우에 착륙한 뒤 가방을 들어주겠다고 제안한 것뿐이라며 눈물 바람으로 설명하고 있었다. 여자랑 뜨거운 밤을 기대하고 잘해보려고 했는데 냉랭하게 거절당해 몹시 상처 받았다고도 말했다.

찰스와 얘기한 검사관 한 명이 들어와 셜리를 조사 중인 두 직원과 합류했다. 그는 찰스가 한 말을 전달할 만큼 영어를 꽤 잘했다. "정말 미안하게 됐네요." 셜리가 입을 삐죽 내밀며 말했다. "중량 초과 운임을 낼 만한 돈은 없고, 그래서 제가 좀 몹쓸 짓을 했네요. 미련한 짓이었고 미안하게 됐어요. 하지만 거짓말할 의도는 아니었어요. 그 남자가 정말 괜찮다고 했고, 사실 아무도 상관 안 하잖아요. 그게 잘못인가요? 아⋯⋯." 셜리는 갑자기 생각났다는 듯 맹한 금발 아가씨 모드로 돌아갔다. "혹시 그 남자, 딴생각이 있었던 걸까요?".

한 검사관이 그녀에게 기다리라고 말한 뒤에 방을 나갔다. 셜리는 이제 긴장되기 시작했다. 지금쯤이면 밖으로 나갈 수 있으리라고 생각했다. 검사관은 몇 분 뒤에 돌아와 테이블 건너편에 앉은 다음, 그녀의 커다란 파란 눈을 보았다.

"왜 남자한테 리우에서 잡지 화보를 촬영한다고 해요?"

"그건 거짓말이었어요." 셜리는 부끄러워하는 척하며 고개를 숙였다. "처음엔 남자가 마음에 좀 들어서 잘 보이려고 했는데⋯⋯."

검사관이 테이블을 탕 치며 셜리를 놀라게 했다. "그런데 왜 리우에 도착해서는 꺼지라고 해요?"

셜리가 비밀 얘기를 하듯 몸을 숙였다. "아유, 비행기에서 그 남자가 제 옆 자리에 앉았는데 암내가 장난 아니더라고요. 수하물 찾는 데서 날 찾아왔을 땐 정말 심했고요! 그 사람 마음을 상하게 할 생각은 없었지만 솔직하게 말해야 했어요."

검사관들은 모두 웃음보가 터졌다.

"냄새가 심하긴 하더라." 한 사람이 말했다. "작은 조사실에선 더더욱! 가요, 아가씨!" 그가 문을 열어주며 바깥으로 안내했다.

앨리스는 중앙 병동 옆에 있는 작은 병실에서 레스닉을 찾았다. 수액을 꽂은 채로 높은 침상에 가만히 누운 그는 놀라우리만치 작아 보였다. 그의 얼굴은 알아보기 힘들 정도로 붓고 멍이 들어 있었다. 그에게 다가간 앨리스는 사물함 위 작은 접시에 놓인 틀니를 보고 숨죽여 울음을 참아야 했다. 침대 곁으로 의자를 최대한 당긴 다음, 앨리스는 긴 기다림을 위해 자리를 잡고 앉았다.

호텔로 가는 길, 셜리는 택시 창밖으로 스쳐 지나가는 리우 풍경을 바라보며 테리를 생각했다. 그녀는 이토록 날아갈 듯한 기분을 느껴본 적이 없었다. 끝났다. 다 끝났고, 이제 자유다. 원하는 걸 마음껏 할 수 있고, 원하는 사람이 될 수 있었다. 부자였다. 아주 부자였다. 인생의 이 부분을 그녀가 사랑했던 남자와 너무도 함께하고 싶었다. 두 사람이 원하는 무엇이든 할 수 있는 건 테리의 꿈이기도 했다. 누가 뭐래도 이스트엔드 남자였으므로 아마도 리우에서는 아니었을 테지만. 셜리는 자기가 어디에 와 있는지 믿을 수 없었고, 어떻게 이 자리까지 오게 되었는지 정말로 믿기 힘들었다. 린다와 벨라를 어서 만나고 싶었다. 하고 싶은 얘기가 너무도 많았다.

첫 2분쯤은 말이 필요 없었다. 그저 좋아서 소리를 지르고, 깔깔거리고, 한껏 얼싸안고, 펑펑 울었다. 셜리는 평생 그렇게 꼭 안겨본 적이 없었다. 마치 다시는 시야에서 벗어나지 않게 하겠다고 작정한 것만 같았다. 셜리는 린다와 벨라가 따뜻한 풀장에서 재미있게 놀고 있을 거라고 상상했지만, 두 사람은 셜리가 경찰 조사실에서 수상쩍은 짭새와 얼굴을 맞대고 취조받는 그림을 상상했다. 그들은 다시 만났다는 사실에 크게 안도했다.

몇 시간이 지난 뒤에도 대화는 샴페인과 더불어 줄기차게 이어졌다. 명품 드레스와 원피스, 옷상자들이 아무렇게나 널린 스위트룸은 마치 해로즈 백화점의 한 매장 같았고, 자정이 지난 시간까지 환호하고 춤을 추며 샴페인을 연거푸 따는 젊은 세 여자는 신이 나서 뛰어다니는 어린아이들 같았다.

돌리는 옆방에서 욕조에 몸을 담그고 있었다. 행복에 겨운 세여자가 환호하면서 웃고 떠드는 소리를 들으니 기뻤다. 그녀는 셜리보다 반시간 늦게 도착했지만 그녀를 맞이하는 환호는 그리 요란하지 않았다. 돌리는 자신도 스스로에게, 또한 남들에게 감정을 불러일으킬 수 있기를 바랐지만 언제나 긴장을 늦추지 않고 살았기 때문에 표현하는 법을 알지 못했다. '내가 자기들을 대단하다고 생각하는 걸 저 아이들도 알겠지.' 그녀는 새 담배에 불을 붙이고 샴페인을 한 모금 넘기며 생각했다. '내가 자기들을 얼마나 대견하게 생각하는지 분명히 알고 있을 거야.' 돌리가 슈트케이스의 12만 파운드를 4등분했을 때 여자들의 눈은 튀어나올 듯 휘둥그레졌다.

돌리는 쪼글쪼글해진 손가락 사이에 들린 담배 개비를 바라보았다. 욕조에 한참 동안 들어와 있어서 물이 미지근해졌지만 상관없었다. 온몸의 근육 가닥마다 배어 있던 긴장이 풀리면서 그녀는 무엇도, 아무것도 아랑곳하지 않았다. 돌리는 눈을 감았다.

"돌리, 어서 와요!" 린다가 거실에서 외쳐 불렀다.

돌리는 빙그레 웃었다. 저 감미로운 목소리들이 얼마나 그리웠던가. 코르크 마개가 뻥 열리고 여자들은 마치 오늘의 첫 잔인 것처럼 꺄아악 소리를 질렀다. 실은 네 번째 잔쯤 되었지만. 돌리는 부드럽고 포근한 거품을 만지며 울프를 생각했다. 참혹한 죽음을 생각하니 속이 뒤집혀서 일어서려는데 머리가 어찔했다. 다시 욕조 안으로 미끄러져 들어가면서 손가락 사이에서 담배가 떨어졌다. 돌리는 물속으로 사라지는 담배를 물끄러미 바라보며 울고만 싶었다. 울컥하는 감정은 표면에 닿을락말락하면서 좀체 밖으로 빠져나오지 않았다. 슬픔이 울프 때문인지, 해리 때문인지, 아니면 자신 때문인지 확신할 수 없었지만 혼자 벌거벗고 앉아 있는 이 순간, 스스로가 세상에서 가장 연약한 존재처럼 느껴졌다.

거의 1만 킬로미터 떨어진 곳에서, 사나운 셰퍼드만을 데리고 냄새나는 창고에 숨은 해리 롤린스 역시 스스로를 세상에서 가장 연약한 존재처럼 느끼기는 마찬가지였다. 하지만 이유는 달랐다. 그는 이처럼 무력하고 쓸쓸했던 적이 없었다. 그는 죽은 사람이었고, 표면으로 나갈 수가 없었다. 은행 계좌의 돈도 건드릴 수 없고, 집에도 갈 수 없었다. 영국을 떠나야 했지만 얼마나 기다려야 안전하게 출국할 수 있을지도 장담할 수 없었다. 돌리……. 그녀를 생각만 해도 주먹이 불끈거렸다. 수년 전, 그는 사산한 아들을 두고 그녀와 함께 울었다. 그는 돌리를 배신했고, 그녀는 해리가 만든 게임에서 보기 좋게 그를 이겨버렸다.

하지만 게임은 끝나지 않았다. 아무도 해리 롤린스를 이기지 못한다…….

셜리는 침실에서 전신 거울로 제 모습을 비춰 보며 파란 드레스를 입어야 할까 고민했다. '아니, 실버 드레스가 완벽해.' 그녀는 날씬한 제 몸을 감상하려 뒤로 물러났다. '이야, 나 꽤 쓸 만한데.

아니지, 쓸 만한 정도가 아니라 굉장히 예쁘지."

벨라가 옆방과 통하는 문으로 들어왔다. 그녀는 머리에서 발끝까지 검정 스팽글 드레스로 온몸을 휘감아 눈부시게 반짝였다. "이 탱탱한 엉덩이 좀 보라지!" 그녀가 셜리에게 감탄사를 퍼붓자 둘은 깔깔 웃었다. 벨라는 파티를 하자고 돌리를 외쳐 불렀다.

"돌리, 어서요!" 셜리도 재촉했다. "다들 기다리고 있잖아요!"

셜리의 돈 뭉치는 커피 테이블 위에 놓여 있었다. 린다는 돈을 무릎 위에 쌓아두고 목이 터져라 큰 소리로 노래를 불렀다. 벨라의 돈은 우아한 팔걸이의자에 아무렇게나 흩어져 있었다. 그녀는 린다와 함께 노래를 따라 부르면서, 가사를 바꾼 두 사람만의 〈마이 웨이(My Way)〉를 열창했다. 셜리는 몸을 돌릴 때 드레스가 핑그르르 퍼지면서 속옷이 살짝 보이는 느낌을 즐기며 방 안을 휩쓸었다. 벨라도 질세라 셜리 배시(007 주제가로 잘 알려진 영국 가수—옮긴이) 모드로 들어가 린다의 노랫소리 위로 〈골드핑거(Goldfinger)〉를 목청껏 불러젖히기 시작했다. 그녀들이 세상 무엇도 두려울 것 없이 긴장을 푸니 분위기는 한껏 고조되었다.

셜리는 샴페인을 좀 더 마시고 담배에 불을 붙인 뒤에 패션쇼 무대인 양 거실에서 퍼레이드를 했다. 린다가 머리빗을 마이크처럼 손에 들고 섰다.

"자, 이제 셜리 밀러 양을 모시겠습니다! 밀러 양, 취미가 어떻게 되시죠?"

"엄, 저는 아이들과…… **은행 털기**를 좋아합니다!" 셜리는 돈 다발을 허공에 던지며 환호성을 질렀다.

돌리는 가운의 허리끈을 질끈 동여매고 부연 거울을 맑게 닦은 다음, 자신의 얼굴을 바라보았다. 젖은 머리칼이 들쥐 꼬리처럼 축 늘어져 있었다. 그녀는 겉보기에도, 기분도 초췌하고 늙었다. 돌리는 차가운 거울에 이마를 갖다 댔다. 이젠 눈물도 나지 않았다. '그게 다였어?' 울음은 끝났다. 눈물은 말라버렸고, 다시 안으로 들어가 봉인되었다.

린다는 룸서비스 카트에서 캐비어를 좀 집어 먹으면서, 소파 위에 놓인 돌리의 작은 더플백에 들어 있는 지폐 다발을 만지작거렸다. 돌리는 돈을 똑같이 나눴고, 나머지는 수도원에 있다고 설명했다. 또한 초기 비용을 충당하려 각자의 몫에서 5000파운드를 제했다고도 말했다. 모두 대단히 만족해했지만, 린다는 무언가 다른 것이 마음에 걸렸다. 그녀는 벨라 곁으로 다가가 가까이 섰다.

"셜리한테 전화에 대해 말해야 할까?" 린다가 속삭였다.

벨라는 빙글 돌더니 린다를 쎄려보았다. "아니, 잊어버려. 확실히 그자인지 모르잖아. 착각한 거 같다고 너도 말했고. 그러니 잊어버리라고."

셜리가 자기 잔에 샴페인을 한 잔 더 따랐다. "둘이 무슨 얘길 그렇게 해?"

린다가 벨라에게 눈길을 한 번 준 다음 소파에 앉았다. "내가 런던에…… 돌리 집에 전화를 넣었거든. 전화하면 안 되는 거 알지만 네가 걱정돼서 가만히 있을 수가 있어야지."

셜리는 어깨를 으쓱했다. "돌리는 나한테 아무 말 안 하던데."

린다가 시선을 떨어뜨렸다. "그게, 돌리가 안 받았어. 해리가 받았어." 셜리가 입을 열기도 전에 린다가 말을 이었다. "그자라는 거 내가 알아. 해리였어."

벨라가 자기 잔에 술을 따랐다. "아가씨, 내가 따지려는 게 아니고, 우리가 벌써 열 번도 더 얘기했잖아."

셜리는 방금 린다의 말을 소화시키기가 어려웠다. 그녀는 침실을 바라보았다. "확실해? 해리인 게 확실해, 린다?"

"돌리를 '달'이라고 부르는 건 그 인간뿐이야." 린다는 슬슬 강경해지기 시작했다. "남자가 이랬어. '당신이야, 달?' 그 사람일 수밖에 없어. 해리가 조를 찾아 전화를 걸곤 했는데, 목소리가 똑같았어. 정말이야. 해리 롤린스는 살아 있어."

그들은 말없이 앉아서 서로 얼굴만 바라보았다. 해리가 살아 있었다고? 아니, 더 중요하게는 돌리가 계속 그 사실을 알고 있었다고? 셜리가 제일 먼저 침묵을 깨고 모두에게 모든 것을 말했다. 옷장에 들어 있던 해리의 갈기갈기 잘린 옷가지며 에디가 집을 밤낮으로 지키던 일, 에디가 침입해 울프를 죽인 일, 에디가 자신을 때린 일. 그녀는 갑작스레 깨달았다는 듯 벌떡 일어섰다. "그럴 줄 알았어! 아니, 실은 돌리가 에디랑 붙어먹는지도 모른다고 생각했지만 해리가 더 말이 되네. 그러니까 돌리는 해리를 잃은 적이 없던 거야."

당장에 따라 일어선 린다의 얼굴이 딱딱하게 일그러졌다. 그녀는 돈 가방을 걷어찼다. "이거 먹고 떨어지라는 거잖아! 우리 비위 맞추려고. 그럼 나머지는 누가 가질 거 같아? 엉? 해리는 지금 이 순간에 수도원 사물함을 비우고 있겠네. 나머지 돈이 애초에 거기 보관돼 있기나 했다면 말이지만."

벨라도 잔을 내려놓고 일어섰다. "진정 좀 해. 그게 다 사실인지 아닌지도 모르잖아. 해리가 정말 살아 있는지 아닌지도. 그리고, 만약 그가 살아 있다면 돌리가 여기 왜 왔겠어?"

누구도 돌리가 침실에서 나오는 소리를 듣지 못했다.

돌리는 몸보다 두 사이즈는 큰 호텔 가운을 걸치고 있어서 누군가의 할머니처럼 보였다. 그들이 한 말을 들었는지는 모르겠지만 그녀는 말없이 그저 돈 가방으로 가서 해리의 옷가지를 호텔 세탁물 주머니에 모조리 넣기 시작했다.

여자들은 서로를 바라보았고, 벨라가 린다에게 고갯짓을 했다.

"오늘 아침에 런던에 전화를 넣었어요. 당신 집으로요." 린다가 조심스레 입을 열었다.

돌리는 못 들은 것 같았다. 그녀는 그저 자기 슈트케이스를 열어 뒤적거리더니 회색 드레스를 꺼냈다. "난 이거 입으면 되겠네. 너희처럼 우아하진 않지만 이거라도 입으면 되겠어. 아니면 칵테일 드레스도 있어. 그걸 여기 어디 뒀는데."

"해리가 살아 있나요?" 린다가 물었다.

돌리가 칵테일 드레스를 집어 몸에 대보며 물었다. "언제?"

린다가 앞으로 나서서 돌리의 손에서 드레스를 낚아챘다. "해리가 전화를 받았다고요. 그 사람, 살아 있는 거 맞죠?"

돌리의 눈빛이 흐려졌다. 그녀에겐 투지도, 계속 살아갈 의지도 남아 있지 않았다. 마치 누군가에게 배를 세게 걷어차인 것만 같았다. 불타는 듯한 느낌이 밖으로, 위로 확산되며 돌리의 온몸을 휩쌌지만 입을 열자 목소리가 차분해졌다. "네가 그렇다면 맞겠지, 린다." 돌리는 여전히 모두에게 등을 돌린 채로 말했다.

"난 지금 살아 있다고 말하는 거 맞고, 당신은 놈이 살아 있다는 걸 알고." 린다는 모두의 혀끝에서 맴도는 질문을 했다. "나머지 돈은요? 어떻게 했어요? 이제 해리가 갖고 있죠, 맞죠?"

돌리는 입이 바짝 마르며 불덩이처럼 열이 오르기 시작했다. 그녀는 침을 크게 삼켰다. "내가 해리랑 짠 거 같아? 내가 알았다고 생각하니?" 돌리가, 여전히 그녀들을 등진 채 말했다.

벨라는 돌리의 팔을 붙들려는 린다를 말렸다. "어떻게 된 건지 알고 싶을 뿐이에요, 돌리." 벨라가 침착하게 말했다.

돌리는 돌아서서 한 사람, 한 사람을 물끄러미 바라보았다. 술이 담긴 카트에 다가가는 돌리의 몸이 부들부들 떨렸다. 한 손을 내밀어 병을 잡으려 했으나 바르르 떨려서 집어 들지 못했다. 온몸이 걷잡을 수 없이 떨리기 시작했다.

"그가 살아 있어요, 돌리?" 린다가 집요하게 물었다. 돌리는 연약한 노파처럼 떨었다. 벨라와 셜리는 무언가가 크게 잘못된 거 같아 서로를 바라보았다.

누구도 예상치 못한 가운데 갑작스럽게, 무시무시한 분노가 폭발했다. 돌리는 주류 카트와 잔, 음식, 손에 닿는 모든 것을 반대편으로 마구 집어 던졌고, 더플백을 집어 돈을 몇 다발 들고 세 여자에게 던졌다. 처음에는 짐승의 낮은 울부짖음 같던 그녀의 목소리가 점점 커졌다. 돌리는 미친개처럼 같은 말을 몇 번이고 내뱉었다. **"그래, 그래, 그래, 그래, 그래!"**

여자들은 한데 모여 섰다. 돌리의 이런 모습은 본 적이 없었다. 아니, 이러는 사람을 본 적이 없었다. 그들은 어찌할 바를 몰랐다. 어떻게 도와야 할지, 어떻게 위로해야 할지, 어떻게 그녀의 고통을 없애줄 수 있을지 몰랐다.

더는 던질 게 없어지자, 돌리는 얼굴을 일그러뜨리며 가운을 붙들고 손톱으로 찢으려 잡아 뜯었다. 광기 어린 짐승처럼 도끼눈을 뜨고 그들을 노려보며 머리를 앞뒤로 흔들었다. 차마 눈뜨고 볼 수 없는 광경이었다. 돌리가 어깨 너머로 가운을 잡아당겨 드러난 팔을 긁기 시작했다. 짙붉은 생채기가 생기고, 목소리가 점점 높아졌다. "어떤 기분이었는지 알고 싶어?" 돌리가 외쳤다. "알고 난 기분이 어땠는지? 내 속에 불길이 이는 것 같았어. 그 불길이 아직도 내 속에 있어. 그게 아직 내 안에, 그놈이 내 안에 있어. 나가! 하느님, 제발 그 인간을 내게서 몰아내줘요!"

돌리는 손가락 밑으로 피가 흐를 때까지 제 팔을 점점 더 깊이, 더 세게 긁었다.

린다는 정말로 눈이 튀어나올 것 같았고, 셜리는 겁에 질린 아이처럼 금세라도 울듯이 입을 움찔거렸다. 벨라가 행동을 취했다. 린다는 벨라가 정신 차리라고 따귀라도 올려붙이려는 줄 알았지만, 그녀는 힘차게 돌리를 안아주었다. 돌리가 발버둥 쳤지만 벨라 덕에 두 팔이 옆구리에서 떨어지지 않았다. 돌리는 벨라의 품에서 흐느꼈고, 벨라가 살며시 조인 팔을 풀자 바닥으로 쓰러져 무릎을 꺾고 주저앉았다.

누구도 어찌할 바를 몰랐다.

돌리가 그토록 오랫동안 흘리고 싶었던 눈물이 마침내 홍수처럼 쏟아졌다. 그녀는 그토록 목 놓아 운 적이 없었다. 해리를 위해 실컷 운 적은 많았지만 이 비통한 흐느낌은 달랐다. 가슴을 후벼 파는 고통이었으나, 또한 후련하기도 했다.

셜리는 견딜 수가 없어서 돌리를 위로하려 앞으로 나아갔지만 벨라가 막았다. 돌리는 응어리를 다 풀어야 했다. 속에 담고 있는 것이 그녀를 죽이고 있었다. 통곡은 돌리가 너무 지쳐서 눈물이 마를 때까지 이어졌다. 돌리를 일으켜 세우면서, 벨라는 살며시 그녀를 다시 안고 부드럽게 흔들어주었다. 이제 괜찮다고 속삭이면서. 이젠 다 괜찮아요. 이제 다 끝났어요.

누구도 이 사람이 지난 몇 달 동안 자신들과 함께 싸우고 언쟁

했던 강인한 정신력을 가진 그 여자라는 사실을 믿을 수 없었다. 린다는 너무도 죄스러워서 돌리를 똑바로 보지 못하고 손만 쥐락 펴락하며 가만히 앉아 있었다. 셜리가 담배에 불을 붙이고 몸을 숙여 돌리에게 내밀었지만, 그녀는 너무 지친 나머지 받아 들 힘도 없었다. 셜리가 담배를 입술에 물려주자 돌리는 공갈 젖꼭지를 문 아기처럼 뜨거운 연기를 빨았다. 폐에 연기를 담뿍 채우고, 또 연기가 천천히 흩어지도록 내뱉었다.

뺨으로 눈물이 흘렀지만 돌리는 닦으려 하지 않았다. 몸을 일으키려 했지만 너무 힘이 없어서 벨라가 의자로 그녀를 이끌었다. 가만히 앉은 돌리의 가운은 앞여밈이 눈물에 젖었고, 소매는 피에 젖어 있었다.

여자들은 기다렸다.

마침내 돌리가 입을 열었다. 뚝뚝 끊어진 생각들의 흐름을 끼워 맞추는 말이었다.

"지미 넌의 집에 갔을 때 의심이 들긴 했지만…… 확실치가 않았고…… 그래서…… 난 말도 안 되는 일이라고 생각했어……. 나는 해리를 묻었다고 생각했지만 그건 지미 넌이었어. 난 지미 넌을 묻고…… 지미 넌을 위해 울었던 거야……. 해리는 분명 전방 차량을 몰았을 거야……. 정말 미안해. 해리가 네 번째 남자였어. 너희 남편들에게 일어난 일은 정말, 정말 미안해."

"하지만 해리의 시계는요. 지미가 차고 있었던 건가요?" 린다가 이번에는 안타까운 마음으로 물었다.

돌리는 고개를 저었다. "해리만이 알겠지……."

담배를 한 대 더 피우려 손을 내밀자 셜리가 하나를 건넸다. 돌리는 앉아서 조용히 담배를 피웠다. 그러다가 얼굴이 일그러지더니 말을 하면서 몸을 부들부들 떨었다. "내 소개를 했을 때 트루디가 날 보던 표정이라니! 마치 똥만도 못하다는 듯이. 내 생각에 그때 그가 거기 있었던 거 같아. 숨어서. 울프는 알았을 거야. 그 더러운 집에서 아빠 냄새를 맡았겠지. 창고에서 냄새를 맡았던 것처럼." 돌리는 믿을 수 없다는 듯 두 손에 얼굴을 묻었다. "나는 그 사람을 너무나 사랑했어. 그 사람이 곧 내 인생이었어. 처음 봤을 때부터 사랑했지." 그녀는 잠시 말을 멈추고 진정을 찾아야 했다. "상황을 파악한 다음에도, 난 그래도 그 사람이 돌아오길 바랐어." 그녀가 부끄러움에 고개를 숙였다. "그땐 여전히 그를 사랑했어. 그 사람과 재회하고 싶었지만 너희에게 말할 수가 없었어. 그 말은 할 수 없었어. 내가 너무나 부끄러웠어." 돌리는 가운 소매로 코를 닦은 다음 여자들을 올려다보았다. "그래도 너희 돈은 건드리지 못했을 거야. 해리는 날 먼저 죽여야 했을걸."

돌리는 일어서서 몸을 꼿꼿이 세웠다. 그녀는 가운의 허리끈을 조이고, 두 손으로 머리를 정돈했다. 그녀는 투사였다. 그녀는 언제나 투사였고, 아직도 그녀에게는 투지가 많이 남아 있었다.

"난 그에게 아무것도 안 남겼어. 돈도, 장부도, 누울 지붕 하나도, 아무것도. 그의 것이었던 집과 그 안의 세간을 모조리 팔았어. 서류상으로는 죽은 사람이니 그건 그 사람이 어떻게 할 수 없어. 이제 그 사람이 할 수 있는 일은 달아나는 것뿐이야. 계속 도망자로 사는 거지."

벨라가 한 손을 들어 충분히 들었다는 뜻을 전했다. "진정해요, 돌리. 그가 살았는지 확실히 모르잖아요. 우리 중 누구도요. 그리고 살아 있다 해도, 살 집도 없으면서 왜 모든 걸 그리 빨리 팔아치웠어요?"

돌리가 싱긋 웃자 얼굴에 평온한 표정이 깃들었다.

"돌리, 이제 어쩔 셈이에요?" 셜리가 물었다.

"내 인생에서 잃어버린 20년을 도로 사야지." 그녀가 침실로 들어갔다.

"맞아요, 돌리. 좀 누워요." 린다가 말했다.

돌리가 다시 기운을 회복하며 침실 문틀을 잡고 돌아보았다. "난 지치지 않았어. 얼굴도, 몸도 새롭게 바꿀 거야. 요즘은 기술이 거의 마법을 부리잖아. 게다가 난 돈도 많고. 내 몫의 돈으로 젊음을 살 거야. 그럼 나도 너희처럼 젊어 보이겠지."

돌리는 그들을 바라보고는, 조금 휘청하는 듯하더니 등을 돌려 방으로 들어갔다. 혼자만의 시간이 필요했다.

벨라는 그날 해변에서, 강도 예행연습을 하던 날의 돌리를 기억했다. 필사적으로 젊은 그들만큼 해내려고, 젊은 그들만큼 체력이 된다는 허세를 보여주려고 애쓰면서 스스로를 가혹하게 벌주던 모습을 기억했다. 벨라는 그녀가 지금처럼 그때도 철저히 감정을 드러내지 않으려 한다는 걸 알았다. 돌리는 감정을 숨기는 데 뛰어났다. 그녀는 자신이 늙었다고, 어울리지 않는다고 생각하고 있었다. 벨라는 셜리와 린다를 보며, 돌리가 얼굴을 갈아엎겠다는 얘기를 진지하게 받아들이고 있음을 알아챘다.

셜리가 돌리를 따라 들어갔다. "아이참, 좋은 드레스로 갈아입어요! 리우 최고의 클럽이 우릴 기다린다고요."

돌리는 잠시 멈춰서 마음을 단단히 먹고 셜리를 돌아보았다. "난 여기 있을게. 너희끼리 가서 즐겁게 놀아. 난 새 인생을 설계해야지."

벨라가 돌리의 슈트케이스에서 칵테일 드레스와 다른 드레스

몇 벌, 그리고 린다와 셜리가 산 드레스 중 몇 개를 더 꺼내 왔다. 벨라는 침실로 들어가 드레스를 침대 위에 놓고 두 손을 허리에 짚고 섰다. "안 가는 건 없어요, 돌리." 그녀가 돌리에게 말했다. "그러니까 그 부대 자루 같은 가운 벗어 던지고 이 중에서 골라 입어요."

돌리가 벨라를 바라보았다, 벨라는 돌리의 눈에서 다시 젊어지고 싶은 갈망을 보았다. "돌리의 새 인생은 지금, 바로 여기서 시작하는 거예요." 그녀가 속삭였다. "계획 같은 건 필요 없다고요." 그리고는 린다와 셜리가 듣게끔 큰 소리로 말했다. "린다가 머리를 해줄 거예요."

린다는 침대 옆 서랍으로 뛰어가 헤어드라이어를 꺼냈다. "내가 또 블로 잡(오럴 섹스를 가리키는 속어로, 여기서는 블로 드라이로 머리를 손질하는 것을 뜻함—옮긴이) 하나는 끝내주잖아요." 린다가 선언했다. 세 여자는 웃었고, 돌리의 얼굴에도 미소가 번졌다.

벨라가 다시 의견을 냈다. "그리고 하이라이트로 우리의 프로 모델이자 패션계 스타이신 셜리가 메이크업을 담당하시겠습니다. 우리가 각자 일을 마치고 나면 20년은 젊어져 있을 거예요."

린다가 자기 방으로 뛰어가 고데기를 가져오는 동안 셜리는 돌리를 화장대 앞으로 끌고 갔다. 돌리는 거울 앞에 앉으면서 아이 같은 표정을 지었다. 그녀는 곧 무도회에 갈 신데렐라였다.

"어떤 걸로 할래요? 은색 라메(금속의 절박을 섞어 짜 광택을 내는 직물—옮긴이), 아니면 스팽글?" 벨라가 침대에서 드레스 두 벌을 집으며 물었다.

돌리가 거울을 통해 벨라를 보았다. "내가 그걸 입으면 어려 보이려고 환장한 여자 같지 않겠어?"

벨라가 쿡쿡 웃으며 라메 드레스를 한쪽으로 던졌다. "그럼 스 팽글이 좋겠네요!" 그녀는 거울 속에서 돌리와 눈을 맞추고 윙크 를 날렸지만, 돌리의 입이 부르르 떨리는 것을 보고 시선을 돌렸 다. 다시 그녀의 울음보를 건드리고 싶지는 않았다. 감정 드러내 기를 끝냈으니 이제는 진탕 취하고 긴장을 풀 때였다.

린다는 돌리의 윤기 없는 젖은 머리를 드라이하면서, 자신이 무 의식중에 돌리의 어깨를 엄지로 살며시 꾹꾹 누르며 애정을 담아 쓰다듬고 있다는 사실을 깨닫지 못했다. 하지만 돌리는 알았다. 린다가 처음으로 진정한 우의를 보이자, 돌리는 감격한 나머지 린 다의 손을 잡지 않을 수 없었다. 돌리는 손을 맞잡으며 거울을 통 해 자신을 바라보는 어린 그녀의 눈에서 죄책감을 읽었다. "지난 일은 이제 잊자, 린다?" 돌리가 가만히 말했다. "서운함도, 실수도 모두." 이것은 돌리가 린다에게 주는 용서였고, 린다는 미소로 받 아들였다. 아주 오랜 시간이 지난 후에야 모두가 서로를 이해하게 되었다.

웃음과 함께 머리 스타일과 드레스와 화장에 관한 수다가 서서 히 방 안을 채워갔다. 돌리는 이 순간 사랑받고 있다고 느꼈고, 그 애정이 계속되든 아니든 이 순간을 온전히 누리기로 마음먹었다. 이들의 우정이 돌리의 마음을 따사로이 감쌌고, 그녀를 강인하게 했으며, 친구들이 그녀를 원한다고 믿게 했다. 지금 돌리는 '여자 들' 중 한 사람이었지만, 셜리와 린다와는 달리 그녀는 미망인이 아니었다. 이젠 아니었다. 그리고 그녀는 해리 롤린스가 자신에게 겪게 한 일을 결코 잊지 않을 터였다.

언젠가 그녀는 그를 다시 보게 될 것이다. 언젠가 그는 그녀를 마주해야 할 것이다.

해리는 여전히 살아 있고, 그녀는 그를 찾아낼 것이다. 그가 어디에 있더라도.

독자 여러분께

《위도우즈》를 읽어주셔서 감사합니다. 돌리와 '여자들'의 이야기를 재미있게 읽으셨기 바랍니다. 저도 소중히 간직하고 있는 인물들이랍니다! 템스 텔레비전 채널을 위해 유스턴 필름스의 베리티 램버트가 발주한 드라마 〈위도우즈〉는, 많은 분들이 아시다시피 제가 쓴 첫 텔레비전 시리즈여서 특별히 애착을 가지고 있습니다. 1980년대 초에 드라마가 최고의 시청률을 기록하며 큰 성공을 거둔 뒤, 저는 드라마의 대본을 원작 소설로 다시 쓰기 시작해 1983년에 초판을 출간했습니다.

오리지널 〈위도우즈〉는 ITV에서 두 개의 시리즈로 제작되었고, 10년 뒤 속편 시리즈 〈쉬즈 아웃〉이 선을 보였습니다. 그 후로 저는 많은 텔레비전 드라마와 영화의 각본을 쓰고 소설을 냈지만, 수상 경력이 화려한 스티브 매퀸 감독이 저의 이야기를 2018년 가을 개봉될 블록버스터 영화로 각색하고자 〈위도우즈〉의 판권 구매를 결정했을 때 뛸 듯이 기뻤습니다. 그래서 처음 썼던 원작 소설을 다시 읽으면서 새로운 독자에게 맞도록 원고를 재검토하고 손보는 매 순간이 즐거웠지요.

돌리 롤린스는 제가 쓴 인물 가운데 스크린과 지면이라는 두 매체에서 조명을 받게 되는 첫 여주인공입니다. 그 후로 애나 트래비스와 가장 유명하게는 제인 테니슨 등 다른 여성 주인공들이 돌

497

리의 뒤를 따랐습니다. 제인 역시 돌리처럼 강인하고 독립적인 여성으로서 남성들의 거친 세계에서 스스로 길을 만들어가는 인물이죠. 돌리와는 달리 법 집행자의 입장인 경찰인 점이 다르지만요. 2018년 가을 하드커버로 출간되는 〈제인 테니슨〉 시리즈의 네 번째 소설 《머더 마일(Murder Mile)》에서는 〈프라임 서스펙트〉에서 제인을 상징적인 인물로 만든 것이 무엇인지를 살펴봤습니다. 1979년 런던 남부 페컴을 배경으로, 1.5킬로미터 반경 내에서 일련의 살인사건이 일어납니다. 그러나 경찰은 피해 여성들 사이의 연관성이나 패턴을 발견하지 못하지요. 또 다른 피해자가 발견되고, 이번 희생자는 젊은 남자입니다. 범인의 또 다른 범행을 막기 위해 제인 테니슨은 새 범행이 시작되기 전에 퍼즐 조각을 맞춰내야 합니다.

《위도우즈》가 마음에 드셨다면 〈제인 테니슨〉 시리즈도 읽어보시길 권합니다. 《테니슨(Tennison)》, 《히든 킬러스(Hidden Killers)》, 《굿 프라이데이(Good Friday)》와 《머더 마일(Murder Mile)》이 모두 출간되어 있습니다. 현재 제가 작업 중인 새 시리즈가 궁금하시다면 www.bit.ly/LyndaLaPlanteClub에서 '린다 라 플란테 독서 클럽(Linda La Plante Readers' Club)'에 참여하시기를 권합니다. 바로 가입하실 수 있으며 조건이나 비용은 없습니다. 제 소설에 관한 새 소식을 공유하고 근간의 내용을 독서 클럽에서 일부 독점 공개합니다.

여러분의 개인 정보는 엄격히 보호되며 제3자에게 제공되지 않을 것을 약속합니다. 스팸 메일을 잔뜩 보내는 일도 없을 것이며, 간혹 신간에 관한 소식만을 받게 되실 겁니다. 물론 언제라도 가입을 해지하실 수도 있지요.

또한 제 책에 관해 폭넓은 대화를 나누기를 원하신다면 아마존이나 굿리즈, 여러분의 블로그나 SNS 계정, 또는 다른 모든 온라인 서점에《위도우즈》서평을 남겨주시거나 가족과 친구, 독자 들과 책에 관한 이야기를 나눠주세요. 여러분의 생각을 공유하면 다른 독자들에게도 도움이 됩니다. 저도 독자들이 제 이야기를 어떻게 경험했는지 읽어보기를 좋아하고요.

《위도우즈》에 관심을 가져주신 데 다시 한 번 감사드리며, 〈제인 테니슨〉시리즈로 찾아뵙기를 기대하겠습니다.

여러분의 건승을 빌며,
린다 라 플란테

옮긴이 **권상미**

한국외국어대학교와 동대학교 통역번역대학원을 졸업한 뒤 캐나다 오타와대학교에서 번역학 석사 학위를 받았으며 박사 과정을 수료했다. 캐나다에 살면서 넷플릭스 글로벌리제이션 팀의 프리랜스 링귀스트로 일하며 문학 번역과 회의 통역을 병행하고 있다. 옮긴 책으로는 《올리브 키터리지》, 《네가 있어준다면》, 《이렇게 그녀를 잃었다》, 《드라운》, 《오스카 와오의 짧고 놀라운 삶》, 《일요일의 카페》, 《빌 브라이슨 발칙한 유럽산책》, 《빌 브라이슨 발칙한 미국 횡단기》 등이 있다.

위도우즈

초판 1쇄 인쇄 2019년 6월 25일
초판 1쇄 발행 2019년 7월 5일

지은이 | 린다 라 플란테
옮긴이 | 권상미
발행인 | 강봉자, 김은경

펴낸곳 | (주)문학수첩
주소 | 경기도 파주시 문발로 214-12(문발동 511-2) 출판문화단지
전화 | 031-955-4445(마케팅부), 4500(편집부)
팩스 | 031-955-4455
등록 | 1991년 11월 27일 제16-482호

홈페이지 | www.moonhak.co.kr
블로그 | blog.naver.com/moonhak91
이메일 | moonhak@moonhak.co.kr

ISBN 978-89-8392-729-3 03840

「이 도서의 국립중앙도서관 출판예정도서목록(CIP)은 서지정보유통지원시스템 홈페이지(http://seoji.nl.go.kr)와 국가자료공동목록시스템(http://www.nl.go.kr/kolisnet)에서 이용하실 수 있습니다.(CIP제어번호: CIP2018036527)」

* 파본은 구매처에서 바꾸어 드립니다.